Para Madeleine

E com agradecimentos a D.J.O.

*"Um macaco, uma fera tão pouco favorecida.
Em todo o resto, a nós tão parecida?"*

Cícero

*"Quando volto para casa tarde da noite dos banquetes,
das reuniões sociais, está sentada à minha espera uma
semitreinada chimpanzé e me conforto com ela como
confortam-se os macacos. De dia, não suporto vê-la; pois ela
tem no olhar o ar insano de um confuso animal semidomado;
ninguém mais vê isso, porém eu vejo e não consigo suportar."*

Kafka, Relato à academia

Nota do autor

HuuuGraa! Nós, chimpanzés, agora estamos vivendo uma era em que nossas percepções do mundo natural mudam mais rápido do que nunca. Além disso, essas mesmas percepções estão sendo distorcidas pelo modo como nós, chimps, vivemos agora. Alguns pensadores descrevem nosso atual modo de vida como "antinatural" — mas isso é simplista demais, pois a chimpunidade sempre foi descrita como exatamente esse traço adaptativo: a capacidade de evolução social. Basta assinalar que esses modos de vida "antinaturais" têm seu impacto na ecologia global.

Esse estado de coisas é perturbador: nossa capacidade de julgar nossa própria objetividade é circunscrita por si mesma. É de admirar então que, em tais circunstâncias, os chimps que vêm dedicando muita atenção a toda essa questão dos direitos dos animais tenham ousado considerar a possibilidade de expandir a franquia de chimpunidade para admitir também espécies subordinadas, como os humanos?

Vale a pena, neste ponto, apontar os indícios do dr. Louis Leakey, o pioneiro paleontologista arqueólogo. Ao saber, por intermédio de sua pesquisadora protegida, a famosa antropóloga dra. Jane Goodall, que ela havia observado humanos selvagens fabricando varetas e utilizando-as para explorar cupinzeiros, o dr. Leakey comentou: "Agora, temos de redefinir *ferramenta*, redefinir *chimpanzé* — ou aceitar humanos como chimps!" Ele se referia, é claro, à tradicional definição de chimpanzés como *pongis habilis*, o macaco fabricante de ferramentas.

Minha intenção ao escrever este livro não foi construir nenhuma ingênua defesa dos direitos humanos ou do bem-estar dos humanos. Pessoalmente acredito que, apesar da aparente inchimpunidade da maneira como os humanos são usados com finalidades científicas — presos em grandes complexos, isolados, doentes, em sofrimento, malnutridos etc. —, esses experimentos continuarão sendo necessários, principalmente no que tange à CIV e à aids.

A questão da CIV nos encurrala mais uma vez no círculo vicioso moral. Se os humanos são geneticamente tão próximos de nós a ponto de serem infectados por CIV (e as pesquisas mais recentes sugerem que humanos têm até 98% de seu material genético idêntico ao nosso, e são mais próximos dos chimps do que dos gorilas), então eles sem dúvida merecem um mínimo de nossa compaixão?

A resposta a isso deve ser um categórico "sim". Os humanos devem ser preservados. A extinção da espécie humana seria uma perda incalculável, e é das que parece mais prováveis à medida que os bonobos[1] invadem cada vez mais o seu habitat.[2]

Mas será que os bonobos não precisam de nossa compaixão também? Não são os bonobos mais importantes que os humanos? Sim, claro, mas a utilidade de preservar humanos vai muito mais longe que a pesquisa para a cura da aids ou qualquer outra pesquisa médica. Os humanos têm muito a nos ensinar acerca de nossas origens e natureza. Chimpanzés e humanos possuem um ancestral comum que viveu até cinco ou seis milhões de anos atrás, nada mais que um instante em termos evolutivos.

Além disso, se os humanos em liberdade se extinguirem, qual seria o destino dos humanos domesticados? Se, conforme sugerem antropólogos como a dr. Goodall, humanos têm realmente alguma forma de cultura, ela seria efetivamente eliminada. Pode até vir à tona que os comportamentos de humanos domesticados que dão base a essa teoria sejam, na realidade, dependentes de alguma forma de associação ressonante com popu-

---

[1] Ao longo de todo este livro, utilizei o termo "bonobo" e suas variantes para me referir aos chimps de origem africana. Sei que alguns bonobos preferem a designação de "afro-americanos", ou, no caso dos britânicos, de "afro-caribenhos", mas no geral "bonobo" ainda parece — para mim — ser de mais ampla aplicação. (N. do A.)

[2] Estima-se que restem agora apenas 200 mil humanos selvagens. Estado de coisas chocante se se considerar que havia provavelmente muitos milhões deles cinqüenta anos atrás. (N. do A.)

lações selvagens. Eliminem os humanos selvagens e mesmo os domesticados que aprenderam a falar por sinais (alguns humanos possuem um léxico de quinhentos ou mais sinais em inglês) podem se imobilizar. A gesticulação entre nossas duas espécies chegaria ao fim.

Mas que o que foi dito até aqui não seja tomado por uma tentativa de primatomorfizar humanos. Humanos são o que são por causa de sua humanidade. Humanos em liberdade são muito, muito diferentes de chimpanzés. A organização social humana pode ser impressionantemente complexa quando vista através das lentes da pesquisa científica, mas sem isso os fatos crus são brutais. Humanos em geral se juntam — e conseqüentemente se acasalam — por toda a vida! Em vez de resolver conflitos de maneira simples, de acordo com as hierarquias dominantes, a sociedade humana parece terrivelmente anárquica; bandos de humanos se juntam para propagar seus próprios "modos de vida" (talvez formas primitivas de ideologia) entre seus iguais.

E se, por um lado, humanos podem demonstrar tanta consideração por suas crias quanto os chimpanzés, por outro, sua doentia adesão ao princípio organizativo da monogamia (doentia porque não apresenta nenhuma vantagem genética aparente) significa que o abismo entre os laços do "grupo" e os da comunidade é grande. Humanos velhos são desconsiderados e negligenciados muito mais do que chimpanzés velhos.

Mas talvez o mais significativo seja a atitude humana em relação ao toque. Isso é o que parece mais agudamente antichimp. Humanos, dada a falta de pelagem protetora, não desenvolveram os complexos rituais de catação e toque que definem tão claramente a organização social e a gesticulação dos chimpanzés. Imagine não ser catado! É quase impensável para um chimpanzé que uma parte significativa de seu dia não seja dedicada a essa tão aproximadora e sensual atividade. Indubitavelmente é essa falta de catação que torna a sexualidade humana tão estranha para nós.

Normalmente, humanos buscam privacidade para acasalar. O macho geralmente efetua a penetração deitado em cima da fêmea (possível explicação anatômica para a peculiar formação das nádegas humanas); as crias não são estimuladas a participar do coito. As fêmeas são possuídas quer estejam ou não em período fértil, embora, mais uma vez, esse comportamento não apresente nenhuma vantagem adaptativa clara. O bebê humano quase sempre circula pela comunidade dias depois de seu nascimento, e chega a ser desmamado já aos três meses.

Será fantástico demais imaginar que esses traços — que, insisto, não são adaptativos de nenhuma maneira evidente — é que contribuíram para o beco sem saída evolutivo humano? Que humanos podem ser atingidos por alguns tipos de neuroses de espécie? Essas especulações podem não estar de acordo com a disciplina da antropologia, nem com a etologia em geral; porém, não sou cientista, mas romancista, não sujeito a secas considerações empíricas.

Assim como a dra. Goodall, que, quando foi pela primeira vez à área de Gombe Stream para observar humanos em liberdade, não sabia que devia evitar o primatocentrismo de atribuir nomes a humanos, também eu contrariei muitos princípios da ciência desapaixonada. Não pretendo, nem por um momento, insinuar que eu realmente acredite que humanos selvagens são dotados de consciência do tipo que atribuo a Simon Dykes, mas sim tentei imaginar como seria se, em vez dos pongídeos, os hominídeos tivessem sido um sucesso evolutivo.

Evidentemente, minha posição não é original. Desde que a primeira descrição de humanos atingiu a Europa em 1699, os humanos têm manifestado uma especial fascinação por chimpanzés. Os primeiros teóricos colocaram os humanos a meio caminho entre o chimpanzé e a "criação bruta" na Cadeia do Ser. Ultimamente, na trilha de Darwin, alguns chegaram a supor que os humanos podiam ser o "elo perdido". Para outros, a existência de humanos confirmava seu desejo de negar chimpunidade aos bonobos. Muitos autores já viram no humano um paradigma para o lado mais doce, assim como para o lado mais sombrio da natureza chimpanzé. De *Melincourt* a *My Human Wife*, de *King Kong* a *Planeta dos Humanos*, autores vêm flertando com a divina linha divisória entre homem e chimp.

Mas seja qual for a nossa escolha objetiva na definição de humanos agora — com a permissão do dr. Leakey, parece haver boas razões para uma falta de nitidez nas distinções —, a reação subjetiva à humanidade nunca é desprovida de problemas. Basta ir ao Zoológico de Londres e observar os humanos em seus ambientes confinados, sentados, sem se tocarem, os olhos estranhamente pigmentados de branco olhando perplexos seus visitantes chimpanzés com aquilo que só pode ser descrito como uma mistura de tristeza e súplica.

Como é muito pior imaginar as condições de humanos mantidos com finalidades experimentais em grandes complexos. Os humanos detestam ser inteiramente não confinados, e em liberdade constroem complexas estruturas em que podem se encolher, imóveis dias inteiros. Forçado ao espaço aberto e desprovido de materiais para construir abrigos, o humano logo tomba vítima de uma forma de agorafobia que induz uma condição que pode ser chamada de psicose. Dizem os pesquisadores que é importante para propósitos científicos que os humanos sejam mantidos em tais condições, mas por que exatamente? Sem dúvida apenas para estar de acordo com paradigmas cientificamente definidos que têm suas raízes nessa dura linha divisória entre nossas espécies?

Um último sinal, e pessoal, quanto a este texto. No passado, meu trabalho foi muito atacado por sua aparente falta de compaixão. Crítico após crítico assinalou que trato meus protagonistas com uma diabólica desconsideração, borrifando infelicidade e feiúra de caráter em seus pelames. Em *Grandes Símios* construí — por mera coincidência — a única reação possível a essas idiotas objeções, fruto de uma crônica incompreensão do sentido e do propósito da sátira — fiz meu protagonista humano!

H'huuuuu
W.W.S.
Na suja e velha Londres, 1997.

Capítulo um

Simon Dykes, o artista, ficou parado, copo alugado na mão, e viu um grupo de oito remadores emergir da parede de tijolos marrons de um edifício, deslizar por uma faixa de água cinza-esverdeada e depois penetrar no concreto cinzento de outro edifício. Algumas pessoas perdem o senso de proporção, pensou Simon, mas como seria perder o senso de perspectiva?

— Desastroso para um pintor...

— Como é? — Simon deixou escapar, imaginando por um segundo que havia falado alto.

— São um desastre para um pintor — reiterou George Levinson, que chegara ao lado de Simon e agora estava parado junto a seu cotovelo, olhando pela janela de vidro temperado que dava para o rio.

— Com isso suponho que você quer dizer desastroso para *o* pintor. — Simon voltou-se um pouco para o perfil ruminante de George e gesticulou com um braço abrangendo o espaço branco da galeria, as grandes telas retangulares e os posudos convidados do vernissage parados em grupos soltos, braços erguidos, como se fossem algum *tableau vivant* a exibir interações humanas.

— Dificilmente. — George tragou um pouco mais de vinho chileno no copo alugado. — Tudo vendido. Tudo vendido, todas marcadas com uma pintinha vermelha. Não, quero dizer que a técnica *pode* ser desastrosa para um pintor como você, essa idéia de *silk-screen* sobre fotogravura. Quer dizer, eu sei que não é assim tão, hum, notável em si ou por si, mas você tem de admitir que o resultado final tem sim algo de... algo do peso...

— Do óleo? Da pintura a óleo. Vá se foder, George, eu despeço você se disser mais uma palavra. — E o pintor afastou-se do marchand para continuar olhando por entre a ravina de edifícios do *mélange* de quarteirões de prédios de apartamentos modernistas e quarteirões de mansões vitorianas na margem Battersea do rio.

16

As ondulações externas do vernissage chegavam aos dois homens, um flautear de música de câmara *nouveau*, uma lufada de fumaça de Marlboro, um casal jovem, recostado a uma coluna próxima, a coxa em meia acetinada da garota roçando suavemente os fundilhos de veludo *corduroy* de seu parceiro, enquanto pastavam como cordeiros um no rosto do outro. Ilhados, Simon e George, parados lado a lado com a calada segurança de homens que assim ficaram parados muitas vezes antes, sem forçar o humor que os mantinha.

Outro barco de oito remos apareceu de trás do edifício de tijolos marrons, pairou em sua almofada verde-azulada entre a moldura de alvenaria, o timoneiro na parte de trás claramente visível — boné de beisebol, alto-falante —, e deslizou para o concreto cinzento como uma vasta seringa propulsionada por oito vigorosos e jovens doutores marujos.

— Não — disse Simon. — Não, eu estava pensando quando você apareceu... pensando, olhe isto — espetou um dedo para o quadrado de Tâmisa, o retângulo de edifícios, as guarnições de verde ao lado —, que coisa terrível seria para um pintor perder o senso de perspectiva.

— Pensei que essa fosse a proposta de grande parte da arte abstrata deste século, a tentativa de ver sem preconceitos, o cubismo, o fauvismo, o vorti...

— ... Isso é perda de perspectiva como preceito intelectual. Estou falando de perda de perspectiva real, uma espécie de *cegueira* de perspectiva em que toda profundidade de campo é erradicada, em que tudo que se pode perceber é forma e cor se transformando dentro de um plano único.

— Quer dizer, como uma espécie de perturbação neurológica? Como é que chamam isso, agnofo...

— ... Agnosia, é. Acho... não tenho bem certeza do que quero dizer, mas não estou falando de uma visão de mundo renovada, inspirada em Cézanne, mas de uma diminuição. É a perspectiva que fornece o necessário terceiro *continuum* para a visão e talvez para a consciência também. Sem ela, um indivíduo poderia não ser mais capaz de apreender o tempo, poderia... poderia ter de reaprender o tempo de alguma forma, ou ser deixado em uma fatia da realidade, aprisionado como um micróbio em uma lâmina de microscópio.

— É uma idéia — replicou Levinson depois de alguns segundos, incluindo-se fora da coisa.

— Simon Dykes? — Uma mulher havia se aproximado durante esse discurso e estava, oscilante entre insegurança e ousadia, com as mãos estendidas, o corpo inclinado para longe e para trás, como se fosse um apêndice.

— Sim?

— Desculpe interromper...

— Tudo bem, eu só estava... — e George Levinson afastou-se, indo para os fundos pelo chão branco rústico, um adiposo pernalta humano, mergulhando o bico nos nódulos de pessoas ao avançar, despejando um nome aqui, pescando outro ali, justificando amplamente um artigo recente de uma revista de variedades que o descrevia como "o mais eficiente operário de salão do mundo das artes plásticas em Londres".

— Aquele é George Levinson, não é? — perguntou a mulher. Tinha cara redonda com ondas de cabelo preto jogadas no alto da cabeça. Mais abaixo, a roupa prendia mais do que vestia o corpo pequeno, curvado.

— É, isso mesmo. — Simon não queria soar muito desanimador, como sabia que soava, mas a fadiga de vernissages caíra sobre ele e não queria estar ali.

— Sua obra ainda está nas mãos dele?

— Ah, não, não, não, não mais, não, desde a escola preparatória que ele não bota mais a mão na minha obra, naquela época ele era bom de mão no vestiário depois dos jogos. Hoje em dia apenas vende minhas pinturas para mim.

— Ah-ah! — A risada da mulher não foi forçada, não era absolutamente uma risada, era mais uma alusão à possibilidade de humor. — Eu sei disso, claro...

— Então por que pergunta?

— Olhe. — A mulher franziu a testa, e Simon percebeu no mesmo instante que ressentimento petulante era o estado natural dela, o resto todo um tremendo esforço de vontade. — Se o senhor vai ser rude...

— Não, desculpe, de verdade... — Ele levantou a mão, os dedos abertos, e baixou sobre a atmosfera que ficava mais densa entre eles, afagou-a em civilidade, afagou a atmosfera e até afagou o pulso dela um pouquinho. — Eu não pretendia ser tão duro, estou cansado e... — Sentiu o pulso dela, a correia do relógio, os *ossos* do pulso salientes tão duros quanto seu tom, *ossos de pássaro, ossos de pardal, ossos fraturados*.

Os olhos dele deslizaram para a janela enquanto afagava o pulso dela, e ali no nó do rio redemoinhou um punhado de pássaros — andorinhas provavelmente — que se fundiu em um bando e depois separou-se em indivíduos outra vez, como pensamentos em uma mente perturbada. Simon pensou em Coleridge e depois em drogas. Engraçado que, como uma sinestesia de conceitos, algumas pessoas "ouvem" a campainha da porta como verde, eu penso em Coleridge como droga, ou em pássaros como Coleridge, ou em pássaros como drogas... E Simon pensou então em Sarah, em seus pêlos púbicos especificamente, e só então na mulher que entrava em sua cabeça, bem debaixo de seus olhos, através de seus olhos — sem perspectiva, sacou? —, e examinou seu conteúdo para ver se havia algo de útil.

— Não pretendia ser tão rude. Estou cansado, o verni...

— Deve estar mesmo, imagine, com a abertura da sua exposição. Você é bom com prazos?

— Não, não sou, não. Minha tendência é ainda estar pintando na véspera da abertura, e depois esticar e emoldurar a maior parte das... — Ele se calou. — Vou ser rude de novo. Antes de dizer qualquer coisa mais, preciso saber com quem estou falando.

— Vanessa Agridge, *Contemporanea*. — Ela enfiou a garra de passarinho na mão dele e não chegou realmente a apertá-la, apenas arranhou a palma. — Eu vim para isto, mas acho que não tem muito o que escrever sobre ela, então é um pouco compensador para mim... ver você aqui... por aí, por assim dizer, na semana anterior à sua nova exposição... — Como um motor com defeito, ela morreu. A pausa arqueou entre eles num espaço irregular.

— Ela? — perguntou Simon depois de um espaço de tempo apropriado.

— Manuella Sanchez — Vanessa Agridge respondeu, batendo de leve no braço dele com um exemplar enrolado do catálogo de um jeito que ela imaginava namorador. Simon olhou para ela com sua nova visão sem perspectiva: focinho em forma de bolha, um risco vermelho, coroada com pelagem enegrecida, pelagem enegrecida embaixo. A coisa inchou um pouco, o risco se abriu para mostrar caninos, e ela continuou. — Ela queria ser *outré*, pelo menos é o que dizem, mas não é. É apenas sem graça. Nada a dizer de original.

— Mas a obra, não foi para isso que você veio aqui, para escrever sobre a obra?

— Hngfh — roncou ela —, não, não, *Contemporanea* é uma coisa mais para o pessoal, vida de artistas e assim por diante. Meu editor diz que é o "Vasari do venal".

— Interessante.

— Não é, não. — Ela levou o copo alugado aos lábios, bebeu e olhou para ele por cima da borda. — Então, sua exposição, trabalho figurativo? Abstratos? Uma retomada da sua fase conceitual tipo *Mundo dos Ursos*? O que devemos esperar?

Simon assumiu sua perspectiva de novo e olhou para Vanessa Agridge outra vez. A grossa camada de pancake era quase fritável quando se dava um zoom nela; o rosto não de bolha, mais de bico, os olhos um tanto para o cru, para o canal. Simon fez uma estranha avaliação de volume, massa, peso, percentagem alcoólica, e dilatou as narinas para captar odores primitivos nela, depois com sensores remotos traçou a trama por baixo do saco de suas roupas, enviou um sensor psíquico ânus adentro, outro para dentro da narina esquerda. Virou sua anatomia pelo avesso, como uma meia, e no processo esqueceu completamente quem ela era, que porra havia dito até agora e então lhe disse:

— Nada de abstrato. Acho que a pintura não representacional seguiu finalmente o rumo que Lévi-Strauss havia previsto, "uma escola de pintura acadêmica em que o artista luta por representar a maneira como executaria suas pinturas se ele fosse, por algum acaso, fazer uma pintura".

— Isso é muito bom — disse Vanessa Agridge —, muito... inteligente. Posso usar, você acha?, dando o crédito, claro.

— Créditos a Lévi-Strauss, foi ele que disse isso, como eu falei.

— Claro, claro... — um Dictaphone havia aparecido nela, feito um pássaro, prestidigitado, ligado. Simon não tinha notado. — Então são retratos, naturezas-mortas...

— Nus. — *Ele se lembrou de ter fumado uma cigarrilha roubada em um pântano, a cinta da mãe, o pênis do pai, curto e grosso, circuncidado...*

— São todos tipo Bacon, ou, quem sabe — ela riu —, tipo Freud. Sabe como é, tirar a pele de um corpo de mulher, para analisar a anatomia, uma espécie de...

— São pinturas amorosas. — *Mijar na calça, mijar no chão. Essa própria gota biliosa. Mijo vive com linóleo. Ou talvez Mijo Vive com Linóleo. Quanto ao título é* Suspiro.

— São o quê? — Vanessa Agridge segurava alto o Dictaphone como um porquinho, amassado, chato, eriçado, do jeito que alguns idiotas seguram telefones celulares.

— Pinturas amorosas. Pinturas que de um jeito bem direto, quase narrativo, descrevem meu amor pelo corpo humano. Meu caso de amor de 39 anos com o corpo humano.

Nos minutos que passaram no contrafluxo um do outro, o vernissage começou a se encerrar. Os freqüentadores enxamearam para as portas da galeria, escorrendo aqui e ali em pequenos redemoinhos de sociabilidade. George Levinson flutuou até eles e virou-se devagar para olhar para Simon.

— Você também vai, Simon?

— Desculpe, aonde?

— Primeiro ao Grindley's, depois talvez ao Sealink, mais tarde.

— Talvez eu o encontre no Sealink, tenho de saber primeiro o que Sarah vai fazer.

— Certo.

Levinson desapareceu na corrente, flertando com um rapaz que tinha caçado, um jovem que parecia um puma, de quadris estreitos, olhos cor de violeta e casaco preto. E, ao ver George e ele irem embora, formou-se a admissão do que viera antes. Simon se endireitou, voltou ao presente. Numa vida em que a cada três pessoas que encontrava uma assumia uma expressão que demonstrava reconhecê-lo, seria de admirar que se visse constantemente falando com estranhos como se fossem amigos?

Tudo isso, e Simon disse então a Vanessa Agridge, que tinha um Dictaphone — como ele notou agora — em ameaçadora evidência:

— Você me desculpe...

— Já desculpei. — Ela estava pegando o estilo dele, aconteceu.

— Não, eu quero dizer agora. Tenho de ir. Eu tenho de trabalhar.

— Tem de ver Sarah?
— É minha namorada...
— Modelo?
— Namorada. Olhe, tenho de ir. — E começou a sair, a escapar da armadilha.
— Uma coisa... — pediu ela. Ele se virou, ela era uma sombra agora, exígua, oscilando contra a noite de verão.
— Diga?
— Esse tal de Lévi-Strauss.
— O que tem?
— Você não tem o telefone dele, tem? Só porque pensei que se eu fizer aquela citação dele... quer dizer, se eu escrever a matéria, bem entendido.

Havia uma pequena fileira de telefones públicos nas portas principais da galeria. Simon tirou o cartão telefônico da carteira de cartões e enfiou na fenda. Teclou o número de Sarah na agência de artistas em que ela trabalhava e esperou em um verdadeiro aviário virtual de trinados e gorjeios de conexão. Então os lábios dela roçaram o rosto dele, a voz respirou em seu ouvido: "Não posso atender sua ligação agora, então..." Não era a voz dela. Tão próxima da voz dela quanto a voz de Hal em *2001* era da voz humana. Também não o seu tom borbulhante, mas horrivelmente comedido, cada palavra um verso.

— Você está aí? — perguntou depois do bip, sabendo que ela estaria.
— Vetando, é, estou vetando chamadas.
— Por quê?
— Não sei — suspirou ela. — Só não estou com vontade de falar com ninguém. Ninguém a não ser você, claro.
— Então, qual é o plano?
— Vai ter uma reuniãozinha...
— Onde?
— No Sealink.
— Quem?
— Tabitha, Tony, acho, se bem que ele não confirmou. Talvez os Braithwaite.
— A turma do brilho e alegria.

— É. — Ela riu, muito brevemente, a risada deles, uma espécie de chiado entre lábios. — A turma do brilho e alegria. Que horas você vai estar lá?

— Estou *en route* agora. — Desligou sem mais, depois teve de ultrapassar uma lufada de: "Até mais", "Temos de nos encontrar" e "Até a semana que vem", que deveriam ser: "Até o ano que vem", antes de chegar à escada de ferro batido que levava à rua.

O verão de Londres no pico da hora do rush. A galeria não ficava em Chelsea Harbour, mas era como se fosse, pela relevância que o vernissage tinha para o mundo exterior. Simon foi na direção do Embankment, olhando por cima do ombro de vez em quando, para ver a bola dourada no alto da torre central da modernização. Alguém lhe disse uma vez que ela subia e descia com a maré, mas como ele não sabia se a maré estava alta ou baixa não conseguia entender as bolas.

Sentia-se cansado e com o peito pesado do muco adocicado que vem ou um pouco antes ou um pouco depois de uma infecção de pulmão. Simon não conseguia resolver qual enquanto pigarreava e escarrava abrindo caminho entre os carros engarrafados numa rua sinuosa que dava em Earls Court. Os irmãos Braithwaite. A turma do brilho e alegria. O Sealink Club. Isso tudo queria dizer uma noite longa de gritos, risos e flerte. Uma produção montada com um elenco cambiante de personagens menores anônimos, mas recorrentes. E isso tudo envolvia voltar às três, ou quatro, ou depois das cinco, sob os raios prismáticos do amanhecer, a mobília do mundo rearranjada ao acaso pela falta de jeito dos caminhoneiros de narcóticos.

Drogas, ele suspirou, drogas. Quais drogas? A cocaína vagabunda dos bares cuja venda as gerências fingiam não ver, sabendo que o único efeito que tinha em seus cafungadores era fazê-los gastar mais com a bebida batizada? É, definitivamente, um pouco disso. Ele podia de fato se ver batendo e esticando, apertado em algum cubículo de privada para anões. E já podia ver como tudo terminaria, Sarah e ele trepando com a sensação desanimadora de fim de mundo que a cocaína vagabunda provocava. Como dois esqueletos copulando em um armário, os ossos se esfolando, estridulantes. E amanhã de manhã, desencarnado, como um fantasma, ele se veria no caixa eletrônico, uma geada de pó branco grudada nos números em relevo do cartão de crédito.

Ou talvez houvesse um pouco do ecstasy que Sarah havia arranjado com Tabitha talvez, embora Simon não tivesse perguntado. Ecstasy parecera de início uma descrição fraudulenta da droga, na opinião de Simon. As primeiras vezes que tomou, dissera a Sarah: "Se isto é ecstasy, então uma droga que produza um pique mais ou menos devia ser chamada de 'fúria'." Mas acabou pegando o jeito dela. Aprendeu a parar de vê-la como um psicodélico, parente do ácido e dos cogumelos que tomara — bastante e bastante — enquanto estudante de arte no Slade, e entendeu que só funcionava nas interfaces da cabeça das pessoas, em suas relações umas com as outras. Era uma droga de empréstimo, que usa as emoções do outro como objeto, como uma rota para o abandono. Todas as conversas sob o efeito de E adquirem uma intensidade adolescente, um enfeite para a própria possibilidade de intimidade.

Tinha também outros efeitos estranhos. Mesmo com a barriga cheia de bebida e umas tantas fungadas de cocaína vagabunda a bordo, um *white dove*[1] ainda fazia Simon sentir vontade de penetrar todo mundo à vista. Homem, mulher, inteiro, aleijado, não importava nada. O que ele desejava era um poço de carne cheio de corpos nus se retorcendo, untados de glicerina, ou, melhor ainda, uma fila indiana de copulação, em que um movimento de pau aqui produziria uma pulsação de boceta lá longe.

Extasiado, o corpo de Simon, como um rio inchado pela chuva, transbordava das margens e inundava o lugar todo, as pessoas todas. Mas Sarah o pegaria nas mãos nesse momento. Como uma competente hidrologista ela punha em cena obras de represamento e canalização, até ele fluir para dentro dela.

É, ecstasy. E depois voltariam para casa, para o Renaissance, para o abrigo dourado da cama dela, onde dedilhariam e tangeriam o bandolim do corpo um do outro, até, por fim, demoradamente gozarem os dois. Por fim, demoradamente, dormir.

Não quero me entupir, Simon pensou, virando na rua Tite. Não estou exatamente *quente* no momento e tenho um dia cheio de trabalho amanhã, sem vagabundear. E, ao contemplar

---

[1] Tipo de ecstasy fabricado com o desenho de uma Pomba (N. da E.)

a noite que tinha pela frente, com sua corrida de toxicidades, avaliou o próprio corpo, o ajuste entre mente e metabolismo, metabolismo e química, química e biologia, biologia e anatomia, anatomia e envoltório protetor. Os dedos dos pés rangiam na meia semi-endurecida de suor e dava para sentir a deterioração fúngica, a areia de sua multiplicação. As mãos estavam amortecidas na ponta dos dedos. Simon pensou em neuralgia periférica, pensou na meia garrafa de uísque que entornava toda noite, mas achou pouco provável. A dependência de álcool.

Estava com a barriga inchada — como se o vinho chileno estivesse fermentando —, de forma que o caminho tinha como contraponto não apenas o pigarrear e o escarrar — bom isso, por entre os dois dentes da frente, de forma que um risco de catarro caía em qualquer pedra da calçada que ele mirasse. Lembrou que aprendera isso com os garotos da escola, que incomodara seu meticuloso irmão mais velho com demonstrações — mas também soltando puns entre as bochechas das nádegas meio apertadas. Como um desenho animado, Simon pensou, movido a peido, 2-D.

O bumbum de Simon o exercitava agora, como se seu cu estivesse vacilantemente aprendendo a falar, a fim de informá-lo de que seus dias estavam contados.

Lembrou-se, então, da história de conhecer novas amantes quando jovem. Como a intimidade era definida pela interação sexual: o reconhecimento recíproco, tácito, da recusa em se envergonhar com um peido vaginal ou uma ejaculação precoce. E como a intimidade havia se expandido, ganhara substância com a disposição de abranger a merda, o mijo e as secreções furtivas do outro. Isso tudo atingia um clímax no parto, com a vagina inchada dela se esticando a ponto de rasgar, vertendo galões do que parecia sopa *won ton* em cima do forro de plástico. E a placenta, órgão que era e não era dela, talvez até dele em parte. Mas, não, eles não queriam fazer um *fricassé* daquilo, em nenhuma das três oportunidades, com cebola e alho, então foi removido para incineração, levado em uma baciazinha de papelão em forma de rim.

E agora ele não conseguia mais encarar esse tipo de "contato" com ninguém. Ele e Sarah vinham ofegando um na nuca do outro já havia nove meses, mas ele não queria repartir um banheiro com ela. Não só não queria repartir um banheiro com ela como nem gostava da idéia de ela estar na casa quando as entranhas deles se pusessem em movimento. Não ia se incomodar de ir a outra cidade para dar uma cagada. Seu cu estava lhe enviando memorandos internos sobre sua própria mortalidade — e vazou. Os movimentos das entranhas não eram mais discretos, suas entranhas pareciam estar em movimento o tempo inteiro, telegrafando-lhe peidos-boletins e os faxes de suco de merda que engomavam os fundilhos de sua calça de um jeito horrendo. E pensando nisso Simon fez uma pausa para levantar a cintura da calça, tentando dar a seu perseguidor um pouco mais de ar para empestear.

Sempre que parava para contemplar o relacionamento com seu corpo, esse gêmeo físico idiota, ocorria a Simon que algo crítico devia ter dado errado sem que ele notasse. Ficava intrigado de despertar para esse insistente lembrete de sua corporalidade. Parecia lembrar-se — dentro dos bancos de memória do corpo em si — daquelas tardes desembaraçadas, atemporais, da infância, o crepúsculo brincando, os chamados paternos para voltar para casa como macacos uivando no entardecer suburbano; e, acompanhando essa lembrança, a cobri-la como o pôr do sol, uma sensação de seu corpo como também desembaraçado, não ainda inibido, cerceado, pelo conhecimento do futuro, que se transformou em uma espécie de termostato, regulando qualquer prazer ou facilidade de ação, facilidade de repouso.

E, então, ao virar para a King's Road, ao passar pelo quartel do Duque de York onde a artilharia móvel ficava imóvel, Simon imaginou se conseguiria identificar o momento em que tudo havia dado errado. Porque agora sua consciência corporal era apenas de restrição, de resistência, de falta de ajuste entre cada osso e ligamento, cada célula e sua vizinha. Como isso podia ter acontecido? Pensou de novo nas viagens de ácido — elas ainda estavam lá, salientes no desfiladeiro da memória de três minutos que ele estava atravessando. Lembrava-se das pretensas viagens astrais que ele e outros aventureiros psíquicos tinham empreendido sob sua influência. Talvez em uma dessas tivesse deixado seu corpo físico, e na reentrada tivesse falhado em obter um ajuste perfeito, deixando o psíquico e o físico para sempre ligeiramente fora de registro, como uma fotografia mal reproduzida em uma revista. Pelo menos, era assim que se sentia.

Havia a falta de ajuste e havia a amputação de seus filhos, que causara outra confusão em sua percepção corporal, outra desincorporação mais profunda. Quando seu casamento com Jean entrou em colapso, como uma torre demolida com cargas de explosivos cuidadosamente colocadas, seus filhos tinham 5, 7 e 10 anos, mas seu relacionamento físico com eles não foi interrompido; cabos conscientes ligavam seus narizes escorrendo e bumbuns a limpar diretamente ao seu sistema nervoso. Se eles se batiam ou se cortavam, a dor era intensamente realçada, amplificada, de forma que Simon a sentia como uma cratera Sabatier nos intestinos, um escalpelo nos tendões. Se eles deliravam em febre infantil, alucinando conceitos e visões — "Papai, papai, eu sou a Islândia, sou a Islândia" —, ele alucinava junto, escalava com eles os Piranesi falsificados do papel de parede do quarto de criança, trepando numa folha para obter apoio em uma flor.

Por mais que os visse agora, por mais que os pegasse na escola, por mais que fizesse para eles batatas e palitos de peixe ao forno, por mais que os mimasse, beijasse, dissesse que os amava, nada podia aplacar a sensação de brutal separação, sua disjunção da vida dele. Podia não ter comido a placenta, mas de alguma forma os cordões umbilicais deles ainda saíam de sua boca, cordões ectoplasmáticos esticados pelo verão de Londres, retorcidos sobre telhados, carros aéreos, anunciando reuniões, e o amarravam à barriguinha deles.

Simon parou em uma banca de revistas na Sloane Square. Brilhantes garotas infelizes passaram por ele vestidas em velhos casacos, perneiras e palas de couro sintético. Ele pensou brevemente em uma mulher que comeu na Eaton Square. Comeu na zona morta entre Jean e Sarah. Jean e Sarah, tão tola a cesura: JeaneSarah. Porém essa mulher apareceu a Simon agora, em Sloane Square, o fantasmagórico conjunto da mobília de seu apartamento espalhado na calçada.

Grande divã, mesinha de centro com tampo de vidro, pinturas abstratas e os corpos dos dois, cada um vendendo ao outro seguro figurativo. Tocando um ao outro, no mesmo sentido em que um pedaço de terra pode ser cantado, criado por alusão. Ali os seios, ali os quadris, ali um pau, ali uma boceta... Simon removeu-a como um verme da calça justa, a calça como vermes se descolando das canelas, os tornozelos descaradamente ásperos de pêlos, os dela e os dele. Ele enterrou a cabeça bêbada nas dobras de sua barriga branca, as dobras frouxas, pregas de pele. Eles riram, cafungaram coca, seminus, a calça dele nos tornozelos. Engoliram vodca, quente e ruim. Quando foi comê-la teve de espetar o pau nela com a mão, mas ela pareceu não se importar ou não ter de se importar. Uma coisa ou outra.

Simon dispensou a mobília e olhou à direita, onde ficava a pilha de jornais. Deu uma olhada nas manchetes: "Novos massacres em Ruanda", "Presidente Clinton insiste em cessar fogo na Bósnia", "Acusações de racismo no julgamento de O.J. Simpson". Não eram, ele refletiu, notícias políticas, eram notícias sobre corpos, corporetagem. Corpos arrastados por finas canelas através de grossa lama, corpos esmagados e pulverizados, gargantas cortadas vermelhas em traqueotomia grátis para que a vítima pudesse dar seu último suspiro.

Havia ali algum encaixe, Simon percebeu, entre a penumbra em torno de sua vida, o escuro na fímbria do sol e aqueles boletins de desencarnação, atualizações de desincorporação. A imaginação dele, sempre muito visual, podia penetrar naquelas manchetes de imediato, mas só visualizando Henry, seu mais velho, como Hutu; Magnus, o mais novo, como Tutsi; para depois observar os dois se dilacerarem.

Simon suspirou. "É falta de perspectiva...", e tossiu quando um rosto voltou-se para ele, porque havia, involuntariamente, falado em voz alta. Pensou em tomar um Lucozade, mas faltou-lhe energia para parar e comprar. Pensou em mandar um cartão para os meninos, mas tudo o que havia em exposição eram cartões mostrando chimpanzés em poses humilhantes, vestindo paletós de *tweed*, carregando pastas, com legendas embaixo que diziam: "Em Londres, pensei em você." Então, em vez disso, tirou do bolso de cima do paletó o baseado que havia enrolado antes. Simon segurou a coisa na palma da mão; estava amassado e curvo como o pênis de um tigre de papel. Então acendeu, esperando fumigar a mente, expulsar depressa as visões.

Capítulo dois

Sarah estava sentada no bar do Sealink Club recebendo propostas de homens. Alguns homens faziam propostas com os olhos, alguns com a boca, alguns com a cabeça, alguns com o cabelo. Alguns homens faziam-lhe propostas com refinada sutileza cheia de nuances; outros propunham com *chutzpah* ou afronta total, a corte tão óbvia quanto um *schlong* batendo no balcão de zinco. As propostas de alguns homens eram tão ligeiras a ponto de ser periféricas, uma representação sedutora de papéis menores, um convite a tocar cutículas, roçar calos, raspar unhas. As propostas de outros homens eram uma produção de Bayreuth, completa, com efeitos mecânicos, grandes apartamentos descendo, mostrando gritantemente seu Gosto, seu Intelecto, seu Status. Os homens eram como macacos — ela pensou — tentando impressioná-la, sacudindo e chutando coisas numa exibição de falsa potência.

Ela sentada, um pequeno olhar loiro para essa tempestade de impessoalidade. Uma mulher jovem que acreditava, quando lhe convinha, em desafiar as expectativas. Essa noite, estava vestida com um terninho preto, um chapeuzinho preto sem abas, veuzinho preto, sapatos pretos, meias pretas, blusa de seda creme de golas pontudas. Mexeu-se um pouco e sentiu superfícies sedosas moverem-se em torno dela, acomodando-a em um nicho lustroso. Sentiu-se muito presente no balcão do bar. Sorriu para aquilo, as moléculas dela ainda borbulhando, deliciadas por desempenharem algum papel ao assumirem sua forma.

Talvez, Sarah pensou, seja isto que realmente atrai os homens, este chamado do urbano. Mas ela sabia que era mais provável que fosse a felina fisicalidade, a loira gatice dela. Nariz de ponte fina, ponta arrebitada para expor narinas rosadas, com veias, anúncio de acesso menos randômico. Boca estreita, mas de lábios cheios, principalmente o de baixo, que poderia ser descrito como um beicinho em um rosto mais leviano. O queixo vulpino, agudo, queixo para furar. Os olhos, violeta, realmente violeta, uma cor surpreendente para olhos, com pontos de fogo pálido, brilhando sobre faces pontiagudas. Esses traços introduziam um molde mineral no que seria um rosto animal. Uma insinuação mineral que se transformaria em insistente certeza se ela apenas removesse o chapeuzinho, mostrasse como na testa estreita se desenhava um bico-de-viúva.

Muitas vezes se descreve o rosto das mulheres como em forma de coração, mas o rosto de Sarah não tinha forma de coração, tinha forma de losango, o triângulo superior formado por bico e faces, o inferior por queixo e faces. E, como um diamante, era um rosto que continha faces, semblantes secundários, dependendo de quem o observava.

A sociabilidade agitada, vigorosa do Sealink Club rodopiou em torno do banquinho onde essa jóia estava sentada e estatelou-se no balcão, permitindo pausas subjacentes à corrente entre ondas para Sarah dar um gole no coquetel, acender o Camel Filter, trocar frases com o barman, Julius, ver-se multiplicada e bisseccionada em facetas nos fundos de espelho das prateleiras.

— Simon vem? — perguntou Julius, que piruetava com uma coqueteleira, sacudindo uma mistura cheia de pedaços, servindo a essência em um jorro espirituoso.

— Vem, está aí em algum vernissage... Deve estar estourando logo logo... — Ela interrompeu, um belo jovem estava se aproximando do balcão. Olhou para Sarah, varreu seu chapeuzinho com o olhar e disse a Julius:

— Huhm.

— Huhm o quê? Humbongo? — respondeu o barman.

— Huhm... ahn... — Ele estava definitivamente agitado. Agitado com calça de lona, algo um tanto deslocado, pensou Sarah. Agitado e suando sob o sol do meio-dia de seu belo aspecto.

— Não tenho certeza se conheço essa bebida, senhor, é à base de romã? — Antes que o jovem pudesse responder, Julius havia se afastado, transportando seu corpo alto, esguio, para o outro extremo do balcão de um certo jeito deslizado que dava a impressão de que estava em cima de uma esteira transportadora escondida,

— Ele... ele é cheio de humor, não é? — perguntou o jovem a Sarah. Era uma proposta que, para variar, não era uma proposta.

— É, sim — suspirou ela —, um desperdício aqui, desperdício. Desperdiçando a vida, ele que podia ser um verdadeiro competidor, é, sim, um competidor. — Ela suspirou de novo, sacudiu a cabeça, lamentando, e mexeu o drinque com o dedo.

— Por que diz isso então? — perguntou o jovem; mas, antes que Sarah pudesse responder, pudesse puxá-lo um pouco mais perto de seu ridículo laço, as portas de vaivém do bar fizeram seu papel e Tabitha, a irmã mais nova de Sarah, adentrou.

Com ela estava Tony Figes, o crítico de arte, e os irmãos Braithwaite, uma mundana dupla de gêmeos não-idênticos que via toda a sua vida juntos — que era toda a vida que tinham — como uma obra de arte viva, respirante, semovente. Nem é preciso dizer que isso introduzia um axioma: quanto mais perto de um contexto performático, menos interessantes ficavam. Enquanto em ocasiões sociais eram espontâneos e muitas vezes totalmente bizarros.

— Me coma de lado — disse Tabitha chegando até Sarah e plantando um beijo Twiglet em sua face pontiaguda, um beijo tão twigletiano que um pedaço de Twiglet ficou grudado no rosto —, você aí toda sozinha. — Deu um meio abraço na irmã mais velha, enfiou as unhas debaixo do osso do peito de Sarah.

Sarah sacudiu-se, deu um tapa em Tabitha, disse:

— Vá se foder.

— Vá se foder. — Tabitha não se recolheu, estava encostada em Sarah, amassando seda, algodão e carne; estava caçando um biquinho de seio para beliscar. O saco de Twiglets na outra mão sacudiu sem rumo no ar.

— Sai fora! — Encontrou algo, e rodopiou para o fim do bar para dizer alô a Julius.

Tony Figes deu um passo à frente e apresentou-se, dizendo: "Boa-noite." Pegou a mão de Sarah do jeito mais displicente, e devolveu. Tony Figes sorriu, e a comprida cicatriz em forma de L que rasgava seu rosto entre queixo e lábio inferior retorceu-se para se transformar em uma segunda boca. Um homenzinho estranho, curvado, inteiro marrom como um pedaço de papel de embrulho, uma etiqueta mais escura de cabelo grudada na testa brilhosa, essa noite ele era um embrulho de presente de terno de linho cor de creme. Tufos de cabelo infelizmente grisalho lutavam para escapar do colarinho aberto da camisa.

— Hum. — Desviou o rosto de Sarah, passou os olhos pela sala, pelo conjunto de ternos, e voltou para ela. — Se eu quisesse uma cotação de seguro teria ficado em casa e ligado para o Fonegrátis. — Sarah riu e ele conduziu seus sorrisos gêmeos ao bar, fez sinal para Julius.

Os irmãos Braithwaite vieram até Sarah. Estavam cantarolando baixinho. Ela não conseguiu identificar exatamente a melodia, mas podia ser *As Vinhas da Ira*. Pararam um de cada lado dela, um magro, o outro cheinho. Mas ambos os rostos finos, preto-amarelados. Estenderam as mãos na frente do peito, palmas para baixo. Como robôs, Sarah pensou, ou levantadores de carga humanóides. Olhou de um para outro; ambos os pares de olhos castanhos estavam voltados para si mesmos, ou talvez voltados para o outro. Então, sem que nenhum sinal fosse dado, as quatro mãos começaram a se agitar em torno da cabeça dela, como se os irmãos estivessem fazendo um jogo conceitual de amassar tortinhas ou falando por sinais ao surdo míope. Subiram o volume da canção cantarolada, depois deixaram morrer, as quatro mãos caíram para o lado dos corpos. Saíram sem dizer nada, na direção dos banheiros.

— Espaço corporal — disse Tony Figes enquanto acendia um Camel Light; estava no papel de exegeta deles. — Estão fazendo alguma coisa com o espaço que o corpo ocupa.

— Sei.

— Disseram que de agora em diante pretendem usar os próprios corpos exclusivamente para definir o espaço que outros corpos ocupam, a fim de chamar atenção para a maneira como a existência moderna destrói nossas faculdades de extracepção. — Tony mantinha a cabeça torta para um lado e o martíni torto para o lado oposto. Sarah achava que nem ele mesmo sabia mais dizer se estava sendo irônico.

— Quanto tempo acha que vão continuar nisso?

— Esta noite?

— É.

— Hum, talvez uma hora. Estão com uma coca excelente. Do cacete de excelente. Mais umas duas fileiras e esperemos que eles façam uma pausa com a coisa.

Tabitha cabriolou de volta do outro extremo do balcão. Pediram mais drinques a Julius. Os Braithwaite voltaram, olhos e nariz molhados, como se tivessem caninamente recuperado cocaína derrubada no banheiro dos cavalheiros. Sarah acomodou-se e apreciou a acalorada contenda à sua volta, o sarcasmo e a ironia, a sátira e o ridículo, a deliciosa, acolhedora internalidade daquilo tudo. Cada aparte malicioso ela sentia como uma pequena carícia, cada observação venenosa era um afago exortativo.

Mas não era sempre assim. Essa coisa quebradiça fora um dia apenas quebradiça, fino gelo social deixando de sustentar sua castigada sensação de si mesma. Só que... o quê? Há apenas seis meses este início de noite no clube noturno, este prelúdio de seu abandono do corpo de criança teria sido purgatório, uma recrudescência de abominação. Agora, tudo ali era redefinido pelo fato de Simon. Mais especificamente pelo fato do corpo dele.

Se se concentrasse, eliminasse todo o som, escurecesse os lampejos de luz de copos, espelhos e óculos, podia imaginar o corpo dele se aproximando como um grave fluxo de tangível solidez vindo até ela através das sombras da noite. Um corpo como um corpo de bombeiros em cerrada formação, clavícula, caixa torácica, quadril, pênis. Pés, panturrilhas, coxas, pênis. Mãos, ombros, cotovelos, pênis. "Sarah Ama o Pênis de Simon." Ela devia gravar isso no balcão com o alfinete do chapéu, é uma idéia tão verdadeira, tão romântica.

A fusão dos pêlos raspados do pescoço para pêlos do peito, a alongada dureza do músculo, como talas flexíveis. E a paradoxal maciez da pele clara. Como pele de menino, uma pele que seria sempre sensual, sempre gritando para ser tocada. Uma pele que cheirava totalmente a ele, ele fervido na bolsa sem rugas daquela pele. Sarah queria rasgar essa pele dele, fazê-lo sangrar para dentro dela. Esfregou as coxas uma na outra ao pensar nisso e desejou que ele já estivesse ali. Por que se davam ao trabalho de sair? Por que ela queria arrastá-lo essa noite? Não queria de fato. Preferiria muito mais ficar em casa e deixar que ele a despelasse e despelasse e a despelasse de novo. Ele conseguia mexer com ela, pôr em movimento seu galvânico coração, de forma que ela gozava, gozava, gozava, cada tonto orgasmo mais vertiginoso que o anterior.

Por que saíam? Por que tomavam drogas? Porque aquilo era *demais* para ambos, porque, Sarah pressentia, aquilo era algo que podia se atrofiar em vez de se tonificar com o exercício. Algo que podia ser removido deles ao se moverem. Ela não tinha lido Licurgo, mas, se tivesse, reconheceria a beleza da lei espartana para o adultério. Em Esparta, o adultério não sofria sanções, mas ai do homem surpreendido fazendo amor com sua mulher, porque era a morte certa para ambos os envolvidos. Isso atribuía uma tensão de perigo às relações matrimoniais, mantida em proibição, verdadeiramente sexual. Então, para Simon e Sarah, o Sealink, as drogas, a grande lacuna era sua Lacônia.

Havia isso, porém mais definidamente havia a ex-mulher dele e as ex-namoradas. As muitas e muitas ex-namoradas. Desembrulhe Simon e não há só Simon, há também uma série de amantes russas, as lembranças concretizadas de fazer amor com elas empacotadas uma dentro da outra. Ele era uma enciclopédia de clitóris friccionados, de bocetas chupadas e uma Enciclopédia Britannica de seios acariciados. Se Sarah se pegava pensando nisso ao fazerem amor era o bastante para fazê-la chorar, cair em prantos com ele dentro dela. Às vezes, ela pensava nisso no momento exato de gozar, no movimento exato. Então era sacudida por dois tipos de soluços. E ela se rendia, Simon se pendurava nela, confuso com essa perturbação que propositadamente provocara.

Onde estava ele? Por que não estava ali ainda, para que ela pudesse agarrar o mastro dele, pendurar-se nele no fluxo aquoso do Sealink? Assim que Simon estivesse ali, toda a noite se transformaria em um convés oscilante, os dois deslizando para a cama, como um par de mãos entrelaçadas numa prece prática, depois entrelaçadas em prazer. Onde estava ele?

Ele estava em Oxford Circus, parado na frente da Top Shop, sugando um Camel sem filtro, olhando através da arena de asfalto para o recife de Regent Street, que fazia uma curva para o sul. Estava parado no lado da calçada, contra uma vitrine. As têmporas pulsavam, e sentia-se claustrofóbico. O metrô já havia sido bem ruim, havia sido, em duas palavras, um erro. Ou melhor, o baseado que fumara em Sloane Square, antes de entrar no metrô, havia sido um erro. Esperara um pequeno alívio de seu corpo, uma excursão mental enquanto era transportado para o West End. Mas em vez disso o haxixe, com sua pesada imprevisibilidade, como um mordomo truculento, o introduziu a mais desprazer, mais mal-estar.

Começara descendo a escada rolante, que estava lotada com o pessoal da baldeação. A vida inteira eu olho essas alas de gente descendo, ocorreu a Simon, todos robotizados, sem se tocarem, deslocando-se em cerradas formações ao longo de túneis e escadas rolantes acima. São como os proletários do *Metropolis*, de Lang. *Exatamente* como os proletários do *Metropolis*, de Lang. Essa observação passageira, bem leve, mesmo assim puxou uma lembrança mais funda, explodiu-a lá no fundo, de forma que ela subiu voando para a consciência de Simon soltando bolhas. Ele vira o *Metropolis* em criança, ficara horrorizado com a visão que Lang fazia de um futuro inumano, urbano, governado pelo Moloch do maquinário, mas, aos 7 anos, não o vira absolutamente como uma fantasia sombria. Simon achou que era um documentário — de certo modo.

E havia sido. Um relato tipo mosca na parede do metrô de inquieto anonimato, todo mundo reduzido pelo futuro frankensteiniano a não mais que a soma das partes de seus parceiros. E diante da máquina de venda automática, Simon ficou pálido, e, debaixo do indicador de trens, Simon suou; sentiu a dobra de tecido suado cortar seu períneo — *atualizaçãovisceralatualizaçãovisceralatualizaçãovisceral*.

Ele havia também mentido para a mulher do vernissage, a picareta insistente da *Contemporanea*. Não era verdade o que dissera a respeito da próxima exposição de seu trabalho. Não era verdade o seu romance com o corpo humano. Ele não havia pintado quadros que mostravam o ideal abrigado no interior da carne real, do osso real, do sangue real. Havia pintado o irreal, a distorção e a aflição desse corpo pela metrópole, por seus trens e aviões, seus escritórios e apartamentos, suas faces e fascismos, *piazzas* e pizzas.

Um ano antes, ou quase, na idade das trevas entre Jean e Sarah, Simon almoçara um dia com George Levinson no Arts Club e depois cortara caminho pelas ruas de cobertura de bolo de Chelsea até a Tate. Ele sabia por quê. Estava bloqueado de novo, muito bloqueado. Não só não queria pintar, nem desenhar, nem construir, nem esculpir. Sentia-se como alguém com o lobo frontal fodido, incapaz de lembrar por que alguém pintava, ou desenhava, ou construía, ou esculpia. O mundo parecia já repleto de sua própria imagem — já muito igual a *si mesmo*. Nesse estado de espírito, fez um esforço consigo mesmo para ir na direção da galeria, forçando um pé na frente do outro. Chegara para almoçar louco de fumo e saíra bêbado.

A visita à Tate foi um tanto masoquista da parte de Simon. Pior que isso — um tanto masoquista e fracassada. Simon sentia-se um marido de meia-idade com um fraco pelo chicote, caçando um garoto na Charing Cross Road com pleno conhecimento de que seu dinheiro será tomado pelo cafetão e que a polícia o entregará aos tablóides.

Subiu depressa os largos degraus de pedra e entrou sorrateiramente, evitou o salão principal, passou abaixado pelo arcos que levam às galerias contemporâneas, olhos baixos, para não vislumbrar a obra de seus pares ou, pior, a sua própria. Escapou para o Renascimento e ficou ali um pouco, alimentando gamos e cabras na distância azul dos painéis umbrianos. Aquilo não significava nada para ele, as cores, a colocação das figuras, as linhas de visão, a iconografia religiosa. Cada aspecto das pinturas que olhava havia sido desacreditado e desacreditado e mais uma vez desacreditado pelas traições foscas e brilhantes da fotografia, da publicidade. Simon não ficaria nada surpreendido se um *putto* saísse da moldura de um Ticiano em um Peugeot 205.

Seguiu em frente, tentando perder o rumo, mas sem tentar demais, porque não conseguiria mesmo — conhecia a galeria bem demais. Lembrava-se de ter estado lá aos 16 anos, a ponto de dar um primeiro beijo numa namorada. Os dois, as palmas das mãos grudadas e untadas de suor infantil, passearam por ali, inventando conversas, enquanto os olhos dele devoravam as cornijas, as grades de ventilação, os extintores de incêndio, os interruptores, tudo, menos os Blake incandescentes que a princípio tinham ido ver. Esse treino — a cabeça trabalhando enquanto o magro pau de 16 anos batalhava contra a calça estreita e o magro peito de 19 anos servia de crucifixo para o ardente coração da lascívia — foi suficiente para gravar o mapa do piso em seus neurônios.

Mas ficou perdido, ou pelo menos confuso, quando levantou os olhos e viu duas telas de John Martin, o apocalíptico pintor do século XIX, *As Planícies do Céu* e *A Queda da Ba-*

bilônia. Na primeira, um panorama bastante convencional da romântica terra lá do alto — picos e vales azulíssimos e amarelíssimos recuando até um horizonte enevoado — passou por uma revisão quando Simon percebeu que o que tomara inicialmente por uma espiral de fumaça ou espuma a sair de uma fenda numa rocha do primeiro plano era de fato um grande tumulto de seres angélicos em formação cerrada, mas irregular. Havia tantos que eles alteravam inteiramente a escala do quadro. O que Simon tomara por um horizonte a uns 50 ou 60 quilômetros visto da perspectiva de um pico transformara-se em irreais 150 ou 200 quilômetros de ilocalizável nirvana. Uma representação impossibilista de outro planeta, tendendo para os tubos de spray e manipulações computadorizadas do Agora, em vez das evocações sobrepostas e afetadas de Antes.

A outra tela, *A Queda da Babilônia*, era ao mesmo tempo um complemento e uma correção. Um vórtice maciço de pedra, madeira, água, fogo e carne, gorgolejando por um ralo de destruição. Babilônios de mantos cinzentos, pegos de surpresa, caíam inteiros, braços e pernas em cambalhotas, as barbas de creme chantilly desordenadas como espuma para o cataclisma. Martin parecia estar dizendo... o quê? Dizendo nada, apenas arrebatado pela mera mecânica da destruição gráfica que havia tecido. A pintura era sobre isso: que a Babilônia continha esse momento de explosão, essa blastosfera, latente em toda a sua solidez, a sua municipalidade.

E, se não Babilônia, por que não Londres? E, se não as planícies do céu, por que não os atracadouros de cúmulos-nimbos? O algodão borrado que beijava a barriga curva de aeronaves quando passavam potentes pelo céu. Por que não, por que não, mesmo? Simon desconfiava de epifanias. Havia sido arremetido por becos sem saída de empenho vezes demais para dar crédito àqueles momentos de acreditar que alguma coisa estava instintivamente certa. Mas identificava um bom tropo quando lhe surgia. Reconhecia uma escotilha inspiracional que o sustentaria, mesmo que apenas para um faça você mesmo.

Assim tinha sido com a série de modernas pinturas apocalípticas em que embarcara na semana seguinte. Nas telas de Martin, o corpo era violado, ou inviolado, mas sempre violável. Nas de Simon, os corpos humanos seriam pouco mais que viáveis: os cupins massificados da cidade de Lang, os corpos uniformes, os uniformes como corpos. Humanos insetóides — todos carapaças, todos exoesqueletais. Sentar-se-iam em fileiras, numa aeronave do tamanho de uma Chartres voadora, coros e transeptos inteiros, apoios de leitura com páginas delicadamente entalhadas em alto-relevo e Donkey Kong brincando com bruscos polegares, friccionando os clitóris de plástico em miniatura.

Simon concebeu uma tela grande que mostrava o interior de um Boeing 747 no momento em que seu nariz explode na crosta da Terra, no momento em que seu mortal decalque — derrota alada — se destrói num mergulho de cabeça a 32 pés por segundo no piso de concreto de um reservatório vazio perto de Staines. As multidões dilaceradas de figuras humanas voando na verdade *dentro* do avião em desintegração, experimentando verdadeira ausência de gravidade por fim, apenas no momento em que seu enterro preconiza seu enterro.

E, assim que essa tela lhe veio, as outras seguiram. Eram todas representações dos mais seguros e mais urbanamente tediosos ambientes, porém sujeitos a uma força terrivelmente destrutiva que abalava, agitava e por fim dilacerava sua carga humana. O interior da Bolsa de Valores debaixo de um maremoto; o corredor de bilheteria da estação de metrô de King's Cross naquela noite de novembro de 1987, no instante mesmo em que irrompeu a bola de fogo; o interior de um carro rolando com a onda verde entrando e os carros vermelhos e azuis passando; Ebola instantâneo atacando Ikea, as hordas de jovens casais recém-casados a comprar mobília desmontável se liquefazendo ainda de mãos dadas. E assim por diante, vinte telas ao todo.

E, embora no momento da concepção Simon tivesse imaginado que essas pinturas seriam satíricas, mostrando a fútil transitoriedade de tudo que se considerava duradouro, enquanto trabalhava nelas percebeu que não era assim. Que as pinturas não tinham nada a ver com os cenários, com os fundos. Que esses eram pouco mais que montagens, representações de rústicos maciços e recifes submarinos, nos quais crianças podiam esfregar os decalques de celulóide das figuras humanas adequadas. E que essas figuras é que eram o assunto real das pinturas.

O corpo humano havia — Simon sentiu — sido empurrado para um vazio puramente local, um oco de tempo; pendurado ali, um míssil navajo numa viga mestra de aço, mergulhando de cabeça contra o simples rochedo da recém-construída, concretizada tecnologia. O vento havia mudado e deixara os personagens humanos de Simon distorcidos em atitudes exigidas para viver neste mundo de angústia terminal. Uma cãibra percorrera a Torre da Babilônia, deixando comunidades de linguagem em todos os quinhentos andares com ombros e pescoços torcidos. Era isso que ele queria expressar, mas o des-registro de seu próprio corpo ocorrera antes ou depois disso? Não sabia dizer.

Mais ou menos ao mesmo tempo, conheceu Sarah. Mas não tinha certeza de que aquilo estivesse funcionando, ou de que o trabalho estivesse funcionando. Tudo o que sabia era que, no último ano, os dias haviam ficado mais longos, preenchidos com pintura e gente nova que ela apresentara a ele. Que as ressacas tinham vindo, um bom sinal, porque antes — durante a cesura, durante e entre Jean — não tinha havido dia seguinte, só tormento. Além disso, seus filhos tinham, de alguma forma, voltado para ele, se sentido confortáveis com ele de novo. Sentia que os parasitas que o devoravam por dentro estavam, pelo menos no momento, serenados.

Onde estava? Estava em Oxford Circus, parado na frente da Top Shop, fumando um Camel sem filtro, olhando através da arena de asfalto para o desfiladeiro da Regent Street, que fazia uma curva para o sul. Estava afastado da calçada, encostado a uma vitrine. As têmporas latejando e sentia-se claustrofóbico ao visualizar a cena toda imposta por um macaco gigante. Um Kong pós-imperial que estilhaçava vitrines de lojas de departamentos e arrancava de dentro punhados de humanos esperneando entre seus dedos, como se fossem os cupins que eram na pele de pêlos grossos das costas de suas mãos imensas. Essas pessoas eram aperitivos para o deus, sushi para a divindade. Ele as desembaraçava dos pêlos, olhava os rostos contraídos e as jogava entre os dentes, cada dente do tamanho de um dentista.

Mmmm...! Crocante... e ao mesmo tempo macio. O ranger e estalar desse estacionamento de boca preenchia o espaço, biorruído mais alto que tumulto mecânico. Ele fez uma pausa, cuspiu um guarda de trânsito cuja faixa refletora havia ficado presa entre o sétimo e o oitavo inferiores. Fio dental inadequado. Flexionou os braços poderosos, martelou o teto da Hamley's e soltou um formidável "HuuuuGraaa!", que parecia dizer: Eu sou corpo. Eu sou *o* corpo. Foda-se o Pai. Foda-se o Filho e merda pro Espírito Santo.

Esse pantagruélico antropóide então deu a volta no quarteirão, chutando carros como se fossem pedregulhos metálicos, mastigando os ônibus de dois andares chamados *double deckers* como se fossem chocolates Double Deckers, para, finalmente, se pôr de cócoras no centro exato do Circus, a fim de fazer força, empurrar e soltar um troço do tamanho de uma banca de revistas, que oscilou, cresceu de um toco a um charuto, antes de despencar 15 metros desde o cu de Kong até cair em cima das cabeças raspadas de um bando de entregadores ciclistas vítimas da moda que, como gado debaixo de um temporal, havia se abrigado ao ar livre.

Simon sacudiu a cabeça, a visão mais clara, transformada em partículas e grãos de humanidade que agora andavam depressa ao nível do chão. Olhou o relógio, viu que estava atrasado e virou na direção de Sarah, para o Sealink.

Capítulo três

O dr. Zack Busner, psicólogo clínico, médico, psicanalista radical, antipsiquiatra, pesquisador independente de drogas ansiolíticas e ex-personalidade de televisão, parou ereto na frente do espelho do banheiro espanando algumas migalhas do espesso pelame abaixo da linha de seu queixo. Tinha comido torradas no primeiro desjejum daquela manhã e, como sempre, conseguira despejar uma boa quantidade de geléia de cereja negra no paletó em vez de no estômago. Lavou muito bem lavada a pele em torno do pescoço — usando o pente de água que os Busner mantinham para esse propósito apenas —, mas as migalhas se recusavam obstinadamente a se dissolver junto com a geléia. E, quanto mais ele tentava arrancá-las, mais fundo pareciam penetrar no pelame.

Não importa, pensou ele, voltando a atenção para a roupa, Gambol pode cuidar disso a caminho do hospital. Gambol, o assistente de pesquisa de Busner, era sempre convocado para alisar seu chefe. Claro que o eram também os médicos estagiários, as enfermeiras e ajudantes do Heath Hospital, fossem ou não ligados ao departamento psiquiátrico. Atualmente, o pessoal médico mais sênior — e às vezes mesmo os funcionários administrativos — juntava-se em torno de Busner quando ele entrava balouçante no hospital e tentava passar os dedos em seu pelame. Se não conseguiam dar pelo menos uma rápida alisada de deferência, apresentavam para ele e depois corriam para suas tarefas.

Porque Busner, embora não conformista e até ingênuo praticante da psiquiatria na juventude e na meia-idade, havia, no auge da velhice, começado a adquirir algo próximo da respeitabilidade. Os excessos doutrinários da Teoria Quantitativa da Insanidade, com a qual estivera associado quando recém-saído de seu treinamento analítico sob o comando do legendário

Alkan, haviam há muito sido esquecidos. A teoria era agora vista — se os chimps sequer pensassem nela — como um equívoco divertido, uma espécie de versão psicossocial do positivismo lógico, ou do marxismo, ou do freudismo. Evidentemente, as previsões que ela fora projetada para fazer haviam sido fastidiosamente desacreditadas e, no entanto, uma segunda leva de partidários havia surgido para defender a teoria, apontando que a veracidade empírica de uma hipótese podia não ser o único critério para julgar sua significação.

Busner pegou a camisa recém-passada do cabide pendurado atrás da porta e vestiu-a nos ombros redondos. Seus dedos ainda eram tão hábeis como sempre. Abotoou depressa os botões, os polegares conseguindo localizar os nós dos indicadores para efetuar a torção, apesar da artrite que agora o incomodava. Quando pegou a gravata de *angorá* habitual, colocou no pescoço grosso, fez o nó e dobrou por cima o colarinho, sentiu-se ainda mais reconfortado pelo borrão de movimento no espelho.

Deixou o colarinho desabotoado e o nó da gravata frouxo — para Gambol poder encontrar melhor as migalhas. Enquanto isso, um de seus pés havia, sem qualquer intenção da parte dele, enganchado em um pente de desembaraçar da prateleira de vidro debaixo da pia, e ele agora se viu distraidamente penteando o focinho enquanto olhava de olhos apertados os próprios traços refletidos.

Supercílio pronunciado com uma leve camada de pêlos cinza-prata, ponte nasal profunda, narinas nítidas, amendoadas, nenhum papo no focinho, apenas uma série de linhas entrelaçadas em ângulos oblíquos sobre a pele lisa do lábio superior cheio e protuberante. Seus lábios eram como uma meia-lua crescente, tão finos e generosos como eram quando jovem.

Nada mau para um chimpanzé beirando os cinqüenta, ponderou ele, arrepiando em um halo os longos tufos de pêlos grisalhos que cercavam a cabeça quase calva. Nenhum sinal de papo ou sarna, nenhuma úlcera também. Nesse passo, posso chegar aos sessenta! Empinou o peito largo e flexionou os braços compridos. Verdade que, quando em movimento — como estavam quase sempre —, seus traços projetavam a impressão de mal contida energia, porém em repouso pendiam um pouco, penduravam-se numa carnosa erosão, um deslizamento epidérmico. Mas Busner não notava isso. Distinto, isso é o que eu sou, concluiu, e virou-se para tirar de um segundo cabide um paletó de tweed excepcionalmente felpudo.

A volta de Busner ao papel que ocupara na mídia popular com tamanha segurança — alguns poderiam dizer arrogância — quando jovem havia sido temperada pela maturidade. Nos cinco anos anteriores, publicara três livros[1] que haviam expandido enormemente sua reputação. Embora parecessem coleções de relatos de casos de seus pacientes, os livros conseguiram o feito excepcional de tornar acessíveis ao grande público temas e teorias bastante difíceis nos campos da psicologia e da neurologia. Além do mais, isso não foi obtido absolutamente por meio da trivialização. Busner se orgulhava de não ser condescendente com seus leitores.

Outro aspecto notável de seus livros era a dedicação com que Busner havia se ligado a seus incomuns pacientes. Havia chegado a um método de observação e exposição que sintetizava a objetividade e o racionalismo de sua formação médica em Edimburgo nos anos 60, a abertura imaginativa e a disciplina criativa impostas por sua formação analítica com o legendário Alkan[2] e a fenomenologia existencial de seu trabalho na Concept House que coordenara em Willesden durante os anos 70. Seus pacientes eram assim estudados tanto em condições clínicas quanto eram levados a passear ao largo do mundo pelo próprio Busner.

"O importante", Busner apontava a seus colegas e acólitos, "é obter uma abordagem 'chup-chupp' intersubjetiva, de alguma forma penetrar na consciência mórbida 'euch-euch' do paciente e ver o mundo através de seus olhos. Não basta mais adotar uma atitude fisiológica dura no tocante a certas perturbações, ou considerá-las de base motivacional, e portanto exclusivamente dentro dos limites da psiquiatria 'huuu' <pura>..."

---

[1] *O Chimpanzé que Acasalou com uma Cadeira*, 1986; *Aninhar*, 1988; e *Relatos de um Primatologista*, 1992. Todos publicados pela Parallel Press, Londres e Nova York. (N. do A.)

[2] Para uma discussão mais completa do método analítico de Alkan veja "Técnicas implícitas de psicanálise" (*British Journal of Ephemera*, março de 1956). (N. do A.)

Se por um lado essa "abordagem intersubjetiva" possuía sólidas e óbvias credenciais tanto intelectuais como éticas, houve gaiatos que não puderam deixar de notar e de falar a respeito das tendências censórias da prática. Enquanto histórias de interesse chimpanzé morbidamente efervescentes, os relatos de caso de Busner viraram televisão muito popular e alto entretenimento. Em busca da fenomenologia distorcida de seus pacientes, Busner era capaz de praticar esqui aquático com paraplégicos, ir à ópera com epilépticos crônicos, a *raves* em *acid houses* com hebefrênicos. Passou até a ser um tanto *de rigueur* nos círculos editoriais ter Busner e um de seus protegidos presentes em festas.

Assim, chimps que latiam involuntariamente ao sucumbir aos tiques e espasmos da síndrome de Tourette, ou chimps com Parkinson cujos braços e pernas ondulavam loucamente pelo efeito da L-dopa, ou chimps com danos cerebrais, cujos violentos ataques gesticulatórios os confinavam em um círculo vicioso de amnésia aguda, passaram a ser vistos usualmente ao lado de agentes de comportamento mais convencional, escritores e jornalistas literários, disputando canapés e drinques grátis. "É uma demonstração prática", Busner apontava para os pequenos grupos que se formavam à volta dele em tais eventos, "da 'gru-nn' chimpunidade de minha abordagem dessas perturbações. Ao trazer esses chimps a estes locais" — e nesse momento ele geralmente tinha de se interromper para atender com algum toque de emergência o chimp em questão —, "estou 'chup-chupp' ativamente desconstruindo as categorias ideológicas que cercam nossas noções de doença."

Busner terminou de se vestir e deu um pulo para puxar do teto o espelho retrovisor com seu braço retrátil. Meu ânus está limpo?, pensou, ao passar uma mão exploratória por suas costas largas e examinar as dobras e pregas da pele amarelo-rosada dos ísquios, trazendo-a depois às narinas bem abertas e aos lábios móveis. Mas, apesar do horrendo ataque de caganeira que o afligira ao voltar do L'Escargot na noite anterior, tudo em seu traseiro parecia estar bem limpinho. Gambol pode dar mais uma olhada a caminho do hospital, decidiu ele, e endireitou o paletó para garantir que a barra ficasse acima do magnífico e resplandecente cu, apagou a luz do banheiro, ganhou um vivo impulso ao empurrar a alça do lado da porta e pulou para o corredor, o saco grande balançando para cá e para lá.

A segunda indicação de Busner como consultor do Heath Hospital chegara a meio caminho desse renascimento popular em sua carreira. E, embora ele ainda tivesse de se encarregar do dia-a-dia de efetivamente tratar pacientes, estava mais ou menos estabelecido pela junta que sua presença ali era mais como um velho chimp da fraternidade psiquiátrica, ampliando o brilho da reputação do hospital. Foi-lhe dado Gambol como pesquisador, podia selecionar e escolher em quais pacientes ia se concentrar e, além disso, podia explorar as internações de outros hospitais da área, em busca do tipo de caso que favorecia os seus livros.

Entre projetos nesse momento, Busner não estava animado pelo dia que ia enfrentar. Tinha uma reunião de departamento esmagadoramente maçante marcada para aquela manhã e no fim da tarde devia ir ao University College para pronunciar a segunda de suas aulas abertas sobre autismo. Essa série, intitulada "Chimpanzés que se Catam Sozinhos", estava destinada a ser imensamente popular. Ao subir ao palco para começar a primeira palestra, Busner tivera a satisfação de ver que, além da multidão de estudantes estrangeiros — sobretudo bonobos — que já esperava, havia muitos chimps leigos, além de estudantes de psicologia e primatologia do corpo da universidade.

Mesmo assim, toda a questão do autismo era bem sem graça. Ele havia expressado a maior parte do que queria dizer em seu livro *Relatos de um Primatologista,* e a perspectiva de repassar tudo aquilo de novo, mesmo que para uma grande e receptiva platéia, não era particularmente animadora. O que eu preciso, pensou ao saltar escada abaixo, alternando entre os corrimãos a cada andar, é de algum relato de caso novo, que apresente uma síndrome ou sintomatologia nunca antes encontrada em psiquiatria ou neurologia. Algo sem precedentes que aponte amplas reavaliações na própria natureza da chimpunidade!

Fez uma pausa diante da porta da cozinha e empertigou-se para o alarde de seu grupo, antes de saltar para agarrar a moldura da porta e lançar o corpo para dentro.

A visão com que se deparou o distinto doutor ao pousar sobre os pés e parar ereto na porta era exatamente o que esperava. Os Busner eram um grupo grande e progressivamente tradicional, como era adequado ao seu pendor médico e acadêmico. Eram mais sujeitos ao fluxo do que a maioria dos grupos profissionais, com um núcleo de dez ou 15 membros residindo permanentemente na morada comunal de Redington Road.

Zack Busner colocava grande ênfase nas virtudes da patrulha para os jovens e muitas vezes expulsava fisicamente do grupo membros machos subadultos, provocando levantar de supercílios e intrigados murmúrios de seus vizinhos labiados do arborizado bairro de Hampstead. Fêmeas subadultas podiam ter problemas também — se seu alfa achasse que estavam desperdiçando o cio exclusivamente em acasalamentos endógamos, ele ia até Hampstead e convocava pessoalmente cortejadores para elas.

Mas ao mesmo tempo, como seu domínio como macho alfa se estendera primeiro a cinco, depois a dez e agora a quase 15 anos, também a fusão do grupo passara a parecer tão importante quanto sua fissão. Às vezes, como agora, quando duas ou talvez até três das fêmeas Busner estavam no cio simultaneamente, Zack aceitava o influxo de machos do grupo de boa vontade. Mesmo quando se via tendo de pagar o bilhete aéreo para aqueles membros adolescentes que insistiam em voltar a Londres de avião de Bali ou da Côte d'Azur a fim de acasalar de modo endógamo.

Quando isso acontecia a casa ficava cheia até o teto de chimps de todas as idades, talvez trinta no total, berrando, brigando, se alisando e copulando. Mas isso tudo estava de acordo com a ferocidade bem-humorada que Busner associava a seu grupo e aceitava com naturalidade — mesmo de manhã tão cedo.

A primeira chimp que Busner notou foi Charlotte, a fêmea alfa Busner, que estava agachada no lance de três degraus que separava a área de alimentação da cozinha da sala, sendo coberta por David, o macho gama, com sua característica indiferença extremada. David não tinha se dado o trabalho nem de deixar de lado o jornal da manhã antes de efetuar a penetração, e Busner viu que ele o segurava dobrado na curva das costas de Charlotte e que estava olhando a primeira página enquanto copulava. Um ruidoso bando de crianças estava tentando atrapalhar, pulando nas costas e ombros de David.

Busner só conseguiu reconhecer um indivíduo, seu filho mais novo, Alexander. Menino fogoso, pensou, pois Alexander, embora com apenas dois anos, havia conseguido agarrar a arandela que oscilava acima dos dois corpos trêmulos e estava pendurado nela por um braço, o corpinho pequeno girando enquanto chutava o focinho de David.

Busner analisou o resto da sala com um olhar, crianças pequenas batendo as tigelas do segundo desjejum com mingau de maçã e abrunho, subadultos pachorrenta e quietamente catando-se uns aos outros pelos cantos, uma dupla de jovens mães amamentando os filhos, outra dupla na área de alimentação preparando mais tigelas do segundo desjejum. Toda a cena era bem iluminada pelo sol que entrava pelas grandes portas abertas que davam para o jardim e através das quais dois ubíquos pôneis de colo trotavam agora, sacudindo a cabeça e relinchando agudamente.

"HuuuH'Graa!", Busner ululou e tamborilou um pouco na ombreira da porta, como cabia à sua posição. Fez sinal para Paula, uma de suas filhas mais novas, de que ela devia preparar seu segundo desjejum, então marchou para o par que acasalava, a pele semi-eriçada.

Assim que ele chegou à porta, os outros machos adultos do grupo Busner haviam todos ululado, menos David, que estava guinchando perto do orgasmo. Enquanto o patriarca atravessava a sala, todos os membros do grupo, velhos, jovens, machos, fêmeas, apresentaram e a cada um ele brindou um toque de terna e exortativa saudação, um beijo aqui, uma carícia ali.

Havia uma quase fila de machos que se estendia até a área da cozinha, mais ou menos em ordem correta de dominância, Henry atrás de David, Paul atrás de Henry. Busner imaginou por que David teria tido o privilégio de ser o primeiro com Charlotte, mas ao chegar por fim ao balcão de desjejum no alto do curto lance de escada, viu que o dr. Kenzaburo Yamuta, o macho zeta-distal, estava se acasalando vigorosamente com sua filha Cressida junto à máquina de lavar pratos, enquanto Colin Weeks e Gambol esperavam a vez.

"Bom-dia, 'chup-chupp', Zack", Kenzaburo sinalizou, saindo de Cressida. "Que tal uma 'huh-huh' foda aqui?"

"Não, não", Busner proferiu ao desferir um afetuoso e brutal soco em David, "eu só vou — 'huh-huh-huh'" — irrompeu em um satisfeito ofegar ao penetrar macio em Charlotte, que empurrou o corpo para trás para facilitar ainda mais a penetração dele — "dar uma primeira com a velha 'chup-chupp'." Busner vibrou e estremeceu, ofegante, guinchando, depois batendo ruidosamente os dentes de satisfação, ao sentir as macias e úmidas almofadas do sexo de Charlotte incharem contra sua virilha. Mas levou quase um minuto se movimentando para chegar ao clímax, um dos pés de Alexander a lhe bater na testa o tempo todo, e dois outros meninos saltando para cima e para baixo em cima de suas largas costas, as mãozinhas agarradas a seu cangote.

Nada como nos velhos tempos, pensou tristemente, saindo de Charlotte e enxugando-se com um pano que Frances, a fêmea ípsilon, atenciosamente lhe estendeu. Me lembro quando cruzei com Charlotte a primeira vez, devo ter emitido em menos de dez segundos! Huu, que gostoso era aquilo; realmente a juventude é desperdiçada pelos jovens. Fez um sinal de gratidão para Frances e ficou descansando ao lado de Charlotte alguns minutos, catando os finos pêlos ruivos em torno de suas orelhas, enquanto Henry acasalava com ela, os grandes dentes amarelos batendo.

Levantou os olhos e viu que Cressida havia acabado com Kenzaburo e estava apresentando para ele, um meio sorriso de estímulo no focinho gentil, manchado de sardas. Busner riu, ofegou, estalou os lábios e cobriu-a em menos de trinta segundos, a dupla aos guinchos de prazer. Cressida fora sempre sua filha favorita — embora não soubesse indicar exatamente por quê. Ela certamente não tinha uma tumescência suficiente para rivalizar com Betty ou Isabel, mas havia algo profundamente comovente em sua alegre submissão e superprotetora maternidade. Busner, embora de forma alguma um grosso macho chauvinista, era mesmo assim propenso a se gabar com os colegas nas poucas ocasiões em que ia ao Flask com eles para um drinque depois do trabalho: "Dos meus 17 filhotes ela é quem me inspira maior ternura... os 17 'h'hii-hii' de que eu tenho conhecimento, quero dizer!"

Busner percebeu que Gambol estava lhe fazendo sinais por baixo do braço direito enquanto acasalava com Cressida, mas não deu muita atenção. Agora, porém, enquanto se enxugava de novo com outro pano limpo fornecido por outra fêmea, registrou plenamente o ululular interrogativo de Gambol.

"'H'huu'", Gambol chamou, depois sinalizou, "aconteceu uma coisa, Zack, uma coisa que parece muito interessante..."

"'Euch-euch', isso pode esperar, Gambol, eu ainda nem tomei meu segundo desjejum", Busner respondeu com sinais, saltando por cima do balcão de desjejum em uma mistura de animação pós-coito e irritação. Acomodou-se em uma das cadeiras em torno da grande mesa circular de tampo de pinho que dominava a área de alimentação e indicou a Isabel, a delta, que trouxesse duas tigelas cheias de mingau de maçãs e abrunhos.

Busner pegou um exemplar do *Guardian* que estava em cima da mesa e começou a folhear o caderno de notícias internacionais, lendo preguiçosamente as manchetes: "Novos massacres bonobo em Ruanda", "Presidente Clinton insiste em cessar fogo na Bósnia", "Acusações de bonobismo na escolha do júri de O.J. Simpson". Miséria, miséria, tudo miséria e agressão, Busner ululou para si mesmo enquanto lia. Talvez seja mesmo como Lorenz sugere e a triste condição atual da chimpunidade seja uma reação mal adaptativa à superpopulação, à perda de nossos estilos de vida naturais.

"Chefe." Gambol tinha enfiado o corpo esquelético debaixo da mesa da cozinha e estava fazendo um cafuné no pé esquerdo de Busner, que balançava. "É uma coisa realmente 'gru-nn' excitante, uma coisa que acho que devemos ave..." Busner interrompeu afastando bruscamente o pé. Com uma agilidade e força que esclareciam de imediato o seu prolongado domínio sobre o grupo, afastou-se na cadeira e aplicou um preciso e forte soco na nuca de Gambol. Esse golpe deixou o infeliz assistente de pesquisa temporariamente tonto, e ele caiu estendido na esteira de fibra de algas. Busner prosseguiu em seu veloz assalto saltando da cadeira e plantando os dois grandes pés na parte baixa das costas de Gambol.

"Wraaf!", latiu o eminente psiquiatra e então curvou-se e agarrou pelo cangote o macho ípsilon, com o pé esquerdo fez no focinho dele os sinais que diziam: "Cale essa porra dessa boca, Gambol, seu merdinha. Quando eu quiser que você se meta no meu segundo desjejum, seu bosta de subordinado miserável, eu peço, mas agora você simplesmente cale essa porra dessa boca! 'Waaa'!"

"Desculpe, chefe, desculpe!", Gambol floreou frenético, as mãos adejantes surgindo debaixo do saco vazio de seu corpo encolhido. "Eu não pretendia 'iik-iik' incomodar tanto o senhor, por favor não me bata, por favor." Ele meio abaixou o corpo e apresentou a Busner o traseiro trêmulo.

"Tudo bem, bonitinho, eu não pretendia bater tão forte, tadinho", Busner gesticulou, grunhindo mansinho. "Você ainda é o meu pesquisadorzinho favorito." Estendeu a mão, ainda rugindo de dor depois do golpe que havia dado e ternamente acariciou o pelame arrepiado nas costas de Gambol. Durante algum tempo, Busner ficou catando Gambol, removendo umas partículas que pareciam fluido de correção solidificado do cerrado pelame entre as escápulas do ípsilon.

Típico intelectual jovem em formação, Busner pensou ao abrir mecha após mecha do pelame de Gambol. Não se cata o suficiente, não acasala o suficiente. Ora, sem a posição de meu factótum acho que ele nunca teria qualquer colocação na hierarquia, muito menos ípsilon. Terminou essa catação de consolo puramente formal com um beliscão nos pêlos da nuca de Gambol.

Gambol afastou-se da mesa, ainda falando, as mãos se mexendo atrás das costas. "Obrigado, Zack, obrigado, reconheço sua suserania. Admiro sua eminência, reverencio seu domínio sobre o grupo, que sua dobra anal nos envolva a todos 'grnnn'."

"Tire o carro da garagem, Gambol", reagiu Busner. "Vamos para o hospital dentro de uns vinte minutos, assim que eu terminar meu segundo desjejum." Busner voltou para cima da cadeira e continuou a mastigar seus abrunhos, esmagando o suco amargo das frutinhas entre os molares fortes, saboreando. Voltou mais uma vez ao *Guardian* e, com uma serenidade nascida da longa experiência, fechou as grandes e enrugadas orelhas ao ruído da cozinha, aos gritos das crianças, ao ofegar dos adultos copulantes e ao relinchar dos pôneis de colo.

Levou bem mais de vinte minutos para Zack Busner terminar seu segundo desjejum. O macho leiteiro despejou a conta da última quinzena, causa bastante para mais uma rodada de acasalamento, assim como a volta para casa de Dave 2, outro filho de Busner que trabalhava para uma organização comunitária bonobo em Hackney. Quando todos os machos presentes haviam coberto Charlotte e Cressida mais uma vez, estava batendo quase dez horas.

"Vou sair agora, querida", Busner sinalizou para Charlotte, que ainda estava agachada nos degraus, a vagina sangrando um pouco. "Tente não exagerar no acasalamento, lembre o que aconteceu no último cio. 'Grnn' não devo demorar. Na verdade, acho que volto depois da minha aula, gostaria de ler um pouco em casa hoje à tarde. 'H'huuu'?", perguntou ele.

"OK, Zack, mas você sabe como é difícil recusar e a casa está com tantos machos subadultos, o que é mais um pa..." Ela parou de fazer os sinais com as mãos. Um dos subadultos em questão, William, estava sacudindo umas toalhinhas de chá, tentando chamar a atenção de Charlotte com essa ridícula exibição de corte.

Busner observou William. O jovem macho estava se desenvolvendo bem, pelame preto-marrom liso, belo supercílio, ponte nasal belamente recuada, focinho pálido — um perfeito Busner. "HuuuGrnn", ululou William, a vocalização subindo e descendo a escala, e depois fez os sinais dizendo "Posso acasalar com você, por favor, tia, por favor, 'huuu'?".

Busner foi até William e administrou uns socos no focinho dele com a mão esquerda, não tão artrítica. "Wraaf!", latiu, depois fez os sinais para: "Deixe a sua pobre tia em paz, não está vendo o estado da vagina dela. Ela já tem machos suficientes mais velhos com quem acasalar neste cio, sem ter de se preocupar com vocês moleques."

William retirou-se para o jardim guinchando e fez os sinais de: "Desculpe, Alfa, desculpe, tia."

Busner virou-se para observar a sala com sua agitada horda de chimps. "HuuuGraaa!", ululou, imprimindo ao grupo a força e a potência de sua despedida — e, por extensão, dele mesmo. Os machos mais velhos pararam de comer, de acasalar e de se catar para saudá-lo, e ele saiu da sala.

Marigold, uma das filhotes Busner, de quatro anos, veio correndo escada abaixo com a pasta dele. "Está aqui, tio", gesticulou ela, arrastando a pasta para ele. "Tenha um bom dia no hospital." Busner pegou a pasta e deu um beijo molhado na pequena fêmea. Conferiu o cu mais uma vez no espelho do corredor, e saiu pela porta da frente.

Capítulo quatro

Simon mal olhou para o recepcionista do Sealink Club, que, reconhecendo-o como um careta que ficava de barato e mostrava isso, foi meio grosseiro.

O clube ficava no subsolo — mas só como localização. Entrava-se no salão de recepção dois pisos abaixo. Forrações amplas, macias, paredes cor de ocre com luzes escondidas atrás de horrendas cestas de metal mantinham a iluminação baixa, punham os freqüentadores para baixo. Dava para imaginar um juiz dizendo: "Para o porão com ela!", e o choque frio ao se dar conta de que você foi condenado à pena perpétua de cultivar contatos sociais.

Do outro lado das portas de vaivém do saguão ficava o salão principal do clube. Ele era dominado pela volumosa barriga de um bar, afivelado à decoração de couro por cinturões cromados, um espartilho de espelhos e ligas de aço cintilante. A clientela do Sealink — ou sócios, pois esse lugar era, afinal, tão privado quanto qualquer lugar eminentemente público podia ser — ficava no balcão do bar ou se aninhava nos bancos das conchas da área dos nichos; sacudiam as nadadeiras coriáceas e flutuavam para o restaurante no nível da galeria, ou se punham de pé e mergulhavam para os toaletes e a sala de futebol de mesa no andar abaixo do bar. Mas ficavam sobretudo sentados ali, cimentados no lugar pelo segredo de suas conversas.

Pois, se uma rede fosse lançada no Sealink Club e arrastada pelos corredores e vestíbulos — mesmo uma rede de arrastão, monofilamentada, micromalha, corta-guelras —, tudo o que recolheria seria alguns sufocados serventes ou garoupas gaguejantes que haviam procurado o lugar da moda.

Não, para pegar uma metade dos membros seria preciso um recipiente ou uma gaiola, com isca de publicidade, ou de fofoca, ou de insinuação, ou de dinheiro, ou todas quatro; ou combinações como: fofoca sobre dinheiro, insinuações públicas, publicidade lucrativa e assim por diante. Porque essa turma era de se alimentar nas profundezas, pura e simplesmente, que vinha ao clube no espírito não adulterado de exploração submarina, para conferir até onde podiam descer.

Quanto à outra metade, bem, seria preciso dizer que era ainda mais fácil de pegar, se não melhor de comer. Todo o necessário para fisgá-la seria uma maré baixa — que vinha duas vezes a cada 24 horas, ao meio-dia e às três da manhã, quando o bar era pouco mais que um chato lodaçal de devastação — um escaler que podia ser manobrado em torno das luzes de sinalização — que ficavam atrás de horrendos cestos de metal — e um longo braço-faca com que alcançá-los e içá-los do carpete.

Porque essa lotação era de bivalves — para um hermafrodita. Sem olhos na escuridão, destentaculados pela devolução, possuindo no máximo um membro febril com que levantar um copo ou carregar um cigarro, eles repousavam enquanto as correntes de conversação fluíam por eles, extraindo nutrição suficiente apenas pelo ato de ser. Alguns argumentam — e Simon estava às vezes entre eles, tinha de haver alguma defesa — que, se um grão de *insight*, um grânulo de originalidade, fosse inserido em suas mentes cerradas, de bordas afiadas, colocado na prateleira onde ficavam os convites, podia muito bem ser cultivado, envolto em um carbonato de algum tipo até formar, se não sabedoria, pelo menos alguma coisa semelhante à cultura. Mas Simon só dizia isso quando estava bêbado e cheio do mundo. Bêbado, e tão cheio do mundo que o mundo devia ser bom — ou pelo menos capaz de inclusão —, para ele estar tão cheio dele.

Do banquinho onde estava sentada, Sarah viu Simon. Viu quando ele fez uma pausa na porta para dois lutadores de sumô o espremerem, viu quando esticou o pescoço para examinar a sala, enquanto, ao mesmo tempo, baixava os olhos, querendo evitar a aparência de estar examinando a sala. A própria visão dele atravessava a sala como uma lança para Sarah, cada entrada que ele fazia era uma penetração nela; e toda vez que ele partia era uma escorregada e cálida retirada.

Ela descolou as coxas em expectativa, fez sinal para Julius de que ele era necessário, girou no banquinho para avaliar as pessoas alegres e brilhantes, depois, por fim, deu uma volta completa para ficar de frente para Simon, as coxas agora separadas, e conduziu-o até ela.

Simon e Julius chegaram à frente e atrás de Sarah simultaneamente. Simon inclinou-se e deu-lhe um beijo de um lado e depois de outro dos lábios dela. Ela colocou a mão na nuca dele, sentindo a pele abaixo do cabelo e o segurou contra seu rosto até os lábios dele roçarem de lado sua boca. Então as línguas escorregaram acima e abaixo, megeras rosadas procurando-se cegamente. Os joelhos pequenos dela pinçaram as coxas grossas dele. Ela não largava, não deixava que ele pedisse um drinque, até ter uma firme certeza dele, aquela espiral de tecido erétil com que ela o havia atraído, e agora o fisgava. E Simon sentiu-se aliviado também. Aliviado pela atração dela por ele — um tipo diferente de atualização visceral.

A dobra de pano desgrudou do períneo dele, as roupas secaram sobre a pele pegajosa como se uma rajada de ar frio, seco, tivesse sido soprada dentro das mangas e das pernas da calça. A barba por fazer amaciou, a sujeira em seus olhos e boca se transformou de amarga em doce. Ela sentiu na nuca dele todo o embaraço do beijo, e mesmo assim o segurou, desafiando-o a afastar-se, a rejeitá-la de algum jeito. Isso, naturalmente, foi o que ele fez.

— Oi, querida — disse, e depois para Julius: — Cara.

— Apertaram-se as mãos.

O barman ficou atrás do balcão, todo barman. Avental branco, camisa branca, gravata preta presa com cuidado. Atrás dele, suas costas refletidas eram igualmente exatas. As fileiras de garrafas proclamavam um alívio quase farmacêutico por qualquer coisa que afligisse Simon; e Julius, o médico, preparado para pousar as mãos.

— Posso preparar para o senhor — entoou ele — uma bebida restauradora?

Simon ficou olhando para Julius como se nunca antes tivesse encontrado barman tão nobre e essa fosse sua primeira visita ao Sealink. Endireitou o corpo, consciente da importância, da solenidade do pedido. Deu um puxão na barra do paletó preto discreto e colocou as mãos ásperas nos bolsos da calça preta discreta. Se houvesse uma gravata preta discreta em torno do pescoço da camisa branca nada especial, pode ter certeza de que ele a teria endireitado antes de responder:

— Um Glenmorangie grande para mim, puro. Um Samuel Adams para acompanhar... e para você, minha macaquinha? O de sempre? — O chapeuzinho mexeu.

Tony Figes apareceu ao lado de Sarah, assoando o nariz ostensivamente em um pedaço de toalha de papel grossa. "Simon...", resmungou, e os dois homens se abraçaram, desajeitados, de lado; a cicatriz de Tony contraiu-se. Os drinques foram colocados delicadamente na frente de Sarah. Simon perguntou a Tony se ele gostaria de tomar alguma coisa, e depois ampliou o pedido para abranger os Braithwaite e Tabitha, que apareceram e que também fungavam. As crianças ranhentas esperaram — como bons adultos que eram — os seus drinques.

— Simon — Tony resmungou —, como foi a abertura da exposição?

— Aberta — Simon sinalizou de volta —, em parte, pelo menos.

Um dos Braithwaite passou-lhe um papel, quadris se tocaram, mãos se roçaram. Simon estava de posse e nem um décimo da lei o tocava agora. Levantou o supercílio para Sarah e os dois, sem mais preâmbulos, atravessaram o grupo, atravessaram a sala, saíram pelas portas e desceram a escada para a sala do porão.

Na sala do porão, Simon foi até onde deveria estar a janela e debaixo da luz que iluminava uma caricatura política — machados identificados como "cortes" — abriu o papel. A cocaína era amarela e engrumada. Parecia boa. Ele levantou as sobrancelhas de novo e ela mexeu o chapeuzinho outra vez. No meio da ação de bater o pó e esticar as carreiras em cima do plástico áspero de um grande televisor camuflado para parecer um armário de navio, ele se interrompeu, gesticulou com o canto do cartão de crédito.

— Dia bom?
— Mmm.
— Por quê?
— Uma bosta. Chato também.
— Quer falar?
— Não.

Ele continuou batendo, cientificamente, sentindo o crepitar químico do plástico no grânulo.

Quando ela pegou a nota enrolada e baixou a cabeça para cheirar uma carreira, a perspectiva baniu-se outra vez; ela se transformou em uma faixa de rosto cor de ocre com rosa no interior exposto da narina. A faixa enrolou-se num raio, que se virou para ele, transformou-se num rosto.

— Simon?

— Umph. — Ele pegou a nota. A cocaína queimou e anestesiou seu nariz ao mesmo tempo. Medicina alternativa. Como o trapo molhado de um moleque no farol de trânsito, a droga passou guinchando pela frente de seu cérebro enevoando e limpando sua mente ao mesmo tempo. Ele então ficou ereto e ereto, correntes kundalini correndo em ambos os sentidos. Talvez eu tenha duas colunas, pensou, inconseqüente, carregando sua *petite* amante entre a mobília massuda. Ela terminou no canto da sala, a boca dele colada na dela.

Lá no bar, Tony Figes estava dando uma mordida em um jornalista.

— É como uma espécie de perturbação neurológica — disse ao homem, que escrevia uma coluna sobre colunas. — Uma compulsão para dizer, escrever, fazer a coisa mais superficial e efêmera possível; uma espécie de superficialália...

— Me dê um exemplo — replicou o homem. Ele era gordo, com cabelo de baunilha lambido na cabeça cônica, mas apesar disso, ou talvez por causa disso, não ia se deixar intimidar pela bicha.

— Bom. — A cicatriz de Tony se contorceu. — Aquilo que você escreveu sobre a criação de vitelas em sua coluna de ontem.

— Qual o problema com aquilo? — O gordo, cujo nome era Gareth, moderou o tom. Mesmo sendo criticado, pelo menos havia sido lido.

— Você não acrescentou nada ao debate. Tudo o que disse foi que o estado mental do animal é uma coisa incognoscível...

— E não é?

— Possivelmente, mas a única autoridade que você citou era outro artigo de jornal.

— Drinque, Tone? — Isso quem disse foi Tabitha, que intrometeu metade de seu corpo longo, metade de seu cabelo longo. Gareth endureceu para evitar contato, a garota pernuda era sexy a esse ponto; e onde eles estavam parados, apertados contra o bar, depressa se tornou um emaranhado de braços e pernas, com folhagem de tabaco queimando.

— Obrigado, Tabitha, um martíni Stolli, por favor...
— Puro? — Julius atendeu Tony atrás do balcão.
— Puro, mas sacuda um pouco, por favor. Depois tire da taça, mas coloque tudo de volta. — Tony deu o seu duplo sorriso para Gareth, que estremeceu de repulsa.

— Não era só mais um artigo de jornal, eu citei Wittgenstein... a teoria da linguagem privada de Wittgenstein. — Gareth deu um gole em seu copo de vinho branco e baixou os olhos para a carequinha do interlocutor.

— Sem dúvida você citou o que *achava* que era Wittgenstein, mas na verdade citou errado porque levantou a citação de um artigo exatamente sobre o mesmo assunto que apareceu no domingo. Acho que sabe de qual estou falando. — E Tony roncou, se dando conta, tarde demais, de que uma bolota de cocaína e muco estava pousada na borda de sua narina. Aquilo despencou em uma trajetória vertical e alojou-se na borda do sapato de Gareth. Felizmente, o jornalista não notou. Embora Tabitha tenha notado e se dissolvido em risadinhas.

— E daí se fiz isso? Não acho que isso prove muito nada. Por que você não ataca logo a questão real em vez de ficar tentando ganhar pontos?

— Hu-huu! A questão real. É isso? A questão real. — O crítico estava ficando agitado agora. Animais eram o primeiro, talvez o único, amor de Tony. Ele vivia num apartamento municipal em Camberwell com a mãe que parecia um antigo labrador; e com um antigo labrador. — Então, se é esse o caso, em que circunstâncias você acha aceitável içar vitelas em jaulas em que elas não podem se mexer, onde não podem fazer nada além de bater a cabeça nas tábuas até ficarem machucadas e sangrando? Talvez se pudéssemos ter certeza de que os animais não estão em nenhum sofrimento isso fosse aceitável, humm?

Gareth não era de se humilhar. Ou melhor, tinha sido humilhado por tanto tempo que tudo o que viesse depois não era mais que molho de menta para o carneiro da vergonha. Ele odiava Figes e sua panelinha. As garotas sexy, os dois negros aparentemente mudos, o pintor Dykes com sua atitude de desdém.

Olhou o sapato e viu que um glóbulo de muco esbranquiçado havia se alojado na beira da ponta. Discretamente limpou aquilo esfregando no carpete — dez horas depois esse resíduo era aspirado por uma faxineira guatemalteca, vestindo macacão azul — e voltou a Tony:

— Isso é irrelevante. Tenha citado errado ou não, a questão se mantém, não temos como saber o estado de espírito do animal.

— Bom, parece que os psiquiatras agora têm a humildade de admitir que não sabem nada sobre depressão. Eles simplesmente entregam as drogas e, se o paciente reage, então dizem que tem uma depressão que reage a tal e tal droga. Então talvez se deva fazer isso com as vitelas, dar Prozac para elas e, se elas *parecerem* mais felizes, tomar por certo que estão. Dá para preconizar um bom comércio praticado com a carne de bezerros criados com Prozac, você não acha?

— Está sendo idiota. Muita bobagem. — E Gareth inventou um jeito de notar alguém do outro lado do bar, alguém com quem precisava conversar urgentemente, imediatamente. — Com licença. — Girou o corpo em seu eixo e abstraiu-se.

Tony gritou para ele:

— Que tal veado com Valium?

E Tabitha intrometeu-se:

— Ou presunto ao Prozac?

A turminha se desmanchou em risos forçados, que os deixaram com a inquieta sensação de terem sido injustos com o sujeito.

— Mas, de verdade — disse Ken Braithwaite, que era três minutos mais velho que o irmão —, se nós comemos a carne dos animais que foram fisicamente torturados, talvez devêssemos ser imaginativos a respeito.

— O que você quer dizer? — Tony estava mergulhando uma de suas bocas no martíni, a outra encostada na lateral do copo.

— Bom, sobre comer carne de animais que sofreram abuso emocional?

— Humm, bela idéia. Você quer dizer humilhar sexualmente camponeses persistentemente, e depois dar um tiro neles?

— Algo assim.

— Ou — disse Tabitha, agarrando a bolinha do humor e correndo para longe com ela — galinhas que caíram em ostracismo social, enlouquecidas pelo fato de não serem convidadas para festas.

— Assim, tipo, galinhas em êxtase? — Tony perguntou.

— O que me faz lembrar — disse Tabitha — que, se vamos nessa direção, melhor tomar uma destas. — Já estava com os comprimidos escondidos na mão, cobertos de fiapos, e entregou um para cada um, para Tony e para os Braithwaite.

— Que que é isso? — perguntou Steve, o Braithwaite mais novo, mas só depois de engolir.

— Um E — resmungou Tabitha, ela estava mastigando o dela para um barato mais rápido. — É do bom. *White dove*.

— É só isso que eu quero comer de agora em diante — disse Ken Braithwaite, engolindo o seu com um gole de cerveja. — Peitos de pombos brancos criados com ecstasy.

Abaixo do porão onde estavam, ficavam as cozinhas, e abaixo delas ficava o duto principal do esgoto de Bazalgette[1] que ia para o Soho, uma criação vitoriana originalmente ladrilhada em verde, mas há tanto tempo não vista que o verde não estava mais lá — nem aqui, onde ratos marrons guinchavam horrivelmente. Multidões deles, subindo e descendo, por cima e por baixo uns dos outros, como se dimensão não fosse levada em conta. Eles copulavam de passagem, os longos rabos entrelaçados como um tricô escamoso. E nas costas deles, no pelame imundo que cobria seus corpos — pequenos sacos de órgãos —, passeavam piolhos, ovos excrementais eclodindo de seus abdomes.

Em Soho Square — onde a caça cessara havia anos —, dois vira-latas rodavam um em torno do outro. O cão cobriu a cadela inteiramente. Pois as pernas dele eram tão compridas quanto o corpo da cadela. Ele se abaixou para introduzir o saca-rolhas, depois virou e virou. Os dois corpos estremeceram, metade na grama — metade fora. Dentro, unhas arranhavam a calçada; fora, unhas achavam apoio na grama. As patas dianteiras do cachorro bateram, depois se torceram, depois acenaram espas-

---

[1] Joseph Bazalgette foi engenheiro-chefe da Comissão Metropolitana de Esgotos, em Londres. Depois de uma epidemia de cólera, em 1853, apresentou um projeto moderno de tratamento da água servida antes de ser lançada ao rio Tâmisa. (N. do T.)

modicamente. Era muito grande para o negócio, o corpo em parte alsaciano pendeu para um lado, como um iate peludo com vela demais, e tarde demais sentiu o pau enganchar, duro, debaixo do osso da cadela. Ficaram então bunda com bunda, horrivelmente acoplados, terrivelmente fodidos. Uivaram, uivaram e uivaram.

No verde profundo, na plataforma continental, onde os leviatãs fazem companhia apenas um ao outro, um pênis do tamanho de um barco salva-vidas foi exposto, balançou no seu suporte de tendões e depois mergulhou suavemente em sua contrapartida oceânica. As duas vastidões se acariciaram, chegaram mais perto uma da outra com movimentos de cauda ridiculamente sutis, cada uma do tamanho de um beco sem saída suburbano. As bocas na parte de baixo se abriram para revelar cortinas de barbatanas, suficientes para apertar um rebanho de mulheres. Cracas de barriga roçaram cracas de costas. Seus gritos de teremin[2] subiram e oscilaram estranhamente. Dessas criaturas nunca se podia dizer que vieram, apenas que partiram. Deixaram a terra primeiro, agora deixavam o mar.

Na sala do porão, Simon catava Sarah. O dedo dele traçou uma linha macia em sua nádega, por baixo da linha macia da calça, por baixo do tecido macio da saia. Ela grunhiu, apoiou-se nele, acomodou-se inteirinha debaixo do queixo barbelado dele. Os dedos dela percorreram os tufos de pêlos do peito dele. Sua fenda estava no canto, alinhada com uma fenda da cornija, uma fenda do carpete, uma fenda do gesso da parede. Ele mordeu o lábio dela. O dedo dele explorava — ele estava quase dobrado em dois para cobri-la —, levantou a barra da saia dela, molhou-se na tinta da barra escura das meias de náilon e depois imprimiu seu toque na carne branca acima. Pressionou, pressionou, pressionou. Deixou impressões. Explorou a leve cobertura da virilha dela, pêlos em mechas na úmida greta graciosa. O sexo dela estava se abrindo. Ele visualizou a tumescência. Gemeu. Ela gemeu. "Toque em mim", sussurrou abafado, junto à boca dele. Ele tocou. O elástico circundou seu dedo. Ele afundou o emissário para dentro, batedor à caverna secreta, procurando um lugar para deixar

---

[2] Um dos primeiros instrumentos musicais eletrônicos, inventado em 1920 pelo russo Leon Theremin. (N. da E.)

uma prova genética. As patinhas dela desceram girando, pela camisa até o cinto. Simon pensou em um troço em forma de machado que um dia extraíra do lugar onde estava cravado na fenda da bunda de seu filho. "Macaca, macaca", pronunciou dentro da boca de Sarah.

A porta da sala do porão bateu e Tabitha ali estava, rindo, um drinque entornando na mão.

— O que temos aqui? — Ela aumentou a intensidade da luz no interruptor ao lado da porta. — Amor em um clima penumbroso ou o quê? — Sarah e Simon se separaram. Ele levou a mão ao nariz, juntou muco com muco, cona com cocaína. Tabitha jogou-se numa cadeira. Estava usando uma saia muito curta e as pernas vestidas com algo fosco, mas mesmo assim brilhante, enfatizando o grande comprimento, o torneado ofensivo. — Não está acontecendo nada lá dentro — continuou ela, agarrando punhados do cabelo loiro-escuro e puxando para cima, um gesto característico. — Tomei um E junto com a turma do brilho e alegria, mas parece que vocês dois não estão precisando.

Sarah ainda estava no canto, tinha levantado a saia para arrumar a blusa e a roupa de baixo.

— Hum, não sei, Simon?

— Nossa, eu não devia, não...

— Não deve ou não quer? — Tabitha gozou dele, enrolando-o em duplo sentido. Ela sempre gostava dos homens da irmã, sempre os desejava. Embora não fosse possível dizer se isso se dava por competitividade ou por genuína atração.

— Não deveria, não poderia, realmente não conviria. Tenho de trabalhar o dia inteiro amanhã e está ficando apertado, a exposição abre semana que vem.

— Mas Simon. — Ela se levantou e foi até ele, chegou bem perto, tão perto que ele sentiu o cheiro dela, viu a saliva dentro dos lábios dela. Apareceu um comprimido entre seu polegar e indicador, ela o fez girar em órbita no espaço entre os rostos dos dois. — A semana que vem ainda está no lado escuro da lua, não acham? — O pequeno satélite branco subiu de novo e foi derrubado na boca dele aberta. Simon virou-se, pegou seu uísque e engoliu a coisa.

Ficaram no clube ainda bastante tempo, apesar de não estar acontecendo nada lá. Na verdade, eles gostavam do nada daquilo. Mergulharam a si mesmos no morno escalda-pés da anti-sociabilidade, com sua espuma de pieguice trágica. Até o ecstasy morder, Simon bebeu para manter a distância a masmorra de vazio e autocensura que sentiu que a cocaína estava a ponto de abrir diante de seus pés; e cheirou cocaína para se manter sóbrio. Sua natural jovialidade ainda não era a jovialidade aberrativa em que se transformaria; agora estava simplesmente esmagada e saiu então prensada entre o *up* e o *down*. E ele então fluiu por todo o bar, falando, falando, falando. E sempre brincando, sempre atirando uma ironia inteligente, ligando-se a pessoas que mal conhecia, pessoas de quem nem gostava.

A turma do brilho e alegria formava o grupo central de um dos arranjos de sofás; os que passavam acomodavam-se em braços de poltronas para colher suas migalhas, para se insinuar. Eram quase 11 horas quando George Levinson apareceu, completamente bêbado e muito bem vestido. Tinha perdido o garoto que arranjara no vernissage em Chelsea, mas conseguira arrumar outro no jantar no Grindley. O bom — no tocante à turma — era que esse rapaz tinha uma namorada, uma namorada que estava ainda mais bêbada que George. Mais bêbada que qualquer um deles, de fato, e, no entender deles, mais *gauche* também. Ela batia na mesa e derrubava copos, fazia piadas que não tinham nenhuma graça — não aliviavam nada —, encostava nos gays e investia contra os héteros, falava sobre drogas, em voz alta. Em resumo, ela era um *achado*. Um achado porque toda turma precisa de um papel tornassol em mãos para testar sua acidez, sua determinação em dissolver e excluir corpos estranhos.

Simon entrou nessa, ajudou George em suas graciosas tentativas de afastar o garoto da garota. Sempre que eles davam o braço ou demonstravam qualquer afeição física um com o outro, George entrava no meio, gritava: "Diga não a abraços! Abraçar é crime!" E Simon se juntava aos gritos e depois os outros. "Abraçar é crime!", gritavam todos. Aquilo era, Simon refletiu, olhando pensativo pela lente distorcida que era o fundo de seu copo de uísque, um slogan graciosamente apropriado para a turminha, cujos membros só se tocavam ao se encontrarem ou se despedirem. O resto do tempo — principalmente quando neste deserto de pó branco —, toque era uma miragem.

Simon olhou para Sarah e sentiu isso. Sentiu que podia nunca mais tocá-la, podia nunca mais abraçá-la de novo, sentir suas costelinhas de pássaro contra ele. Houve então uma ondulação no ar, uma distorção que a lançou ainda mais longe, para além de um hectare de mesa, de quilômetros de carpete. Ela estava sentada, testa brilhante, banhada em suor químico, ouvindo Steve Braithwaite explicar algum detalhe de uma nova obra de arte. Ela era agente deles, então isso fazia sentido. Na verdade, a turma era toda de amigos dela, não dele. George não era do brilho e alegria, ele pertencia a Simon, ao passado de Simon, a seu casamento com Jean. Ele era padrinho de Magnus. Vê-lo no meio dos brilhantes era errado, inquietante. Como surpreender um tio preferido, alegre, descendo a velha escada de algum puteiro.

Não só isso, a presença dele fazia a turma revelar o que era, crianças mimadas, brincando perversamente porque sem supervisão.

— Vou andar — disse Steve Braithwaite — da usina nuclear de Dounreay até Manchester, bem debaixo dos fios de alta-tensão o trajeto inteiro. Ken vai fazer um registro visual e aural do processo todo...

— Qual a finalidade disso? — a garota interrompeu.

— A finalidade, minha jovem e ignorante senhorita — George Levinson era ofensivo com os ofensivos —, é experimentar vários tipo de paralaxe. Não é isso, Steve?

— Exatamente. Tanto a paralaxe da visão derivada dos próprios pilonos, o jeito como eles avançam, pedras angulares encadeando a notação de poder pela terra...

— Citando do meu texto, ainda não escrito, para o catálogo, é, Steve? — Figes deu sua contribuição.

— E, é claro, a paralaxe do poder em si. Enquanto absorvo toda a radiação incrivelmente danosa, e minhas próprias células começam a entrar em fissão, para eu atingir a verdadeira fusão, uma perspectiva adequada da natureza do poder, do poder cru, na nossa sociedade. Entende?

— Não, não entendo — a garota resmungou. — Acho que parece um monte de bosta. Essa história toda é bosta pura. Não é arte, é bosta. Bosta de merda. Arte de toalete, o tipo da coisa que qualquer um pode pensar sentado na privada, mas que precisa de um idiota de verdade para levantar, se limpar e sair para fazer de verdade. É bosta.

— Parece que ela acha a nossa idéia uma bosta — Steve disse para o irmão. Ken chupou o cigarro e apertou os olhos para olhar a garota, que era sexy num estilo um tanto acima do peso. Cabelo preto comprido, traços vagamente eurasianos, lábios que pareciam não tanto carnudos, mas atraentes.

— Ela pode ter razão — respondeu ele, afinal. — Veja bem, está só no estágio de idéia.

Simon sentiu um toque de culpa dupla. Concordava com a garota sobre a história dos Braithwaite, era arte de privada. Que servia apenas para ir embora com a descarga. E mesmo depois *disso* os vestígios que deixava no vaso conceitual ainda precisavam ser vigorosamente escovados, desinfetados com Domestos naturalista. Era uma coisa terminalmente irrelevante, igual às serigrafias de fotogravuras que ele e George tinham visto antes nessa noite. Sentia-se culpado porque não acharia ruim comer aquela garota. Não, isso era incorreto, ele queria levar a garota para algum lugar sossegado e isolado. Descobrir tudo sobre ela — suas idéias, aspirações, lembranças femininas — e depois fazer amor com ela com virtuosismo tamanho a ponto de ser o melhor do mundo, uma atemporal exploração e elaboração do fato do amor. Esse amor assim profundo ele sentiu por ela. Simon estava, deu-se conta, viajando de E.

Por que pensava agora em seus filhos? Por que agora, quando devia ser capaz de abandoná-los de novo, sentia o cheiro deles e via a imagem deles recortada na frente de sua visão da garota? Onde estavam eles? Em suas camas na Brown House em Oxfordshire. Dormindo embaixo de colchas floridas, as boquinhas sem dentes exalando, grudentas, inalando, grudentas, doçura no coração. No bar ruidoso, agora estimulado pela distorção química, apoiado no som circundante de seu coração pulsante, viu os três cordões umbilicais serpenteando na direção dele, ondulando sobre a mobília, os ombros de jornalistas e produtores de televisão espiralando pelo chão e tudo convergindo para o poço dele mesmo, ameaçando virá-lo do avesso com a admissão da saudade deles.

O que ele estava fazendo ali com aquelas crianças — e tão claramente sem as suas crianças? Olhou para Sarah, que agora estava voltada para a garota, afastando-a ainda mais do namorado que George, todo roupa fina e técnica grossa, estava trabalhando. O que ele estava fazendo ali — o que George estava fazendo ali? Alto demais e velho demais para aquela companhia, o marchand estava quase afetadamente ereto, o cabelo tingido caindo sobre a testa baixa, os óculos ovais de grife, a gravata-borboleta molenga, tudo denunciava alguém que não era moldado para aquela creche. Tê-lo ali era quase como ter Jean ali. Jean olhando para Simon por baixo de uma franja reta, olhos incendiados de semifervor religioso.

É, nós, eles, nós, somos crianças. Crianças brincando como chimpanzés em um ginásio na selva à noite. Não temos nenhuma utilidade, nenhum emprego neste presente com a sua terminal auto-referência, sua a-histórica auto-obsessão. Somos irmãos e irmãs, em uma sociedade de parentes — brigando pela caixa de brinquedos. Nos é permitido vir aqui e nos comportarmos assim, enquanto em algum outro lugar reside o sentido. Não é de admirar que estejamos reduzidos a expedientes tão patéticos, excluindo a ela, excluindo a ele, a fim de estabelecer alguma plataforma da qual possamos saltar por cima do abismo. E se cairmos? E se homens armados, algum bando de aventureiros dos Bálcãs, atacassem o clube? Levassem todos esses homens adoráveis e os matassem, essas garotas adoráveis e as estuprassem?

Um bando de aventureiros balcânicos invadiu o Sealink Club. Abriram caminho a tiros na recepção, atirando dos quadris. "Sócios, eurghhhh...", foi tudo o que Samantha — que estava lá — teve a oportunidade de dizer antes que cinco rajadas de rifle AK lhe dessem um impressionante rego entre os seios — embora não o que ela sempre quisera. Os pistoleiros se espalharam. Dois desceram a escada para os banheiros, dois invadiram o bar principal, um ficou na recepção, guardando a porta.

Durante alguns segundos depois que os dois homens armados entraram no bar, nada aconteceu. Pelas portas de vaivém o rumor de conversa era tão alto que a balbúrdia na recepção havia sido interpretada como apenas isso, uma pequena balbúrdia, um bêbado cuja entrada impediram — ou permitiram.

Depois de obter a filiação temporária com raro desembaraço, ficaram ali parados, rifles apoiados nos quadris, bandoleiras pesadas em cima de fardas manchadas de suor. Estavam cansados, tão putamente cansados que a visão de tanta gente com roupas caras, bebendo coquetéis e fumando cigarros americanos os deixou tontos. Quanto aos sócios, mal notaram os homens armados. Estavam um pouco malvestidos para o clube, e deviam ser — ou pelo menos assim pensaram os que realmente os notaram — executivos de alguma empresa de música para algum selo independente. Ou isso ou eram gente de publicidade alternativa.

Tão ligeira foi a intromissão que uma jovem gordota que estava sentada perto da porta, satisfeita consigo mesma em um vestido de veludo preto sem costas, gentilmente pediu ao mais alto e graduado dos dois que mudasse a posição do rifle porque a coronha dele estava fazendo cócegas em sua coluna.

Os homens se recuperaram e abriram caminho à força até o bar. Julius foi recebê-los. O homem mais alto, de cheiro mais forte, olhou o barman. Era pouco mais que um rapaz, mas seu rosto trazia as marcas dos horrores que havia testemunhado. Era uma colagem de cores conflitantes, pinceladas de náusea verde, uma lavada de medo branco, manchas de raiva vermelha e um toque de morte azul. A barba estava em marcha há dez dias e quase lhe cobria o rosto. O hálito recendia a alguma vil beberagem destilada em casa. Os olhos perdiam-se em uma rede de veias. O cérebro quente, inchado.

— Posso preparar para o senhor — entoou Julius — uma bebida restauradora?

O aventureiro não estava entrando naquela — primeiro, não entendeu a pergunta. Talvez, se tivesse, as coisas fossem diferentes, uns drinques sossegados, um pouco de relações públicas; uma série de artigos sobre o conflito para os suplementos de domingo. Mas o que aconteceu foi que ele agarrou o barman por seu belo cavanhaque e puxou a cabeça dele para a superfície metálica do bar com tanta força que o queixo de Julius bateu com um CRACK! que só podia significar violência.

Isso por fim produziu silêncio — embora devagar. Os que estavam reunidos junto ao balcão viram imediatamente o que acontecera e seus queixos também caíram. Outros, mais distantes, parados nos lugares vazios, ouviram esse silêncio e a ele se juntaram. Mas aqueles reunidos nas poltronas ainda mais distantes do balcão — inclusive a turma e seus acréscimos — permaneceram indiferentes, conversando ainda alguns segundos até que no vazio do silêncio as palavras "Tipo, o que *ele* sabe de estilo, ele que nunca esteve em uma..." ficaram boiando no ar e depois morreram na atmosfera adensada.

— Simon? — A patinha de Sarah estava no joelho dele. Ele levantou os olhos da bola de cristal de seu copo, na qual vinha prevendo esse futuro alternativo. — Você está bem?
 — Estou, estou. Fodido, acho.
 — Eu também — ela respondeu, e depois: — É da boa.
 — Mmm. É... mmm.
 — Talvez... a gente devesse continuar em algum outro lugar?
 — Continuar...?
 — Em algum lugar.

Capítulo cinco

Foi preciso uma série de fases de retirada para Simon, Sarah e sua turma saírem do Sealink. Cada vez que conseguiam um risonho quórum, descobriam que um eleitor estava ausente. Alguém era enviado para palmilhar o pântano, a sala de TV, o restaurante e recuperar o suspeito errante. Mas, quando conseguiam finalizar, alguém mais estava faltando. Figes ficava escorregando à cata de garotos, assim como George Levinson. Tabitha trotava pelo bar, juntando mosquitos nada cavalheiros em torno de sua crina sedutora.

Julius ia sair com eles. Conhecia uns muquifos. Em Cambridge Circus — ou seja lá onde for. Achava que talvez encontrasse cocaína vagabunda. Sabia que haveria bebida. Mas surgiram outros problemas — não apenas juntar as pessoas certas e excluir as erradas. E as drogas deixavam tudo mais difícil. O ecstasy fazia irromper seus instintos sociáveis junto com o suadouro. Todo mundo era digno da atenção deles — de inclusão em suas vidas.

Durante todo esse episódio seletivo para sair do clube, Simon teve um interlúdio completo de quase sedução envolvendo uma garota com quem se lembrava de ter conversado sobre dadaísmo, numa festa à qual não se lembrava de ter ido. "Pense em mim como seu *dada*", dissera a ela nesta ocasião, nesta meia-aterrissagem. "Vou cuidar, proteger e..."

"Me molestar?" Ela riu, mostrando dentes manchados de vinho, jogou o cabelo para trás, o que ele odiava, mas escolheu ignorar.

"Exatamente."

Ele foi se aproximando dela como um módulo de aterrissagem a ponto de retrair as pernas para impacto na porosa superfície lunar e... foi puxado pelas costas do paletó, virou e viu Steve Braithwaite.

— Tsh-tsh — ralhou o autodepreciativo artista da performance —, estamos todos esperando você na recepção. Inclusive *Sarah*.

— Não estão, não — Simon respondeu. Estava conseguindo o estranho feito de se afastar da garota sem lhe dar ao menos um olhar de longe.

Por fim saíram — por último. Samantha estava orientando os remanescentes da multidão pela porta principal. Eles revolutearam em suas revoluções e se viram ainda girando na D'Arblay Street. No grupo que rolava pelas ruas montanhosas de Londres estava a turma do brilho e alegria, mais George, a garota irritante, o namorado dela, Gareth, o picareta e três outros personagens sem nome, menores, mas recorrentes. Uma mulher alta, vamp, usando um espartilho preto em cima de um vestido cinzento, estava entusiasmada com George, provavelmente sem saber de sua orientação, mas também vendo o jeito como ela estava agindo, talvez fosse errado concluir qualquer coisa; um advogado do *show-business* com um problema de cocaína que não falava de nada além de dinheiro tungado em tramóias e artimanhas; e uma garota que Simon havia notado muitas vezes antes no clube, uma garota muito muito bonita, cabelo sedoso, corpo esguio, vestido de menina que ondulava nos quadris. Ela era, pensou ele, jovem demais para estar ali, ou em qualquer lugar que não bem coberta na cama, ao lado de uma luz noturna com abajur da Disney.

A cavalgada levou à Wardour Street, palavras flutuando em torno deles. Simon sentiu o gosto metálico da própria digestão e começou a lamentar profundamente aquela noite, lamentar com profunda, apaixonada aversão. Podiam estar na cama. Podiam estar sóbrios. Podiam ter feito amor sem que ele tivesse de ser um pobre trabalhador, culpando mais uma vez a sua ferramenta. No momento, sua resistência para mais bebida, mais cocaína vagabunda, mais qualquer coisa, havia simplesmente acabado. Ele toparia — deu-se conta com o choque do velho — qualquer coisa ou *qualquer um*.

Tabitha e Sarah caminhavam de braços dados gritando uma com a outra. As máquinas coletoras estavam percorrendo as sarjetas do amanhecer, as escovas circulares automáticas e os jatos de água grelhando o lixo. Nas esquinas havia gordas putas negras. "Transa?", elas perguntavam com o cansaço terceiro-mundista aos festivos que passavam, como se fossem ricas wabenzi africanas caçando o FMI. Somos uma bem ajaezada horda de iluminados em busca de divertimento! Simon disse a si mesmo um instante. Somos um triste escorrer de debochados perturbados, abordou ele no seguinte. O cavanhaque de Julius ia na frente. Uma ponta a apontar, a ponto de andar.

O muquifo ficava no quarto andar e tinha ouros tantos quartos de formas estranhas empilhados acima da escada muito íngreme. Entraram com a senha de Julius e um maço de notas. A multidão ali dentro era mais compacta que no Sealink e muito mais poliglota. Grandes negros, de corpos duros e brilho cinzento, mantinham intensa conversa uns com os outros em confuso colóquio. Em outro local, dançavam com jovens brancas, que estavam sem meias, de saias curtas e usando sapatos brancos abertos atrás. O colorista em Simon apreciou o fato de que mesmo ali, mesmo com aquela luz roxa, pink e azul piscando, ainda conseguia discernir o pintalgado de um arrepio na parte de trás de suas panturrilhas. Pensou como pintaria aquilo. A música era uma dança perfurante, repetitiva, reverberante. "Ya-ya-ya-Hu'-ya-ya-ya-dooo lado que você gosta / Do jeito que você gosta / É assim que você gosta / Que eu mostre pra você / Ya-ya-ya-Hi'!" Repetindo, repetindo, repetindo. Para Simon, a repetitividade da música podia ser o seu próprio assunto: "Ya-ya-ya-Hi'-ya-ya-ya-ede novo edenovo / É assim que você gosta / de novo edenovo..."

Rostos voltaram-se para Simon e passaram adiante. Cada um deles parecia conter o esboço de uma possível intimidade. Um conjunto de coordenadas e congruências do qual cinco, dez ou vinte anos de conversas e afagos pudessem ser extrapolados por algum modelo de computador, um morfismo de relacionamentos. Sarah estivera segurando a mão dele, mas parecia ter desaparecido agora, absorvida pelo ocre sedutor do muquifo. Simon batalhou para chegar ao bar e conseguiu arrebatar quatro copos de vodca vagabunda, morna. Tony Figes apareceu ao lado dele e pegou um. Sua cabeleira havia sido raspada num canto que expunha a cabeça de velho; sua cicatriz estava funda.

— Sabe como conseguem isto aqui?
— Issoquê?
— Sabe como conseguem isto, isto aqui... — Tony mostrou o copo.
— N-não.

— Eles levam essas meninas adolescentes lá para trás, tiram a roupa delas, depois passam uma esponja e espremem as esponjas num barril. Depois engarrafam.

— Ah-ah — Simon disse, não conseguia rir, a garganta era como uma betoneira de cimento, e tão amortecida que ele não sentia a argamassa viscosa que a bloqueava, sufocando.

— Simon! Tony! — Era Tabitha, acenando da escada para eles. Os dois subiram para a sala de cima e encontraram os outros batendo carreiras em uma espécie de estante que se projetava da parede num ângulo irrelevante.

— Carreira? — Ken Braithwaite segurava o cartão de crédito interrogativamente. Que rodada sem sentido, pensou Simon, mas disse:

— Claro, obrigado, Ken.

— E é a última para você. — Isso vindo de Sarah, que agora parecia a mãe de Simon, ou alguma amante há muito abandonada, não parecia ela mesma.

— É mesmo? — Pegou a nota de Ken, enfiou até o ponto em que sentiu a borda de papel tocar e afundar em muco sanguinolento, como a quilha de um barco em miniatura em cascalho granular. Acrescentou uns miligramas de pó a esse esterco descido da cabeça. Simon deu um gole da vodca, sentiu o líquido atacar e arranhar garganta abaixo, deu uma tragada no pegajoso Camel, mas não conseguiu sentir a fumaça. Podia continuar para... *sempre*.

— Certo... nós vamos embora.

— Vamos?

— Vamos.

Não houve despedidas adequadas, apenas ruídos glotais e ululos macacais. Ela o levou pelo cotovelo e, como um tratador de elefantes que com pressões sutis e comandos *sottovoce* consegue dirigir o andamento de vastos animais, potencialmente truculentos, conduziu-o escada abaixo, através das longas filas de jovens, ao longo de lotados corredores, passou pelos dois brilhosos brutamontes de colete, macacões pretos e minifones, e saiu para o amanhecer de chumbo do centro de Londres.

— E Tabitha? — Simon perguntou. A pergunta única fora formulada para emergir com clareza, talvez a única razão para fazê-la.

— O que tem ela? — Sarah não estava zangada, estava apaixonada. Queria o corpo dele, independentemente de ele poder fazer qualquer coisa com esse corpo. Queria deitar aninhada no ângulo dele e acabar dormindo. Queria dormir do jeito que os adoradores do sol aguardam um eclipse, piedosamente, cheia de assombro e com crescente fanatismo.

Homens recém-chegados da África atraíam clientes para o comércio de minitáxis na curva da calçada diante da Charing Cross Road. Simon imaginou-se o cafetão de Sarah quando ela se abaixou diante de uma janela aberta para negociar. Depois rodaram para oeste, o rádio do carro acompanhando a corrida deles. Comentavam uma luta de boxe; Simon desviou e fintou a torrente de palavras, tentando evitar o nocaute. Rolaram por Park Lane. Engraçado, Simon pensou, como Londres podia ser simultaneamente vernal e venal, o parque borbulhando em verde contra as cercas, os táxis e veículos comerciais rodando pelas ruas a essa hora, conspicuamente ignorando isso.

Depois Harrods, o naco ameado de comércio babilônico, um mercado persa vertical. Simon virou-se para olhar para Sarah. Ela estava sentada, misteriosamente serena, incólume à bebida e às drogas da noite, a não ser por uma ruga, um ressecamento da pele abaixo dos olhos. Sentada, joelhos de um lado, mãos repousando de leve no colo. O chapeuzinho ainda pousado no topete de cabelo. Será que ele queria acariciar aquilo? Tocar a precisão daquilo? Não sabia. Sentia-se exaurido por esse exercício de sensualidade. Era como se seu corpo tivesse sido tomado dele enquanto dormia e submetido a um curso extremo de assalto, depois devolvido a ele ao acordar. Tudo por dentro dele estava líquido e sua pele era uma carapaça escamosa. Mexeu-se no lugar, sentiu a costura da calça pinicar e arranhar seu períneo suado. Fecha-se o círculo, pois isso ocorrera quando o táxi estava passando pelo alto de Sloane Street. As atualizações viscerais estavam mantendo seu próprio ritmo, seu próprio alvitre.

Estou pousada na marca dos corpos de todas as suas outras parceiras de cama, pensou Sarah, olhando os raios agora cor de limão da luz matinal passarem pelo rosto do amante.

Quando eu a toco, só penso nos meus filhos, Simon pensou, preso novamente na sedução dela, na pequenez dela.

Se houvesse ao menos alguma preparação, Sarah pensou, alguma fricção que ele pudesse fazer em mim, me esfregar para eliminar essas lembranças. Uma espécie de Ret-GelMR, que primeiro queimaria depois penetraria, removendo a impressão do toque delas e sua influência sobre o toque dele.

"Limpa meu bumbum, papai... limpa meu bumbum!" Tons agudos de culpável imperiosidade, a cabecinha loira curvada para a frente, apertada entre as coxas dele. A curvatura das nádegas e, além desses arcos de perfeição, a borda do assento da privada num arco plástico. Ele agarra o apoio, destaca algumas folhas, sente a secura, a áspera secura. Curva-se e passa as dobras pela fenda: "Ai! Tá machucando, papai, tá machucando..." Onde estão meus filhos?, Simon pensou. Onde *estão* eles? Não estão aqui. Estão em Oxfordshire na Brown House, com a mãe. Estão OK, absolutamente bem. E logo vou ver os três, todos os três, vou me render a eles, vão me usar como trepa-trepa. Vou ver as crianças logo, dois dias no máximo.

O minitáxi corria pela Cromwell Road, o Camel preso entre os dedos de Simon queimava inutilmente na fresta da janela que o motorista insistia em manter aberta. No ocidente de Londres, o Oriente Médio já estava acordado, homens pálidos em roupas folgadas de algodão cáqui despreocupadamente manipulando rosários komboloi enquanto eles passavam diante de seus hotéis. Sarah olhou distraída para o outdoor do tamanho de uma casa na esquina com a Warwick Road. Tinha um display eletrônico que mostrava os números de programas de computador Windows que a IBM vendera no mundo inteiro. Enquanto ela piscava sem ver, piscou o painel registrando mais uma transação em Seul ou Siracusa. Sarah pensou: E se esse fosse o número de mulheres que ele imaginou penetrar? Os mares de moitas em que ele considerou se esconder? Os montes que montou? "2.346.734", propôs o outdoor, e Sarah pensou: Não só, nem de longe não só isso.

O minitáxi chegava perto de Barons Court. Simon viu o vulto de vidro da Ark, o vasto prédio de escritórios novo que dominava o Hammersmith Flyover. Chegariam em casa logo. Em casa junto à Ark, com seus 15 andares de vidro temperado e concreto, subindo, depois inchando acima dos telhados entrelaçados. A Ark, com sua crista de antenas e parabólicas conectando com o éter, prontas para receber a informação de que um pombo portando um ramo de oliveira havia sido avistado do outro lado do mundo. A Ark, uma nau inteiramente adequada para uma coleção de animais navegar para longe da inundação da cidade. Atraque-a outra vez em uma costa verde, onde a evolução possa começar de novo.

— Venha, macaca — disse Simon, mas notou então que era tarde demais, ela já estava pagando o sujeito. Ele era jovem e os braços compridos saíam como palitos das mangas curtas e largas da camisa estampada.

— N'é macaca, não, cara — disse ele por cima do ombro, fixando os olhos injetados de Simon pelo espelho retrovisor.

— Comequeé? — Simon estava curvado para sair pela porta.

— Ela n'é macaca, não.

— É só um nome carinhoso — Simon replicou, estava com metade do corpo para fora do minitáxi.

— Lá de onde eu venho macaco não ganha carinho, não, macaco é carne, cara. Se come ou se morre.

— Ah. — Por que estou sendo gentil, Simon pensou ao responder. — Onde fica isso?

— Tanzânia, cara. Isso aí. Daí que eu vim, do lago grande, a gente caça macaco, a carne deles... a gente gosta. É gostoso, né. Principalmente chimpanzé, é, principalmente esses. Eles comem os filhos da gente, a gente come os deles.

— É mesmo? Achei que chimpanzé era símio, não macaco...

— Ma-ca-co, símio, mesma coisa, saca. Carne da mata. A gente precisa. — O motorista enfatizou isso como se Simon estivesse para questionar. — Precisa pra viver, tá entendendo?

— Claro, claro, entendo, sim — Simon estava na calçada agora, Sarah abrindo a porta da frente; ele se inclinou para falar com o motorista antes de fechar a porta de trás, falar com ele num tom de conspiração masculina. — Eu sou do mesmo jeito. Preciso da carne dessa macaca — apontou Sarah, que estava destrancando a porta da frente — para viver.

O motorista do minitáxi franziu a testa, mudou a marcha e foi-se embora. Simon subiu o caminho da entrada com seus ladrilhos losangulares, flores à direita. Entrou na casa e fechou cuidadosamente a porta da frente; o vidro grosso, ondulado, tremeu. Ficou um momento parado no vestíbulo, com o piso trapezoidal coberto ineficientemente por um tapete bege retangular, depois abriu a porta para o apartamento térreo de Sarah, uma coisa compósita de polpa de madeira, cor de magnólia, e fechou-a ao passar com um chiado indeciso.

Ela estava parada na sala ao lado do som, agradando sua cachorra, Gracie, uma velha golden retriever gorda que babava quase constantemente. A cachorra só conseguia levantar as patas até as coxas de Sarah; a barriga pendurada roçava as tábuas do assoalho, a cauda rígida varria o tapete marroquino. "Assim-assim", ela dizia, "assim-assim...", passando as mãos no focinho duro dela, acariciando o pelame fulvo e puxando depois uma dobra de pele solta do lado. "Assim-assim." Gracie soltava grunhidos baixos de prazer, entremeados com latidos estrangulados, que entravam e saíam do âmbito da audição humana. "Assim-assim, assim-assim, assim-assim..." Cada quadro na parede estava duplamente emoldurado; as sombras duras da manhã brilhante punham relevo onde não havia relevância.

O apartamento de Sarah, gostosinho, com seus tons de madeira quente e porcelanas, seus azuis e vermelhos suaves, coisas enganchadas e coisas penduradas, suvenires de uma vida acomodada agora recebendo acomodação adequada, era mesmo assim despojado, lavado pela manhã e pela irradiação das drogas. Simon deslocou-se por ele, baixando persianas, puxando cortinas, estancando a luz, suturando a claridade, fazendo uma triagem no diurno na fútil esperança de que pudesse ser salvo em hora tão tardia. E ela continuava a acariciar e puxar, ainda indicava: "Assim-assim, assim-assim, assim-assim...", ainda os suaves gemidos de prazer canino.

E, então, em outro lugar também. "Assim-assim, assim-assim", ou melhor: "Assim... assim, assim..." Simon estava tocando Sarah agora. Ela estava atravessada na cama, a beira do colchão debaixo das escápulas. Ele atravessado em cima dela, uma coxa peluda entre as coxas depiladas dela. Ele apoiado no cotovelo esquerdo e como uma criança mergulhado no ato — ele a lia como um livro. Uma mão alisava o cabelo loiro acima da testa, descia pela nuca, depois pelas costas retangulares e pequenas, enquanto a outra subia pela coxa, por dentro da fenda da bunda. A segunda junta do polegar dele aninhou-se ali, depois deslizou pelo resto do monte de Vênus dela, os dedos escorregando para abrir as folhas de sua vagina. "Assim... assim...", Simon dizia, "assim... assim...", sem pergunta, afirmando onde cada toque de dedo viria a seguir. As mãos dela estavam no pênis dele, uma deslizando suavemente pelo domo, a outra deslizando macia pela haste. Mas para nada, ele era dobrável, uma versão dobrável de brinquedo do Pênis, empurre e ele fica em pé de novo, mas não com Sarah e não por muito tempo. "Assim... assim... assim... assim-assim-assim." Devia enfiar um dedo no cu dela ou pegar um pedaço de papel e limpá-lo? Papai, papai, limpa meu bumbum! Era tudo tão estilizado, uma elaboração da idéia de fazer amor, mais que fazer amor de verdade. Uma escola de amor em que o amante se esforça para representar a maneira como faria amor, se por acaso fosse capaz disso. Para Simon, o dia estava voltando sem convite. O corpo dela era tão leve debaixo de seu braço, a cuidadosa avaliação de peso trazia-lhe perturbadoras informações. Estava abusando dela? "Assim... e *assim*..." Os filhos dele estavam ali — ou lá? Sarah estava dando pequenos grunhidos e arquejos de exasperação. O que ele fazia estava fora de contexto... fora de gênero... Não podia mais manter uma suspensão de crença no gênero do sexo ou na mídia do corpo. A mão dele que a acariciava era como um microfone que aparece no canto de uma cena de um filme de camponeses na Lombardia do século XIX. Não podia ser "assim..." um grunhido mais duro de exasperação. Eram estranhos um ao outro, telas separadas. As patinhas no pênis dele foram ficando mais lentas e pararam, mais lentas e pararam, Sarah disse: "Assim-assim, assim-assim...!", dando tapinhas em Simon, tranqüilizando-o. Ele dormiu.

Dormir de dia é sono negativo. Levanta imagens negativas, caras escurecidas olhando da luminosidade, crânios como de macacos debaixo de cabelos de estopa, órbitas oculares de albino. E sono drogado durante o dia é duplamente negativo; principalmente sono com cocaína, com ecstasy, quando o talo cerebral é implantado na terra, no solo morto da Terra do Sono — como se o adormecido tivesse tomado uma pílula negativa, se retirado para o colchão Ortomal —, deixando os lobos gêmeos das folhas sinápticas a tremular em frias brisas de severa imagética.

Tinham se mexido e agora Sarah e Simon afastavam-se um do outro, agarrando braçadas de cobertor, lençol e travesseiro, lutando com eles na superfície arenosa. O rosto de ambos contorcido no esforço de enfiar a mente debaixo da gélida superfície da consciência, e mantê-la lá até suspiros se transformarem em roncos. No sono, Simon encontrou-se trepando com Sarah em longos, rápidos movimentos regulares. Seu pau estava rígido, inflexível, entrando e saindo dela com ritmo de máquina, com lubrificada facilidade. A boceta dela se apertava contra a base, depois apertava a haste, depois apertava o domo; edenovo, edenovo. Apertada. Apertada. Apertada. Ele sentiu um tremor subsônico que era o começo do clímax dela, um verme-lava de quente liquefação fervendo no fundo do âmago oco de Sarah. Ele foi mais fundo nela, de forma que toda a parte superior de seu corpo se projetava, uma saliência, uma orgulhosa protuberância, não mais exígua, não.

Estavam num quarto que continha o mundo, oceanos de cobertor, continentes de travesseiro, uma biosfera de ondulante lençol como cúmulos empilhados que sustentavam seus corpos aerodinâmicos em mergulho. "Goza, *baby* / Goza, *baby* / *Baby*, goza, goza..." Lucidez ali, ou o quê? Simon pensou consigo mesmo *dentro do sonho*, o tropo da dança capturado no movimento dele, no ritmo. Deu-se então um complicado engate, uma contorção dentro da contorção. Como se Simon fosse uma criança ginasta, exercitando-se numa barra que atravessava o empíreo, percebeu suas costas arqueando, arqueando, arqueando para trás e para trás, enquanto as pernas faziam alguma coisa, um truque de membro: Esta é a igreja / Esta é a torre / Abra as portas e estas são... as pessoas face a face de novo agora, mas separadas pela extensão da parte superior do corpo. Simon porém continuava trepando com Sarah, trepando em longos, chiados movimentos regulares. No mínimo, essa nova posição — a parte superior do corpo deles apontando para direções diferentes, cada um o *doppelgänger* distorcido do outro; os joelhos dobrados por baixo dos joelhos dela dobrados; ele se mantendo ereto sobre braços travados e usando os joelhos engatados para socar o pau para dentro e para fora da boceta dela — tornava todo o processo ainda mais deliciosamente suculento. Úmido-molhado-úmido, eles pegajosos. A boceta dela tão firme — e tão molhada; o pau dele sólido e líquido.

Simon teve outro intervalo de lucidez, de ridícula lógica de sonho — não podia estar fazendo aqui, era fisicamente impossível; para realizar essa posição o pau dele teria de ser... comprido. Olhou para baixo, ele era longo, muito longo, no mínimo 45 centímetros; e enquanto olhava, assombrado, cresceu ainda mais. Ele estava tirando de dentro do vazio dela, do fulgor rosado dela, e estava crescendo e crescendo e rarefazendo ao mesmo tempo, como se fosse uma fita de chiclete sendo arrancado por dedo e polegar de um dente de leite mole de uma criança. Onde estava essa criança? Sarah parecia não ter notado isso. A parte superior do corpo dela havia caído para trás no colchão, mas ainda se contorcia, as pernas dobradas como se ele ainda estivesse em cima dela. Ela dava gemidos rígidos de esforço sexual, aquilo era sexo como trabalho duro. Uma foda tardia, trágica? Ele estava se distanciando mais dela agora, mais e mais longe. Ela estava do outro lado do oceano e ainda galopava para trás, patas por mãos, mãos por patas. Tão indiferente, ela — pelo menos Simon achou — agachada ali enquanto esses metros e metros de pênis se desenrolavam da boceta dela e caíam em anéis e mesmo nós, tudo com laivos de sangue, em cima do lençol.

Então Sarah estava do lado de fora da janela — uma macaquinha. Estava trepada no tronco de um carvalho do jardim, rindo para ele por cima da penugem do ombro pontudo. Penugem ou pelame? Ela havia escalado a árvore e chegado aos primeiros galhos; ali estava agachada, o pênis umbilical saindo do meio de suas pernas. Absolutamente despreocupada, mas Simon sentiu-se horrivelmente consciente da estranheza disso, de sua qualidade carregada. Ela devia ter feito alguma coisa — alguém devia ter feito alguma coisa, porque agora ele conseguia sentir a si mesmo voltando correndo para dentro dela. Mesmo a essa grande distância — árvore abaixo, através do cascalho, parte externa da casa acima, entrando pela janela —, o pênis dele estava voltando para dentro dela, sendo sugado pela armadilha dela. Ela apertara algum botão operativo e agora ele estava sendo retraído como uma fita métrica hominídea para o estojo símio. Na realidade, Simon pensou, o homem é a medida de todas as coisas. Seus calcanhares escorregaram e ele pulou pelo lençol, caiu duro na faixa de carpete entre a cama e a janela, foi içado e levantado. Whumpf! Simon caiu no pequeno pátio que o padrinho havia plantado para ela. Ela ainda sorria para ele da forquilha enquanto scherluppp! ele vinha oscilando, de bunda para cima, tronco acima na direção dela. Um scherluppp final e Sarah estava entupida por Simon, completamente grávida. Distraidamente ela esfregou os lábios ainda molhados da boceta, cheirou o pelame das costas da mão. Depois, desceu cuidadosamente pelo grosso galho do carvalho. Com um braço aninhando protetoramente a barriga inchada, ela desceu suavemente no jardim próximo e foi-se embora.

Acordaram de novo por volta do meio-dia. A luz que vazava entre a barra da cortina e o batente da janela havia passado de limão para laranja. A lembrança do sonho, a macaquinha que era Sarah sugando o pênis umbilical dele e depois desaparecendo no jardim próximo, ainda estava tão vívida, tão presente, que rivalizava com o arenoso do colchão, com o cachimbo torto de sua garganta, com o reboco de seus olhos, querendo sua inclusão nessa realidade.

Não era um pesadelo, disso Simon tinha certeza. Não houvera nenhum acesso de horror, nenhum coração de sonho disparado, nenhum corpo de sonho paralisado, enquanto ele via seu pau se transformar. Ao contrário, tinha sido uma coisa que ele desejara que acontecesse. A sensação de lucidez dentro do sonho afirmara isso.

Simon se manteve imóvel no colchão, avaliando uma dor específica no ombro, a dissonância da pelve. Deveria se levantar, atacar a ressaca, se lavar? Rolou de lado e o pau cheio de sangue, pressionado na base pela bexiga cheia, ressoou. Desgrudou os olhos. Sarah estava deitada de comprido em cima de um travesseiro, a parte superior do corpo pendendo em um ângulo de uns vinte graus, os braços abertos de qualquer jeito, o cabelo úmido e embaraçado.

Simon levantou-se no antebraço e cotovelo e observou-a. A barra do lençol estava enfiada debaixo de seus seios, e abaixo disso se amassava e avolumava. As costas dela estavam estendidas nessa postura e ele viu os ligeiros feixes de músculos que a acolchoavam — na opinião de Simon uma de suas imperfeições. Havia outras, os lábios finos demais, lábios cuja finura ele sentia às vezes quando a beijava e que estavam agora semi-abertos, revelando os dentes caninos estranhamente pontudos, o que — quando consciente — dava a ela um ar de prosaico vampirismo, como se ela fosse uma funcionária temporária de Van Helsing. Os seios eram direitinhos, mas os mamilos nunca ficam bem duros, como tetas.

Enquanto ele olhava, os seios subiam e desciam, subiam e desciam. As pálpebras machucadas tremularam. Estaria ela envolvida no sonho que ele acabara de sonhar — ou em algum outro? Levantou uma grande mão marrom e pousou em cima do braço branco estendido. Na garra dele, parecia tão fino como um palito, tão quebrável quanto. Tenho de parar com isso, Simon pensou. Faço isso para depreciar Sarah — para desvalorizar nós dois. A perfeição não tem sentido — nem valor, um graal Tupperware. Se eu continuar assim vou achar argumentos para me tirar disso.

A mão dele roçou seu pau ereto, lembrou-lhe que tinha um pau, lembrou-lhe como podia ser empregado. A outra mão foi para as dobras e volumes do lençol. Deslizou a ponta dos dedos nisso como se fossem as dobras e pregas do sexo dela. Simon engoliu e sentiu a gutural repugnância de sua boca, uma panelinha cheia de restos frios de Camel. Poderia cometer o crime culinário de fazê-la experimentar isso? No poço da cama, seu pau vibrou. Podia, sim.

Ela acordou quando os dedos dele fizeram um assalto final e trabalhoso sobre seus mamilos, as palmas cheias do volume de seus seios. Sarah pareceu não experimentar nenhum desconforto, nem mesmo uma momentânea repulsa com a idéia desse corpo encharcado de vodca trepar em cima dela. Ela despertou, despertada. A cabeça pequena levantou, o tufo de pontas duplas loiras dando-lhe um ar de palhaço. Os lábios finos se abriram, ele viu um vislumbre das pontas brancas e então o recebeu, a lesminha de sua língua desdobrou dentro da boca dela, inchou e morreu no meio salgado. Os corpos se casaram. Simon sentiu o gosto de bosta da garganta dela, sentiu o cheiro da merda do hálito dela — como ela sentiu o dele. Logo, um havia cancelado o cheiro do outro, quando mais e mais saliva dissolvia as pequenas costuras de muco, com as inúteis veias de cocaína.

Foi duro e abrupto. Um ataque de amor. Uma das mãos dele foi para o monte de Vênus, arrancando o lençol amassado.

Os dedos da outra foram para as bocas que se chupavam, colheram saliva, depositaram na fenda dela. Os dedos dele mergulharam dentro dela — ela ofegou, mordeu o lábio dele. A outra mão dele desceu pelas costas dela — pelas costas de criança; com uma mão apenas ele a tocava inteira. Puxou-a para ele. As garrinhas dela arranharam as costas dele, quase não conseguindo agarrar por causa do suor que brotara ali. "Abra as pernas!", ele latiu dentro de sua boca. "Abra as pernas!" Enfiou os dedos mais fundo dentro dela, abrindo-a; um polegar circundou seu clitóris. Ela empinou debaixo dele como um animal aprisionado. Empinou e empinou de novo. Ele removeu a mão das costas dela, a boca da dela. Colocou dois dedos dentro de sua boca, três. Sentiu o afiado dos dentes, a pela esticada da garganta. Tirou os dedos, molhou sua testa, e depois, agarrando um punhado de cabelo e puxando para a nuca, esticou o corpo dela em cima da forma do travesseiro de tal maneira que ela toda ficou exposta, duplamente nua.

As mãos de Sarah encontraram seu pênis. Simon ofegou, quase gozou com aquele único toque. Os dedos dela deslizaram para cima, envolvendo, para cima e envolvendo. Depois para baixo, tocaram seu saco, aninhou as bolas, desceram mais, no riacho cheio de suor dele. Ela tocou, apalpou o cu dele; tocou e apalpou o cu dele.

Os dedos dele estavam enganchados dentro dela, dava para sentir toda a forma do osso do púbis. Os olhos dela rolaram para trás, de forma que só o branco aparecia. Ele sentia a textura precisa dessa pele interna, membranosa. Podia quase sentir nos dedos o gosto salgado de fluido que agora jorrava de dentro dela. A boca dele fechou-se sobre a dela outra vez e foi nessa caverna que ela gritou, de forma que os ecos reverberaram dentro da cabeça dele. Ele não conseguia soltá-la. Beijava-a, mastigava-a. Então desceu por ela, lambeu seus seios, os quadris, a penugem em torno do umbigo. Colocou a língua inteira dentro da úmida abertura dela, sentiu o bulbo do clitóris tremer na base da língua. Então subiu de novo. As mãos dela estavam agarradas em seu pau, as mãos eram rebocadores guiando o grande calado de sua nau peniana, levando-o para o porto. Havia nisso tal urgência, tal vontade de ambos os lados do casal — que dificilmente podia ser chamado de desejo.

No estreito corredor de fora, Gracie, a velha retriever, bufava e arranhava, ouvia a comoção ali dentro como uma perseguição a que queria se juntar. Ela ouvia os gemidos e batidas como passos de coelhos saindo de uma toca arenosa. Agarrou a barra de um cachecol de *batik* pendurado de um gancho e sacudiu com os lábios frouxos, os dentes carnosos.

O choque do casamento deles empurrou Sarah ainda mais para trás no travesseiro, que acabou debaixo de suas nádegas. Seus calcanhares estavam nas costas de Simon e ele trepava com ela como havia trepado no sonho, com grandes, chiados, lubrificados movimentos de maquinal regularidade. Ela estava gozando sem cessar, a vagina ondulando ao longo dele. A boca aberta, gritos arrancados dela com cada implosão dele dentro dela. Grito após grito após grito até que ele, afinal, com um repelão interno de seu trato urinário, gozou também e se deu conta de que ela não estava mais dando esses gritos, mas simplesmente chorando. Chorando e soluçando, com tal força que sacudia seus ombros magros, afundavam as escápulas contra a mão dele.

Simon afastou-se, saiu de dentro dela. Ele então a pegou de comprido nos braços, um passando pela virilha, o outro aninhando seu pescoço. Ela soluçava — ele sabia — não necessariamente de emoção, porque isso aconteceu bastante quando trepavam. Não, ela soluçava quase como pura reação física, do jeito que algumas mulheres suavam profusamente depois de gozar. Era isso o que ele pensava das lágrimas dela, uma transpiração ocular. Ela soluçava e soluçava, e ele disse: "Assim-assim, assim-assim, assim-assim." E dormira de novo. O despertador digital do criado-mudo dela marcava 12:22; e, quando estava marcando 12:34, Simon estava sonhando de novo.

O sonho recomeçou de um ponto um pouco antes de ter terminado. O caramanchão que era o quarto dela, todo coroado por uma floresta que ao mesmo tempo fendia e formava as paredes. Os altos troncos e o mato espesso desciam num suave declive na lateral do jardim. Simon estava como antes: no calcanhar das mãos e no calcanhar dos pés, alçado pelos braços dobrados para trás. E havia essa macaquinha agachada no galho de uma árvore a uns 20 metros, agachada com facilidade, mas as pernas abertas de forma que ele podia ver claramente o róseo eflúvio dela; e correndo de dentro dela o vermelho riacho dele mesmo.

Posso olhar meu pau, pensou Simon, e olhou o pau. Estou lúcido, deu-se conta. Eu controlo este sonho. O pau dele ondulava a partir de sua virilha, atravessava o lençol desarrumado em uma série de curvas de saca-rolhas. Dava para ver mais algumas curvas dessas, como rabos de porcos pelo chão da floresta, os anéis borrachosos com mofo de folhas e gravetos, antes de desaparecerem entre as corcovas das raízes das árvores. Simon gritou para Sarah, que estava despreocupadamente catando a pele do antebraço.

— Sarah! Sarah!

— Simon? — Ela levantou os olhos.

— Sarah, me puxe para dentro agora, me puxe! Quero ficar dentro de você agora. — Ele apontou o novelo dele dentro dela que ligava os dois.

— Simon? — Ela olhava em torno, como se o procurasse entre as árvores. Olhava para todo lado, menos para a pequena clareira, com seu lençol, onde ele estava. — Simon? Simo...?

A voz dela sumiu. Ela se curvou no galho e pegou alguma coisa. Simon sentiu um puxão. Era ele! Ela estava puxando-o! Sarah trouxe uma dobra de vesículas à boca. Segurava aquilo na mão com muita displicência, como se fosse uma corda e ela uma arbórea tocadora de sino. E, então, sem preâmbulo, começou a mastigar.

Simon sentiu os dentinhos afiados dela a mordê-lo. "Sarah!", gritou. "Não... Sarah, isso sou eu!" Mas ela parecia não ouvir, continuou mastigando, parando às vezes para tirar um pedacinho de cartilagem entre os dentes. A coisa que os ligava era cordão umbilical ou pênis? Ele não sabia dizer — estava agora quase cortada e ela continuava mastigando, ele ainda gritando: "Sarah! Pare! Sarah — vai se soltar de mim, estou numa floresta!" Mas ela não dava atenção, continuava mastigando. Agora só uma faixinha de rosa restava, brilhando entre seus incisivos. Ela mordeu — e cortou tudo.

Quero acordar, Simon pensou. Acorde!, ordenou a seu corpo, que jazia friamente atravessado em sua volição, um peso grave. Acorde! Lutou para deslocá-lo, uma partezinha dele, qualquer movimento seria suficiente para livrá-lo do sonho, mas não conseguia arquitetar nada. Nada. Lutava e pensou: estou aqui, estou deitado neste ninho com... Sarah. Sarah, ele sentia o calor dela em cima ou embaixo dele. Nadou até onde podia... senti-la debaixo da face. O calor de seu pequeno peito com a fina cobertura do áspero pelame loiro.

Simon Dykes, o pintor, acordou, o peito da consorte como travesseiro para seu rosto. Suspirou e esfregou o nariz na doce animalidade dela.

Capítulo seis

Era uma bela manhã de fim de verão. As árvores que ladeavam Redington Road estavam em seu estágio frutífero final. Os cheiros de fermentação e de verde enchiam o ar. Busner olhou as sólidas casas de tijolos vermelhos de ambos os lados da rua. Apesar do calor crescente, o acasalamento matinal o havia deixado satisfeito e, antes de entrar no caminho do jardim, aspirou com os lábios em funil e soltou um grande ululo, cheio de *joie de vivre*. Veio como resposta um coro de ululos de seus vizinhos, alguns dos quais, ele agora notou, estavam acocorados nos ramos circundantes.

"H'huuu!", eles ululararam, fazendo depois os sinais de "Bom-dia, Busner".

"H'huuu!", ele vocalizou também, saudando alegremente com um aceno da sua pasta. Essa troca inicial de cumprimentos foi ecoada pelos chimps das ruas vizinhas, que ululararam suas boas-vindas ao subúrbio, e depois ecoou entre chimps ainda mais longe, e ainda mais chimps a uma distância ainda maior, os gritos morrendo na direção de Belsize Park.

Gambol tinha tirado da garagem o carro, um Volvo Estate Seven Series marrom, que agora estava parado no portão. Busner viu três de seus machos subadultos no banco de trás. Estavam tão entretidos em mútua catação que não conseguia identificá-los, mas ficou contente de notar que Erskine e Charles estavam ali; nenhum dos dois vinha fazendo muito patrulhamento ultimamente na opinião de seu alfa.

Busner jogou a pasta no porta-malas e entrou para o banco de passageiros.

"Então, Gambol", assinalou ele quando o chimp subordinado afastou o carro da sarjeta, as mãos voando ao mudar as oito primeiras marchas. "'Euch-euch' o que é tão importante que não pode esperar até eu terminar meu segundo desjejum, hii?"

"Recebi um telefonema de Jane Bowen, da ala de emergência psiquiátrica do Charing Cross hoje de manhã", Gambol sinalizou. "Ela agora está trabalhando para um chimp chamado Whatley — o senhor se lembra de Whatley, não, dr. Busner, 'huuu'?"

"Claro 'wraaaf', ele é o idiota que fez aquelas objeções éticas ao nosso trabalho na reunião da Associação Psicológica Britânica em Bournemouth no ano passado."

"Esse mesmo. Bom, acho que ele agora vai rastejar um pouco, porque Jane Bowen diz que precisa de nossa ajuda."

"'Huu' realmente...", Busner acenou e voltou a atenção para a grossa camada de carpete de lã no painel. "Olhe aqui, Gambol, você mandou trocar o carpete do carro de novo?"

"Semana passada, quando foi para a revisão — não gostou?"

Busner detestava ter de admitir, mas o novo tapete que Gambol havia escolhido para o painel era um belo progresso. Tinha um padrão audacioso de losangos e hexágonos, alternando vermelho e roxo — um delicioso estímulo para dedos com comichão de catar. Busner se viu distraidamente repartindo e alisando o grosso tecido; o que o fez lembrar.

"Olhe aqui, Gambol", sinalizou, "veja se consegue tirar essa maldita geléia do pêlo do meu pescoço, 'huu'?"

"Eu faço isso, Alfa!", um dos subadultos do banco de trás sinalizou — já no pedaço pegajoso. Busner girou no banco, agarrou o culpado — era Erskine — pela orelha e mordeu forte debaixo do olho.

"Wraaa!", Busner latiu e depois agitou-se: "Quando tiver idade para me catar de manhã, Erskine, eu digo para você. Até então — querido Erskinzinho —, guarde os seus dedinhos para si mesmo."

"Desculpe, Alfa", Erskine sinalizou, fazendo o melhor possível para parecer arrependido. Porém em questão de segundos — apesar do corte debaixo do olho — estava rolando com os irmãos, os três fungando e ganindo com mal disfarçada risada juvenil. Os dois chimps adultos os ignoraram.

Gambol umedeceu os dedos da mão esquerda e começou tranqüilizadoramente a brincar com as mechas pegajosas de pelame debaixo do queixo de Busner. Busner grunhiu em agradecimento, "Huh-huh-huh", depois assinalou: "Então, o que Whatley quer de tão importante, 'huu'?"

"Bom", Gambol comunicou, "ao que parece, uma semana atrás, um chimp seriamente perturbado foi levado para a ala de Whatley..."

"Auto-internação, indicado por algum clínico geral, 'huu'?"

"Não, foi uma emergência. O chimp teve algum tipo de colapso ou crise psicótica; tiveram de mandar uma equipe de força. Coerção, tranqüilizantes, tudo."

"Sei."

Os dedos de Gambol deixaram o pelame de Busner enquanto se concentrava na difícil esquina para Hampstead Hill. A hora do rush estava acabando, mas ainda havia densos novelos de trânsito subindo e descendo a rua principal com velocidade. Gambol baixou a janela, fez sinais de mão e gritou alto até que um BMW branco dirigido por um bonobo o ultrapassou depressa para entrar no fluxo de trânsito; depois, retomou. "Nos primeiros dias, não conseguiram arrancar nada do chimp — o nome dele é Simon Dykes por sinal, ao que parece é um pintor bem conhecido."

"Eu sinalizaria que sim", Busner interrompeu. "Uma fotomontagem dele está na coleção contemporânea da Tate. Um grande tríptico, mostrando uma porção de ursinhos de pelúcia trabalhando em um laboratório — você deve ter visto."

"Não vou muito a galerias, dr. Busner, não é o meu negócio."

"Bom 'euch-euch', pois devia. Como você sabe, grande parte do nosso trabalho está intimamente relacionada com os tipos de intuição e raciocínio marginal utilizado por artistas. Não procuramos explicações causais lineares, secas — você devia pensar nisso agora, Gambol..."

"Chefe, 'huu'?" Gambol fez um gesto e encolheu-se no canto de sua poltrona, no caso de seu alfa resolver castigar essa impertinência.

"O que 'huu'?"

"Será que posso terminar 'huu'?"

"Huu... certo."

"Como eu estava sinalizando, quando levaram Dykes ele estava em estado catatônico. Para começar, Bowen e Whatley não conseguiram concluir se isso era sintomático ou se a equipe de choque havia se entusiasmado mais que o normal com os tranqüilizantes..."

"Wraaf!", Busner latiu. Ele detestava tranqüilizantes e, de fato, toda a psicofarmacologia, sobretudo depois do fiasco em torno do experimento clandestino de Inclusion pela Cryborg Pharmaceuticals. Um projeto com o qual Busner temerariamente havia se envolvido, acreditando que a droga representava uma espécie de panacéia para os estados depressivos.

Gambol continuou:

"Quando Dykes voltou a si, não conseguiram chegar perto dele. Sinalizava sobre macacos e feras, vocalizava como humano, atacava a equipe médica — embora ineficientemente. Whatley e Bowen então chegaram à conclusão de que ele achava traumático o contato símio em si, então isolaram Dykes e começaram a se corresponder..."

"Corresponder, o que você quer dizer com isso, 'huu'?"

"A mandar recados para Dykes junto com a bandeja de comida, perguntando a ele qual era o problema dele e assim por diante."

"E o que exatamente Dykes escreveu então, Gambol? Ele deu uma razão para o colapso, 'huu'?"

"Ele mostrou a Bowen que era humano."

"Como é, 'huu'?"

"Ele escreveu que era humano, que o mundo inteiro era conduzido por humanos, que os humanos eram a espécie primata dominante, que ele tinha ido para a cama com uma amante humana e, ao acordar na manhã seguinte, ela era uma chimpanzé, assim como todo o resto do mundo."

"Inclusive ele, 'huu'?"

"Bom, evidentemente ele parece um chimpanzé para nós, mas na opinião dele é humano. Ele se sente humano. Ele sinaliza que tem um corpo humano. Acredita que ficou completamente louco e que o mundo que percebe agora é um delírio psicótico."

O Volvo levara todo esse tempo para seguir a Hampstead Hill, mas agora chegavam ao farol da esquina da Pond Street, e Gambol fez menção de virar à esquerda na direção do hospital.

"O que está fazendo, chimp, 'huu'?", Busner cutucou.

"Desculpe, chefe, 'huu'."

"Ulule para Whatley no celular agora mesmo — isso parece fascinante. Vamos para o Charing Cross ver se conseguimos descobrir mais sobre esse delírio misterioso." Gambol deu um grande sorriso brincalhão. Ele previa isso e já estava discando a linha direta de Whatley com o dedão do pé.

O focinho enjoado de Whatley apareceu no monitor do painel. Os olhos dele tinham um desagradável tom esbranquiçado na pupila que o fazia parecer ao mesmo tempo feroz e fraco. "HuuuGra", ele ululou, e Busner e Gambol ulularam de volta; Busner até tamborilou um pouco no painel só para fazer Whatley perceber que ele não ia ser nem de longe respeitoso.

"Acredito que o seu ípsilon deve ter lhe falado alguma coisa sobre esse chimp Dykes, não, Busner, 'huu'?", sinalizou Whatley, cujos dedos, Busner notou, eram um tanto verrugosos, sinalizando furtivamente no cantinho da tela.

"Ele me fez um breve resumo. O que você acha disso, 'huu'?"

"Não sei o que pensar, Busner. O chimp está aqui faz uma semana agora. Quando foi trazido parecia estar em estado de choque severo — embora eu agora pense que pode ter sido uma espécie de interlúdio maníaco."

"Como era o comportamento dele, 'huu'?" Busner curvou-se para a frente no banco, queria poder se concentrar de perto no que Whatley estava sinalizando.

"Se aparecia alguém da equipe na porta, ele se encaminhava ereto até o canto do quarto. Se entravam, ele tentava se enfiar debaixo do ninho, ou até 'huuu' atacar..."

"Atacar, 'huu'?"

"Isso mesmo. Os ataques, porém, eram bem ineficientes — ele parece ter pouca ou nenhuma força física, algum tipo de inibição motor-funcional, ou talvez mesmo uma atrofia parcial. De qualquer forma, mesmo claramente apavorado, era incapaz de fazer qualquer mal à equipe, de forma que nem amarramos, nem demos mais que um sedativo leve, porque ele é bem inofensivo."

Uma enfermeira apareceu no canto da tela e entregou uma prancheta a Whatley. "Com licença", Whatley sinalizou. Escreveu alguma coisa e dispensou a enfermeira com um gesto de mão — nem um tapinha pela impertinência.

Busner virou-se para Gambol e desdenhosamente levantou o supercílio. Assim que Whatley voltou a prestar atenção, ele sinalizou: "E essa história de ser humano, quando apareceu, 'huu'?"

"Bom, ele estava sinalizando de um certo jeito quando foi trazido, segundo o psiquiatra de plantão. Estava também vocalizando — mas muito guturalmente, muito incoerente, todo tipo de ruídos estranhos. Só depois de alguns dias foi que a gesticulação dele passou a ser compreensível."

"E 'huu'?"

"Bom, ele sacudia as mãos: Fique longe de mim, porra de macaco! Vá se foder, Belzebu, criatura da sombra! — coisas assim. Bowen entrou em cena nesse ponto, começou essa correspondência, para tentar algum tipo de diagnóstico. Partimos do princípio de que não era nada induzido por drogas, nem um ataque hipomaníaco, exibicionista..."

"Ele tem algum histórico, 'huu'?"

"Bo-mmm..."

"Tem, chimp, 'huu'?"

"Segundo o clínico dele, um chimp chamado Bohm, de Oxfordshire, ele tem um histórico de depressão e de certa dependência de drogas. Teve um esgotamento bem severo há uns dois anos quando o grupo dele estava se dissolvendo 'euch-euch', mas nada assim tão incontroversamente psicótico. Quando recebemos as anotações dele e ficamos sabendo disso, tentamos outra abordagem com ele, mais suave, mais tolerante.

"Ele deixava claro que a catação era incrivelmente perturbadora, então determinamos que nenhum dos outros pacientes nem a equipe tocassem nele. Isso rendeu frutos — nos últimos dias ele começou a gesticular com mais fluência, e narrou para Bowen esse incrível delírio de ser humano. Segundo ele, uma noite foi dormir como humano em um mundo humano, deitou em seu ninho com uma fêmea humana e acordou com o mundo como é agora..."

"E a consorte, 'huu'?"

"'Huu', a fêmea com quem estava quando teve a crise?"

"Claro, claro."

"Ela está bem. Perturbada, naturalmente, mas não acha que é um animal! Olhe, Busner", Whatley sinalizou depois de uma pausa, "você sabe 'euch-euch' que não tenho grande consideração pelo teor geral e pela direção do seu trabalho atual..."

"Sei, sei muito bem."

"Mas tenho de admitir que este caso não só me deixa perplexo, como também é evidentemente a sua cara. A coisa mais surpreendente é a coerência do delírio. Bowen procurou as ramificações da psicose de Dykes, mas nenhum de nós jamais encontrou um estado de delírio que fosse ao mesmo tempo tão abrangente — ele tem resposta para tudo — e tão complexo. Gostaria que você examinasse o paciente se tiver tem..."

"Estou indo para aí agora", Busner cortou, o dedo que fez o "agora" com um floreio desligou ao mesmo tempo o botão da tela.

Depois de terminar essa conversa ululante com Whatley, Busner ficou sentado sem sinalizar. Gambol notou que seu chefe havia levantado os pés para o assento e manipulava uma moeda, de forma que ela se movia por cima e por baixo de cada dedo, por cima e por baixo de cada artelho, para lá e para cá, numa circunavegação de vinte dígitos. Isso, Gambol sabia, era sinal de que Busner estava profundamente mergulhado em pensamentos; perturbá-lo agora provavelmente resultaria em sonoras pancadas, então manteve o pé na direção e guiou. Até os chimps subadultos do banco de trás sentiram a preocupação de seu alfa e permaneceram não vocálicos.

Busner estava pensando do jeito muito claro com que só pensava quando confrontado com uma nova patologia ou, de qualquer forma, um caso que apresentasse uma sintomatologia com a qual não estava familiarizado. Sua imagem pessoal para esse tipo de reflexão era de que era semelhante a consumir cupins. Ele jogava as costas de uma mão figurativa na confusa zona de nova informação, suposição e conjetura e a retirava. Grudada a essa sonda conceitual viriam dezenas de pequenas hipóteses, se contorcendo no pelame da cogitação. Nessa fantasia, Busner pegava essas saborosas hipóteses e as examinava, assim:

Um chimpanzé que sofre o delírio de que é humano. Não só isso, mas ele também acredita que tem suas origens em um mundo em que os humanos foram a espécie primata evolutivamente bem-sucedida. Não só isso! Mas o chimpanzé em questão é um pintor bem-sucedido. Pode-se conceber que isso seja uma disfunção orgânica? A coisa que Whatley apontou a respeito de um comprometimento motor é promissora, mas dificilmente conclusiva — pode ser uma conversão histérica. Se for um comprometimento orgânico, as implicações fenomenológicas seriam intrigantes... mas não devo me precipitar. Espere para ver o paciente, Busner; de momento, mantenha a objetividade, a ausência de paixão.

... e, no entanto, que engraçado que isso tenha aparecido justo nesta hora, quando apenas de manhã eu estava pensando na falta de casos interessantes para tratar...

Mas havia também um nível mais profundo de suposição que Zack Busner se viu cogitando. Um nível que, como um mezanino, ocupava uma área entre a consciência consciente e a inconsciência culpada, entre a divagação e o pesadelo. Um clínico geral chamado Bohm, em Thame; um paciente tratado localmente por depressão — talvez com ansiolíticos. Será que isso poderia ser, Busner pensou com uma incrível falta de reconhecimento, mais uma irradiação daquele maldito experimento de droga?

Essa idéia *hand-jive*[1] foi interrompida por Charles, que começou a vocalizar no banco de trás.

"Aaaaa!", Charles gritou e depois sinalizou: "Alfa, não dá para dar uma 'huu' paradinha aqui por um minuto, só para dar uma voltinha, por favor."

"Wraaf!", Busner latiu, virando no banco para encarar três caras ansiosas, tentando agradar, todas beiços derrubados, dentes amarelos e mãos gesticulando freneticamente: "Por favor, Alfa, por favor, só uma voltinha, uns minutinhos!"

O Volvo estava parado no farol da esquina da Albert Road; à frente, Busner via a espumosa estufa de Regent's Park. À direita, podia ver os mastros mais altos e os cordames do aviário Snowdon do zoológico. "H'h'hii-hii", Busner riu, virou para Gambol e sinalizou: "Podemos dar uma parada aqui para dar uma olhada em alguns humanos de verdade, vivos, antes de visitar esse visionário — o que acha, 'huu'?" Gambol pareceu perdido, o grosso lábio inferior se contorceu, inquiridor. "Brincadeira, você

---

[1] *Hand-jive* é uma espécie de dança norte-americana dos anos 1950, com muitos movimentos de mão e percussão corporal. (N. do T.)

não deve levar tudo o que eu sinalizo tão a sério." Virou-se para os subadultos. "Tudo bem, vamos fazer uma patrulha até Primrose Hill durante vinte minutos, mas depois temos de ir em frente."

Gambol começou a procurar algum lugar para estacionar, sem muito sucesso. "Parece que zonearam 'euch-euch' toda esta área agora", indicou ele enquanto rodavam devagar pela quarta vez pelo trecho da Regent's Park Road contíguo a Primrose Hill. A situação era complicada porque havia carros constantemente se afastando do meio-fio e estacionando, enquanto iam e vinham as mães que visitavam o parquinho com seus filhotes. Busner começou a ficar agitado, o ritmo de seus sinais se acelerou. Era o prelúdio — Gambol identificava — para ele *realmente* começar a reclamar.

"'Euch-euch' qual o sentido de continuar vivendo nesta cidade. Olhe esse 'wraaa' trânsito! Não tem mais hora do *rush* agora — é *rush* o dia inteiro. Quando esses elegantes terraços foram construídos, toda esta área era um parque aberto. Os arquitetos e construtores da Regência conceberam o parque para fornecer um progresso bucólico, ramificado, entre colheitas urbanas, mas olhe isto 'waaa' agora! Não dá nem para estacionar quando a gente quer ir ao parque." Busner apontou a fila de carros, freios guinchando, que seguiam pela Primrose Hill Road. "Huu, pelo amor de Deus, Gambol 'euch-euch', não agüento isso, não. Melhor deixar a patrulha descer e dar a volta no quarteirão por 15 minutos, até estarmos prontos para seguir."

Gambol estacionou. Busner e os chimps subadultos saíram do carro aos trambolhões. Busner apertou-se entre dois carros estacionados, pulou por cima da cerca e foi em frente pelo aclive gramado sem se dar o trabalho de ver se os outros vinham atrás. O sol fora içado ao céu e o dia prometia ser quente de verdade. Busner botou os olhos em um banco na metade da subida, a uns 450 metros — pelo que calculou —, e foi para lá, andando depressa apoiado nos nós dos dedos sobre a grama podada.

Primrose Hill estava, se não exatamente cheia, pelo menos bem povoada, com chimps de todas as idades, classes e grupos étnicos. Mães arrumadas, sloaneanas, passeavam pelos caminhos, usando protetores de tumescência floridos e vocalizando umas para as outras nos extensos grunhidos de sua classe, carregando Mabel ou Maude ou Georgia, as crias penduradas das mechas do pelame maternal que se espalhava entre fileiras de pérolas, ou montadas como jóqueis nos ombros maternos.

Um grupo de machos exibidos, que seriam da classe operária — a não ser pelo fato de que não estavam trabalhando —, estava entregue à exibição brincalhona de sua própria diversão, correndo para cima e para baixo de uma pequena ladeira; exibidos, com o pelame ereto saindo pelo colarinho das camisas esportivas Fred Perry. Havia algumas filas de acasalamento — mas coisas sem importância com apenas dois ou três elos eriçados, curvados.

Busner passou por um grupo de subadultos que estava claramente gazeteando a escola — não havia sinal de nenhum adulto na patrulha deles. Devo estar ficando velho, pensou, porque realmente não suporto ver um chimp com uma argola no nariz. Longe de ser um acessório da moda ou um ornamento, só me faz pensar é se conseguem assoar o nariz pelo buraco quando ficam gripados.

Os subadultos estavam reunidos em torno de um grande aparelho de som portátil, que tocava o sucesso do momento, uma versão *ragga* de "Human Spanner",[2] e catavam-se uns aos outros do jeito negligente e insolente de subadultos do mundo inteiro. Busner fez uma pausa, latiu para eles e acenou: "Desliguem essa coisa. Não sabem que não é permitido gravador de fita aqui 'euch-euch'!" Eles olharam para Busner, afundaram mais a mão nos pêlos e riram, sacudindo-se coletivamente. Busner pensou em ir até eles e dar-lhes uma surra. Olhou em torno para ver Erskine, Charles e Carlo espalhados atrás dele, todos avançando com gosto. Os incômodos subadultos tinham só três machos entre eles e eram espécimes sarnentos, abaixo do peso e malcuidados. Não são rivais para a minha turma, pensou Busner, coçando a dobra isquial — e, portanto, não são diversão também.

A patrulha continuou ladeira acima. Três vagabundos estavam sentados no banco que Busner queria e passavam uma

---

[2] *Ragga* é um estilo de música *reggae* para dançar que incorpora elementos de *hip-hop* e do *rhythm and blues*. "Human Spanner" é uma transposição de Monkey Spanner, banda britânica popular de East Anglia que toca *ska* e *reggae*. (N. do T.)

garrafa entre eles. Às dez e meia da manhã, já estavam bêbados, oscilando e capotando mesmo firmemente sentados. Pareciam estar nos estágios finais do alcoolismo; nenhum deles se dava o trabalho de catar-se e os pelames eram embaraçados, gastos, grudados em tufos. O pêlo do peito tinha furos de queimaduras de cigarro, uma rede de vasos sanguíneos rompidos cobria-lhes as pontes nasais e os olhos eram baços, quase cegos.

    Busner foi até o banco e tossiu de leve, fazendo um gesto para a patrulha juntar-se a ele. "Agora, 'euch-euch', rapazes", sinalizou quando estavam agrupados, "vocês podem ver aqui um dos mais lamentáveis aspectos da chimpunidade contemporânea..."

    "'Huu' Alfa", Erskine interrompeu, "não vai fazer outro sermão dos seus, vai..."

    "Quieto, Erskine, 'wraaa'! Quando eu quiser sua orientação eu peço. Agora, como eu estava sinalizando, estes vagabundos, sem-teto, imundos, a cabeça avariada por álcool etílico, representam um bode expiatório que nós, coletivamente, nos permitimos usar enquanto sociedade. Ao contrário de muitos de meus colegas das chamadas 'euch-euch' profissões <curativas>, não vejo nenhuma prova real para definir a condição deles como patológica. Ao contrário, prefiro ver esse estado como uma síndrome, uma sintomatologia que..."

    Um dos vagabundos, Busner sentiu, queria protestar contra essa gesticulação, embora não semioticamente. Virou-se para ver o mais abatido, mais cagado, dos três macacos empinar, a ponto de lhe descer uma garrafa de xerez de cozinha na orelha. Os subadultos de Busner começaram a gritar. "'Huu' controlem-se!", ele acenou com uma das mãos, enquanto desarmava o vagabundo com a outra. Então esvaziou o conteúdo da garrafa no caminho. Parecia que uma artéria havia se aberto no pescoço do vagabundo e que sua vida estava se escoando.

    Busner deu um soco no vagabundo, que despencou de volta ao banco junto com seus companheiros. Ele então deu um bote e desferiu uma série de golpes ritmados em todos três, latindo todo o tempo. "Wraaaf! Wraaf! Wraaf!" Os vagabundos ficaram convenientemente perplexos, e mesmo os subadultos recuaram. "Estou fazendo isto", Busner sinalizou sentenciosamente, "para seu próprio bem. A julgar pelas aparências de seu aliado", ele apontou para um terceiro chimp sentado no banco, a respirar irregularmente, o pelame do peito rajado de bile e vômito, "ele está precisando de tratamento médico, mais do que de automedicação."

Busner colocou os bifocais na ponte do nariz, pegou uma caderneta e uma lapiseira do bolso interno do paletó, rabiscou alguma coisa, arrancou a folha e passou para o vagabundo que o havia atacado. "Esse aí é o endereço da clínica de Tony Valuam em Chalk Farm, a um pulinho daqui, então espero que consigam 'euch-euch' ir até lá. E sugiro que vão. Ele mantém um ótimo programa de desintoxicação, de livre acesso, sem burocracia. Acho que nenhum de vocês é mais capaz de se cuidar, então eu e minha patrulha vamos ajudar.

"Certo, patrulha! 'HuuuGraa.'"

Os subadultos não precisavam de nenhuma instrução mais; Charles e Carlo ficaram particularmente entusiasmados, empurraram do banco os vagabundos e os conduziram para o portão do parque com uma série de chutes, tapas e socos. De vez em quando, um dos vagabundos tentava escapar, gritava pateticamente, mas no fim subiram todos a Primrose Hill Road, um se apoiando no outro, cambaleando para cima e para baixo da sarjeta.

Os subadultos voltaram obedientemente para o banco onde Busner estava de cócoras, prevendo corretamente a conclusão daquele sermão sobre responsabilidade civil, mas, ao chegarem e se acomodarem, encontraram seu alfa distraído por uma série de altos ululos que vinham do norte. ("Buuuu-Uuuu-Uuuuuu!", e depois "Huuu-uuuu-uu-Waaaaa!") A ex-personalidade televisiva respondeu: "Huuuuuuu! Huuuuuu!", depois voltou-se para sua patrulha e sinalizou: "É o velho Wiltshire, eu reconheceria esses uivos até no meio de um furacão. Tenho de ir até lá e fazer uma catação com ele. Vocês vão se divertir por uns cinco minutos..."

"A gente pode sair para caçar um pouquinho, Alfa, 'huu'?", sinalizou Erskine, que estava realmente abusando essa manhã.

"Caçar? Caçar o que exatamente, 'huu'?"

"Eu vi um esquilo nas árvores ali embaixo quando Gambol estava tentando estacionar o carro. Tenho certeza que a gente 'wraaff' consegue pegar se for todo mundo junto."

Busner exibiu os caninos inferiores e despenteou o pelame macio da cabeça de Erskine. "Tudo bem, se vocês acham que conseguem, mas estejam de volta ao lugar onde Gambol nos deixou dentro de cinco minutos, senão deixo vocês todos se virando sozinhos o resto do dia."

"Obrigado, Alfa", Erskine sinalizou e os três desceram a ladeira saltando como sapos de animação. Busner ficou olhando-os se afastarem, ululando de espontâneo prazer diante do que via. Depois, confiante de que não podiam mais vê-lo nem ouvi-lo, desceu do banco com bastante cuidado. Os golpes que havia dado nos vagabundos não haviam feito nada bem para suas mãos artríticas — mas ele não podia revelar isso aos subadultos, senão iam ficar em cima dele.

Busner continuou ululando enquanto subia a montanha, apoiado nas juntas dos dedos. Wiltshire era um dos seus aliados mais antigos, e com a vida tão ocupada que os dois levavam não conseguiam sentar para se catar mais do que uma ou duas vezes por ano. Era um golpe de sorte os caminhos dos dois estarem se cruzando essa manhã, pois Wiltshire — além de médico — era um empresário teatral mundialmente famoso. Talvez tivesse uma posição interessante sobre o chimp que achava que era humano.

Os dois chimps se encontraram no meio do pátio de asfalto no alto da ladeira e caíram um no pescoço do outro com altos grunhidos, trocando beijos molhados nos olhos, na ponte nasal e na boca. Acomodaram-se então para se catar. Wiltshire parecia estar com uma quantidade enorme de serragem no pelame debaixo do braço, Busner tentava tirar aquilo — enquanto demonstrava ternura —, mas achava aquele trabalho enjoado e Wiltshire de repente se afastou e sinalizou:

"Deixe-me dar uma 'huh-huh-huh' boa olhada em você, velho chimp. Não boto meus dedos no seu pelame faz... deve fazer mais de seis meses agora."

"Quase um ano", Busner sinalizou de volta. "Se você bem se lembra, tivemos uma sessão naquele lançamento de livro, mas estávamos os dois meio bêbados, acho mesmo que você não deve se lembrar da sua gesticulação mais do que eu me lembro."

"Meu Deus, Zack, você está em grande forma", Wiltshire sinalizou, afastando Busner pelo cangote e passando uma de suas mãos longas e sensíveis pelo rosto do eminente psiquiatra.

"Como consegue isso, 'huu'?", cutucou. "Nenhum sinal de sarna ou de bócio, pelame macio, quase nenhuma ruga no focinho. Queria eu estar assim também."

Busner examinou o velho aliado. Peter Wiltshire era um chimp alto, esguio. Especialmente alto, uma vez que era judeu, fato proclamado de forma um tanto estereotipada pela dura proeminência da ponte nasal e pelo pelame crespo. Só que esse pelame — Busner notou — estava bastante sem brilho e sem graça e as mãos de Peter Wiltshire tremiam um pouquinho quando ele sinalizava. "Huuu", Busner preocupou-se. "Você não está tão bem, Peter, mas me deixe mostrar a você que não estou assim tão bem quanto pareço. Estou com ar-tri-te nesta mão e morro de medo de estar aparecendo na outra. Tudo bem por enquanto — meus beta, gama e delta são bastante bons, mas o ípsilon poderá se mostrar muito difícil se descobrir."

"H'huuuu?", Peter Wiltshire perguntou, depois sinalizou. "Sem brincadeira, o engraçado é que estou exatamente no mesmo 'huuu' barco."

"Grupo doméstico ou trabalho 'huu'?"

"Um pouco de cada, na verdade. Você sabe que fundei aquela companhia produtora. Bom, feito um idiota, deixei o meu delta de trabalho — o assistente de produção, um chimp chamado Franklin — entrar no meu grupo doméstico também e ele se mostrou muito bem-sucedido, muito 'waaa' esperto. Popular com as fêmeas também. Foi principalmente por isso que conseguiu abrir caminho até se tornar beta doméstico. Basta mais uma aliança providencial da parte dele — e eu posso muito bem ser chutado para fora."

"Isso afetaria muito o grupo de trabalho 'huuu'?"

"Bo-om, sabe como é. E agora não chego mais a ver o que os quarenta têm de bom... acho que o que estou querendo mesmo dizer é que, se ele conseguir o que quer, pode ser que eu me aposente."

Busner deu uma generosa cuspida no pelame do amigo antes de separar os fios. "Realmente, Peter, 'huu' nunca imaginei que você fosse descer da árvore com tanta fac..."

"Huuuuu-Huuuuu-Huuuuu..." Busner calou-se quando ouviu uma série de longos ululos vindos da direção de Elsworthy Road.

"Então 'wraaff'!, Peter Wiltshire sinalizou enfaticamente, os dedos de solista agitados na brisa límpida. "O desgraçado tem a temeridade de me arrancar da minha caminhada diária. Aí vem ele."

Um chimp grande, atarracado, com o pelame marrom-claro bastante comprido, estava subindo para o alto da ladeira. Estava a menos de 50 metros, oscilando ereto e cantarolando alto para si mesmo a ária do "Toreador" de maneira afetada. Busner estava perfeitamente preparado para não gostar do beta de Peter Wiltshire, e, ao pressentir a ansiedade de seu velho aliado, fez uma cuidadosa avaliação do chimp que se aproximava. Talvez conseguisse enxergar alguma fraqueza que Wiltshire não tivesse percebido?

Os três chimps se cumprimentaram com estertorosos ululos. Peter Wiltshire batia vigorosamente nas costas de um banco. Busner, pronto a atacar a qualquer impropriedade, ficou completamente desarmado quando Franklin apresentou com grande e rastejante entusiasmo. O grande chimp empurrou a bunda na direção de Busner, enquanto a maior parte de seu corpo abraçava o caminho, tremendo o tempo todo: "'Huu', dr. Busner, que prazer conhecer o senhor e sua magnífica dobra isquial — sou seu admirador há muitos anos."

Peter Wiltshire grunhiu para essa adulação, mas Busner deu tapinhas no traseiro de Franklin de um jeito bem amigável, sinalizando: "É sempre 'chup-chupp' um prazer conhecer um admirador, principalmente quando tem talento e ambição. Meu velho aliado aqui acaba de mostrar como você subiu na hierarquia aos saltos e pulos."

"'Huuu' eu tento ajudar o dr. Wiltshire de todo jeito que posso." A confusão de Franklin era mais ou menos transparente. Se ele é uma ameaça tão grande, Busner pensou consigo mesmo, então o meu Peter deve estar realmente na decadência; este chimp não é nada *assim* majestoso.

"'Wraaa!' Chega dessa frescura, Franklin, por que você veio me procurar, 'huu'? Eu disse que encontrava você na sala de ensaio às 11." Wiltshire estava olhando além de Londres, o supercílio franzido, uma mão agarrada ao pelame da cabeça.

"Houve mais um ululo de Faludi; ele informa que Mario talvez não chegue para o ensaio de hoje. A garganta dele não melhorou e ele não quer arriscar voar de Milão para cá."

"'Wraaf!' Que porra!" Wiltshire estava decididamente furioso. "Não faz nenhum sentido contratar o maior 'euch-euch' tenor do mundo se o maldito chimp é tão delicado que não pode nem pegar um avião. Eu preferia que a gente tivesse ficado com nosso elenco original..." Ele se interrompeu e virou-se para Busner. "Desculpe, amigo velho, isso é realmente muito chato e acho que vou ter de interromper este nosso encontro inesperado."

"É sobre Mario Trafuello que vocês estão sinalizando, 'huu'?"

"Ele mesmo. Já viu como ele vocaliza, Zack, 'huu'?"

"Já, sim, em Garsington no ano passado, absolutamente soberbo."

"'Wraaf' isso quando se consegue fazer com que chegue até o palco — o desgraçado é mais temperamental que qualquer prima-dona. O tempo todo mandando orientações ridículas pelo agente, acrescentando mais cláusulas no contrato. Estou quase louco. Mas olhe, Zack, nada adianta; quero encontrar com você de verdade logo — você me telefona, por favor 'h'huuu'?" Os dedos de Wiltshire cortaram o ar.

"Claro, Peter, claro. Pode ser também que eu precise da sua opinião sobre esse chimp que estou indo ver agora. Ele está sofrendo o delírio bastante raro de que é humano. Se acabar sendo tão intrigante quanto imagino, ele pode ser interessante para você."

"'H'huu?' Não acha? Bom, minha primeira impressão seria de que se trata de um delírio localizado. Você provavelmente vai descobrir que ele tem algum passado de salve as baleias ou de atacar laboratórios. Sabe como a paranóia geralmente adquire o conteúdo ilusório de qualquer obsessão ética que esteja atormentando o sujeito no momento. Tenho certeza de que você vai descobrir que foi isso que aconteceu com esse chimp..."

"Dykes. O nome é Dykes. Um pintor bem conhecido, acho."

"Dykes, 'h'huu'? Simon Dykes? É, é mesmo. Muito conhecido. Na verdade, encontrei com ele uma vez. Havia uma possibilidade de ele desenhar uns cenários para mim, mas acabou nunca dando certo. Mais um motivo para você manter contato, Zack. Se quiser patrulhar esse sujeito como patrulha as suas vítimas de Tourette e de amnésia, serei um bom lugar para começar."

"Vou pensar nisso, Peter."

"E agora tenho de ir."

Os aliados se abraçaram com grande emoção e quando se separaram ambos tinham lágrimas nos olhos. "Bom, 'chup-chupp' foi um prazer ver você, Zachary, meu querido. Vou sentir falta do seu rabo, mais ainda depois dessa interrupção brusca."

"Eu também, Peter, 'chup-chupp'. Você ainda é um dos chimps mais bonitos que eu já vi."

Seguraram os genitais um do outro durante alguns segundos e depois se separaram. Busner dispensou Franklin com um rápido — mas bem no alvo — chute nas costas largas e ficou contente de ver que Peter Wiltshire havia recuperado parte de seu orgulho, dando seguimento com uma série de golpes leves nos ombros de Franklin enquanto desciam a ladeira.

Busner encontrou os subadultos reunidos em torno da base de uma árvore na saída do parque na Regent's Park Road. Haviam encurralado um esquilo nos galhos mais altos e agora estavam jogando pedras nele, mas nenhum chegou a ponto de tentar trepar na árvore. "'Wraaaf!' Qual é o problema com vocês?", sinalizou o alfa, chegando por trás. "Eu esperava encontrar vocês lambendo uma calota craniana agora, não agachados no chão como um bando de babuínos!"

"Não conseguimos subir no tronco, Alfa." Seis mãos sincronizaram. "Tem algum tipo de tinta contra subida."

Busner tocou o tronco da árvore. Era verdade. Estava coberto com uma película plastificada escorregadia e um aviso preso com um aro de arame informava: "O Conselho de Camden deu início a um programa de interdição de subir em árvores em Primrose Hill durante o período de replantio deste ano."

"'Wraaa' maldito 87!" O velho chimp gesticulou para sua patrulha.

Eles todos recuaram obedientemente. "Maldito 87!"

"Nada", continuou o alfa, "absolutamente *nada* teve efeito mais pernicioso na vida dos jovens chimps de nossa cidade do que as depredações da grande 'euch' tempestade de 87." Ele fez uma pausa, levantou um dedo repressivo. Em modo sermão agora, não percebeu os três dedos repreensivos que foram sub-repticiamente levantados também e os três conjuntos de dedos voadores que sutilmente arremedaram o que veio a seguir. "Nada, isto é, a não ser a lamentável 'euch-euch' e inadequada reação do governo central. O que eles querem que os subadultos de Londres façam se não podem nem trepar numa árvore quando querem 'huu'? Não é de admirar que vocês estejam se transformando em delinqüentes. Não é de admirar!"

Ouviu-se uma tímida buzinada na rua. Gambol havia estacionado o Volvo. "Agora", Busner continuou, "vamos até Charing Cross para ver esse chimp. Vocês vão todos se comportar impecavelmente — está entendido 'h'huuu'?"

"Sim, senhor." Charles jogou uma última pedra no esquilo, que havia descido até a metade do tronco, depois acompanhou os outros na trilha de Busner, enquanto a notável autoridade na natureza dos chimpanzés pulava a cerca, corria até o carro estacionado junto à calçada e atirava-se pela janela aberta do Volvo.

Gambol engatou a marcha do carro e a patrulha de Busner retomou caminho, em direção sudoeste.

Capítulo sete

Os hospitais do centro de Londres existem para atender exigências de saúde de extrema severidade. Sejam as doenças ocasionadas pela pobreza — obesidade, raquitismo, tuberculose, arteriosclerose, câncer, asma causada pela poluição, hepatite ou CIV —, ou as doenças provocadas pela riqueza — asma causada pela poluição, hepatite, arteriosclerose, câncer, CIV e obesidade —, os problemas do hospital eram sempre os mesmos, fazer um objeto inamovível — a determinação do eleitorado de forçar os representantes parlamentares a colocar rédeas no rateio fiscal — curvar-se a uma força incontrolável, a determinação desse mesmo eleitorado a ter fornecimento grátis e adequado de paliativos para tudo o que os afligisse, sempre que os afligisse.

    Os hospitais do centro de Londres — assim como as prisões — são edifícios que entram em sublime choque com os arredores. Sejam de construção recente ou datem da era vitoriana, eles todos têm um ar de imemorial, institucional dor. Chimpanzés podem vir, esses edifícios parecem sinalizar, e chimpanzés podem ir; áreas podem ser nobilizadas e áreas podem ser desnobilizadas, mesmo assim fungos continuarão roendo pontes nasais e folhetos solitários se afixarão a negligenciados quadros de avisos, enquanto colunas rodopiantes de ar quente e malcheiroso misturam-se nos poços das escadas auxiliares.

    O Hospital Charing Cross não é exceção a essa triste regra. Desde que, sob o argumento de tamanho, foi banido de sua antiga localização central, tem dado continuidade à sua atividade em um quarteirão da Fulham Palace Road, ao sul de Hammersmith. Se você segue de carro por onde os viadutos saltam em suas fileiras de colunas únicas por sobre os montes de shopping centers, estações de ônibus, prédios de escritório e complexos de entretenimento, vai dar em uma rua notável por seu fracasso até em fracassar.

A Fulham Palace Road é pobretona, mas não pobre. Esgotada, mas não um esgoto. Apavorada, mas sem mesmo o brio de apavorar de volta. Passando o quarteirão de apartamentos Guinness Trust na boca da rua, há uma procissão de rançosos restaurantes e locais de *fast food*. Peixe persegue frango, frango persegue peixe — cada um se alimentando industrialmente do outro. A geografia global aqui se confunde de forma que o Extremo Oriente vem antes do Oriente Próximo e a Indochina e a Índia trocam de lugar, uma vez e outra e outra e outra.

Tão apimentada é essa parada de lojas que, num dia quente de verão, se houvesse uma inundação de gordura líquida, correndo pelo asfalto quente em uma lustrosa ostentação, você podia jogar o estoque desses restaurantes na rua e ficar olhando-o se juntar em uma redonda e comunal *paella*.

O hospital fica de fundos para essa vala de aluguéis baixos, alteando uma fachada de pura racionalidade Bauhaus — vidro em cima de concreto, concreto em cima de vidro — por 14 andares na atmosfera mastigada. Mas alguma coisa deu errado ali — como sempre em Londres. Há uma área muito pequena — ou muito grande, a metrópole não é nada mais que ambígua em medida extrema — de gramado verde e água marrom aprisionada. Há um frontão pesado demais e saliente demais acima da fileira de portas de vidro; há uma mixórdia de metal grande demais no estacionamento superlotado para dar qualquer coisa além da impressão de uma instituição sitiada, perturbada, sua própria tessitura fortalecida pelo esforço de resistir a doenças que atacam de dentro e de fora, doenças do corpo fiscal assim como do físico.

Dentro do hospital, um ar de esforço corporativo tenta conquistar você. Há escadas rolantes, sim. Elas ainda rolam continuamente sobre seus fusos ocultos, é verdade. Há também uma quantidade enorme de cartazes indicando as direções em que você deve arrastar seu corpo emerdeado em busca de tratamento. Mas siga para o mezanino, circunde a cantina com sua ululante e queixosa clientela — composta de uma parte de mães de focinhos melados de doces para três partes de filhotes com focinhos melados de doces —, passe pela porta dupla, depois mais portas duplas, e logo se encontrará em um espaço não atendido. Alas em que os fantasmas de pacientes há muito desaparecidos reclinam em ninhos esqueletais, e o espírito domado de médicos residentes há muito falecidos sapateiam tristemente sobre o linóleo. Alas em que os cabos e tubos enrolados da Árvore Doadora de Vida secaram, se transformaram em cipós podres, altos e empoeirados.

É perturbadora essa sensação de estar ao mesmo tempo dentro de um hospital e dentro de uma casca do que foi um dia um hospital. Desconcertante e um pouco perturbador para aqueles que levaram seus filhos sufocados escada acima e pelos corredores, em busca de um pediatra, para descobrir apenas uma série de divisões caindo aos pedaços. Não é tão perturbador para a equipe, que afinal de contas mora nesse prédio e conhece os detalhes de seus espaços do jeito que um filhote conhece o tom exato do verde do musgo que cresce entre as pedras do pavimento diante de sua morada coletiva. A equipe se desloca pelo hospital com segurança, andando apoiada nos nós dos dedos de um lugar onde há trabalho a ser feito para o seguinte; e se o seu trajeto os leva para uma dessas zonas de sombra eles mal percebem. Simplesmente apagam isso e se reinserem onde é apropriado.

A única coisa que deixa aturdida a equipe no Hospital Charing Cross — e isso só a equipe que tem algum contato com as admissões psiquiátricas — é o destino da unidade de emergência psiquiátrica. Esse serviço — chave para uma área em que é alta a proporção entre funcionários e pacientes — não chegou a entrar em declínio nem a ser submetido à castração orçamentária — à maneira da clínica ortopédica para pacientes externos, a clínica de fertilidade e a clínica de bem-estar feminino —, mas sim foi expelido, tossido, cuspido para fora, de modo que fica agora num canto de um dos estacionamentos auxiliares. Ali a ala se acocora em prédios de blocos de concreto de alturas irregulares. Nada parecido com o prédio-pai futurista, orgulhoso, mas apenas uma cabine portátil.

Esse posto avançado do departamento psiquiátrico não está, porém, abandonado ou solitário. O comércio de almas é muito intenso para ser esse o caso. No quinto andar do hospital ficam as alas principais, Lowell para as admissões temporárias e Gough para as crônicas — setorizadas. Entre essas duas e a ala psiquiátrica há um contínuo ir-e-vir, uma transposição de diversos graus de perturbação. De tal forma que os administradores encarregados do departamento estão sempre no meio de um jogo em andamento de internações, as mãos e os pés voando de prendedor para quadro de avisos, quando transferem os maníaco-depressivos da ala para a Lowell ou um suicida da Lowell para a Gough, ou um sociopata da Gough de volta para a ala, *en route* para um hospital especial.

    A equipe do departamento, sob a formidável liderança do dr. Kevin Whatley, MD, membro do Colegiado Real de Psicólogos, acostumou-se aos perpétuos movimentos exigidos por seu trabalho, trazer esse pirado para cá, levar aquele pirado para lá. Tão acostumados que surgiu toda uma série de piadas internas sobre a ala e sua estranha situação. "Estou indo para o Gulag", eles gesticulam alegremente para os colegas, ao rabiscar uma rubrica na requisição de moderadores, ou de *haloperiol*, ou de *Largactil*. "Precisa de alguma coisa da nave-mãe?", perguntam ao sair da cabine móvel, movimento esse que invariavelmente resulta em movimento de toda a estrutura sobre seus suportes descombinados.

    A equipe também está acostumada à abundância de diferentes desajustes que vêem todos os dias; e os desajustes dos desajustes que a insuficiência de verbas impôs ao departamento. Não é incomum chimps que são pouco mais que ligeiramente claustrofóbicos serem confinados em salas pequenas com chimps que acreditam ser senhores guerreiros alienígenas. Nem é incomum também chimps que foram confinados por atos indizíveis envolvendo aves de curral se verem passeando pelo Lowell, sem nenhum impedimento à sua saída da ala, a não ser por duas velhas galinhas neurastênicas jogando baralho.

    Mas sob alguns aspectos de seu trabalho, o departamento psiquiátrico do Hospital Charing Cross mantém uma reputação clínica que não fica atrás de nenhuma outra. Principalmente no que diz respeito à "equipe de força". Essa equipe — que opera a partir da cabine portátil, mas recebe ordens do departamento — é a equipe de emergência psiquiátrica mais rápida de Londres. É sabido que ela já chegou a deixar o hospital de ambulância, percorreu os pontos mais distantes da área de captura, ensacou, etiquetou e sedou um chimp maluco e o trouxe para o Gough espirrando merda nos limpadores, tudo em meia hora.

    Essa formidável ficha trouxe consigo alguns benefícios, e a equipe atrai tanto médicos recém-formados que querem se especializar em psiquiatria como enfermeiras psiquiátricas recém-qualificadas cujo único desejo determinado é praticar não necessariamente a fundo, mas de qualquer forma em grande velocidade. Velocidade, eles podem sinalizar, é a essência da coisa.

Portanto, nessa manhã de fim de verão em particular, quando o telefone vermelho do cubículo do escritório da equipe soou para a vida e a tela primeiro se encheu, depois se esvaziou de estática para mostrar os traços familiares do despachante da New Scotland Yard, os cinco membros presentes foram galvanizados à atividade mesmo antes de saber para onde iam. "'Aaaa!' Tenho aqui um chimp que sofreu um colapso psicótico. Está bem no seu pedaço", sinalizou um auxiliar da polícia.

"Endereço 'huuu'?", retribuiu o psiquiatra de plantão.

"Margravine Road, 63, térreo."

"Mais algum detalhe 'huu'?"

"Não de fato. Algum tipo de colapso agudo, macho, quase trinta anos. A consorte é que ululou, ela está mal, coitada."

"Drogas 'huu'?"

"Não sabemos..."

"Alguma idéia se é violento 'huu'?"

"Tentou atacar a consorte, mas não conseguiu machucar. Ela sinaliza que ele está muito fraco."

"Fraco 'huu'?"

"Isso mesmo, fraco."

O telefone foi batido no seu suporte. O médico de plantão, cujo nome era Paul, acenou para as duas enfermeiras. "É na Margravine Road 'euch-euch', nem vale a pena levar o veículo..."

"O que você sugere então, 'huu'?", sacudiu Belinda, a nova fêmea da equipe. "Vamos andando até lá e fazemos com que ele carregue a gente de volta?"

"Não é furioso — na verdade, está fraco, segundo a consorte que fez o chamado de emergência."

"Fraco 'huu'?"

"Isso mesmo, fraco." Paul olhou para Belinda; o casaquinho curto subiu, expondo suas partes baixas. Quase, quase, pensou ele, afunilando o lábio superior para aspirar o aroma dela; mais uns dois dias e aquela tumescência vai estar positivamente jorrando — mal consigo esperar para acasalar com a criaturinha.

Por enquanto, ele arquivou a luxúria — os outros três membros da equipe já estavam do lado de fora e Paul ouviu a ambulância pigarrear e escarrar para a vida.

Simon Dykes, o pintor, acordou, a teta dura de sua consorte servindo de travesseiro para o seu rosto. Suspirou e esfregou-se na doce e felpuda maciez dela. As cadências perturbadoras de seu sonho lúcido haviam desaparecido, substituídas ao despertar pelos remanescentes, os restos frios do amor que haviam feito, que anulavam o pior da ressaca, a espuma maculada de cerveja derramada do deboche da noite anterior.

Água morna, pensou Simon, é disso que eu preciso. Água morna, água morna salgada subindo pela narina cheia de muco seco. Depois café, depois suco, depois trabalho. Tudo teria início no rinoencéfalo, esse mui antigo caminho neural, que se estendia da frente do cerebelo, improvisado pela seleção natural, a própria incorporação do individual, do cultural, desprendendo-se do filogenético, do primitivo, do primata.

Simon fungou, simiescamente. Uma mecha de longos pêlos na teta de Sarah chegou a entrar em sua narina, entre os depósitos cocaínicos. Uma mecha de longos pêlos que tinham um cheiro indefinível — para Simon — de chimpanzé. Maciez felpuda, quente e acariciável de chimpanzé. Cheiro de suor de chimpanzé pós-coito entranhado no pelame. A seu modo um cheiro adorável — e ainda mais erótico por estar combinado a Cacharel, o perfume que Sarah sempre usava. Uma mecha de longos pêlos *na* teta de Sarah... Simon levantou a cabeça e olhou direto o rosto aberto, sem malícia, em forma de coração da fera com quem estava na cama.

E então estava de pé, talvez gritando — não saberia dizer, porque o mundo inteiro estava rugindo em torno dele agora. Rugindo enquanto ele se afastava da cama onde a fera estava deitada, de costas, os olhos inicialmente brutos, baços, agora em cima dele com total interesse, o branco claramente visível, em torno da mais verde pupila cortada por quentes íris negras.

Ele recuou e tropeçou na beira do tapete, caiu pesadamente contra o peitoril da janela, sentiu o duro choque de osso com madeira que afirmava que era assim — Sarah havia desaparecido e ele despertara em uma cama com essa fera ou macaco, ou algo que era *tão grande, porra,* que os membros estavam arrumados em uma atitude humana, os joelhos separados, os calcanhares se tocando, os braços atrás do corpo agora se apoiando nos cotovelos para levantar aquela máscara animal em sua direção, a boca se abrindo para revelar dentes tão grandes, caninos tão longos...

"Wraaa!", Sarah gritou e depois sinalizou para a figura trêmula que caíra contra a janela: "Simon, que porra é essa que você está fazendo, gritando assim! 'H'hoooo'!" Que Simon viu apenas como flexões e movimentos das mãos da fera em sua direção, para agarrá-lo, com repugnante velocidade, enquanto guinchava, o alento assobiando em uivos carnívoros. Tão fortes! Os gritos sacudiram os vidros da janela, arrepiaram-lhe a coluna e as costas. Tão fortes!

"Wraar-ah! Wraar-ah! Wraar-ah!", ele gritou e depois com ensurdecedora falta de originalidade: "Huuu! H'huuu — Socorro!" Queria escapar da fera, escapar daquela boca tão grande, daqueles dentes gotejando saliva, tão longos. Queria virar-se e ver se conseguia levantar o trinco, se conseguia descer para o jardim. Ali estava ele pensando com tanta inconseqüência — mas tão pragmático — que avaliou a altura da queda até o pátio; e quando se mexeu de novo foi pego sem uma guarda que nunca tivera mesmo.

Movimentava-se tão depressa — a fera. Ela recuou, depois, usando os braços como o efeito de uma alavanca de molas, saltou sobre duas patas. "Aaaaaa!", Sarah vocalizou, agora com medo de verdade; o focinho de Simon estava tão pálido e, embora não arrepiado, seu pelame estava encharcado de suor. Pendurava-se em mechas molhadas daqueles braços longos, tão adoráveis, que um momento atrás a abraçavam com infinita ternura e que agora se batiam contra a janela, insensatos de medo.

"Simon! 'Huuuu!' Sinalize para mim, meu amor, qual é o problema com você 'huuu'?"

Agora não dava nem para pensar na janela e a porta nunca fora cogitada. No instante em que tomara consciência da fera na cama, Simon mergulhara completamente, irrecuperavelmente em choque. Como alguém que está sossegado trespassado por um áspero bater de asas, depois o "rap-rap-rap" de bico raspando parede, raspando chão. Simon tinha agora um pássaro voando em absoluto confinamento dentro da cabeça. Era a própria *corporificação* da coisa que ele simplesmente não conseguia suportar. A própria *corporificação* alheia daquilo. O animal estava em cima dele.

A única idéia de Sarah, o único instinto, era tranqüilizar, e isso queria dizer segurar, puxar e alisar aquele pelame triste, murcho, alisar os membros desordenados de seu consorte que batiam e tremiam, aquietar as mãos em garra que não faziam quase nenhum sinal compreensível. Ela avançou até a beira do ninho, tentando abraçá-lo como preparação para uma catação de emergência. "Longe de mim! Longedemim! Longedemim! Longe!" Simon caiu sentado de joelhos dobrados, no canto — a fera estava pairando em cima dele. Ele ainda não conseguia absorver bem sua aparência, apenas o cheiro que enchia suas narinas, obliterando o fedor de suor de seu próprio terror.

Por que estava vocalizando daquele jeito? Tonta, Sarah fazia especulações. Nossa! Ele havia tido algum tipo horrível de ataque. Ela pensou imediatamente — mesmo no calor do incidente — se podia ser por causa da merda das drogas. O ecstasy? A cocaína? As doses de Glenmorangie tomadas nas profundezas do Sealink Club? Ela hesitou e sentiu sua tumescência estranhamente aninhada entre as coxas, como uma bexiga levada por uma criança a alguma festa, e, num reflexo, mexeu o braço para proteger-se.

O que foi muito bom, porque seu perturbado consorte escolheu aquele momento para atacar. "Vá se fooooodeeeerr!", ele guinchou, saltando de baixo da janela para cima dela com as mãos em garra. Sarah recuou, protegendo-se do impacto que nunca veio. Pois havia alguma coisa horrivelmente errada na maneira como Simon se movimentava — como se seus próprios membros lhe fossem pouco familiares. Ele havia até calculado errado a distância entre o lugar onde estava caído para o lugar onde ela estava parada ao lado do ninho. As mãos dele agora penteavam inutilmente o ar dos dois lados da cabeça dela. Ela pegou um braço e sentiu imediatamente a falta de tensão. Pegou o outro com a mesma facilidade. Os consortes encostaram-se os rostos através de um espaço que, de repente, era constituído de 60 centímetros de tapete de padronagem alegre e insuperavelmente estranho.

Ele ainda fazia as vocalizações guturais que Sarah não conseguia entender. Ela trouxe as mãos agitadas dele de volta até estarem entre as dela e desceu oscilante da beira do ninho. "Simon, meu amor, Simon", ela sinalizou nas costas da mão dele, em seu pelame querido, despenteado. "O que foi 'gru-nn', meu amor 'huu'? O que está assustando você 'grnn' tanto? Sou eu, só eu, Sarah."

Ele estava choramingando, lamentando, mas de um jeito estranhamente animal, em tom baixo, rosnado. Tinha as pupilas giradas para trás, expondo o branco dos olhos. Essa falta de arrepios nele a perturbava — esse estado febril. As pernas dele estavam dobradas debaixo do corpo. Então, por um momento apenas, ela sentiu os dedos dele se mexerem com algo parecido a intencionalidade e conseguiu identificar alguns sinais, feitos com agressivo horror. "Fera", Simon sinalizou, "fera da porra." Ele então a borrifou.

Até mesmo o maior dos choques pode ser trabalhado pela mente, que é, afinal de contas, um aparelho homeostático, trabalhando constantemente na direção da equalização — de um estado estável. Assim foi que Simon Dykes, o pintor, em uma pose adequada: caído, coberto com sua própria merda, lentamente voltou a si, lentamente admitiu o fato de onde se encontrava e do que havia acontecido, bem a tempo de acontecer de novo.

A ambulância do time de força encostou na curva da Margravine Road e vomitou cinco chimps com as brilhantes jaquetas azuis dos paramédicos. Paul, o médico, abriu o portão de ferro e despreocupadamente caminhou apoiado nos nós dos dedos pela entrada ladrilhada. Notou o cuidadoso arranjo dos vasos de plantas — ervas à direita, flores à esquerda — e o adesivo do Greenpeace rasgado na janela da frente. Salvar as baleias fumando confrei, pensou — parecia que podia muito bem ser uma coisa de drogas.

Antes que tocasse a campainha, a porta da frente se abriu, borrando os traços da jovem fêmea que estava atrás dos painéis de vidro reforçado. Paul consultou o formulário de chamada em sua mão. "'Huuu', Sarah Peasenhulme?", sinalizou.

"'U-h'-u-h'-u-h'-u-h', isso mesmo!" Os dedos dela tremiam ao responder. Estava, Paul não só notou, mas admirou, em pleno cio, a tumescência com um belo rosa nacarado, as dobras de pele úmida deliciosamente definidas, rugosas no períneo, exatamente como ele gostava.

"Onde está o consorte então 'huu'?"

"'U-h'-u-h'-u-h'. Está no quarto."

"E como é o nome dele 'huu'?"

"Simon 'u-h'-u-h'-u-h', Simon Dykes."

Paul avançou para passar por ela e ela se encolheu no vestíbulo desajeitado. Encolheu-se e meio que apresentou a tumescência para ele, mas de tal forma que ficasse aparente que o estava fazendo sem querer. Paul hesitou; embora não fosse estritamente contra o regulamento acasalar-se durante um chamado de emergência, o departamento sentia — e particularmente o dr. Whatley — que não condizia com a imagem que o time de força buscava promover.

Isso passou pela cabeça de Paul enquanto ele passava pela fêmea submissa, dando-lhe uma palmadinha confortadora e um beijo no alto da cabeça loira. Um pônei de colo tipo *shire*, bem velho, estava trotando para cima e para baixo no corredor atrás da porta interna do apartamento. O pobre animal guinchava pateticamente e babava. Sem olhar, ouviu a fêmea agradá-lo, tranqüilizá-lo, com estalos de boca e ululos calmantes.

Na entrada do quarto, ele parou e esticou a orelha. Tudo o que podia ver pela porta meio aberta era um dos postes de sustentação de um espelho inclinável em cima da penteadeira. Estava engalanado com festões de contas e lenços de seda. A mesa em si estava coberta com uma empoeirada coleção de figurinhas de porcelana, caixas ornamentais e outras quinquilharias femininas. No calor do meio-dia, ouviu um gemido atrás da porta. O formulário dizia que o chimp estava fraco — será que isso queria dizer perigoso? Melhor não assumir nenhum risco.

Belinda subira atrás de Paul, e ele se virou e viu que estava acompanhada pelo duro chimp do ataque, Al, que vinha carregando um conjunto de moderadores. "Está com os tranqüilizantes 'huu'?", Paul sinalizou de leve no antebraço de Belinda.

"Estou", ela respondeu. Paul abriu a porta suavemente.

"'Huuu?' Simon, meu nome é..."

"Wraaaaa!" O grito do chimpanzé rasgou a macia vocalização e o suave sinalizar de Paul. Simon estava sobre duas pernas em cima da pilha de cobertas desarrumadas do ninho. Não tinha o pelame arrepiado, mas os ombros pendiam agressivamente e todos os dentes estavam à mostra enquanto gritava: "Wraaa! Wraaa! Wraaa!" Ele agarrou um lençol em uma mão e um travesseiro na outra e sacudiu na direção de Paul. O psiquiatra deu um passo para trás de forma que ficou parcialmente escondido pela porta. Já havia lidado com chimps psicóticos suficientes para saber que essa demonstração poderia se tornar violenta se ele rompesse o campo de força invisível que cercava Simon Dykes.

"'Huuu', Nossa Senhora!", Al fez nas costas de Paul. "Achei que este aqui ia ser tranqüilo — quer os moderadores 'huu'?"

"HuuGrnnn", Paul vocalizou, depois apontou Simon. "Então, Simon, nós não vamos machucar você..."

"'Wraaa!' Fique longe de mim, seu macaco fodido! Fique longe, fique longe, fique longe!" Atirou os moles mísseis em Paul — eles caíram antes, duplamente inofensivos. Simon avançou para a borda do ninho. Paul saiu de trás da porta, esperando que isso fosse fazer o macho enlouquecido recuar de novo, mas em vez disso Simon atacou, usando o impulso da cama para saltar com os pés no centro do peito do psiquiatra. Paul deu um passo para trás, mas tarde demais para impedir que o chimp caísse em cima dele, derrubando a ele e Al. As mãos de Simon estavam na garganta de Paul, as unhas afundadas no pelame, indicando nada além de panicídio. As mãos eram — Paul percebeu, chocado — mãos de filhote. Ou melhor, tinham a força de um filhote apenas.

Paul se recuperou instantaneamente e desferiu um golpe curto na barriga do atacante. Com um duro estalar de dentes, Simon rolou de cima de Paul com ânsia de vômito, tossindo. "'Waaa!' Que porra de brincadeira é essa?" Paul pegou o macaco pelo cangote e desferiu dois socos duros no focinho. Simon começou a choramingar de medo e de dor. "Qual é a sua, chimp, 'h'huuu'? Andou cheirando cocaína, andou 'huuu'?" Paul deu mais uma sacudida no cangote dele, que era um tanto longo, antes de registrar que não havia nenhuma resistência. A cabeça do chimp estava caída na barriga do psiquiatra. Os olhos rolados para trás nas órbitas, mostrando apenas os brancos. Os punhos cerrados não golpeavam, mas tamborilavam apenas no pelame da barriga de Paul, onde o jaleco havia se enrolado.

"Tranqüilizantes 'huu'?", sinalizou Al, que estava do lado direito de Paul, e Belinda sacudiu a camisa-de-força que estava segurando, ao mesmo tempo esclarecendo o que queria dizer e sacudindo suavemente as fivelas da coisa.

"Acho que não há necessidade de 'euch-euch' nenhuma das duas coisas, Simon", assinalou ele para o chimp cuja cabeça estava agora quase aninhada. "Você está bem, 'huu'? Pobre querido, 'huh-huh', vai ficar tudo bem... 'Huu' Simon? Simon? 'Euch-euch', ele apagou." Este último floreio foi para sua equipe, pois a cabeça do pintor havia caído para a frente e o corpo desengonçado, o pelame ensaboado de suor, despencou então em um espumoso pacote marrom aos pés de Paul.

"Ficou catatônico", Paul gesticulou para o resto da equipe alinhado atrás dele. "A cabeça dele mesmo se encarregou de controlar o corpo dele para nós. Embora não houvesse nenhuma força no ataque. Nenhuma."

"Suba nas minhas costas."
"Como é?"
"Suba nas minhas costas — como colheres na gaveta." Os sons macios de membros e lençóis se roçando suavemente. Mãos frescas entre as escápulas. Depois lábios ali. Um braço quente serpenteia pela barriga de Simon, outro alisa os pêlos de sua nuca. "Mmmf."

"Mmmf", eles grunhem-gemem em uníssono. Eles se acocoram para dormir.

Ervas à direita, flores à esquerda. Ervas à direita, flores à esquerda. A cabeça de Simon deitado de costas foi batendo contra a borda metálica do apoio de cabeça da cadeira quando os atendentes o levaram pelo caminho e passaram diante da velha de olhos arregalados. Ele estremeceu — apagou de novo.

"Posso subir na sua cabe-eça?" Um grito de criança, agudo, mas com um toque de seu próprio sarcasmo. Ele não responde. De novo: "Posso subir na sua cabe-eça?" É Magnus, ou Henry, ou Simon — querem ser levantados, querem colo. Precisam de colo. "Posso..."

"Tudo bem." O quadril estreito entre mãos grandes. Como segurar a cintura de uma amante. Mas nenhuma amante é tão leve. Ao levantar a criança, Simon sente a falta de resistência, o jeito como o corpo está pouco preso à terra, e imagina que pode jogá-lo — Henry ou Magnus ou Simon, ele não sabe qual — para cima, cada vez mais alto, no céu. Então perninhas nuas engancham atrás de seu pescoço. Mãozinhas se enfiam nos cabelos, agarram, insensíveis — ou pelo menos inconscientes desse toque. As mãos parecem dizer ao cabelo de Simon: "Meu corpo — seu corpo. Onde está a diferença? Onde está a junção?"

"'Huu' nossa, 'huu' nossa, 'huu' nossa, 'huuu'", sinalizou a velha que assistia à atividade da equipe conduzindo o inconsciente Simon e a aflita Sarah para dentro da ambulância. "O que aconteceu com eles 'huuu'?"

"A senhora conhece bem a moça, 'huuu'?", perguntou Belinda, que estava levantando o rabo, levando o pônei de colo pela rédea.

"'Huu' conheço", veio a resposta. Os dedos da fêmea foram para um dos prendedores de cachos de seu esfiapado pelame da cabeça. "É uma fêmea adorável, sempre pronta a um sinal amigo. Nós sempre conversamos... mas nunca fui muito com a cara dele, tenho de sinalizar."

"Tem mesmo?", reagiu Belinda, que já tinha sacado a fêmea. "Por que 'huu'?"

"Bom, eles são consortes já faz bem mais de um ano e na minha opinião isso não é certo para uma fêmea jovem. E quanto a ele, desligou-se do grupo dele já faz algum tempo. Eu sei porque ela me mostrou."

"É mesmo, 'huu'? Sabe mais alguma coisa sobre ele, 'huu'?"

"Só que ele é algum artista plástico — nem sei o que isso quer dizer. Como eu sinalizei, nunca fui muito com a cara dele. Mas ela... 'huu', ela é uma coisinha linda, um encanto. Eu não ia achar nada estranho se ele tiver levado a coitada para alguma droga..." Belinda calou-a com um sinal.

"Olhe. A senhora por acaso não tem cópia da chave do apartamento dela, 'huu'?"

"'Huu' tenho, tenho, sim."

"Bom, nesse caso 'euch-euch'", Belinda levantou o velho pônei pelas rédeas e plantou-o do outro lado da cerca, "a senhora vai me fazer o favor de cuidar desse pangaré aqui enquanto ela estiver longe, 'huuu'?"

A velha fêmea — que não acasalava fazia bem uns vinte anos — ficou olhando Belinda descer o caminho e saltar para a parte de trás da ambulância com mal disfarçado desprezo. Moça sem-vergonha, pensou consigo mesma ao passar os artelhos tortos pela crina de Gracie, olhe só como ela exibe a tumescência dela, mesmo faltando dias para entrar no cio, sei lá onde o mundo vai parar. Depois levou Gracie para dentro de sua casa com cheiro de lustra-móveis e começou a procurar a capa de chuva; tinha de ir às compras e arrumar um pouco de feno para o pobre bichinho comer no jantar.

Foi impossível separar os dois chimps abalados na curta viagem até o Hospital Charing Cross, e ao chegar Sarah recusou-se a sair do lado de Simon. Paul colocou-os no cubículo utilizado para avaliar pacientes e ocupou-se da papelada necessária para a admissão de Simon. "Deixe-os se acalmarem um pouco", sinalizou para Belinda, "veja se ela não quer uma xícara de chá, mas não tente acordar o macho, ele pode não ser tão ineficaz na próxima vez. E veja se encontra uma camisola –— ficar nu assim não vai ajudá-lo a se sentir símio 'huuu'?"

Belinda encontrou uma camisola e Sarah ajudou-a a enfiar os braços rígidos de Simon nas mangas largas. Ele estava em posição fetal na mesa de exame; o corpo magro resistia a elas, enrolado como estava. A respiração era rápida e curta, mas fora isso não havia sinal de trauma físico.

"Gostaria de uma xícara de chá, 'huuu'?", Belinda sinalizou quando conseguiram colocar as coisas em marcha.

"Gostaria, sim", Sarah sinalizou de volta. "Acho que sim."

"Gostaria de falar um pouco sobre o que aconteceu, 'huuu'?" Belinda sinalizou de novo, hesitante, espanando gentilmente um pouco mais do sêmen ressecado de Simon dos pêlos loiros que cercavam a tumescência sexual de Sarah.

"Eu... eu... 'huu', eu não sei..."

"Só se você não quiser... mas vai ver como fica mais fácil se falar comigo primeiro..."

"É só que, 'huuu', bom, você já deve saber, nós somos consortes..."

"Sei."

"Eu não tirei Simon do grupo dele, se é isso que você está pensando. O grupo se desfez há algum tempo. Só que, bom, ele é um chimp muito brilhante, sabe?, tem gente que acha que é um grande símio e não quero que nada disso afete a carreira dele. Ele é pintor, sabe... vai inaugurar uma exposição na semana que vem."

"É mesmo, 'huu'?" Belinda manteve-se reservada. Achava a animação pelo consorte manifestada por essa fêmea linda e elegante uma coisa claramente enervante.

"É. E eu... 'u-h'-u-h', bom... não quero que nada atrapalhe."

"O que, por exemplo?"

"Você sabe."

"Sarah." Belinda afundou os dedos um pouco mais no pelame da jovem fêmea para enfatizar a seriedade do que estava para dizer. "Vocês tomaram drogas a noite passada, 'huu'? Por isso é que está preocupada, 'huu'?"

Belinda não obteve resposta a essa pergunta, porque a porta se abriu e Paul entrou no cubículo trazendo uma prancheta com um formulário, uma caneta esferográfica no pé. "Consegui uma cela de segurança para Simon no Gough", sinalizou. "Precisamos falar com o clínico geral dele e algum parente, pode ajudar 'huu'?"

"Eu... 'huu'... sou só a consorte." Sarah estava ansiosa, envergonhada até.

"Não é hora de evasivas, fêmea — melhor revelar o que sabe." A proximidade do hospital e de seus superiores dava uma sensação mais doutoral à sinalização de Paul, e Sarah, sentindo isso, endireitou-se e começou a gesticular com maior insistência também, os dedos formando os sinais cuidadosamente.

"A ex-companheira alfa dele chama-se Jean Dykes." Paul escreveu isso na prancheta. "Ela mora em Oxfordshire, num lugar chamado Brown House, na Otmoor Estate, perto de Thame. Eu... não tenho o número..."

"Nós conseguimos. E o médico dele, 'huu'?"

"Bohm, Anthony Bohm. Trabalha do centro de saúde de Thame. Ele... ele..."

"O que, 'huu'?"

"Ele tratou de Simon quando, 'huuu', bom, ele teve depressão, antes."

"Simon está tomando medicamentos no momento, 'huu'?"

"Não que eu saiba, mas antes tomava antidepressivo."

"Sei. E o que aconteceu ontem à noite, 'huu'?"

"Nada diferente..." Ela interrompeu-se, os dedos pousaram no colo. Paul olhou sua tumescência sexual com olhos semicerrados. Ele era um chimp bom de corpo, gostoso, com um atraente focinho com manchas senis que conseguia todas as fêmeas que queria, e sabia que, apesar da aflição, aquela jovem fêmea ainda o achava atraente. Possivelmente era o trauma de ver seu consorte transformado de um chimp bem composto em uma criatura furiosa.

"Sarah, 'gru-nnn'." Os dedos de Paul faziam ângulos precisos para passar o máximo de atenção, misturada a determinação. "Se vamos ajudar Simon precisamos saber o que aconteceu com ele, e particularmente se isso é algum tipo de psicose induzida por drogas. Nosso negócio aqui não é atrapalhar a vida dos chimps — nós queremos ajudar. Você sabe que tudo que sinalizar para mim vai ser mantido como estritamente confidencial."

"'Huu', tudo bem, a gente tomou drogas ontem à noite..."

"Que drogas 'huu', cocaína?"

"Sim."

"E álcool, 'huu'?"

"Claro — e alguns *doves*."

"Ecstasy, 'huu'?"

"Isso."

Ela se interrompeu e um servente entrou na sala.

"É este aqui que vai pro Gough, chefe, 'huu'?", ele sinalizou para Paul.

"Isso mesmo, você vai levar, 'huu'?"

"Bom, nós vamos." Apontou para o companheiro que estava do lado de fora. "Mas a administração disse que ele podia ir de cadeira de rodas — e foi isso que a gente trouxe —, só que ele parece mais 'euch-euch' caso de maca, e nesse caso vai ter de esperar um pouco."

"Pelo amor de Deus, chimp, 'euch-euch'!" Paul estava agitado; esse era o tipo de comportamento apático, molenga, que ele evitava ao trabalhar com a equipe de choque. "Dá para acomodar o paciente na cadeira ou algo assim. 'Waaa', se for preciso, vocês podem carregar..."

"... Não devia dizer isso, não, chefe, o senhor sabe que a gente não pode carregar os pacientes..." Ele não terminou de sinalizar, porque Paul pulou em cima dele e desceu-lhe no focinho uma combinação de rápidos golpes, de mão aberta. O sangue espirrou de um corte no supercílio.

"Iiiiiik!", gritou o servente, recuando e cobrindo com a mão o focinho machucado. Sinalizou agitado: "Desculpe, chefe, 'u-h'-u-h', desculpe, 'u-h'-u-h', não queria incomodar, sei que o senhor é um bom psiquiatra, poderoso, tenho o maior respeito por sua dobra isquial — desculpe..." Ele virou as costas para Paul e apresentou muito abaixado.

"Tudo bem, serventes", Paul sinalizou, enquanto alisava o pelame arrepiado do traseiro oferecido. "Aceito os seus respeitos, adoro sua obsequiosidade, agora levem ele daqui."

"Eu cuido disso", gesticulou o outro servente ao seu colega ferido. Entrou na sala, agarrou a gola da camisola de Simon com um dos pés grandes, calosos, e levantou na vertical a forma paralisada do pintor. Deixou-o então cair inerte sobre os ombros. Os dois serventes saíram da sala, Simon sacudindo nas costas do segundo servente como uma boneca quebrada.

"Pronto, meu rapaz, 'chup-chupp'. Lá vamos nós." Como pode haver significado naquele toque? No entanto, Simon sente o significado — no toque: "Calma. Já já vai estar na caminha. 'H'huuu' cuidado — a gente não quer outra surra daquele psiquiatra, quer? Cuidado!"

Os olhos dele se abrem em um breve instantâneo de ponta-cabeça de uma fonte mijando no céu. Ele pensa: conheço este lugar. Vira a cabeça para ver carros enfileirados: Volvos, Vauxhalls, Fords. Carros — tão tranqüilizantes quanto os nomes dos fabricantes. Tonto, ele vira de novo para ver o que — ou quem — o está carregando. Símios. Macacos. Como na porra de um anúncio de chá P.G. Tips. Macacos de paletós curtos. Paródias de humanidade. Caricaturas. Não consegue gritar. É uma paralisia de sono. Perde a consciência de novo.

"'H'huuu?' O que você acha?", Paul consultou a colega.

"'Euch-euch', bom, é isso que parece", Belinda sinalizou de volta.

"'Huuu' eu também acho..."

"O que vocês estão sinalizando?" Sarah levantou os olhos; estivera olhando sua tumescência como se ela pudesse fornecer alguma resposta para a sua situação e não vira a conversa.

"Bom", Paul se pôs bipedal e foi até a porta. "Eu só estava confirmando meu diagnóstico provisório..."

"Que é 'huu'?"

"Acho que seu consorte teve um colapso psicótico induzido por drogas. Todos os sintomas estão presentes, a irracionalidade, a paranóia, o ataque. A única coisa estranha é a falta de força. Geralmente é bem o contrário com esse tipo de coisa. Mas trata-se apenas de um diagnóstico provisório, vamos ter de consultar meus colegas e o médico de Dykes — esse chimp Bohm — antes de ter certeza." Paul fez menção de sair, mas Sarah avançou, submissa, e catou-o um pouco. Era a primeira catação que fazia desde a chegada da equipe de choque ao apartamento e Paul recebeu aquilo de bom grado.

"Doutor", ela gesticulou, "ele vai 'chup-chupp' ficar bom, não vai, 'huu'? Eu... eu me sinto muito culpada. Sabe, acho que ele não teria tomado as drogas sem mim."

Paul olhou para ela sério. "Você deu as drogas para ele, Sarah, 'huu'?"

"N-não."

"'H'huuu' bom, acho difícil de entender por que se sente culpada então. Mas, de qualquer forma, não deve se preocupar, o prognóstico para esse tipo de coisa em geral é bastante bom. Ele só precisa se limpar durante uns dias. Nós vamos cuidar dele. Você vá para casa, tente encontrar uma boa catação e telefone para a gente mais tarde." E com essa consolação o psiquiatra de plantão da equipe de choque deu um último tamborilar na maçaneta da porta e saiu do cubículo.

Mas os sinais otimistas de Paul acabaram se mostrando seriamente deslocados. Ele e a médica oficial da ala Gough, a dra. Jane Bowen, não tiveram dificuldade para instalar Simon Dykes na cela de segurança — o chimp não saiu de seu estado catatônico. E não tiveram problema com o grupo de Dykes também. A ex-companheira alfa parecia estar esperando que isso acontecesse. Quando Jane Bowen fez a ligação para ela, Jean Dykes apareceu na tela com um rosário enfeitado na mão, as contas alternadas de ouro e âmbar. Durante todo o tempo em que as duas fêmeas gesticularam, ela manipulou esse objeto devocional, de forma que seus sinais se misturavam à movimentação das preces. Ela usava vestido de veludo preto, grosso, com babado na gola, e a combinação desse traje antiquado com o olhar fixo e intenso da fêmea inquietou a psiquiatra.

Havia isso — e, bem de acordo com sua religiosidade e moral antiquada, Mrs. Dykes continuou a receber as atenções de dois machos enquanto estava ao telefone. De tal forma que os guinchos e ofegos do acasalamento embelezavam ainda mais o seu tempo formal.

"'H'huuu', Mrs. Dykes?"

"'HuuH'Grnn' sim, às suas 'huu' ordens."

"É sobre o seu ex-alfa Simon..."

"Ah, Simon, Ave-Maria cheia de graça, o Senhor é convosco 'h-h-h-h-huuu'..."

"Mrs. Dykes, eu temo ter de lhe dar más notícias porque..."

"Bendita sois vós entre as mulheres 'h-h-h-h-huuu' e bendito o fruto de vossa tumescência... Ele teve algum tipo de 'h'huu' ataque?"

"Um colapso. Meu nome é dra. Bowen, sou do..."

"Santa Maria, mãe de Deus, rogai por nós pecadores 'h-h-h-h-huuuiiik'...!" O acasalamento chegou a um guinchado final. "Bom, não é nenhuma surpresa, ele se afastou do bom caminho... Agora e na hora de nossa morte..."

"Mrs. Dykes, sou a médica-chefe da ala de casos agudos do Hospital Charing Cross em Londres. Gostaríamos de manter Simon aqui no setor de 72 horas... precisamos de sua permissão como parente mais próxima."

"Claro, claro... Alfa nosso que estais no céu, santificado seja o vosso nome..." A gesticulação dela hesitou um pouco e então, pela primeira vez desde que começou a gesticular, as mãos da fêmea pousaram no colo.

"Devo apontar", Jane Bowen apressou-se, "que a senhora esperava por isso 'huu'? Simon tem algum histórico de ataques semelhantes no passado 'huu'?"

"Venha a nós o vosso reino, seja feita... Ele tem sido uma grande dificuldade, tanto para mim quanto para os filhos pequenos, Henry e Magnus, é verdade, sim. Um miserável pecador, cheio da bile de sua própria torpeza. Quanto à saúde mental dele, bom, você teria de falar com Anthony sobre isso..."

"Está falando do dr. Bohm do Centro de Saúde Thame 'huu'?"

"Isso mesmo, Anthony tem dado um grande apoio para nós todos, um grande apoio a distância..." Ela fez uma pausa, um pequeno macho de uns nove anos apareceu na tela, escalou as costas do macho que havia acabado de acasalar com sua mãe. A semelhança do pequeno macho com Simon Dykes era grande, os mesmos olhos salientes, o mesmo pêlo marrom bufante.

"Não está vendo que estou gesticulando, Magnus, faça o favor..." Ela fez uma pausa e puxou a orelha do pequeno macho. Ele desapareceu uivando. "Desculpe. A senhora pode imaginar, sem um alfa em casa..."

"Claro, claro. Vou telefonar para o dr. Bohm assim que terminar a nossa conversa. Só preciso saber se a senhora vai poder passar no centro de saúde mais tarde para assinar os papéis que vou enviar por fax."

"Sem problema, dra. Bowen. Agora, se me dá licença..." O grande macho de costeletas vermelhas estava cuidando de seu traseiro outra vez. "Glória ao Pai, ao Filho e ao Espírito 'h-h-huuuu'..."

Jane Bowen desligou e, sobre as mãos e andando apoiada nos nós dos dedos, saiu de seu escritório e voltou à ala Gough, sacudindo a cabeça devagar e pensando. Talvez houvesse mais coisas a respeito do rompimento dos Dykes do que dizia a consorte do artista.

Bowen olhou pelo visor e viu que Simon Dykes estava do mesmo jeito que o haviam deixado, sentado no ninho de um jeito estranho, as pernas balançando para fora em vez de recolhidas, a parte superior do corpo estranhamente ereta. Jane Bowen resolveu arriscar ser atacada por ele, embora fosse uma fêmea pequena — menos de quarenta quilos. "'Huuu', Simon?"

Ele não se virou para ela, mas mexeu os dedos, formando sinais errados. "Saia daqui, fera, demônio imundo, saia daqui... Estou louco, sim, e daí?, saia daqui..."

Ela tomou isso como um bom sinal; talvez ele estivesse saindo do estado de indiferença do colapso. Avançou um pouco mais na sala. "Simon", gesticulou muito suavemente no ombro dele, "acha que pod...". Ele deu um salto a esse toque, gritou e começou a arranhar o focinho dela. Mas, apesar do seu tamanho, ela conseguiu afastá-lo com facilidade, e foi capaz até de agarrar suas mãos. "'Wraaf!' Simon, sou médica, estou querendo ajudar você."

"'Aaaieee! Aaaiee! Aaaiee!' Saia daqui! Saia daqui! Não toque em mim, macaca fodida! Saia daqui!"

Jane Bowen retirou-se para a porta da cela de segurança. Simon Dykes caiu no chão assim que ela o soltou. Borrifou, mas ineficientemente — sobretudo em cima das próprias pernas —, e ficou caído no excremento pastoso ganindo, choramingando. Jane Bowen fechou a porta delicadamente, trancou-a e foi procurar uma enfermeira. "Fique atenta com ele", sinalizou. "Não é perigoso, mas pode tentar se machucar. Traga 20 miligramas de Valium, vou aplicar intravenosa. Deve ficar mais calmo com isso. Depois, tente limpar a sujeira dele um pouco — mas não faça nenhuma catação, tenho o palpite de que a psicose dele está ligada ao toque." Ela ajustou a roupa que havia descido por cima da dobra isquial. "Vou ligar para o médico dele e ver se consigo descobrir mais alguma coisa sobre o nosso gênio atormentado."

"'H'huu' dr. Bohm?"

"'H'huuuu', às suas ordens." Os traços, assim como os gestos, eram rotundos, os dedos roliços marcando os sinais bem no centro da tela. O grande queixo do macho tinha uma franja de barba branca.

"Meu nome é dra. Jane Bowen, sou a psiquiatra-chefe no Hospital Charing Cross."

"Em que posso servir, 'huu'?"

"É a respeito de um paciente seu, Simon Dykes..."

"Simon, 'huu'? O que aconteceu, 'huu'? Espero que não haja nenhum problema..."

"Temo que haja, sim — ele parece ter tido uma espécie de colapso, talvez uma psicose relacionada a drogas. Vamos precisar da ficha dele, claro, e estou mandando por fax os formulários para uma internação de 72 horas..."

"É mesmo necessário, 'huu'? Ele está violento, 'huu'?"

"'Huuu'Grnnn', bom, não exatamente violento, embora tenha feito diversos ataques não provocados..."

"Que droga, fêmea 'euch-euch'! Se o chimp não é uma ameaça para ninguém, por que a detenção, 'huu'? Ele não é qualquer um, a senhora deve saber, Dykes é um pintor da maior importância..."

"Eu sei bem disso, dr. Bohm; pode confiar que, se não sentíssemos que existe um possível risco para ele, não seria retido. Mas, vamos dizer assim — foi um colapso, no mínimo, exacerbado. Me mostre, ele tem um passado de perturbação mental, 'huu'?"

"'Euch-euch', bom... 'Euch-euch', bom, claro que você vai ficar sabendo pela ficha de qualquer jeito. Tem, sim. Muita depressão, foi hospitalizado duas vezes, a última vez há um ano e tanto. E, anteriormente, uns dois anos antes. Rompimento do grupo — como a senhora já deve saber se falou com a ex-alfa dele..."

"Falei, sim."

"'Huuu', pobre fêmea — a propósito, pude proporcionar algum apoio 'gru'nn' direto a ela — em posição neutra, claro. Bom, desde a segunda hospitalização, ele estava tomando ISRS[1]..."

"Ele toma Prozac?"

"Foi isso que sinalizei — toma, e tem uma receita permanente. Faz seis meses que não vejo Simon — por tudo que sei ele melhorou muito. Está trabalhando de novo. Acredito que andou se envolvendo com uma consorte nada adequada, mas isso não é assunto para o médico tratar — nem o macho periférico da ex-alfa também."

"Ele tem algum histórico de abuso de drogas, dr. Bohm, 'huu'?"

"O que a senhora quer dizer com abuso de drogas, 'huu'? Se está perguntando se ele toma drogas, eu sinalizaria que a res-

---

[1] ISRS — Inibidor seletivo de recaptação de serotonina. (N. do T.)

posta provavelmente é sim — um tipo criativo e tal —, mas não é coisa sobre a qual a gente tenha gesticulado. Tem certeza de que há drogas no caso, 'huu'?"

"No momento, parece que sim, mas ainda não conseguimos saber nada de concreto do próprio Dykes ainda; ele está em estado de delírio completo, com alguma perda de coordenação motora e notável perda de vigor físico. Fica sinalizando coisas como <macaco fodido>, não aceita catação. Borrifa qualquer membro da equipe que se aproxime demais, e volta à catatonia."

Não houve movimento na tela por um instante, a não ser pelos dedos de Bohm brincando com a franja da barba e o volume do queixo. Ele então sinalizou: "Bom, parece sério mesmo, bem sério. Acha que seria melhor eu ir até aí para dar uma olhada nele, 'huu'? É meu paciente há tantos anos, mais um aliado mesmo. E agora, claro, somos membros de um mesmo grupo — de certa forma."

"Pode ser uma boa idéia, dr. Bohm, vou manter o senhor informado. Talvez uma cara ou uma atitude de catação conhecida possa tirar Simon desse estado."

"'Huuu', acho que sim. Desculpe se fui rude agora há pouco, mas sabe como é...", fez um floreio vago, como se esses movimentos sem sentido da mão pudessem de alguma forma comunicar um conjunto de dúvidas sobre a psiquiatria e o seu status dentre as profissões curativas.

"Por favor, não se preocupe, eu reconheço a autoridade de sua dedicação à clínica geral, reconheço seu nível como igual e o refulgir de sua dobra anal."

"Muito bem, muito bem. Bom. Me chame de novo assim que houver alguma novidade — ou nenhuma novidade, e nesse caso eu irei. Por enquanto, se precisa da assinatura de alguém realmente próximo a ele, sugiro que tente George Levinson — o *marchand* dele —, que tem uma galeria na Cork Street. Ele vem dando apoio a Simon há mais tempo que qualquer outra pessoa e, confidencialmente, a situação com a ex dele não é nada boa..."

"Creio que percebi isso."

"Muito bem, muito bem. Bom, vou esperar algum sinal da senhora então, 'HuuuGraa'." E sem mais preâmbulo Bohm desligou a conexão.

Depois, durante algum tempo, o clínico geral de província ficou sentado à sua mesa, olhando sem ver os pôsteres de ursinhos de pelúcia e de pôneis de colo que a recepcionista do centro de saúde havia pregado nas paredes de seu consultório. Por fim, voltou a si e, com mãos adejantes, sinalizou para si mesmo: "Hierarquia, é a isso que sempre se chega; o tempo todo, hierarquia, a maldita hierarquia." Apertou um botão no intervídeo e pediu que mandassem entrar seu paciente seguinte.

Mais tarde nesse dia, em um hiato entre hipocondríacos distintos, Anthony Bohm se viu pensando se o colapso de Simon não estava de alguma forma ligado àquele experimento com droga e àquele chimp impositivo e exibicionista, Busner.

Capítulo oito

A ajuda do dr. Anthony Bohm foi solicitada pela equipe do Gough antes que muitos dias se passassem. George Levinson já havia aparecido, duas vezes na verdade. O que, conhecendo George e a natureza sobrecarregada de sua agenda, era algo como um milagre. Sarah voltara todos os dias, duas ou três vezes, desde aquela primeira manhã terrível. No terceiro dia, trouxe Tony Figes com ela, na esperança de que talvez alguém que Simon não conhecesse tão intimamente fosse capaz de estabelecer contato com ele onde ela não conseguira. Mas não adiantou nada. Fosse o visitante sua consorte, seu *marchand* ou seu aliado, a reação de Simon Dykes era a mesma — ele virava merda humana.

Simon volta a si. No ninho, na cela de segurança número seis, na Ala Gough. Ele sente segurança para abrir os olhos ao ver as paredes pintadas com a cor creme institucional. Sente-se ainda mais seguro pelo ninho em si, com seu aspecto funcional, todo de arestas arredondadas. Nada com que um chimp histérico possa se machucar ali dentro. A janela pequena é alta demais para se olhar por ela, e tem uma grade. Mas isso não importa — ainda é tranqüilizador. Tudo tem o caráter de vigilância. Simon olha a própria trama do lençol, a penugem do cobertor cinzento institucional, e vê que aquilo é real. Olha as costas da própria mão — só aquilo não é familiar. É claramente dele, mas parece de alguma forma distante e suspensa — e peluda também. Há um ruído na porta e ele se volta para abençoar-se com mais segurança, a segurança da própria porta. É uma porta de hospital com um visor, uma abertura. Simon pensa: vou até o buraco e consigo algum conforto. Converso com a visão e a faço me tranqüilizar de que sou real.

Levanta-se e caminha instavelmente ereto pelo linóleo. Flotch, flotch, flotch, as solas molhadas de suor no linóleo. Tão tranqüilizante. Alguém olhando para ele, alguém... ele vê ao se aproximar do visor... Alguém com focinho de fera. Ele apaga. A enfermeira entra, o conduz de volta para o ninho, aplica 10 miligramas de Valium, com dedos seguros encontra a veia debaixo do pelame.

Eles vêm à noite e vêm de dia. Às vezes, segundos depois de ele acordar, às vezes minutos, muito raramente horas. Cada vez que vêm é a mesma coisa; apaga-se completamente qualquer segurança que ele possa ter conquistado com o minucioso, intenso exame de seu ambiente. Se o deixam por muito tempo, e então, silenciosamente, sub-repticiamente, conferem para ver o que ele está fazendo antes de entrar, podem pegá-lo concentrado numa marca de lavanderia, ou na placa plástica do fabricante, atribuindo origem ao artefato. Pois o artista não é nada senão minucioso em seu delírio. Mas mesmo que o deixem por horas e ele tenha a oportunidade de aceitar o testemunho dos seus sentidos, à medida que os sedativos são eliminados e o dia desastroso vai passando totalmente, a chegada deles é sempre o mesmo choque anulador. São tão rápidos quando entram. Tão atarracados, indo depressa até ele em rápida agitação de pelame e músculos.

Parecem se comunicar com ele — isso ele sabe. Parecem se comunicar com ele, tanto por causa da intensidade dos movimentos, colocando os membros peludos para cá e para lá, como pela determinação dos grunhidos graves, dos guinchos sonoros. Há ainda maior significação no modo como o seguram quando ele começa — como invariavelmente faz — a pirar; como o seguram quando ele começa — como invariavelmente faz — a gritar. Gritar até a agulha picar. Gritar até a consciência voltar a se apagar e os sonhos fluírem em torno e abaixo dele.

Nos sonhos, ele está sempre com corpos. Corpos humanos. E os corpos são bonitos. Ele quase pensa isso consigo mesmo, meio que formula a idéia. Como esses corpos podem ser tão bonitos, tão etéreos? Porque na aparência não são, essas lembranças perturbadas das panturrilhas fibrosas do pai, com varicose, como cachos de uvas pendendo dos joelhos; os seios da mãe pendurados, as aréolas esticadas em ovais pontilhados de marrom; as coxas quebráveis de sua irmã, tão brancas, tão finas; as solas dos pés dela levantando, primeiro uma, depois a outra, ambas tão enrugadas e rosadas, solas recém-nascidas levantando nuvenzinhas de areia quando ela segue adiante dele para o mar, para chapinhar. Não bonita se beleza é excepcional, mas talvez beleza tenha sido sempre comum e era exatamente isso que eu não conseguia ver.

No terceiro dia, depois de seis ou sete desses episódios, Sarah enfrentou a dra. Bowen no escritório dela. Bateu de leve na porta e ululou um pouquinho mais alto do que fazia normalmente, a fim de fazer a psiquiatra entender que — apesar das aparências — ela não era uma fêmea para se tratar com displicência. "'HuuH'Graa', posso gesticular com a senhora um momento, por favor, dra. Bowen, 'huu'?"

"'HuuH'Graa', claro, claro." A psiquiatra pousou a caneta. "É Sarah, 'huu', não é?" Empurrou a cadeira para trás e olhou a fêmea parada na porta. Uma macaca atraente, pensou consigo mesma, muito bonita, eu mesma não ia achar ruim uns amassos com ela com essa fabulosa tumescência pendurada assim. Aposto que andou se divertindo nos últimos dias.

"Isso mesmo. Olhe, eu sei, ou pelo menos espero saber, que está fazendo tudo o que pode para ajudar Simon — Mr. Dykes..."

"Pode ter certeza disso 'euch-euch'."

"Só que... 'huu', ele parece não estar melhorando nada... e eu pensei que... 'huuu'." Sarah controlou-se. Força, pensou, olhando a fêmea atrás da mesa. Eu posso ser *mignon*, mas ela é definitivamente graciosa. Se acontecesse de a gente se roçar, eu sem dúvida ficaria por cima. "Eu observei umas coisas no comportamento dele... Coisas que podem ser significativas."

"É, 'huu'?" A dra. Bowen empurrou de lado os papéis e por fim voltou toda a atenção para a jovem fêmea. "E que coisas seriam essas, 'huu'?"

"Foi a postura dele que me alertou", sinalizou Sarah. Aproximou-se da mesa e subiu num dos cantos. Suas mãos foram automaticamente para o protetor de tumescência de algodão e o arrumaram. "Ele fica sempre sentado desse jeito esquisito, bem na beira do ninho, nunca levanta os pés. E quando vem até mim — não posso chamar aquilo de ataque — é sempre bipedal, sempre."

"'Grnnn', sei..."

"Tem mais uma coisa, o pelame. Nunca está ereto, sempre caído. Ora, não é estranho que uma coisa tão... tão involuntária deixe de acontecer, 'huu'?"

"Jovem fêmea." Bowen levantou-se da mesa e engatinhou até onde Sarah estava agachada; começaram a se catar casualmente. "Você é muito observadora, Sarinha, muito observadora mesmo..."

"Sou agente de artistas, isso faz parte do trabalho."

"Claro. Bom, o que você aponta é verdade e é uma coisa que nós também já tínhamos observado. Para começar — como você bem sabe —, temos quase certeza de que Simon teve uma psicose induzida por drogas. Posso mostrar a você agora, embora por alguma razão ele próprio não tenha feito isso, que Simon estava tomando medicamento para depressão..."

"Quer dizer que ele 'huu' estava tomando Prozac?"

"É, é, Prozac."

"E por que ele não me mostrou, 'huu'?" Sarah estava passada, o lindo focinho pregueado de aflição.

"Talvez tivesse vergonha, Sarinha." O toque de Jane Bowen era a mais doce, mais sutil puxada nos pêlos. "Você sabe, muitos chimpanzés ainda consideram a depressão uma causa de vergonha."

"Mas eu sabia tudo sobre as depressões dele. Ele me disse que tinha passado, atribuía isso à separação do grupo dele."

"Bom, é possível que o Prozac tenha algum efeito sobre isso — porém, mais objetivamente, achamos que o Prozac pode estar envolvido no colapso. Ou melhor, o Prozac combinado com o ecstasy que ele estava tomando."

"'H'huuu?' Como pode ser?" Sarah estava intrigada.

"Não sabemos exatamente. Basta assinalar que o ecstasy — ou MDMA[1] — age exatamente nos mesmos receptores — sabe, as partes do cérebro às quais as moléculas de um elemento químico se ligam — que o Prozac. Nós achamos que as duas drogas entram em forte sinergia quando tomadas ao mesmo tempo..."

"Mas eu não entendo, nós tomamos bastante ecstasy." Sarah ficou vermelha. "Nós gostamos de... nós achamos que..."

"Eu sei." A psiquiatra sorriu e fungou, compreensiva. "É bom para acasalar, não é, 'huu'?"

"É, por aí."

---

[1] MDMA — Metanfetamina de metilenedióxido — ecstasy. (N. do T.)

"Mas de qualquer forma, você pode ter tomado cem vezes e de repente esse efeito sinergético se acumula e pode ocorrer. É idiossincrático. Não sabemos também exatamente quais são as conseqüências, mas uma hipótese é que possa ter causado alguma espécie de dano na neuroquímica de Simon."

"Mas e aquilo que eu estava assinalando: a postura dele, a falta de arrepios, 'huu'?"

Jane Bowen desceu da mesa e foi andando apoiada nos nós dos dedos até a janela, onde usou a cordinha da persiana para endireitar o corpo. Estava cansada e, mesmo achando excitante a almofada cor-de-rosa da jovem fêmea e a condição de seu paciente artístico uma coisa interessante, esses casos eram sempre mais problemas para o departamento de psiquiatria do que as queixas convencionais. Olhou para fora da janela a sua vista oclusa de 10 metros de extensão da Fulham Palace Road, observou distraída o bando de bonobos parado na porta da loja de apostas, fumando maconha e bebendo cerveja Special Brew. Por fim deu um grunhido, voltou-se para Sarah e sinalizou: "Não faço idéia do que significam esses sintomas. Nunca vimos nada assim. Gesticulei com o dr. Whatley, o clínico, e nós dois achamos que o que mais perturba Simon é o contato símio."

"'Huuu?' Contato símio? O que a senhora quer dizer, 'huu'?"

"Bom, não sabemos... como eu assinalei... explicar, mas Simon parece ter perdido a capacidade ou talvez a inclinação de se envolver nas formas básicas de interação simiesca. Não a comunicação visual — ele sinaliza, embora seus sinais sejam histéricos —, mas a vocalização, a linguagem corporal, a catação, a apresentação, todas essas coisas estão fortemente comprometidas, se não absolutamente ausentes."

"Isso pode ser parte da psicose, 'huu'?"

"É possível. Pode ser o que se chama de conversão histérica. Observamos que quando é deixado sozinho o comportamento dele fica bem mais comunicativo — com o ambiente, quero dizer. Ele examina todos os móveis e instalações do quarto com grande atenção aos detalhes, o próprio corpo também..."

"Por que, 'huu'?"

"Não sabemos, mas temos o palpite de que, se ele ficar privado absolutamente de contato simiesco durante uns dois dias, e com acesso a material para escrita, talvez possa se dirigir a nós usando isso."

Sarah sacudiu a cabeça, ainda ululando de confusão. Não fazia nenhum sentido para ela a teoria da psiquiatra: o que ela sabia é que seu consorte estava perturbado, confinado contra a vontade em vez de solto em liberdade. Trancado como um humano cativo, a ponto de ser usado em algum horrendo experimento. Quando recomeçaram a cata, ela não achou o toque de Jane Bowen absolutamente tranqüilizador.

Então, na manhã seguinte, o psiquiatra de plantão pulou a medicação de Simon, junto com seu desolado ataque e borrifo ineficaz. O chimp foi deixado sozinho. Utilizou-se a abertura na porta para lhe dar, junto com a bandeja do primeiro desjejum, um bloco de papel e uns lápis.

A dra. Bowen chegou a insistir para que se cobrisse o visor com um espelho que permite a observação, para que Simon ficasse completamente livre de qualquer contato visual com a equipe. "É essa história de ele sinalizar <macaco fodido> o tempo todo", Bowen gesticulou para o dr. Whatley no seu giro pela ala. "Isso e a perda das capacidades normais de interação simiesca. É um palpite, digamos, mas se são outros chimpanzés que ele acha perturbadores, se removermos as evidências de nossa presença, ele pode começar a demonstrar parte do que está experimentando."

"'Huuu', você não acha que ele está vendo outros chimps de algum jeito esquisito, está?"

"É possível 'gru-nnn' — talvez ele esteja tendo um delírio babuíno. É raro, mas já vi literatura clínica a respeito dessas síndromes. Enfim, *eu* acho que vale a pena tentar."

Pararam de aparecer. Já é um alívio. Quando Simon vai até o visor, tudo o que vê é o reflexo ondulado de sua própria cara pálida, não um rosto peludo, olhando para ele com enormes caninos. É um alívio — mas serve também para confirmar a horrível integridade de sua loucura. Será das injeções que estão me dando?, ocorre a Simon. Talvez isso explique a insistente sensação de fraqueza, de lassidão? Então, durante um dos períodos em que fica sentado, imóvel, na beira da plataforma do ninho, aparece uma bandeja de comida — não se pode comer um delírio, pode-se ter um orgasmo, mas não se pode comer. Sexo raramente é sobre sexo, mas comida é quase sempre sobre comida. Com a bandeja vêm lápis e papel. Simon pensa: Devo desenhar alguma coisa? A exposição deve ter aberto e acabado — ele se põe de pé, porque essa é a primeira vez que se refere ao passado dentro do delírio. Os sonhos têm cumprido a função de ser o passado, mas agora ele está pensando no passado e olhando o lápis e o papel. Lápis e papel padrão. Staedtler HB, preto-e-vermelho, tipo hexagonal, mal apontado. Não querem que eu me machuque. Imagine essa manchete: Pintor Morre por Autoferimento com Lápis. Nunca fui tão bom artesão.

Olha os objetos, pensativo, e depois escreve.

Não demorou muito. Quando a servente foi pegar a bandeja do desjejum mais ou menos uma hora depois, encontrou nela uma única folha destacada do bloco e coberta com uma pontuda escrita irregular. Ela girou a portinhola, pegou a bandeja e levou o papel direto para a dra. Bowen.

Sem nem examinar o texto do artista, a dra. Bowen correu para a porta de seu escritório, saiu para o corredor e abriu uma das janelas que dava para o estacionamento. "H'huuuu", ululou, e quando os óculos de Whatley cintilaram na janela aberta de seu escritório — que ficava um andar abaixo do de Bowen, numa ala que se projetava para fora do hospital — ela acenou. "'HuuuGraa', desculpe interromper, Kevin, mas Dykes escreveu alguma coisa!"

A forma comprida de Whatley materializou-se no escritório de Bowen, e juntos os dois se debruçaram sobre a mensagem do pintor. "POR FAVOR, POR FAVOR, ME AJUDEM", Simon havia escrito em desajeitadas maiúsculas no alto da folha e, logo abaixo: "Estou louco. Sei disso. Estou louco. Por favor, por favor, me ajudem. Eles chegam a toda hora, as feras, os macacos. São macacos? Não sei. Eles vêm, me atacam. Não vejo nenhum humano. Onde estão os humanos? Isto aqui é um hospital? Estou louco? Por que toda essa gritaria, escuto gritos, os macacos gritando. Onde estão os humanos? Só vejo feras, macacos. Onde está Sarah? Quem me deu este papel? Onde estão meus filhos? Me ajudem, por favor, me ajudem. Não agüento mais isso. Eles me atacam — as feras. Me mordem e me batem, são macacos? Quem mandou este lápis e papel? Podem me ajudar? Por favor.

Estou louco? Se continuar vendo essas feras muito mais vou me matar. Por favor..."

"Quantas perguntas", Whatley gesticulou, colocando a folha em cima da mesa sem se dar o trabalho de perguntar a Jane Bowen se ela havia terminado de ler. "O que quer dizer isso, 'huu'? Essa história de enxergar macacos — parece que *poderia* ser um delírio babuíno. Vou ligar para Ellchimp na Clínica Gruton — eles têm um bom arquivo lá, cheio de históricos de casos, vamos ver se podem mandar alguma coisa..."

"Mas e essa história de humanos, 'huu'? Ele colocou aqui duas vezes <onde estão os humanos?> — que diabo quer dizer isso, 'huu'?"

"Só Deus sabe. Ele está claramente muito confuso, mesmo. Acho que pode haver evidência de afasia — de Wernicke, possivelmente. Os sinais dele são fluentes, mas ridículos e inadequados. Mesmo assim — eu não me prenderia muito a isso, não temos imagem de comprometimento orgânico e qualquer delírio desse tipo tende a incorporar toda sorte de detritos psíquicos. Talvez ele ache que humanos são uma espécie de macaco, 'huu'? Muitos chimpanzés acham, você sabe."

"Sei, claro que sei", Bowen sinalizou, petulante — algo que ela nunca ousaria fazer com o predecessor de Whatley, que mantinha o departamento com rédeas muito mais curtas. Whatley era um chimp ineficaz e mesmo uma fêmea como Bowen, apesar — ou talvez por causa — de sua sexualidade, era capaz de enfrentar sua autoridade, sem medo de represália.

"Como você propõe dar prosseguimento a essa gesticulação com Dykes enquanto isso, 'huu'?"

"Vou manter esse recurso, 'grnn'. Junto com o segundo desjejum vou dar uns figos a ele, ou abrunhos, alguma coisa como recompensa, e pedir que descreva os macacos. Vamos determinar se está vendo babuínos, humanos ou seja lá o que for; é bem sabido que a mera narrativa pode ajudar a dissolver um estado de delírio."

"Como você propõe dar prosseguimento a essa gesticulação com Dykes enquanto isso..." Bowen arremedou Whatley assim que ele saiu do escritório. Os dedos dela formando as palavras em uma paródia exagerada do seu sotaque Oxford de dicionário, cada dedo dobrado uma torre, cada palma lisa um sonho.[2] Bowen ainda não podia refutar a abordagem de Whatley quanto ao artista louco, mas ele tinha, como ela colocava, "intenções de curta duração", e era fácil imaginar que perderia interesse em Dykes muito em breve. A própria Bowen estava tendendo a achar que Dykes podia muito bem ter alguma disfunção orgânica, neurológica. As posturas estranhas que adotava eram quase parkinsonianas, como se os membros que tentava controlar não fossem inteiramente extensões dos que ele efetivamente possuía.

Bowen gostaria de fazer uma bateria de testes perceptuais, relacionais e outros com o chimp, mas não tinha jeito de fazer isso enquanto ele estivesse inatingível, não-cooperativo. Não fazia sentido tranqüilizá-lo, atirar um dardo nele como se fosse uma fera selvagem; ele tinha de ser o que passasse por — no mundo de Dykes — *compos mentis*. Bowen suspirou, uma chimp pequena, quase bonobo, ela achava o regime do Charing Cross difícil para seu gosto. A rotina era cansativa, o horário prolongado, os pacientes muitas vezes intratáveis — pasto para os hospitais de longa permanência ou o ralo de loucuras da rua. Ela sempre se considerara uma médica de prática mais abrangente, mais aventurosa, mais na tradição de Charcot e dos outros pioneiros do século XIX nesse campo. Desprezava o jeito como seus colegas reduziam tudo ou a um *continuum* de mente ou a um *continuum* de matéria, sem considerar a idéia de que podia haver outro nível em que esses dois *continua* aparentemente irreconciliáveis se misturassem.

Zack Busner, seu velho alfa no Hospital Heath, manifestara-se nesses termos. Ela havia herdado sua semiologia dos antipsiquiatras dos anos 60 e assinalava sempre o "existencial" e o "fenomenológico". Agora, ele fizera um segundo nome, reaquecera sua velha notoriedade com suas antologias de prodígios pirados e sábios distorcidos. O que Busner acharia de Dykes? Sem dúvida era o tipo de caso com que ele gostaria de se envolver — se o delírio de Dykes se mantivesse tão promissoramente coerente.

---

[2] Oxford é chamada de The City of Dreaming Spires, "A cidade das torres sonhadoras". (N. do T.)

Junto com a bandeja do segundo desjejum de Simon veio uma folha simples de perguntas datilografadas no papel timbrado do hospital, da seguinte maneira:

Hospital Charing Cross
Departamento de Psiquiatria

Quinta-feira, 15 de agosto

Simon,

Acreditamos — eu e meus colegas — que você está sofrendo de um estado delirante que envolve de maneira crucial a própria base de sua interação si-miesca. Estamos evitando todo contato direto com você até que possamos estabelecer se este é ou não o caso. Poderia, por favor, responder às seguintes perguntas para mim, o mais claramente possível?
Sinceramente,
Dra. Jane Bowen
Médica-chefe

1. Como se sente — tem algum desconforto físico?
2. Imagina que alguém está tentando lhe fazer mal?
3. Consegue lembrar os acontecimentos que o levaram a estar aqui no hospital?
4. Você sempre se refere a "macacos". Que aparência têm esses macacos?
5. Por que tenta atacar qualquer membro da equipe que chega perto de você — eu inclusive —, e sua consorte e qualquer outro aliado que venha vê-lo?
6. Em sua nota você se refere a "humanos". Quais humanos? Você tem visto humanos?

Bowen observou Simon Dykes pelo pedaço de espelho falso quando ele pegou a bandeja da abertura e caminhou oscilantemente ereto, resolutamente bípede, de volta para a plataforma do ninho e ali se agachou. Quando ele pousou a bandeja na mesa de papelão, o bilhete de Jane Bowen caiu no chão. O pintor coçou a cabeça com uma mão lânguida, depois se abaixou para poder pegar o pedaço de papel, usando a mesma mão. "Tem mais uma coisa", sinalizou Dobbs, a enfermeira encarregada, que estava observando também, "ele nunca usa os pés para nada, a não ser para andar assim balançando pelo quarto. E, quando pega alguma coisa com a mão, é sempre esquisito — parece que não consegue segurar as coisas com o polegar e a junta do indicador. Está vendo?..."

Era verdade, Simon estava lutando para pegar o papel caído no linóleo e a frustração estava provocando algumas de suas estranhas, graves vocalizações. Por fim, pegou a nota e passou a ler, os olhos batendo na porta toda hora. A dra. Bowen teve a desagradável sensação de que ele sabia que estava sendo observado.

Sarah ligou para a agência no quarto dia e sinalizou para seu patrão, Martin Green, um resumo do que havia acontecido. "'HuuuH'Graa', Simon teve uma espécie de colapso, Martin, está no Hospital Charing Cross."

"Excesso de trabalho ou excesso de farra, 'huu'?" Green parecia chateado quando se virou para contemplar a tela; a gesticulação dele era abrupta, os pêlos do corpo semi-eretos, o focinho expressivo e móvel franzido para exibir os caninos.

"Eu... eu não sei."

"Então, acho que isso quer dizer que não vou ver você no trabalho hoje, 'huu'?"

"Eu estou... estou um pouco aflita, Martin, foi bem difícil."

"Como, 'huu'?"

Ela gesticulou para ele, sem esconder nada.

"Meu Deus, Sarah", ele sinalizou depois de um tempo, "você sabe que eu não ligo muito para convenções, mas esse consórcio, as 'euch-euch' drogas, não sei, não..."

"Eu sei, eu sei."

"Desculpe se fui muito duro antes, 'grnnn'. A manhã já está um inferno, mais problemas com aquele miserável do Young. Tinha acabado de gesticular com ele quando você ligou. Ele sinalizou que não vai pagar nem um tostão..."

"Waaa!"

"Isso mesmo. E o que eu vou fazer sem você no escritório, 'huu'? Detesto tocar nisso, mas seu posto na hierarquia pode ser comprometido..."

"Eu sei, eu sei."

"É só isso que você assinala. Olhe, quando posso esperar você de volta, 'huu'?"

"Vou passar uns dias em Cobham, com meu grupo natal, ver se consigo que me tirem as lêndeas. Ligo para você na segunda-feira. Olhe, Martin, eu reconheço a sua suserania profissional, adoro seu rígido pênis, você é o rabo mais alto em meu firmamento isquial. Saboreio seu cheiro..."

"Tudo bem, Sarah, você é uma ótima subordinada, vá para casa e descanse."

Sarah pegou o trem de subúrbio em Victoria e desceu em West Byfleet. Era uma tarde quente e Gracie estava ofegando; as moscas que circundavam sua cabeça a incomodavam constantemente e ela sacudia a crinazinha e rinchava. Na estação, Sarah havia comprado um saco-focinheira para o pônei de colo, mas já havia acabado fazia tempo e o diminuto cavalinho estava ficando impaciente. "Assim, assim, 'chup-chupp-chupp', assim, assim", ela acalmava Gracie, acariciando distraída a crina cor de caramelo.

Sarah acocorou-se de volta em seu lugar e passou os olhos pelo exemplar da *Cosmopolitan* que mantinha aberto com os artelhos de um pé, enquanto virava as páginas com os artelhos do outro. Anúncios de tumescência artificial, roupas que enfatizam a tumescência, clínicas de tumescência, cursos e manuais para obter o máximo de sua tumescência. E as páginas confessionais: "Fui consorte de um macho por um ano!", "Participei de três grupos diferentes em um único cio" e assim por diante. Acasalamento, acasalamento, acasalamento, Sarah pensou consigo mesma — é só disso que falam essas revistas femininas, como se fosse a única coisa que interessa.

Mas o mero pensar nessa idéia anti-sensual lhe trouxe lembranças de Simon acasalando com ela. A velocidade dele na segunda vez — a última vez — havia sido fenomenal. Ela achou que o orgasmo ia parti-la em duas, desde a tumescência até a boca, esparramar suas vísceras pelos lençóis amassados do ninho. "Quero um amante que tenha mão ligeira / Quero um amante que toque depressa / Não quero um macho que demo-ore muito / E que ele goze bagunçado à beça..." Os sinais da canção de *soul* vieram-lhe prontamente à cabeça — era a música de Simon e dela, de certa forma. Ela costumava cantar, ele fazia as vocalizações de acompanhamento — e ela se viu agora sinalizando distraidamente a letra perto de sua tumescência. Quando o trem parou na estação, estava com o focinho afogueado e Gracie relinchava mais que nunca.

O reverendo Davis, macho beta-distal dos Peasenhulme, estava esperando por ela com o Range Rover do grupo. "Huuu-H'Graa", ele ululou quando ela saltou do trem. A estação estava cheia de ululos de outros encontros, e olhando os verdes jardins do subúrbio em torno Sarah ficou quase contente de estar de volta a Surrey. "Aqui estou", sinalizou o reverendo, "embora você esteja..." Ele consultou um relógio de corrente que tirou do bolso do colete, uma afetação que Sarah sempre achou particularmente irritante, "sete minutos atrasada, a fim de uma foda, 'huu'?".

Ele a pegou sem cerimônia, a cabeça dela batendo contra a porta de passageiros aberta do carro de quatro marchas, enquanto ele usava a alça externa para se apoiar ao se movimentar.

"Sua mãe está com o jantar quase na mesa", sinalizou o reverendo quando estavam indo para Cobham pela A245. "Não tem muita gente no grupo agora, porém; muitos machos foram para Oxshott para acasalar com Lynn — ela está no cio, sabe."

"'Waaa', eu sei", Sarah replicou, os dedos doendo de irritação. Ela havia realmente recebido uma ligação de Lynn aquela manhã. A tola fêmea ficou falando e falando como estava, e que havia resolvido não tomar a pílula nesse cio, e que Giles realmente queria um filhote agora que haviam dado início ao subgrupo, e como ia mobiliar o quarto do recém-nascido, Sarah não *adorava* as novas árvores de brinquedo que estavam em oferta na Conran?... Sarah quase não conseguiu agüentar a falta de tato dela e por pouco não desligou enquanto os dedos de Lynn ainda estavam em movimento.

"Não está se sentindo 'gru'nnn' de fora, não é, meu anjo, 'huu'?", sinalizou o reverendo no pelame da barriga de Sarah, abrindo a blusa dela para poder catar um pouco do seu próprio sêmen que secava depressa. Sarah gostou da ternura.

"Desculpe, Pete, 'huh-huh-huh', acho que mamãe contou para você o que aconteceu..."

"Contou, sim, Sarah, mas de mim você não vai ouvir nenhum sermão moralizador 'chup-chupp' — nem precisa se preocupar. Nos dias de hoje, uma fêmea jovem tem todo o direito de um consorte nos seus vinte anos, é o que eu 'gru-nnn' acho. Não podemos nós todos formar grupos novos ou nos juntarmos a subgrupos já estabelecidos assim que chegamos ao cio, os tempos mudaram. Como vai ele afinal, 'huu'?"

"Não mudou nada, eu acho, ainda reclamando de macacos e humanos. Os psiquiatras acham que a psicose pode ter como centro a verdadeira chimpunidade de Simon. Eu não sei" — sacudiu a cabeça —, "'huu' para mim não parece provável."

Era uma das coisas que Sarah mais gostava no reverendo, além de sua tolerância tipicamente anglicana com comportamentos não ortodoxos — Sarah sabia que ele havia sido um homossexual ativo quando jovem —, ele nunca forçava as coisas, nem insistia quando não tinha muito a dizer. Rodaram o resto do caminho para casa com os dedos roçando um tanto indiferentes no pelame do outro, uma reunião pós-coito agradável enquanto conversavam sobre o Range Rover redecorado, sobre a próxima operação da próstata do alfa dela, sobre um jogo de tômbola que o reverendo estava organizando.

Capítulo nove

Uma manhã chata no hospital. O ulular dos chimps sãos na rua lá fora entrava em horrível choque com os gritos e latidos de medo dos chimps insanos da Gough e os choramingos e ululos dos chimps neuróticos da Lowell. A dra. Jane Bowen estava acocorada em seu escritório, com a seção "Sociedade" do *Guardian* jogada de lado, enquanto olhava as folhas de papel que segurava no pé. As folhas de Dykes que a Dobbs havia lhe trazido. A caligrafia era tão torta e garranchosa quanto antes, mas o estilo era, ainda bem, um pouco mais lúcido, embora composto com esforço.

Ele não havia respondido às perguntas em ordem nenhuma, ao contrário, escrevera um resumo dos seus últimos dias do ponto de vista dele — se se podia chamar assim. Ao mesmo tempo, a narrativa se partia quando Dykes loucamente se estendia a respeito do que acreditava ser o seu problema.

> Eu me sinto bem em mim mesmo. Muito bem, não sinto nenhuma dor — de fato menos do que antes. Menos do que antes de eu acabar nesta casa de loucos. Acordei, você sabe, e no lugar de minha consorte, Sarah, havia essa porra de macaca, essa símia, sei lá. E havia um cavalo miniatura. Eu vi um cavalo miniatura. Não espero que acredite em nada disso, mas é verdade, acredite. Por favor, acredite. Tentei afastar a maldita macaca, estava gritando por Sarah, chorando por ela. Mas a coisa era tremendamente forte. Me bateu. Nossa, não faz idéia de como era assustador. E era absolutamente real, não como sonho, não como drogas, mas real. Realmente real. Depois, não sei, devo ter perdido a consciência. Não sabia o que estava acontecendo. Quando voltei a mim havia mais macacos desses

no quarto. Eles me bateram! Bateram. Ainda sinto os golpes. Me atacaram! Tinham horríveis olhos verdes e eram tão rápidos! Tão fortes. Eu podia jurar que era real. E aí, graças a Deus, apaguei de novo.

Não sei há quanto tempo estou aqui. Sei que estou em um hospital para doentes mentais. Tudo tem o aspecto que deveria ter. Acho que estou no Charing Cross. Estou no Charing Cross? Mas este delírio — se é assim que você chama isso — está persistindo. Toda vez que alguém entra no quarto para me dar uma injeção, é um desses macacos fodidos, ou símios, seja lá o que forem esses demônios horrendos. Não vejo um humano desde que adormeci com Sarah, no ninho, quatro dias atrás. Sei que estou louco. Se você é psiquiatra, por que não pode me ajudar? Sei que estou louco. Até essas perguntas que me mandou (e agradeço que tenha impedido os macacos de entrar no quarto, já é algum alívio) são de alguma forma parte do delírio. O que você quer dizer por humanos? E babuínos? EU SOU HUMANO. Acredite, SOU HUMANO. Por favor, me ajude, por favor, mande minha ex-alfa ou meus filhos para me ver, ou Sarah, ou alguém. Acho que não vou agüentar muito mais. Eu me mataria se tivesse os meios aqui. Pode me ajudar? Por favor.

A psiquiatra cumpriu sua rotina com a janela e os ululos de novo. Whatley não estava lá, pelo menos foi o que a secretária dele respondeu. Na cantina ou talvez no clube, o Garrick, almoçando com John Osborne. Osborne — talvez um aliado surpresa para Whatley — iria morrer um pouco mais tarde nesse mesmo ano, ao mijar na instalação da luz elétrica. Whatley sabia que isso estava para acontecer.

A dra. Bowen teve de esperar vinte minutos até o supervisor se dignar a entrar engatinhando. "HuuuGraaa." Ele tamborilou impaciente na maçaneta da porta — nossa! Como ela desprezava aquele chimp. Não mantinham contato havia 24 horas, mas Bowen efetuou a sessão de cata obrigatória o mais depressa possível, ululando de impaciência. "Então", ele gesticulou em sua nuca, bem em cima de uma feridinha particularmente dolorida, "e o seu gênio criativo residente, 'huu'? Minha secretária me assinalou que ele enviou outra missiva."

"'Euch-euch' leia isto." Ela entregou a nota de Simon. Whatley leu para si mesmo, a não ser por um ou outro grunhido de concentração. Bowen brincou com os brinquedos da mesa. Eram do tipo que a maior parte dos doutores tem, dados de presente geralmente depois de eles terem se qualificado perante parentes ou amigos. Bowen tinha alguns crânios frenológicos com seções de cérebro que podiam ser removidas e recolocadas para formar quimeras neurológicas; e um conjunto de psicocirurgia, completo, com instrumentos além do cerebelo. Um erro realizando uma minúscula leucotomia e uma campainha disparava.

"H'huuu!", Whatley ululou, brincando. "Gostei disto — <realmente real> grande uso da linguagem de sinais em inglês 'huuu'?"

"Ele é um artista visual", Jane Bowen observou.

"'Huu', é, 'huu' é, sim. Bom", ele jogou o bilhete em cima da mesa e girou o focinho para fungar nela, "não parece muito um delírio babuíno, 'huu', não é?"

"Não."

"Você leu os históricos de caso que vieram da Gruton, 'huu'?"

"Claro."

"Um clássico delírio babuíno tem o foco sempre em caninos, em exibições de pseudo-acasalamento e assim por diante..."

"Eu li os históricos, Whatley."

"Muito bem, muito bem, nada disso aqui, não é, 'huu'?"

"Não."

"É tudo bem atrapalhado, não é? Ele aponta que acha estar no Charing Cross e, no entanto, as perguntas estavam em papel timbrado. E essa história toda de humanos. As <feras> que ele acha que atacam são humanos 'huu'? Ele está vendo chimps como humanos, 'huu'?"

"Ele afirma que *ele* é humano..."

"Ele acha que é humano, 'huu'?"

"Foi isso que eu achei que queria dizer." Bowen estava ficando frustrada. Deliberadamente cortou um dos córtices miniatura do brinquedo de leucotomia e disparou o sinal eletrônico de morte.

"Bom, eu não sei o que pensar. Você tem alguma idéia, 'huu'?"

"Continuar como estamos durante mais uns dois dias, tentar puxá-lo para fora, depois a sugestão é que se façam testes neurológicos. Não vamos conseguir avançar muito assim, Whatley. E os chimps dele podem querer tirar o paciente daqui. Não temos necessariamente base para exigir uma internação de 28 dias, você sabe — e esse chimp tem aliados influentes. O *marchand* e o médico dele em Oxfordshire têm telefonado duas vezes por dia, para se informar dos progressos.

"E a ex-alfa, 'huu'?"

"Não está interessada."

"A consorte 'huu'?"

"Fora de cena no momento. Foi visitar o grupo natal em Surrey..."

"É, ela parecia mesmo uma fêmea de Surrey. Sou capaz de imaginá-la montando cães, usando uma jaqueta Barbour e protetor de tumescência 'gru-nn' escocês..." Ele sorriu, bateu os dentes.

"Poupe-nos das suas fantasias de acasalamento, Whatley. Por favor."

Então foi Bowen que deu prosseguimento ao programa de comunicação com Simon Dykes e foi Bowen que manteve Bohm e Levinson a distância quando telefonavam para saber mais sobre o estado dele.

"Acho que estamos fazendo algum progresso", ela apontou a este último naquela tarde.

"Que progresso, 'huu'? Tem alguma possibilidade de ele sair até a semana que vem, 'huu'? Protelei a visita privada da nova exposição dele até a semana que vem — mas vamos em frente, independentemente de qualquer coisa. As telas estão esticadas, os convites enviados, o vinho comprado... Óbvio que seria bom ele estar lá..."

"Bom para quem, 'huu'?"

"Para ele, claro. Essa exposição é muito importante para Simon. Muito importante. Pode ser a exposição que venha a colocar Simon entre os melhores pintores contemporâneos da Inglaterra. Sabe que a Tate comprou o *Mundo dos Ursos* dele no ano passado, 'huu'?"

"Sei disso, sim. Me diga uma coisa, como são as pinturas da nova exposição, 'huu'?"

"Isso é importante para o estado dele, 'h'huu'? Não gosto de adiantar assim." Levinson brincou ostensivamente com a gravata-borboleta; Jane Bowen conseguia identificar os sinais "que chatice, maldita chatice" entre os movimentos dos dedos.

"Eu vi isso, 'wraaa'!" Ela se arrepiou, furiosa, e o demonstrou, atirando clipes de papel, canetas esferográficas, toda traquitana de escrivaninha de que pôde lançar mão. "'Wraaaa!' Gostaria de lembrar ao senhor, Mr. Levinson, que está lidando com uma médica, não com uma maldita femeazinha de galeria qualquer. Está me entendendo, 'h'huuu'?"

"Claro, claro. Por favor, por favor, não se perturbe — seu olho basal é uma rosa adorável para mim..." Jane Bowen quase riu. A bicha velha medrosa estava semi-apresentando para ela o traseiro anguloso levantado acima do nível da escrivaninha. "Tenho de ser muito cauteloso, a senhora há de entender... a mídia... Ora, esse colapso, poderiam fazer uma fortuna com isso... e 'huu' as próprias pinturas são muito gráficas. Muito gráficas mesmo."

"Como assim, 'huu'?"

"São essencialmente pinturas de desintegração corporal, destruição... por assim dizer..." Ajeitou os bifocais de aro de ouro na ponte nasal, ainda sinalizando. "*Des*corporificação. Bem chocantes, na verdade. Ele tomou como ponto de partida as pinturas apocalípticas de Martin e produziu uma série de telas mostrando cenas de destruição corporal tanto imaginárias como históricas, com uma espécie de torturado grafismo..."

"Sei." Jane Bowen estava abrandando, encantada mesmo com a descrição do *marchand*. "Sabe 'grnn', talvez elas tenham alguma coisa a ver com esse colapso. Ele vem apresentando sintomas de algum tipo de disfunção corporal, confusão de propriocepção..."

"O que é isso, 'huu'?"

"A habilidade inconsciente de avaliar a disposição do próprio corpo. Isso normalmente é resultado de danos orgânicos, mas se encaixa muito bem com o que vem obviamente sendo as preocupações dele — poderia ser o que chamamos de conversão histérica. Olhe, Mr. Levinson, obrigado por sua confiança nessa 'grnn' questão. Espero sinceramente ter alguma boa notícia para o senhor logo logo, mas com toda a certeza eu não contaria com a presença dele na exposição privada..."

"E entrevistas, 'huu'?"

"Duvido muito, ele ainda está incrivelmente confuso."

Terminada a ligação, George Levinson girou o corpo 180 graus e ficou acocorado, imóvel, observando uma das telas que descrevera para a psiquiatra. Gesticular que havia algo de patológico nela era, por um lado, ficar aquém da verdade, e, por outro — no entender de Levinson —, uma irrelevância. O debate sobre loucura e criatividade parecia ocioso quando se tratava da obra de Dykes e a obra dos mais verdadeiramente talentosos artistas que ele representava. Eles faziam o que faziam — só isso.

Mas essas pinturas, aquela ali particularmente, que aprisionava em uma grossa camada de óleos o instante mesmo em que o horrendo incêndio de King's Cross havia começado em 1987, eram matéria de pesadelo. Os passageiros, bocas abertas, cambaleando para trás escada rolante abaixo quando a bola de fogo irrompeu do espaço das bilheterias. Dois ou três chimps no alto já em chamas, a roupa e o pelame numa eflorescência branco-alaranjada; e um filhote — no ar, de fato, caindo na direção do espectador. George Levinson sacudiu a cabeça pensativo, pois sabia que onde quer que o espectador se colocasse o filhote estaria sempre caindo em sua direção, ameaçando o passivo com a mais ativa das exigências: pegar o pequeno. O filhote era o equivalente de Dykes aos olhos de *O Cavalheiro Risonho*. No contexto dessa pintura, ele acrescentava algo pior que insulto a uma inconcebível ofensa. Levinson relembrou a noite anterior ao colapso de Simon, rememorou a estranha gesticulação no vernissage em Chelsea. Era essa a ausência de perspectiva sobre a qual ele havia sinalizado? Ou será que o artista, já então, sentia-se deslizando para o abismo? Mas, fosse qual fosse a resposta, George pensou, vai haver um tumulto quando os críticos virem esse material.

Verões em Surrey, Sarah pensou consigo mesma, encostada à cerca do minúsculo padoque de seus pais; será que sinto falta deles? Talvez, ou talvez simplesmente sinta falta da jovem fêmea que eu era, obcecada com gincanas, com os professores da escola, brincando de acasalar.

Árvores de teixo maciças subiam além do limite do padoque e entre os duros traços verdes de folhagem Sarah podia ver o muro de pedras irregulares da igreja do reverendo, St. Peter. "Prático isso." Lembrava-se de Peter sinalizando isso tantas vezes durante sua infância. "Ser o reverendo Peter da St. Peter, 'huu'?" Um dos cães saltou para perto de onde ela estava. O velho caçador de seu pai, Shambala, um alsaciano tigrado de cinza de uns 15 palmos de altura. O cachorro latiu e estendeu um braço de língua rosada, gotejando baba. Sarah alisou e massageou o pêlo do peito dele, enquanto Gracie relinchava e bufava às patas do cão. "Chega de perseguir coelhos, 'huu' Shammy, 'grnn' Shammy, meu velho?" Sarah gesticulou no pêlo dele.

Foi interrompida por sua mãe, que ululou da porta da estufa. Ela ululou "Sarah" e "comida" e também ligou os dois significados com uma sonoridade de reprovação: "H'h'uuuGraa!"

"H'huuuu!", Sarah respondeu. Embora tivesse respondido que estava indo, não sentia muita vontade de atravessar o jardim cinzelado, com a forma de rim dos canteiros de esporas, papoulas e crisântemos.

Era sempre a mesma coisa depois dos primeiros dois dias, as visitas a parentes — e agora, claro, como ela estava no cio, a cavalgada quase horária de acasalamentos —, Sarah sentia-se aprisionada na casa confortável dos pais, aprisionada no mundo confortável deles. As pequenas trocas de frases entre seus pais, "Já estou indo, querida", do alfa, quase sempre provocando um "Ele não tem a menor noção de tempo", de sua mãe. E as idiossincrasias que vestiam. Os velhos óculos de aro de osso do alfa amarrado à sua cabeça quase calva com um pedaço de barbante de jardim; os ridículos e fora de moda protetores de tumescência de sua mãe que, Sarah sentia, deviam fazer o suor escorrer de um jeito desagradável naquele calor, além de fornecer um leito quente para piolhos e carrapatos.

"Preciso deles por causa dos cachorros, sabe", Hester Peasenhulme sinalizava, distraída, dando a Sarah aquela impressão de não demonstrar, realmente, que sua filha quase sempre sentia. "Eles estranham se eu não uso o velho protetor conhecido." Ela assinalava isso desde os anos em que Sarah trocou a casa natal pela faculdade em Londres. Durante todos os anos desde que Sarah era uma fêmea ainda mal receptiva, as primeiras tumescências estavam de acordo com a estranheza que sentia por eles; até agora, quando só restavam os dois cães no padoque do fundo do jardim, Shambala e seu último cachorro de exposição, Sugarlump, com o qual Sarah ganhou todos os prêmios na gincana do *kennel club* ano após ano.

E se o protetor de tumescência era importante entre eles era porque escondia mais do que as agora infreqüentes, roxo-enrugadas tumescências de sua mãe. Não, escondiam um profundo trauma com o acasalamento, Sarah e os Peasenhulme em geral. Um trauma que havia deixado Sarah tão confusa durante sua vida pré-adulta.

"Seu alfa acasalou com você hoje de manhã, 'huu'?", Mrs. Peasenhulme assinalou, tremendo, quando Sarah entrou pela porta do jardim.

"'Huuu', a senhora sabe que sim, mãe — estava lá." Tentou manter a dureza longe dos dedos, mas não conseguiu.

"Eu agradeceria que não sinalizasse 'euch-euch' assim para mim, mocinha, nunca vai ter idade para faltar ao respeito com sua mãe."

"Mãe, 'huuu'..." Sarah queria ficar com medo, queria sentir a mãe atacar, queria sentir raspar no rosto unhas velhas, lascadas no trabalho, mas não veio nada — como raramente havia vindo durante a infância de Sarah.

Em vez disso, Hester Peasenhulme meramente derrubou o bico e atirou um pano de pratos em Sarah, acenando: "Me ajude a enxugar a louça." Como sempre, Sarah achou difícil acreditar que sua mãe realmente gostava dela, tão raros eram seus ataques, ou qualquer outra demonstração prática de hierarquia.

Durante anos Sarah pensara nisso, imaginando se teria alguma coisa a ver com a baixa freqüência com que o alfa acasalava com ela. Embora sua infância tivesse sido ostensivamente bem cuidada e segura, quando saiu do ambiente natal sentimentos há muito percebidos — mas não admitidos — afloraram à superfície, desagradavelmente.

Na faculdade, em Londres, no básico e depois quando fez ilustração e design, ela tivera o mesmo tipo de crise de trabalho que seus colegas, e o mesmo tipo de consórcios perturbadores, mesmo que exploratórios. Ficava acordada até tarde da noite, estudando com a ajuda de estimulantes, depois dormia com barbitúricos — igual seus aliados faziam. E, como eles, sentira que sua psique estava mergulhando no extremo profundo da vida.

Mas para Sarah tudo havia sido um pouco pior, os consortes mais destrutivos, os atritos mais histriônicos; a tristeza mais global, as depressões mais intransigentes.

Quando por fim ela não agüentou mais e se viu soluçando dias sem fim, incapaz de comparecer às palestras ou às aulas, Sarah procurou o conselheiro cuja tarefa era lidar com os problemas emocionais e psicológicos dos estudantes. Ele foi tranqüilizadoramente direto. Sarah temera um monte de frescuras psicológicas, um diagnóstico atormentador, terapias esquisitas e o mapeamento de suas divagações.

"Aponte para mim", sinalizou Tom Hansen, loiro, ereto, de ponte nasal forte e lábio dominador, "seu alfa acasalava com você quando era mais nova, 'huu'?"

"Cla-claro."

"Sempre, 'huu'?"

"Acho que depende do que você considera sempre..."

"Com a mesma freqüência dos outros machos do grupo natal, 'huu'?"

"Não, isso não. Era mais, assim, uma vez durante cada cio 'euch-euch'. Nunca entendi por quê. E acho que eu tinha inveja de minha irmã Tabitha, que ele parecia preferir. Ele começou a acasalar com ela quando tinha oito anos — e mal parecia."

Até o dia dessa entrevista, Sarah não acreditaria e até ficaria brava se dissessem que ela sofrera o que se chama de "abuso infantil", mas, assim que Tom Hansen começou a fazê-la entender como a negligência de seu alfa podia ter sido potencialmente danosa, outras partes do quebra-cabeça começaram a se encaixar. A crônica reserva da mãe, que quase nunca levava Sarah nas patrulhas solo — isso sem dúvida era uma função de sua própria culpa pela maneira como Harold Peasenhulme havia negligenciado a filha mais velha, se recusando a dar a ela o bom acasalamento que toda fêmea exige de um alfa para crescer feliz, bem adaptada, confortável com seu próprio senso de feminilidade e simiedade.

A primeira tendência de Sarah ao enfrentar esse fato difícil e doloroso a respeito de si mesma foi abandonar inteiramente seu grupo natal e se transformar em uma fêmea solitária dedicada à busca do prazer. Mas Tom Hansen a orientava. "Eles podem não ter fodido com você — sua mãe e seu alfa", ele parafraseava Larkin, "mas talvez você deva considerar se eles foram ou não fodidos pelos pais."

"O que você quer dizer, 'huu'?"

"Esse tipo de 'euch-euch' abuso tende a ocorrer em grupos, Sarah. Pode bem ser que, se você tiver coragem de trabalhar essa coisa comigo, e ao mesmo tempo trabalhar para conseguir uma relação melhor com seus pais, você venha a interromper o ciclo, impedir que continue pelas gerações."

Durante o resto de sua permanência na faculdade, Sarah ia ver Tom Hansen semanalmente, para gesticular insistentemente as minúcias de sua criação. Tantas vezes ela recriou para o atraente terapeuta as exatas circunstâncias dos furores de seu desmame que ele passou a ficar incorporado às próprias lembranças, uma influência benigna — mesmo que descomprometida.

Hansen mostrou Freud a ela, o alfa fundador da psicanálise, e como foi ele o primeiro chimp a reconhecer o efeito emocional destrutivo do fato de um alfa biológico não acasalar com sua filha. E assim Sarah passou a entender a si mesma e a seus pais, mesmo que não os perdoando inteiramente.

Mas as coisas mudaram também no âmbito doméstico. Embora nada fosse assinado, Harold Peasenhulme começou a acasalar com ela com um pouco mais de freqüência — embora com exatamente o mesmo crônico descompromisso que sempre demonstrara, às vezes levando apenas um minuto para atingir o clímax.

E agora, com o problema na próstata, acho que ele nunca mais vai me dar uma cobertura realmente boa, forte, Sarah pensou com raiva ao pegar do escorredor outro prato com estampas de salgueiro para dar uma enxugada rápida. O acasalamento que sua mãe mencionara levara séculos, o alfa resfolegando em suas costas, o pênis flácido mal penetrando nela. Ele acabou desistindo — sem nem atingir o clímax —, pegara o *Telegraph* e se retirara ao estúdio sem nem se dar o trabalho de fazer-lhe uma cata.

Se isso era acasalamento, então eu sou a Mae West, Sarah pensara, e odiando a si mesma forçou Jane, a fêmea delta dos Peasenhulme, a fazer-lhe uma cata durante uma boa hora, embora ela fosse praticamente inútil na coisa e insistisse em fornecer com cada puxada e penteada alguma gracinha cretina.

A casa dos Peasenhulme, assim como o carro, era confortavelmente mobiliada em um estilo acomodado, quase entre guerras. Cada sala tinha um papel de parede William Morris. Na saleta, uma coleção de sofás fofos e poltronas atarracadas com os focinhos voltados para uma mesa de centro muito polida com uma tigela de cristal lapidado sempre cheia de flores. Nos quartos-ninho as cômodas de gavetas tinham almofadinhas de lavanda no fundo. E na grande cozinha desimpedida o velho fogão Aga ainda existia, embora há anos já fosse apenas decorativo; Hester Peasenhulme preferia cozinhar nas bocas de gás modernas que seu filho Giles havia montado para ela.

Giles, o maldito, consciencioso Giles. Como se não bastasse Sarah ter uma irmã como Tabitha, que incendiava a luxúria dos machos mesmo não estando no cio e cujas tumescências de rara beleza às vezes duravam semanas, havia também Giles, o filho perfeito. Giles, que não fora além de Oxshott para fundar seu próprio subgrupo e que, de alguma forma, conseguia arrumar tempo para voltar ao ambiente natal todos os dias para ajudar seus pobres, velhos pais.

Na noite anterior, antes do último jantar, com Giles e a maior parte do seu subgrupo afetado presente, Harold Peasenhulme espetou o dedo para Sarah. "Não sei o que eu faria sem a ajuda de Giles, sabe?" Os dedos dele formaram os sinais com complacência. "Ele é a minha salvação agora que acho tão difícil me arrastar por aí." Harold Peasenhulme fizera na City uma carreira notável apenas por sua longa duração e ainda maior apatia. Lentidão e apatia caracterizavam também sua gesticulação, sem usar nunca um sinal onde poderia usar cinco, e sem jamais acelerar o ritmo da gesticulação. Ele uma vez se apresentara como candidato ao parlamento — Tory, claro — e fora rejeitado pelo comitê com uma descrição sucinta: "Desinteressante."

Giles abriu um grande sorriso com o elogio do alfa, exibindo os característicos caninos pontudos dos Peasenhulme. Ele estava catando seu alfa diligentemente. "Huuu", Sarah pensou.

O bonzinho do seu filho vai te mandar para um asilo e se apossar da casa e do grupo antes de você se dar conta, meu velho chimp. Depois, sucumbiu outra vez à culpa, que era a emoção que ela mais associava ao seu alfa. Quase sentia pena pelo velho chimp tão formalista. Quase — mas não chegava a tanto.

Depois do segundo almoço do terceiro dia da estada de Sarah, o alfa chamou por ela no estúdio. "H'huuu."

Ela saiu pela porta da cozinha onde estivera ajudando a mãe a fazer geléia. "'H'huu', pronto, Alfa?"

"Sarah, preciso ter uma gesticulação com você", ele sinalizou desajeitado, quase todas as mãos e pés ocupados com cachimbos e limpadores de cachimbo. "Viu o jornal da manhã 'huu'?"

"Não, Alfa."

"Bom, é melhor você dar uma olhada." Pousou um cachimbo, pegou o *Telegraph* e jogou por cima da mesa até ela. Estava aberto na coluna "Peterborough".

A primeira coisa que prendeu o olhar de Sarah foi o olhar de Simon. Ela ficou pálida. Era uma foto antiga e Sarah reconheceu o pelame enrolado casualmente no ombro dele como o da sua ex-alfa. Sentiu uma onda de ciúmes que sempre lhe vinha quando confrontada com o mais remoto indício da existência de Jean Dykes, depois se controlou e leu.

> Apesar do bom tempo, não existe nenhuma esperança de uma abertura ensolarada na Galeria Levinson, em Cork Street, na próxima quinta-feira. O mimado e temperamental pintor Simon Dykes, cujo pendor para buscar estímulos criativos nas menores salas é bem conhecido dos freqüentadores do Sealink Club, parece ter ficado ainda mais mimado e temperamental.
>
> Será que no último minuto está ocupado com algum esboço ao vivo de alguma figura brutalizada do tipo que aparece com tanto destaque em suas novas pinturas? Talvez isso explique o seu endereço atual, a ala psiquiátrica do Hospital Charing Cross, definitivamente o lado *errado* de Fulham.

Ou talvez tenha algo a ver com a brilhante jovem fêmea Sarah Peasenhulme, cuja ausência em seu ambiente noturno normal coincide com a indisposição do artista? Sem dúvida a única maneira de descobrir será comparecer à abertura e abordar George Levinson, um chimp famoso por não calar os dedos.

"'Wraaf!', malditos colunistas de gracinhas, que por..."

"'Wraaf!' Sarah, cuidado com suas vocalizações, por favor."

"Mas, Alfa, isso é nojento. Atacar Simon quando ele está caído assim. O senhor não pode..."

"Na verdade, esse tipo de conversa fiada efetivamente produz em mim certa simpatia por seu 'euch-euch' consorte. Embora eu considere perturbadora a insinuação de que ele é um usuário de drogas e, como você sabe, nunca aprovei sua associação com ele." Harold Peasenhulme levantou o jornal de onde Sarah o havia deixado cair, dobrou e enfiou ao seu lado na escrivaninha, como se pudesse ser necessário para futuras referências.

"'Huu', Alfa, o senhor não vai começar com tudo isso outra vez, vai? Simon e eu estamos em consórcio já faz mais de um ano."

"Sei muito bem disso. Também sei muito bem que é muito pouco provável que ele funde um novo grupo com você, por toda sorte de razões; razões que tenho certeza de que você também tem consciência. Tudo o que posso assinalar é que acredito que você esteja aproveitando a oportunidade para acasalar com outros. Eu cobri você hoje de manhã..."

"Mais ou menos."

"Giles vai chegar e trazer os machos independentes para dar a você na hora que você quiser. Peter e Crispin estão sempre dispostos a acasalar com você. Sarah 'gr-unn', sei que nós dois nunca nos entendemos muito bem sobre as coisas, mas você não quer pensar em encontrar um grupo estável, poliândrico, 'huu'? Deve ter plena consciência de como é inadequado esse consórcio seu, quase monogâmico assim, e sem nenhuma justificativa para isso." Os dedos dele gaguejaram com o sinal de "monogamia", como se temesse ser contaminado.

"Não posso, Alfa. Eu amo Simon. Quero ajudar. Ele é um chimp brilhante, um grande símio. Não me importaria ser consorte dele... para sempre."

Com essa observação inflamada, ela saiu da sala, sem se dar o trabalho de fazer em seu alfa nem mesmo a mais passageira das catações. E, enquanto fazia as malas e se aprontava para a viagem, sentiu o peso morto da indiferença de Harold Peasenhulme. Por que, 'huu', por que, 'huu', por que ele não pode me bater como um alfa deveria? Eu insulto, desafio a autoridade dele e ele não faz nada. É claro que não me ama — nunca me amou.

O reverendo Peter a levou de volta à estação West Byfleet mais ou menos uma hora depois. Ela não se deu o trabalho de oferecer aos pais nem um pio de despedida, ainda estava zangada demais. Peter acasalou com ela três ou quatro vezes no caminho, estacionando à margem da estrada, puxando de lado o protetor de tumescência de algodão leve que ela usava e penetrando nela com surpreendente entusiasmo — levando em conta sua idade. "Você não gostaria de 'huu' ficar mais um ou dois dias, não, querida? Para eu poder acasalar com você um pouco mais. Faz bem para a minha alma."

"Ah, reverendo, se pelo menos *você* fosse o meu alfa. Sua santicularidade é tão bonita, sua espiritualidade jorra como porra de seu pau."

"Você é muito doce, minha querida."

Beijaram-se muitas outras vezes na plataforma e o reverendo brincou também com Gracie. Tinham dez minutos para esperar o trem e nesse tempo outros tantos machos apresentaram para ela. A certo momento, havia na plataforma três pretendentes, passeando para cima e para baixo, agitando revistas ou jornais para indicar sua disponibilidade para acasalar. "Devia aceitar pelo menos um deles, minha querida", gesticulou o reverendo. "Você pode até gostar, nunca se sabe."

"Não, Peter, se não puder ser você ou Simon, acho que não vou acasalar com mais ninguém o resto do meu cio. E com toda a certeza não com um chimp que me corteja batendo na cabeça um exemplar da *PC User*.

Abraçaram-se de novo. O trem parou na estação. Sarah subiu e acocorou-se num lugar à janela com o pônei de colo confortavelmente acomodado em cima dela. A última coisa que viu quando o trem partiu foi o velho sacerdote sentado em um banco, brincando com uns restos de muco vaginal dela que secava nos pêlos da virilha dele, com uma expressão melancólica, quase espiritual, no focinho grisalho.

Mas mesmo sendo desafiadora com os pais e direta com o reverendo — que era, afinal de contas, o beta dos Peasenhulme há muitos anos —, uma vez sozinha, Sarah continuou a se afligir com o colapso de seu consorte e a pensar se seria ou não hora de se separarem.

Nos poucos dias que Sarah passou longe, uma volumosa e estranha correspondência se desenvolveu entre o ocupante da cela de segurança na Gough e a médica-chefe. A dra. Bowen continuou perguntando a seu perturbado, embora talentoso, paciente o que o incomodava e continuou a receber respostas que compunham um quadro de tal estranheza clínica que ela às vezes imaginava se não seria ela que estava sofrendo de delírio em vez de Dykes.

"Quando diz que é 'humano', o que quer dizer com isso?"

"Sou membro da espécie humana. O nome latino é *Homo erectus* ou *Homo sapiens*, algo assim. Por que está me fazendo essas perguntas, você não é humana?"

"Não. Sou uma chimpanzé, como você. Você não é humano. Humanos são animais brutos, encontrados apenas em estado selvagem nas regiões equatoriais da África. Existem alguns humanos em cativeiro na Europa, porém são usados sobretudo para fins experimentais. Humanos não sabem sinalizar ou vocalizar eficientemente, muito menos escrever. Por isso é que sei que você não é humano. Humanos são em grande parte pelados. Você tem um belo pelame — se eu, como sua médica, posso apontar isso. Por que acha que é humano?"

"Sou humano porque nasci humano, meu Deus! Não posso acreditar que estou escrevendo isto. Sabe que acho que isto tudo é parte da minha loucura, estas notas que rabisco em resposta às suas perguntas loucas. Onde está Sarah? Por que não deixa que venha me ver? Ou entra em contato com George Levinson, meu *marchand*. Os dois são tão humanos quanto eu."

"Tanto Sarah quanto George estiveram aqui para ver você. Eles, assim como todo mundo plenamente sensível neste mundo, são chimpanzés. Entendo o seu medo, Simon, e sua confusão, mas tem de admitir que alguma coisa está profundamente errada com você. Acredito que você pode ter incorrido em algum dano orgânico a seu cérebro. Se me permitir, junto com meus colegas, realizar alguns testes neurológicos e avaliações com você, poderemos estimar se isso é ou não verdade e tentar formular algum meio de ajudá-lo."

E assim ia a coisa. Mas toda vez que essa excepcional relação epistolar parecia estar chegando a algum lugar e Simon sinalizava que estaria disposto a permitir a entrada da dra. Bowen em sua sala para gesticular com ele focinho a focinho, ele tornava a cair no estado de medo bestial e catatonia em que havia sido admitido ao hospital.

"HuuuGraa", Jane vocalizava o mais suavemente possível, se esgueirando pela porta. A figura curvada do chimp de costas para ela era patética, ombros caídos, as evidências da fraqueza parkinsoniana escritas em todos os traços. Para o lábio pesquisador e para as narinas dilatadas da psiquiatra, era palpável o cheiro de desespero na cela de segurança.

"H'huuu?", ele vocalizava, demonstrando perfeita consciência de que era dela que se lembrava — Jane esgueirava-se então cautelosamente até ele, para gesticular o mais suavemente possível nas costas dele, fungando e alisando o tempo todo. "Não se preocupe, Simon, estou aqui para ajudar você, para cuidar psicologicamente de você."

Cada vez que isso acontecia, o artista permitia que fosse um pouquinho mais adiante antes de virar a cabeça para olhar para ela — então: "'Wraaaa!' Saia de perto de mim! Saia, saia, saia!" Ele recuava, urrando, choramingando, para o canto, as mãos quase incapazes de fazer os sinais.

De início, Bowen obedeceu às instruções que havia dado à equipe. Controlou-se para não administrar os golpes tranqüilizadores, seguidos da ainda mais tranqüilizadora cata que teria aplicado a qualquer chimp perturbado nessas circunstâncias. Mas, com o passar dos dias, e como a reação dele continuasse tão aberrante e não cooperativa, ela recorreu a palmadas leves no focinho quando ele se afastava. Porém, isso também não rendeu nenhum dividendo, a não ser pelas absurdas acusações de maus-tratos quando retomaram contato por carta.

"HuuuGraaa!", Bowen tamborilou na porta da Whatley e entrou de chofre, atirando punhados da correspondência com Dykes em cima de seu chefe. Ela continuou a exibição durante dois ou três minutos, tirando livros das estantes do supervisor e atirando-os na direção geral da escrivaninha.

"'Huuu-Huuu-Huuu', de que adianta tudo isso, Jane? Está tentando dar algum *coup d'état* ou o que 'h'huu'?" Whatley acenou para ela, os sinais percussivamente enfatizados à medida que ele se defendia das rajadas de material impresso.

"'HuuuGraaa!' De que adianta isso, Whatley, é que nós não estamos chegando a lugar nenhum. Mando para você relatórios diários sobre esse chimp Dykes e pelo que estou vendo você não fez nada."

"Bom, o que eu posso fazer, 'huu'? Você não parece capaz de ajudar o paciente. Parece que não é capaz nem de fazer o diagnóstico dele. Tudo o que temos agora que não tínhamos há uma semana é uma lengalenga de ele ser humano e de os humanos dominarem a terra; e muita lengalenga nas respostas suas, dizendo a ele como as coisas são de fato. Isso para mim não parece 'euch-euch' nem um pouco com psiquiatria."

"Talvez seja essa a questão."

"Não entendo."

"Talvez a gente devesse pensar em outra abordagem com Dykes. Temos de fazer *alguma coisa*, Whatley."

Whatley levantou de trás de sua mesa, onde havia se protegido da tempestade de livros, e engatinhou até onde Bowen estava agachada. "'HuuuGraa', agora, Jane, honestamente não acho que a gente consiga impedir o chimp, se ele insiste. Você não teve nenhuma outra idéia apesar de ter demarcado a extensão da 'hii-hii-hii' <humanidade> dele, não é, 'huu'?"

Nesse estágio, Whatley ficou surpreso de sentir as mãos da dra. Bowen catando provocantemente seu pelame na região da virilha, e ainda mais surpreso quando ela começou, embora com enorme ironia, a fingir que acasalava com ele. "Resta-nos um curso de ação possível 'chup-chupp', Whatley", ela gesticulou em algum ponto das partes baixas dele.

"'Hii-hii-hii-h'eugh.' E qual é, Jane — Jane! Realmente!"

"Busner."

"'H'huuuu', o quê?"

"Busner. Vamos pedir a Zack Busner para dar uma olhada em Dykes. Ele pode ter alguma imagem."

Capítulo dez

O comprido Volvo Seven Series azul saiu da Talgarth Road e seguiu em frente por baixo do Hammersmith Flyover. Dentro do carro, a patrulha de Busner exibia seu comportamento usual, composto de partes iguais de tumulto e pedagogia. Os subadultos no banco de trás riam se catando uns aos outros, os pés brincando com a decoração interna do carro, e guinchavam ao desviar dos golpes de seu alfa; que eram desferidos com igual ferocidade e imprecisão.

"'Wraff!' Agora, rapazes", assinalou o eminente filósofo natural — como ele gostava de chamar a si mesmo, "estamos chegando ao hospital onde esse pobre chimp está encarcerado." Gambol fez o carro dançar na dupla curva de redução de velocidade; embalagens vazias de batatinhas revoaram na trilha do Volvo. "Olhem as treliças brancas de postes que circundam os prédios do hospital."

Os subadultos fizeram o que lhes foi mostrado, inclinaram a cabeça para trás de forma que três pares de olhos viraram para cima para olhar pelo teto solar e três tufos de pêlos se espetaram para fora das golas das camisetas. "Estão vendo, 'huu'?"

"Esta-amos, Alfa", responderam em coro os jovens machos.

"O arquiteto que desenhou este 'euch-euch' lugar sem dúvida imaginava que estava de algum modo conforme à funcionalidade da Bauhaus, ao brutalismo de Le Corbusier, no entanto o que ele realmente fez foi o que, 'huu'?" Fez-se silêncio no banco de trás. "'Huu', e então?"

Erskine torceu um dedo. "'H'huu', diga, Erskine?"

"'HuuGraa', gradeou tudo, Alfa, 'huu'?"

"Muito bem, muito bem, você é um bom rapaz, venha cá." Busner apertou a cabeça entre os bancos e deu um beijo molhado no focinho de Erskine. "Isso 'chup-chupp' mesmo. Essas coisas não são postes — são *barras*. Talvez apenas decorativas, mas mesmo assim um potente símbolo de que os chimpanzés nesses 13 andares estão isolados do grupo, privados seja de território, seja da oportunidade de se locomoverem livremente.

"Agora", Busner prosseguiu orientando, "como vocês rapazes sem dúvida já sabem, foram precisos milênios para a chimpunidade dominar seu horror e repulsa instintivos por qualquer forma de ferimento ou doença — no entanto eu às vezes me pergunto se de fato vencemos isso de verdade. Essas barras verticais de apoio", ele gesticulou, deixando os sinais caírem como confetes de sua mão levantada, "são torres de gemidos, mais que de sinalência, em que os corpos redundantes de nossos semelhantes são sistematicamente despidos de sua dignidade — como carniça subsidiada pelo Estado — por abutres de jaleco branco..." Fez uma pausa, apenas longa o bastante para Gambol soltar a interjeição.

"'HuuGraa', linda imagem, chefe, linda imagem."

"'Grnn', obrigado, Gambol, pode beijar minha bunda." Gambol fez o que lhe foi dito.

Depois de deixar a patrulha de Busner debaixo do pórtico do hospital, Gambol foi estacionar o Volvo. Sua cabeça estava — bem naturalmente — cheia de raiva, cheia de agressão, cheia de Desejo de Poder. Uma aliança, ele pensou consigo mesmo, tudo o que eu preciso é de uma aliança e posso começar a pôr o meu plano em ação. Estou cheio de beijar a bunda de Busner, independentemente das realizações anteriores dele. Esse caso absurdo é o que eu estava esperando. Se acreditasse na providência ou em alguma divindade oportunista, a cuja imagem fôssemos feitos, podia imagina Dykes me sendo dado pelo destino. Mas na verdade é apenas a mais estupenda, mais engraçada, coincidência da minha carreira. Uma aliança — uma aliança — para a qual Whatley pode se mostrar simpático, e o velho macho não sabe que eu sei da artrite dele, mas eu sei, sei, sim, e sei muito mais ainda.

Os subadultos de Busner estavam, mesmo sem querer, impressionados com o número de chimps que apresentaram ao seu alfa quando atravessaram o andar térreo do hospital. Tinham ido com ele em patrulha ao Hospital Heath muitas vezes, mas nunca haviam acreditado que a deferência a ele demonstrada fosse mais que reflexo, uma ressaca do passado. Mas, quando médicos e enfermeiras, uns depois dos outros, largavam o que estavam fazendo, corriam e viravam para Busner, bundas e narizes retorcendo de humildade, os subadultos sentiram um novo respeito por ele.

A patrulha subiu de elevador até o departamento psiquiátrico. "'HuuGraa', agora fiquem perto de mim, vocês", Busner sinalizou enquanto subiam. "O chimp que chefia este departamento não tem boa disposição a meu respeito. É uma situação que pode muito bem exigir uma atitude de força e, portanto, uma oportunidade para *vocês* aprenderem alguma coisa."

Whatley lá estava para recebê-los quando as portas do elevador se abriram — alguém deve ter avisado pelo telefone. Ao lado dele, estava a dra. Bowen. Tão depressa que o olho mal registrava, Busner agitou os dedos para Bowen, depois tamborilou alto na porta metálica do elevador, enquanto vocalizava com tremenda ferocidade: "Wraaaaaff!" Bowen também vocalizou e os dois partiram para cima de Whatley, que derrubou a prancheta que estava segurando, cambaleou para trás, tropeçou, caiu e foi dominado por seus colegas, que pularam por cima do seu corpo deitado e saíram ruidosamente pelo corredor.

"'Huuu', vejo que o seu alfa não mudou nada", Whatley assinalou para os subadultos Busner que estavam encolhidos junto à parede. "Ainda gosta de fazer suas exibições duras e rápidas, 'huuu'! Aí vêm eles de novo..." Whatley rolou para o outro lado do corredor, com considerável agilidade para um chimp da idade dele, bem a tempo de evitar os braços de moinho e os pés violentos da médica-chefe e seu aliado, que estavam chutando uma miscelânea de objetos à frente deles, caixas de papelão, uma bacia de lavar louça, uns sacos vazios de sangue e soro fisiológico — enquanto avançavam, inteiramente arrepiados e latindo com excepcional violência. Busner estava de pênis ereto — um espeto rosado em sua virilha. Tanto ele como Bowen borrifavam urina e saliva.

Chimps — tanto equipe quanto pacientes — se juntaram em pequenos grupos em ambos os extremos do corredor e gesticulavam sobre os melhores aspectos da exibição. Busner e Bowen iam e vinham, pisando forte, empinando e borrifando. Um carrinho de drogas acabou envolvido no incidente e, antes que os participantes conseguissem se controlar, uma rajada de comprimidos salpicou as paredes e o corredor. Agulhas, usadas e não usadas, voaram no ar seguidas de perto por revoadas de ampolas. Foi nesse ponto que Whatley, sabiamente, deu um alto. Da vez seguinte que os dois agressores passaram, encontraram o traseiro peludo e anguloso dele, a dobra isquial refulgindo, espetado para cima como um macho policial adormecido no rumo de suas quatro patas.

Busner estacou, tremendo. "'Wraaaa!' O que é isso, Whatley, 'huu'?"

"'H'Grnnn', é a minha bunda, 'huu', poderoso."

"Ah, é, 'h'huuu'? O que você acha, Jane, 'huu'?"

"Parece que ele está disposto a capitular", acenou a esguia fêmea, alisando o próprio pelame arrepiado.

"É isso, Whatley, 'huu'?"

"É, sim, estimado herdeiro do manto da eminência — portador da mais rendilhada e pendurada dobra de Londres."

"'Gru-nnn', ótimo, ótimo, você não é um mau chimp, na verdade. Realmente, eu *até* gosto de você. Venha, vamos entrar no seu escritório para uma cata e um papo. Seus subordinados e a minha patrulha podem limpar isso tudo."

Os três psiquiatras sêniores abriram caminho para o escritório de Whatley no meio da bagunça causada pela exibição. Por fora, Zack Busner estava empinado, inchado, o pelame da perna como perneiras rangentes, calças de testosterona, mas internamente estava louco de dor. As mãos — principalmente a esquerda — queimavam e ardiam, como se fogos de artifício tivessem sido lançados por baixo da pele.

Whatley acenou para a sua secretária que não queria ser interrompido, passaram pela porta do escritório e acomodaram-se em um amontoado de companhia, Whatley deitado em cima da mesa, as pernas pendendo das bordas, a cabeça apoiada na bandeja de entrada. Bowen sentou-se no chão aos pés dele e usava as unhas finas e a língua ainda mais fina para experimentar os artelhos do chefe do departamento, em busca de cacos de vidro, pó de comprimidos e assim por diante. "'H'h'hii-hii'", Whatley riu. "Cuidado aí, Jane, tome cuidado para cuspir os pedaços de comprimidos, não queremos você 'chup-chupp' em transe pelo resto do dia."

"'Grnn', não se preocupe, meu bem, 'chuu'!"

Busner acocorou-se na espreguiçadeira Parker-Knoll de Whatley e divertiu-se um pouco brincando com as inúmeras manivelas e alavancas que alteravam a posição e a tensão de cada parte da poltrona. Depois se recuperou e começou, correu os dedos suavemente pelo pelame grisalho que crescia abaixo do supercílio de Whatley. Ao fazer isso, gesticulou: "Bom, Whatley, gentil Whatley, ético Whatley...", e Bowen estava, claro, indicando a mesma coisa mais abaixo.

Essa sessão de toque-sensação continuou durante algum tempo, antes de Busner interromper a cata com um último puxão na orelha de Whatley. Whatley acocorou-se na mesa e cruzou as pernas. Bowen foi para a porta do escritório e chamou a secretária de Whatley. "'H'huuu', traga a pasta de Simon Dykes, por favor, Marcia", gesticulou para a fêmea.

Não houve sinais nem vocalizações até a pasta chegar e nada de sinais enquanto Busner lia, os traços marcados não traindo qualquer emoção enquanto ele examinava as missivas entre Dykes e Bowen. Por fim, ele passou a pasta a Whatley — que a jogou em cima da mesa. Busner acocorou-se ainda mais fundo na espreguiçadeira e começou a rolar e desenrolar a gravata de *mohair*, usando apenas os dedos de um pé.

"H'huuu", Busner vocalizou, depois assinalou, "bom, Whatley, se você é a favor de eu assumir o caso acho que tenho uma imagem de como fazer Dykes aceitar os testes. Claro que, enquanto não fizermos os eletrocardiogramas, radiografias etc., não temos como estabelecer se houve qualquer dano orgânico. Justamente por isso, até estabelecermos contato focinho a focinho, não há como determinar... como posso apontar isso..." Os dedos do grande macaco hesitaram, ele mudou de rumo. "Sabe, às vezes acho o sistema de sinais inglês inteiramente inadequado para definir algumas imagens mais complexas com que trabalhamos..."

"'Grnn', sei o que quer dizer", Bowen retorquiu.

"Parece ridículo quando se sinaliza, mas eu quase chego a imaginar que, se houvesse algum outro sistema de sinalização, se o gesto fosse o complemento mais que o dado, talvez fosse possível chegar mais fundo na almas dos chimps... mas estou me desviando..."

"'H'huuu', não, não", Bowen queria mais, estar na presença de seu velho mentor estava se revelando tão estimulante quanto ela esperava.

"Eu hesito, Jane", ele bateu nela — Busner não queria nenhuma bajulação de discípulos nesse momento, "precisamos gesticular com Dykes, mas ele sente a presença de outros chimpanzés como perturbadora. Que tal se a gente sinalizar para ele sem estar presente 'huu'?"

"O que você quer dizer, Busner, 'huu'?" Whatley estava fisgado.

"Bom, por que não estabelecemos uma ligação telefônica? Talvez ele ache isso menos perturbador, vale a pena tentar, 'huuu'?"

Simon estava sentado na cela de segurança seis. Sete dias de loucura, sete dias de terror. Como qualquer prisioneiro, tentara marcar os dias de seu confinamento, mas, por causa das drogas e das lutas com seus bestiais tratadores, muitas vezes havia raspado três riscas na pintura da janela quando uma teria bastado. Agora, estava agachado e balançava os dedos. Havia despachado mais um comunicado maluco para Jane Bowen, depois de acordar, e agora aguardava a resposta. Mas, em vez do clique da portinhola que esperava, houve um raspar da chave na fechadura. Simon libertou-se do ninho e, mantendo o focinho virado, andou apoiado nos nós dos dedos até o canto extremo da sala. Podia ouvir o raspar de suas horrendas patas nuas e quase sentir o hálito de alimentação carnívora de seus opressores.

Eles estavam fazendo aqueles ruídos, aqueles ruídos que sempre queriam dizer alguma coisa. Fungadas e grunhidos que pareciam incluir trechos compreensíveis de "discurso". Agora, depois de alguns dias ouvindo com ouvidos cada vez menos amortecidos — Bowen vinha reduzindo a dosagem de Valium —, ele ouvia as bufadas-grunhidos como "Huuucuidado 'grnn'" ou "Huuunãoqueroassustar você 'grnn'". Poderia ser isso? Batalhava para decifrar os sons, o focinho enfiado no canto, esperando que dedos de pêlos duros não o virassem, que as mãos eriçadas não lhe administrassem golpes e agulhas.

Eles saíram. Simon virou-se e viu um telefone em cima da mesa de papelão. Bem, quase um telefone: quando se aproximou para examinar a coisa descobriu que preso do lado do aparelho convencional, comum — teclado branco, fininho, receptor de plástico —, havia um pequeno monitor. Era óbvio que devia fazer parte da coisa, mas ao mesmo tempo não parecia certo, não parecia nada certo. Mas, antes que tivesse tempo de pensar nessa estranheza, o aparelho tocou.

Tocou do jeito que telefones sempre tocam, prosaicamente, porém com plena potência. O "tttrim-trim-tttrim-trim-tttrim" indicou a Simon, como sempre indicava: "Este é o mundo ululante, o mundo do trabalho diário de encanadores e sistemas de ventilação rapidamente consertados." Ele se agachou, contemplou o mecanismo devidamente, saboreando a possibilidade de, se levantasse o receptor bem depressa, um vendedor de uma livraria lhe mostrar alguma coisa que ele encomendara e que havia chegado, ou uma secretária de dentista comunicar que estava na hora de ir fazer um *check-up*.

O som do toque reverberou pelo espaço confinado, criando um eco com uma fração de segundo de atraso, uma distorção no registro sonoro que Simon ligou a seu próprio senso de deslocamento do próprio corpo, de desencontro entre físico e psíquico. Estava, só então se deu conta, vestindo uma camisola de hospital verde, indecentemente curta, feita de tecido grosso de algodão, e nada mais. Simon olhou seus pés, concentrado no padrão conhecido de arranhões e marcas das unhas dos artelhos, o calo na junta do dedo grande. Seus pés pareciam distantes, como se observados pelo lado errado de um telescópio.

"Tttrim-trim-tttrim-trim-tttrim." O telefone com o monitor preso a ele continuou tocando. O cabo enrolado descia do aparelho, corria pelo linóleo e desaparecia debaixo da porta. O cabo enrolado relembrou a Simon o horrendo cordão umbilical de seu sonho. Não podia deixar de suspeitar que tivesse sido arrancado recentemente, no tempo certo, do útero de algum telefone bem maior. "Tttrim-trim-tttrim-trim-tttrim..." Sem saber bem como tinha ficado assim, de cócoras, com um pé de cada lado do aparelho, sentindo a vibração nas solas, Simon se viu levantando o receptor e colocando a inveterada haste contra sua orelha de couve-flor.

A telinha chiou junto com o clique e estalo da conexão. Pontos brancos juntaram-se em um padrão de luz e sombra.

O focinho de um chimpanzé bastante velho, bastante gordo apareceu. A fera estava tomando uma xícara de chá que tinha na mão, enquanto com a outra segurava uma haste similar junto à orelha generosa. Simon teve um involuntário ataque de riso histérico, caiu para trás na almofada de seu rabo. A imagem era tão cômica, tão Disney. Era como uma foto de novidade, uma peça grosseira de antropomorfismo, tornada ainda mais crua pela expressão de perplexidade no focinho do animal. Simon, através de lentes distorcidas de água salgada, viu quando ele pousou a xícara de chá, prendeu o receptor entre ombro e orelha e gesticulou para alguém fora da tela.

"Bom, ele atendeu", Busner sinalizou para Bowen.

"É um começo então..."

"É, um começo. Mas não ouvi nem um bater de dentes dele."

"Acha que pode ser atetose? Ele desligou o telefone, 'huu'?"

"Pode ser algum tipo de atetose. Notamos sem dúvida movimentos inadequados das mãos." Bowen estava acocorada junto com Busner na sala das enfermeiras. Dobbs atrás deles, limpando as unhas com um canivete de muitas lâminas. Busner tinha enviado os machos subadultos para fazer uma ronda no hospital e Gambol estava com Whatley, xerocando as anotações de Dykes.

"'H'huuu', aí está ele de novo, de volta ao campo da câmera. Simon, pode me ver e ouvir, 'huu'?"

Simon podia vê-lo e ouvi-lo e, se soubesse o que queria dizer *ele*, teria diagnosticado atetose no velho chimpanzé. Pois era isso que Simon via, o animal — agora com o receptor enfiado entre a orelha cartilaginosa e o ombro não depilado — meneando os dedos das duas mãos livres, como se estivesse fazendo cócegas no ar.

Porém a movimentação de dedos era duplamente estranha para Simon, porque, assim como no caso dos ruídos que seus zeladores faziam, ele conseguia — sem entender bem como, nem por que — reconhecer dentro dos movimentos que faziam os dedos grossos do chimp a presença de sinais compreensíveis. E, sem saber bem que o fazia, Simon agachou-se em cima do videofone — evidentemente, era isso que era — e, segurando o receptor do mesmo jeito que o de seu interlocutor, abanou uma resposta: "Fera-feroz", sinalizou, "mexe-remexe, fera-feroz", continuou, "puh-puh, ca-ca fera..." Entremeadas a essa fala tatibitate vinham vocalizações abafadas, distorcidas, da forma: "Sumadaqui" e "Vásefoder".

Busner prestou muita atenção a essas manifestações e meneios. Fora do campo da câmera do telefone, gesticulou para Bowen. "Ele apresentou algum sinal de coprolalia antes, 'huu'?"

"'Huuu'", ela pensou, "não que eu saiba."

"Bom, ele sem dúvida está coprolálico agora!" Busner mantinha os olhos na tela, onde Simon estava agora sinalizando: "Pi-pi fera pi, Pi-pi fera pi..."

"Se ele está 'grnnn' coprolálico isso vai deixar as coisas muito mais simples..."

"Quero 'hii-hii' fazer puh na sua cabeça dura, 'h'hii-hii', puh-puh na sua cabeçadura..."

"Afinal, a catatonia, como observou Ferencenzi, é o oposto do tique; e ele esteve catatônico, 'huuu', não?..."

"Vásefoooder, puh-puh no seu bum-bum, puh-puh na sua cabeçadura..."

"Ele está um pouco passado para um ataque de Tourette, não está, Zack? E nenhum dos outros sintomas é exatamente coerente com esse diagnóstico."

"Bom, é, s-sim, gesticulando estritamente... Agora, Simon 'HuuuGraaa'!", Busner interrompeu, com firmeza. "Preste atenção aqui — isto é importante."

Num espasmo, Simon prestou atenção. Esse ruído no ouvido ele entendia. Queria dizer "preste atenção" com tanta certeza quanto as letras que formam as palavras "preste atenção" quereriam dizer a mesma coisa. Parou de falar e gesticular. Examinou de perto o rosto bruto na tela absurdamente pequena, a figura zóica que acabara de sinalizar para ele. Sinalizar para mim? O que quer dizer isso, sinalizar para mim? *Sinalizar* para mim? Sem dúvida, eu devia ter sinalizado alguma outra coisa, não "sinalizar", mas alguma coisa que quer dizer...

"Simon, pode visualizar o que estou sinalizando, 'huu'?"

"Po... posso, 'huu'." Podia mesmo? Como sabia que podia? Quem-ele? "Ele-'hi-hi'!"

"Alguma coisa engraçada, Simon?"

"Você é *tão* engraçado — você é um chimpanzé, 'hii-hii'!"
"Igual a você."
"Não, eu sou humano. Oh, 'Huu-waaa'! Isto é ridículo! Já passei por tudo isso com os outros macacos de merda, as feras 'huuu' que entram aqui. 'Huu', meu Deus! Você não, você não..."
"Sabe como é, 'h'huuu'? Você tem 'chup-chupp' razão, Simon." Os sinais de Busner eram fantasticamente estilosos nesse ponto. Bowen ficou olhando admirada, o velho chimp ainda tinha a fluência, a habilidade de atingir até os pacientes mais severamente perturbados. "E não quero mesmo gesticular sobre isso agora. Vamos simplesmente aceitar o fato de que eu parecer um chimpanzé é parte do problema, vamos fazer assim, 'huu'? E depois 'huh-huh' vamos 'huh-huh' ver aonde podemos 'chup-chupp' chegar a partir disso, 'huu'? Se isso o incomoda, aperte os olhos na tela, 'huu', distorça minhas feições e talvez eu pareça um pouco mais humano, 'huu'?"

Gambol e Whatley estavam celebrando sua aliança no Café Rouge em frente ao hospital. Whatley havia sugerido que se acocorassem em uma das mesas de calçada — para não dar a impressão, se fossem vistos, de estar procurando qualquer forma de reserva.
"Não seja 'euch-euch' ridículo", Gambol sinalizou quando estavam atravessando a rua movimentada. "Se nós agacharmos aqui vamos levar mais chumbo na barriga que um bósnio em zona de segurança!"
"'Wraaaf!'" Whatley latiu, e deu um soco forte na cabeça do subordinado. "Quieto, Gambol — só porque estamos trabalhando numa aliança, não quer dizer que você pode empinar o nariz para mim!"
"Desc-culpe", Gambol humilhou-se, "eu, é claro, reverencio a sua dobra isquial, dr. Whatley", e apresentou muito baixo, mas pronto para o bote. Todo pônei de colo tem seu dia, disse a si mesmo pela quarta vez aquela manhã.
Acabaram nos fundos do bar, por trás de uma exibição de falsa fraternidade. O café estava mesmo lotado de chimps. Era hora do almoço e secretárias e outros funcionários do hospital estavam ocupados em se catar e seduzir. Ninguém prestou qualquer atenção neles — principalmente o garçom bonobo com trancinhas no pelame da cabeça.

"Bem", Whatley gesticulou, "então, uma aliança para derrubar o velho chimp. Você também tem pretensões de assumir o comando de seu grupo, não tem, Gambol 'huu'? As fêmeas de Busner estão no cio, 'huu'? Não está tendo as fodas que merece, 'huu'?"

"Isso me magoa, dr. Whatley, de verdade, *sir*..."

"'H'huu', então você tem uma razão mais elevada para se voltar contra seu alfa, é? Devo apontar que não demonstrou esse apoio todo a mim no ano passado em Nournemouth quando Busner estava se exibindo com sua última demonstração de mesmerismo."

"Bom, eu não podia, podia?, mas... mas as coisas agora são diferentes. Tenho... tenho umas informações sobre Busner que seriam mais que prejudiciais para ele. Também estou cheio do jeito como ele desfila com esses pacientes por aí, exibe os coitados, alimenta sua reputação em cima do sofrimento deles. Acho que não quero mais ir a nenhuma festa de bebida com algum pobre chimp em delírio que pensa que é hum..."

"Vamos conferir essas informações aí, Gambol, bote pra fora." Whatley parecia ter deixado de lado sua recente humilhação aos pés de Zack Busner. Era agora todo olhos e tão imperioso quanto suas maneiras reservadas permitiam.

"Bo-om 'chup-chup-chupp', ele está com artrite grave para começar..."

"'Huu', grave quanto?"

"Muito grave. Acho que sente muita dor, com toda a certeza quando tem de reforçar a dominação na prática. Evidentemente, manter a hierarquia doméstica exige isso — afinal ele tem uma porção de machos subadultos..."

Na porta da casa de apostas, os membros juniores da patrulha de Busner estavam tentando cair nas graças de umas bonobos mais velhas, aquela turma que sempre ficava por ali, bebendo cerveja e fumando maconha abertamente.

"Qual é a sua, chimp?", apontou uma, quando Erskine apresentou bem baixo para ela, o traseiro trêmulo, o rabinho curto esfregando a calçada. "Tão em patrulha e tal, 'huu'?"

"Isso", sinalizou Erskine, "e com o saco bem cheio."

"É mesmo?", a mão da bonobo pronunciou. "Bom, tá legal... mas aqui é território nosso, tá sabendo, então 'wradd' sai fora, porra..."

"'H'huuu?' A gente só queria — sua anal nobreza..."

"O que, 'huu'?"

"Só ia perguntar se vocês sabem de alguém que pudesse arrumar um bagulho para a gente fumar... 'h'huu'?"

"Eu... eu simplesmente não quero que eles toquem em mim..." Simon ainda estava curvado em cima do absurdo aparelho, olhos apertados indo da tela — que ele olhou até não agüentar mais — para as bordas de carne amarelada, feito uma crosta, que ficavam entre seus pés peludos e o linóleo. "Por favor, não os deixe tocar em mim."

"Não deixo 'chup-chupp'", os dedos de Busner acariciaram o ar na frente da câmera, suas vocalizações tão suaves como um primeiro cio de uma fêmea, tão perfeitas quanto uma uva madura. "O que nós vamos fazer é o seguinte: quando a gente terminar de gesticular, você vai dar uma boa descansada, 'huu'? Depois, amanhã, a dra. Bowen e eu vamos preparar um ambiente onde seja possível fazer alguns testes com você. Vamos fazer os testes de um jeito que haja a menor possibilidade de você nos ver. Evacuamos a ala de chimps entre o seu quarto e o local onde será feito o teste..."

"Então, quem vai aplicar o teste, 'huu'?"

"Nós vamos, mas se você preferir podemos nos disfarçar."

Simon olhou a imagem felpuda de Busner no minúsculo monitor. Por que, se apertasse demais os olhos, parecia não conseguir entender o que o chimp estava sinalizando? As vocalizações eram insuficientes para passar sentidos completos por si sós, eram meramente ênfase, estilo, sentimento. Mas, evidentemente, se olhasse muito duro, via caninos, focinho coriáceo, o lábio quase preênsil, os olhos verdes, o pelame preto... "Disfarce? C-como, 'huu'? 'Huuuu.'"

"Máscaras, talvez, 'huu'?", Busner acenou, literalmente acima da própria cabeça.

"É-é, pode ser uma boa idéia. E... e talvez calças. Calças ou saias, ou alguma coisa que cubra as pernas de vocês. Acho as pernas de vocês — os pêlos das pernas — muito perturbadores."

Busner fez um sinal para Jane Bowen. "O que ele quer dizer com calça, 'huu'? Acha que está falando de protetor de tumescência, 'huu'?"

"Não faço idéia. Acho melhor tranqüilizar o paciente, ele pode ficar catatônico a qualquer momento, já vi acontecer."

"OK, Simon", Busner retomou, "vamos arrumar roupas para baixo. Agora 'chup-chupp', obrigado por gesticular comigo hoje. Quero que não faça nenhum esforço de pensar nessas coisas por ora. Descanse um pouco e amanhã vamos começar a descobrir o que está errado. 'HuuuuGraaa.'"

Busner desligou o aparelho e virou-se para Bowen. "Calça! Belo toque esse, calça!"

"Acha que é algum tipo de fetichismo, 'huuu'?" O focinho dela se franziu em algo entre repulsa e diversão. "Tenho de ir ao Soho comprar uma, ou a algum lugar onde haja uma loja Ann Summers... A menos que...?"

"'Clak-clak-clak — H'hii-hii!' Bom, acho que um dos meus subadultos tem uma calça escondida em algum lugar da casa." Busner estava claramente se divertindo com a imagem. "Vou ver o que posso fazer. Se não conseguir encontrar, mando Gambol. Preciso que você prepare as coisas para os testes."

Os dois chimps tinham escorregado das cadeiras da minúscula escrivaninha da ala de enfermeiras e estavam agora enrolados um no outro no chão. Dedos puxando e alisando pêlos enquanto se catavam. "Sei que ainda é cedo demais, eminência..."

"Por favor, Jane 'chup-chupp', nós nos conhecemos há tempo demais para essas deferências extremas. Por favor, me chame de Zack."

"Zack, tem alguma idéia, 'h'huu'?"

"Não sei 'gru-nnn', não sei de nada. Será algum tipo de morbidez, 'huu', essas perguntas serem tão difíceis de responder? Apesar da natureza intensa e perturbadora do delírio dele, pode muito bem ser que a afecção de Simon seja potencialmente produtiva. Existe evidentemente algum tipo de duplicação de consciência aí, uma diplopia mental, mas não temos nenhuma certeza enquanto não fizermos os exames. Nada mais, 'h'huu'?"

Durante algum tempo, Bowen continuou removendo da barriga de Busner umas partículas de algo que parecia uma geléia condimentada antes de perguntar: "Você tinha pensado na possibilidade de síndrome de Ganser, Zack?"

"'Chup-chupp' idéia interessante. Mas, por outro lado, as respostas dele não são, estritamente falando, *irrelevantes* — o que seria um indício certo de Ganser, como você sabe —, elas são mais oníricas, mais sonhadoras. Engraçado porém que, seja qual for a sintomatologia disso, é lindamente coerente. Talvez o delírio humano acabe se revelando igual a Ganser ou Tourette, e, uma vez diagnosticado pela primeira vez, passe a ser ao mesmo tempo mais fácil e mais freqüente de identificar.

"'Gru-aaa' de qualquer jeito, já passa da hora do segundo almoço e tenho de fazer essa chatice dessa palestra na UCL hoje à tarde. Vou pegar os rapazes e me pôr a caminho. Sabe onde está o meu ípsilon?"

"Ele saiu com Whatley — ajudo você a encontrá-lo."

"'HuuuuGraa!'", Busner tamborilou nas portas eletrônicas do hospital, que, como estavam quebradas, eram mantidas abertas com engradados de leite. As portas tremeram com a força da despedida dele. Ele se voltou e lentamente foi andando apoiado nos nós dos dedos até o Volvo, onde Gambol estava esperando à direção.

"'H'huuu', Zack! Mais uma coisa..." Bowen veio correndo atrás dele. "Simon Dykes sabe que a abertura da exposição dele é hoje à noite, na galeria George Levinson, na Cork Street."

"Sem brincadeira, 'huu'?"

"Pensei em dar uma passada — a consorte dele vem falar comigo à tarde, ela pode me colocar — ou nos colocar na lista."

"Não é má idéia. Comprei ingressos para *Turandot*, vou levar Charlotte, minha alfa, que está tendo um cio bem complicado, sabe. Mas tenho certeza de que ela não vai se importar se eu perder o primeiro ato..."

"'Wraaa!' Onde você se meteu, Gambol", Busner acenou quando o carrão saiu dos movimentados pátios do hospital, "e onde se meteu o resto da patrulha, 'h'huu'?" Gambol preferiu ignorar a primeira parte da pergunta do alfa e focar qualquer opróbio que estivesse a caminho em Erskine, Charles e Carlo.

"Estão ali, chefe." Ele apontou para onde os subadultos estavam, relaxados, na frente da loja de apostas. Enquanto o alfa olhava, uma das bonobos passou com o pé um baseado para Erskine e ele deu uma longa tragada. O Volvo guinchou ao frear e Busner debruçou-se da janela.

"'Wraaa!' Vamos embora, seus aprendizes de delinqüentes, devolvam a maconha para essas chimps e entrem no carro, estamos atrasados."

Eles obedeceram com a maior prontidão, Erskine lacrimejando no esforço de exalar sub-repticiamente. Os três se amontoaram então no banco de trás, já esperando um sermão sobre os efeitos psicológicos da maconha, ou o triste preconceito do bonobismo, ou a depredação do sistema de transporte público de Londres, ou sobre as três coisas. Mas o Volvo rodou de volta para a Fulham Palace Road, com a ausência de sinais e de sons dominando. Quer dizer, até chegarem à rotatória de Hammersmith, quando Busner espetou o dedo para Gambol outra vez. "Você não respondeu 'grnnn', o que estava sinalizando com aquele verme do Whatley?"

Depois, nessa tarde, Jane Bowen voltou à sala das enfermeiras, junto com Sarah Peasenhulme. Sarah estava usando seu melhor protetor de tumescência diurno, uma coisinha bonitinha de chenile de seda de Selena Blow. O grande cós inferior era fresco contra a ardência de seu períneo. Ela viera ao hospital direto de sua casa — onde trabalhava às vezes — e a dra. Bowen tivera a gentileza de avisá-la sobre a planejada ligação telefônica com Simon.

Talvez, Sarah pensara ao se vestir, Simon seja capaz de olhar para mim e talvez a imagem do protetor de tumescência, talvez — ela não conseguiu manipular exatamente a idéia, embora seus dedos formassem os sinais no ato de prender as casas de cada lado do quadril e abaixo —, talvez ele sinta atração por mim. Talvez o tesão o traga de volta, o tire disso.

"Bonito protetor de tumescência", Jane Bowen sinalizou. "Selena Blow, não é, 'h'huu'?"

"É, comprei na liquidação do ano passado. Senão não teria condições de pagar o preço."

"Então Simon não tem o costume de comprar outras roupas para você? Roupas, assinalemos, para o ninho?"

"Por que pergunta, 'huu'?"

"Bom, minha cara, você não deve ficar chocada." Jane Bowen chegou mais perto e começou a catar Sarah, alisando o pelame do pescoço da fêmea mais jovem primeiro de um lado, depois de outro, soltando grãos de talco. "Mas, como parte do 'chup-chupp' delírio humano de seu consorte, ele... Bom, ele acha que ver pernas cobertas de pêlos é perturbador. O que entendi é que 'gru-nn' no 'mundo humano' — como descreve Simon — as pernas peladas dos animais são cobertas..."

"Com calça, 'huu'?"

"E saias."

"E saias, 'huu'?"

"Isso mesmo."

Sarah ficou vermelha, mal percebendo os dedos da fêmea mais velha em seu pelame. "'Huu-chup-chupp' não sei, bom... é, ele comprou algumas saias para mim. Nada muito *fora do comum*, entende. Nada de *tweed*, nem de lã, mas eu tenho mesmo algumas saias de algodão. Não sei... eu me sentiria horrivelmente estranha usando saia aqui."

"Bom, não se preocupe com isso por enquanto 'grnnn', o dr. Busner sugeriu que Simon descanse — mas mesmo assim vamos ver como ele reage a você em seu *lindo* protetor de tumescência."

Simon estava enrolado no ninho, fazendo força para dormir, quando o telefone começou a tocar de novo. Porra, que inferno! Pôs-se em pé de um salto. Porra, que inferno! O telefone trazia com ele o mundo de sua loucura, o mundo de sua desgraça. Por que porra não me deixam em paz!

Saltou do ninho numa confusão de braços e pernas, jogou-se no chão. Surpreendentemente, aterrissou de quatro, os nós dos dedos de cada lado do instrumento. Pegou o receptor e apertou no ouvido. A resolução da tela formou um focinho de macaco. "'Clak-clak-clak', que que você quer 'wraff', focinho de macaco?" Simon sinalizou e fez cara feia, batendo os dentes grandes.

"Aqui é Jane Bowen, Simon, sua médica, tenho aqui outra chimp que quer sinalizar com você."

"Quem é, 'huu'? 'Wraaa!' Achei que o macaco velho tinha assinalado que eu tinha de ficar em paz, 'huu'?"

"O dr. Busner, você quer dizer, 'huu'?"

Simon caiu para trás — e caiu sentado em cima da bunda mesmo. "Busner — você quer dizer o chimp da Teoria da Quantidade 'huu'?"

"Ele estava envolvido nisso, sim, ao lado de outros chimps." Jane Bowen estava intrigada. Será que isso — o fato de Simon reconhecer Busner, um chimp que não conhecia pessoalmente — poderia ser um desvio de sua agnosia, um eixo entre seu mundo delirante e o mundo real?

"Eu conheço Busner — e o ouvi falar. Ele costumava ir a uns programas de jogos idiotas nos anos 70, não, 'huu'? Meio charlatão, eu sempre achei..."

"'Wraaaf!' Que diabo você pensa que está sinalizando, 'h'huu'? Zack Busner é um chimpanzé extremamente eminente — um grande símio, de fato!"

Simon aquietou-se com a explosão, embora tivesse gostado de continuar insultando o macaco. Na verdade, o ato de insultar tinha feito com que se sentisse mais vivo, mais lúcido, mais físico desde que chegara ao hospital. Mas temia a macaca. Temia que ela entrasse. Temia que o tocasse. "'Huuuu.' Desculpe, Sua Eminência Médica", acovardou-se o chimp louco, "não queria desrespeitar seu colega." E, sem saber por que, Simon se viu apresentando a bunda ao telefone.

"Tudo bem, Simon, eu entendo", Jane Bowen contra-sinalizou e, à parte, para Sarah, "ele está comparativamente lúcido, vou deixar que gesticule com você."

"Simon, Sarah está aqui, quer sinalizar com você, vou passar a câmera para ela."

Sarah? Simon teve a ousadia de apertar os olhos um pouco mais perto da tela, ousou imaginar que ia ver as feições adoradas dela em sua compadecida plasticidade, o rosto losangular, o bico-de-viúva. Mas, em vez disso, um focinho de macaca foi substituído por outro. "Simon, querido", Sarah sinalizou. "'Grnnn', sou eu, Sarah, como vai, meu amor, 'huu'? Como vai?" Ele estava com o focinho tão abatido, o pelame tão sem brilho e volume, mas ainda era o seu macho. Ela se afastou da câmera do telefone o máximo que o espaço confinado da salinha das enfermeiras permitia para que Simon pudesse ver o protetor de tumescência e imaginar as delícias que continha.

Mas o que Simon viu foi um chimpanzé usando camiseta azul e algum tipo de calcinha sem pernas, presa com correia nas pernas do animal, com fundilhos volumosos; a roupa tinha uma porção de babados e pregas que formavam uma espiral, como as pétalas de uma rosa, mais ou menos na região dos genitais do animal. A figura era ao mesmo tempo cômica — e perturbadora. "'Huuu' queéisso, 'huuu'?"

"Simon", ela sinalizou de novo, "sou eu, Sarah."

"'Huu', seja quem for, não consigo..." Com a mão livre apoiada no supercílio ele protegeu os olhos da imagem e mesmo assim sinalizou, "não consigo olhar para você."

"'Huu', Simon, 'huu', Simon, coitadinho do meu amor, eu vim mostrar para você..."

"O quê! 'Huuuu', mostrar o quê, esse... esse *absurdo*!"

"Mostrar que George vai abrir mesmo a exposição."

"Vai abrir, 'huu'?"

"A *sua* exposição. Ele mandou esticar todas as telas e emoldurou por conta dele. Vai abrir sua nova exposição hoje à noite."

Sarah ficou olhando as feições de seu consorte. Ele parecia estar processando a notícia, teria sido certo contar a ele? Será que isso o traria de volta à terra, de volta para ela, ou o empurraria ainda mais longe para o lago turbulento e escuro da perturbação? "'Huuu'Graa!'", ele gritou de repente e cortou a ligação.

Capítulo onze

Tony Figes passou a tarde quente inteira acocorado no Hotel Brown's. Ele sempre ia ao Brown's na modorra das tardes do meio do verão como essa, quando não tinha nenhum artigo para mandar para o prelo nem nenhum jovem macho para perseguir. Gostava da mistura de exibicionismo com velho mundo que havia na decoração do hotel e gostava de ver os chimps americanos entrando e saindo, puxando as maletinhas atrás deles ao chegar, depois puxando as mesmas maletas engordadas de compras ao sair.

Os americanos eram quase sempre obesos — até os bonobos. Tony, que — com bastante razão — imaginava-se feio, sentia uma onda de *schadenfreude* corporal cada vez que via um deles andando apoiado nos nós dos dedos com uma tenda larga de Burberry ou uma berrante camisa havaiana. E os bonobos gordos! — o progresso existia. Ter ido, em pouco mais de cem anos, da escravidão nos campos para a obesidade em um hotel classudo de Londres. Bem, se isso não comprovava a realidade do Sonho Americano, o que comprovaria?

Ele sacudiu e afofou o exemplar do *Evening Standard* numa forma aproximada de retângulo e jogou em cima da mesinha de centro. Pouca coisa para ler num jornal, Tony pensou, mas também — *Não é um jornal!* A frase publicitária surgiu com tanta facilidade nas pontas de seus dedos mentais que ele ficou irritado. Nos últimos meses, as vans do *Evening Standard*, com o logotipo vermelho e branco com design de velocidade, tinham começado a exibir a frase, assim como outdoors e tapumes por toda a cidade. *The Evening Standard — Não é um jornal!* O fato de isso ter se tornado o único apelo de venda do jornal, pensou Tony, era uma espécie peculiar de justiça.

No saguão, caminhando apoiado nos nós dos dedos, Tony Figes mexeu distraidamente nos bolsos laterais do paletó de seda rústica, estilo túnica, em busca de outro volume retangular, o convite para a visita privada à exposição de Simon Dykes. Tony havia ligado para George Levinson na hora do segundo almoço, sugerindo que ele chegasse cedo à galeria, para os dois poderem definir táticas. Tony gostava bastante de Simon — mas sua verdadeira lealdade era com Sarah. Não queria que Sarah fosse incomodada pela imprensa — nem por pretendentes.

Ao seguir pela Dover Street e virar a esquina da Grafton, tentou visualizar o que estava à sua espera. George Levinson havia embargado qualquer reprodução das novas pinturas de Dykes e, com Simon hospitalizado com esse horrível colapso, não houvera a possibilidade de o próprio artista fazer qualquer publicidade antecipada. Tudo que chegara com o convite fora o detalhe de uma pintura. Era impresso com a técnica usada nos cartões-postais novidade em 3-D e mostrava um filhote em queda livre na direção do espectador, o pelame franjado de chamas. Virando o cartão para cá e a para lá, a franja de fogo em volta do corpo voador se expandia.

Tony recebera o convite em casa, um apartamento na Knatchbull Road em que morava junto com a mãe desde que nascera. Ele evitou a baba de seu velho pônei de colo e a pergunta: "'H'huu', o que você recebeu no correio, 'huuu'? To-ony!", e escapou para seu quarto pelo corredor dominado por seu deprimente cheiro de fêmea velha. O quarto era decididamente estranho. Metade intacta desde seu tempo de subadulto; pôsteres de bandas de rock da moda nos anos 70, Slade, T-Rex e os Sweet; a colcha da cama tinha uma estampa de bichos de Beatrix Potter; as prateleiras mostravam os livros de Nárnia, velhas revistas em quadrinhos — sobretudo títulos para moças, *Jackie*, *Bunty* e assim por diante — e algumas bonequinhas de bailarinas feitas de vidro.

O outro lado do quarto era nitidamente masculino; dominado por uma grande escrivaninha daquelas em que se encaixam as pernas, coberta de livros, papéis e uma caixa de luz. Acima da escrivaninha, prateleiras lotadas de livros de reproduções de alta qualidade. Havia na mesa um cinzeiro de metal, cheio de pontas esmagadas de Bactrian Lights, e ao lado um pedaço de espelho, manchado com laivos de cocaína. A escrivaninha miniatura ficava debaixo do foco de um abajur pantográfico Anglepoise.

Tony atirou-se na cadeira giratória da mesa, os membros enrolados em torno do corpo, como um filhote no prelúdio de um ataque de choramingos. Com a grossa unha do polegar rasgou o grosso envelope amarelo, impresso com "Levinson Gallery. Artes plásticas", e o filhote 3-D em chamas caiu em cima da mesa.

Quantas vezes — Tony pensou consigo mesmo — acontecia de o filhote ser alfa para o macho. Aquele filhote em chamas — o que podia exprimir? Nas semanas anteriores a seu colapso, Simon dera muitos indícios de que suas novas pinturas lidavam com temas de corporalidade, da integridade *física* básica da chimpanidade. Sempre que Simon soltava essas dicas, Tony embarcava, tentava arrancar mais dele. Mas foi só quando o filhote em chamas caiu em cima de sua mesa que Tony começou a se dar conta de como as pinturas de Simon podiam ser chocantes.

Agora, Tony estava circundando um poste de luz da Grafton para a Cork Street e ficou ali parado um instante, observando o cu maravilhosamente rosa e esplendoroso de um mensageiro de bicicleta que pedalava em pé sobre os pedais, na direção de Piccadilly. Tony sacudiu a cabeça. O pelame de sua cabeça já estava caindo, embora ele mal tivesse 35 anos. Para eventos como esse vernissage ele sentia que *tinha* de usar uma peruca. Era miúdo e esguio como um bonobo — mas isso era uma dúbia bênção. Pior que qualquer dessas coisas era ele saber que levava em si a nódoa de decadência de sua mãe; que o cheiro da desesperadora velhice dela grudara nele prematuramente.

Tony Figes ligou sua sensação de repulsa física com o que soubera de Simon, e do trabalho de Simon. Que sincronicidade, pensou, que isso esteja preocupando a ele também, talvez a ponto de deixá-lo louco. Talvez Simon tenha perdido a capacidade de suspender a desconfiança pelo acasalamento — como eu. Embora, sem dúvida, por razões diferentes.

Tony podia sentir-se fisicamente covarde — mas tinha coragem suficiente para pôr força nessas digitações e especular que essa deficiência podia estar ligada à maneira como os chimps viviam agora, seccionados do mundo natural, abrigados em um meio ambiente essencialmente desnaturalizado. Seria de admirar que os jornais e revistas estivessem cheios de charges que primatomorfizavam?

A *New Yorker*, que Tony comprava sobretudo para ver os retratos fotográficos de Mapplethorpe — e ultimamente de Richard Avedon —, estava sempre cheia de desenhos de humor que primatomorfizavam e muitas vezes da forma mais ridícula; cachorros sinalizantes, alce engraçadinho, bisão especulativo, humanos filosóficos. Parecia não haver nenhuma timidez quanto a isso — ou pelo menos Tony nunca vira ninguém comentar a evidente neurose de espécie que ele detestava e que havia por trás das charges. A compulsão que devia estar cutucando esses humoristas para exporem nossa distância do resto da criação.

Só na semana anterior, a *New Yorker* havia trazido uma ilustração mostrando um típico macho da Madison Avenue em gesticulação com um esquilo agarrado a uma árvore do Central Park. O esquilo estava sinalizando: "Claro, ele é mais culpado que o diabo, mas será que podemos gesticular sobre alguma outra coisa, 'huu'?", uma referência óbvia ao processo de O. J. Simpson, um circo da mídia que estava agitando a venenosa histeria de bonobismo por todos os EUA. As ironias da ilustração eram mais profundas, porém, muito mais profundas, Tony refletiu ao se colocar em posição bipedal e entrar, altivo, na Levinson Gallery.

"'H'huuuu', estou tão contente que tenha vindo, Tony", ululou George Levinson vindo dos fundos da galeria andando apoiado nos nós dos dedos. "Estou um feixe de nervos — um feixe de nervos, 'iik-iik-iik'!"

"'H'huuuu', ora, George, tente se controlar..." Tony respondeu, a cicatriz torcida de vergonha, transformando seu focinho já vincado em algo parecido com uma bola de futebol amassada.

Os dois chimps abaixaram-se no chão ao lado da mesa da recepção e por um momento aninharam nas mãos os genitais um do outro, depois começaram a se catar distraídos. Tony conseguiu soltar uns glóbulos de cola de entre os artelhos de George, partículas que incomodavam o *marchand* desde o dia anterior. A cata de George era muito mais distraída — apenas um desatento alisar no pelame do chimp mais novo.

Enquanto se catavam, Tony podia ouvir os grunhidos da recepcionista ao telefone, dispensando uma porção de retardatários ao vernissage. "Está assim o dia inteiro", George gesticulou na barriga de Tony. "Ontem também, 'huuuu'. Sempre fico aflito de fazer a abertura no melhor momento, mas acho que esta vai acabar comigo! Acho que vou acabar naquele hospital horrendo — junto com o pobre Simon, 'huuuu'!"

"'Grun-nnn', ora, George, 'chup-chupp' — George, por favor..." Tony calou-se e agarrando a beira da mesa levantou-se. A recepcionista, ao ver quem era, sendo uma ambiciosa jovem fêmea de galeria em formação — meio que apresentou para ele, sem interromper seus meneios a quem estava do outro lado do telefone.

George pôs-se de pé também. Estava usando, Tony notou, um daqueles irritantes *faux* protetores de tumescência que alguns chimps gays jovens exibiam atualmente. Tony achava aquela moda francamente absurda e no caso de George Levinson era um velho bode vestido como cabritinho, mas não teve coragem de apontar isso — dado o estado em que George se encontrava.

Tony Figes estivera na Levinson Gallery muitas vezes antes. Gostava dali, no geral — mesmo que nem sempre do que havia ali dentro. Embora o exterior tradicional — grande vitrine de vidro temperado, discreto emblema gravado — prometesse um interior complementar de lambris de carvalho e ganchos de pendurar de latão, George Levinson fizera, na verdade, o melhor possível para criar um amplo espaço de exposição vazio, puro. As paredes eram cobertas por um ótimo tecido bege-claro; as luzes no alto eram foquinhos embutidos, suaves e siderais; o carpete era tão neutro, tanto em cor quanto em tecelagem, que parecia nem estar lá. Seguindo atrás do rabo de George Levinson pela comprida sala, Tony imaginou que suas mãos e pés afundavam em um confortável vazio. Mas não era isso que oprimia — as telas oprimiam.

O espaço da galeria tinha uns quarenta palmos de altura, o dobro de largura e duzentos palmos inteiros de comprimento. Enfileiradas pelas paredes de ambos os lados estavam as pinturas do moderno apocalipse de Simon Dykes. O saguão de bilheteria da estação de metrô de King's Cross, no momento exato em que o incêndio de 1987 irrompeu, foi a primeira tela a chamar a atenção de Tony. Ele fechou o foco no rosto em wraaaaa do filhote arremessado a uma morte dolorosa, reconhecendo-o como o original do detalhe que recebera com o convite. Tony ficou ereto diante da pintura. Tinha pelo menos vinte palmos quadrados. As pinceladas no centro, onde o filhote estava suspenso, eram exatas, quase fotográficas, porém mais para as beiradas ficavam mais e mais soltas, até perto da moldura serem camadas grossas de tinta, elaboradas em picos e vales.

"'H'huuuu', meu Deus, George", Tony assinalou. "'Huu', meu Deus! Entendo o que você queria d..."

"Entende o que eu queria dizer, 'h'huu'?"

"Entendo — entendo." Tony passou para a tela seguinte, que Simon intitulou simplesmente *Chartres Aéreos*. Retratava o interior de um Boeing 747 — ele reconheceu instantaneamente — no momento exato em que a fuselagem estava sendo amassada por impacto. Fileiras inteiras de poltronas se comprimindo junto com seus ocupantes, numa intensa salada de morte. Assim como na tela anterior, havia no centro uma representação fotorrealista de um filhote. Este ignorava seu destino, ainda amarrado à poltrona; os artelhos e dedos inteiramente ocupados em manipular os pinos de um Gamemale Sony. Claramente visível na tela havia a figura humanóide paradoxalmente miniaturizada de Donkey Kong.

"Meu Deus!", ele assinalou para Tony Figes, e vocalizou: "'Huuuu.'"

"São assustadoras, não são, 'huu'?" George Levinson estava ganhando alguma segurança com a aflição de Tony. Afinal, George vinha convivendo com essas pinturas havia semanas. E por causa do colapso de Simon havia sido responsável também por esticar as telas e emoldurar — trabalho de que o pintor normalmente se encarregava pessoalmente. Ele continuou gesticulando. "Sem rodeios — com Simon no hospital e, ao que parece, louco, a ânsia que os críticos têm de juntar vida e obra vai ficar inelutável, não acha, 'huu'?"

"Acho, George. Vamos lá para o fundo tomar um drinque e cheirar uma carreira. Acho que nós dois estamos precisando."

Quando os dois chimps saíram do escritório de George uns vinte minutos, dois drinques e três carreiras depois, a galeria já estava começando a encher. Era o tipo de gente de vernissages de sempre — ou pelo menos o mesmo tipo de gente que se sentia atraída por um vernissage de Simon Dykes. O grupo de jovens artistas conceituais que atualmente dominavam a cena em Londres estava entre os primeiros a chegar.

Tony conhecia todos — claro. Havia encontrado com eles no Sealink ou na casa dos Braithwaite, que eram mais próximos deles tanto em idade quanto em estética. Tony achava-os — pelo menos coletivamente — mais que um pouco afetados, se não absurdos. Estavam agora espalhados pelo lugar, todos vestidos na última moda ou parecendo canastras, ostensivamente não se catando. Havia entre eles duas fêmeas — ambas atraentes, ambas com tumescências volumosas, magnificamente rosadas —, porém nenhum dos machos fez qualquer tentativa de se exibir para elas — muito menos de acasalar.

Essa pose "tipo, chimp, nós *não* nos catamos" era constantemente cortada pela nervosa e repetitiva apresentação que todos se permitiam. Eles tentavam se controlar, mas quando — como agora — alguém como Jay Jopling, o *marchand* e prestigioso proprietário da White Cube, entrou na sala, todos começaram a grunhir e a se aproximar dele por trás, as bundas sacudindo freneticamente.

Eles tentavam se conter, Tony Figes refletiu, mas não conseguiam. Apesar de toda a propalada filiação à vanguarda, fosse o que fosse isso, eles eram simplesmente iguais a todo mundo, viciados na lei do mais forte, no lambe-cu dos superiores — mesmo superficial.

Mas nem Tony nem, o que era mais importante, George estavam preocupados com os conceitualistas. Eles tinham um certo respeito — mesmo contrafeito — por Simon e sua obra. Quanto ao colapso mental, Tony pensava que eles, à sua maneira usual, perversa, iam achar *cool*. Não, os chimps que preocupavam eram os do tipo Vanessa Agridge, a picareta impositiva da *Contemporanea* que acabara de entrar na galeria. Os brilhantes manipuladores da mídia iam pirar quando dessem uma olhada naquele material. Tony controlou-se. A bebida acalmara seu corpo e a cocaína estimulara sua mente. Ia tentar enfiar alguma sensatez nos críticos que conhecia e, quando Sarah aparecesse, cuidaria dela, a manteria debaixo da asa.

George Levinson estava gesticulando com o crítico de arte do *Times*, um intolerante neozelandês cognominado Gareth "Grunhido" Feltham. "São, evidentemente, 'gru-nn' investigações do corpo chimp, da essência da chimpunidade. Freud, afinal, disse que o ego é antes de mais nada um ego corporal, 'huuu'?"

"'Wraaf!' Não tenho tanta certeza disso, Levinson. Me parece que 'euch-euch' a alma entra nisso tudo, e aqui vemos pinturas que investigam o corpo de chimps — e além disso fazem gozação com suas almas. 'HuuuGraaa'", ele grunhiu com força, deu um golpe de brincadeira na cabeça de George e retomou sua gesticulação arrogante.

"'Euch-euch', sabe de uma coisa, sempre tive minhas reservas quanto à obra desse seu chimp Dykes e tenho de assinalar, Levinson, que esse tipo de coisa só confirma o que eu sentia." Com um gesto das mãos grandes, peludas, indicou a obra à sua frente, *Faça Você Mesmo Detém o Ebola*. "'Waaa', o que ele quer dizer com esta visão... rasa, essencialmente degradante, 'huu'?" Feltham estava furiosamente agitado e passou a levantar a cabeça e a proferir, entre os caninos comprometidos por cáries e amarelecidos de tabaco, uma série de guinchos e latidos de arrepiar os cabelos: "HuuuuuGra! Wraaaf! HuuuuuGra! HuuuuGra! Wraaaaf!"

Diante disso, outros críticos, por toda a galeria, também deixaram no chão os copos alugados, empinaram e começaram a vocalizar: "HuuuuuGraa! HuuuuuGra!" O ar estava pesado de suas etílicas emanações e George ficou bem inquieto, lamentando os drinques e as carreiras que havia tomado e cheirado com Tony. Alguns críticos chegaram até a bater nas paredes e no chão, até as fêmeas da galeria pedirem solicitamente que não o fizessem. George não sabia dizer se algum tipo de fusão estava surgindo.

Havia agora bem mais de cinqüenta chimps na galeria. Críticos, colecionadores, *marchands*, artistas e seus asseclas. George observou, agradecido, que a taxa de fêmeas no cio era bastante alta e uma grande parte da atenção ficava concentrada em exibições de um ou outro tipo, sem relação com a exposição em si. Na realidade, depois que a vocalização cessou, Feltham parou de pressionar George e desavergonhadamente enfiou o indicador na dobra isquial de uma fêmea que passava. Ela deu um tapa na mão dele e Feltham a levou ao nariz. "Gru-nn, gr-unn", ele grunhiu farejando, depois sinalizou: "Ela deve estar a uma semana do fim, com licença, Levinson — não é exatamente a sua praia, 'huuu'?"

George descartou o insulto, não podia se dar o trabalho de brigar com o corpulento crítico por uma grossura dessas. Depois, porém, ficou excitado de ver o corpulento crítico acasalando com a fêmea no fundo da galeria, o paletó de veludo cobrindo-lhe o rabo enquanto ofegava e batia os dentes, e, a julgar pela expressão enfadada da fêmea — cujo focinho estava apertado no carpete —, sem conseguir levar ao clímax nenhum dos dois envolvidos.

George olhou outra vez o *Faça Você Mesmo Detém o Ebola*. Assim como nas outras pinturas de Simon, havia um filhote no centro dela. Neste caso, o coitadinho tinha uma horrenda hemorragia pela boca e pelo ânus, o sangue jorrava pelo casaco e sobre o pacote do móvel "faça você mesmo" em questão, que era — segundo o letreiro impresso ao lado — de um bonito rack para garrafas de vinho. Simon captara com perfeição o clima do corredor do supermercado de móveis suecos, Ikea. A suave irradiação da luz no teto, as gôndolas cheias de pacotes chatos de móveis "faça você mesmo", mesas, cadeiras, estantes e gabinetes de estéreo. Nesse ambiente, construído como era para determinar uma escolha pré-fabricada, a imposição de morte violenta, contingente, era obscena.

Especialmente a forma de morte que Simon escolhera retratar. A partir de relatos de epidemias de Ebola no centro da África, ele visualizara os efeitos do vírus que dissolve carne, maciçamente acelerados, sobre um grupo de clientes da loja. As figuras dos chimps adultos já eram perturbadoras, o sangue, o excremento e a bile vazando pelos jalecos, eles caídos aqui e ali por cima dos pacotes chatos, um aninhando a cabeça do outro. Mas a visão do filhotinho no rack de vinho *era* repulsiva.

"Huuu", George gritou baixinho e virou-se para confrontar a galeria. Viu Sarah Peasenhulme entrar oscilante pela porta, ladeada pelos Braithwaite. Imediatamente os três foram cercados por chimps choramingando, alguns apresentando a Sarah, enquanto outros tentavam se exibir para ela. Ela ainda estava em plena floração do cio, a tumescência rosada grande e brilhando, como se tivesse um balão de festa enfiado entre as coxas.

Alguns da multidão que se reuniu em torno dela eram caçadores de imagens, querendo claramente captar gestos dela em fita. George resolveu que era melhor interferir. Deu um rápido salto à frente, abraçando a parede para evitar a confusão. Quando estava a poucos palmos de Sarah, bateu com a mão na mesa da recepção e vocalizou: "Wraaaaaf!" Foi a vocalização mais feroz que todos lembravam que tivesse feito, e a expressão firme e os caninos à mostra superaram — pela primeira vez — seus ridículos óculos ovais Oliver Peeples, o paletó de seda furta-cor de Alexander McQueen e o falso protetor de tumescência que Tony Figes havia desdenhado sem sinalizar nenhuma palavra.

O grupo se abriu ligeiramente e George conseguiu penetrar na arrepiada confusão, agarrar Sarah pelo braço e corporalmente arrastá-la para fora. "'Huuuu', venha, Sarah", ele comunicou, "você não quer nada com esses chimps."

"'H'huuuu?' George, o que é isso? Por que estão agressivos assim?"

"Você viu as telas de Simon, Sarah? Ele mostrou para você, 'huu'?" George conduziu-a ao longo da galeria, na direção do escritório dos fundos.

"Algumas, George. Ele me deixou entrar no estúdio algumas vezes. Reconheço aquela ali com a figura do King Kong em Oxford Circus... e aquela do avião caindo. É por causa do assunto, 'huu'? Por isso que eles estão tão agitados, 'huu'?"

"É, por isso e, é claro, pelo colapso de Simon... E imagino — dada a absoluta lascívia da mídia e do resto todo desse maldito carnaval — que o fato de você estar no cio não ajuda nada."

Não estava adiantando mesmo. Mesmo no breve tempo que levou para George e Sarah andarem apoiados nos nós dos dedos até os fundos da galeria, eles chamaram mais atenção. Um chimp conhecido como Pelham, autor de artigos para os suplementos de domingo, estava se exibindo para Sarah, acenando um exemplar do *Evening Standard*. Mais impressionante, Flixou, o escultor, um gigantesco, agressivo chimp de força e potência sexual legendárias, estava ostensivamente importunando também; ofegando, guinchando e arrancando as páginas de jornal das mãos de Pelham. Aparentemente ia haver uma disputa séria entre os dois machos.

"'Err-herr-herr', George, não quero isso, não quero ficar aqui... É muito, muito..." Os dedos dela subiram acima da cabeça para tentar descrever a cena; os chimps agitados se catando, bebendo, gesticulando, acasalando. "Parece um maldito *zoológico*!"

"Bom, 'gru-nn', isso pode ser considerado uma espécie de sucesso. Pelo menos, acho que Simon ia ficar satisfeito de saber que provocou tamanha agitação. Mas, Sarah, por que não vai ao Sealink e vou encontrar você lá assim que puder, 'huu'? HuuuGraaa!", ele ululou para Tony Figes, que estava ali perto gesticulando com os Braithwaite. Figes parou e veio juntar-se a eles. "Tony, se você já viu o bastante, podia cuidar de Sarah, ela não está feliz."

"Tem razão, George, vamos tirar Sarah daqui."

O grupo de chimps voltou para a galeria, os dois bonobos mais uma vez tomando os flancos e dessa vez tratando com dureza qualquer um que tentasse abordar Sarah. Chegaram à porta sem incidentes e foram empurrando até a rua. Ken Braithwaite foi à beira da calçada e começou a ulular para atrair a atenção de um táxi. Segundos depois, um deles parou, sem a luz de ocupado acesa, e vomitou dois chimps. Estavam chegando para o vernissage privado, embora não fossem o tipo de chimps que normalmente freqüenta essas coisas. Um deles era um macho grande, bastante desarrumado, mas bem conservado, que usava um antiquado *smoking* jaquetão. A outra era uma morena esguia, que parecia deselegante num *top* de lurex que um dia fora moda e protetor de tumescência combinando.

"'HuuuGraa!'" Sarah ululou e acenou para o grupo. "É o dr. Busner, o chimp da Teoria da Quantidade, ele é que assumiu o tratamento de Simon, e aquela é a dra. Bowen, a superintendente do Charing Cross. 'HuuGraa', dr. Busner, 'HooGraa'."

Busner terminou de pagar o motorista do táxi e engatinhou até eles. "'HooGraa', é Sarah", ele assinalou, "não é, 'huuu', a consorte de Simon Dykes?"

"Isso mesmo, e este é George Levinson, o *marchand* de Simon." Sarah fez as outras apresentações. Bowen juntou-se a eles e durante alguns segundos houve uma confusa rodada de apresentações e catações parciais. Os chimps das artes não sabiam realmente o que fazer com os psiquiatras, onde encaixá-los na hierarquia. Estabeleceu-se um certo impasse com a confusão de rabos tremendo e catação fingida; Sarah acabou com os dedos no pelame da dra. Bowen enquanto George e Tony tentavam se superar na subserviência ao notável praticante da psiquiatria.

"Bom, Mr. Levinson", Busner sinalizou depois de algum tempo, "estou querendo ver essas pinturas. Acha que elas podem me dar algum indício quanto ao bizarro estado de Mr. Dykes, 'huuu'?"

"Não posso saber, dr. Busner, não posso saber... Foram um grande salto para Simon, nada a ver com o trabalho anterior dele. São muito... muito *gráficas*..."

"Sei, e o assunto, 'huu'?"

"Bom, o corpo, dr. Busner, o corpo do chimp arquetípico restringido, esmagado e distorcido pelas pressões da vida urbana moderna." George estava se aquecendo em seu tema, os dedos gesticulando num ritmo uniforme. "Acho que Simon fez uma coisa 'chup-chupp' muito importante com essas pinturas, só não sei é se os críticos vão ter coragem de apreciar, isso não sei."

"Bom — bom, vamos ver. Jane, gostaria de entrar, 'huu'?"

A dra. Bowen afastou-se de Sarah, dando um tapinha camarada na anca da fêmea mais jovem. "Mas, dr. Busner", Sarah sinalizou, "como acha que Simon está, acha que ele melhorou, 'huu'? O que vai fazer com ele, 'huu'?"

Busner foi até Sarah e fez alguns afagos bastante desajeitados em sua cabeça. "Ora, ora, tantas perguntas. Calculo bem 'gru-nn' como você deve estar preocupada, Miss Peasenhulme, mas ainda é cedo demais para eu tentar fazer um diagnóstico. O estado de seu consorte é intenso, mas ainda não tenho nenhuma razão para acreditar — por enquanto — que não seja tratável. Como deve saber, adoto uma postura holística e psicofísica com o que se chama de <doenças mentais>. O todo do chimp é o que me interessa, daí minha presença aqui. Esperamos poder completar alguns testes amanhã; por que não dá uma ligada para a dra. Bowen depois do segundo almoço — pode ser que já haja alguma notícia para você."

Com isso, Busner deu uma ululada de despedida aos chimps reunidos, tamborilou os dedos na tampa de metal de uma lata de lixo, pegou Bowen e entrou na galeria.

Havia algumas horas que não acontecia nada na cela de segurança. Simon Dykes, o pintor, estava deitado no ninho, protegendo a cabeça desgrenhada. Por essa cabeça, corria uma terrível cavalgada de imagens. O material de suas pinturas; corpos espalhados, corpos queimados, corpos esmagados e macerados, tudo confuso e se consorciando com os inaceitáveis macacos; as visões de dentes à mostra, de dentes batendo que disputavam com ele a sua própria realidade. Ele gemia e oscilava o corpo, gemia e oscilava.

A fera que dizia ser Sarah havia sinalizado que o vernissage privado de sua exposição teria lugar esta noite. Se eu fosse maluco, Simon misturava a divagação com os gemidos, não daria importância a isso, não seria capaz de entender isso — seria? Mas consigo e entendo. Posso imaginar a merda que vão jogar em mim... a merda que vão jogar em mim... como a merda que *eu* jogo nas feras.

Quem são elas? Simon fixou uma visão da Levinson Gallery cheia de chimpanzés. Uma visão ridícula, os animais de bunda magra, pernas arqueadas de velho, orelhas redondas como cogumelos do campo. Todos gesticulavam diante das pinturas com seus dedos agitados, cheios de distorcida importância — e todos enfiavam as bundas no focinho dos outros, os dedos no pelame dos outros. Formavam um tapete convulso, animal, um travestimento patético da apreciação da arte — ou não?

Pela primeira vez desde o colapso, ocorreu agora a Simon que talvez o conteúdo dessas alucinações, esses delírios do bestial mascarando o humano, era inventado, construído com material de suas próprias mordentes obsessões. O que eram, afinal, os macacos, senão versões distorcidas do corpo? Que eles eram todos corpo — todos *corporificações* — era a única certeza. Porque tudo o mais que eles sinalizavam era claramente sem sentido — ou inadmissível.

Simon sentiu que essas idéias tinham o verdadeiro teor de um *insight*. E o acalmaram. Um observador oculto, capaz de penetrar a escuridão da cela de segurança e compassivo com o chimp maluco, teria observado o relaxamento dos membros de Simon nesse momento. Ele soltou alguns longos gemidos de ninho, acomodou-se o mais confortavelmente que podia e esperou os macacos chegarem com o ataque sedativo.

E se o vernissage *fosse* mesmo esta noite? Onde estaria Sarah agora? George Levinson não podia de jeito nenhum ter marcado um terceiro jantar de espécie alguma — não com seu cliente isolado em uma ala psiquiátrica. Não, Simon adivinhou que Sarah devia ter comparecido, com Tony Figes e os Braithwaite, sem dúvida, e depois ido talvez ao Sealink para tomar um drinque. A visão de Sarah no Sealink, Sarah reservada, Sarah tocável, enrodilhou-se nas entranhas de Simon, coalhando qualquer leite de simpatia que pudesse haver ali. Em lugar disso, sentiu um tenso jorro de ciúmes sensuais. Lembrou-se da expressão especial dos olhos de Sarah quando estava excitada, as pupilas dilatadas num surpreendente poder. Lembrou-se do toque de seus membros quando se colocava em cima dele, quando baixava sobre ele. Gemeu e estremeceu. Onde ela estaria agora? Estaria pensando nele?

Estava. Sarah estava pensando em Simon, mas, como estava pensando também no pau de Ken Braithwaite que golpeava dentro dela com uma energia bastante explosiva, seus pensamentos ficavam um tanto dispersos, um pouco difusos.

Os dois chimps haviam começado a acasalar a meio caminho na escada que ia da sala principal do bar aos banheiros do Sealink Club. Ken não havia propriamente se exibido para Sarah, mas sim sinalizado sobre a possibilidade de uma trepada. Na realidade, fora essa falta de jeito dele, os sinais jorrando dos dedos dele — que a levaram a aceitar. Acasalar com Ken seria — pensou ela — tão neutramente tranquilizante quanto ser coberta pelo reverendo Peter.

E foi mesmo. Sarah apoiou-se na curva da escada. Ken penetrou-a com consumada facilidade, a tumescência dela tão relaxada, tão úmida que o aspirou para dentro. Ken ficou transportado. O corpo dele saltava e tremia em cima dela, enquanto com os dedos ele sinalizava sobre o pelame loiro de sua nuca: "Sua 'gru-nn' tumescência, sua 'gru-nn' tumescência, sua tumescência...", até os guinchos e arquejos da copulação ganharem força.

Diversos chimps que subiam ou desciam a escada tiveram de passar por cima do par agitado, mas ninguém disse nada. Considerava-se grosseria reclamar de atividades acasaladoras no clube, e isso era em geral respeitado.

Ken gozou com grande vivacidade — e saiu de dentro de Sarah tão depressa que a ponta de seu pau raspou-a por dentro na medida calculada para ela gozar. Ela deu um guincho, bateu os dentes. Sentiu o jorro do esperma de Ken cair no pelame das costas. "'EeeeWraaa!'", guinchou, e virou-se para sinalizar. "'Huuu', Ken, acha que Simon vai ficar bom, 'huu'?"

"Quem pode assinalar, Sarah, quem pode assinalar. Mas, se ele se der o trabalho de pensar no assunto, vai saber que você está em boas mãos."

Zack Busner sentia-se horrivelmente apertado em seu velho *smoking*. O ar-condicionado da platéia de Covent Garden não chegava nem perto do nível correto e, como o dia se tornara quente e úmido, a temperatura estava batendo nos trinta graus. Ele tentou se concentrar no palco, mas *Turandot* nunca fora uma ópera de que gostasse e, como entrara apenas no segundo ato, a ação parecia confusa. Os personagens não deveriam ser chineses? Então por que estavam vestidos com roupas da Ruritânia? Realmente, pensou Zack, as produções modernas de ópera muitas vezes ficavam abaixo do que era de esperar. Mesmo as tentativas de Peter Wiltshire de alterar o tempo, o gênero e a *mise-en-scène* muitas vezes pareciam forçadas na opinião de Busner.

Pelo menos, se ignorasse as legendas que corriam numa tela acima do palco, podia ouvir o melífluo ulular e os fortes gritos dos cantores; e Charlotte parecia estar se divertindo, grunhindo satisfeita, a passar os dedos suavemente pelo áspero volume de sua tumescência declinante.

Busner tinha liberdade para divagar, liberdade para pensar no estranho caso de Simon Dykes e seu delírio humano. Busner ficara mais impressionado do que esperava com as pinturas de Dykes. A idéia de representar, alegoricamente, o antinaturalismo das condições da chimpunidade urbana moderna era-lhe atraente. O que Dykes estava fazendo com a imagética visual era, ele sentia, semelhante à sua própria busca de uma abordagem psicofísica das perturbações neurológicas e psiquiátricas. Os corpos dos chimps nas pinturas de Dykes eram colocados em ambientes destrutivos — um avião caindo, uma escada rolante em chamas, um supermercado de móveis atacado por uma peste —, o que podia ser visto como analogia para a relação distorcida entre as mentes dos chimps e os corpos dos chimps.

Seria possível que o colapso de Dykes estivesse previsto em suas pinturas? Que, assim como o furioso relance de lucidez mística antes do ataque do epiléptico, elas fossem antecipações da furiosa alienação do próprio corpo dele, da própria chimpunidade dele, que Simon agora experimentava. E como o delírio humano se encaixava em tudo isso? Busner repassou livremente na cabeça as associações que o humano despertava. O humano era considerado o mais bestial dos animais porque era o mais semelhante ao chimpanzé. Isso havia sido entendido e incorporado nas descrições de todas as criaturas símias, mesmo antes da descoberta dos verdadeiros macacos antropóides — o orangotango, o gorila e o humano — no século XVI.

O humano tinha, portanto, um nicho de demonização já pronto à espera de ser ocupado. Se o macaco Barbary, a hamadríade e o babuíno tinham sido considerados filhos de Lúcifer — e alguns autores patrísticos afirmavam que o diabo era feito à imagem de um babuíno —, então quão mais diabólico poderia ser o humano? O humano com sua pele horrendamente exposta; suas partes posteriores repugnantemente volumosas; sua voraz e inadequada licenciosidade? E, paradoxalmente, a representação de humanos na cultura contemporânea era quase sempre benigna, carinhosa até. Crianças tinham sempre humanos de pano para brincar. Cartões de aniversário com humanos vestidos como chimps estavam à venda em quase todas as bancas de jornaleiros. Havia até os famosos comerciais do chá P.G. Tips com seu uso absurdo de humanos imitando comportamento chimp; os efeitos especiais usados para dar a impressão de que eles sinalizam com inteligência e apreciam a bebida.

E havia também a irrupção da preocupação ética com os direitos dos animais. Alguns filósofos morais defendiam agora a expansão de uma forma limitada de direitos dos chimpanzés também aos humanos, com base no fato de, por seu perfil genético, serem o parente mais próximo do chimpanzé, além de serem os mais obviamente inteligentes.

A quais elementos de todas essas imagens e versões do humano Dykes teria recorrido para colecionar os elementos de seu delírio? Haveria evidências a serem encontradas em algum outro aspecto de sua vida, além da arte? Ou seria o triste caso de esse sistema delirante, como tantos outros que Busner vira elaborados, submetido a um exame mais detido, vir a desmoronar nas desconjuntadas e confusas oscilações da esquizofrenia paranóide?

Uma coisa era certa: não poderia haver progresso enquanto não conseguissem adivinhar a extensão — se existente — de danos orgânicos no cérebro de Dykes. Então, e só então, Busner poderia avançar. Por enquanto havia muito pouco com que trabalhar, mas ele, Busner, tinha um bom presságio quanto a esse novo paciente. Era um caso que poderia atrair uma boa dose de interesse público, algo a que Busner nunca fora avesso.

Como se tivesse de alguma forma calculado para o ritmo de seus pensamentos coincidir com o final da representação, a platéia nesse momento escolheu descarrilar o trem dos pensamentos de Busner levantando-se inteira e ululando seu aplauso. "'HuuuGraaa! HuuuGraaa!'" Busner pôs-se bipedal e polidamente ululou também. "Espero que haja um bis", sinalizou para Charlotte. "Estava tão preocupado com a questão crucial desse chimp Dykes que perdi o <Nessun Dorma>."

Capítulo doze

A ponta do artelho magro bateu no linóleo, "tap-tap, tap-tap, tap-tap". Incrível como a pele era mais dura que a de um dedo de pé humano, precisamente por essa razão é que quando o artelho tocava no linóleo produzia o ruído "tap-tap, tap-tap, tap-tap". "Euch-euch", Simon Dykes tossiu, irritado.

A máscara idiota — achou que era feita para crianças usarem no Halloween — virou-se para ele e por trás do arco de lábio vermelho vivo veio um grunhido suave: "'Gru-nnn', tudo bem, Simon — não está ansioso demais, nem mal acomodado, 'huu'?"

Simon não era capaz de sinalizar como estava, mas, pela combinação de vocalização conhecida e gestos, *sabia* que era a psiquiatra chamada Bowen que estava pondo o dedo nele. Ele insistira que só ela devia acompanhá-lo quando fossem da cela de segurança para as entranhas do hospital onde eram feitos os exames de ressonância magnética e de tomografia computadorizada. Mas depois, quando deslizou para fora da grande garganta de aço martelante da máquina, não ousou, ou não quis, gesticular com a criatura que o esperava.

Busner havia mantido seu gesto e feito o melhor possível para esvaziar corredores e áreas que Simon atravessaria no caminho. Um vulto símio ocasional passava correndo pelo caminho enquanto ele seguia na cola de Jane Bowen; e cada vez que isso acontecia Simon recuava e grudava na parede. E cada vez ela o convencia a ficar outra vez de quatro e o levava em frente. Vendo o desespero dele, Bowen queria desesperadamente fazer em Simon uma boa catação e tranqüilizá-lo no melhor estilo chimpcafuné que conhecia, tanto na posição de médica como na de fêmea. Mas sabia que não devia tentar.

Ele não tomara nenhuma injeção de Valium essa manhã. Bowen havia determinado pelo telefone que se fosse sedado em alguma medida isso afetaria a validade do teste. "Se sentir um ataque ruim chegando, vai ter simplesmente de me chamar e levo você direto para a cela de segurança. Só estamos tentando ajudar, Simon — não se esqueça disso."

Mas, além de vislumbrar um ou outro chimpanzé, o que perturbara Simon — e perversamente o tranqüilizara — havia sido o interior do hospital em si. Simon tinha estado no Hospital Charing Cross antes. Não era capaz de assinalar quantas vezes, mas o bastante para lhe ser familiar. Os recados presos nos quadros de avisos ao longo das paredes; as portas de vidro com seus visores de tela; o chão berrante de linóleo que guinchava; até mesmo o caminho que fizeram, descendo de elevador, atravessando o pátio interno, depois outro elevador para baixo — tudo isso confirmava lembranças de vindas ao hospital para visitar aliados doentes.

Talvez fosse a ausência do Valium ou simplesmente o fato de ser removido do confinamento, mas havia também algo no hospital que entrava em choque com suas expectativas: a dimensão do local. Tudo, a altura dos tetos, a largura das portas, o volume da mobília, estava ligeiramente menor. Era muito sutil, a ponto de não ser perceptível, mas Simon notou. Era o Hospital Charing Cross loucamente reconstruído para seres um tantinho menores que humanos. Redesenhado para chimpanzés.

Nos primeiros minutos depois de sair da relativa segurança do confinamento, Simon ficou confuso. A máscara de Bowen certamente escondia suas horrendas feições símias, mas a calça que ela vestira para cobrir suas brutais pernas cabeludas era feita de algum tecido diáfano e ainda dava para ver o pelame através. Isso, ao lado do jaleco que ia até o tornozelo, fazia dela uma figura clownesca.

Tenho de continuar a vê-los como absurdos, como invenções, Simon determinou a si mesmo. Não posso dar muito crédito a eles — fazer isso é admitir que realmente estou louco. Tenho de me agarrar à minha humanidade. Ele então curvou-se como algum velho chimp com uma doença crônica, mortal e arrastou-se de cabeça baixa, de pelame murcho.

Bowen ficou desanimada com o comportamento de Simon quando o levou de volta à cela de segurança. Verdade que ele não a atacara nem borrifara fezes nela. Verdade que parecia capaz — quase — de suportar um relance eventual de outro chimp, mas no geral a atitude dele era tão apática, tão desprovida de afeto, que ela se viu fazendo um diagnóstico negativo, embora sem sinais. Ela entendeu que Dykes a fazia relembrar os chimps em estado de depressão quase catatônica, ou que sofriam de severas disfunções neurológicas. O delírio humano, ela começou a pensar, podia ser apenas o estabelecimento desse estado, cujo estágio crônico seria caracterizado por apatia, reserva e, por fim, colapso mental completo.

Agora, os dois chimps estavam de volta à Gough, à espera do quarto diurno para fazer os testes de percepção — e esperando por Zack Busner. O quarto diurno era um espaço neutro. Havia uma mesa com tampo de fórmica, algumas cadeiras de plástico funcionais e uma caixa de aço servindo de lata de lixo num canto. As fendas verticais no teto, texturizadas, bloqueavam a luz dura e brilhante do meio-dia, e as lâmpadas fluorescentes zuniam e piscavam no alto. Um telefone acocorado na mesa, silencioso. O cheiro básico do lugar era — Bowen admitia — de lavado desespero.

"'HuuGraa', Simon, vou até ali pegar um café na máquina, quer um, 'huu'?"

Ele levantou a cabeça ao som de sua vocalização e contra-sinalizou: "OK, tudo bem."

"Chá, café, 'huu'? Leite, açúcar, 'huu'?"

"Qualquer coisa."

Bowen foi até a porta caminhando apoiada nos nós dos dedos, sacudindo a cabeça, de forma que a máscara ridícula lhe esfolava as orelhas. Pobre coitado, pensou, a gesticulação dele só confirma minhas suspeitas, os sinais tão desajeitados, tão sem ênfase, sem ritmo.

No corredor, ela encontrou Busner, que estava com um largo sorriso e avançava depressa em sua direção. Uma antiquada pasta de couro debaixo de um dos braços, ele caminhava sobre duas pernas, oscilando. Na cola dele vinha o ípsilon seu assistente de pesquisa, Gambol. "'HuuuGraa!' Bom, como vai, Jane, recuperada de sua excursão ao mundo da arte, 'huu'? Não, não, não preciso disso agora, por favor, por favor..." Busner começou a afastar Jane Bowen, pois, naturalmente, ao vê-lo, ela havia se atirado ao chão, oferecera a bunda e agora insistia que ele a beijasse. "Você vai ter de se acostumar com minhas informalidades, Jane, se vamos trabalhar juntos de novo. Não é mesmo, Gambol, 'huu'?"

"'Huu', isso mesmo", Gambol contra-acenou, embora seus pensamentos estivessem engatinhando em direção completamente diferente.

Será que ia conseguir dar uma escapada essa manhã para ter outra gesticulação com Whatley? Tinham deixado as coisas no ar no dia anterior. Se havia uma aliança a caminho, era hora de Gambol cumprir sua promessa de revelar alguma sujeira de Busner, de realizar seus planos de promoção, conquista e dominância final.

"Só estou indo buscar uma xícara de chá para Dykes, Zack", Jane Bowen acenou. "Acho que você vai 'gru-nn' gostar de saber que a ressonância magnética e a tomografia foram bem. Pedi para fazerem também um conjunto completo de raios X, e pedi para revelarem tudo depressa para podermos comparar os resultados com os testes que você pretende fazer."

"'Chup-chupp', bom 'gru-nn' bom, é, é, acho que agora seria uma hora boa de encontrar nosso paciente focinho a focinho. Tem uma máscara dessas para mim, 'huu'? Como vê, eu trouxe minha própria calça!" E Busner tirou de dentro da pasta uma calça de harém não diferente daquela que Jane Bowen estava vestindo. Os três chimps não conseguiram se conter, a idéia de vestir essas roupas de ninho num ambiente de trabalho era tão absurda — era definitivamente pirada.

"'H'hii-hii-hii'", Busner riu. "'H'hii-hii-hii-huu', meu Deus, 'clak-clak'! Sei que a gente não devia dar risada disso, mas este caso já está me levando às palhaçadas mais ridículas de que jamais participei como médico. Olhe aqui, 'h'hii-hii-hii', Gambol, segure a minha pasta enquanto visto isso."

O telefone tocou, mas durante alguns segundos Simon não atendeu. Ficou acocorado, jogado na mesa, a cabeça aninhada nos braços. Sou uma alma perdida, pensou, ou alma nenhuma. Perdi minha alma agora — perdi para sempre. Conseguia discernir algumas visões de seu passado, como se fosse no fim de um longo corredor; eram visões de corpos perdidos, corpos humanos. Seu primeiro bebê emergindo em um jato de líquido de dentro do útero — não apenas emergindo, mas saltando para fora, uma bola azul de vida, que caía no lençol de borracha, braços e pernas estendidos, a laringe soltando um grito incontestavelmente humano, um belo grito. "Wraaaa!", Simon gritou, "wraaa!", e seu pelame sacudiu de emoção, de tristeza, de perda.

O telefone ainda estava tocando. Simon atendeu e esperou a névoa clarear na tela. Outra máscara da caricatura de um focinho humano apareceu, mas essa era diferente da que Bowen estava usando. Esse "humano" exibia uma mecha de cabelo artificial loiro caindo na testa cor de carne brilhante e uma absurda barra de bigode loiro em cima do arco rígido do lábio. Sem saber exatamente como, Simon adivinhou que se tratava de Busner, antes mesmo de a fera sinalizar.

"'HuuuGraaa', bom-dia, Mr. Dykes. Gostaria de apresentar meus cumprimentos por sua exposição..."

"O que, 'huu'?" Mesmo contra a vontade, Simon ficou interessado. A máscara e os dedos gesticulantes não obstruíam. Ele sentiu a mesma ansiedade aguda, escorregadia, que sempre o dominava quando havia a iminência de alguma avaliação de sua obra.

"Na Levinson Gallery, a exposição de suas pinturas apocalípticas — tenho razão em considerar as pinturas apocalípticas, 'huu'?"

"É-é, evidentemente 'gru-nn' coloquei os quadros nesse contexto geral, se bem que evidentemente tinha também a intenção óbvia de que eles subvertessem a tradição religiosa de representação do apocalipse."

"Evidentemente, evidentemente... 'gru-nnn-euch-euch' acho que a natureza subversiva do trabalho foi o que mais impressionou os críticos que compareceram, 'huuu'."

Busner estava tentando sinalizar de um jeito que imaginava "humano", enquanto mantinha uma postura incomodamente imóvel. A performance, porém, estragou-se por causa das mãos sinalizadoras que iam toda hora brincar com os bifocais que tinha pendurado no pescoço. Simon decerto não se impressionou. As máscaras não estavam funcionando. Dava para ver as orelhas enroladas de Busner salientes de ambos os lados, e os dedos comunicantes que se retorciam e titilavam na frente da tela eram peludos e de aparência tão áspera quanto os artelhos de Jane Bowen. "Euch-euch", ele tossiu, depois assinalou, "olhe, dr. Busner, acho que não faz nenhum sentido essa charada com a máscara, e essas calças não estão ajudando nada — ainda vejo o senhor como chimpanzé. Ou melhor, ainda acredito que o senhor é um chimpanzé por trás da máscara, portanto o senhor podia tirar isso aí."

"'Huuu?' É mesmo? Não acha reconfortante? Eram as melhores que havia na loja, quase no padrão que usam no teatro e na televisão. Meus filhos têm verdadeiro terror delas. Não acha que são realistas, 'huu'?"

"Nem um pouco, 'huuu'."

"'Huu', bom, nesse caso..." Com um floreio de *Missão Impossível*, Busner removeu a máscara e ao mesmo tempo assinalou para Gambol baixar a calça de harém de suas pernas. "Essa droga dessa coisa está me dando coceira", comunicou ao cangote do ípsilon.

Simon encarou o focinho da fera, controlando-se para não recuar. A questão não era saber se ele ou o mundo haviam enlouquecido — a única coisa importante era tentar *contato* com Busner. Agradar o psiquiatra e talvez, e apenas talvez, as coisas pudessem melhorar.

"E então, 'huuu', como é isso?"

"Tu-tudo bem", Simon sinalizou com dedos cobrindo parcialmente os olhos, "só, só... bom, por favor, tente não se movimentar tão de repente — principalmente se entrar aqui —, acho a *velocidade* com que vocês todos se mexem bem apavorante. Está me entendendo, 'huu'?"

"Bom, claro que entendo, afinal chimpanzés tendem mesmo a se movimentar muito mais depressa que humanos, não é, 'huu'?"

"É mesmo, 'huu'?"

"É, muito mais depressa. Parece que você tem muito a aprender sobre o mundo, Mr. Dykes; talvez se encarássemos nossas sessões como *educacionais* isso ajudasse você a achar nossa aparência física menos perturbadora, 'huuu'?"

"Talvez. Não sei."

"'H'huuu', vamos partir dessa base, que tal? Agora, estaria disposto a aceitar minha presença na sala ao seu lado — tenho alguns testes de percepção e relações que preciso fazer que realmente exigem que estejamos à distância de cata..."

"O que, 'huu'?"

"Desculpe, sinalizei mal. A dra. Bowen me aponta que o contato símio é perturbador para você. Quero dizer simplesmente que preciso estar a distância... como posso dizer... a uma distância de cata *putativa*."

"Contanto que não me toque — nem chegue muito perto." Simon encerrou a ligação e recostou-se na cadeira. Bowen notou que sua postura era curiosamente rígida e ereta. Ele não agarrava os dedos dos pés, como faz a maioria dos chimps ao se acomodar numa cadeira, nem fazia nenhum movimento de aninhamento que se pudesse perceber.

Durante sua gesticulação, Bowen havia removido a máscara e a calça. Depois encolheu-se no canto da sala, escondendo-se em parte atrás de uma cadeira, de forma a não parecer nada ameaçadora para Simon.

Busner entrou ereto e se movimentando com lentidão tão exagerada que Bowen temeu que Simon pudesse achar que estava sendo tratado com condescendência, colocou a pasta cheia em cima da mesa, puxou uma cadeira e acocorou-se nela, assumindo uma posição não diferente da de Simon, as costas eretas, as mãos dobradas — quando não sinalizando — soltas no colo.

"Agora, Mr. Dykes, gostaria que fizesse alguns testes muito simples hoje, tão simples que temo que possa sentir que são ofensivos a seu intele..."

"Dr. Busner, 'huuu'?"

"Pois não, Mr. Dykes."

"O senhor sinalizou antes alguma coisa sobre os críticos no vernissage."

"Isso mesmo."

"Podia ser um pouco mais específico, podia, 'huu'?" Não havia agora mostras de apatia. Simon estava inclinado para a frente, quase ao alcance de Busner, o focinho franzido com uma intensidade e concentração que Bowen não tinha visto ainda.

"Tomei a liberdade de mandar meu assistente de pesquisa, Gambol, xerocar as notícias dos jornais de hoje — gostaria de ver isso, 'huuu'?" Busner tirou da pasta um monte de papéis e levantou para mostrar a Simon. Simon jogou-se para a frente tentando pegar, mas Busner afastou a pilha até ficar fora de alcance, sinalizando. "Não ainda, Mr. Dykes, vai me perdoar esse behaviorismo grosseiro, mas realmente acho que devemos fazer os testes primeiro, as críticas depois, 'huuu'?"

Simon caiu de volta em sua cadeira. "Tudo bem", gesticulou inquieto, "mas estou puto porque não sei o que o senhor pretende descobrir."

A sessão durou a manhã inteira. Busner e Bowen começaram com os testes de percepção. Os mais simples eram tão fáceis que qualquer bebê faria: emparelhar formas, encaixar uma figura dentro da outra, arrumar cores de acordo com o espectro e interpretar diversas incongruências simbólicas. Em todos eles Simon Dykes se saiu adequadamente, embora de jeito nenhum tão bem quanto seria de se esperar de um chimp adulto em boa saúde.

Os problemas de Simon com os testes simples ficaram mais claros quando passaram aos exercícios mais difíceis. Sua coordenação olho-mão, a visão, a audição, estavam todas ligeiramente comprometidas. Não havia sinais de nenhuma real disfunção cognitiva, mas em algum lugar entre o cérebro de Simon Dykes e o resto de seu corpo estava ocorrendo uma atenuação ou diminuição. Ele perdia sempre um dígito, uma letra ou uma figura. Quando Busner ou Bowen apontavam esses erros a ele, Simon conseguia enxergá-los imediatamente, mas, quando confrontado com uma tarefa que sob todos os aspectos era a mesma, ele cometia de novo os mesmos erros.

Busner também aplicou em Simon as 32 perguntas de um teste Stanford-Binet muito limitado, criado para esquizofrênicos, e um MMPI ou Inventário Multifásico de Personalidade Minnesota igualmente reduzido. Simon ficou sentado, o pelame murcho gotejando suor enquanto se emaranhava nas folhas de perguntas com uma única resposta sadia. Ele nem perguntou a Busner a finalidade daquilo, nem demonstrou qualquer animação, a não ser nas partes dos testes que contrariavam seu delírio. No MMPI, por exemplo, havia uma seção inteira que lidava com acasalamento, seção sobre a qual Simon passou por cima, a não ser pelo fato de que tocou cada ocorrência do signo "acasalamento" e colocou um ponto de interrogação ao lado.

Busner e Jane Bowen ficaram observando sem dizer nada, e aproveitaram a oportunidade para uma extensa sessão de cata. Busner, agradecido, deslizou de sua cadeira para o chão e pousou a cabeça no colo de Bowen. Ela trabalhou minuciosamente no pelame de sua cabeça, pescoço e, depois que ele removeu paletó e camisa, por todo o pelame das costas, dando-lhe pequenos beijos com os lábios todo o tempo. Ela jogava na boca parte da colheita — muco, glóbulos de suor seco, migalhas, partículas de comida —, e fez no linóleo uma pequena pilha de outros — pedacinhos de papel, filamentos plásticos, ovos de piolho, grampos de papel, crostas e merda seca. Quando terminou, trocaram de posição e Busner trabalhou nas costas dela. Ele bufava e gemia enquanto seus lábios apalpavam e os dedos penteavam. Surpreso com a quantidade de medicamentos misturados ao pelame liso e escuro de Bowen, ele gesticulou entre os ombros dela: "Tenho de tomar cuidado com o que estou fazendo aqui, Jane, senão acabo sedado!", o que a fez sacudir-se em riso silencioso.

Simon terminou a última pergunta e jogou o lápis para cima. Ele caiu no chão com um pequeno som. Busner se pôs de pé pesadamente. "'H'huuu', terminou então, Mr. Dykes?", sinalizou, uma das mãos aninhando os testículos.

"'Huuu', é, terminei. Terminei com essa porra. Agora me prove que estou louco, dou-tor focinho humano 'eucheuch', me prove..." Os dedos do artista hesitaram — ele ficou sinalencioso. Estabeleceu-se entre os três macacos um chocado sinalêncio que durou e durou, Bowen esperando uma explosão de Busner, que não veio. Ele simplesmente ficou olhando Simon intrigado, o supercílio profundamente franzido.

O telefone tocou e Bowen atendeu. Enquanto olhava o chimp do outro lado da câmera, empregou um dedo do pé para alisar uma mecha que Busner havia deixado ao contrário, depois desligou com o mesmo dígito. "É o biotécnico do porão..."

"E, 'huu'?" O supercílio de Busner desfranziu.

"Está pronto."

"Ótimo, ótimo. Muito 'grnn' bom. Foi *rápido*. Me diga uma coisa, Jane, foi por sua influência apenas ou Whatley tem uma parte nisso, 'huuu'?"

"Não faço idéia, Zack, gostaria de pensar que foi por minha causa." Ela coçou os joelhos.

O paciente, que durante essa conversa permanecera acocorado em silêncio, agora despertou e seus dedos voaram. "Então 'euch-euch' cadê as críticas agora, 'huuu'? O senhor não assinalou que eu poderia ver as críticas quando terminasse esses testes idiotas, 'huu'? Não foi, focinho humano? Focinho humano! Focinho humano!" Simon ilustrou esses insultos pegando uma máscara humana e sacudindo no focinho em questão. Busner perdeu a paciência e voou para cima dele, com um soco poderoso jogou Simon no chão. Os resultados foram traumáticos de se observar. Simon enrolou-se como uma bola e começou seu estranho e surdo choramingar, enquanto as mãos, cobrindo parte do focinho angustiado, formavam os sinais: "Seu filho-da-puta fodido! Você me bateu! Filho-da-puta. Você não é porra de médico nenhum — é um monstro, uma porra de um monstro!", e começou a gritar de verdade: "'Aaaaargh! Aaaaargh! Aaaaargh!'"

Busner e Bowen trocaram olhares preocupados. Não era a reação a uma admoestação física que qualquer um dos dois esperaria de um paciente psicótico — fosse qual fosse a natureza de seu delírio. Busner havia lido as observações do caso de Simon, mas ainda achava difícil de lidar com a ausência de fisicalidade, de reflexos básicos do chimpanzé. Mesmo com seus muitos anos de experiência clínica, o comportamento atípico escapava ao seu impulso de oferecer segurança. Deixou Jane Bowen acocorar-se ao lado de Simon, grunhindo suavemente: "'Grnnn-grunnn-huuu', Simon, desculpe, mas você não devia desafiar a autoridade do dr. Busner desse jeito, isso não vai ajudar nada..."

"Sóqueria, sóqueria...", fungou ele.

"O que, 'huuu'? Simon, 'huu'?"

"Sóqueria darumaolhada, só isso."

"Uma olhada em que, Simon, 'huu'?"

"Nas críticas, na porra das críticas."

"Simon, Simon 'gr-unnn', Simon, por favor, 'chup-chupp', desculpe. Você ainda é meu paciente, sabe — e um paciente muito interessante. Aqui estão..." Busner acocorou-se ao lado de Simon no linóleo marcado pelo uso. Queria tanto pegar a cabeça do chimpanzé nas mãos, aninhá-lo, apertar, oferecer conforto chimpanzé de fato, mas o olhar de Bowen o impediu. "Por favor, entenda que o que eu 'grnnn' fiz com você teria feito com qualquer paciente que se comportasse assim. Agora, a dra. Bowen e eu precisamos dar uma olhada no resultado de seus exames. Seria uma chatice para você — muito técnico. O que eu sugiro é que você volte para seu quarto, coma o terceiro almoço, leia suas críticas — acho que vai achar interessantes, mesmo que não inteiramente satisfatórias —, e enquanto isso vamos examinar os resultados. Podemos nos encontrar de novo dentro de uma hora... 'huuu'? O que acha?"

Na cantina de funcionários, Bowen pegou uma mesa de canto. Isso queria dizer que podiam examinar os raios X e exames sem uma caixa de luz. Busner trouxe as bandejas do balcão, Bowen os envelopes pardos e as pastas. Espalharam na mesa as secções de Simon Dykes e mergulharam nelas. "Não quero fazer isso sistematicamente, Jane", Busner gesticulou, enquanto enfiava na boca um filé individual e uma torta de rim. "Quero dar uma olhada nas coisas o mais depressa possível, formar um diagnóstico impressionista. Se notar alguma coisa — dê o alerta!"

Bowen esfregou uma coxa na outra, sentindo o pelame pentear a si mesmo, como Velcro. Ah, lamber uma tumescência cor-de-rosa e úmida agora, sentir deliciosas tetas peludas incharem na boca como frutos maduros — Basta! Afastou a imagem. Sua parceira, Rachel, só estaria no cio dentro de mais uma frustrante semana, melhor mostrar o dedo do meio a essa idéia do que visualizar o dedo dentro dela.

"'Wraa-huu', meu Deus! Olhe isto!" Busner levantou uma folha de transparência com as secções da ressonância magnética. "Olhe! Ele tem focos bem definidos de hipersensibilidade a sinais, aqui, aqui... e aqui! Muitos, bem ao longo da fissura de Sylvius. 'Huu-huu-huu', nunca pensei que fôssemos encontrar de fato danos orgânicos tão evidentes. E este lobo frontal também não parece direito... Não 'huuu', não parece mesmo..."

"Está inchado, não está, 'huu'?"

"Horrivelmente inchado. Daria até para 'grnnn'yum' pensar em 'grnnn'yum' hidrocefalia..."

"Isso confirmaria os outros edemas, 'huu', não?"

"*Se* é disso que se trata — talvez não seja. Me passe a tomografia, quero fazer uma comparação."

A ressonância magnética, assim como os ultra-sons, era sem cor, definindo a forma do cérebro em tons de cinza, mostrando-o tão maciço e estranhamente diferenciado quanto uma bola de fibras removida de um aspirador de pó entupido, porém a tomografia de emissão positiva produzia fantásticos slides coloridos, mais parecidos com imagens de satélite sensíveis ao calor. O cérebro de Simon Dykes revelado pela tomografia era uma sensacional colisão de azuis profundos, roxo-escuros e verdes virulentos. E, como o cerebelo era mostrado em contornos coloridos, o efeito era artístico, como analogias de sensibilidade à cor.

Isso era o que o próprio Dykes pensaria se visse o mapeamento nuclear de sua cabeça, mas Busner, apesar de sua propalada sensibilidade artística, olhava a tomografia com olhos técnicos, observando a disjunção entre as áreas escuras, deprimidas do lado esquerdo do cérebro, e os brilhantes lampejos de vermelho, amarelo e laranja do lado direito. "'Grnnn-grnnn'", grunhiu, examinando as folhas. "'Grnn-grnnn', olhe isto, Jane — sem dúvida tem relação com o comportamento de Dykes, mesmo que não explique tudo. Você fez o eletroencefalograma nele, não fez, 'huu'?"

"Fiz. O resultado está aqui na pasta." Ela empurrou a pasta com o pé.

"'HuuGraa', como eu esperava. Há uma grande explosão de atividade elétrica do lado direito do cérebro — realmente bem abrangente —, mas o lado esquerdo está terrivelmente deprimido, terrivelmente deprimido. Isso explica por que nosso chimp é tão desajeitado; e *possivelmente* por que tem esses extraordinários delírios. Não é nada que elimine — embora não seja inteiramente característico — uma demência vascular, 'huuu'. Quanto a estes FHS, bom, eles de certa forma *cobrem* essa área central do córtex, não é?, mas, conforme mostra a ressonância magnética, devem na verdade estar espalhados *por todo* o cérebro, 'h'huu'?"

"Acha que é algum tipo de tumor, 'huu', Zack?"

"É uma idéia 'chup-chupp'. Não tem o tom característico de edemas, mas por outro lado não são de forma alguma sólidos. Não, acho que são algum tipo de sombreamento, talvez lesões ou cicatrizes. Me passe a ressonância magnética de novo."

Enquanto Busner se debruçava sobre os slides, Jane Bowen voltava a atenção para os raios X; e agora foi sua vez de exclamar "HuuuGraa!". Todos os chimps na cantina viraram para ver quem estava ululando.

"Não fale alto! Não fale alto!", Busner sinalizou, frenético. "Não queremos nenhuma confusão com isto aqui, 'wraaa'!"

Ele espantou alguns chimps mais inquisitivos que estavam com os focinhos já quase na mesa. "O que foi, Jane, 'huu'?"

"Olhe aqui, esta imagem transversa da cabeça de Dykes. Olhe, abaixo do queixo."

Busner, apesar do próprio alerta, pegou o raio X e levantou contra a janela ensolarada. Um cirurgião bem-humorado que estava a uns cinco metros deles conseguiu ver a forma do crânio e reagiu com a mesma excitação de Jane Bowen. Explodiu numa risada alta, de bater os dentes. "'H'hii-hii-clak-clak', o que você vai inventar agora, Busner! Arrumou um humano para levar pela coleira, é?"

Busner não reagiu a isso. Devolveu o raio X para a mesa e gesticulou na perna de sua colega. "Ele não tem nem sinal de plataforma simiesca, tem, Jane, 'huu'?"

"Não, Zack, parece que não."

"Poderia ser resultado de algum acidente, 'huu'?"

"Pouco provável — eu apontaria."

"Um defeito congênito então, 'huu'?"

"Talvez."

"Ou talvez ele seja humano afinal!"

... por que Dykes acha necessário manipular tão grosseiramente as consciências — e até os estômagos — de seu público é algo que fica além do alcance desta crítica, mas existe algo ao mesmo tempo cru e investigativo nessas pinturas que as rebaixa um ponto da posição de verdadeiros exemplos de arte, para o nível da mera caricatura...

... Dykes, cujo *Mundo dos Ursos* causou tamanho zunzum de interesse quando foi adquirido para a coleção permanente da Tate no ano passado, decepciona muito com essa desleixada série de *tableaux* apelativos. Depois de abandonar o perverso formalismo de sua obra anterior, mais escultural, ele oferece no lugar a formal perversidade de sua pintura...

... um filhote, queimando suspenso no ar, está no centro de uma tela que faz um deboche do sofrimento de chimpanzés reais no mais horrendo desastre do transporte de Londres na história recente. Por que Dykes sente que tem o direito de fazer isso é algo que fica além da...

... o próprio artista não deu sinal de vida, mas houve muita gritaria e acasalamentos entre os críticos e personalidades do mundo das artes. A consorte de Dykes, Sarah Peasenhulme, apareceu brevemente, mas foi levada embora por Tony Figes e seu grupo...

... interesse que talvez não tivesse sido demonstrado não fosse pelo desaparecimento do artista, que, pelo que se diz, sofreu um profundo colapso mental na semana anterior à abertura...

... ele é maluco — e ela é má, chimp. Tumescência maior que a cabeça e não avessa a receber "conselhos construtivos" do proeminente artista de instalações bonobo Ken Braithwaite. Os dois foram vistos depois da abertura privada, mais para baixo que para cima na escada do Sealink Club...

O chimpanzé maluco juntou as folhas de papel de xerox que havia espalhado em cima da colcha cinza institucional de seu ninho. Fez com elas uma bola frouxa, amassando com força uma folha e depois enrolando as outras em torno dela. Mesmo distraído e com raiva do que tinha acabado de ler, Simon ainda se viu apreciando como seus dedos, quando ele queria, respondiam com mais exatidão, com destreza mais sutil do que se lembrava desde antes do colapso.

Olhou os dedos que moldavam e amassavam. Nunca havia notado como as costas de suas mãos eram peludas — como também suas coxas. Seria a idade ou algum horrível efeito colateral das drogas que estavam lhe dando? O macaco chamado Bowen sinalizou que estavam lhe dando Prozac, mas Simon não podia acreditar que isso tivesse tido qualquer impacto em seu estado mental — a menos que fosse para provocar esse delírio e desordenar o mundo. Bateu os dentes sem alegria, jogou a bola de críticas para o alto e, sem se dar o trabalho de ver onde caíram, enrolou-se em uma bola também e começou a se ninar para a frente e para trás, para a frente e para trás.

Certas coisas não mudam. O mundo podia ser governado por macacos, ser um *planeta* dos macacos, mas uma parte deles continuava sendo de imundos, odiosos picaretas. Imundos, odiosos picaretas. Simon não apenas se lembrava dos ressentimentos — ele os sentia corroendo suas entranhas, como se suas entranhas fossem uma fossa imunda cheia de ácido de bateria, e isso lhe dava uma âncora contra as perversidades de agora mais do que qualquer psiquiatra conseguiria — humano ou chimp.

Gemeu, agarrando as canelas. As pinturas agora eram de macacos? Macacos queimando, macacos caindo, macacos sangrando? Poderia ser verdade? E Sarah, o que tinham escrito sobre Sarah e Ken Braithwaite poderia ser verdade também? Por que não sinto mais ciúmes? Quando ela era humana queria que o corpo dela fosse exclusivamente meu. Queria ter o uso exclusivo de sua maciez, a ocupação exclusiva de sua umidade, direitos exclusivos aos seus gemidos. E agora a imagem de uma vara lubrificada entrando dentro dela...

... o sonho. Eu me afastando dela. Sendo extirpado dela. Ela estava sentada em uma árvore. Curvada. Mordendo a corda que nos prendia. Mordendo com caninos afiados. No sonho — ela era uma chimpanzé. Era.

Whatley e Gambol beliscavam saladas no Café Rouge em frente ao hospital. Admitida a presença de Gambol no departamento, parecia não haver mais nenhuma necessidade de eles se esconderem. Ele enrolou os dedos em folhas de rúcula e chicória, depois sinalizou a partir dessa moita. "Tem uma coisa que acho que pode 'grnnn' interessar ao senhor, dr. Whatley."

"'H'huuu', é?", o médico contra-sinalizou em torno de uma cunha de abacate. "Sabe, Gambol, que não tenho a menor intenção de fazer uma aliança com você a menos que ela se mostre produtiva — e depressa! 'Aaaaa'...", ele interrompeu para chamar o garçom.

"'H'huuu?' Tudo bem por aqui, cavalheiros?" O garçom usava um avental branco amarrado com força na cintura. A camisa branca tinha botões vermelhos brilhantes. O pelame da cabeça era tosado e o topete tingido de vermelho. Whatley e Gambol olharam para ele com indisfarçado desprezo. "Tudo bem, até agora", Whatley gesticulou, "mas eu pedi pão de alho 'euch-euch-huu'?"

"Saindo agora mesmo, *sir*." O garçom desapareceu para a cozinha e *en route* deu um encontrão com um colega e os dois rolaram um por cima do outro numa mistura de membros precisamente coordenada. Whatley grunhiu, voltou à salada e descobriu que ela havia adquirido uma tampa na forma de uma pasta brilhante, do tipo usado por entidades corporativas para proteger relatórios e outros documentos. "O que é isto, Gambol, 'huuu'?" Whatley olhou aquilo, depois pegou e coçou a cabeça com uma de suas pontas laminadas.

"Por favor, dê uma olhada", Gambol contra-sinalizou. "Penso que vai achar isso *muito* interessante — e inteiramente relevante."

Jane Bowen recebeu uma chamada de George Levinson em seu escritório. "'HuuuH'Graa', dra. Bowen, como vai indo hoje, 'huu'?" Mesmo a distância, dava para ver que estava passando por uma óbvia ressaca. Tinha óculos escuros esportivos equilibrados precariamente na alta ponte nasal. As costeletas compridas, castanhas, estavam sujas, ainda incrustadas com os restos da festa da noite anterior. "'HuuuH'Graa', nada mal, Mr. Levinson."

"Gostou do vernissage ontem à noite, 'huu'?"

"Gostei, gostei — não é bem o meu estilo."

"Eu 'euch-euch' não diria que foi inteiramente representativo de pontos de vista particulares. Acredito que viu algumas brigas que ocorreram, 'huuu'?"

"O começo de uma. Acabaram chegando a um acordo?"

"'Euch-euch', bom, não exatamente. Me aponte se Simon viu os jornais de hoje, 'huu'?" Cofiou os pêlos da costeleta para cá e para lá entre dedos inquietos, como se esse apêndice facial fosse o próprio artista.

"Acho que está lendo agora. Tivemos uma manhã bastante boa. Ele foi tirado da cela de segurança e fizemos os testes que queríamos..."

"E, 'huu'?"

"Huugrnn."

"Dra. Bowen, 'huu'?"

"'Huugru-nn', acho que não tenho a liberdade de revelar os testes, Mr. Levinson — como o senhor deve compreender."

Jane Bowen esperava que Levinson fosse se controlar — mas sabia muito bem que podia ser que não. Ele ficou olhando para ela por trás dos óculos durante algum tempo. Mesmo sem ver os olhos do *marchand*, Jane sabia que deviam estar deitados em redes de veias arroxeadas.

Por fim, os dedos dele se movimentaram. "O negócio é..."

"Sim", ela reagiu.

"O negócio é o seguinte, como a senhora bem sabe a ex-alfa dele não tem nenhuma disposição de agüentar nada por Simon..."

"'Euch-euch', mas o senhor, sim, 'huu'?"

"Sou aliado dele... Gesticulei com o advogado dele. Se ele tiver de ser internado em regime, comoémesmo? — completo, nós temos o direito de procuração — somos ambos procuradores e detemos também essa faculdade..."

"O senhor gostaria de objetar ao internamento, 'huu'?"

"'Huuu', não sei, dra. Bowen. Por favor, não quero desafiar sua autoridade, acho que a senhora é a mais sábia, a mais benigna, a mais adoravelmente perspicaz das psiquiatras. Sua dobra isquial me deixa tonto, bom... Tenho certeza de que Simon está em plena segurança em suas mãos, mas a questão é se ele corre riscos por si mesmo ou por outros, 'huu'...?" Ele se calou, um dedo levantado por baixo dos óculos. O dedo reapareceu exibindo uma remela ou uma meleca que colocou tranqüilamente na língua.

Bowen visualizou por um momento. Já *era*, claramente, hora de tomarem uma decisão a respeito de Simon Dykes. O estado dele estava ficando mais, não menos, anômalo quando investigado, e com esses sinais de danos físicos — deformidades mesmo — poder-se-ia dizer que ele era louco em qualquer sentido comum?

"'Grnnn', bom, Mr. Levinson, devo confessar que estamos num dilema quanto ao que fazer com Mr. Dykes — acredito que vamos fazer uma reunião para discutir o caso logo, logo..."

"O que quer dizer, 'h'huu'?"

"Que provavelmente será uma boa idéia o senhor e o advogado dele solicitarem poderes de procuração. Se Simon não concordar voluntariamente a qualquer curso de tratamento pelo qual a gente se decida, talvez seja o caso de convencer *o senhor* a forçar Simon a aceitar."

"Isso parece bem horrendo do meu ponto de vista 'euch-euch'."

"Acho que posso assinalar isso sem nenhum preconceito quanto à situação, Mr. Levinson. Não acho que as chances de recuperação de Simon Dykes sejam boas — seja qual for a afecção dele."

Depois de desligar, Bowen pegou o fone novamente. Ligou para Whatley, ligou para Gambol no celular de Busner, chamou o departamento de assistência social da psiquiatria e finalmente, por cortesia, ligou para Sarah a fim de mostrar a ela que num futuro próximo seria tomada uma decisão sobre Simon. Então a dra. Bowen recostou-se na cadeira, pôs os pés em cima da mesa, projetou a cabeça para a frente e deu em si mesma uma boa e completa lambida.

Duas horas depois, os chimps foram separadamente para a reunião no escritório de Whatley. Norris, o representante do departamento de serviço social, pendurou-se do lado de fora do edifício, de sacada em sacada, e entrou pela janela da secretária. Zack Busner rolou pelo corredor que corria ao longo do departamento de psiquiatria, descartando chimps submissos à medida que avançava. Whatley apareceu vindo de sua refeição conspiratória com Gambol. Os dois armaram suas entradas, Whatley se manifestando como o Gato de Cheshire invertido — a primeira coisa que se via nele eram os dentes mordiscando furtivamente seus calos —, e Gambol apareceu tarde, limpando ostensivamente com dedos e lábios os sinais de um recente acasalamento.

Bowen veio de seu próprio escritório, andando apoiada nos nós dos dedos com a anca levantada, uma pilha de pastas enfiada debaixo do braço.

A dra. Bowen abriu a reunião: "HuuuGraaa!"

"HuuuGraaa!", ecoaram todos, uns mais vigorosamente que outros — Gambol deu apenas um indício de grunhido e tamborilou no linóleo, enquanto Busner soltou um rugido e esmurrou uma almofada com tanta força que Whatley choramingou, depois assinalou: "Essa foi minha filha que fez, 'huu'!"

Quando cessaram as vocalizações e fez-se sinalêncio, Bowen passou a enumerar os detalhes do caso de Simon Dykes desde o começo, seu colapso, sua reação à equipe de emergência, seu comportamento com os funcionários do hospital e com chimps bem conhecidos dele. Depois, recapitulou detalhes de sua história médica, lendo quando necessário nas fichas fornecidas por Anthony Bohm. Deixando de lado as anotações, ela digitou um pouco sobre a possibilidade do atual estado de Dykes representar uma espécie de conversão sintomática histérica do seu estado essencialmente depressivo. Ela tateou também e prendeu-se à imagem de que havia alguma reação ao Prozac que Bohm havia lhe receitado; possivelmente catalisado pelo MDMA que ele tomara na noite de seu colapso. Ela então voltou ao assunto em pauta — e tocou em todas as diversas partes. Por fim, apresentou alguns resultados dos testes mostrando sinais de um distúrbio bipolar; e, sem entrar exaustivamente na questão, chamou a atenção deles para o dano neurológico orgânico.

Quando terminou, ululou e acocorou-se, com uma perna esticada para que Norris, o assistente social, pudesse trabalhar nela. Os dedos de Whatley foram os primeiros a voar. "Então, o que você está assinalando, Jane, 'huu'? Me parece que o provável diagnóstico final vá girar em torno desse FHS ou de áreas de dano orgânico manifesto no cérebro. Com essa extensão de 'euch-euch' dano, o prognóstico — seja qual for — deve ser bem ruim. Evidentemente o delírio humano de Dykes não vem ao caso; entender esse delírio não vai nos ajudar em nada a ajudar o coitado, 'h'huuu'?"

Bowen franziu o focinho, coçou o pelame cerrado debaixo do queixo, soltou um pedacinho de macarrão alojado ali desde seu terceiro almoço e gesticulou: "Bom, é, sim, dr. Whatley, eu acho que o senhor deve ter razão, sim."

Norris intrometeu-se: "Ele tem seguro, 'huu'? Será que o grupo de acasalamento ou o grupo natal dele vão ajudar, 'huu'? Alguém pesquisou se estão dispostos a pagar hospitalização privada em vez do Serviço Nacional de Saúde?"

"Temo que a resposta 'euch-euch' seja não a todas as perguntas", Bowen contra-sinalizou. "O grupo natal dele se desagregou faz tempo, a mesma coisa com o grupo de acasalamento. A consorte me disse que não há seguro — por causa do histórico de doença mental dele, 'huuuu'; e o aliado e *marchand*, Mr. Levinson — que está no processo de conseguir uma procuração no caso de acharmos o internamento necessário —, me mostrou que não há muito em termos de bens até o rendimento da atual exposição começar a entrar — se 'huuu' houver algum."

Todos os chimps pareceram adequadamente sérios diante dessa informação. Dykes podia ser um artista de certa reputação, mas a doença mental era um grande nivelador — todos sabiam disso. Era muito possível imaginar Dykes dali a alguns meses, babando dias inteiros no canto escuro de alguma instituição de longa permanência, ou fazendo a mesma coisa em algum ambiente assustadoramente exposto atualmente oferecido pelas "acomodações sob-árvores".

"Eu assinalaria que há uma certa 'grnnn' qualidade de elemento vital a ser considerada em tudo isso." Whatley escolheu seus sinais cuidadosamente, realizando-os de modo que todos pudessem ver. "Parece particularmente cruel deixar esse chimp — considerado por muitos como um ótimo indivíduo, embora desequilibrado — apodrecer nas alas daqui, ou, nesse caso, de qualquer outro lugar. Sem dúvida, Levinson deve estar disposto a fazer *alguma coisa* por ele, 'huuu'?"

Houve um profundo trovejar de muco no canto onde Zack Busner estava deitado de costas, os pés pedalando suavemente contra a parede, de forma que o revestimento de Artex abrasava deliciosamente as solas sarnentas de seus pés córneos. "Grnn-grnn-HuuGraa!", vocalizou ele — e quando obteve a atenção de todos, sinalizou: "Acho que efetivamente pode haver outro curso de ação para nós."

"Qual, dr. Busner, 'huu'?" Whatley abrandou os sinais, revestindo-os com uma simbólica vaselina.

Busner se pôs de cócoras, grunhindo, e indicou a Gambol que catasse o pelame de suas costas. "Que é permitir que eu tome conta de Mr. Dykes. Já fiz isso no passado tanto com pacientes psiquiátricos quanto neurológicos que apresentavam sintomatologias incomuns. Não duvido que, *em última análise*, não haja nada misterioso no estado de Mr. Dykes; e quanto ao prognóstico — já vi pacientes com traumas muito piores obterem uma forma de recuperação. O cérebro — como vocês todos sabem — tem uma maravilhosa 'aaaa' plasticidade. Corretamente canalizado, pode recuperar 'chup-chupp' a homeostase. Além disso... 'grnn' como ele não apresenta perigo, a não ser para si mesmo, não vejo por que não deva ser entregue aos meus cuidados..."

"Se ele e Mr. Levinson, ou o advogado dele, ou quem quer que se disponha a assumir 'huu' responsabilidade concordar...?"

"Evidentemente." Busner deixou o sinal flutuar um momento, os dedos girando e se movimentando, antes de dar um tapa nas mãos de Gambol à sua nuca e se pôr bipedal.

"Bom, dr. Busner 'euch-euch', onde o senhor vai abrigar o chimp em delírio humano, 'huuu'?" Norris não conseguiu evitar o sarcasmo nem no sinal nem no som.

Zack Busner empinou, deu dois passos e mordeu o assistente social no supercílio. O vermelho do sangue escorreu pelo preto da pele. Norris gritou, pôs-se de cócoras e apresentou. Zack deu tapinhas cautelosos no assistente a choramingar, como se ele fosse um banco animado, depois acenou: "Ora, na casa de meu grupo, claro. Onde poderia ser melhor, se ele precisa de uma chance de reaprender sua chimpunidade essencial, 'huuu'?"

Houve grunhidos de assentimento dos outros. Bowen encerrou a sessão.

No corredor, Gambol ficou preguiçosamente pendurado em uma viga durante algum tempo. Seus pés — à altura da cintura — brincavam com uma volta da mangueira de incêndio presa à parede. Busner passou depressa andando apoiado nos nós dos dedos, Bowen atrás. "Vou sinalizar com Dykes agora mesmo, Gambol — você me espere aqui."

Gambol continuou brincando com o pé. Realmente, pensou, as coisas não podiam ter ido melhor mesmo que tivesse planejado daquele jeito. Se Busner não tivesse sugesticulado levar Dykes com ele — Whatley ou Gambol teriam sugerido isso. Por razões próprias, não havia nada que desejassem mais do que ver Busner recolher Dykes em seu amplo seio peludo. Whatley entendeu por que depois do segundo almoço deles no Café Rouge, depois de ler o conteúdo da pasta brilhante. Whatley, ao sair de seu escritório, piscou para o oscilante maquiavel ípsilon. Os dois chimps estavam visualizando a mesma coisa; Dykes era como uma granada que havia sido jogada para Busner. E Busner — o tolo — a havia colhido de boa vontade, sem se dar conta de que o pino fora removido.

Capítulo treze

Simon Dykes, não mais um artista, meramente um paciente mental, estava acocorado no ninho em sua cela de segurança número seis e ponderava sobre os acontecimentos da manhã. Sua loucura — ele sentia — estava começando a assumir uma nova textura, como uma névoa que, tendo parecido impenetrável, começa a ferver, depois se fragmenta para revelar retalhos da paisagem. Seria sua humanidade a ilusão — e sua chimpunidade — sinal ridículo! — a realidade?

Bocejou, coçou a axila com uma mão, a dobra isquial com a outra. Depois — sem ter consciência disso — passou a examinar seu corpo. As mãos alisaram as coxas, as pontas dos dedos deslizaram pelas canelas e pelos pés. Ele não se *sentia* nada diferente — ou sentia? Verdade, não fazia a barba havia agora duas semanas e a barba no queixo assumira a textura de barba comprida — dava para alisar para cá e arrepiar para lá. Mas o peito, os braços, as pernas não eram mais lanudos do que antes.

Os dedos investigadores de Simon procuraram uma depressão na patela direita. Uma depressão que ele sabia que devia estar ali, uma depressão causada por um feio tombo de bicicleta quando tinha seis ou sete anos. Os dedos não conseguiram localizar e o ex-artista pôs os olhos para trabalhar. Examinou o joelho. Talvez o pelame *estivesse* mais cerrado. Não se lembrava de trançar assim os pêlos, de formarem mechas como minitrancinhas. Onde estava a depressão? A velha cicatriz? Dedos rasparam — sim, rasparam — o pelame esparso até encontrá-la, então Simon suspirou. Suspirou por se descobrir ele próprio ainda Simon, ainda humano.

Rolou para fora do ninho e andou apoiado nos nós dos dedos até a janela. Era confortável deslocar-se quadrupedemente, bom se esticar e agarrar as barras finas na abertura da janela. Simon pôs-se bipedal. Não havia nada para ver lá fora, a janela dava para o pátio interno do hospital, mas, por mais limitada que fosse a vista, era parte do mundo exterior. Simon estava, deu-se conta então, imaginando sair. Mais que isso — *queria* ir lá fora, independentemente do que pudesse encontrar.

O que queria dizer aquela vil matéria de jornal sobre Sarah? Será que ela estava trepando com Ken Braithwaite? Chimps trepavam? E todas as outras pessoas que ele conhecia? "Pessoas." O sinal soava estranho a Simon — mais parecido com uma vocalização adulterada do que com qualquer coisa realmente significativa. E os seus filhos, seus três menininhos? Simon visualizou-os enfileirados, meninos *prêt-à-porter* representando uma série de tamanhos padronizados: pequeno, médio e grande. Identicamente vestidos em pulôveres azul-escuros, com o nome da escola bordado no peito. Todos tinham a mesma mochila de couro, nova, marrom, brilhante, cor de merda, pendurada nos ombros, e todos a mesma expressão franzida nos focinhos, marcando os olhos verdes e doces. Eles então se separaram e vieram na direção dele, escalaram o corpo dele, um saltou sobre seus ombros, outro agarrou seu braço, o terceiro — e menor — agarrado à sua perna. Os quatro machos Dykes feito uma trouxa de agressão fingida, da qual saía uma ocasional risada histérica, bater de dentes, trêmulo grunhido.

O visor da porta se abriu com um clique surdo. Simon sacudiu-se, saiu da divagação e olhou para a porta, onde viu um focinho envelhecido e familiar, familiares olhos velados; as íris verticais mexendo de um lado para outro. "HuuuGra!", Busner batucou do lado de fora da porta.

Simon sentiu o peito contrair — involuntariamente; e um jato de ar sugado com um rápido: "Huuuu", depois soprado para fora através da grade de grandes dentes: "Graaa!", e ele batucou um pouco na lateral do ninho, produzindo um plúmbeo repicar.

Busner ficou bastante surpreendido com isso. "Simon", sinalizou, "é a primeira vez que vejo você ululular..."

"O que, 'huu'?"

"Não importa. 'H'huu', você se incomoda se eu entrar? Preciso sinalizar com você." Os dedos de Busner moviam-se desajeitados, tateando na fresta do visor.

"N-não, se é 'grnnn' preciso."

A porta se abriu e o eminente filósofo natural — como ele gostava de se qualificar — balançou para dentro e aterrissou sobre os pés hirsutos. Ficou ali sentado alguns momentos e Simon observou-o, cauteloso. Busner era *todo* macaco. O peito era um barril sólido, a largura enfatizada pela maneira como o paletó de *tweed* subia. As perninhas tortas sustentavam esse monte de músculos muito bem, mas o contraste entre seu aspecto feroz, o "V" de camisa branca visível e a gravata marrom de angorá, era simplesmente — nauseabundo. Simon sentiu um borbulhar de ansiosa repulsa crescendo dentro de si ao observar o focinho da fera. A meia-lua de lábio duro virada para baixo a revelar caninos do tamanho de prendedores de roupa, o nariz achatado, as narinas ovais, túneis negros; e acima delas os olhos, os olhos inumanos com sua verde agilidade, suas pupilas mutantes.

"'Euch-euch', Simon, não olhe assim para mim — vejo que está ficando perturbado. Sinalize para mim, gesticule comigo — é assim que vai parar de reagir em excesso. Não importa se sou chimp ou humano, o importante é que *nós* podemos sinalizar."

"Sinalizar", Simon sinalizou, confuso. "O que quer dizer isso, 'huu'?" As sobrancelhas salientes de Busner se abriram interrogativamente.

"Sinalizar, Simon, sinalizar, gesticular com as mãos — como estou fazendo agora 'grnnn'."

Simon fez uma careta. Uma caretinha especial. "Mas humanos não sinalizam, dr. Busner, nós 'falamos'. É assim que nos comunicamos. Acredito que certos chimpanzés e até gorilas tenham sido ensinados a fazer alguns sinais — sinais adaptados da linguagem que surdos-mudos usam. Mas humanos não sinalizam — não precisam sinalizar. Nós 'falamos'."

Era a vez de Busner parecer confuso. Sua cabeça girava. O delírio de Dykes era tão lindamente simétrico. Claramente ele havia recobrado — de algum banco distante da memória — a informação de que humanos selvagens gesticulavam através de um vasto repertório de vocalizações. Mas esse fato objetivo havia sido sujeitado aos barrocos embelezamentos de outras suposições. Dykes havia cunhado uma vocalização original para expressar a imagem dessa forma de gesticulação. Busner acocorou-se para a frente, os dedos largos agitaram o ar. "Simon 'gru-nnn', acha que podia me ensinar essa 'iik', 'hiii'?"

"'Fala', dr. Busner, 'fala'. Sim, não vejo por que não. Afinal", e aqui Simon fez uma pausa e olhou os próprios dedos, dedos que agora formulavam com a mesma fluidez de qualquer chimpanzé, "parece que eu sou capaz de 'falar' como você 'grnnn'."

Busner balançou a cabeça, oscilou para a frente e para trás, levantou-se, caminhou apoiado nos nós dos dedos até a janela, trepou pelas barras. A ex-personalidade da televisão balançou-se ali por um momento. Simon ficou olhando as partes baixas do macaco, despidas. O traseiro seco e rabinho carnoso eram uma visão ao mesmo tempo íntima e estranha. As dobras de pele marrom e rosada formavam um bico virtual, projetado da protuberância peluda. Como se sentisse o olhar de Simon, Busner soltou uma das barras e fez com a esquerda uma exploração de seu cu. Levou então os dedos ao lábio preênsil e ao nariz inexistente, onde foram sujeitos a uma crítica análise multissensorial. A mesma mão então sinalizou depressa para Simon. "Meu cu está direito, 'huuu'?"

"Tudo certo, dr. Busner — <*top hole*>, pode-se assinalar."[1]

Busner morreu de rir com isso. "'H'hii-hii-clak-clak', ah, nossa, bom, acho que é um pouco infantil, mas acho sua piada bem engraçada. Agora, Simon, temos de resolver o que vamos fazer com você..."

"Fazer comigo, 'huu'?"

"Isso mesmo." Busner saltou para o chão. "Vou ser franco. Encontramos anormalidades estruturais em seu cérebro. Não sabemos se são indício de dano orgânico, parte de um processo de doença ou mesmo uma deformidade congênita — mas existem, e quase com certeza provocam o seu 'euch-euch' delírio humano."

"E tem cura, 'huuu'?"

"Impossível dizer."

---

[1] Há aqui um trocadilho intraduzível: o dr. Busner pergunta sobre seu *arsehole*, "cu" ou, literalmente, "buraco da bunda", ao que Simon responde *top hole*, "primeiro buraco", "melhor buraco", antiquada expressão idiomática tipicamente britânica, que quer dizer ótimo, excelente. (N. do T.)

"Então o senhor vai me manter aqui! Me manter nesta caixa! É isso 'h'huu'? É isso que está sinalizando?" Simon ficou bipedal, andando de um jeito peculiar, oscilante, como um subadulto bonobo dançando uma música selvagem. Começou a fazer algumas de suas vocalizações estranguladas, graves, que para Busner soaram como "Ahmeudeusahmeudeusahmeudeusahmeudeus..."

"'Waaa!' Simon, pare com isso, não vai adiantar nada. Não, acho que não há por que manter você aqui, nem mandar você para alguma instituição de longa permanência."

"Não, 'huu'?"

"'Wraaa!' Não! Se é preciso atacar esse delírio de algum jeito, tenho de ajudar você a enfrentar a realidade. Quero que venha viver comigo em minha casa comunal. Para explorar comigo, ver um pouco deste planeta dos macacos em que você se encontra — e ao mesmo tempo..."

"'Huu' sei! O quê? Ao mesmo tempo, o quê? O quê? 'Wraaa!'" Simon se deteve na frente de Busner, estava tremendo de raiva e de medo, de horrível preocupação. Busner estava a ponto de explodir — sentia seu controle se acabando. Só muitos anos de atendimento aos mais abusivos e intratáveis pacientes davam-lhe tolerância, tolerância para não castigar essa insolência.

"Ao mesmo tempo, Simon, você pode 'gru-nn' me mostrar o seu mundo — sua visão de mundo."

"'Wraaa!' Gostaria muito disso, realmente gostaria..."

"'Huuu', podemos ver o exercício como educativo — e terapêutico ao mesmo tempo..."

"Claro, claro, por que não. Que boa idéia 'euch-euch'!" Busner notou que a gesticulação de Simon estava melhorando rapidamente. Essa última cadeia semiótica fora formulada com movimentos oblíquos de sarcasmo. O antipsiquiatra não conseguiu suportar; o braço projetou-se e as unhas rasgaram o peito de Simon. Como medida suplementar, Busner mordeu-o no supercílio — bem forte. Simon, naturalmente, virou-se e esguichou merda líquida em seu bestial médico da alma. Os dois então lançaram-se a uma breve escaramuça — pernas e braços a voar, guinchos e gritos de "wraa!".

Em segundos, estava tudo terminado, Simon estatelado no linóleo imundo, o psiquiatra cagado em cima dele. Simon choramingava e gemia pateticamente. "Isso mesmo, Simonzinho querido." Os dedos de Busner eram ternos, conciliatórios ao sinalizar no corpo de Simon. "Ponha para fora o medo, ponha para fora a mágoa, a raiva. Me ataque, por favor... isso é muito chimp, muito chimp mesmo."

E o ex-artista reagiu aos dedos que se moviam em seu peito, reagiu a eles como não havia reagido antes. Ele *sentiu* a atenção de Busner — e permitiu-se acreditar nela. Minutos depois, os dois macacos estavam sentados de pernas cruzadas, Simon atrás de Busner, catando a merda que secava rapidamente no pelame do médico. Era a primeira sessão de cata de Simon desde o colapso.

A dra. Bowen fez uma série de telefonemas. Ligou para Jean Dykes e para Anthony Bohm em Oxfordshire. Ligou para George Levinson em Cork Street e para Tony Figes no jornal. Por fim, ligou para Sarah Peasenhulme.

"'HuuuH'Graaa.'"

"'HuuuH'Graaa.' Tem alguma notícia para mim, dra. Bowen, 'huu'?" A sinalização de Sarah traía todos os tipos de ansiedade — Jane Bowen notou que estava vestindo um protetor de tumescência muito elaborado para uma fêmea acocorada no escritório.

"Tenho, sim, Sarah, notícias boas, e não tão boas. O dr. Busner vai — por assim dizer — assumir a responsabilidade de Simon..."

"'Huuu', o que quer dizer isso?"

"Bom, ele já fez isso com outros pacientes antes — geralmente, aqueles com danos neurológicos ou com um estado 'graaa' produtivo..."

"O que quer dizer isso, 'huu'?"

"'H'huu', quer dizer que tememos que o estado de Simon possa ser fundamentalmente intratável — há um dano cerebral considerável."

"'Wraa', mas como, 'h'huu'? Por quê? Foram as drogas ou aquele maldito Prozac que ele tomava? O que, 'huu'?"

"Sarah, nós não sabemos, mas pode crer que o dr. Busner obteve bastante sucesso com esse tipo de caso anteriormente. No tratamento dessas perturbações, ele segue o que chama de abordagem <psicofisiológica>. Pode não conseguir curar Simon do delírio de que é humano, mas pode possibilitar que Simon se entenda com isso — até faça uso disso, em sua arte, por exemplo." Bowen enrolava e desenrolava uma orelha ao gesticular.

A cabecinha loura de Sarah balançava de descrença e tristeza. Ela encostou na cadeira, colocou os pés em cima da mesa de trabalho e foi por isso que Jane Bowen passou a ter uma visão ininterrupta da roseta sedosa de seu protetor de tumescência. Uma mão foi agora até um pé, pegou-o, trouxe-o para um lábio pesquisador. Sarah gesticulou imaturamente com dedos dos pés e das mãos entrelaçados. "Posso... por favor, será que posso... ele pode me ver, 'huu'?"

"Não sei se seria uma boa idéia, Sarah. Ele ainda acha o contato símio muito difícil de lidar. O dr. Busner está, eu acho, apenas começando a conquistar alguma confiança de Simon. Houve uma limitada sessão de cata hoje e, é claro, Simon concordou em ser colocado sob os cuidados dele."

"Mas, 'huuu', nós somos consortes, parceiros de ninho, sem dúvida..."

"Vou mostrar a Simon o seu pedido de contato, Sarah — mas sinceramente o resto depende dele. Você tem de entender que devido à natureza do estado dele pode ser que uma parceira de ninho seja a última chimp que ele queira ver."

Tony Figes avançou caminhando apoiado nos nós dos dedos pelo Ladbroke Terrace e entrou na Portobello Road. Não estava realmente seguindo os lindos chimps italianos jovens que avançavam na sua frente pela rua — estava simplesmente caminhando atrás deles e aconteceu de gostar de olhar os pequenos ânus rosados balançando na sua frente. Um dos subadultos exibia uma mochila novidade, desenhada para parecer um bebê humano. O chimp italiano estava sobre os pés, cheio da animação de férias, e a bolsa antropóide balançava e se torcia como se estivesse viva e gostando do passeio.

A imagem fez Tony Figes pensar em sua missão. Havia atendido prontamente ao pedido da dra. Bowen; sim, podia conseguir a chave do apartamento de Simon com George Levinson; não, não se importava de ir até lá fazer uma mala para Simon e depois levá-la ao hospital. Seria um prazer — o mínimo que podia fazer. "Beije minha bunda!", ele sinalizara respeitosamente — mesmo que com um pouquinho de ironia — para a dra. Bowen antes de desligar. "Beije a minha!", ela contra-sinalizara com igual formalidade.

O mercado estava pouco movimentado — era uma sexta-feira —, e os comerciantes anunciavam suas mercadorias uns para os outros, tanto quanto para os turistas. De quando em quando, um deles dava um urro e fazia uma pequena demonstração, corria ereto pela alameda de asfalto entre as barracas, chutando cascas, sabugos, folhas e outros detritos vegetais, enquanto distribuía duas pencas de bananas ou uma dúzia de laranjas.

Tony Figes não prestou atenção a nada disso; manteve o focinho abaixado e não perdeu de vista o traseiro do italiano com a mochila. Estava um dia quente e Tony sentia o suor escorrendo pelo pelame. Parou, abriu o paletó e deixou que a leve brisa brincasse em seu peito. Quando voltou a ajeitar a roupa, os chimps italianos haviam sumido. Tony deu um grunhido para si mesmo. Pensou em parar no Star para traduzir sua solidão marrom para os tons sépia do bar, para o peso escuro de um copo de cerveja Guinness, mas pensou melhor e virou no Colville Terrace.

Um bando de rudes subadultos bonobos estava parado na esquina, com latas de cerveja Special Brew nos lábios rosados e sinalizando uns para os outros em fluentes gestos de gíria. O pelame do corpo saía em tufos pelos buracos das camisetas; o pelame da cabeça raspado em forma de raios ou de quadrados e triângulos. Tony encolheu-se, defensivo, e seguiu pelo lado de dentro da calçada. Ele certamente não temia bonobos em geral — mas esses eram tão ágeis, tão graciosos. Tony invejou a postura ereta sem esforço deles, mas todos os bonobos — e especialmente esses — tinham um toque de humanos, um toque de feras. Tony sacudiu a cabeça, ralhando consigo mesmo internamente — como qualquer liberal, ele considerava o bonobismo uma coisa indigna —, e prosseguiu andando apoiado nos nós dos dedos.

Os bonobos estavam ouvindo um som portátil imenso que alguém havia plantado na calçada. Batia um *ragga* que era sucesso naquele verão. Tony conhecia as vocalizações e isso lhe trouxe a lembrança da noite do colapso de Simon. "HuuGraa-WraaHuu / HuuGraaH'uu / IiiWraa-IiiWraa..." Sacudiu a cabeça; Simon estava em um lugar onde ninguém haveria de querer acasalar.

A porta pesada abriu com um chiado. A escada cheirava a repolho e urina. Engraçado, Tony pensou, como as diversas ondas de enobrecimento haviam se sucedido nessas ruas, criando um som intercalado de pobreza e riqueza, onde o público-alvo da educação sanitária e os membros de exclusivas academias ou clubes de saúde moravam lado a lado.

Tony esfregou os olhos nas órbitas doloridas. Estava esgotado pela noite anterior, uma noite que havia terminado com ele escolhendo um parceiro de aluguel em uma casa noturna de Charing Cross, que levou para casa — manobra que envolvia risco considerável, dado o ouvido de radar da velha Mrs. Figes — e o deixara tão puto e confuso que o pau do coitadinho encolhera em desuso. Tony pagou-o mesmo assim.

O apartamento de Simon Dykes ficava no terceiro andar da casa. Com uma reforma tão mixuruca como aquela, alguns apartamentos eram caros, outros ficavam encravados em espaços intersticiais, pedaços de patamares, antigos banheiros e quartos de empregados. O de Simon era deste último tipo. Era, Tony sabia disso, a primeira moradia que ele conseguia organizar desde que seu grupo se fraccionara, mas mesmo assim, para um chimp que estava indo bem na carreira, com pinturas e outras obras de arte vendendo por somas consideráveis, era mais decadente do que modesto.

Tony saltou por cima da última balaustrada, abriu a porta antes de tocar o carpete com os quatro membros e entrou andando apoiado nos nós dos dedos. O corredor comprido e abafado tinha o mau cheiro de chimp macho amanhecido. Um cesto de papel cheio de bitucas de cigarros, garrafas de uísque e coisas piores chamou sua atenção. Havia uma trilha de roupas jogadas que levava ao cubículo do quarto de janelas pesadamente fechadas. Na sala da frente, para a qual Tony saltou, as venezianas filtravam o sol de fora para dentro da sala com seu fétido estoque de imagens, ilusões e lembretes mortais.

Uma grande mesa debaixo da janela estava coberta por um pântano de blocos de rascunho, livros de imagens, canecas de lápis e canetas, fotografias, cinzeiros e copos vazios. No canto, um divã com mais roupa imunda empilhada. Tony parou, choramingando. A atmosfera de deslocamento — de desespero mesmo — era bem pior do que ele imaginava. Dava para acreditar que aquilo era a compostagem da qual podia ter brotado o temível delírio de Simon Dykes.

Ainda choramingando, Tony andou apoiado nos nós dos dedos até a mesa. Encolheu-se em cima de uma cadeira, encostou-se e começou a vasculhar a confusão de papéis. Verificou que havia muito material relativo a humanos. Todos os livros de Jane Goodall sobre seu trabalho com humanos selvagens em Gombe, artigos de jornal sobre pesquisa com humanos, folhetos distribuídos por grupos de defesa dos direitos animais preocupados com o bem-estar dos humanos. Tony uivou baixinho; havia ali alimento mais que suficiente para fornecer uma dieta de alta caloria para o delírio humano de Simon. Mas havia também provas mais concretas da direção em que as idéias e fantasias do artista estavam viajando antes do colapso, nas semanas que passara completando sua série de pinturas apocalípticas.

Esboço após esboço, executados com lápis grosso sobre cartão grosso, mostravam os panos de fundo de suas vastas telas de Londres moderna, mas, no lugar dos chimpanzés que habitavam as obras acabadas, havia figuras nuas, como zumbis, de humanos. Humanos correndo eretos com seu passo de pernas duras; humanos caminhando em bandos, todos separados pela distância de um braço; humanos sentados juntos, sem se tocar, sem se catar, perdidos na incomunicativa prisão de seu magro senso, de seu primitivo modo de pensar.

Tony Figes começara a examinar esses esboços por curiosidade, como um aliado de um aliado que estava doente, mas, ao examinar essas representações estranhamente satíricas da cidade como um enclave arbóreo, sua acuidade de crítico entrou em ação. Concluiu que na verdade eram bem melhores do que as telas em que haviam resultado. Ao focalizar o desprezo de um mundo dominado por humanos, Simon conseguira, com poucas linhas de lápis, expressar bem mais sobre a condição da moderna chimpunidade do que havia conseguido com toneladas de tinta a óleo.

A idéia do que uma pessoa inescrupulosa poderia fazer com aquele material fez Tony grunhir, apreensivo. Aquilo poderia, no mínimo, constituir a ilustração de um devastador relatório sobre o colapso de Simon e isso comprometeria não apenas a reputação do artista, mas da arte em si. O que fazer? Tony, ainda ululando para si mesmo, levantou-se da mesa e inspecionou o apartamento. Encontrou um saco plástico na gaveta da cozinha e encheu com as camisas e camisetas mais limpas que encontrou. Parou, vendo uma calça no fundo de um armário aberto, mas a possibilidade de Simon se entregar a essas práticas de acasalamento íntimas ele sabia estar fora de questão.

Feito o triste pacote, Tony aprontou-se para ir embora. Mas percebeu que não conseguia virar as costas para os esboços do mundo tornado humano. Tentou, mas cada vez que ia até a porta os esboços pareciam ulular internamente para ele. Voltou de ré para a mesa e olhou para eles por cima do ombro. Seu olho percebeu a parte de cima escura de um tubo de papelão enfiado atrás do radiador empoeirado e, antes que tivesse tempo de pensar no que estava fazendo, Tony segurava o tubo com os pés enquanto com as mãos enrolava e guardava os papelões.

Embaixo de onde estavam os esboços, revelou-se um pequeno esconderijo de frascos de remédios, três no total. Tony pegou-os um a um e examinou os rótulos. Eram as medicações de cabeça domésticas de Simon — Prozac 50 mg diariamente; Diazepam 20 mg quando necessário; e algo chamado Calmpose que vinha em estrelas rosadas de 5 mg. Abriu os frascos, sacudiu o conteúdo confeitado com o pó dos próprios comprimidos. Tampou de novo e embolsou o Prozac — bom para antes de um *white dove* —, e o Valium — bom antídoto. Nenhum dos dois serviriam para Simon em seu atual estado.

O comprido e baixo Volvo Seven Series roncou por sob o pórtico da entrada do Hospital Charing Cross. Uma grossa nuvem de fumaça do escapamento ferveu de sua traseira, sujando um trecho de céu que estava muito perto da terra. Gambol estava à direção, os quatro membros a segurá-la na recomendada posição de dez para as três e oito e vinte. Havia um sorriso fixo em seu focinho de raposa, um sorriso incomum por ser ao mesmo tempo inteiramente sincero — seus planos estavam entrando em ação — e profundamente dissimulado.

Havia uma certa agitação barulhenta acima do ombro direito de Gambol, uma agitação que ele registrou com uma de suas orelhas móveis. Não precisava virar-se para saber que Zack Busner, junto com seu novo convidado, estava deixando o hospital.

"'HuuuGra!' Bom, Jane, Whatley, estamos indo." Busner estava ereto no saguão, uma mão segurando firme o ombro de seu novo paciente, a outra mantendo afastados alguns médicos juniores mais insistentes que, mesmo a essa hora tardia, tentavam lhe dar uma catação.

"'HuuuGraa', Busner. Eu lhe desejaria sorte com o estado de Mr. Dykes — mas acho que 'grnnn' sorte não será suficiente..."

"'H'huuu', o que quer dizer com isso exatamente?" A gesticulação de Busner era contida — mas espinhosa. Whatley imediatamente recuou e virou a bunda.

"Nada! 'Huuu', nada mesmo, nada."

"Ótimo. Bom, Jane, ligo para você de manhã. Conforme gesticulamos, considero sua contribuição com os cuidados de Mr. Dykes inestimáveis tanto em termos clínicos como de pesquisa."

"'Chup-chupp', obrigada, Sua Efulgência, Sua Radiante Cumenidade..."

"Jane, por favor. Deixe que eu beije a *sua* bunda..." Busner pousou um beijinho de despedida no estreito traseiro da fêmea, tamborilou na caixa de plástico alaranjado para transporte de leite que estava mantendo aberta a porta do hospital, depois conduziu até o carro um Simon muito confuso com a luz do dia, com a atividade chimp e com a perspectiva de estranha liberdade para estar qualquer coisa que não sinalencioso. Busner abriu a porta de trás, empurrou Simon para dentro, fechou, voltou, saltou por cima do Volvo, tamborilou de novo no teto do carro, ululou mais uma vez para o grupo reunido, depois saltou pela janela de passageiro aberta.

Houve um coro de altos ululos de despedida por parte dos chimps na calçada e o Volvo partiu. Só para se ver desesperadoramente enredado na trama metálica do tráfego congestionado da Fulham Palace Road. Já eram quatro e meia e estava em andamento a hora do rush — que durava quatro horas e não envolvia pressa de praticamente ninguém. "'Euch-euch', não dá para você fazer nada, Gambol, 'huu'?", perguntou o preeminente filósofo natural de sua época. Apesar da sessão de cata, ele ainda estava marcado com um pouco da merda de Simon e ao sinalizar coçou um glóbulo ressecado no pelame do pescoço.

"Não consigo pensar em nada 'euch-euch', Alfa — o problema é Hammersmith. Podemos tentar cortar pela Lillie Road, mas sinceramente vamos pegar o mesmo congestionamento lá."

Busner virou-se para ver como seu paciente bem-comportado estava lidando com os primeiríssimos minutos de liberdade; chegou a brincar com a idéia de perguntar se Simon fazia alguma idéia da rota que deviam tomar — afinal a consorte dele morava ali perto, ele devia ser capaz de visualizar a área. Mas Simon estava com o focinho grudado no vidro, as mãos em concha em torno das órbitas, e essas mãos batiam na janela. "Não, melhor não, podemos simplesmente esperar e deixar nosso passageiro dar uma boa olhada no mundo para o qual está voltando, 'huuu'."

Era um mundo que Simon estava achando profundamente perturbador. Havia caminhado, dirigido, sido conduzido de carro por esse trecho de rua muitos milhares de vezes. Conhecia cada escabroso ponto de comida para viagem, loja de aposta de perdedores e bares sem licença de cerveja extraforte na manca galeria de lojas que se arrastava do hospital até o Hammersmith Flyover.

Enquanto ocupava a cela de segurança número seis, Simon havia trilhado mentalmente essa espalhafatosa topografia muitas vezes, confirmando insistentemente a natureza verídica de suas lembranças. Agora, que estava fora, era mesmo como lembrava, desde a miserável cabeça de galo amarelo estilizada que enfeitava o frango para viagem Red Chicken Shack até o lábio de asfalto erodido que leprosamente beijava a ilha de trânsito, até as cortinas de rede que, como teias de aranha gigantes, sujavam as janelas dos apartamentos em cima das lojas. Para toda parte a que dirigia o olhar, Simon via alguma coisa familiar, uma placa de loja, o logotipo de um posto de gasolina, um menu pendurado na vitrine de um café. Confrontar-se com esse cenário tão familiar, tão mundano, servia apenas para enfatizar as distorções que elaborara sobre ele.

Assim como em sua ida ao subsolo do hospital para fazer os testes, havia um problema de escala. Simon tinha de se abaixar para caber no banco de trás do Volvo, mesmo sabendo que era um carro grande. Essa incongruência espacial contaminava tudo em volta, edifícios, outros veículos, a própria rua — tudo era pequeno. E vagando por esse cenário em-dois-terços estavam seus habitantes anões.

Eles andavam apoiados nos nós dos dedos pelas calçadas, cus à mostra para todos admirarem; juntavam-se em peludos grupos nos pontos de ônibus; enxameavam diante de prédios, usando magras árvores, parapeitos estreitos, ornatos em ruínas e inseguras antenas de televisão para se pendurar. Moviam-se com espantosa graça e despreocupação. Enquanto o carro avançava, Simon viu um deles, que estava na rua, andar primeiro apoiado nos nós dos dedos por uns 20 metros, depois saltar sobre uma série de postes e latas de lixo, depois dançar pelo meio de um grupo de semelhantes vindo em direção contrária, depois se deslocar pendurado por baixo de um abrigo de ônibus, antes de saltar para o chão e continuar andando de quatro.

Se Simon se concentrasse no avanço de um chimp rua acima, ou um prédio acima, podia quase admirar o poder e a eficiência com que se movia; conseguia perceber a previsão e os cálculos necessários para se deslocar na calçada lotada, na rua cheia e nas escarpas marcadas da alvenaria. Mas, se se permitisse ver a massa de chimpunidade como apenas isso: uma massa de chimpanzés, não via nada senão um bando de animais se locomovendo com o mesmo alerta de um rebanho de ovelhas, ou, pior — de uma nuvem de gafanhotos.

Tudo ficou consideravelmente pior quando o Volvo finalmente chegou à rotatória de Hammersmith. Ali regatos de chimps balouçantes, saltitantes, fluíam para o rio caudaloso de ondas oscilantes. O fato de todos os chimpanzés que Simon vira usarem apenas a parte de cima da roupa seria perverso se fossem observados — por assim dizer — em cativeiro. Mas agora, vendo a catarata de animais que se despejava na boca brutal da passagem subterrânea de pedestres, Simon surpreendeu-se de novo com a visão absurda de perninhas peludas e bundas descarnadas aparecendo por baixo da barra de paletós risca-de-giz, jaquetas de jeans, blusas floridas e camisetas estampadas com frases. Quando um deles se virou, franziu o focinho e inflou as bochechas no começo de um ululo, Simon riu alto com a expressão do animal.

Foi essa risada de garganta, grave, que provocou o primeiro movimento desde que partiram do hospital, a primeira gesticulação real desde que Simon recuperara a liberdade.

"'Gru-nnn!' Então, Simon, o que você está achando tão divertido, 'huuu'?" Busner saltou, de forma que estava agora em pé no banco, depois saltou de novo, girando no ar para encarar seu protegido. Acabou agarrando o grosso apoio de cabeça, o queixo apoiado nele, os dedos agitando o ar abafado do carro.

"Os chimps 'clak-clak', esses chimps." Simon apontou os rabos curtos balançando ao descer a escada de concreto. "São simplesmente 'clak-clak-clak' ridículos — absolutamente ridículos!"

"'Huu', e por que seria isso, 'huuu'?"

"O jeito como estão vestidos, está vendo, só a parte de cima do corpo, expondo essas 'h'hii-hii' bundas bobas, magras, feias."

Busner acompanhou o olhar de Simon. Um tributo à sua habilidade como terapeuta altamente empático era ser capaz de colocar-se em parte na perspectiva de seu paciente. Ele franziu o supercílio e apertou os olhos. Verdade, havia algo inevitavelmente absurdo na contemplação da massa de chimpunidade cuidando de seus interesses. O que parecia propositado no individual parecia coisa de rebanho na multidão. Busner refletiu que era útil que um laivo de clareza tivesse penetrado assim o estado ilusório de Simon Dykes e sinalizou isso.

"'Chup-chupp' acho que você tem razão aí, Simon, mas não há nada de feio no traseiro de um chimpanzé; a dobra isquial de um chimp é seu traço mais bonito. Não foi o 'chup-chupp' Bardo Imortal quem escreveu <O que é um nome? aquilo a que chamamos cu / com qualquer outro nome cheiraria igualmente doce>..."

"Foi, 'huu'?"

"Foi, e além disso você pode, por assim sinalizar, conhecer um chimp por seu cu, adivinhar a alma de um chimp."

"É mesmo, 'huu'?"

"É."

"Então, deve ser por isso que vocês chimpanzés não cobrem o cu." Simon estava gostando desse enfrentamento, provocava-lhe uma nascente hilaridade que eclipsava o horror da rua simiesca.

"Cobrir, 'huuu'?"

"É, sabe, como eu queria que vocês fizessem."

"'Huu!' Entendo 'chup-chupp', você quer dizer *calça*. É isso que os humanos fazem, 'huu'?"

Era a vez de Busner sentir vontade de rir, mas ele manteve a compostura, sentindo que essa conversa idiota podia ser o começo de uma verdadeira gesticulação com o delírio. Se conseguisse mapear corretamente esse território, será que ele não se dissiparia, deixando Simon Dykes um chimpanzé pleno outra vez? "Sim." Simon escolhia os sinais cautelosamente. "Sabe, a nudez é tabu na maioria das culturas humanas, expor a parte inferior do corpo é revelar os genitais que despertam um interesse sexual inadequado."

Busner ficou chocado com isso e passou a se autocatar. Ele já havia lidado há muito com a merda de Simon, mas havia outra secreção ressecada e cansativa incomodando no pelame do peito. Umedeceu as mãos com saliva e passou na porção pegajosa, depois respondeu aos sinais a partir desse babador melado: "Entendo, sim, entendo, faz sentido, afinal os humanos não têm — suponho — muito pêlo, 'huuu'?"

"Nenhum que se possa assinalar."

"E humanos, pelo que eu entendo, acasalam esteja a fêmea no cio ou não, 'huuu'?"

"Acasalam, 'huu'?"

"Copulam, têm relações sexuais, fazem amor... *trepam* quando a fêmea não está com furor ovulativo."

"'Clak-clak-clak!' Sem dúvida! Ora, a maior parte dos machos humanos que eu conheço faria de tudo para *evitar* trepar com uma fêmea humana que estivesse ovulando. Afinal, ninguém quer um filhote toda vez que trepa, não é, 'huu'?"

"Entendo, entendo, não, claro que não."

Busner parou por aí. Estava bem surpreso com as ramificações do delírio de Simon, tudo fazia tamanho sentido — mesmo que perturbador. Se houvesse um animal inteligente com essas práticas sexuais, completamente divorciadas do paradigma da necessidade biológica; um animal sem pêlos cobrindo os genitais, e então algum tipo de roupa para a parte inferior seria essencial para "cobrir a tumescência sexual, imagino...".

"'HuuGraa!'" Era a vez de Simon agarrar o apoio de cabeça, pôr-se de pé sobre as patas de trás e apresentar um focinho enrugado, perplexo, ao seu terapeuta, pois Busner havia sinalizado visivelmente.

"'H'huuu', o que eu estava imaginando é que uma fêmea humana ia precisar usar roupas na parte inferior para evitar expor sua tumescência sexual..." A gesticulação de Busner voltou uma vez mais para o pedaço de pelame lubrificado. Simon ficou olhando para ele em sinalêncio. Isso é que era tão desconcertante nesses animais, eles gesticularem com você, mesmo que na língua dos sinais, mas evidentemente com grande inteligência. Então, quando parecia que se estava chegando a algum lugar, começavam a brincar consigo mesmos como um cachorro velho e sarnento. Como o retriever de Sarah, Gracie, uma perna rígida coçando espasmodicamente a barriga.

Tumescência sexual — era isso mesmo, sem dúvida. Eram como partes pudendas muito inchadas. Não, *eram* partes pudendas muito inchadas. Simon revirou a idéia na cabeça e lembrou quando virou o corpo de Sarah. Seu corpo esguio, sem pêlos. Virou de forma que as pernas dela, esguias como de menina, se abriram para revelar um tufo de pêlos e uma rosada, estratificada, abertura. A chimpanzé — aquela que dizia ser Sarah, aquela que o visitara no hospital, que gesticulara com ele pelo telefone — exibia fundilhos congestionados. O que era aquilo senão a definitiva, encarnada, mensagem sexual? Qual era a verdade? Que esse mundo símio era uma horrenda fantasmagoria, construída com os cacos de uma obsessão? Suas pinturas apocalípticas, sua inquieta relação com o corpo de Sarah, a desanimadora ruptura do sentimento que se seguia à perda de seus filhos — tudo parecia implicado, tudo parecia incorporado a esse feio agora. Um agora ao mesmo tempo tão inefável e tão mundano, com seu cenário atual — a rotatória de Hammersmith —, e seus objetos de cena atuais — um grande Volvo; um tapume anunciando um refrigerante; uma coxa de frango, meio comida, caída no esgoto; e ao lado dela a ironia do contraponto escatológico — um troço de merda.

Simon estremeceu, encolheu-se ainda mais no banco, indicou a Busner que não estava mais com vontade de sinalizar no momento. Pôs as mãos nas orelhas grandes, baixou a cabeça no colo e ficou esperando as coisas mudarem.

Gambol continuou pilotando o Volvo pelo tráfego. Seu alfa desistiu de Dykes no momento, acocorou-se no banco, puxou a pasta e abriu o último número do *British Journal of Ephemera*. Nem o ulular de chimpanzés nem o rumor do trânsito o distraíam. Pois, evidentemente, estava lendo um de seus próprios artigos.

Simon saiu de seu medo quando o Volvo saiu do Marylebone Flyover e pegou o Gloucester Place na direção de Regent's Park. Era uma área de Londres que Simon conhecia bem melhor e ficou intrigado de ver como a chimpificação a havia transformado. A resposta era — não muito. Londres era, Simon refletiu, na melhor 'das hipóteses, uma mixórdia profana de edifícios. Algo velho, algo novo — estilos arquitetônicos emprestados de toda parte, e vidro azul espelhado em toda parte, espelhando seus segmentos.

Junto à mesquita de Regent's Park, Simon achou divertido ver chimpanzés muçulmanos. Os machos usando turbantes e sacudindo fieiras desordenadamente longas de contas; a *purdah* das fêmeas comprometida pelos *chador* cortados.

Nos galhos das árvores que preenchiam a larga orla entre o canal e a rua, chimpanzés vagabundos repousavam. Simon não notou a presença deles de início — tão escondidos estavam pela folhagem, mas quando um primeiro membro folhoso estremeceu, depois um membro piloso jogou uma lata de cerveja amassada, ele viu os artistas do mijo simiescos e mais uma vez sorriu para si mesmo.

Então o Volvo estava seguindo a Hampstead High Street, passou por lojas, casas de vinho e cafés que Simon conhecera, onde Simon havia bebido, flertado, se embebedado. Os chimps nessa área eram mais bem vestidos que os do centro da cidade. A maioria das fêmeas levava sacolas de papel rígido, com os nomes de lojas de grife. Exibiam também aquelas roupas que Simon agora sabia serem protetores de tumescência, rosetas de cetim ou de seda, com vários palmos de diâmetro, artisticamente preguedadas e franzidas de forma a parecer com as intumescidas — ou potencialmente intumescidas — dobras de pele perineal e isquial que escondiam dos olhos. Simon suspirou com uma silenciosa, amarga alegria. A correspondência era tão precisa, tão exata e tão *ridícula*.

No sinal de trânsito, Gambol girou a direção. Viraram à esquerda na Heath Street, depois direto pelo terraço georgiano nu de Church Row. Simon mexeu-se afinal e retomou a gesticulação com seu hirsuto hermetista. "'H'huuu', para onde exatamente estamos indo, dr. Busner?"

Busner levantou alto a mão. "Para a minha casa, como eu assinalei."

"E onde 'huuu' seria isso?"

"Na Redington Road — você 'huu' conhece?"

"'Huu', conheço, sim, vinha sempre aqui com meus pais quando era criança — visitar amigos deles..."

"'Gru-nn', bom, então vai ser um pouco como estar em casa para você, não é, 'huuu'?", e Busner retomou a leitura do *Journal* sem dar nem uma olhada para trás.

Gambol estacionou o Volvo no meio-fio e seus passageiros desceram. "Não vou mais precisar de você para o resto do dia", Busner gesticulou para ele, "mas por favor tome o cuidado de chegar aqui na hora amanhã. Quero que leve Mr. Dykes para dar uma volta." Busner bateu no teto do carro à guisa de despedida e Gambol partiu. Assim que virou a esquina, o ípsilon soltou um grande guincho de irritação. Depois mudou cinco marchas em outros tantos segundos e o grande carro retornou na direção do centro de Londres.

A casa comunal de Busner estava vazia naquela tarde abafada. Isso era em parte por querer — Busner havia telefonado antes, para avisar a todos para serem discretos — e parte por acaso; vendas de verão, empregos, patrulhamento, escola, atividades de acasalamento e vinte outras diferentes razões mantinham o grosso deles longe de casa.

Assim que Busner destrancou a porta de entrada e Simon seguiu atrás do *derrière* magrelo de seu terapeuta, achou o ambiente tão familiar, tão tranqüilizador, tão caseiro depois do pesadelo gritante, sinalencioso, anti-séptico do hospital, que quase chorou de alívio.

Simon foi de sala em sala, examinando tudo, cheirando tudo, esfregando as palmas das mãos e as solas dos pés nas superfícies carpetadas, pintadas e estofadas. Na sala de estar principal havia altas estantes embutidas de madeira escura, cheias com uma multidão de volumes, sem qualquer classificação de assunto ou autor. Simon reconheceu títulos que conhecia. A maioria dos clássicos — antigos e modernos — estava presente; havia também obras de história, filosofia e, evidentemente, medicina e psicologia. Simon pegou um volume ou outro da Biblioteca Everychimp, ou da Penguin, só para conferir a sensação da capa com o lábio tátil. Naturalmente, sorriu e bateu os dentes ao ver um exemplar de Maugham de *Servidão Chimpanzé*.

Havia pinturas nas paredes. Pinturas de verdade. No hospital, parte da grande angústia mental de Simon fora provocada pelas horrendas reproduções lavadas que a administração resolvera pendurar nas paredes. Algumas pinturas de Busner eram borrões amadorísticos — evidentemente de membros do grupo —, mas outras eram mais impressionantes. Havia um desenho pequeno de Eric Gill que delineava com uma linha pura a silhueta de um chimpanzé. Simon suspirou ao ver isso. A articulação da linha era tão elegante e necessária, era como um sedativo gráfico para a desordenada psique do ex-artista.

No grande salão com piso de parquê, havia um relógio de armário tiquetaqueando, um chapeleiro, algumas velhas gravuras em molduras pesadas. Por toda parte em que Simon vagava na casa, o esquema de cores era brando, escuro, reconfortante. As paredes pintadas de tons de ameixa e amora, ou de vermelho-sangue e ocre. Sobre os pisos havia tapetes pesados; alguns persas, cobertos de arabescos; outros velhos axminsters geométricos.

No andar de cima, cada quarto de ninho era decorado individualmente. Um era opressivamente feminino com um embabado ninho de quatro postes, pintado de branco, pousado sobre um tapete azul-mar; outro era igualmente masculino, cheio de bolas, bastões de esqui e outros equipamentos esportivos.

Podia ser, Simon ventilou para si mesmo, exatamente o tipo de casa em que meus filhos e eu conseguiríamos viver — se as coisas tivessem sido diferentes. Uma sólida casa comunal numa rua arborizada em um subúrbio confortável do norte de Londres. Só duas coisas marcavam a casa de Busner como inassimilável, diferente, estranha, guarnecida não só pelo delírio como pelas guarnições mesmas: havia todo tipo de apoios de mão pelas paredes, a alturas convenientes para macacos agitados, apoios de mão que eram evidentemente tão velhos quanto a própria casa — de madeira, de latão ou cobertos com anaglipta. Havia isso e havia também o opressivo e intenso cheiro daqueles animais que, embora ausentes nesse momento, haveriam — como os três ursos — de retornar.

Capítulo catorze

"Ele está no quarto dos subadultos", Busner fez para Charlotte, sua fêmea alfa. "Eles estão na patrulha da noite e no momento Simon pareceu mais à vontade lá do que no quarto de hóspedes."

"'Huu' Zack", Charlotte agitou-se no ninho. "'Grnn-gr' você acha mesmo que é uma boa idéia trazer um chimp tão seriamente perturbado para ficar conosco 'huu'?"

"Boa idéia para quem, 'huuu'?", ele respondeu distraído, os sinais caindo como pisadas de algum inseto pesado entre as escápulas dela.

"Para ele, para você, 'huuu', não sei. Parece que foi ontem que você trouxe para cá aquele chimp com Tourette — não lembra como os tiques e as vocalizações involuntárias dele começaram a deixar você maluco, 'huu'?" Ela rolou para esfregar o focinho nele e apertou a cara macia, com manchas senis, no pelame da barriga dele.

"'Chup-chupp' é verdade, minha velha, mas não esqueça que o que mais me irritava no pobre Nairn era o estado dele ser tão estereotipado. Era ostensivo, é verdade, mas não havia ali nada a que eu pudesse me apegar. Com Dykes acho que a situação é bem diferente. O estado dele é 'gru-nn' único. Não sei, Charlotte, você pode ter razão, mas tenho o palpite de que Dykes pode muito bem ser meu último caso realmente importante..."

"Zack, Zack, não devia sinalizar assim."

"Charlotte, 'huh-huh', como minha parceira de ninho mais antiga, minha alfa adorada, acho que preciso mostrar uma coisa a você."

"O que, Zack, 'huuu'?"

Charlotte levantou-se do ninho com dificuldade, puxando os lençóis com ela, e acendeu o abajur de cabeceira. O dr. Kanzaburo Yamuta, macho zeta-distal de Busner, e Mary, a fêmea teta que estavam dormindo junto com eles no ninho, privados de cobertas, se esticaram, gemeram, reacomodaram os membros e voltaram a roncar.

Na súbita exposição, Busner notou mais uma vez como Charlotte parecia cansada. Esse cio a havia realmente esgotado. Ela estava usando uma camisola de algodão que se enrolara na barriga. A tumescência estava sarando, mas ainda vermelha, havia cortes e marcas de unhas em volta de seu pescoço. "Charlotte 'clak-clak', Charlotte querida, nenhum de nós dois é mais jovem como antes, 'huh-huh'. Agimos muito bem nos últimos anos, o grupo está melhor estabelecido que nunca, todos os nossos filhos vão bem — no final deste ano vou poder me aposentar com salário integral."

"Zack, você está falando sério, 'huuu'?"

"Não só estou falando sério, como existe outro fator, menos voluntário. Acredito que Gambol está fazendo uma aliança contra mim."

"'Euch-euch', Zack! Você não pode estar falando sério, aquele porco! 'Wraaa' depois de tudo o que você fez por ele!"

Seu pelame eriçou por baixo do algodão fino, seus dedos agarraram os dele, os olhos castanhos olharam profundamente nos olhos verdes dele. Busner começou a catar as costas das mãos de Charlotte. Era um ato de catação especial, íntimo, exclusivo deles. Busner, muito delicadamente, eriçava os pêlos dos dedos de Charlotte usando os pêlos mais grossos dos seus. Isso a acalmou mais ou menos imediatamente e ela começou a ofegar e estalar os lábios, enquanto voltava a se acomodar no ninho. "Charlotte", a ex-personalidade televisiva comunicou, "seu cu significa mais para mim do que qualquer coisa, sua 'huh-huh' tumescência é como o mundo me engolindo..."

"'Chup-chupp-huu' querido, seu velho bobo 'chup-chupp'..."

"É sério, Charlotte. Mas sabe, se Gambol conseguir me remover do topo da hierarquia, então que seja. Estou velho — é assim entre chimpanzés, sempre foi. Não, a única coisa que realmente me perturba é que ele e Whatley — eu sei que Whatley está junto com ele — vão armar um golpe antes de eu conseguir fazer qualquer progresso real com Dykes. Tenho certeza de que eles vão pular do galho logo — a questão é quando."

Os dois Busner seniores continuaram a se catar durante longo tempo. Pelas janelas abertas do quarto, vinham flutuando os tênues ululos de despedida de chimps que saíam dos bares e restaurantes de Hampstead. O ar da noite refrescou, a casa em torno deles se aquietou. Por fim, Charlotte começou a ressonar e, quando os roncos dela se harmonizaram estranhamente com os roncos dos subordinados adormecidos, Zack ficou sozinho com seus pensamentos.

Como ficou também Simon no quarto dos machos subadultos. Era verdade, ele realmente sentira o ambiente dali mais acolhedor do que o estampado quarto enfaticamente de hóspedes. Mas, ao mesmo tempo, os ninhos-beliches duplos de pinho, em tamanho reduzido, com os edredons de padrão alegre; os pôsteres de astros do pop pregados nas paredes; os aeromodelos pendurados de fios presos no teto; e as estantes pigméias lotadas de livros de figuras — tudo isso atraiu as lembranças da Brown House, as lembranças de seus filhos, as lembranças de humanidade, gritando para ele.

"*Papai.*" *Nada.* "*Papai.*" *Nada.* "*Pa-pai!*" *Nada.* "*Papai-Papai-Papai!*" "*O quê? O que foi?*" "*Papai, você é puh-puh.*"

Muita risada com isso. Três cabeças loiras se batendo como cocos, e os dedinhos como de esquilo afundando em suas coxas.

"*Papai.*" *Nada.* "*Papai.*" *Nada.* "*Pa-pai!*" "*O quê? O que foi agora?*" "*Da-da, Magnus é o céu e eu sou o mundo. E o céu é muito mais maior que o mundo, não é?*" "*Maior só, querido, é maior que o mundo...*"

Achara que seu amor por eles era muito "mais maior" que o mundo, mas talvez não fosse nada disso. Pensara que a intensa simpatia física que sentia por seus filhos o manteria ancorado no mundo, mas estava errado. Como podia ter sido assim? Deitado no ninho, em Hampstead, num mundo dominado pelo físico, pelo corporal, Simon olhou a parede escura, olhou o pôster pregado ali que mostrava um chimpanzé com supercílio pronunciado gritando num microfone. Debaixo do focinho a legenda: "Liam Gallagher, Oasis." Oásis e tanto, Simon pensou, mais como uma miragem. Uma miragem que tinha de se dissolver.

Cada casquinha, cada arranhão, cada batida e golpe. Aquela vez em que a hérnia inchou, hora após hora, na virilhazinha de Magnus, até ficar do tamanho de um ovo de ganso e ele e Jean choraram de ansiedade quando Anthony Bohm o examinou com dedos firmes.

A vez em que Henry acabou na ala infantil do Hospital Charing Cross. O pequeno focinho com a máscara plástica do nebulizador amarrada. O horrível "ca-chuf, ca-chuf" que fazia bombando o gás para os pulmões enfraquecidos dele, soprando vida em seu corpinho sob esforço. E na divisão do outro lado da cortina de plástico, Simon observara um jovem médico de bons dedos delinear claramente para pais somalianos, que pouco entendiam, que o cólon de sua filhinha teria de ser removido. Que a vida dela, desse dia em diante, seria um verdadeiro pote de merda.

E a vez em que Simon Júnior, o do meio, o sensível, fora agredido na escola. Voltou para casa chorando, com a ponte do nariz vermelha, socada. E Simon marchara para a sala da antipática diretora; marchara com Simon nos braços e, enquanto o corpo do menino tremia contra o seu, repreendera a mulher, repreendera a escola, repreendera o mundo "mais maior" que machucava o seu filhote.

Simon virou-se com dificuldade no berço apertado para ficar de frente para a parede. Puxou o edredom diminuto em volta do corpo, sentindo o algodão pinicar seu ombro peludo. Acomodou a cabeça na dobra do braço e forçou-se a dormir. Dormir era sonhar com um mundo onde não se era tocado sem querer, onde reinava o tédio das dobras de pano, onde seus filhos se acomodavam gostoso junto dele. Simon queria que o Valium administrado por Busner funcionasse, para arrastá-lo para longe da voraz realidade. Ele queria cavar o ninho, afundar nos confins do algodão familiar. Puxou para cima o edredom, para cobrir totalmente a cabeça lanuda com seu vivo padrão de humaninhos dançando.

A manhã chegou como sempre chegava na casa Busner — com pandemônio. Os machos subadultos noctívagos estavam de volta e falando alto na cozinha. As fêmeas mais velhas estavam preparando o primeiro café-da-manhã para todos que tinham de sair para trabalhar. Cressida ainda estava no cio depois de três semanas completas, fato que lhe causava orgulho e desconforto em igual medida, mas as atividades de acasalamento estavam relativamente restritas.

Com um olhar pela grande sala com seus habitantes eminentemente chimp pulando, saltando, girando, Busner resolveu que era cedo demais para submeter Simon Dykes à força total da vida cotidiana. "'HuuuuGra!'", ululou alto e batucou em cima de uma lixeira plástica de pé. O barulho silenciou. "Certo! 'HuuGrnn' vocês todos. Já mostrei que ia trazer outro paciente para ficar conosco, mas quero que entendam com mais clareza ainda..." Batucou outra vez na lixeira. "Esse pobre chimp Simon Dykes está com uma afecção genuína que o faz pensar que é humano..." Alguns Busner mais novos começaram a rir e bater os dentes. "'Wraaaf!' Quietos, vocês, ou vão sentir a força da minha mordida em seus focinhos miseráveis. 'Waaaa!'" As risadas pararam. "Agora, quero uma medida razoável de paz e decoro aqui. Vou levar Simon para tomar seu primeiro café-da-manhã no pavilhão — acho que ele vai achar a companhia dos pôneis de colo mais fácil de agüentar do que a de vocês, 'Huu-Graaa'!"

Busner saltou para fora da sala e subiu a escada. Hesitou na porta do quarto dos machos subadultos e grunhiu interrogativamente algumas vezes antes de abrir. Simon estava acabando de levantar o corpo, esfregando os olhos. Busner ficou intrigado de ele ter escolhido dormir no ninho-beliche de baixo. Era, sem dúvida, pensou, mais uma ramificação do delírio humano. À maneira humana, Simon buscava abrigo onde podia. "'HuuGraa', bom-dia, Simon. Dormiu bem, 'huuu'?"

Simon mal conseguia focalizar as digitações. Massageou a cabeça. Durante alguns segundos sabia onde estava, sabia com quem estava sinalizando, mas não conseguia dizer a que espécie pertencia. Então o entorpecimento do sono clareou e o ex-artista confrontou-se com o inferno de mais um dia entre macacos. "HuuGra", vocalizou debilmente, e assinalou, "Bom-dia, dr. Busner. Desculpe, Sua Radiante Culidade, eu estava sonhando... sonhando... que era humano..."

"E é humano ao acordar, 'huu'?"

"Sou, sim, claro."

"Não tem pêlo, 'huu'? Seus membros são retos, os braços mais curtos que as pernas, 'huu'?"

"São, 'huuu', são! Claro..."

"Suas nádegas são arredondadas e lisas como duas tigelas de salada, 'huuu'?"

"'Clak-clak-clak', bom, se o senhor está afirmando! Embora não seja a imagem que eu escolheria!"

Com essa manifestação nitidamente bem-humorada, o homem-macaco agarrou a parte de baixo do berço superior e balançou para fora do beliche. Andou ereto pelo quarto, ignorando a presença de Busner, e pegou peças de roupa. Vestiu uma camiseta do saco plástico que Tony Figes fornecera e uma jaqueta de jeans.

Simon se recusou a tentar descer pelo lado de fora da casa, então o pesquisador independente de drogas ansiolíticas o levou pela escada e pela porta dos fundos. Simon ainda estava fazendo o esforço de andar ereto — e ignorou os apoios de mão.

Simon ficou para trás ao atravessarem o terraço e riu ao olhar pelas janelas. Nunca vira antes tantos chimps de idades diferentes em um ambiente doméstico e aquela imagem evocava uma paródia: os filmes que havia visto em criança de chás de tarde dos chimps do zoológico. Todos pareciam enfiar o máximo que podiam de fruta ou pão dentro da boca e todos agarravam comida da boca dos outros. Usando a mobília muito comum — um conjunto de mesa e cadeira de pinho, uma estante de utensílios de cozinha e o balcão de café-da-manhã com tampo de fórmica —, todos se deslocavam pelo lugar como se fosse uma espécie de academia da selva. Observando que Simon estava se divertindo, Busner simplesmente soltou algo como: "Família, barulhenta demais para o seu primeiro dia. A filha ainda no cio...", e levou-o para o gazebo octogonal no fim do jardim, que ele havia escolhido em um catálogo e encomendado em um momento de inspiração bucólica.

Ali Simon sentou-se e experimentou uma tigela de abrunhos — que observou serem desagradavelmente amargos — e uma tigela de pinhas — que observou serem enjoativamente doces. Busner tentou interessá-lo em uma fatia de duriango, sinalizando. "É a melhor que existe. Minha fêmea gama vai comprar em um armazém de comidas finas de Sumatra em Belsize Park", mas o simples cheiro fez Simon recusar.

As coisas que pareciam acalmar Simon e distraí-lo dos aspectos mais problemáticos de sua nova casa eram os pôneis de colo de Busner. Como sempre, três ou quatro estavam trotando pelo jardim, relinchando flauteado e depositando suas fezes pequenas, incrustadas de feno, organizadamente entre as roseiras. Simon achou-os cativantes. "São tão pequenos", sinalizou deslumbrado para Busner, que estava mergulhado no *Guardian*. "Por que são tão pequenos, 'huuu'?"

"Pequenos, 'huu'? É, são, sim. Claro que o cavalo selvagem original era muito maior, mas, ao longo dos milênios em que os chimpanzés e os cavalos conviveram, eles foram criados por tamanho até o cavalo moderno, domesticado, adquirir essa altura conveniente — perfeita para fertilizar jardins e plantações sem danificar as plantas 'chup-chupp'." Busner içou um dos bichinhos pela rédea e acariciou sua crina cor de caramelo.

"E cachorros? O que aconteceu com os cachorros, 'huuu'? Quem sabe 'clak-clak-clak' vai me dizer que *eles* cresceram de tamanho!"

"Isso mesmo, Simon, cresceram. O cachorro selvagem não tinha mais que cinco palmos de altura no ombro. Na verdade, a pesquisa recente demonstra que o ancestral de todos os caninos modernos devia ter mais ou menos o mesmo tamanho do lobo moderno. Bom, evidentemente um animal dessa estatura seria pouco prático como besta de carga. Então, ao longo dos séculos, os chimps criaram cachorros seletivamente por tamanho. Se está interessado posso levar você a alguns canis locais e mostrar os cachorros de 16 palmos de altura."

Simon recebeu essa informação em sinalêncio. Essa inversão das espécies domésticas era como uma biruta surrealista que acrescentava mais uma distorção de estranheza à inversão da ordem natural que já estava tendo de suportar. Pensou — inevitavelmente — em Sarah, em seus caninos expostos no êxtase quando ele a penetrou aquela última vez e pensou também em Gracie, a retriever de Sarah, e como naquela última manhã ela havia se agitado na porta do quarto, urrando e rosnando para entrar. Lembrou-se então do cavalo diminuto que estava saltitando quando acordou no mundo nada divertido de perseguidores hirsutos. Quantas inversões de papel mais o mundo podia reservar? Coelhos voadores? Peixes vivíparos? Enrolou-se nos membros em cima da cadeira de jardim e começou a embalar-se para a frente e para trás sobre o rabo curto, como um primata enjaulado ou uma criança autista.

Busner captou a mudança no humor de Simon. Melhor mantê-lo distraído, pensou, levar adiante meu programa de integração, de atividades psiquicamente extrovertidas. "'Grnnn', Simon."

"O que foi, 'huu'?"

"Pensei que poderíamos continuar com sua reintrodução no mundo hoje. Manter — digamos assim — as coisas em marcha."

"Em que está pensando exatamente, 'huu'?"

"Ora, uma visita ao zoológico — naturalmente."

Gambol ululou pela janela do Volvo ao estacionar junto ao meio-fio diante da casa de Busner. Então sentou e aguardou. Como se estivesse esperando, Simon Dykes apareceu na passagem que acompanhava a lateral da casa. Gambol notou que ainda estava andando ereto, com um passo tipo bonobo, de pernas rígidas. E como um bonobo, a postura colocava em evidência seu pênis rosado. Gambol ficou pálido; havia uma qualidade ao mesmo tempo ofensiva e inquietante em Dykes. Ele se mantinha muito quieto, não se agitava como um chimp — e aquelas vocalizações guturais que pontuavam a sinalização. Porém ele era o abre-te-sésamo de Gambol e o macho ípsilon sabia disso.

Saltou pela janela aberta do carro e encontrou Dykes a meio caminho da passagem do jardim. "'HuuuH'Graaa', bom-dia, Mr. Dykes, como vai, 'huu'?" Simon apertou os olhos para o chimpanzé que se dirigira a ele. Estava começando a notar sutis diferenças pelas quais conseguia distinguir os animais. As orelhas desse ali eram excepcionalmente pequenas e bem-feitas. O focinho quase não tinha pêlos e a pele era mais clara que a de Busner ou Bowen — sem falar dos macacos que moravam no hospital, a maioria dos quais era muito mais magra, com focinhos mais pretos e lábios mais vermelhos.

"'Huuu', é 'HuuGraaa'." Sem entender por que, Simon se viu batendo no tronco de uma árvore próxima, soltando o ar entre os dentes separados. Depois avançou pelo caminho com o chimpanzé pequeno andando de ré à sua frente. Simon ficou surpreso com a facilidade com que o macaco se deslocava desse jeito, sem hesitar ao colocar um calcanhar atrás do outro. Quando chegou ao portão, destrancou-o com mãos seguras, sem olhar, e deslizou — ainda de costas — pela abertura. Depois se ajoelhou, girou e empurrou o rabo magro na direção de Simon.

Simon tinha visto tantos animais fazerem isso com Busner que sabia o que era necessário. Curvou-se e apertou com a mão a bunda apresentada. Como sempre, surpreendeu-se com a sensação tão humana que o corpo da coisa fornecia, uma vez descontado o pelame. "'Grnnn', pronto, pronto, 'chup-chupp', você é Gambol, não é, 'huu'?"

"Isso mesmo. Eu admiro o seu delírio. Reverencio o seu lunatismo..."

"Certo, certo, Gambol, pronto, pronto 'chup-chupp'." Simon deu mais alguns tapinhas paternais.

Busner juntou-se a eles, com a pasta na mão e dois filhotes gritando agarrados ao pescoço. Havia também um bando de machos subadultos atrás dele numa sinuosa fila de mãos catadoras e braços bajuladores. O primeiro deles estava no pelame do pescoço de Busner, o seguinte no pelame do primeiro e assim por diante. Todos arrepiados, todos grunhindo. Era uma procissão bem impressionante de excitável carne-chimp e evidentemente Simon ficou intimidado. Recolheu-se à cerca viva. Busner virou-se para os subadultos. "'Wraaaf', sem patrulha para vocês hoje, não quero ninguém amolando Mr. Dykes... e quanto a *vocês* 'wraaa'!" Sem nenhuma cerimônia, arrancou as crianças do pescoço e deixou-as cair, guinchando, num canteiro.

Sozinhos, os três macacos entraram no Volvo. Gambol deu a partida e saiu depressa, passando seis marchas em outros tantos segundos. O grande carro desceu depressa a ladeira para Frognal, virou à direita e desapareceu na direção de Primrose Hill.

Londres podia parecer comparativamente alegre, clara e espaçosa para os ocupantes do carro que admitiam a própria chimpunidade, mas para Simon Dykes era um lugar fechado, sombrio. Das casas isoladas de tijolos vermelhos da crista de Hampstead, descendo pelas longas encostas de Belsize Park, até as casas ensanduichadas em torno de Primrose Hill, para onde quer que Simon dirigisse o olhar, via uma paisagem urbana saturada por sua própria confusão; um quarto de despejo das eras com prédios jogados uns contra os outros como imóveis descartados, engalanados de teias de aranha, cobertos de fuligem. Nunca

Londres fora tão claustrofóbica, tão anã como aquilo. E por toda parte ele via os habitantes peludos, que pareciam gnomos, os artelhos duros batendo com ruído no pavimento, as mãos duras pegando, agarrando, em incessante movimento.

Simon encolheu-se no banco de trás, sentindo-se como Alice no país da apatia, meio querendo pedir ao macaco chamado Gambol que abrisse o teto solar para poder enfiar por ele seu pescoço de girafa. Para diminuir ao máximo possível a disjunção entre a sensação de seu próprio corpo e sua apreensão com o mundo que habitava, Simon passou a viagem com os olhos, mais uma vez, pregados na janela, uma mão aninhando de leve o pau e o saco. Engraçado como estar seminu não parece me desconcertar, pensou, ou talvez só tenha pensado que pensou.

O Volvo entrou no Regent's Park e acelerou na direção do zoo. Então, quando chegaram aos portões principais, Gambol fez uma grande curva com o carro, enquanto mudava habilmente oito ou mais marchas. Estacionou o carro junto a um chimpanzé que segurava uma grande penca de balões cheios de hélio.

Busner saltou da porta da frente e pegou Simon na de trás. Simon achou o toque de Busner muito mais fácil de suportar uma vez que ele próprio havia catado merda seca do pelame do psicanalista radical. O corpo de Busner havia assumido uma estranha penumbra de aceitabilidade, algo entre aquela aceitabilidade de que goza o próprio cu da pessoa — em virtude de ser tocável quando a maioria dos outros não o é — e um conhecido, mesmo que fedido, cachorro velho — como a Gracie de Sarah.

Busner parou no balcão de ingressos e sinalizou: "Já deve ter estado aqui com seus filhos, Simon, 'huu'?"

"Estive, sim, muitas vezes. Magnus, o mais velho, gosta muito de animais, de vida selvagem, dessas coisas. Os outros acompanham..." Os dedos de Simon pararam de gesticular. Estava olhando a superfície metalizada dos balões oscilando no alto. Entre os Mickeys, Minnies e Mr. Blobbys, havia outras criaturas, mais estranhas, de focinho pálido, com probóscides exageradamente grandes.

Vendo o que atraíra Simon, Busner trocou sinais e moedas com o vendedor, ganhou posse de um balão e colocou o cordão na mão de Simon, assinalando: "É um humano, Simon, as crianças adoram humanos..." Conduziu Simon pelo braço até a loja de presentes. "E olhe aqui, 'grnnn'." Ao lado das canecas da Lifewatch, das flâmulas e adesivos, havia diversas máscaras pregadas num mostruário, leões, girafas, tigres e também focinhos mais pálidos, mais probóscides de Fagin.[1] "Veja! Máscaras humanas."

Os dois macacos prosseguiram. Simon atrás, mantendo o focinho nivelado com o traseiro de Busner, observando de perto como os testículos de pele cinzenta do eminente psiquiatra balançavam preguiçosos para lá e para cá; aparecendo, depois sumindo, por baixo da barra do paletó de *tweed*.

Busner comprou as entradas do bonobo que estava na cabine, seguiram andando apoiados nos nós dos dedos por uma rampa curva e entraram no zoológico. Estava tudo como Simon se lembrava da última vez que havia estado ali com os filhos. Quando teria sido isso? Fazia agora — ou pelo menos Busner assinalara isso a ele — quase um mês que tivera o colapso; e, com a preparação da mostra e as longas noites no Sealink, Simon não via os filhos desde um mês antes disso. Mas a última vez que haviam saído em algum tipo de excursão juntos tinha sido ali, no zoológico.

Os animais de pêlo, com seu semigarbo farsesco, de arrepiar os cabelos, andando apoiados nos nós dos dedos aqui, dependurados ali — todos oscilaram, depois se dissolveram numa kodacromática visão de tons rosa-vermelho-laranja, de carne desumanamente humana. Seus filhos, com os cabelos loiros e olhos azuis, as íris redondas — como balas duras: humanidade para chupar. Os três lambendo sorvetes de casquinha enquanto passeavam, de mãos dadas, pelo setor dos gorilas.

"'H'huuu', Simon!" Busner estava agora bipedal, num tom didático, sabido. "Ora, como você sabe, em sua terapia nós pretendemos adotar uma abordagem didática e explanatória. Vamos confrontar você com a realidade de sua chimpunidade, tentar dissolver o conteúdo de seu delírio. Lembre-se, se a qualquer momento achar a visão dessas feras perturbadora demais, basta simplesmente ulular e batemos em retirada."

Simon fixou os olhos arregalados naquele macaco na sua frente com dedos em movimento. Um macaco semivestido com

---

[1] Personagem que treina batedores de carteira no romance *Oliver Twist*, de Charles Dickens. (N. do T.)

paletó de *tweed*, camisa Viyella e gravata de *mohair*; um macaco que usava óculos bifocais pendurados numa corrente em torno do pescoço grosso. Não conseguia evitar de rir, de bater os grandes caninos. O que poderia ser mais perturbador que *isso*?

Sentindo o vaivém do humor de Simon entre a hilaridade e o horror, Busner resolveu levá-lo adiante. Contornaram o canteiro elevado cheio de verde suburbano e chegaram focinho a focinho com a grande estátua de Guy, o gorila, durante muitos anos a principal atração primata do zoológico. Como sempre, o bronze maior que o natural tinha seus minimontadores na forma de filhotes chimpanzés escalando entre as escápulas das costas largas, gargalhando, conversando, ouvindo "wraas". Os pais mostrando como ficar quietos, não vocálicos, para poderem tirar a foto.

Busner levou Simon pela cerca viva que acompanhava a barreira de segurança. Além dela, havia um vão de 60 centímetros e depois as barras de aço que constituíam o recinto dos gorilas. A área — que media cerca de 40x80 palmos e 30 de altura — era acolchoada com grandes pilhas de palha. Havia um enorme barril de lixo plástico sem fundo tombado de lado com um tufo de palha saindo de dentro. Havia também uma rede de corda estendida entre quatro grossos postes, e numa depressão de juta havia meio fardo de palha que fornecia os meios — pelo menos foi o que Simon concluiu — para os gorilas construírem ninhos diurnos.

Busner apontou um dedo curvo na direção de uma coisa quase piramidal coberta de pelame preto-prateado que estava agachada no aterro de palha quase no meio do complexo. "'H'huuu', olhe, Simon! Ali está ele, um grande costas de prata — seu primeiro humano vivo!"

Busner podia estar esperando alguma reação, mas não seria risada, e risada foi o que veio. Vigorosa, aguda, rangida, estalada. Os dedos de Simon articularam sua incredulidade, enquanto sua risada era alta o bastante para atrair a atenção dos chimps que estavam por perto. "'H'hiii-hiii-clak-clak', isso não é um humano! É um gorila!"

"Claro, claro 'chup-chupp' — por favor —, é um gorila, mas pertence à família humana — junto — acredito, embora não seja zoólogo — com o orangotango, sendo as três espécies sem rabo, 'huuu'?" E Busner agarrou Simon pelo cangote nesse momento, para acalmá-lo, porque o pobre chimp estava chorando, a hilaridade se inundando de desespero.

"Claro, dr. Busner, claro, que bobagem a minha, 'u-h'-u-h'-u-h', sabe, naturalmente, pelo que eu entendo, o gorila, o chimpanzé e o orangotango pertencem à mesma família — o ser humano sendo distinto, único, imbuído de autoconsciência e, é claro, 'u-h'u-h', feito à imagem de seu criador."

Foi a vez de Busner ficar sem sinais, ao apreender mais uma vez a perfeita simetria do delírio de Dykes. Busner tinha conhecimento de que alguns filósofos e antropólogos radicais estavam atualmente tentando redesenhar as fronteiras entre espécies; no processo qualificando o chimpanzé de "o segundo humano". Devia haver, Busner refletiu, uma parte da psique de Dykes que absorvera essa informação e a revirara numa tragicômica inversão.

Mas, independentemente do quanto Dykes estivesse delirante, ele respondia muito bem fora do hospital. Sua sinalização estava ficando mais fluente e articulada a cada hora que passava. E, embora ainda ficasse tenso sempre que outro chimp chegava muito perto — reação que deixava desalentadas vocalizações em sua trilha —, não caía mais em incontrolável histeria. Busner calculou que agora seria um bom momento para forçar o ritmo. Então, pegou o chimp que ainda dava risada pelo cangote e levou-o para o recinto dos humanos.

A área fazia parte do mesmo complexo dos gorilas. No centro dela, havia quatro quartos internos — dois para os humanos e dois para os gorilas. Eram pintados de um amarelo-alaranjado de serviço e equipados com nichos e plataformas de dormir. O dos gorilas era bem menor, uma vez que o zoológico tinha só uma dupla, enquanto havia todo um conjunto de humanos. Ambas as acomodações eram providas dos aparelhos para brincadeiras considerados necessários para humanos em cativeiro, grossas cordas de sisal, arranjos estratégicos de postes telegráficos e apoios manuais colocados a diferentes alturas.

Caminhando apoiados nos nós dos dedos para a esquerda do complexo, Busner e Simon chegaram primeiro à menor das salas envidraçadas que abrigavam os humanos. Havia um grupo de chimps reunido ali, os focinhos pregados no vidro grosso, para evitar os reflexos. Os chimps apontavam e vocalizavam uns para os outros excitadamente. "'HuuuGraa', olhe aquele ali, está descascando uma banana!" "'H'huuu', aquele é um macho?" "'Grnnn', o que aquele ali está querendo fazer, está 'huuu' brincando?"

Como não queria chegar perto para ver o que havia atrás do vidro, Simon ficou para trás e estudou esses animais olhando animais. Será que faziam idéia de como pareciam ridículos, como pareciam idiotas? "Wraaa", um macho atarracado chamou e gesticulou para sua companheira — o pelame da cabeça dela era um ligeiro travesti de um penteado humano, com corte arrepiado e descolorido nas têmporas? Sem dúvida, foi isso que pareceu a Simon. "Olhe os tocos de dentes daquele fodido 'wraaa'!" E ela riu, agarrou o pelame do braço em forma de cobra dele, apertou-se contra ele e arranjou as pernas curvas em torno da grande tumescência.

Havia outros chimps, chimps de olhos estranhamente amendoados apontando câmeras de vídeo e filmando uns aos outros no que imaginavam ser posturas humanas diante do recinto. Esse espetáculo fez baldes de bile correrem pelas entranhas de Simon. Ele puxou a manga de Busner, depois assinalou na mão do terapeuta. "Por que esses chimps têm esses olhos estranhos, 'huu'? São puxados e o pelame da cabeça deles é muito mais escuro e liso que o dos outros."

Busner olhou para Simon, o supercílio arqueado de incredulidade, antes de responder. "São *japoneses*, Simon, e por favor, mantenha essa movimentação de dedos discreta, eles podem ser capazes de sinalizar em inglês, ninguém sabe."

Mas Simon não estava prestando atenção, dominado pela curiosidade. Havia formas cinzentas, indefinidas se mexendo atrás do vidro, entrando e saindo da luz. Ele abriu caminho entre os membros lanosos até conseguir proteger os olhos junto ao vidro. Busner estava a seu lado, mantendo uma mão firme sobre ele, pronto a reprimir se sua reação fosse adversa. Lá estavam elas, as primeiras formas humanas que Simon via desde que o corpo de Sarah se curvara em orgasmo sob os movimentos de sua pelve. Os primeiros traços humanos em que pousava os olhos desde que aqueles traços adorados haviam se coberto de pêlos.

Havia um parado de costas para Simon, a uns dois metros e meio. Outros dois estavam deitados na plataforma de dormir da parede da direita, um de costas para o outro. Outro estava deitado de costas na palha, um bebê pulando em cima de sua barriga ondulada. A primeira coisa que Simon notou nos humanos foram as nádegas. Eram obscenamente nulas e ridiculamente curvilíneas, mais como bolas de praia embranquecidas do que partes corporais. As nádegas dos animais eram especialmente expostas por causa do relativo pelame do resto de seus corpos. Simon não conseguia distinguir quais eram machos, quais fêmeas, mas todos, menos a criança, tinham grandes tufos de pêlos púbicos e alguns tinham pelame esparso nos peitos, braços e pernas também.

Então aquele que estava no fundo da sala virou-se e veio andando, ereto, na direção dos espectadores chimpanzés. Houve "aaas" e "wraaas" da parte dos chimps quando o humano emergiu das sombras para a plena visibilidade. Simon observou o humano — se era disso que se tratava. Nunca tinha visto nada assim. Para começar era muito gordo, mas gordo de um jeito estranho, a carne caindo em dobras nítidas de todos os membros, e num grande babador distendido da barriga e do peito. Havia também dobras de pele verrugosa no pescoço, um pescoço que pareceu a Simon estranhamente alongado, como o resto todo do corpo.

Mas o corpo, estranhamente esteatopígico como era, não era nem um pouco tão impressionante como o focinho rústico da coisa. Simon se concentrou tentando discernir a fisionomia de um homem, mas não conseguiu realmente percebê-la. Tinha efetivamente algo que podia ser uma ponte nasal — de qualquer forma uma probóscide carnosa — e também uma área plana acima das órbitas, em vez de uma protuberância pronunciada. Ou era isso que fazia os olhos do animal parecerem mais salientes — ou eram salientes de fato; de qualquer forma olharam turvamente para Simon, azuis, protuberantes e absolutamente desprovidos da menor fagulha de racionalidade ou autoconsciência. Simon puxou a manga de Busner e fez na palma de sua mão: "Sabe se é um macho ou uma fêmea, 'huu'?"

Busner encarou seu paciente, bastante chocado, antes de flautear: "É um macho, Simon, olhe o pau da criatura que parece uma lingüiça enorme." Simon ficou chateado de não ter notado o pênis grosso como uma mangueira, com 25 centímetros de comprimento, alojado na virilha peluda. Como se notasse esse erro, o humano pegou o órgão mole e começou a movimentá-lo mecanicamente, com força.

Isso arrancou um coro de deliciados ululos dos chimps reunidos. "Huuu'Gra!", gritaram todos e sinalizaram excitadamente entre eles. "Olhe! Está se masturbando! Está se masturbando!" Alguns chimps ficaram tão excitados com essa demonstração de sexualidade animal que começaram a fazer uma trepada fingida uns com os outros, mas isso logo esmoreceu.

De olhos grudados no vidro, Simon continuou focalizando intensamente o focinho vazio do humano que se masturbava. Depois de um tempo ele parou, largou o membro flácido e arrastou-se de volta para os fundos tenebrosos da sala. Quando se virou, os chimps agitaram-se mais uma vez, tremendamente tocados justamente pelo traço que mais surpreendera e repugnara Simon. "Olhe o bumbum dele, mãe", sinalizou uma criança perto de Simon, "é todo horrível e liso!"

"'Wraaf', quieto!", a mãe reagiu.

Mas o humano deitado de costas com a criança brincando foi o que mais chamou a atenção dos chimps. Ficaram encantados com as piruetas da criancinha rechonchuda que insistentemente se esforçava por subir na barriga lisa do adulto deitado, tentava ficar em pé e caía de volta na palha num redemoinho truncado de braços e pernas compridas.

Cada vez que isso acontecia as crianças chimp se manifestavam, os gritos agudos, penetrantes, repercutindo no vidro. Eles então assinalavam todos as mesmas reações, aos olhos de Simon estereotipadas: "'Aaaa', olhe, mãe — estão brincando!" Ao que a fêmea adulta presente fazia também "aaa" e observava: "São *tão* engraçadinhos", como se a graça, esse comportamento aparentemente tão chimp, fosse inteiramente nova e inesperada.

Os dois humanos deitados na plataforma de dormir se mexeram, sentaram-se eretos. Um era claramente uma fêmea, com distensões de carne no peito ainda maiores do que o macho — e possuía também longas tetas marrons. Quanto ao outro, era extremamente difícil estabelecer seu gênero uma vez que mantinha os membros todos apertados junto ao corpo e oscilava para frente e para trás sobre as nádegas volumosas. Nenhum desses animais registrava a presença do outro e, assim como o macho masturbador, seus focinhos porcinos eram desprovidos de sentimento ou expressão.

Busner acariciou a lateral do pescoço de Simon e suavemente traçou alguns sinais em seu pelame. "Veja 'chup-chupp' como os humanos não se catam. Na verdade 'chup-chupp' dificilmente se tocam."

Simon, tão consciente daquilo que Busner estava sinalizando quanto do fato da sinalização em si, deu-se conta do potencial de poesia que uma tal linguagem de sinais podia ter. Sinalização de toque — enquanto se toca; uma dança e brincadeira dos dedos de um no outro — de um *para* o outro. Simon esticou uma mão exploratória, encontrou a forte coxa do psiquiatra e fez: "Acho que são muito peculiares de se olhar, 'u-h'-u-h', não exatamente o que eu esperava."

"Bom, acredito que humanos criados em cativeiro apresentam diferenças significativas dos humanos em liberdade."

"Quais, 'huu'...?"

Simon não obteve uma resposta porque soaram altos ruídos, como de vários objetos de metal sendo movidos, fechos destrancando, portões se abrindo, correntes batendo. Simon havia notado o exagerado langor com que os humanos se locomoviam, que fazia lembrar os pacientes mentais sedados com Largactil, mas esse ruído lançou-os em atenção. Todos, menos o indivíduo oscilante, sem gênero, da plataforma de dormir, puseram-se bipedais e com seu passo peculiar, ereto, foram para a porta à esquerda da sala.

Um dos adultos deitados era macho, embora um espécime não tão grande quanto o masturbador. Era mais baixo, mais atarracado, e tinha o pelame púbico mais esparso, mais leve. Esse indivíduo empurrou o macho grande por causa da precedência na fila, enfrentando-o ombro a ombro. O macho grande então abriu os lábios frouxos e revelou uma boca cheia de dentes podres e quebrados. Se Simon estava esperando uma vocalização inteligente, algo que denotasse "fala", ficou seriamente decepcionado, porque tudo o que emergiu foi um rugido grave, de garganta. Um rugido tão grave que fez o vidro temperado vibrar.

O grande macho humano rugiu e deu no outro macho um tranco poderoso que o lançou cambaleando alguns passos.

Levantou-se apoiado ao vidro, e Simon olhou profundamente em seus olhos vazios. "Você está vendo", Busner coçou a nuca de Simon, "os princípios — mesmo não refinados — de uma hierarquia da dominação."

Os outros humanos estavam saindo enfileirados pela porta, baixando a cabeça ao passar pela trave. O macho beta putativo levantou-se e seguiu atrás deles. "Aaaah", vocalizou um filhote agarrado à perna de Simon, depois sinalizou: "Coitadinho, está perdido!" Simon ficou surpreso — não achou nada difícil de suportar o toque do filhote de chimpanzé. O último humano encaminhou-se para a porta, mas não se abaixou a tempo. A trave encontrou a cabeça desprotegida com um estalo audível e o humano caiu para trás, estatelado em cima da bunda acolchoada. Uma onda de riso solto, alegremente efervescente percorreu os chimps.

Simon sentiu a raiva crescer por dentro. Raiva branca. Virou-se para encarar Busner. "'Wraaa!' Que coisa horrível, tão grossa. Será que chimps não podem demonstrar compaixão por essas pobres criaturas!"

"'Huuu', Simon, eu concordo, claro, mas não vamos chamar muita atenção." Ele afastou seu paciente não-ortodoxo da proximidade dos outros chimps, que ainda estavam ofegando e segurando o lado de tanto rir. "Você tem de entender que ver um humano batendo a cabeça é uma forma arquetípica de comédia, 'huuu'?"

"O que quer dizer, 'huu'?"

"Bom, a consciência espacial do humano é intensamente menor que a dos chimpanzés. A capacidade de extracepção — a consciência intuitiva da distribuição dos objetos circundantes — é menor, praticamente não existe. Por isso os chimpanzés sempre usaram os humanos como um paradigma de palhaço. O circo muitas vezes incorpora chimpanzés vestidos de humanos, correndo e se batendo, sabe, 'huuu'?"

Simon sabia muito bem. Por cima das jaulas dos gibões, ele via as árvores de Regent's Park ondulando a distância. Via as insígnias da Lifewatch que alguns chimps em torno exibiam e via também seus três filhos, rindo e correndo entre a máquina de Coca-cola junto à jaula do panda, o fornecedor de insígnias da Lifewatch que repetia as cinco notas de sua musiquinha sem graça e o abrigo de chimpanzés. Correndo com facilidade, com fluência, com aquela desgovernada sensação tão perfumada de infância, tão perfumada de um tempo antes de a energia precisar ser controlada, conservada. Os corpos dos meninos, tão graciosos, tão ágeis, tão diferentes daqueles animais marginalizados cujas formas se borravam por trás do vidro reforçado. Simon se viu dilacerado por visões contrárias, opostas, como uma criança que coloca um olho de cada lado de uma porta, obtendo diferentes perspectivas que são simultaneamente incompreensíveis. Enxergou o corredor de sua vida. Simon era um homem alto. Havia batido a cabeça em milhares de traves, amuradas, partes de baixo de mesas e vigas horizontais. Era nisso que residia a humanidade? Nessas pancadas e golpes, cada uma das quais — lembrava-se disso também — trazia codificada dentro de si a noção de que podia ter sido evitada, como se o efeito precedesse a causa.

O corredor da vida de Simon subia. Era uma haste agora, uma haste feita para parecer um corredor, com peças e móveis presos dos lados, contra os quais chocava seu corpo em queda. Para trás e para trás, quadril no canto, cotovelo contra maçaneta, queixo na porta... até chegar aonde? Em algum bang primordial, definitivo? E agora Simon achou que compreendia — esse big bang. Sentia sua dura pancada percorrendo do occipício à nuca, da nuca ao ombro, do ombro ao cóccix. Uma das mãos foi para a bunda. Os dedos brincaram com as dobras isquiais. Depois emergiram, subiram, se espalharam. Ele virou para Busner, que ainda o tocava, ainda a seu lado, e sinalizou: "Sabe, quando eu era criança fui atropelado por um ônibus. Foi na Fortis Green Road..." Ele trauteava. "Voltando de um filme... mas que filme, 'huu'?"

"'H'huuu', é mesmo?" Busner estava distraído, talvez preso no mesmo corredor de Simon, ou em outro paralelo a ele. "Bom, isso é extracepção traseira para você, 'huuu'? Ora, vamos ver o que os humanos estão aprontando, 'huuu'? Acho que é hora de eles comerem."

Gambol ficou sentado um momento, brincando com os controles do Volvo, depois de deixar seu alfa titular e o chimp em delírio que ele estava querendo capitalizar no zoológico. Gambol podia ser tratado por Busner como um motorista de táxi, mas estava longe de ser apenas um mecânico intelectual, cumprindo tarefas, fazendo telefonemas, arranjando pesquisas. Gambol tinha um diploma de primeira classe em psicologia em Edimburgo e ganhara uma bolsa Morton-McLintock para mestrado em psicologia clínica.

Depois de obter esse segundo diploma, passara à influência de Zack Busner. Naturalmente, Gambol conhecia Busner há anos; seu característico ulular era um dos sons ícones dos primeiros anos 70 — agora infinitamente repetido nas reprises do programa de jogos e programa de gestos que infernizavam as emissoras a cabo —, mas a leitura que Gambol fez da monografia definitiva de Harold Ford sobre a Teoria da Quantidade de Insanidade é que transformara Busner em seu herói. Gambol passou a ler tudo de Busner que conseguia encontrar, desde sua desesperadoramente equivocada tese de doutorado *Algumas Implicações da Implicação*[2] até os relatos de sua malfadada Concept House, até suas últimas obras sobre as ramificações fenomenológicas existenciais das perturbações neurológicas extremas.

Gambol tornou-se seu acólito. Sua própria tese de doutorado ia ser uma análise da muito alardeada abordagem psicofísica que Busner empregava com pacientes incomuns. Ia ser, até que a pasta brilhante que Gambol passou para Whatley na mesa do Café Rouge veio parar em suas peludas mãos.

A fonte da pasta fora um chimp chamado Phillips, que ocupava uma função menor de pesquisa para uma companhia farmacêutica multinacional, Cryborg Pharmaceuticals. Gambol havia cruzado com Phillips diversas vezes em seminários que a Cryborg oferecia sobre psicofarmacologia para profissionais. Ao saber que Gambol era o ípsilon de Busner e seu assistente de pesquisa, Phillips declarou que tinha uma forte antipatia pelo grande macaco, que de fato o ressurgir da carreira e da reputação de Busner lhe parecia um grosseiro equívoco.

Porém, quando Gambol pressionou Phillips sobre o assunto, o chimp ficou circunspecto; sua gesticulação reduziu-se a pouco mais que um bater de unhas. Gambol estava informado, soltou ele, sobre a estranha lacuna na carreira de Busner que

---

[2] Resumos disponíveis na Concept House Archive. Envie £7,99 e aguarde 21 dias para a entrega.

viera à tona no começo dos anos 90? Gambol sabia que durante esse período Busner havia renunciado à supervisão do Hospital Heath e tinha ido trabalhar para a Cryborg? Gambol tinha alguma pista sobre a natureza desse trabalho?

As respostas eram, evidentemente, todas negativas. Gambol apertou Phillips, marcando para encontrar com ele para drinques em diversos pubs em torno de Hampstead. Pouco a pouco, ao longo de meses, os elementos da história foram vindo à tona. Primeiro a revelação de que Busner havia, segundo Phillips, sido empregado pela Cryborg para conduzir um experimento com uma droga ansiolítica; depois veio a insinuação — não a afirmação direta — de que o experimento fora ilegal.

E aí Phillips se deteve. Era uma estranha aliança, porque ambos os subordinados tinham afeição por Busner ao experimentar a possibilidade de minar sua reputação e destruir sua carreira.

Depois veio Dykes — e a situação mudou rapidamente. Phillips ficou pasmo quando Gambol sinalizou sobre o artista e seu peculiar delírio de que era humano. Pediu a Gambol para manter contato com qualquer novidade e entregou a Gambol a pasta que foi passada a Whatley, que passou a ser então — com o consentimento de Phillips — o outro ângulo do triângulo conspiratório.

A pasta era um modelo para um folheto de propaganda de uma droga denominada — provisoriamente — Inclusion. Os fatos, conforme estabelecidos no folheto, faziam da Inclusion uma potencial panacéia para todos os modernos males neuróticos e depressivos. Como exatamente a droga funcionava era algo deixado vago — o folheto era dirigido aos não muito rigorosos clínicos gerais, sem muito tempo à disposição —, mas que a Cryborg acreditava ser a maior conquista da psicofarmacologia, isso estava escrito em todas as entrelinhas do texto em medicalês.

Phillips informou a Gambol que a relação entre Busner e o chimp que achava que era humano era mais antiga do que Simon Dykes imaginava. Ele prometeu informar Gambol a respeito, mas só com a condição de que ele fornecesse atualizações regulares sobre o progresso de Dykes. Era uma dessas atualizações que Gambol estava preparando enquanto o Volvo, com o escapamento borbulhando, esperava ao lado do portão do zoológico. Ele detestava ter de usar cabines telefônicas e se agachar dentro, sinalizando furtivamente, como se fosse algum espião industrial barato. Mas usar o telefone do carro estava fora de cogitação. Busner era absolutamente correto sobre suas despesas. Cada clipe de papel, cada ligação, cada xícara de chá era contabilizada semanalmente.

Gambol suspirou e engatou a marcha. Ia até Camden Town para fazer a ligação. E era melhor gesticular depressa — Busner havia prevenido que a excursão pelo zoológico poderia não demorar muito e queria Gambol lá quando estivessem prontos para ir embora.

Simon queria ir embora. Tinham ido atrás dos outros chimps, deram a volta na parte aberta, murada, do recinto humano, até a sala que ficava do outro lado. Era lá que estava acontecendo a alimentação.

Simon não estava esperando exatamente mesas com toalhas brancas, com talheres de prata e copos de cristal, mas mesmo assim a cena com que se confrontaram era lamentável e perturbadora. Uma grande pilha de comida havia sido jogada em cima da cobertura de palha fétida do chão. E que comida: maçãs, laranjas, bananas e pão. Era isso. Simon procurou em vão por alguma outra coisa, qualquer guarnição, acompanhamento ou carne, mas não havia nada, apenas maçãs, laranjas, bananas e pão branco, do tipo industrial, tão mole e pegajoso que as fatias ficavam grudadas umas nas outras mesmo sem nenhuma geléia.

Era, evidentemente, esse prêmio que havia incendiado a disputa entre os dois machos humanos. Agora, o maior deles — "o Punheteiro", como Simon o havia batizado mentalmente — estava sentado ao lado da pilha, com as pernas compridas cruzadas e um monte de comida escondendo seu colo repelente. Comia um sanduíche de cinco camadas, construído no melhor estilo *cordon bleu*, com cinco fatias de pão empilhadas.

Todos os humanos estavam nessa sala para a sessão de alimentação. Simon fez um esforço para olhar seus semelhantes com algum tipo de objetividade, olhar as características físicas, identificar idades e gêneros. Além do Punheteiro, havia três outros machos desenvolvidos. O que havia cambaleado estava agora de joelhos dobrados, com a cabeça recostada numa plataforma de dormir, aparentemente esperando o macho alfa terminar de comer. Mas outro macho desenvolvido gozava claramente os favores do Punheteiro e, a julgar por sua pele cheia de verrugas, devia ser um parente de sangue.

Esse ficava de boca aberta, agarrado a um suporte de metal, olhando o mundo todo como um mal adaptado viajante de trem, abandonado em um desvio pela passagem da evolução. O Punheteiro passava um bocado ocasional para esse indivíduo, e o Passageiro — como Simon chamava agora o parente putativo do Punheteiro — pegava a maçã ou banana e mastigava com seus tocos de dentes, polpa, sementes e suco escorrendo pelo queixo.

A cena, que de início havia apenas intrigado Simon, agora, apesar da repulsa, o interessara e fascinara totalmente. Quanto mais olhava os humanos, mais se sentia próximo deles. Eles, como ele próprio, preferiam ficar bipedais ou reclinar. Eles, como ele próprio, movimentavam-se devagar, as ações acolchoadas por inércia em choque com a dura realidade material do recinto. A maneira curvada e desanimada com que pegavam a comida, remexiam os feixes de palha espalhados ou se deslocavam em seu nada aventuroso não-*playground* era um cruel retrato do titubeante progresso de Simon pelo horror confuso do mundo chimp.

"'U-h'-u'h', por que pintaram as paredes daí com esse padrão idiota de arbustos, 'huu'?" Simon agarrou o braço grosso de Busner e gesticulou no pelame entre o relógio e o punho da camisa.

"Como assim, 'h'huu', por quê? Para ficar parecendo o habitat equatorial deles, acho. Veja aqui, esta placa — dá informações sobre fatos básicos."

A placa mostrou a Simon que os humanos se distribuíam ao longo de uma faixa sempre mais estreita de floresta tropical e savana africanas. Que seu número estava em severo declínio uma vez que os bonobos ocupavam mais e mais seu território; e que o nome latino deles era *Homo sapiens troglodytes*. "'Huuu', e o que isso quer dizer?"

"'Gru-nnn', bom." Busner coçou a orelha generosa. "Não tenho bem certeza, <habitante das cavernas inteligente> talvez, 'huu'?"

"Mas, dr. Busner, o signo <humano> em si — o que significa, 'huu'?"

"'Euch-euch', bom, Simon, aí você me pegou. Deve ser um signo latino de algum tipo; talvez uma transliteração da vocalização humana, assim: 'huuum'a'. É plausível, não é, 'huu'?"

Simon olhou seu mentor, seu guia, sua única rota concebível de volta a qualquer coisa parecida com sanidade. "'U-h'-u-h', o senhor não sabe de fato — não é, 'huu'?", gesticulou, os sinais ansiosos, entrecortados.

"Tem razão, Simon, eu não sei — mas vou descobrir. Estamos juntos nessa viagem, uma busca picaresca de conhecimento. Eu tenho de saber mais sobre a humanidade — você sobre a chimpunidade, 'huu'?"

Enquanto os dois chimps cortavam o ar, um voluntário do zoológico chegou ao recinto dos humanos. Era um macho nojento, de aspecto ineficiente, mesmo para os olhos não discriminadores de Simon. Acima do peso, usando um paletó branco com a insígnia da Lifewatch pendurada na lapela, o voluntário acenou para os chimps reunidos ao longo do parapeito e tentou tocar suas perguntas mais insistentes. Por que os humanos eram — segundo o aviso pregado na tela — "Animais perigosos"? Por que a atividade de acasalamento era tão reduzida? Como era possível diferenciar machos e fêmeas? E assim por diante.

"'H'huu', pode crer", o voluntário quase desenroscou a mão com isso, "seu humano é um animal extremamente perigoso. Não se deixem enganar por todos aqueles filmes e anúncios em que humanos aparecem vestidos de chimpanzés e aprendem a fazer coisas espertas. Todos os indivíduos usados para esse trabalho têm menos de cinco anos. Por volta dos cinco anos, o humano fica esperto demais para ser manipulado com segurança e tem de ser confinado. Uma nova leva de humanos de quatro anos toma seu lugar. Ou isso, ou alguns humanos mais velhos são 'euch-euch' drogados para poderem ser usados por chimps exploradores como modelos de novidades, levados por *resorts* mediterrâneos onde chimps podem posar para fotografias ao lado dos animais."

Simon observou essa conduta intensamente e depois sentiu-se motivado a fazer uma pergunta ao voluntário. "'H'huu', mas os humanos não são mais fracos que os chimpanzés? 'Huuu', fisicamente ineficientes? Como podem essas criaturas burras, frágeis, serem uma verdadeira ameaça para os chimpanzés, 'huu'?" Busner abriu um sorriso para Simon, deliciado por seu paciente estar se relacionando com outros chimps. Porém o voluntário pareceu desconfiado. Para ele, assim como para a maioria dos chimps com quem Simon estivera em contato, a sinalização espasmódica do ex-artista, sua postura estranha e o pelame fosco traíam instabilidade mental, adquirida ou inata.

O voluntário deu a Simon aquele olhar que os chimps reservam para os doentes mentais, pena e medo misturados para parecer tolerante, e sinalizou: "Bom, 'euch-euch', tem razão. Mas, mesmo mais fraco, o humano é consideravelmente maior que um chimpanzé. E, embora de forma alguma inteligente em termos chimpanzés — a inteligência humana se resume na verdade a qualquer coisa inteligente que os humanos façam de fato —, o humano tem uma esperteza crua, de nascença, e uma habilidade de fazer uso destrutivo de seu meio ambiente. Em termos grosseiros 'euch-euch', são capazes de fazer armas e se tiverem meia chance usam essas armas..."

"H'H'H'Hii-hii-hii-hii!", os dentes em cimitarra de Simon se abriram e ondas de riso saíram de sua grade de esmalte. Ele estava pensando, claro, no tipo de armas que gostaria de fazer — e colocar em uso destrutivo.

O voluntário cerrou os punhos. Os outros chimps ficaram chateados também. Busner julgou que estava na hora de irem embora. Evidentemente, Simon havia sido exposto o suficiente para um dia, melhor não forçar as coisas. Busner agarrou-o com firmeza pelo ombro e puxou-o para longe da falsa sala de estar dos humanos. Pelas costas de Simon, fez alguns sinais abreviados: "Desculpem. Paciente meu. Não está bem. Desculpem — sou médico."

E no pelame da nuca de Simon o fenomenologista existencial continuou: "Agora, Simon, 'gru-nn', Gambol deve estar esperando por nós na entrada principal. Já basta de passeio por hoje e acho que você se saiu 'chup-chupp' muito bem."

Simon não estava sentindo boa parte disso. Andando apoiado nos nós dos dedos para longe do recinto humano debaixo do caminho coberto, os dois chimps viram-se diante de uma parede de tijolos junto à jaula de mico-leão. "A árvore primata" representava a relação evolucionária que todos os primatas tinham uns com os outros.

Busner achou que isso havia chamado a atenção de Simon — os desenhos a traço de gorilas, humanos e macacos. Chimps e humanos estavam no mesmo grupo. Na verdade, o humano estava ereto, mais ou menos de braços dados com um gorila, e de lado o chimpanzé ocupava um esplêndido isolamento genético. Eram o ramo superior da árvore, com os macacos do Velho Mundo ao lado. Dois galhos inferiores e mais espaçados sustentavam as frouxas fraternidades dos macacos do Novo Mundo; à esquerda — sagüis, micos, duruculis e caiararas — e à direita os prossímios — lêmures, gálagos e társios.

Busner tentou realinhar mentalmente esse esquema para combinar com a visão deturpada do mundo animal de seu paciente, mas desistiu porque o pobre, triste, chimpanzé estava meio rindo, meio chorando, agarrado à manga do paletó de Busner com ambas as mãos, chamando a atenção dele para outro letreiro, menor.

"'Euch-euch', o que foi, Simon, 'huu'? O que você quer?"

"É isto aqui 'hii-hii-hii', esta coisa aqui 'clak-clak-clak', diz mesmo o que eu estou pensando, 'huu'?" Simon riu sufocado, remexeu-se e choramingou.

Busner leu o letreiro: "Os Pavilhões Michael Sobell foram inaugurados pelo duque de Edimburgo em 4 de maio de 1972. Bom, parece bem claro..."

"Então 'hii-hii-hii' é verdade, 'huu'?"

"O que é verdade, 'huuu'?"

"Que o duque de Edimburgo é *mesmo* um macaco! 'Hiih'hii-hii-hii-clak-clak-clak.'" O renomado ex-artista dobrou-se de rir.

"Não um macaco", Busner advertiu, misturando sinais com tapas, "um *símio*, Simon — um *símio*. Embora não um grande símio."

Simon ergueu o braço para se proteger dos golpes de Busner e largou o fio do balão que segurara durante toda a visita ao zoológico. Busner parou de dominar e durante vários minutos ficaram agachados, olhando a caricatura redonda e brilhante de humano flutuar suavemente, subindo no céu azul profundo.

Capítulo quinze

Na semana seguinte, ocorreram dois sérios episódios na morada coletiva Busner. O primeiro envolveu Simon e o carteiro; o segundo, Simon e um grupo de machos Busner subadultos. Nos dois casos não houve provocação, mas ele ou reagiu a algo que percebeu como ameaça, ou então voluntária e maliciosamente tentou ferir diversos chimps.

O carteiro foi surpreendido, ao avançar andando apoiado nos nós dos dedos pelo caminho de entrada da casa às oito da manhã, por um macho alto que fez uma série de vocalizações graves, incoerentes, antes de enfiar um tambor plástico de lixo vazio em cima dos ombros do pobre chimp, chutando depois impiedosamente a região de suas virilhas.

Foi controlado por Nick e William, dois machos Busner subadultos mais velhos. Eles estavam acostumados a lidar com os esquisitos pacientes residentes de seu alfa que saíam da linha. Algemaram Simon em seu quarto, deixaram-no lá, acordaram o alfa, depois voltaram para acalmar o carteiro e impedir que chamasse a polícia. Mesmo quando o próprio Busner apareceu, foi preciso muita persuasão para acalmar o chimp.

O segundo episódio envolveu uma quantidade de vasos que Simon havia tirado de vários pontos da casa. Os Busner tinham tantos ornamentos que a ausência deles não era notada, até que uma manhã despencaram em cima dos machos subadultos que se exibiam de mentirinha no pátio de trás. "Waaa-Wraaaaf!", Simon gritava, atirando *flute* de vidro azul depois de pote achatado de porcelana. Ninguém foi atingido diretamente, mas vários chimps se cortaram com os cacos voando, inclusive Charlotte.

Isso foi demais para o velho macaco. Ele se balançou até o quarto de hóspedes, onde Simon havia se refugiado, e administrou uma dura e salutar surra no chimp maluco. Charlotte havia se mantido bastante calma, mas Busner sentiu-se tentado a propor a devolução de Simon para o hospital. "'Euch-euch', tenho de admitir que parece que tem razão, querida, e que esse sujeito está realmente perturbado demais para lidar com qualquer coisa que pareça vida normal..."

"Mas, Zack, querido, acha que está realmente conseguindo 'huuu' algum resultado com ele?"

"Bom, acho que sim..."

"Nesse caso, ele deve ficar — é nosso dever."

"É, é nosso dever 'gru-nnn'!", Mary e Nicola, respectivamente fêmeas iota e teta, acrescentaram. Elas estavam partilhando o ninho do alfa essa noite.

Era verdade que tinha havido progresso. Simon estava pronto para sair e enfrentar o mundo, mas cada saída o deixava obviamente debilitado e moroso. A dra. Jane Bowen vinha a Redington Road com a freqüência que seu horário permitia. Simon a considerava a mais simpática de seus tratadores — era mais gentil e menos inclinada a castigos físicos que o grande macaco.

Bowen levava Simon — geralmente de manhã cedinho ou no final da tarde — para passeios no Heath. Lá ela o encorajava a tentar usar um pouco os braços para se pendurar e a ser mais quadrúpede. Às vezes, essas saídas eram bem-sucedidas — mas outras vezes terminavam em histeria, como no dia em que Simon testemunhou — sem se dar conta do que se tratava — o fim de uma das incrivelmente longas filas indianas de sodomia que os chimps gays formavam nos densos bosques abaixo do castelo Jack Straw.

Bowen sempre levava uma câmera de vídeo nessas saídas e observava seu paciente com todas as técnicas de objetividade que um antropólogo teria usado ao acompanhar humanos em liberdade na mata africana. Estava se convencendo de que o delírio humano de Simon possuía uma sintomatologia definível — havia a possibilidade de um importante trabalho acadêmico acenando.

Simon mudou-se para o quarto de hóspedes — depois de certa pressão. Quando Busner insistiu com ele para saber por que achava o quarto tão perturbador, Simon apontou a linda pintura pré-rafaelita de uma bonita fêmea jovem, meio submersa em aquosa morbidez, o protetor de tumescência William Morris engalanado de copos-de-leite e assinado desdenhosamente "Esta porra de falsificação".

Busner entendeu e mandou substituir por um quadro abstrato.

Depois da ida ao zoológico, Busner instruiu Gambol também a rastrear o máximo possível de material sobre humanos e outros antropóides. "Quero tudo que você conseguir encontrar", sinalizou ao traiçoeiro ípsilon, "trabalhos de antropologia teórica, estudos de campo, obras de ficção..."

"'E filmes também, chefe?"

"Claro, filmes, documentários de televisão, fotos também. Pode trazer também um computador melhor para cá — nos conectar com essa coisa de web 'euch-euch'; a pesquisa humana mais moderna deve estar computadorizada. Quero ver todo o material disponível e traçar um esboço. Acho também que esse estranho projeto de estudo vai nos aproximar, Dykes."

Foi assim que Gambol, xingando por dentro a esse abuso de seu intelecto, fisicamente vasculhou as bibliotecas e arquivos de Londres — e virtualmente vasculhou o espaço eletrônico. Mas até mesmo ele se surpreendeu com o rico mangue de referências humanas que havia para se descobrir.

Trouxe o clássico estudo de Robert Yerkes de 1927 intitulado simplesmente *Humans*, primeiro estudo de campo do humano em liberdade. Trouxe todos os livros de Jane Goodall sobre humanos selvagens de Gombe. Foi à Videocity de Notting Hill Gate e comprou os vídeos de *Planeta dos Humanos* — os quatro filmes —, e instalou um vídeo e televisão no quarto de Simon, para que o artista e o terapeuta pudessem assistir enquanto descansavam.

Gambol obteve também textos mais recônditos. Uma edição fac-similada do clássico estudo de anatomia de Edward Tyson — publicado em 1699 — de um espécime humano imaturo trazido de Angola: *Orang-utang, sive Pongid sylvestris. Ou, A ANATOMIA DE UM PIGMEU Comparada à de um Macaco, à de um Símio e à de um Homem.* Esse texto teve o mais interessante efeito sobre Simon Dykes. Despertou alguma coisa profunda no artista — ou pelo menos foi a hipótese que Busner elaborou. Uma memória esquecida, mas originalmente consciente do primeiro encontro significativo entre humanos e a civilização ocidental; ou talvez até mesmo uma lembrança filogenética sepultada arrancada da mente desperta do artista da mesma forma que a grande fenda do vale Rift em si separava humanos de chimpanzés, deixando os primeiros no beco sem saída da selva e os segundos circulando livremente pela colcha de retalhos de ecossistemas que acionaram o processo acelerador da especiação alopátrica.

O agudo interesse de Simon era ainda mais interessante porque o texto de Tyson marcava a entrada formal do antropóide humano na consciência ocidental. Alguns comentadores acreditavam que Tyson devia ser colocado no mesmo pedestal de Vesalius e Darwin.[1] Mas o impacto de sua classificação do humano — ele o colocou dentro da cadeia em algum ponto acima do Hottentot, atribuindo à espécie efetiva chimpunidade — veio em fogo lento. Foram precisos cinqüenta anos e o *mythos* do Bom Selvagem para os humanos antropóides passarem a constituir prova material nos grandes tribunais entre anatomistas e agostinianos no século XVIII.

Ao observar o empenho com que Simon atirou-se ao facsímile de Tyson, Busner começou a acompanhar seu paciente. Ele havia notificado o Trust de que estava trabalhando em um caso extremamente interessante. "Confidencialmente", comunicara a Archer, administrador-chefe do Hospital Heath, enquanto um catava a dobra isquial do outro na cantina, "este paciente que 'chup-chupp' recolhi de Whatley no Charing Cross é um golpe de sorte. Seu delírio humano pode ter uma base orgânica que revelará mais sobre a relação entre a consciência chimp e a fisiologia chimp do que um ônibus lotado de pacientes neurológicos."

Seria até forçado afirmar que Archer havia percebido isso tudo antes de Busner, mas essa não era a primeira vez que a ex-personalidade televisiva acenava com uma Descoberta Significativa e Archer sabia que não seria a última. Não seria enquanto Busner retivesse a rede de alianças que lhe permitira voltar às boas graças. Mas alianças são sempre transitórias — e o que sobe acaba caindo de novo.

---

[1] Darwin, é claro, previu a coisa toda com sua observação: "Se os chimps não tivessem sido seus próprios classificadores, nunca teriam pensado em fundar uma ordem separada para sua própria recepção." (N. do A.)

Então, Busner delegou suas responsabilidades de professor e entregou a totalidade de seus casos a um esforçado teta, um residente sênior que estava em formação. Além de uma saída ocasional para participar de reuniões inevitáveis e intocáveis sessões de catação, ele permanecia em Redington Road durante o dia.

Gambol arrumou o grande quarto dos fundos do primeiro andar, que Busner usava como escritório, para Simon ficar o mais confortável possível. Todos os quadros e fotografias que brincavam com o estado de delírio de Simon — os que mostravam chimpanzés naquilo que Simon considerava contextos irredutivelmente humanos — foram removidos. Foi escondida até a coleção de chocantes esculturas de barro executadas por pacientes coprófilos de Busner. No quadro de avisos da cozinha foram colocadas instruções estritas de que nenhum membro do grupo deveria entrar no escritório enquanto o paciente estivesse lá. Atividades de exibição e acasalamento deviam se restringir à cozinha e ao quarto de brincadeiras dos subadultos no térreo. Os pôneis de colo deviam ser cuidadosamente arreados.

Gambol também livrou a mesa de forma que Simon pudesse ter um lado só para si: colocar seus papéis e objetos — fossem quais fossem — para criar uma sensação de seu próprio espaço. Por sugestão de Busner, Gambol até obteve alguns blocos de desenho, lápis e carvões, que deixou expostos para o caso de o artista resolver retomar seu trabalho.

"Nunca se sabe", Busner gesticulou para Simon, os sinais caindo entre os artigos artísticos cuidadosamente arrumados, "quando a musa pode se sentir tentada a visitar você."

"'Huu-euch-euch' é", Simon respondeu de volta, "e o que eu 'euch-euch' devo fazer se ela resolver, 'huuu'? Faço uma boa catação nela?"

Sentindo que uma admoestação física só iria provocar mais insolência, Busner deixou passar.

Então os dois assentaram, macaco tentando imaginar a mente de homem, homem tentando acomodar o corpo de macaco. Folheavam os livros, estudavam as fotografias e se encolhiam na frente do computador novo, se alternando a clicar seu caminho pelo mundo virtual da antropologia.

Armazenaram informações do diretório das colônias de pesquisa humana das universidades americanas. Visitaram o site do Safári Humano de Seis Dias em Uganda; o Crânios de Animais Existentes, Humanos e Chimpanzés; a Zona Humana — edições limitadas de arte humana, onde Simon pôde ver exemplos de pinturas humanas, intituladas pelos próprios animais.

Pesquisaram os arquivos *on-line* do Instituto de Gesticulação Humana e Chimpanzé, conferiram as biografias de Washoe e outros humanos famosos que haviam aprendido os sinais com os Fout.[2] E é claro que entraram no site do Instituto dra. Jane Goodall, onde Simon estalou os dentes ao descobrir a existência de um "Kit de Aprendizado do Embaixador Humano".

Havia tanta informação humana na web que dava para ficar confuso. Podia-se conseguir um emprego trabalhando com humanos via internet — contanto que você obtivesse resultado negativo no teste de antígeno de superfície de hepatite B. E naturalmente podia-se entrar em contato com ativistas de direitos humanos. Bastava apertar o signo "humano" no programa de busca e apareciam 4 mil sites diferentes.

Como era a primeira experiência de Busner e Simon na web, ambos começaram a conceber o sistema global de gesticulação eletrônica como inteiramente ocupado por humanos; uma selva de bytes. Mais do que nunca, ao observar a preocupação da chimpunidade com seu parente vivo mais próximo em vias de extinção, Busner imaginou se no estado de seu paciente o *Zeitgeist* haveria se fundido com psicose.

De quando em quando, eles paravam, rastejavam para o quartinho apertado de Simon para assistir a vídeos. Mas Simon nunca agüentava durante muito tempo. Era como se cada dia ele se levantasse decidido a fazer alguma coisa de seu estado, mas à medida que a manhã ia passando ele se esgotasse. Geralmente, depois do segundo almoço, como um humano confinado e patético, Simon levantava-se e ia para o lado de Busner na mesa,

---

[2] "**Atividades favoritas**: Washoe adora ficar ao ar livre. Ela gosta também de olhar sozinha catálogos (sobretudo catálogos de protetores de tumescência) ou livros e de sinalizar sobre figuras com aliados. Escovar os dentes, pintar, café e chá da tarde e brincar de pega-pega pela janela também são atividades preferidas." (N. do A.)

estendendo o braço torto, de pelame fosco. Busner sabia o que o homem-macaco queria; levava-o de volta para seu quarto, empurrava-o para o ninho, preparava a seringa cheia de Valium, enfiava a agulha em Simon, apertava devagar o êmbolo, de forma que o neuroléptico penetrava e lançava Simon no sonho.

Pois se por um lado o artista estava fazendo convincentes tentativas de *insights* — embora obsessivas — para entender seu estado psíquico, por outro lado seu ser físico não conseguia se encaixar convincentemente. Ele ainda andava, como uma falsificação de menestrel bonobo, tremulamente ereto. Seu passo — mesmo para um qüinquagenário como Busner — era torturantemente lento. O que parecera inicialmente tanto para Busner quanto para Jane Bowen uma hipertrofia física ou uma paralisia histérica estava piorando. Simon parecia ser incapaz de enfrentar as coisas. Seus pés nunca agarravam. Sua extracepção continuava focada resolutamente para a frente, em um cone estreito, tornando sua percepção do mundo externo — pelo menos Busner arriscava afirmar isso — igual à de um motorista desprovido de retrovisor e de espelhos laterais e incapaz de virar o corpo.

Os relatos do paciente sobre seu próprio estado físico continuavam intrigantemente incoerentes. Por vezes, ele aceitava o testemunho dos próprios sentidos; que era dotado de pelame, desprovido de probóscide e tinha orelhas grandes. Mas outras vezes a estranha agnosia corporal — ou mesmo diplopia — entrava em ação total. Simon via a si mesmo como mais alto que todos à sua volta, mais liso, e como um chimp que tivesse caído na Terra — indizivelmente belo.

"Me ocorreu", Zack Busner sinalizou uma noite para Peter Wiltshire, com quem havia conseguido finalmente arranjar uma sessão de cata adequada, "que essa 'gru-nnn' aguda impressão que Dykes tem de habitar um corpo humano poderia ser algum tipo de memória evolutiva fantasma. Afinal, se o feto chimpanzé passa por uma série de transformações morfológicas que são paralelas à filogênese, por que não a psique, 'huuu'?"

"É uma idéia interessante, Zack. Importa-se, 'huuu'...?" Wiltshire fez um gesto na direção do armário de bebidas.

"Claro, claro..." Busner pegou o copo e marchou pela sala, o escroto volumoso balançando. Wiltshire desceu de sua cadeira e juntou-se a ele, aninhando o saco do velho aliado gentilmente numa mão enquanto Busner servia para ambos doses generosas de Laphroaig e acrescentava água.

"Mas o que pretende fazer com Dykes agora, Zack, 'huuu'? Essa abordagem psicofísica vai continuar indefinidamente? E nesse caso o que você espera descobrir, 'huu'? Com certeza não apenas dados neurológicos, porque se for isso que você quer não há realmente necessidade de nada disso... Não sei como manter o tato nessa história... mas cortar assim o ar..." Wiltshire sinalizou, cortando o ar para ilustrar o que dizia.

"Eu sei, eu sei. Não estou convencido de que haja nada a ser descoberto necessariamente, só que, quanto mais tempo passo com ele, mais interessantes e incomuns são as perspectivas sobre a chimpunidade que ele emite."

"E os sentimentos dele, Zack? 'Huuu', os filhos dele — ele deve ter vontade de ver os filhos, 'huuu'? E a consorte?"

Busner deu um grande gole em seu drinque e deixou o líquido forte escorrer em torno dos dentes antes de responder: "É, como será com eles, é um problema. Se for uma psicose de verdade, o contato com os filhos não vai ajudar nada as coisas — pode até impedir qualquer progresso. Mas se for um problema orgânico..."

"Você devia deixá-lo ir embora..."

"Mas ir para onde, 'huuu'? Para uma instituição de longa permanência? Não se esqueça, Peter, de que se trata de um chimp dotado, alguém que vale a pena salvar. Deixe-me apontar para você, ou temos de ajudar Simon a recuperar sua sensação submersa — porém ainda presente — da própria chimpunidade, ou então temos de possibilitar a ele adaptar-se ao mundo, apesar de ele perceber o mundo através das lentes de seu perverso delírio."

"E como você propõe fazer isso, 'huuu'?"

"'Huu', do jeito de sempre. Do mesmo jeito que eu faria com qualquer dos meus pacientes de Tourette ou de agnosia mais convencional. Vou viajar com Simon. Mas, enquanto no passado eu precisava fazer meus pacientes aprenderem a lidar de novo com situações sociais, emocionais e físicas, no caso de Dykes vou ter de lhe dar assistência em níveis mais profundos..." Busner interrompeu-se. Frances, uma fêmea subadulta, entrou na saleta trazendo uma bandeja de frutas.

"Grnnn'yum", ela vocalizou, depois sinalizou, "mamãe achou que você e o dr. Wiltshire podiam precisar de alguma coisa para mastigar, Alfa — onde quer que eu ponha, 'huuu'?"

"Ponha aqui mesmo no chão, querida, assim Peter e eu podemos os dois alcançar com os dedos dos pés."

Frances colocou a bandeja no carpete, depois foi até onde seu alfa estava agachado. Busner pôs uma mão paternal e afetuosa no baixo-ventre dela e começou delicadamente a afastar os pêlos em torno da vagina, para poder deslizar dois dedos em sua fenda. Peter Wiltshire observou como era terna e afetuosa a cena — seu velho aliado havia certamente se abrandado. Busner gesticulou dentro do sexo da filha, de forma que a jovem fêmea gemeu e riu. "A primeira parada será em Oxford. Achei que devia levar Dykes para ver Grebe, o filósofo, e talvez visitar Hamble em Eynsham."

"'Huuu?' Hamble — tem certeza de que será uma boa idéia?"

"Por que não, ele é um naturalista, etologista e historiador. Se é para tentar dar a Dykes um *insight* da interface entre seu delírio e a realidade, ele tem de ter algum conhecimento de todas essas coisas..."

"'H'h'h'huuuu!' Alfinha, isso faz cócegas!", Frances sinalizou.

Busner olhou a própria mão agitada. "Desculpe, querida, esqueci onde estava gesticulando — pode ir agora 'chup-chupp-chupp'." Soltou a subadulta e ela foi andando apoiada nos nós dos dedos e fechou a porta cuidadosamente ao passar.

Ao mesmo tempo, em Chelsea, num restaurante perto do fim da Tite Street, os três chimpanzés que conspiravam para provocar a queda de Busner estavam se encontrando para o primeiro jantar. Phillips, o chimp da Cryborg, havia sugesticulado o encontro — "É um lugarzinho ótimo. Têm uma árvore no meio da sala de jantar, de forma que se alguém sentir vontade de uma escalada entre dois pratos pode simplesmente se balançar árvore acima" —, e estava à espera de Whatley e Gambol quando eles chegaram.

Houve uma certa confusão até se estabelecer uma hierarquia provisória, Gambol apresentando para os dois chimps seniores, a bunda apontando primeiro para um, depois para outro. Phillips semi-apresentou para Whatley — e Whatley fez a mesma coisa. Então os três se sentaram para uma confusa cata preliminar.

"Então 'chup-chupp'", Phillips sinalizou depois de alguns minutos, "que notícias temos do estimado filósofo natural e seu último paciente, 'huuu'?"

"Bom", Gambol assinalou de volta, "ele levou Dykes de volta para sua morada coletiva em Hampstead e estão estudando juntos..."

"Estudando, 'huuu'?"

"Isso mesmo 'clak-clak', parece que Busner acha que pode tirar Dykes do delírio através da educação. Se ele souber o máximo possível sobre antropologia, vai poder reaprender a chimpunidade, ou pelo menos adquirir um estado funcional."

"Me parece uma idéia absurda — 'chup-chupp' essa é boa 'clak'. Já ouvi falar de gente reaprendendo todo tipo de função orgânica atrofiada ou mesmo destruída, mas reaprender a chimpunidade básica do indivíduo — isso é simplesmente bizarro."

Whatley encostou em Phillips nesse momento e começou a sinalizar com grande seriedade. "Pode até ser 'chup-chupp', Phillips, mas se você visse — como Gambol e eu vimos — Dykes você entenderia. O delírio é incrivelmente fundamentado, com a mobília firme no lugar. Mas mostre para mim, Phillips 'chup-chupp', o que você sabe de tudo isso, 'huuu'? Gambol me mostrou material relativo ao Inclusion. É verdade mesmo que Busner esteve envolvido em um experimento ilegal do novo composto ansiolítico, 'huu'?"

"'Huu', esteve, sim, esteve. Com toda a certeza ele estava envolvido. E tem mais uma coisa, sabe, algo de que o próprio Busner talvez não faça idéia."

"E o que é, 'huu'...?"

"Com licença", um garçom aproximou-se deles, "os cavalheiros já querem pedir, 'huuu'?" Gambol levantou três dedos e o garçom se afastou, balançou em torno da árvore ornamental e sumiu na cozinha.

"O pombo parece saboroso", Gambol sinalizou. "Vocês dois, traseiros magníficos, já escolheram, 'huuu'?"

"Ah, cale a boca, Gambol, 'wraff'!" Whatley administrou um tapão em Gambol e Phillips fez o mesmo, de forma que a cabeça do pobre ípsilon oscilou como uma figura de desenho animado entre as duas mãos pesadas. "Deixe Phillips terminar o que estava sinalizando — faça o favor, Phillips 'huuu'?"

"Bom, como eu estava assinalando, antes de ser tão rudemente interrompido, Busner foi contratado pela Cryborg para conduzir um experimento duplo-cego desse composto Inclusion. Na região de Thame, em Oxfordshire, encontraram um clínico geral que estava disposto a administrar tanto o composto quanto o placebo aos muitos pacientes seus com diagnóstico de depressão clínica — ou de quaisquer formas de depressão que podiam ser tratáveis com psicofarmacologia..."

"Como-como era o nome desse clínico, 'huu'?" Os dedos de Whatley quase trançaram com os de Phillips quando ele cortou. Gambol também estava em pé em cima da cadeira, braços abertos, arrepiando, dentes à mostra.

"'HuuuGra', o nome dele? Bom, tem uma coisa, o nome desse médico de província que estava pronto a colocar seus interesses na frente dos interesses de seus pacientes era dr. Anthony Bohm."

"'H'huuuu', sei, porra... Bohm, você sinalizou." Whatley despencou de volta em sua cadeira e começou a beliscar a toalha da mesa de um jeito distraído, como se ela fosse animada e precisasse de uma cata. "Bom, isso realmente atribui um aspecto um tanto estranho às coisas. Você está querendo sinalizar que Dykes pode ter sido vítima desse composto Inclusion, 'huuu'? Quer dizer, quais foram os resultados do experimento? O que aconteceu com a 'huuu' droga?"

Mas o garçom reapareceu então e Phillips agiu com toda a calma, perguntou quais eram os pratos especiais, indicou como sua carne devia ser preparada e depois demorou muitos minutos passando pés e mãos pela carta de vinhos antes de ser convencido a se resolver. Por fim, voltou-se para seus companheiros, cuja avidez não era nada discreta. "A droga 'grnnn' foi retirada de qualquer tipo de teste — ilegal ou não. O experimento de Busner foi perfeitamente bem durante alguns meses, e, com os resultados nem mesmo calibrados, é claro que a droga estava tendo os efeitos desejados. Mas, então, um dos pacientes que tomava Inclusion sem saber teve um ostensivo colapso mental."

"Foi 'huuu' Dykes, Sua Eminência Anal?"

"Foi, Gambol, foi ele."

Os três chimps ficaram sentados imóveis um momento, fios de baba idênticos escorrendo das três bocas abertas. O garçom reapareceu, bipedal, andando de costas entre as mesas, as entradas aninhadas entre as escápulas. Colocou duas tigelas de sopa e um prato de patê na mesa, depois, sem nem um olhar, sinalizou: "*Bon appetit!*", e afastou-se andando apoiado nos nós dos dedos. Whatley desembaraçou a correia do relógio do pelame do pescoço com um pé, pegou a colher com o outro e gesticulou o que os três estavam pensando: "Será que Dykes sabe disso, 'huu'?"

"'Huu' não, não creio. Quer dizer, Dykes dificilmente se colocaria sob os cuidados de Busner se soubesse que ele é o psiquiatra que irresponsavelmente o lançou em um péssimo interlúdio psicótico — não acham, 'huuu'? O mais interessante, porém, é a possibilidade de o Inclusion ser de alguma forma responsável pelo atual estado de delírio de Dykes."

"É, é, é uma possibilidade interessante — muito embora talvez impossível de se comprovar definitivamente. Reverencio o produto de seu traseiro, dr. Phillips, reverencio sua perspicácia, mas me informe por que 'grnnn' está disposto a revelar tudo isso para Gambol e para mim — qual é sua 'huuu' motivação?"

"Essa pergunta, dr. Whatley, é relativamente fácil de responder. Dediquei os melhores anos de minha vida à Cryborg Pharmaceuticals — quase 15 anos no total. No ano passado, descobri que estou com uma doença terminal — não vou incomodar vocês com os detalhes. O Departamento Pessoal me informou que eu não tinha direito nem ao plano médico da companhia, nem a meu salário completo, a menos que eu continuasse trabalhando mais um ano. Mas temo que isso não será possível. Dediquei 'waaaa!' tudo à Cryborg — agora gostaria de receber o máximo possível quando sair.

"Quanto a Busner, bom, não tenho nada pessoal contra ele, mas acho essa última encarnação dele como sábio psíquico nada menos que enojante, dado o ziguezague da carreira dele, seu exibicionismo, sua postura. Para mim ele é a encarnação absoluta da hipocrisia, da insolência. A idéia de que estão cogitando atribuir a ele um lugar no panteão dos grandes macacos é de causar indignação. Resolvi derrubar a Cryborg — se Busner cair da árvore junto, que seja. Não vou 'h'huuu' chorar por causa disso."

Whatley e Gambol ficaram olhando para o apaixonado pesquisador químico moribundo durante algum tempo em sinalêncio, mudos. Então Gambol, hesitante, perguntou se ele gostaria de mais sal.

Simon Dykes e Zack Busner estavam acocorados em seu escritório comum, debruçados sobre um exemplar do *Ensaio do Erudito Martin Scriblerus, sobre a Origem das Ciências*. Essa que é uma das primeiras sátiras a usar o humano como um "filósofo imóvel" foi composta muito provavelmente por Pope e Arbuthnot — entre outros. Fortemente inspirado na obra de Tyson sobre anatomia comparativa, o *Ensaio* foi o precursor da grande linha de sátiras do século XVIII, opondo humanos desenvolvidos a macacos primitivos. Uma linha que culminou nos Yahoos de Swift.

Antipsiquiatra e paciente liam em sinalêncio, mudos, a concentração de ambos quebrada apenas pelo ocasional raspar de uma unha córnea na dobra isquial, um grunhido ocasional e um arroto conjunto.

Busner estava gostando da pesquisa. Nunca havia imaginado que a relação entre o chimpanzé e o humano tivesse tantas implicações submersas. A civilização ocidental, era verdade, havia se projetado para a divindade no elevador da Cadeia do Ser. E, como Disraeli, todo mundo quisera ficar do lado dos anjos. Para chimpanzés de focinho branco se aproximarem da perfeição, era preciso fantasmas, versões angustiadas do outro. Era fácil ver como o bonobo, com sua perturbadora graça e passo ereto, havia desempenhado esse papel; mas Busner agora se dava conta de que na sombra do bonobo havia "outro" mais inquietante, mais bestial — o humano.

O pseudo-humano de Busner interrompeu seus pensamentos exatamente nesse momento: "H'huuu!", vocalizou e sinalizou em seguida: "Dr. Busner, quero ver meus filhos agora — realmente, quero ver meus filhos. Sinto tanta 'u-h'-u-h' saudade deles. Posso... posso ver meus filhos, por favor, 'huuu'?"

Busner levantou os olhos para seu paciente. O pelame marrom, bufante, da cabeça de Simon estava opaco, manchado de suor — como sempre — no supercílio. Os olhos verdes protuberantes estavam baços e sem foco. Só quando gesticulava sobre assuntos relativos ao conteúdo de seu delírio é que Simon adquiria algo como pleno sentimento. Durante o resto do tempo, estava entorpecido, porém facilmente vulnerável a explosões estranhas e irracionais.

Busner levantou-se de sua mesa e esticou um braço para pegar Simon pelo ombro. Ele agora sabia certos jeitos de tocar o paciente que produziam os resultados desejados. Simon tinha de ser contido antes que se pudesse sinalizar diretamente em seu pelame, senão ele reclamava de cócegas ou mesmo reagia com violência. Busner vocalizou: "Chup-chupp", e tocou os pêlos úmidos: "Simon, entendo seus sentimentos, mas você tem de pensar também nos sentimentos deles."

"O que quer dizer isso 'euch-euch' exatamente, 'huu'?"

"Quer dizer que talvez não seja uma boa idéia eles encontrarem com você nesse estado — ver o que você pensa de sua vida interior."

"Sobre ser humano, você quer dizer, 'huu'?"

"Isso mesmo 'chup-chupp', meu bom paciente."

"Se eu sou seu bom paciente é porque 'euch-euch' sou louco, certo?"

"Eu nunca sinalizei isso, Simon, não gosto de sinalizar nesses termos."

"Quero meu mundo de volta. Quero meu 'huuuu' corpo liso de volta. Quero os corpos de meus filhos de volta. Quero meus filhos, 'huuuu'!"

Busner, sempre segurando o braço de Simon, foi ao outro lado da mesa. Sabia exatamente quando o ritmo crescente da histeria de Simon estava para se retorcer na parábola de abandono. O importante era contê-lo — como se contém uma criança autista. Só usando a plena linguagem do corpo poderia qualquer gesticulação ser obtida. "Huh-huh-huh", Busner tranqüilizou e depois sinalizou na parte de baixo das costas do chimp: "Sente saudade deles, Simon, 'huuu'?"

"'Er-herr-er', sabe que sinto! Quero ver todos, Henry, o pequeno Magnus *e* Simon..."

"Mas Simon 'chup-chupp', já pensou 'huuu' como eles podem ser?"

"O que quer dizer com isso, 'huuu'?"

"Bom, para você eles vão parecer chimpanzés — acha que consegue agüentar isso? Seus filhos com aspecto de *animais*. E se você reagir a eles do mesmo jeito que reage a outros chimps, 'huuu'?"

Simon relaxou nos braços do chimp mais velho. Aspirou o odor de Busner, o cheiro penetrante da lã estranhamente confortador. Visualizou seus filhos de novo, dessa vez concretamente, não simplesmente como projeções de sua própria tristeza, mas com o aspecto que teriam fixos, fixados, aprisionados por trás dos lados de um cubo fotográfico, numa mesinha de centro na casa da mãe. Será que agüentaria? Ver, no lugar das cabeças loiras, pelame marrom? Ver caninos agudos em lugar de dentes de leite caindo? Ouvir os guinchos, chilreios, grunhidos e tagarelar de macacos filhotes em lugar da conversa pipilante de que se lembrava?

Mas talvez, Simon pensou, ao sentir os dedos de Busner alisando o pelame de suas costas para cá e para lá, talvez essa visão dos meninos a que estou apegado não seja sanidade, não seja memória, mas a chave absoluta de meu colapso. É jogá-la fora e a sanidade se reconstruirá, como um filme de uma demolição passado de trás para a frente. "Não", sinalizou no pelame grosso do cangote de Busner, "tenho de ver meus filhos. Você pode combinar isso com minha ex-alfa — você sinalizando ela vai olhar. Por favor, 'huuu'?"

Sarah Peasenhulme estava fazendo o absolutamente possível para se lembrar de Simon e conseguir se encontrar com ele, mas o triste fato é que suas lembranças dele já estavam ficando indistintas e borradas. Nos dias que se seguiram imediatamente ao colapso do artista, suas lembranças da penetração forte e profunda dele eram frescas e impolutas. Ela ainda estava enredada no pelame de sua barriga, marcada com seus gestos no ninho. Mas, desde a tranqüilizadora cobertura de Ken Braithwaite, o corpo de Simon estava oscilando em sua memória e se dissolvendo como miragem.

Depois de vê-lo com os próprios olhos e testemunhar que sua loucura, psicose ou delírio — fosse o que fosse — persistia, Sarah começara a perder a confiança de que ele voltaria, retornaria para ela. Diante do enlouquecido chimp no hospital, de sua gesticulação dispersa, de seus guinchos sem sentido, ela havia rememorado o Simon que conhecera. Ele não havia sido sempre dispersivo? E muito do que sinalizava era também sem sentido. Podia ser o amante mais rápido que ela jamais tivera, mas talvez sua velocidade fosse um pouco cafetinista, um pouco controladora, um pouco não-chimp.

Sarah tivera esperança. Simon ainda era moço — mal completara trinta anos. Era bem-sucedido. Tinha ganhado algum dinheiro. Seria demais imaginar que podia começar outro grupo com ela? Por um lado a idéia de ter os dedinhos famintos de um filho enrolados em seu pelame, a boca feroz de um filho puxando seu mamilo, era horrível, embrutecedora, desalentadora. Mas, por outro lado, havia a sedução da estabilidade, do status, do jeito como ter filhos tornava impossível você querer ser outra coisa além do que era. Tornava sua vida determinada — em vez de contingente. Havia isso — e o bom e sólido acasalamento que se tinha quando havia pelo menos quatro machos saudáveis repartindo seu ninho.

Então, Sarah voltou ao trabalho. Voltou a folhear as pastas com os dedos dos pés, enquanto colocava slides na caixa de luz com as mãos. Ela embaralhava a imagética dos artistas que representava e ao fazê-lo tentava cortar a pilha de cartas colocando o rosto de curinga de Simon na parte de baixo.

À noite, ainda se via caminhando apoiada nos nós dos dedos do escritório da Woburn Square para o Soho, a fim de encontrar os chimps do brilho e alegria no Sealink para drinques, drogas e alimentadores abraços.

Na semana imediatamente seguinte à abertura da exposição de Simon Dykes na Levinson Gallery, tinha havido uma certa confusão. Colunistas de fofocas telefonando em sua casa e no trabalho. Em algumas ocasiões, chegaram a bater na porta — mas isso também passou. De quando em quando, no clube ou em outros lugares, Sarah virava-se de repente, ciente de alguém sinalizando por suas costas, e via dedos assinalarem o fato de que essa era a ex-consorte daquele artista. Mas ela não deixava — ou não podia deixar — que isso a incomodasse.

Uma noite, mais ou menos uma semana depois de Simon ter ido para o hospital, Sarah encontrou Tony Figes para um drinque no clube. Figes era — ao lado do reverendo Peter Davis — o esteio da vida emocional de Sarah. Uma mistura de conselheiro e ajudante. Quando gesticulava com ele, Sarah esquecia sua tumescência, esquecia o cio, esquecia as varetas penianas rosadas que se escondiam nos pelames apertados ao balcão.

Tony trouxera com ele o tubo de papelão que tirara do apartamento de Simon. Ao passar pelas portas de vaivém da área do bar, bateu com a coisa em uma das paredes produzindo um som de "thuock-thuock-thuock". "'HuuuGraa!'", Tony ululou e foi até onde Sarah estava acocorada, um feixe de pelame loiro e cetim preto.

"'HuuuGraa!'", ela respondeu — e assinalou: "O que é isso, Tony, algum trabalho seu, 'huuu'?"

"Não exatamente, minha querida, desça comigo para a sala do porão onde a gente pode ter alguma privacidade e eu mostro para você."

"Tem um Bactrian, 'huu'?", Sarah perguntou assim que eles se acocoraram na sala de baixo.

"Tenho", disse Tony estendendo o maço conhecido, "mas é *light*."

"Não tem importância", Sarah respondeu, acendendo o cigarro, "hoje em dia eu gosto de tudo *light*."

"Sarah." Tony tirou o maço de desenhos. "Encontrei isto aqui na casa de Simon quando fui buscar as coisas dele. Não são nada *light* — na verdade, são bem pesados."

Sarah pegou do pé de Tony estendido o maço solto de grossos papéis de artista e começou a folhear as obras com a prática e a facilidade de uma profissional. Registrou qual era o assunto dos desenhos, examinou a qualidade da linha, o uso das sombras. Julgou-os como julgaria a obra de um artista que lhe fosse desconhecido, bloqueando instantaneamente a carga emocional que sempre tivera ao olhar a obra de seu ex-consorte.

Depois de olhar todos, pousou os desenhos no carpete e apagou o cigarro. "'Huuu', bom, com certeza não são nada *light*. Acha que Busner devia ver isto, 'huuu'?"

"Não sei..."

"É evidente que esse 'huuu' delírio de Simon era mais profundo do que nós — ou do que ele — achávamos."

"Parece que sim. Simon estava obcecado por humanos muito antes de nós sabermos disso. O que você acha que o humano representa pra ele, Sarah, 'huuu'?"

"Não sei. O que representa para nós outros, acho, é o lado escuro de nossa natureza de chimpanzés, 'huu'? Diluída quando fazem do humano um acessório bonitinho ou recusada ao tornar o humano um animal bruto, aterrorizador, 'huu'?"

"Mas nesses desenhos os humanos habitam o *nosso* mundo, não é, 'huu'?"

Sarah deu um profundo suspiro, levantou-se da cadeira e foi até a janela falsa. Encostou a cabeça no vidro e sentiu dor. Lembrou-se da última noite em que havia estado naquela sala — a noite do colapso de Simon. Lembrou-se do raspar da cocaína nas narinas, do raspar do pau dele quando a penetrou, pressionando sua cabeça no canto.

Virou-se para olhar para Tony. "Bom, Tony, 'u'h-u'h-u'h', acho que Simon estava puto. Pura e simplesmente. Puto. Estava puto com o acasalamento. Ele costumava sinalizar que havia perdido a suspensão da crítica — no acasalamento. Que não conseguia mais *acreditar* no acasalamento. Ele via 'huu' o microfone aparecendo no canto da tela como um bico procurando vocalizações íntimas. Via o operador da câmera pulando por trás das luzes, tentando nos colocar em foco. Ele achava, 'huu'..."

"'Gru-nnn', Sarah, querida, acalme-se."

Tony foi até ela, pegou-a em seus braços finos. Abraçou-a. Ela aninhou o focinho no pescoço dele. Houve um momento de sinalêncio e ouvia-se apenas o estalar de lábios de velhos aliados em contato um com o outro. Então Tony sinalizou nas costas de Sarah: "Acho que você devia ficar com esses desenhos, Sarah 'chup-chupp'. Sabe, acho que Simon não vai voltar para nós. E..."

"E o que, 'huuu'?"

"E você devia ficar com alguma lembrança dele. Alguma coisa de valor para você e" — o chimp gay — em nome apenas — afastou-se dela e Sarah viu a cicatriz se retorcendo no pelame do queixo — "de potencial valor para muitos outros. Sarah, estes podem ter sido os últimos desenhos que Simon fez. Se ele ainda estivesse em seu juízo perfeito tenho certeza de que gostaria que ficassem com você, para usá-los como achar melhor."

Por fim, Sarah compreendeu a gesticulação de Figes. Ele queria que ela usasse os desenhos de Simon mostrando humanos perturbados vagando por um cenário de cidade destruída como uma forma de ovo no ninho. Para acalmá-la. Para libertá-la. Mas enquanto beijava calorosamente a ponte nasal de Tony, só conseguia ver que aspecto os desenhos teriam com um halo de fogo frio, porque tudo que conseguia visualizar fazer era queimar as coisas.

Zack Busner ligou para Jean Dykes do telefone do hall. Simon estava em seu pântano sedado no andar de cima, mas Busner não queria arriscar que o artista acordasse, o pegasse desprevenido, vendo que gesticulava com sua ex-alfa; "'HuuuGra'", vocalizou e tamborilou na mesa do telefone, "Mrs. Dykes, aqui é o dr. Zack Busner, acredito que George Levinson deve ter apontado meu envolvimento com seu ex-alfa, 'huu'?"

"Sim, senhor, George sinalizou, sim, dr. Busner, em que posso ser útil, 'huuu'?"

"É sobre seus filhos, Mrs. Dykes, sinalize para mim, Simon teve muito envolvimento com eles desde que vocês se separaram?"

Jean Dykes demorou para responder. Tanto, na verdade, que Busner quase repetiu a pergunta. Ele teve tempo de estudar a ex-alfa do artista e mesmo captar elementos da vida conjunta deles a partir do que percebia na tela. Será que essa fêmea deselegante, pesadamente séria podia ter tido um envolvimento íntimo com Dykes, alimentado filhos de um chimp tão explosivo, tão irreverente? A julgar pelas contas usadas do rosário que se enrolavam nos dedos sinalizantes dela, como nós dos dedos sobressalentes, essa fêmea levava a sério sua fé.

Por fim, ela se dignou a responder. "Dr. Busner. Em nossa sociedade, os machos — como o senhor sabe — têm muito pouco a ver com os filhos. A chamada revolução do acasalamento dos anos 60 pode ter possibilitado que se permitam mais e mais cópulas inadequadas, mas parece não ter afetado seu senso de responsabilidade. Simon, porém, sempre foi um alfa atencioso e fez um esforço para manter contato com Henry e Magnus."

"E Simon, 'huuu'?"

"Simon, 'huuu'?"

"O menino do meio — Simon. Eu devia sinalizar Simon Júnior."

"Dr. Busner, 'huuu', não existe nenhum Simon Júnior. São só dois filhos em nosso grupo natal. Só dois."

Busner levou algum tempo para absorver essa nova informação. Ali estava mais uma distorção peculiar no delírio de Dykes, outra coisa estranha numa realidade já tortuosa. Seus dedos por fim se mexeram. "Mrs. Dykes, entendo que isto deva ser perturbador para a senhora — mas faz alguma idéia de por que Simon possa pensar que tem três filhos homens e não dois, 'huuu'?"

"Dr. Busner." A antiquada fêmea apertou a fieira de contas na testa. "Eu não tenho 'euch-euch' um grande respeito por sua profissão. Se o senhor é um médico da alma — seria melhor curar a alma de meu ex-principal, em vez de se enveredar pelas vielas de sua psique."

"Com isso a senhora 'huuu' quer dizer o quê?"

"Exatamente isso, que não me sinto 'euch-euch' exatamente envolvida por esse tipo de digitação."

O eminente filósofo natural — como gostava de se autointitular — demorou um tempo absorvendo essa recusa. Pescou distraidamente um pouco de ovo do pelame de seu baixo-ventre e olhou pela porta da frente onde, num raio de sol, duas crianças fingiam acasalar. Então, o estado delirante de Dykes era ainda mais ramificado do que ele suspeitara. Qual disfunção orgânica concebível podia ser responsável por essa distorção? Todas as doenças — orgânicas ou psíquicas — podiam ser efervescentes e produtivas; Busner acreditava nisso. Mas produtivas de um filho que realmente não existia? Ridículo.

"'Gru-nnnn', Mrs. Dykes, pensei em telefonar à senhora para ver se a convencia sobre a possibilidade de Simon ver os filhos..."

"'Huu', é mesmo, 'huu'?"

"Exatamente — embora na maioria dos casos não seja uma boa idéia psicóticos terem contato com pessoas com quem possuem laços emocionais próximos."

"Eu não colocaria nenhuma objeção a Simon manter contato com Magnus e Henry — se é isso o que ele quer."

"É muita 'gru-nnn' bondade sua, Mrs. Dykes, mas não creio que seja uma boa idéia neste momento, dado esse novo desenvolvimento. Se me permitir indicar qualquer melhoria no estado dele, de momento vamos deixar as coisas como estão."

"Como quiser, dr. Busner. 'HuuuGraa.'"

"'HuuuGraa.'"

Algumas horas depois, quando Simon acordou, levantou-se do ninho, encaminhou-se ereto para o escritório e encontrou o médico de almas absorto na leitura, viu-se confrontado com outra grande singularidade, outra distorção no mundo. Busner levantou a cabeça do exemplar de *Melincourt*. "'Gru-nnn'", ele vocalizou, depois assinalou: "Simon, acredito que esteja refeito depois de seu descanso. Estive aqui absorto no progresso de seu primo *sir* Oran Haut-ton. No romance de Peacock ele é orientado por um certo Mr. Forrester, que acredita que todos os grandes macacos, inclusive os humanos, são parte da família chimpanzé. Coisa com a qual eu não concordo 'grnnn'."

Simon prestou pouca atenção a esses gestos amigáveis. Apresentou a Busner — como havia aprendido a fazer — empurrando a bunda rugosa na direção geral do velho macaco; e, depois de receber um tapinha confortador, recuou de forma a poder colocar seus sinais exatamente no focinho frouxo do psiquiatra. "O senhor gesticulou com Jean — minha ex, 'huuu'?"

"Gesticulei, sim, Simon."

"E então, 'huu'?"

"Simon, 'grnnn', o que eu vou apontar talvez não lhe agrade..."

"Ela não vai me deixar ver os meninos, 'huu'?"

"Não, Simon — não é isso. Simon..." Busner desceu da cadeira e foi até o lugar onde o triste e louco chimp estava agachado. "Jean me mostrou que você tem apenas dois filhos machos — não três, dois."

"'Huuu', é mesmo, 'huuu'? E quais dois ela me deixou então, 'huuu'?" Jorrava sarcasmo de cada vocalização — Busner preferiu ignorá-lo.

"Simon, não existe nenhum Simon Júnior. Entende o que estou sinalizando, 'huuu'?"

"Entendo, entendo, perfeitamente — o senhor está simplesmente apagando todas aquelas lembranças, o maldito processo do nascimento, o primeiro abraço, o primeiro isto, o primeiro aquilo; sem falar de uma personalidade. Não é sobre *nada* que o senhor está gesticulando 'euch-euch'! Isso não é *nada*! É uma porra de um 'menino', isso é que é. Um 'menino' humano, real!"

Com essas últimas vocalizações guturais — uma reversão a seus primeiros dias depois do colapso —, o ex-artista deixou-se cair no chão, rolou num casulo fetal e começou a borrifar. Tudo o que Zack Busner podia fazer era colocar um torniquete, injetar a solução, jogar o saco de tristeza de volta para o quarto, colocá-lo no ninho.

Em drogado repouso, Simon Dykes divagava em um mundo transposto. Um reino maravilhoso habitado por belos seres corteses, os corpos lisos vestidos em véus brancos sem peso. Um espaço gigantesco, um salão de algum tipo; as paredes de rocha transparente construídas em altos arcos e colunas; o chão, uma ondulação de relva. Em torno do domo do prazer, os seres se deslocavam lenta e reservadamente, com graça natural. As mãos balançavam ao longo do corpo, ou, caso se sentassem, pousavam soltas no colo, os dedos tão calmos como os de efígies de pedra, esperando o apocalipse em quietas igrejas campestres. E, quando abriam os lábios vermelhos, vocalizações melífluas, sonoras, belas, inteligíveis, brotavam e flutuavam na abóbada luminosa.

Simon vagava entre esses alienígenas, sem sentir necessidade de tocar, nem ser tocado. Assim como em muitos sonhos desde a noite fatídica em que a chimpunidade o dominara, Simon estava desconcertantemente lúcido nessa comedida gavota de formas antropóides. É isto que deixei para trás?, pensava, ao flutuar por eles. É isto que eu pensei que era Simon — o pequeno Simon, "huuu"? Ele identificava o menino perdido consigo — ou, para ser mais preciso, com o seu corpo perdido. Viu o corpo do menino, de pé, tremendo, despido de sua cobertura protetora. O Pequeno Simon, tão gracioso como um bonobo; o pelame da cabeça loiro e cortado atrás, os traços refinados e sérios, o pauzinho e o saco como o estame de alguma orquídea superior. Simon voltou-se para o filho perdido, flutuou pelo chão relvado para pegá-lo. Mas, ao se aproximar, os olhos azuis do menino se arregalaram, e os lábios vermelhos se separaram e o corpo de broto dobrou-se num sopro de angústia. Então Simon ouviu as horrendas, significativas vocalizações; tão guturais — mas bem assim: "Para longe! Para longe, Belzebu! Besta imunda! Homem-macaco!"

    Simon Dykes acordou, no ninho, na casa de seu psiquiatra em Hampstead, gritando, a caminho de seu segundo mês de chimpunidade.

Capítulo dezesseis

Apesar dessa regressão, Zack Busner não fraquejou em sua determinação de, como ele dizia, levar Simon para fazer turismo. "Pode parecer absurdo para você, minha querida cuzuda", ele fez no cangote de Charlotte quando estavam os dois deitados no ninho, ao lado de cinco outros, "mas 'clak-clak' Grebe é o chimp ideal para ter uma gesticulação com Simon sobre as ramificações filosóficas de seu delírio 'chup-chupp'."

"'Huh-huh-huh', e por que, querido, 'huu'?"

"Porque o bundão é um coprófilo — por isso. Não vai se assustar nem um pouco com os borrifos de Simon, 'h'h'hii-hiihii'!"

Busner ficou tão revigorado com essa imagem de palhaçada que saltou do ninho, agarrou um apoio manual, balançou-se para a porta e desapareceu na direção do banheiro ainda estalando os dentes de rir.

O outono chegara a Londres, despindo as folhas das árvores com dedos úmidos e frios. De manhã, a Redington Road ficava cheia de riachinhos brancos de umidade no chão e o asfalto brilhava, escuro e molhado. Com a súbita queda das folhas, os corpos dos chimpanzés ao ar livre para exercícios braçais matinais eram agora visíveis, bolhas marrons delineadas contra o céu mais cinzento. No ar fino, o ulular dos chimps nas imediações de Hampstead soava muito mais alto e os gritos de copulação dos grupos natais entregues a uma rodada de acasalamento antes de ir para o trabalho eram claramente audíveis por cima do ruído de fundo da cidade.

Na morada Busner, porém, as coisas eram bem mais sossegadas. O cio de Charlotte e Cressida já havia terminado há muito, e, embora Antonia e Louise — respectivamente fêmeas gama e zeta — tivessem chegado, a tumescência delas nunca era tão eloqüente e o número de cortejadores que atraíam era conseqüentemente menor. De quando em quando, Busner topava com algum espécime macho desamparado, andando para cima e para baixo da entrada, ou sacudindo o portão, com o pênis e o pelame ereto. Mas eram pretendentes de segunda classe, descartados pelas fêmeas Busner com um mero aceno de pano de prato ou borrifo de lustra móveis.

Muitos subadultos haviam se dispersado, ou para o trabalho ou para a universidade. Os filhotes estavam na escola — exceto as expedições de patrulha da tarde. Havia dias em que Zack Busner e seu estranho paciente eram os únicos machos adultos na casa, permanecendo em estreita reclusão, atendidos por um grupo de fêmeas agitadas, guinchadoras, mas quase sempre invisíveis.

Zack Busner terminou sua toalete com uma rápida verificação do traseiro no espelho e foi ver como seu paciente estava se preparando para a mais longa saída até agora. Encontrou Simon Dykes deitado no ninho, sem roupa, a tela da televisão piscando no quarto escuro. O cheiro azedo de macho adulto perturbado era bem forte — mesmo para Busner. Ele entrou silenciosamente, andando apoiado nos nós dos dedos, e instalou-se na beira do ninho. Simon havia paralisado o vídeo a que estava assistindo, de forma que um único quadro se esticava e estalava na tela.

Busner concluiu que era um fotograma de *Planeta dos Humanos*. Ele já assistira com Simon aos quatro filmes da série de ficção científica, observando a reação do chimp a esse mundo invertido, que devia conformar-se às suas lembranças fantásticas. Mas não lhe fizeram nenhuma impressão. Simon sinalizou apenas que a maquiagem usada para criar os "humanos" era risivelmente inautêntica. "Humanos têm focinhos 'euch-euch' móveis, expressivos — esses travestis são duros e rígidos, dá para ver que estão usando uma prótese. E de qualquer forma, como eu sempre digo ao senhor 'euch-euch', dr. Busner — humanos gesticulam com as vozes, não com as mãos. Por que o autor desse filme beta não foi mais imaginativo, 'huuu'?"

Simon ficou também, naturalmente, incomodado com o fato de os humanos no filme não serem os dominadores exclusivos do planeta, sendo o governo conjunto repartido com orangotangos e gorilas. Ficou agradecido de os humanos serem pacifistas e intelectuais, mas a interpretação de Roddy McDowell como o cientista humano Cornelius enfureceu Simon. "'Euch-euch' ele é ridículo, o jeito como se arrasta assim, como se estivesse pendurado em um arame! Por que 'wraaa' não se deu o trabalho de observar humanos de verdade para pegar o passo bípede direito?"

Perversamente, Simon tinha muito mais compaixão pelos três chimpanzés astronautas, cuja malfadada missão estelar os leva depois de 3 mil anos-luz para o futuro distante da própria terra. Ele admirava particularmente o desempenho de Charlton Heston. Algo ressoava entre a atitude amarga, cansada do mundo de seu personagem Taylor e o ardente desespero de Simon. "Tenho de delinear isso, porém", ele sinalizou para Busner enquanto assistiam à gesticulação de Heston. "Em meu mundo, Charlton Heston era o auge da virilidade de peito liso. A idéia de que essa coisa peluda e ele são um e a mesma pessoa é... é... 'clak-clak-clak' ridícula!"

Eram os traços firmes de Heston que estavam agora borrados na tela, o alto de sua cabeça batendo como se ele estivesse sofrendo uma mutação a um ritmo constante. A cena congelada era do começo do filme, pouco depois de os astronautas terem feito a aterrissagem de emergência e estarem espernando para aceitar que a "Hipótese Haslein" significa que estão a 2 mil anos no futuro. Taylor confronta seu companheiro mais idealista, mais emocional, Landon, sinalizando: "É um fato 'euch-euch', aceite — você vai dormir melhor."

Era o último sinal, o "melhor" que os dedos abertos de Heston estavam formando. Busner ficou olhando o comparativo repetido durante alguns minutos, pensando o que o passeio do dia iria produzir. Depois, inclinou-se e gesticulou no pelame da perna de Simon: "'Gru-nnn', bom-dia, Simon, está pronto para nossa 'huuu' saída?"

Simon se mexeu e apoiou-se num cotovelo. Busner notou — como sempre — a aparente atrofia dos membros inferiores do chimp. Os artelhos dele não flexionavam, de forma que não era capaz de sinalizar com eles; talvez Grebe tivesse algo interessante a comunicar a respeito quando o vissem. "HuuuGra', bom-dia, dr. Busner. Desculpe, eu só estava cochilando. Não sei nada dessa saída — estou me sentindo um pouco como Landon aqui..."

"'Grnnn', é mesmo? De que jeito, 'huuu'?"

"'Huuu', a 2 mil anos-luz de casa, acho. É, acho que isso resume tudo."

Busner não ia permitir que seu paciente caísse em alguma perversa divagação, alguma fuga final no alto da mansão de seu delírio. Deu um rápido golpe na orelha de Simon e, quando o chimp começou a choramingar e se lamentar, Busner pôde pegá-lo nos braços, dar-lhe uma boa catação e uma firme gesticulação. "Ora 'chup-chupp', coitadinho do Simon, só estou 'chup-chupp' dando um corretivo para o seu próprio bem. Acredito — com toda a sinceridade — que só saindo e descobrindo mais sobre a natureza de sua própria chimpunidade é que você vai conseguir se recuperar. Você é igual a todos que tiveram danos cerebrais — se são devidamente estimulados, novos caminhos neurais substituem as funções daqueles que foram destruídos."

Simon obliterou isso e insistiu. "Mas quem é esse chimp que nós vamos ver, 'huuu'?"

"David Grebe é um chimp fascinante. É um pouco dos sete instrumentos. Seu campo principal é filosofia semiótica, então achei que seria interessante vocês dois gesticularem sobre suas noções referentes aos sinais humanos — essa coisa de 'fala'. Mas, mais do que isso, tenho certeza de que Grebe é o chimp certo para encontrar certos fios de pensamento, formar, por assim dizer, uma meada.

"Então." Busner levantou-se do ninho e começou a andar pelo quarto, ereto. "Vamos ter um ligeiro alívio. Eu gostaria de ir a Eynsham e visitar Hamble."

"'Huuu', Hamble, o naturalista?"

"Isso mesmo."

"Li os livros dele — são muito bons. Muito engraçados."

"É, é. Bom, como você sabe, Hamble encontrou humanos em liberdade. Ele é também mais informado que qualquer um que eu conheça sobre muitos aspectos do mundo natural. Tenho certeza de que vai achar interessante gesticular com ele — ele é bem excêntrico."

Busner achou melhor não ir de carro para Oxford. Para começar, Gambol não estava disponível. Passava menos e menos tempo na morada coletiva Busner. Tinha indicado a Busner que havia um trabalho extraordinário a ser feito em um estudo longitudinal que haviam iniciado no ano anterior; e, sem se dar o trabalho de conferir com ele exatamente o que poderia ser isso — e esse era exatamente o ritmo da inovação busneriana, podia ser qualquer coisa desde compulsão a balançar com os braços até molhar o ninho —, Busner lhe dera permissão para se ausentar.

E o próprio Busner não gostava de dirigir. Uma vez, quando sua primeira cria de filhos ainda era nova, chegara a comprar um carro automático, dizendo que a constante mudança de marchas interferia em seus padrões de pensamento. Sempre preferira viajar de trem, e nessa ocasião era aconselhável levar Simon um pouco mais para o mundo. Ele podia ficar inquieto, mas Busner levaria sedativos. Sentia-se bem capaz de lidar com Simon — se fosse necessário.

Saíram sobre pés e mãos. "Vamos descer para a Baker Street e pegar um táxi — se você concordar, 'huuu'?" Busner acenou quando saíram da casa. Simon concordou com um grunhido, mas a verdade era que a idéia de andar apoiado nos nós dos dedos era bem atraente. Deu alguns passos ereto, depois, sem nem pensar na postura, apoiou-se nos nós dos dedos. Com as nádegas inexistentes do terapeuta e a dobra anal maravilhosamente refulgente bem na linha dos olhos, Simon ficou atrás e a patrulha começou.

A primeira parada ocorreu quando chegaram à junção da Fitzjohn's Avenue com a Finchley Road em Swiss Cottage. Estavam no meio da manhã, a névoa de solo havia levantado, mas ainda ia ser um dia indistinto. Ali na curva mesma da urbanidade, onde carro com carro pareciam fundir-se a frio, o contraste entre edifícios granulosos, atmosfera granulosa e os apressados grãos da chimpunidade não eram nenhum contraste. Busner mantinha o focinho na calçada e seguia em frente, na direção do complexo de biblioteca com piscina. Havia chegado ao limite arbóreo que ilhava esse edifício — não diferente de um fichário Rotadex petrificado em aparência externa, ou alguma outra peça de equipamento de mesa de escritório gigante — quando sentiu que a retaguarda da patrulha havia se separado.

Olhou para trás e viu que Simon havia parado na entrada da estação de metrô. Busner voltou. "'HuuuGra', qual é o problema, Simon, 'huuu'?" Simon não sinalizou nada, apenas estendeu a mão com um dedo apontando na direção da suja escadaria que descia, onde uma desanimada atividade de acasalamento estava ocorrendo, sem parar, sem parar, sem parar.

Sem precisar de maiores prestidigitações, Busner entendeu qual era o problema. Simon estivera isolado no hospital e, a não ser pelos breves contatos com Jane Bowen e a viagem cuidadosamente circunscrita ao zoológico, mal havia saído. A conseqüência é que não tinha visto muita atividade de acasalamento. Com sua psicose tão ligada a questões corpóreas, não era de surpreender que afirmasse que seu "mundo humano" era uma zona onde não existia acasalamento; ou, pelo menos, como um lugar onde a copulação ocorria sobretudo entre dois indivíduos e — Busner achou isto um floreio especialmente inteligente e muito artístico — no escuro.

"H'h'hii-hii-hii!", Simon riu, contido, e sinalizou: "Olhe isso! Entendo que vocês 'euch-euch' chimps trepem como se trepar estivesse saindo de moda — mas isso!"

Na verdade, não havia nada de especial nessa rodada de acasalamento específica. Uma fêmea de meia-idade — funcionária de banco a julgar pelo paletó cinza simples e blusa branca ainda mais simples — tinha, pelo que Busner julgava, entrado no cio naquela manhã. Ela resolvera anunciar o fato usando um protetor de tumescência nada feio, que agora jazia, um monte de pregas, alguns degraus abaixo de onde sua dona pulava e guinchava.

Busner concluiu que ela devia ter aceitado o primeiro pretendente logo ao chegar ao metrô e, tendo apresentado sua deliciosa tigelinha rosada para uma mexida inicial, estava agora recebendo outros cozinheiros que chegaram à cozinha. Havia agora, subindo pela escada, uma fila desses machos, todos com paus eretos e viscosos espetados para fora do pelame ereto e viscoso. Enquanto mais abaixo, em um patamar, dois machos que já haviam copulado estavam lambendo e catando esperma e muco um da virilha do outro.

"Na realidade, Simon", Busner gesticulou no pelame da perna de Simon, "isto está longe de ser um espetáculo libidinoso — certamente não pelos padrões londrinos. Espere até ver as correntes de acasalamento que ocorrem na cidade quando os chimps saem do trabalho e começam a beber. Pode haver uma fêmea jovem em pleno cio percorrendo uma fila de vinte machos ao atravessar um corredor polonês de chimps que esperam na frente do pub.

"E se um desses machos passa uma cantada bem-sucedida em *outra* fêmea, enquanto ainda está importunando a primeira, pode-se formar uma cadeia cruzada de acasalamento. Eu já cheguei a ver Oxford Circus inteiro definitivamente engalanado com essas filas indianas de sodomia. Às vezes, a polícia tem de isolar áreas da cidade e dar um banho com um canhão de água para eles voltarem ao normal. Então, como vê, isto não é muita coisa. Mas um sinal de informação, Simon..."

"'Huu', o que é?"

"Por favor, seja discreto quando observar acasalamentos. Não é de jeito nenhum tabu observar, mas comentar pode ser considerado simplesmente rude 'wraaa'! Cuidado, Simon, aquele ali está vindo para cima de nós."

Era verdade. O macho que, com um grito chiado, acabara de sair de dentro da úmida tumescência da funcionária do banco, estava subindo a escada na direção deles, todo arrepiado e emitindo uma série de latidos em waa. Era um espécime grande, e o espetáculo dos caninos expostos, ainda incrustados com restos de cereal do café-da-manhã, e seu exíguo membro que batia como um metrônomo de um lado para o outro, em contraponto a seu avanço, teria sido cômico para Simon, se não fosse ao mesmo tempo incrivelmente assustador.

Simon sentiu o pelame do pescoço se eriçar e endurecer — sensação que nunca havia experimentado conscientemente antes. Começou também a emitir uma série de agressivos latidos, enquanto se esticava a sua altura plena. O macho furioso continuou subindo a escada, agarrando pelo caminho punhados de folhas, bilhetes descartados e outros detritos que atirou na direção do renomado antipsiquiatra e seu paciente.

Durante alguns tumultuosos momentos parecia que conseguiriam intimidar o grande macho. Mas aí dois outros machos pós-coito — que enquanto isso estavam saltando, berrando e batendo as maletas de executivo nas paredes de azulejo da escada — resolveram que gostariam de se envolver. Com essa mudança de condição, Busner resolveu que era hora de ir embora. Agarrou Simon pelo cangote. "'Wraaaa!' Venha! Vão pular em cima da gente em um segundo!"

Simon reagiu de modo extremamente peculiar a esse impulso. Sem esperar maiores estímulos, apoiou-se nas mãos e saiu correndo de quatro muito depressa — Busner seguiu atrás. Ao ganhar o limite arborizado, o ex-artista saltou para o galho mais baixo do primeiro plátano, agarrou-se, balançou e continuou trepando com os braços como um chimp nascido para aquilo.

Busner não teve tempo de se chocar com isso; podia quase sentir no pescoço o bafo de cereal Ready Brek do grande chimp que o perseguia. Ganhou a árvore segundos depois de seu protegido, puxou-se penosamente para cima, a artrite dando choques em seus dedos, como eletricidade neural.

Os chimps perseguidores não se deram nem o trabalho de subir. Em vez disso, pararam na base da primeira árvore, soltaram alguns últimos e furiosos latidos em waa, depois desapareceram na direção do metrô. Provavelmente, Busner pensou, observando as costas de seus ternos risca-de-giz, para trabalhar em alguma agência imobiliária ou de seguros.

Ficou claro que para Simon o episódio todo havia sido uma revelação de chimpunidade. "Eu simplesmente 'chup-chupp' trepei por aquelas árvores. Não parei para pensar. Havia uma incrível sensação de fluidez, de facilidade — e de força. Não trepo numa árvore 'h'h'h'hii-hii' desde que era subadulto!" Toda a sensação corporal de Simon foi afetada. Ele balançava, solto, com um braço só no galho inseguro, enquanto beliscava o pelame do baixo-ventre do terapeuta.

Busner pensou — embora não tenha demonstrado — se a transformação poderia ser devida à produção de adrenalina que Simon experimentara durante o falso ataque. Isso, e o fato de que a reação de fuga fazia uso das partes mais primitivas, mais verdadeiramente essenciais do cérebro do paciente. A confirmação disso veio logo, pois, assim que o arrepio de Simon passou e o pelame voltou à sua costumeira opacidade, ele se viu incapaz de descer da árvore ou de continuar pelo chão. Estava também com medo de cair. Busner teve de descer, procurar o zelador da biblioteca e voltar com ele e uma escada para chimpanzés deficientes. Só então Simon foi convencido a descer.

Enquanto caminhavam apoiados nos nós dos dedos para Regent's Park, encontraram vários outros grupos em acasalamento, e todas as vezes Simon parou para observar, embora não tivesse cometido o erro de movimentar as mãos a respeito. Diante do portão eletrônico de uma grande mansão, uma atraente fêmea jovem de pelame louro na cabeça balançava-se metade para fora de um grande BMW preto. Sua cabeça batia no lado de dentro da porta e seus guinchos de copulação eram acompanhados por piscar dos faróis. Dentro, possuindo-a artisticamente no banco do motorista, estava uma magro bonobo, os dentes rasgando-lhe a parte de trás do vestido.

Junto a umas garagens recuadas da rua, Simon parou para olhar de boca aberta um bando de subadultos de aspecto agressivo, evidentemente em patrulha de algum lugar do norte, pegarem uma fêmea de focinho escuro quase tão grande quanto eles, com uma rapidez cegante. Nenhum deles precisou de mais que 15 segundos do primeiro guincho de penetração ao bater de dentes, ofegar e sair.

Quando chegaram ao parque e mergulharam no Outer Circle, atravessaram a franja de árvores e pegaram uma vasta expansão de grama onde exatamente o tipo de fila copulatória que Busner havia descrito estava a pleno vapor. Busner, com sua prática em deslindar essas cenas, percebeu imediatamente o que havia acontecido; alguma falange de estudantes de linguagem Benelux e professoras de plantão havia se misturado com três grupos diferentes de machos *cockney* em patrulha. As filas e contrafilas resultantes de machos se exibindo e aceitando — ou rejeitando — fêmeas subadultas agora formavam arranjos entrelaçados e bem intricados de bundas secas e tumescências receptivas. Os subadultos haviam ocupado as árvores também. Do lugar onde Busner e Dykes estavam acocorados podiam divisar corpos marrons balançando nos galhos, alguns até virando círculos completos pendurados pelos braços, como ginastas. A rústica sinfonia de vocalizações ecoava por todo o parque.

"Delineie mais para mim a respeito disso tudo, dr. Busner — por favor." Simon sinalizou, os dedos tensos, mas o ritmo bastante regular. Procurou no bolso lateral do paletó preto e tirou um maço de Bactrians sem filtro, acendeu um e relaxou nas ancas.

"'Grnn'", Busner grunhiu e sinalizou. "Bom, o que você está vendo aqui é o próprio cerne — alguns podem afirmar — da chimpunidade em si. Através das eras, artistas vêm pintando esses acasalamentos em massa. No início da Renascença, essas espirais de cio eram situadas entre a flora e a fauna, emolduradas por montanhas de cenário. Ticiano pintou grandes cenas aéreas de acasalamento, nas quais chimps angélicos copulavam entre curvas e guirlandas de nuvens..."

"Mas, dr. Busner, eu não entendo. Sem dúvida, o que essas práticas sexuais denotam é um mundo 'uh-uh' temível, sem amor, em que o acasalamento é anônimo e sem sentido, 'huuu'?"

Busner olhou seu paciente, levantou o supercílio, intrigado, bifocais abaixados. Simon Dykes estava, pensou, chegando perto de uma elegância de gesto. Isso tornava o artista peculiarmente adorável. Busner esfregou o focinho no focinho de Simon e comunicou: "Bom, me mostre mais uma vez como é no *seu* mundo. Os humanos são, claro, monógamos, 'huuu'?"

"Bom, não, não exatamente. Essa é a norma na maioria das sociedades ocidentais ou de influência ocidental, mas em outras partes ainda se praticam a poliandria e a poligamia..."

"Sei. Então os humanos ocidentais vêem esses arranjos sexuais como, em certo sentido, mais primitivos, 'huu'?"

"Isso mesmo."

Observando o jeito como a fumaça do Bactrian de Simon se enrolava e torcia no pelame de seu pescoço, Busner refletiu obliquamente nas elegantes reversões e espelhamentos desse insistente delírio. Monogamia como um fim mais que um início, um estado de rarefeita intimidade, mais que um emparelhamento animal, grosseiro. Que, evidentemente, era o que a monogamia constituía.

"Mas, Simon, 'gru-unnn', todos os consórcios humanos duram a vida inteira, 'huu'?"

"De jeito nenhum, não. Humanos se prendem uns aos outros por todo tipo de período de tempo. Há uniões que podem durar muitos anos e consórcios que terminam em dias ou semanas."

"E o princípio orgânico desses acasalamentos continua sendo 'huh-huh' a fidelidade, 'huuu'? Direitos exclusivos de acasalamento?"

"Isso."

"E as pessoas obedecem, 'huu'?"

"Não exatamente."

"'Huuu?'"

"Bom, evidentemente, tanto machos como fêmeas acasalam fora do relacionamento... isso acontece o tempo todo."

"E esses acasalamentos exógamos — são todos intencionais, 'huu'?"

Simon deu mais uma tragada no Bactrian, apertou a ponta brilhante entre os dedos calosos e jogou-o fora. "Eu sinalizaria 'h'h'hii-hii' que não. Em muitos casos são involuntários — impostos mesmo. O impulso humano para a inconstância parece tão forte quanto a compulsão de consorciar."

Nesse ponto, uma jovem fêmea em pleno cio passou diante dos dois gesticuladores. A tumescência dela — grande, do tamanho de uma tigela de um litro e meio — quase em contato com o focinho de Busner. O grande macaco inalou ruidosamente, saboreando o perfume de almíscar. "Olhe isso!", floreou. "Se não tivéssemos de pegar um trem eu mesmo ficava com ela, que delícia! Olhe essa flor rosada pendurada nela, 'h'huuuu'!

"Mas Simon", continuou o eminente filósofo natural ao retomarem a caminhada, "você sinalizou sobre numerosos consórcios e constantes acasalamentos exógamos apesar da existência disso. Me corrija se estiver errado, mas me parece bem igual ao que os chimpanzés fazem, 'huuu'?"

Simon olhou os testículos cinzentos balançando à sua frente, marcando o tempo procriativo como o pêndulo de um relógio biológico. Tinha de admitir — o velho macaco marcara um ponto.

Capítulo dezessete

Fungando e bufando, o focinho apertado contra a moldura losangular do vidro da janela de seu escritório, o dr. David Grebe olhava miopemente para a quadra dos fundos do Exeter College. Pés-de-galinha tornavam as lentes de contato um problema para Grebe; a vaidade — e uma ponte nasal mais recuada que o normal — impedia o uso de óculos. Zack Busner e seu último protegido patológico já deviam ter chegado — já estava quase na hora do terceiro almoço. Grebe não se preocupou em fazer nenhum arranjo especial para o repasto — nem uma reserva em restaurante, nada — e não fazia idéia de se o homem macaco estaria sob o domínio de Busner o suficiente para ser apresentado em público, quanto mais em um lugar de classe.

Conferiu o relógio outra vez, afastando as grossas mechas de pelame do tornozelo que cobriam o mostrador. Quase uma e meia, onde poderiam estar? O trem de Paddington chegava às cinco para a uma, sem dúvida eles deviam ter pegado um táxi da estação? Grebe coçou a dobra isquial meditativamente. Será que o homem-macaco valia a pena? Essa era a questão. A idéia de um delírio que brincava com os conceitos básicos da aquisição de sinalização era — para um filósofo como Grebe — bem estimulante. Busner indicara pelo telefone que Simon Dykes era sensível, inteligente e — apesar de sua ataxia — elegantemente gestual. Se fosse assim, Grebe poderia aprender alguma coisa.

Aprender coisas era o que Grebe gostava. Um chimp curvado de Gales de seus trinta e poucos anos, porém, com apenas uns poucos cabelos brancos coroando a careca, Grebe escalara os íngremes degraus e as grossas cordas da hierarquia universitária, agarrando com facilidade os estranhos suportes da influência. Obtivera sua posição em Exeter não por meio dos métodos convencionais de aliança e intriga, nem alimentando favorecimentos num grupo fechado de estudantes graduados e acadêmicos juniores, mas simplesmente por sua insistente capacidade de absorver mais e mais informação — e depois manipulá-la em teorias convincentes.

Do ponto onde estava agora agachado, em cima de uma montanha de estante com vinte prateleiras, podia virar-se e com um único olhar abranger cinco outros repositórios do Signo — todos igualmente geológicos. O escritório de Grebe, que ocupava a parte de baixo de um arco acima do portão dos fundos da faculdade, tinha amplo espaço para quatro grandes arquivos, duas grandes mesas de trabalho e um impressionante sistema de computador. Este era um acréscimo ao costumeiro acúmulo oxfordiano de mesas ocasionais, poltronas professorais superestofadas, oscilantes pilhas de trabalhos, publicações e ainda mais livros.

Pois, embora fosse um inveterado colecionador, apegando-se a um único byte se achasse que poderia vir a ser útil, não tinha nenhuma retenção anal, coletando informação filosófica sem pensar em sua disseminação. Na verdade — e isso explica por que Zack Busner o escolhera como interlocutor para seu perverso paciente — Grebe era um teórico de grande discernimento.

Foi Grebe quem primeiro propôs que a linguagem de sinais se desenvolvera como meio de gesticulação entre chimpanzés a partir diretamente da prática da catação. A catação, Grebe afirmava, eficiente nos grupos pequenos em que os chimpanzés deviam viver originalmente, quando, como os humanos, vagavam pelas zonas tropicais da África Central, teria sido insuficientemente visível para permitir a coesão e o progresso de unidades sociais maiores. Daí a sinalização.

Daí também — e isso explica por que o nome de Grebe era conhecido além dos estreitos limites da academia — a magnífica eflorescência da tumescência sexual da fêmea de chimpanzé. Por mais peculiar e repugnante que possa parecer à chimpunidade contemporânea, Grebe — associado a um colega primatologista — acreditava firmemente que a região perineal da fêmea primitiva de chimpanzé era muito provavelmente pequena a ponto de ser discreta — não diferente da mesma região das fêmeas humanas modernas.

Da mesma forma, a capacidade humana de gerar até cinqüenta fonemas diferentes e — acreditava-se — interpretá-los devia, Grebe afirmara, ser um exemplo de como o desenvolvimento neural humano tornara-se mal-adaptativo. Uma parte tão grande da vasta capacidade cerebral humana devia se ocupar com a atividade de interpretar esses sons confusos que não houve oportunidade de ocorrer o "Big Bang" que se deu na evolução símio-antropóide.

Ao contrário dos chimpanzés, cuja competência sinalizadora evoluíra ao longo de 2 milhões de anos de seleção contínua, determinando a interação cérebro-signo, o humano atolara em um perverso e clamoroso jardim sonoro, sua capacidade de gesticulação efetiva tão atrofiada e deformada quanto seus dedos das mãos e dos pés atrofiados e deformados.

Esses argumentos situaram Grebe solidamente no âmbito de Noam Chomsky e outros psicossemiólogos que afirmavam que a sinalização era atributo único do compacto cérebro chimpanzé. Dada a incrível plasticidade do cérebro primata, seria de admirar que uma supersuficiência neural levasse a seleção natural a ser incapaz de trabalhar capacidades cognitivas? Assim, a capacidade humana de processar informação e desse modo aprender tarefas ficou ironicamente circunscrita pela falta de circunscrição. Em termos simples: o humano estava perdido dentro da própria cabeça. Incapaz de criar uma mente integralizada; condenado a obedecer para sempre os inúteis ditames da memória filogenética e os grosseiros gorgolejos de suas promíscuas vocalizações sem propósito.

Mas Grebe não estava brincando com isso ao olhar para a quadra lá embaixo — observando as atrevidas dobras anais dos estudantes aparecendo por baixo das roupas de alunos —, ele estava apalpando aquela parte de si mesmo que queria a garrafa, queria muito.

A garrafa ficava em uma mesinha octogonal colocada estrategicamente ao lado de sua poltrona favorita. Nunca saía dali. Quando necessário, Grebe, ou o ajudante de Grebe, a recarregava e conferia o selo do bocal — mas nunca saía dali. Seria cedo demais para um trago?, Grebe pensou. Devo esperar para ver se Busner e seu homem-macaco vão querer um também? Não seria cortês eles chegarem e me encontrarem já na coisa.

Como acontece quase sempre com o hábito, o corpo de Grebe decidiu por ele. Arqueou para trás na alta estante, deu um deselegante — embora não ineficiente — salto para trás e aterrissou nas quatro patas ao lado da mesa com sua carga preciosa. "'Aaaa'", bradou o distinto sujeito apreciadoramente. Destampou a garrafa e, de lábios retorcidos, deu uma judiciosa cheirada no gargalo.

Na realidade, Zack Busner e Simon Dykes estavam até adiantados para o trem para Oxford. Ao caminharem apoiados nos nós dos dedos pela plataforma em Paddington, ao lado do martelante volume da locomotiva, Simon olhou os arcos da estação de Victoria e sinalizou para seu médico: "Algumas coisas realmente não mudam."

"'Huu', realmente, 'huuu'?"

"Esta estação", Simon gesticulou. "Tem exatamente a mesma qualidade de leveza que sempre teve, como se a estrutura toda estivesse mergulhada debaixo de um mar verde sujo — como o Canal da Mancha."

Busner olhou seu paciente psíquico com indisfarçado prazer. Era a primeira representação metafórica que se lembrava de Dykes ter feito e a primeira observação pictórica. Será que isso indicava mais algum relaxamento ou diluição do estado delirante?

A viagem foi tranqüila. Busner comprou bilhetes de primeira classe, prevendo que haveria menos chimps e menos estresse para Simon. Mas o que aconteceu foi que o próprio Busner é que ficou incomodado. O bater constante de dedos córneos nas teclas de computadores *laptop* e o tagarelar constante de chimps de negócios usando celulares o irritaram a tal ponto que pouco antes de chegarem a Reading ele se viu forçado a fazer uma exibição.

Busner agarrou uma pilha de revistas *Intercity* dos suportes das paredes e correu para cima e para baixo do corredor jogando-as no focinho dos outros passageiros. Por medida de segurança, deu em alguns indivíduos mais barulhentos um golpe na cabeça. Embora essa exibição de dominância tenha obtido o efeito desejado — o resto da viagem foi não vocálico —, isso se deu ao custo de um tipo muito inglês de congelado constrangimento coletivo. Assim como com a estação de Paddington, Simon percebeu, algumas coisas nunca mudavam. Nunca.

Ao sair da estação em Oxford, Simon alcançou Busner, cujo rabo se dirigia decidido para uma fila de táxis, e, apresentando bem baixo, sinalizou: "O senhor se importaria se fôssemos andando para a faculdade desse chimp, 'huuu'? Sabe que eu morava nos arredores de Oxford, gostaria de rever um pouco da cidade."

"Tudo bem, Simonzinho", Busner respondeu, pousando nele mãos tranqüilizantes, "mas 'gru-nnn' não esqueça, tente me avisar se sentir um ataque de pânico chegando."

Simon não sentiu ansiedade quando continuaram, passando por Worcester e pela Bartholemew Street até St. Giles, sentiu algo entre divertimento e repulsa. Sua lembrança de Oxford era de uma graciosa cidade renascentista de arquitetura elegante, imemorial; não aquele amontoado desorganizado de prédios velhos com enxames de chimpanzés.

Em Londres, o caráter tridimensional da vida urbana do chimpanzé tinha se revelado a Simon, mas não a esse ponto. Em cima do Hotel Randolph, balançando do Monumento aos Mártires, espalhados pelos telhados de Balliol e St. John's — por onde quer que Simon olhasse havia estudantes chimps subindo, acasalando, balançando pelos braços. O fato de tantos deles usarem as roupas curtas de estudantes comuns — era a primeira semana do semestre de Michaelmas —, cortadas estrategicamente para expor as dobras anais, só serviu para deixar Simon mais excitado.

Quando viraram a esquina de Balliol — bipedais, tal era a pressão de turistas vindo em direção contrária —, Simon viu uma cena que o fez cair na gargalhada. "'H'h'hii-hii-hiii'", fez ele. Busner parou e virou-se para seu paciente, preocupado que isso pudesse ser presságio de um ataque, mas Simon estendeu a mão para o terapeuta. "'Gru-nnn'", gritou, e sinalizou: "Olhe ali!" Busner seguiu a direção do dedo de Simon. Do outro lado da Broad Street, havia uma atração turística denominada "A experiência Oxford". Simon se lembrou dela de antes de seu colapso, de seus anos na Brown House. Em torno da entrada da atração, movia-se uma multidão de turistas americanos — até Simon era capaz de dizer que eram americanos pelo corte das capas Burberry curtas — que havia se misturado a um grupo de estudantes voltando de sua cerimônia de matrícula no Sheldonian Theatre.

Duas fêmeas estudantes estavam em pleno e magnífico cio, as tumescências sexuais como magníficos faróis rosados iluminando a sombria esplanada. Naturalmente havia uma corrente de acasalamento em curso, com os turistas machos subindo e descendo a calçada sacudindo câmeras e equipamento de vídeo caros por cima dos seus chapéus. A combinação da placa com a cena era coisa de desenho animado. *Aquilo* era a experiência Oxford, feras no cio, agitadas.

Simon cortou o ar. "O que me pega nisso aí" — apontou a confusão do outro lado da rua — "é que, ao contrário do que se espera de estudantes de Oxford, 'hii-hii-hii' eles são tão incultos!", e com isso caiu em um sério episódio de riso.

Busner o pegou pela mão, empurrou-o pelo portão para Balliol; atravessaram a Broad Street, passando entre os carros estacionados, e Simon caiu em outro breve ataque de riso quando viu os bustos de pedra dos filósofos chimpanzés em cima das colunas que circundam o espaço Sheldonian. Sócrates com grandes caninos, Platão com uma ponte nasal, Heráclito segurando uma coroa de louros pétrea sobre a testa inexistente.

Na frente da porta de madeira do escritório de Grebe, Busner chamou: "'HuuuH'Graaa!'", e, quando ouviu um ulular lá dentro, os dois chimps entraram. Simon se viu engatinhando abaixado sobre o tapete persa, virando e empurrando o traseiro no focinho de um magro chimp que ocupava uma grande poltrona e bebia um copo de cristal de xerez cheio de grosso fluido marrom. Como sempre, Simon caiu de costas — quase literalmente — de ver como seu corpo entendia automaticamente a quais macacos devia apresentar.

Grebe pousou o cálice de merda na mesa octogonal e fez um carinho de boas-vindas nas costas do chimp que estava apresentando para ele. Grebe observara cuidadosamente o avanço de Simon desde a porta e notara a estranha atrofia das pernas do chimp, e também um ar de automatismo na deferência. Quando Busner se aproximou e os dois chimps seniores apresentaram um para o outro, Grebe deu forma a suas impressões imediatas. "'Euch-euch'", vocalizou, depois sinalizou, "então, Busner, temos aqui algum tipo de automorfismo, 'huuu'?"

Busner, achando graça na precisão dessa proposta, pulou para o lado de Grebe e deu um abraço no acadêmico, gesticulando ao fazê-lo: "Não, na verdade não é o caso 'chup-chupp'. Ele parece nos ver como somos; e, embora os móveis de seu delírio permaneçam, por assim dizer, no lugar, 'huh-huh-huh', sua percepção do próprio corpo como humano está sem dúvida adulterada. Observe como ele..."

Depois de apresentar, ao perceber que sua posição subordinada na hierarquia o liberava da obrigação de uma cata prolongada, Simon estava agora examinando as estantes de Grebe, puxando um volume com uma mão aqui e um pé ali. "A viagem parece ter feito bem a ele, meu querido Grebezinho 'chup-chupp'. É uma das primeiras vezes que o vejo usar o pé e agora há pouco ele produziu um chiste — uma espécie de. Além disso, quando estávamos no trem de Londres, ele fez uma representação metafórica para mim — primeira vez que gesticula uma alusão, 'gru-nnn'."

Com a mão direita aninhando o saco escrotal de Busner, Grebe gesticulou com a outra: "Detesto ser tão precipitado 'chup-chupp', Busner querido, mas estou com muita fome, isto aqui" — indicou o cálice — "pode refrescar, mas não sustenta. Acha que 'chup-chupp' Mr. Dykes tem condições de enfrentar um salão, 'huuu'?"

"Não vejo por que não 'grnnn', ele está se comportando bem até agora."

"Bom, nesse caso, por que não vamos para o terceiro almoço, depois voltamos aqui e gesticulamos mais, 'huuu'?" Grebe olhou o relógio de novo. "Posso ficar com vocês até as três e meia, depois volto para a tagarelice quadrúpede de meus alunos de graduação."

Simon ficou calado durante o almoço. A escura imensidão do salão do Exeter College estava ruidosa com o ulular dos estudantes que não estavam exatamente acocorados, mas amontoados às longas mesas. Dos painéis escuros de carvalho, os olhos pintados de nobres machos, acadêmicos e prelados vigiavam na sombra. Simon olhou esses retratos de macacos de manto, macacos de armadura, macacos com o pelame arrepiado sob as golas de babados e maravilhou-se com a precisão com que cada cacho e onda de pêlo havia sido pintada. Queria sair de sua posição — bem no canto da mesa alta em cima do pódio — e balançar nos suportes antigos que pontilhavam as paredes, para ver se a qualidade das pinceladas seria a mesma de perto.

Outras pinceladas preocupavam Simon também. Grebe não havia esclarecido a seus doutos companheiros a razão da presença de Simon — embora tivesse apresentado Busner, que era, claro, conhecido de fama por todos. Apesar disso, eles o abraçaram em seus peitos peludos. Seu vizinho imediato — um físico chamado Kreutzer — virava-se continuamente para Simon e fazia alguma observação sobre a escola ou sobre o tempo.

Os doutores passavam também uma garrafa de clarete em um movimento aparentemente interminável. Assim que se esvaziava, um servente subia ao pódio, pegava a garrafa vazia e descia num salto; voltava dos porões em questão de segundos com a garrafa cheia. Quando ela apareceu ao seu lado pela quarta vez, Simon recusou pela quarta vez o melhor que pôde, gesticulando para Kreutzer: "Não ando muito 'u-h'-u-h' bom, não tenho certeza se vinho no terceiro almoço vai 'huuu' me cair bem."

Kreutzer, supercílio tão levantado que ameaçava cair de sua cabeça, olhou para Simon, intrigado. "É mesmo, 'huuu'? Eu também não sei se me cai bem, mas sem dúvida a disputa 'hii-hii' é que importa."

O bíbulo chimp levou o copo cheio à boca babosa e engoliu metade de um gole só, o fluido correndo entre os caninos já manchados pelo exagero anterior. Com o focinho ainda molhado, seus dedos prosseguiram: "Antigamente 'grnnn', se perguntava diretamente, quando a pessoa se sentava à alta mesa, o senhor é um chimp de duas garrafas ou um chimp de três garrafas, 'huuu'?" Por alguma razão, ele pareceu achar isso muito engraçado e caiu num ataque de riso convulso e cacarejante.

Os outros doutores deviam estar observando essa deixa porque eles também caíram na risada. Na penumbra do salão, as bocas abertas bamboleavam pelo escuro, os dentes imensos espetados dos focinhos peludos. Pela primeira vez nesse dia, Simon sentiu-se absolutamente remoto e desencarnado. Queria levantar, andar pelo salão, sair da escola, ir para o Cornmarket, pegar um ônibus para Tiddington, depois ir andando apoiado nos nós dos dedos até a Brown House. Mas será que agüentaria encontrar-se com seus filhos? Filhos cujos focinhos podiam muito bem ser irreconhecíveis sem um bom barbeador?

Mas essa fuga de histeria — as notas de mal-estar corpóreo já começando a subir na escala — encerrou-se abruptamente. Apesar do clamor da alta mesa, uma confusão maior irrompeu no corpo do salão. Os estudantes, cuja conduta ao longo de todo o terceiro almoço havia sido ruidosa, estavam ficando violentamente inquietos. Puseram-se eretos sobre os bancos e ululuram tão alto que seus lábios ficaram afunilados. Batucavam vigorosamente nas mesas, de forma que as louças e os talheres caíam e se quebravam.

Simon, observando as orelhas retorcidas e poderosas de Kreutzer que vibravam com a cacofonia, esperava que ele e os outros doutores reagissem a esse tumulto com um esforço de dominação. E, conhecendo a sociedade chimpanzé, Simon previa violência. Mas, para sua surpresa, os doutores apenas se somaram ao clamor, subiram à alta mesa e começaram a pular para cima e para baixo, as roupas esvoaçando, as dobras isquiais refulgindo.

Tão arrepiados estavam os distintos acadêmicos que incharam a quase o dobro de seu tamanho real. Mas o que surpreendeu Simon — como sempre — foi sua incrível rapidez de pés. Por Deus, esses macacos eram ágeis!, pensou. Nem um cálice derrubado, nem um prato virado quando caloso pé acadêmico após caloso pé acadêmico se plantava fortemente no adamascado da toalha.

A bagunça dos chimps estudantes cessou quando um deles, depois de receber um grande recipiente de vidro, oscilou ereto até o extremo da mesa central em frente ao pódio dos doutores e lá ficou berrando altos e discordantes ululos: "'HuuuuGra! HuuuuGra! HuuuuGra!'" Um silêncio não vocal encheu a sala. Simon aproveitou a oportunidade para chamar a atenção de Kreutzer: "'HuuuuGra'", gritou, depois sinalizou, "o que está acontecendo, dr. Kreutzer, 'huu'?"

"Você não é *mesmo* um chimp de Oxford, não é, 'huuu'?", contra-sinalizou o doutor.

"Não, não, estudei artes plásticas no Slade." O físico olhou para Simon com os olhos apertados, o focinho franzido de repulsa. Foi como, Simon depois refletiu com Busner, se eu tivesse dito a ele que era bailarino clássico.

"Bom 'aaaaaa', isso, meu artístico amigo, é um *sconcing*. Existem certas tradições bastante arcaicas que gostamos de preservar aqui em Exeter, e uma delas é que tem de se pagar uma prenda se qualquer estudante não-graduado apresenta sinais de determinados assuntos, quando no salão. 'HuuuuRaaaarg!'" Este último ululo, rugido, coincidiu com o momento em que o recipiente gigante do chimp estudante era enchido por um servidor com um barril de cerveja escura. Enquanto isso, outros estudantes haviam formado uma arrepiada aglomeração em torno do jovem macaco exibido.

"'Huuu', que assuntos exatamente?", Simon perguntou a seu companheiro.

Kreutzer olhou novamente com desdém para ele. "Os de sempre, política, religião, qualquer tipo de matéria que seja..."

"Matéria", Simon sinalizou, "no sentido de disciplina escolar, 'huu'?"

"Claro, 'wraff'."

"Mas isso compreende praticamente tudo o que se pode sinalizar..."

"Não, não", os dedos de Kreutzer dançaram, sarcásticos. "Ainda existe o esporte — ou o tempo!"

Essa gesticulação foi interrompida pelos estudantes, que começaram a bater ruidosamente e em ritmo crescente em cima das mesas. O estudante que estava sendo *sconced* começou a despejar a cerveja na boca. Simon, com a curiosidade espicaçada, não conseguiu evitar de sinalizar para Kreutzer: "É esse 'huuu' o castigo? Beber um barril de cerveja?"

"Um litro e meio — e se acha fácil, experimente você, 'aaaaa'!"

Mesmo de onde estava sentado, a uns sete metros de distância, Simon podia ver o pelame do chimp subir e descer enquanto engolia a cerveja. Era um espécime impressionante e o conteúdo do recipiente estava desaparecendo rapidamente. "Bom *sconce*!", vários doutores bradaram, gritando em seguida "'HuuuGraaa!'" para estimular o chimp. Parecia estar indo tudo bem para o estudante penalizado — já faltava apenas um quarto de litro, se tanto — quando Simon viu que seu rabo estava tremendo e se alongando. Então, sem aviso, o chimp começou a borrifar descontroladamente e girar ao mesmo tempo. Primeiro o rabo ruidoso e depois seu pênis gotejante apareceram, enquanto ele rodava e oscilava. Urina e merda líquida atingiam os outros estudantes em arcos cada vez maiores. Por fim, o dervixe incontinente caiu da mesa e foi levado embora da sala por seus colegas.

Os doutores, longe de se incomodarem, estavam positivamente alegres com esse perverso cerimonial. Levou minutos para assentar seus gritos excitados e gestos exagerados. Por fim, quando conseguiu discernir alguma coisa no borrão de mãos excitadas, Simon viu que Kreutzer estava sinalizando para ele. "Vai visitar Grebe, não é, 'huuu'?", o físico apontou.

"Isso mesmo", Simon respondeu.

"Bom, isso vai deixar o pervertido de bom humor — ele é chegado a um pouco de merda no terceiro almoço 'hii-hii-hii'!"

Simon não teve tempo de absorver essa observação, porque Busner apareceu a seu lado e deixou claro que era hora de ir. Simon apresentou para seu companheiro de terceiro almoço, mas Kreutzer fez a mais displicente das carícias no rabo oferecido. O chimp de três garrafas estava concentrado no vinho do Porto, que vinha rapidamente pela mesa em sua direção.

O dia, até agora cinzento, estava oscilando para um insípido sol quando os três chimpanzés atravessaram a quadra da frente em direção à de trás. Grebe seguiu na frente e, quando Busner e Simon entraram de volta no escritório depois de subir com as mãos a escada de pedra em espiral, ele estava acocorado em sua poltrona, a garrafa parda ao lado, já no ar. "Merda, 'huuu'?", o filósofo ofereceu.

"Não, obrigado", Busner respondeu. "Simon, 'huu'?"

"Desculpe — o que é isso, 'huu'?" O focinho de Simon era de incompreensão.

"Gostaria de um pouco de merda, 'huu'?" A garrafa foi inclinada, de forma que o conteúdo viscoso escorreu.

"'HuuuGrnnn', se o senhor não se importa, dr. Grebe, acho que não vou querer."

Busner esperava algum tipo de explosão de Simon quando confrontado com a coprofilia de Grebe. O próprio Busner era chegado a um copo de merda ocasional, mas Grebe era um aficionado que, ele sabia com certeza, mantinha um grande monte de esterco pessoal nos porões da faculdade. Com toda a certeza, Simon, com sua convicção de que era humano, haveria de achar esse aspecto do comportamento chimpanzé insuportável?

A resposta veio logo, porque Grebe havia feito sua pesquisa. Bebendo judiciosamente sua merda, o lábio superior investigativo, preênsil, ele levantou os pés e gesticulou com os artelhos uma frase para Simon. "Mr. Dykes, pensei que o senhor, como humano, iria achar minha coprofilia perturbadora — se não repulsiva. Entendo que seus próximos, tanto em liberdade como em cativeiro, manifestam uma marcada aversão pelos próprios excrementos, muitas vezes se afastando a alguma distância de seus sítios de aninhamento para realizar suas funções corpóreas e depois 'euch-euch' enterrar o resultado."

Simon virou da estante para encarar o filósofo. A viagem desde a morada coletiva Busner, as cenas bizarras no salão do terceiro almoço e agora Grebe com sua coprofilia — era um dia de oposições. Pois Simon, embora mais presente no mundo dos chimpanzés, mais à vontade, continuava sentindo sua humanidade com a mesma força de sempre. Era conveniente — racionalizara — andar de quatro, como eles faziam. Tão diminuída era a escala desse reino que fazer diferente seria atrair pancadas na cabeça. Da mesma forma, era uma questão de mera conformidade não usar roupas na parte de baixo do corpo, nem sapatos, e beliscar a dobra isquial de quando em quando, soltando grumos e restos incomodativos. A gesticulação vinha fácil para Simon — mas por que não seria esse o caso; os signos humanos — a "fala" — eram tão gestuais quanto vocais. Mas comer merda? Não. Nunca. Isso, assim como a multicópula em alta velocidade, era algo de verdadeira bestialidade. Além disso, Simon se deu conta de que sua ausência de aversão a Grebe e sua garrafa diarréica devia-se apenas a um fato: tratava-se de estrume animal — não de bosta humana. Apesar de liquidificada, aprisionada no cristal e colocada numa mesa, não era mais repugnante que uma mancha marrom de merda de coelha espalhada numa encosta.

Então, Simon brindou Grebe com um sanduíche de nós de dedos: "Isso mesmo. *Nós* só 'euch-euch' cagamos onde devemos cagar — de outro jeito seria anti-higiênico. Coprófilos humanos são considerados pervertidos. Mas, se não me engano, dr. Grebe, soube por um de seus colegas na alta mesa que o senhor mesmo é considerado assim, 'huuu'?"

Busner manteve-se neutro na situação — se Simon merecia umas pancadas elas deviam vir de Grebe e de ninguém mais. Mas Grebe, em vez de punir essa impertinência com força, escolheu fazê-lo gestualmente. Inclinou a cabeça para trás, para olhar o teto, e, parecendo concentrado na sanca, desfechou uma refrega de sagacidade.

"Mr. Dykes, o senhor deveria se lembrar do modo como 'euch-euch' vemos o espetáculo da humanidade. Para citar o *Cauda Caudex*, um dos tratados mais antigos a lidar com animais: <Humanos são assim chamados por causa da maneira humorada como imitam o comportamento de chimpanzés racionais. Eles são muito cônscios dos elementos, alegram-se com a lua nova e se entristecem com a minguante. Humanos não possuem caudas. O diabo tem a mesma forma, com cabeça, mas sem rabo. A totalidade do humano é detestável, mas a parte traseira é ainda mais horrível e nojenta...> Vem em seguida um trecho teológico 'euch-euch'; depois, mais relevante à sua peculiar arrogância semântica, o *Caudex* prossegue: <'Simia', o signo latino para humano, vem do grego e quer dizer 'com narinas apertadas'. As narinas deles> talvez eu devesse sinalizar *suas* <são efetivamente apertadas e seus focinhos são horríveis, com dobras iguais a um repulsivo par de traseiros...>"

"'HuuuGrnn'", Simon ululou, apreensivo, depois sinalizou: "Dr. Grebe, entendo sua afirmação, mas sem dúvida os <humanos> mencionados aqui não são os humanos africanos, selvagens. Esse texto deve datar de antes da descoberta deles — ou, de qualquer forma, da completa compreensão deles pela chimpunidade, 'huuu'? E, de qualquer forma", Simon continuou regendo, "se sua intenção é essa semântica de insignificâncias, o que <humano> significa *realmente*, 'huu'? Delineie isso para mim, se puder."

Grebe tomou mais um gole de merda antes de responder. Busner viu que ele estava gostando da gesticulação — que estava aprendendo coisas e tinha mais a ensinar. Busner também estava impressionado com seu protegido — a apaixonada defesa que Simon fez de seu delírio era, em si e por si mesma, a mais fascinante ramificação.

Grebe saltou de sua poltrona e balançou para a mesa de trabalho, onde pegou um pedaço de papel. Passou isso para Simon, sinalizando: "Talvez ache isto aqui interessante, Mr. Dykes, 'h'huuu'? Ao saber que Busner ia trazer o senhor aqui, sabe, eu previ a sua pergunta e passei um e-mail para um aliado em Londres, exatamente sobre esse assunto — o dr. Phelps, na Escola de Estudos Orientais e Africanos. Talvez seja interessante 'grnnn' ver a resposta dele, 'huu'?"

Simon pegou o papel e leu o seguinte:

HuuH'Graaa. Caro David,
Sobre humanos. Perguntei ao conhecido perito em signos ingleses com origens africanas e ele escreveu:

A ocorrência mais antiga de "humano" indica que esse é o "nome nativo em Angola".
    Em quimbundo (um sistema de sinais angolano) é *ki-humanze*, em fiote (sinais de Cabinda) é *ki-hpumanze* e, em kikongo, sinais usados em gesticulação no Zaire, é *ki-hpumanzi* (o *ki* é um prefixo de substantivo).
    Quando perguntei se esses sinais significavam alguma coisa, ele escreveu: "Todos esses sinais são explicados simplesmente como 'humanos', sem nenhum outro sentido dado."
    Espero que seja útil. H'Huuuu, Nigel.

Simon ficou em sinalêncio depois de ler essa carta. Havia um convincente *froideur* na nota de Phelps, uma ponta de gelo que perfurava o estado de convicção de Simon. Vendo aquilo escrito assim, em seca sinalização acadêmica, Simon podia quase acreditar; vestir a admissão daquilo como um chapéu — e depois tirar. Colocar — tirar. Mas, se colocasse e tirasse vezes demais, como um chapéu de verdade, ficaria para trás o fantasma da sensação; e aí ele realmente teria perdido todo vestígio de humanidade.

Simon levantou-se, coçou a dobra isquial. Estava usando um paletó emprestado por Busner, uma coisa de *tweed* — todos os paletós de Busner eram de *tweed*, menos o *smoking* para compromissos de *black tie*. Pinicava um pouco a dobra isquial de Simon se ele não levantasse a beirada e expusesse aquilo em que começara a pensar — puramente como questão de hábito — como seu belo e resplandecente cu. Melhor, Simon pensou, ter o cu brilhando quando envolvido em um debate como este.

Pôs-se ereto, oscilou um pouco e acenou com a nota de Phelps no ar. "'HuuuGrnn'", vocalizou, depois sinalizou, "dr. Grebe, o senhor queria gesticular comigo a respeito de minha idéia sobre a sinalização humana — vamos continuar, 'huuu'?" Grebe tomou mais um gole de seu coquetel bosteado, pôs-se bipedal. Os poucos fios de cabelo que atravessavam sua careca estavam arrepiados, formando uma crista sagital peculiar.

"'Euch-euch' meus parabéns", ele cortou-lógico, "por seu controle, Mr. Dykes. Para um chimp afetado por um sistema de crenças tão peculiar o senhor se porta bem. Pela descrição que seu médico fez de seu estado, achei que estava sujeito a uma afasia, que deixava o senhor incapaz de entender signos *per se*, embora capaz de entender a sinalização por meio de uma sensibilidade preternatural ao ritmo 'grnnn'."

Aquecendo-se para sua palestra, Grebe empregou uma técnica que achava útil para manter a distância estudantes de graduação. Saltou de forma que seus pés ficassem um em cada aba lateral do encosto da poltrona, depois deu um salto e agarrou o lustre. Ao longo de tudo isso, sinalizava elegante e arrogantemente empregando apenas os dedos dos pés. "H'huuu?", retomou em seu pódio pendular, invertido. "Ou isso ou eu teria imaginado — por assim dizer — o estado oposto, uma perda daquilo que pseudo-semióticos chamam de <ritmo-sensação> e Frege denominou *Klangenfarben* ou <ritmo-cor>. Em outros sinais, uma agnosia de ritmo ou atempia. Está acompanhando meu rabo, 'huuu'?"

Observando a dobra enrugada do doutor, Simon sinalizou: "Estou, dr. Grebe — com certeza."

"Bom 'grnnn'. Então, como você deve saber, o gesto não consiste em sinais apenas; consiste em projeção — projeção de todo o ser da pessoa, não mero reconhecimento de signos. Ora, o senhor pretende me comunicar que tem dentro de sua consciência um método inteiramente diferente de gesticulação baseado em fonemas vocalizados, 'huuu'?"

"Exatamente, dr. Grebe. Nós, humanos, vocalizamos lindamente, podemos, claro, interpretar gestos também, na verdade a sinalização humana compreende signos manipuláveis — expressos como sons — e indicadores visuais — fornecidos por gestos. A sinalização é a 'grnnn' totalidade e a interação entre os dois sistemas semióticos."

Simon agachou-se no tapete persa depois dessa movimentação digital, satisfeito com a própria elegância de gesto. Busner também estava impressionado e engatinhou até ele para administrar um carinho no pelame da virilha de Simon. Grebe, porém, não era tão fácil de manipular. Ainda pendurado no lustre, deu proverbial prosseguimento. "Parece-me", sinalizou sentenciosamente, "que não existe muita escolha entre esses dois sistemas de signos. A menos 'gru-unnn' que esteja se referindo a uma sinalização em que todo gesto é apenas manipulado por um indivíduo — e isso, como sabemos com Wittgenstein, é uma impossibilidade. Suponho que não seja isso que o senhor está delineando com o que chama de 'fala', 'huuu', Mr. Dykes?"[1]

Apesar dos beliscões tranqüilizadores que o eminente filósofo natural — conforme gostava de se qualificar — estava administrando a seu pelame testicular, Simon achou essas observações paternalistas mais que difíceis de engolir. Grebe estava tentando minar por dentro sua convicção, demolindo a distinção entre as lembranças de humanidade de Simon e este — horrendamente didático — planeta dos macacos.

Contraída dentro de Simon havia uma dura bola de lembranças. Ela constituía todas as coisas que ele mais reverenciava na voz humana: a inefável beleza de Jessye Norman cantando as *Quatro Últimas Canções*, de Strauss; a riqueza e a vitalidade de Shakespeare declamadas; a sombria coloratura da poesia de Mandelstam, rolada na boca em russo; ou uma gravação chiada de Bernard Shaw pondo ordem no mundo. O som de uma tribo africana chamando com cantos uma tempestade soou no ouvido mental de Simon; assim como os anciãos aborígines cantando seu infinito país onírico. E Billie Holiday atingindo um agudo de pura doçura; e o doce borbulhar de riso de uma criança — de um dos seus filhos? E havia mais, muito mais; as declarações de um amante sopradas como carícia no ouvido; ou as expressões

---

[1] Na verdade, o dr. Grebe estava revelando aqui sua verdadeira posição e sem dúvida teria aceitado o argumento de John B. Watson, fundador do behaviorismo moderno: "Gostaria de me livrar inteiramente das imagens e tentar demonstrar que praticamente todo pensamento natural ocorre em termos de processos sensório-motores nos dedos dos pés e das mãos." (N. do A.)

mais estridentes de um amante — os pedidos de Sarah de "me come... me come... me come". Tudo isso acabado? Nada disso existiu?

O ex-artista, sua perspectiva perdida, levantou os olhos para o resumido prospecto do macaco balançando acima de sua cabeça. Acompanhou com o olhar o riacho de pêlos entre a dobra isquial e o saco escrotal. Simon levantou-se, tamborilou no assento da poltrona de Grebe. Busner, perplexo, notou que o arrepio de Simon era completo, o pelame fazendo um volume por baixo da gola do paletó emprestado, os pêlos da cabeça espetados como os de um punk.

Então Simon emitiu a mais incrível vocalização que Grebe ou Busner jamais haviam ouvido; uma imitação absolutamente convincente de um humano selvagem enraivecido, sem perder uma significação estranhamente visível, essencialmente chimpanzé.

— Porra-de-macaco-comedor-de-merda! — berrou. — Eu-devia-abrir-outro-cu-na-sua-bunda! — Depois, tendo avaliado a trajetória do filósofo com uma precisão que era decididamente chimp, Simon saltou, agarrou os testículos de Grebe e arrancou-o do teto.

O doutor caiu no chão com um alto ruído, derrubando a preciosa garrafa no trajeto, de forma que o vil conteúdo agora escurecia o tapete. Sem deixar tréguas a Grebe, Simon começou a aplicar no perito em psicossemiótica e aquisição de signos humanos grandes golpes de mão aberta, que ressoavam pelo escritório.

Não era, simplesmente, nenhuma competição; e segundos depois o rabo pálido de Grebe estava derreado e seu focinho ainda mais pálido enterrado na mancha de bebida. Uma de suas mãos sacudia freneticamente: "Iiiik!", e Grebe vocalizava: "Aaaaargh!", enquanto sinalizava: "Por favor, por favor, Mr. Dykes — meu senhor! Respeito muito sua visão artística! Venero sua 'huuuwraaa' dobra isquial! Curvo-me diante do magnífico esplendor de seu cu! Reconheço a sua dominância agora — e 'huuu' para sempre!"

Simon, naturalmente, parou de bater em Grebe e administrou os necessários carinhos devidos a um superior hierárquico. Porém, na verdade, bem que gostaria de fazer aquilo que havia vocalizado que faria — se conseguisse lembrar o que era.

Depois, quando Simon e Busner caminhavam apoiados nos nós dos dedos para o mercado coberto, Busner não pôde deixar de expressar sua admiração pela energia de seu paciente, ululando espontaneamente. "Você gostou", sinalizou para Simon, que estava acendendo seu enésimo Bactrian do dia, "daquela demonstração de dominância, 'huu'? Sei que você não é tão pouco chimp a ponto de ter ficado indiferente."

Simon apertou os olhos para o pesquisador independente de drogas ansiolíticas através de uma nuvem de fumaça e gesticulou com seu isqueiro descartável: "Vou dizer o que estava me incomodando, dr. Busner. Se, conforme Grebe delineou — e o testemunho de meus próprios sentidos parece confirmar —, habitamos um mundo em que a gesticulação visual é primária e a auditiva secundária, então certamente a invenção da televisão deve ter sido anterior à invenção do rádio, 'huuu'?"

"Isso mesmo", Busner sinalizou, supercílio contraído, "foi antes. Acredito que o rádio não existiu muito antes da Segunda Guerra. Foi inventado por um chimp chamado Logie Baird, sabe — escocês, creio 'grnnn'."

"E como foi que ele inventou o rádio, 'huu'?"

"Por acaso, completamente por acaso. Um dia, ele entrou no laboratório e o assistente de pesquisa tinha deixado uma televisão ligada dentro de um armário. Tudo o que Baird fez foi fechar a porta. Vamos continuar andando, 'huuu'?"

Capítulo dezoito

Em Londres, um assistente de pesquisa nitidamente menos solícito — mesmo que tortuosamente reverente — estava conduzindo uma reunião extraordinária da aliança contra Busner. Presentes estavam seus co-conspiradores: Whatley, parecendo cansado e esgotado, e Phillips, que estava evidentemente doente. Whatley agora já fazia uma boa idéia de qual era o problema com Phillips — dava para ver lesões de sarcoma de Karposi debaixo do pelame da nuca do chimp, apesar do cachecol que estava usando. O psiquiatra clínico imaginava agora como Phillips teria contraído CIV, mas ao contrário de seu costume teve o tato de não perguntar.

"Então 'grnnn', Gambol, uma escolha de local divertida para nossa reunião, 'huuu'? Tudo bem, já que nós todos estivemos em contato recentemente." Phillips apontou as paredes do restaurante, nas quais havia sido pintado um mural. Era uma berrante cena de floresta, feita ao estilo de Le Douanier Rousseau. De entre duas largas folhas listradas emergia o focinho raso e bruto de um macho humano adulto. Mais para dentro do mato, havia os rostos igualmente bestiais de fêmeas com os filhotes nas costas. As tetas nuas das fêmeas humanas saltavam para fora desse matagal bidimensional como tambores de armas de leite.

O motivo humano ocorria *ad tedium* por todo o restaurante. No menu, havia desenhos a traço de humanos saltitantes; no teto, uma grande — e rara — foto de humanos copulando de frente um para o outro, as patas de trás da fêmea rodeando com força a cintura do macho, os artelhos entorpecidos abertos. Até mesmo os garçons do Human Zoo — pois esse era o nome do restaurante temático — vestiam-se de humanos, as roupas feitas de um tecido sintético cuja trama se aproximava da textura emborrachada da pele do animal.

Whatley apontou um dos garçons. "Por que aquele ali tem a pele preta, Gambol, 'huuu'? Não sabia que humanos têm pele preta."

Gambol levantou o rosto de uma folha de papel que estava examinando. "Desculpe, sinalizou alguma coisa, 'huu'?"

"O humano preto 'euch-euch'", Whatley apontou de novo, irritado.

"Não, não, eles podem ser pretos, sim. Esse garçom é para ser um humano ocidental, o nome latino é *Homo sapiens troglodytes verus*. Existem também subespécies centrais e orientais..."

"Como raças diferentes, 'huuu'?", Whatley interrompeu. "Como se fosse um bonobo humano, 'huu'?"

"Mais ou menos."

"Os humanos pretos são diferentes dos outros humanos, do mesmo jeito que os bonobos são diferentes dos chimps caucasianos, 'huu'?" Esse gesto veio de Phillips, que também estava fascinado pelo garçom com sua roupa colante preta.

"Não faço idéia", Gambol respondeu. "Sou psicólogo clínico — não antropólogo 'euch-euch'."

Mesmo registrando a natureza raivosa, áspera da sinalização de Gambol, Phillips continuou: "O que quero assinalar é se são bons na dança e no entretenimento como os bonobos, 'huu'? Bons nos esportes — essas coisas, 'huu'?"

"Wraaaf!", Gambol latiu — com Phillips tão doente, não tinha medo dele. "Por que não cala a boca, Phillips, aquele garçom está vindo para pegar nossos pedidos e *ele* é um bonobo. Não se esqueça, somos todos iguais por baixo dos pêlos."

Claro, precisamente por não acreditar nisso é que o chimp da Cryborg havia se dado tanto trabalho. Bissexual e chegado a uma certa violência bonobo, Phillips havia sido um daqueles europeus ocidentais que achavam divertido e estimulante visitar os países do centro da África e acasalar com os nativos. O resultado foi a doença que agora o estava matando diante dos olhos de seus aliados. Os três eram absolutamente conscientes da ironia de que o bonobo que infectara Phillips com CIV podia ter contraído o vírus pela mordida de um humano selvagem.

"'HuuGra'", o bonobo de malha preta vocalizou, depois sinalizou, "posso anotar seu pedido, cavalheiros, 'huu'?"

"'Huu', o que é esta coisa aqui, Just Bananas?", Gambol apontou no menu. O garçom bonobo coçou a falsa virilha antes de responder. "É um prato batizado em honra de nossa outra filial em Wardour Street — *croutons* de miolo de esquilo sobre uma base de banana amassada. É muito pedido, 'grnnn'yum'."

"'HuuGra', bom, quero isso então e a sopa para começar."

Os outros chimps fizeram seus pedidos e o garçom — apesar de sua ridícula e desajeitada roupa — anotou tudo com grande sinistralidade. Depois afastou-se e os conspiradores ficaram livres para torcer as mãos sobre a situação com Busner. "'Euch-euch'", Whatley tossiu e sinalizou, "bom, acho que está na hora de darmos um salto e apontarmos o grosseiro desvio de comportamento de Busner ao Conselho Geral de Medicina. Ele não só anda patrulhando por aí com esse chimp seriamente perturbado 'euch-euch', como também é praticamente certo que o delírio, psicose, seja lá o que for, de Dykes ocorreu em função do envolvimento equivocado do próprio Busner em um experimento de droga ilegal, 'wraff'!"

"Concordo", Phillips gesticulou. "Independentemente do respeito que se deva a Busner por suas conquistas no passado — e mesmo isso é discutível —, a conduta dele agora é 'euch-euch' incontestavelmente uma prática indevida. Temos de fazer alguma coisa!"

Whatley, sinalizando no braço de Gambol, pressionou mais. "Gambol, 'huu', acha que Busner sabe que Dykes pode ter sido vítima do Inclusion e que seu delírio humano é mais que provavelmente induzido por droga?"

"Cavalheiros, parece não haver dúvida de que ele deve desconfiar disso. Ele sabe que o clínico geral de Dykes era Anthony Bohm. Sabe que Bohm foi o agente do experimento ilegal com Inclusion. Se ele mencionou ou não esse assunto para Dykes não dá para saber..."

"Bom", Phillips cortou o ar de novo, "sem dúvida, a questão é que o que tem de ser feito tem de ser feito, 'huu'?"

"Exatamente, para isso preparei esta carta ao CGM, o Conselho Geral de Medicina, especificando a conduta indevida de Busner. Tenho aqui duas cópias, talvez queiram dar uma retocada; depois, se a separação ocorrer, podemos levar a coisa adiante, 'huuu'?"

Naturalmente, como Gambol suspeitava, o praticante da abordagem psicofísica às patologias mentais e disfunções orgânicas tinha mais que uma pitada de potencial envolvimento no drástico estado do paciente. Mas, Busner pensou, tal emaranhado de tortuosas casualidades dificilmente trazia consigo algum tipo de *culpa*. Ele e Dykes foram juntados — que seja. Dykes podia muito bem ter verdadeiros danos neurológicos — inatos ou adquiridos; ou podia estar nas garras de uma psicose mais que barroca. Nenhuma possibilidade eliminava a validade do que estavam fazendo. Todos os dias, Busner podia ver mudanças ocorrendo em Simon. Ele estava, o psiquiatra concluiu, se adaptando à sua interface fenomenológica peculiar, muito do mesmo jeito que qualquer chimp seriamente comprometido em termos de percepção se adaptaria, fosse à cegueira e ao sinalêncio, fosse à surdez e ao não vocal.

Busner tinha consciência também de que não iria demorar muito para perguntas estranhas começarem a ser feitas acerca de sua relação com Dykes. A ausência de Gambol tanto no âmbito doméstico como no ocupacional revelavam o fomento de uma nova aliança. Bem, Busner pensou consigo mesmo ao seguir o rabo de Simon Dykes pelas cheias passagens e estridente cacofonia do mercado coberto, se meu envolvimento com a psique deste pobre chimp resultar em minha eliminação como praticante da medicina — que seja. Toda a minha filosofia e a minha carreira basearam-se num repúdio a secas categorias funcionalistas; será um final adequado para o meu reino de alfa.

Mas essas digitações — sentidas e examinadas à maneira habitual de Busner, como se fossem cupins de pensamento sendo arrancados de um montículo de cogitação — foram abruptamente interrompidas quando o focinho de Busner se chocou com o rabo de Simon. "'Chup-chupp'", a grande borda de lábio do psicanalista radical curvou-se apreciadoramente ao saborear os odores da dobra isquial de Simon.

"'Huh-huh-huh'", Simon ofegou, depois começou a tossir. Tinha parado para acender mais um de seus intermináveis Bactrians. Busner não fazia objeção ao fumo — embora uma falta de destreza fizesse o pelame do peito de Simon ficar todo furado e chamuscado de queimaduras — porém preocupava-se que isso pudesse representar uma volta a um ciclo destrutivo de intoxicação.

Não era isso que estava incomodando Simon. Ele estava de cócoras, dando baforadas no Bactrian e olhando o maço com o supercílio franzido. "Este cigarro", sinalizou, "tem alguma coisa que não está exatamente certa com ele."

"Forte demais talvez, 'huuu'?"

"Não, não, não é isso. É que o animal do maço tem duas corcovas..."

"Porque é um bactriano, Simon." Busner beliscou o pelame de seu protegido.

"Eu sei — percebo isso. Mas na minha lembrança"... um adejar inexpressivo... "em minha lembrança de ser humano, sempre fumei Camels."

"Camels, 'huuu'. Quer apontar que em seu planeta dos humanos 'gru-nnn' os bactrianos se chamam camelos."

"Isso mesmo, 'h'hii-hii-hii', que troca mais absurda e banal — quase engraçada 'huu'?"

"Não é nada engraçado 'clak-clak' o estrago que você está fazendo com esses Bactrians no pelame de seu peito", Busner respondeu, aplicando saliva suavemente em um ponto especialmente afetado abaixo do mamilo esquerdo de Simon, "e agora temos de continuar, Hamble deve estar à nossa espera — sei como ele é."

De fato, Hamble, o segundo solvente de delírio de Busner, *estava* à espera deles quando o táxi — dirigido por um bonobo perturbadoramente inquieto — cantou os pneus na estrada de pedra de Eunsham e parou na frente da casa.

Hamble estava de quatro, observando a chegada por cima da cerca de espinheiro que bordejava o jardim — mas era tal o tamanho de seu peito e seu feroz pelame que para Simon ele apresentava um aspecto extremamente animal. Ainda mais porque usava apenas um velho paletó de camuflagem do exército — que estava desabotoado. Com seus grandes ombros e hálito vigoroso aspirando o ar outonal, Hamble parecia todo chimp. Parecia — Simon pensou, observando o cenário bucólico da casa de Hamble, com seu pomar de macieiras de um lado e gramado ondulante do outro — exatamente uma criatura escapada do zoológico.

O focinho de Hamble era pálido para um macho adulto, mas ele usava suíças particularmente cacheadas, ruivas, que pareciam de fato costeletas de carneiro. Essas, ao lado dos caninos expostos, foram mais que suficientes para inquietar Simon, que deixou Busner pagando o motorista e se sentiu obrigado a ulular com absoluta deferência, depois se arrastar pelo jardim de costas, a bunda levantada, a dobra isquial nervosamente projetada.

Mas Hamble era tão excêntrico quanto Busner havia comentado. Deu a mais displicente — e necessariamente silenciosa — tamborilada em cima da cerca, ululou tão baixinho quanto Simon, "'HuuuH'Gra'", saltou por cima da cerca e começou a catá-lo delicadamente, gesticulando ao fazê-lo: "Por favor, Mr. Dykes, posso chamar você de Simon, 'huu'? Não se curve com tamanha deferência. Aceito alegremente sua submissão, mas realmente 'chup-chupp' não se dê esse trabalho!"

Simon endireitou-se e olhou seu gesticulador. A boca de Hamble estava muito aberta, mas o lábio superior cobria os dentes, dando-lhe um aspecto nada ameaçador. "'H'huuu?'" Simon ululou.

"Claro", Hamble replicou. "Afinal de contas, lembre-se do que Coleridge escreveu em seu Epigrama: <Viu um chalé com dupla cocheira / Chalé de gente de qualidade; / E o Diabo riu, satisfeito, porque seu pecado mais perfeito / é o orgulho que macaqueia a humildade>, 'huu'?"

Simon absorveu o focinho sorridente do grande chimp, os olhos franzidos em bom humor, e, sem pensar no que estava fazendo, pôs-se ereto e abraçou Hamble. Foi mais que gostoso sentir aqueles braços de serpentina em torno de si, sentir o aperto tranqüilizador de Hamble. Depois de alguns segundos, ele rompeu o abraço e Simon sinalizou: "'Huu', dr. Hamble, 'chup-chupp', nem sei como demonstrar o quanto foi importante ter feito essa citação. Coleridge é um dos meus poetas favoritos. Ora, no dia seguinte ao meu colapso eu estava com uma imagem dele na cabeça, a imagem de que a mente é um turbulento bando de pardais, que se junta e se dispersa..."

"Como um grupo chimpanzé", Hamble serenou Simon.

"'Huuu?' Bom, é, acho que sim, como um grupo chimpanzé. Mas eu estava pensando na mente *humana* — acha isso absurdo, 'huu'?"

Hamble sustentou a expressão jocosa e virou para Busner, que subia oscilante a estradinha enlameada caminhando sobre três patas, a pasta enfiada embaixo do braço. Os dois machos mais velhos se encontraram, apresentaram um para o outro da maneira usual de aliados antigos — mas não íntimos. "'HuuuH'Gra'", Busner ululou e Hamble ecoou, depois sinalizou: "Muito bem, muito bem, Zack Busner, você parece estar em forma. Não nos vemos... quanto tempo faz, 'huuu'?"

"Deve fazer uns dois anos, Raymond", Busner respondeu, "desde que fomos juntos àquela desastrosa reunião com McElvoy no pub, depois da palestra que ele fez na Royal Society 'grnnn'."

"Desastrosa", Hamble dedilhou depressa, "só porque você levou junto aquele seu paciente com Tourette. Foi só a vocalização inadequada dele que nos jogou naquela briga. Sinceramente, Zack — aquela gritaria!"

"Bom, Raymond, é isso que eles fazem — os que sofrem de Tourette —, gritam inadequadamente. Mas, afinal", Busner continuou alisando delicadamente o pelame grosso da virilha de Hamble, "estamos 'chup-chupp' em contato agora e isso é que importa, 'huuu'?"

Hamble expôs os caninos e soltou uma alta risada de dentes batendo. "'Clak-clak-clak', bom, Zack, você sem dúvida deixou bem clara a sua intenção. Ora, se não estou inteiramente enganado, meu palpite é que o Simon aqui vai se dar muito bem se houver alguma separação no que diz respeito a seu grupo. Por que não nos deixa gesticular sozinhos e vai dar uma volta, 'huuu'? Está com jeito de que vai fazer uma linda tarde."

Busner recebeu esses sinais da maneira como foram emitidos. Por que não?, pensou. Hamble tem tão bom coração quanto qualquer chimpanzé e a excentricidade dele pode facilitar bastante o contato com Simon. Busner interrompeu a cata invasiva e se pôs ereto. "Para que lado devo ir, Raymond, para lá, 'huuu'?"

"É, esse lado é tão bom quanto o outro, dá para chegar até o rio, mas cuidado com o último padoque porque o fazendeiro prende os cachorros lá e eles podem ser bravos."

Busner estalou um beijo molhado no focinho de Simon e entregou-o aos cuidados de Hamble, junto com sua pasta. A última coisa que os dois chimps que ficaram viram foi o proeminente períneo do eminente filósofo natural — como gostava de se chamar — igual a uma flor rosa e amarela, aparecendo primeiro aqui, depois lá, entre as fileiras de resistentes plantas perenes no fundo do jardim.

Hamble grunhiu, pegou Simon pela mão e levou-o para dentro da casa.

As duas horas seguintes foram as mais estimulantes, cativantes e consistentes que Simon passou desde o colapso; e também as mais desconcertantes. A avaliação que Busner fizera da influência de Hamble estava correta em um sentido, porque o conhecimento do naturalista de todas as coisas ligadas à antropologia era tão brincalhão e acariciante que Simon se sentiu estimulado pelos jogos a uma maior aceitação de sua chimpunidade do que nunca antes.

Mas, ao mesmo tempo, a óbvia excentricidade de Hamble, sua casa peculiar e seu comportamento decididamente chimp enfatizaram a sensação de Simon de sua vazante humanidade. Havia isso — e havia o fato de que, antes do colapso, Simon havia lido os livros de Hamble e conservado uma imagem mental do chimp enquanto homem, de suas aparentes costeletas como suíças de verdade. Hamble não ajudou nada as coisas ao convidar Simon para fumar um baseado.

Mas isso foi depois. Primeiro, eles entraram no Cenário, que era como Hamble chamava sua casa. Isso era anunciado pelo baixo-relevo de uma raposa amamentando seus filhos que formava o arco da porta antiga, de carvalho; pelo corredor curvo, acarpetado numa cor de terra que saía dele; e ao longo de outros corredores curvos que partiam desse, cada um terminando em outra sala que parecia uma cova. No caminho pelo corredor principal, encontraram três grandes ninhadas de filhos de Hamble, e ambos os adultos pararam para brincar com eles e aplaudir as apresentações brincalhonas.

Além das crianças, era difícil andarem apoiados nos nós dos dedos pelo Cenário. Por toda parte em que Simon colocava os pés e as mãos havia mais alguma coisa. O Cenário era cheio de coisas — muito cheio na verdade. Havia esqueletos de animais, pássaros empalhados, crânios de chimpanzés e coleções de borboletas pendurados nas paredes em ruína ou empilhados contra elas. Havia estantes gemendo sob o peso de volumes de todos os tipos e uma variedade de mesas e cadeiras de deixar tonto. Algumas dessas superfícies também estavam ocupadas por pequenas coleções de conchas marinhas e crustáceos, flores secas e plantas, amostras de rocha e pedras semipreciosas, tudo arranjado com incrível precisão. Qualquer espaço de parede que sobrasse era preenchido com aquarelas da flora e da fauna, desenhos a bico-de-pena da mesma coisa, máscaras tribais africanas e os tortos rabiscos dos filhos de Hamble feitos com tinta guache.

Havia não apenas os rabiscos, mas também os próprios filhos e seus brinquedos: soldados de chumbo e de plástico, mobília de casa de bonecas, peças de Lego, trens elétricos, ursinhos de pelúcia — e, naturalmente, alguns humanos empalhados —, tudo arrumado com a mesma generosa atenção que os artefatos adultos e misturados a eles para fazer o mais peculiar palimpsesto de reificação.

Hamble se deslocava por esse museu doméstico com absoluta segurança e, depois de acomodar Simon em uma confortável poltrona de braços e começar sua gesticulação, ficou claro para ele que havia uma ordem interna aplicada a essa morena entremuros, uma ordem imposta pelo próprio Hamble.

Na sala, que era uma mistura de sala de acocoramento com escritório, com suas pequenas janelas no alto das paredes e o fogo crepitando alegremente, o acúmulo de coisas era sufocante. Hamble, ao gesticular, de vez em quando saltava e pegava um objeto ou um livro para ilustrar o que dizia. Simon ficou surpreso de ver que ele escolhia sempre a coisa certa, fosse pela frente, fosse pelas costas. Essa extrema extracepção, Simon sabia, não era incomum num chimpanzé, mas ainda mais peculiar era a maneira como se expressava pelo arranjo dos artefatos. Era como se fossem uma reprodução ou simulacro do conteúdo da própria mente dele. Depois de apenas alguns minutos de movimento de dedos, Simon tinha a sensação de estar sinalizando com o grande chimp dentro da própria cabeça de Hamble — definitivamente espaçosa.

"'Gru-unnn'", vocalizou alegremente o naturalista assim que se acocoraram, e sinalizou, "respondendo à sua pergunta, Mr. Dykes..."

"Por favor", Simon acenou para ele, "me chame de Simon."

"Simon, então. Bom, embora eu de jeito nenhum deseje apoiar as atividades de extremistas dos direitos dos animais 'euch-euch', tenho uma posição mais abrangente sobre a natureza da consciência do que a maioria da comunidade científica. Quer tomar alguma coisa, 'huuu'?"

"Quero, obrigado."

"Cerveja, vinho, alguma coisa mais forte, 'huuu'?"

"Cerveja está ótimo, 'grnnn'."

Hamble deu um salto, estendeu as mãos por trás da cabeça e sem olhar pegou uma garrafa da prateleira de bebidas, destampou, serviu um copo de cerveja, enquanto continuava a gesticular com o pé sobre o assunto. "Mesmo tendo escrito no começo do século e embora gostasse um pouco demais da morfina, acho que a definição de mente de Eugène Marais ainda vale a pena. Acredito que tenha lido, *A Alma do Humano*, 'huuu'?"

"Sinto muito, não li, dr. Hamble."

"Por favor, me chame de Raymond. Bom 'grnn', foi Marais quem primeiro traçou a distinção entre memória individual e memória filogenética em mentes animais. A teoria dele era de que a média entre as duas determina o grau de consciência, senso, como quiser. Nisso ele concorda" — e o naturalista esticou a mão infalível para um livro, abriu-o e passou para Simon, prosseguindo — "com o próprio Lineu, que dizia: <É notável que o humano mais esperto seja tão pouco diferente da pessoa mais sábia.> Veja, aí está o *Systemae Naturae* original, que classifica o humano como uma espécie de chimpanzé e atribui a ele o nome de *Pongis sylvestris* ou *Pongis nocturnus*. Se bem que eu duvido que Marais tivesse ido tão longe, 'huuu'? A cerveja está boa, 'huu'?"

Simon sabia que não devia expressar irritação com essa repetição de leitura que ele já havia feito. Em vez disso, desceu de sua cadeira, engatinhou pela sala e apresentou bem abaixo enquanto gesticulava: "Por favor, 'HuuuGrnn', dr. Hamble, Raymond, eu respeito seus livros e apesar de nosso breve relacionamento considero sua dobra anal adorável... Já estou familiarizado com a maior parte da literatura do passado sobre os primatóides, em particular o humano. Tudo o que aprendi apenas aumenta a minha 'HuuuGrnn' sensação de que o mundo passou por uma completa reviravolta — humano no lugar de chimpanzé, chimpanzé no lugar de humano."

Vendo que Hamble ainda mantinha uma das mãos estendida para ele, Simon continuou gesticulando ao voltar para sua cadeira. "O que me intriga, e o que acho que pode mais me ajudar com minha 'euch-euch' bizarra impressão de que sou 'huuu' humano, são informações sobre humanos *selvagens*. Não consegui absolutamente me ver nos humanos do zoológico. Um de meus filhos desapareceu, sabe — e imagino se ele pode estar com humanos selvagens..." E, com essa revelação definitivamente estranha, os dedos de Simon Dykes se imobilizaram.

Era uma idéia que o ex-artista vinha alimentando fazia algum tempo. Embora a terapia não ortodoxa que Busner estava usando com ele estivesse sendo eficiente até esse momento — as impressões da própria chimpunidade eram menos problemáticas para Simon à medida que adaptava ao mundo seu corpo não familiar —, mesmo assim o ex-artista era atormentado por incontrolável nostalgia. Lembranças de sua própria sexualidade humana, do corpo de Sarah e, arrastando-se por trás dessas imagens, de Simon Júnior, seu filho, claras e irrefutáveis. Nesse mundo em vice-versa em que se encontrava, Simon insistia nesse fato, de que tinha *três* filhos. Se conseguisse localizar o filho perdido, talvez isso pudesse funcionar como um disparador, abrindo o pára-quedas que o depositaria de volta em segurança num mundo liso, sem pêlos.

O supercílio de Hamble franziu quando ele viu isso. Busner havia descrito o estado de Dykes quando telefonara para marcar o encontro. Hamble estava esperando a atrofia parcial dos membros do chimp e a surpreendente coerência e insistência na alienação da chimpunidade, mas isto aqui era diferente. Ele esticou os dedos, depois sinalizou. "Como quiser, Simon. Bom 'gru-nnn', é verdade que encontrei humanos em liberdade." Mais uma vez, ele pegou sem erro um material ilustrativo, dessa vez um crânio inconfundivelmente humano. Passou para Simon, que ficou com ele no colo ao longo de tudo o que se seguiu. "E como você concluiu corretamente, são muito diferentes daqueles em cativeiro.

Mas permita que eu aponte um qüiproquó, vou mostrar para você como foi meu encontro com humanos selvagens — e em troca você me mostra algo de seu entendimento da humanidade. O que eu mais gostaria de obter 'grnnn' seriam maiores informações sobre a sexualidade humana, 'huu'?"

Isso tocou o cerne dolorido das lembranças de Simon, e, apesar de prestar muita atenção ao que Hamble sinalizou em seguida, permaneceu assombrado por uma nua extensão de imaginações carnais.

"Passei seis meses no Congo no ano passado", Hamble deixou seus dedos andarem, "e, embora não estivesse lá para pesquisar a humanidade selvagem, efetivamente 'gru-nnn' encontrei com eles. Estava viajando com alguns bonobos locais. Na verdade, não estávamos no coração da floresta equatorial, e sim mais nas 'h'huuu' bordas, com uma cobertura de árvores mais esparsa. Alguns bonobos seguiam pendurados mais à frente, mas eu achei mais fácil caminhar apoiado nos nós dos dedos. Chegamos a um vale de rio largo, raso, e vimos na margem oposta uma vasta patrulha das criaturas, 'huuu'."

"Foi assustador então, 'huuu'?", Simon acenou.

"'Wraaa!' Sem dúvida, havia bem mais de cem deles, pendurados das árvores como fantasmas ou zumbis. Por essa razão eles são tão temidos pelos indígenas; os humanos sempre patrulham em grandes números e se encontram um grupo isolado de bonobos são capazes de dominar todos pela simples força numérica.

"Enfim 'grnnn', nessa ocasião, nossa patrulha parou e formou um grupo compacto para ver o que os humanos fariam. Mesmo a essa distância — devíamos estar a uns 583 metros deles — dava para ouvir claramente que gesticulavam com aquela estranha e grave vocalização deles, fazendo até sinais rústicos. Aquele devia ser o local de aninhamento noturno deles, porque dava para ver os abrigos rústicos no meio das árvores..."

"Eles constroem abrigos, 'huuu'?"

"Constroem, sim, 'grnnn'. Seus humanos selvagens sofrem de agorafobia e não suportam ficar inteiramente sem confinamento. Enfim, depois de algum tempo a patrulha humana chegou a algum consenso. Dava para ver um macho grande, tipo alfa — espécime assustador com uma grande juba de pelame na cabeça —, indicando que deviam se dividir em dois grupos e executar um movimento de torquês cercando a mim e aos bonobos. E o rio, 'huuu'? Bom, a verdade nua e crua é que os humanos não têm absolutamente nenhum medo da água — alguns até sabem nadar! Então você pode imaginar como nós, 'huuu', estávamos assustados."

Simon não estava se concentrando muito bem no discurso de Hamble, seus olhos estavam voltados para dentro, para seu próprio e infernal teatro de sombras. Havia também os perturbadores ululos dos filhos de Hamble que vinham dos recessos da casa, ululos que insistentemente lembravam a Simon seus próprios filhos. Mas agora, vendo que Hamble havia se imobilizado, Simon fez um sinal padrão. "O que vocês fizeram, 'huuu'?"

"Bom, nós todos avançamos para o rio latindo em waa e ululando com toda a nossa força. Alguns bonobos tinham armas — peças incrivelmente velhas, praticamente bacamartes —, mas eles carregaram e atiraram, muitas e muitas vezes. Isso obteve o efeito 'grnnn' desejado e a patrulha humana recuou — assim como a nossa. Foi algo no estilo de um empate."

"'H'huuu?'" Simon saltou da poltrona e pôs-se de pé em posição de atenção. "Você quer dizer, Raymond, que acha que os humanos selvagens têm consciência manifesta, 'huuu'?"

"De certo tipo — sem dúvida, não o que esses antropólogos independentes atribuem a eles."

"O que quer dizer isso, 'huuu'?"

"Quer dizer que se você pegar esses filmes, que chimps como Savage-Rimbaud fizeram, de humanos cativos tendo lições de sinalização e projetar mais devagar, vai poder ver que os humanos estão de fato gesticulando milimetricamente igual a seus instrutores chimps. Em outros sinais, eles são inteligentes o bastante para captar o que está sendo sinalizado e responder usando os sinais, sem serem necessariamente capazes de manipular 'grnnn'. A questão é, como Stephen Jay Gould observou, que não interessa ensinar um animal a se comportar igual a outro; e, da mesma forma, a inteligência humana é, por definição, o que os humanos fazem naturalmente, 'huuu'?"

Enquanto fazia essa dissertação, Hamble tirara com o pé uma saco de maconha de um bolso interno do paletó de camuflagem. Ele o jogou no ar, pegou, sacudiu e acenou: "Que tal um tapinha, 'huuu'? Pelo que Zack me assinalou você não é alheio a atravessar a fronteira herbácea." O sorriso brincalhão esticou o lábio grande pelo focinho grisalho.

"Não sei, 'huuu'..."

"Vamos lá, me jogue um Bactrian que eu enrolo um, enquanto você gesticula para mim alguma coisa sobre a sexualidade humana. Você sabe, é claro, que na comunidade antropológica o sexo entre espécies é um fenômeno comum, embora não notado, 'huu'?"

"Está falando sério, 'huuu'?"

Hamble pegou habilmente o Bactrian com uma mão, enquanto prosseguia com a outra. "Muito sério. Desconfia-se — embora nunca tenha sido confirmado — que Dian Fossey, a fêmea que Louis Leakey enviou para estudar os gorilas da montanha de Ruanda, teve um 'euch-euch' romance — se se pode chamar assim — com um jovem gorila macho chamado 'clak-clak-clak' Digit. Muito adequado, 'huu'? Foi depois que Digit foi morto por caçadores clandestinos que Fossey pirou e embarcou na campanha contra caçadores clandestinos que levou à sua morte. Ou isso ou então os bonobos locais tinham aversão à idéia de um chimp acasalar com um gorila.

"E 'grnnn' aquele chimp Aspinall é outro exemplo."

"Aspinall, 'huu', o chimp do cassino?"

"Esse mesmo. Bom, como você deve saber 'grnnn', ele tem um zoológico em Kent onde permite que os tratadores tenham uma relação bem mais 'chup-chupp' próxima com os animais do que é o costume geral. Aspinall muitas vezes insinuou que tem 'grnnn' uma relação *muito* próxima com seus gorilas. Talvez por isso um deles tenha recentemente arrancado o braço do tratador — estava só querendo ganhar um 'clak-clak' abraço!" Um isqueiro aparecera no pé de Hamble e ele acendeu o gordo baseado que havia enrolado com um floreio, depois se agachou na poltrona pitando com gosto.

Um jato de fumaça saiu de sua boca frouxa, os anéis e arabescos azuis se entrelaçando aereamente com o peito lanoso do naturalista. A sinalização dele foi parcialmente encoberta por essa nuvem local, de forma que Simon só captou retalhos do que se seguiu. "Mas tem de satisfazer minha curiosidade, Simon, 'huuu' você diz que vivenciou uma realidade na qual os humanos eram a espécie primata dominante. Uma realidade muito semelhante a esta no, digamos assim, nível macro, com industrialização, videogames japoneses e 'euch-euch' — este bagulho faz cócega — maconha hidropônica; mas no nível micro, no nível da fisicalidade, da sexualidade, tudo é diferente, as práticas de acasalamento e tal, 'huuu'?"

Houve um sinalêncio e ficaram não vocais por um momento; Hamble passou o baseado para Simon e, sem pensar no que estava fazendo, Simon pegou dele com o pé. Era a primeira droga não-ansiolítica que tomava desde o colapso e era também a primeira vez que usava os pés pelas mãos. Simon levantou a perna até o focinho, maravilhado com sua flexibilidade, precisão de movimento e posição. Deu uma grande tragada no baseado e aspirou o aroma nitidamente florido da erva. O primeiro impacto foi tão gostoso que ele deu uma segunda tragada, e mais uma, exalando e inalando simultaneamente, como um saxofonista que toca um *riff* extenso.

"Como é que é, 'huuu'?" A gesticulação de Simon era solta e expressiva, o alucinógeno entrara em ação. "Bom, Raymond, nós acasalamos — como você sabe — de frente um para o outro. E nossa pele é maravilhosamente macia e sedosa ao toque. Em nosso mundo não há muito toque, de forma que o acasalamento é nossa oportunidade de um sentir o outro por inteiro. Já vi chimps 'euch-euch' acasalando e, em comparação com o acasalamento humano, parece uma experiência frenética, insatisfatória. *Nosso* acasalamento pode durar horas e passa pela mais terna 'gru-unnn' e coordenada apalpação 'chup-chupp', estimulação 'chup-chupp', carícia 'huh-huh-huh' e carinhos..."

"A mim me parece mais uma sessão de catação", Hamble interrompeu.

"Não, não 'euch-euch', nem um pouco. *Nós* nos encaramos, olhamos um nos olhos do outro sem medo de represália; e nos beijamos — nossos dentes, você sabe, são muito menores que os de vocês — durante minutos de cada vez. E além disso, Raymond, só fazemos amor com parceiros exógamos. A idéia de acasalar com membros próximos do grupo é anátema entre humanos. Um tabu absoluto. Como pode haver romance se você acasala com qualquer fêmea cujo inchaço o atrai, 'huuu'? Como pode haver ternura, 'huuu'? E como se pode sentir qualquer real distinção entre adultos e subadultos quando se acasala tão promiscuamente com os próprios filhos, 'huuu'?"

Hamble, não exatamente passado, mas confuso com esse paradoxo simétrico, gesticulou para si mesmo: Como pode haver romance ou atitude adulta se você *não*?

Simon estava de barato agora e as imagens de seu passado, de seu amoroso passado humano estavam voltando com odiosa acuidade. Como pudera achar que havia perdido sua capacidade de suspender a descrença na sexualidade humana? Ou talvez — e isso lhe arrepiava os cabelos —, talvez fosse precisamente essa falha em apreender o que era mais sagrado, mais importante, mais inerentemente humano na vida — a expressão física do amor —, que havia precipitado Simon nesse reino de pesadelo, com seus macacos fumadores de maconha e chimpanzés médicos.

O médico em questão reapareceu nesse momento e Busner não ficou nada satisfeito de ver que Hamble estava fumando um baseado com Simon. Cerrou os punhos e entrou na sala andando apoiado nos nós dos dedos. "'HuuuH'Graa'", cumprimentou, e sinalizou depois, "realmente, Raymond, não creio que hipomania e maconha combinem bem, não acha, 'huuu'?"

"Isso eu não sei 'euch-euch'." Ele pegou com o pé o baseado dos artelhos estendidos de Simon. "Achei que podia ajudar a liberar mais esse delírio do pobre chimp e fumigar a nossa gesticulação, que realmente foi muito representativa para mim. Enfim", ele desceu da cadeira e foi de quatro até Busner, "*nós estamos velhos demais para brigar por uma coisa dessas*, 'huuu', Zack, meu amigo?" Os dois machos alfa começaram a se catar com rara habilidade, enquanto Simon relaxava na poltrona, um turbilhão de gritos amorosos desafiadoramente humanos ressoando em sua cabeça torturada.

Deixaram o Cenário logo depois. Hamble escreveu uma dedicatória em um exemplar de seu livro de viagens pela Amazônia — *In Deep Shit* [Na merda até o pescoço] — e deu para Simon, que sinalizou que tinha já um exemplar, embora com outro título e num mundo paralelo.

O táxi estava esperando por eles e, quando se afastaram pela trilha esburacada, a última coisa que Simon viu foi Hamble, exatamente na mesma posição em que estava quando chegaram;

atrás da cerca de espinheiro no jardim, o grande focinho enrugado de bom humor, as costeletas ruivas captando os raios do sol que se punha.

Durante toda a viagem de volta a Londres, Simon afundou em um tormento de lembranças. A cabecinha loura de Sarah inclinada para trás. As mãos dele alisando o pelame de sua cabeça. Seus caninos pontudos expostos em êxtase. As mãos pequenas puxando delicadamente seu pau intumescido. E aquelas peculiares vocalizações femininas pronunciadas no calor do acasalamento. "Assim-assim, assim-assim... Assim. Assim."

Quando voltaram para Redington Road, Simon se trancou em seu quarto e colocou o vídeo de *A Batalha do Planeta dos Humanos*. Da série de filmes, era o que mais o divertia; e paradoxalmente permitia que captasse o teor de sua identidade perdida, apegando-se a ela por alguns segundos. Ele gostava do cenário risível do filme, de a batalha pelo planeta ocorrer no que parecia ser um shopping center Milton Keynes. Havia essa graça e havia os humanos em si, iguais a zumbis — amontoados em passarelas aéreas para vencer seus senhores chimpanzés —, e tudo retratado de maneira tão implausível. O diretor de arte do filme não tinha se dado o trabalho de imaginar concretamente humanos inteligentes, domesticados. De forma que, como chimpanzés, eles andavam nus da cintura para baixo e sem sapatos.

Algumas falas do filme — último da série — faziam com que Simon tivesse ataques de riso de bater os dentes. Principalmente quando os chimps ferozes encurralam o filhote superinteligente dos humanos que escapara para o futuro no penúltimo filme (*Fuga do Planeta dos Humanos*) e o principal chimp do mal — como Simon não conseguia evitar de chamá-lo — esfrega as mãos. "Olhar para ele é como olhar para algum horrível bacilo e saber que está capturado 'wraaaa'!"

Então, bem no final, quando as hordas de humanos estão revirando todo o complexo — *tão* anos 70 isso —, o mesmo personagem gesticula os sinais imortais: "Este é o fim da civilização chimpanzé e o mundo será agora um planeta dos humanos 'wraaaa'!"

Se fosse verdade, Simon pensou olhando a tela enquanto tragava pensativamente um Bactrian. Se fosse verdade. Os efeitos da maconha de Hamble — que era muito forte — haviam se desvanecido, deixando para trás apenas a dura convicção de que ele tinha de se encontrar com sua ex-alfa Jean, que tinha de estar focinho a focinho com seus filhos. Se houvesse uma total correspondência entre este mundo e o mundo como era antes da noite desastrosa no Sealink, então os únicos chimps que podiam ajudá-lo eram os de seu grupo dissolvido.

Busner rompeu a divagação de Simon. Ele ululou do lado de fora da porta e, como não obteve resposta, entrou. "'HuuuH'Graa'", vocalizou, depois sinalizou. "Bom, Simon, o que você achou do seu dia de passeio, instrutivo, 'huuu'?"

"Sem dúvida nenhuma, dr. Busner. Me fez muito bem dar uma surra naquela criatura, e quanto a Hamble, bom, gostei dele 'grnnn'. Ele parece absolutamente indiferente ao fato de eu me considerar humano e de o mundo que eu percebo ser um delírio ridículo..."

"... bom, é", Busner cortou o ar, "mas não esqueça que Hamble é *muito* excêntrico."

"Fora isso foi 'huuu' a mesma coisa."

"A mesma coisa, 'huuu'?"

"Às vezes, eu me sinto meio capaz de assimilar a realidade das coisas como são — mas aí o passado me inunda de volta, 'huuu' —, e é incrivelmente perturbador. Mas de uma coisa que sinalizei na casa de Hamble estou convencido que é verdade. Tenho uma lembrança muito clara e precisa de meu filho do meio 'huuu'. *Tenho* de encontrar com minha ex-alfa, só ela pode me ajudar a descobrir a verdade. Por favor, dr. Busner, faz mais de dois meses já, posso ver meus filhos, 'huuu', por favor?"

Simon engatinhou até onde Busner estava acocorado e apresentou para ele com a mais absoluta e humilde deferência. O psicanalista radical — como gostava de se chamar — pousou uma mão exortatória na dobra isquial do abatido chimp e gesticulou na anca peluda. "Pronto — pronto 'chup-chupp', Simonzinho, não se preocupe, meu pobre amigo, estou impressionado com sua conduta — e sua condução — hoje. Acho que pode haver algum benefício num encontro com seu velho grupo. Sua ex-alfa é afável, de forma que vou ver 'huh-huh-huh' o que posso fazer para arranjar um encontro o mais breve possível. Mas quero tratar outra coisa com você..."

"O que é, 'huuu'?"

"Recebi um chamado agora há pouco do aliado de sua antiga consorte, Tony Figes. Ele sinalizou que vai haver uma abertura de exposição hoje à noite na Saatchi Gallery. Ele acha que pode ser uma exposição especialmente atraente para você."

Simon interrompeu a catação e virou para Busner. "Está sugerindo que a gente vá, 'huuu'?"

"Bom, 'euch-euch', claro que não se você acha que não consegue lidar com isso. Sem dúvida vai haver uma porção de chimps que você conhece lá, mas por outro lado...", Busner prosseguiu sinalizando, sinistro, "... é pertinho daqui, dá para ir andando, e, como sempre, se você sentir que está entrando numa crise, podemos ir embora. Acho que pode ser uma boa idéia. Afinal de contas, pode ser mais um apoio na árvore da recuperação, 'h'huuu'?"

Capítulo dezenove

A noite estava fria e agitada. Mas Simon e Busner foram mesmo andando apoiados nos nós dos dedos pela Fitzjohn's Avenue, atravessando Swiss Cottage até a Boundary Road; embora, comparando com aquela outra manhã, houvesse pouca atividade de acasalamento para eles observarem. Porém, as coisas estavam bem diferentes nas proximidades da galeria. Já a 224 metros de distância, apesar do escuro, Busner podia ver que a esquina da Abbey Road com a Boundary Road estava tomada pela multidão de chimps das artes, acasalando, guinchando, catando, transmitindo e fazendo fila para entrar na Saatchi Gallery.

Busner se pôs ereto e virou para o focinho de Simon. "'Huuu', tem certeza de que dá conta disto aqui? Vai haver um monte de chimps que você conhece..."

"'Huuu'", Simon reagiu, e sinalizou, "acho que não vou conseguir reconhecer ninguém, tem tanta gente, e são *chimpanzés* 'clak-clak-clak'!"

"É, Simon, mas lembre-se de que eles certamente vão reconhecer *você*. Você não é visto em público desde antes da sua exposição *e* seu colapso foi noticiado na imprensa. Acho que pode ter certeza 'euch-euch' de que vamos chamar atenção."

Busner estava contando mesmo era que Sarah Peasenhulme, ex-consorte de Simon, aparecesse na exposição também. Sem dúvida, fora esse o eixo da gesticulação entre Busner e Figes. "Ela está tendo uma espécie de consórcio com Ken Braithwaite, o artista da performance", Figes sinalizara pelo telefone, "mas adoraria acasalar com Simon de novo e sentir a dobra isquial dele. Acha que ele está preparado para transar, 'huuu', com ela, dr. Busner?"

Busner sinalizara que não tinha como saber, mas que Simon parecia estar aceitando mais e mais a própria chimpunidade. Não era um sinal vazio, porque, na caminhada por Hampstead,

Simon movimentou-se com a maior fluidez que Busner já havia visto. A atrofia de pés e pernas havia melhorado e ele deixara o paletó aberto, apesar do vento frio, sem dúvida uma admissão de sua própria preferência por pele de verdade em vez de pele artificial.

Os dois chimps eram suficientemente dominantes para abrir caminho pelas margens da multidão e atravessar os portões grandes de aço cinzento com espetos em cima à entrada do complexo da galeria. Dali, uma rampa fazia uma ferradura para a entrada da galeria propriamente dita. Colocado na curva da rampa havia um modelo em tamanho natural de um carro de bombeiros. Simon o ignorou e foi balançando o rabo na frente do focinho de Busner em meio à confusão peluda. Busner deduziu, por sua atitude decidida, que vir a esse lugar conhecido era tranqüilizador para ele.

Não tão tranqüilizadores eram os ululos interrogativos que flutuaram até os ouvidos de Busner vindos dos chimps artísticos. Simon havia sido reconhecido e os sorrisos falsos estavam a postos.

Busner entregou os convites à fêmea da galeria parada na porta, que ao ver Simon apresentou o traseiro, depois pediu a ambos para autografar o livro. Apesar da placa de proibido fumar acima de sua cabeça, ela não pediu ao ex-artista para apagar seu Bactrian. Simon marcou seu nome com um floreio, ereto diante da mesa, orgulhoso, desdenhoso. Uns poucos chimps se juntaram ali, apresentaram para ele, e ele automaticamente distribuiu tapinhas tranqüilizadores em seus rabos vibrantes. "'H'huuu", Busner vocalizou quando prosseguiram. "Conhecia esses chimps, Simon?"

"Acho que não", ele respondeu. "Talvez sejam estudantes de artes plásticas."

Busner já havia estado na Saatchi Gallery antes, mas a simples dimensão do lugar o surpreendeu de novo. O saguão era grande o bastante para conter inteiro o antro de Levinson em Cork Street. Desceram à direita por um lance de escada curta e larga e entraram em uma sala com área tão grande quanto um hangar de aeronaves — e quase tão alta. O chão era pintado com a mesma emulsão cinzenta grossa da rampa lá fora, e as paredes, caiadas. A iluminação era tão absoluta e monótona que sua fonte era irrelevante. Havia algumas esculturas colocadas aqui e ali pelo espaço estetizado e umas telas penduradas nas paredes vazias. Mas não foi nada disso que chamou a atenção de Busner e Simon — foi a bombástica multidão de chimpunidade.

Pois, se a entrada da galeria estava cheia, o interior estava absolutamente lotado. Podia-se assinalar que toda a vida chimpanzé estava ali, se não fosse manifestamente falso. Quem estava ali era toda a Londres artística, moderna. Todos usando suas melhores roupas, todos bebendo o champanhe oferecido, todos gesticulando loucamente, se exibindo, fazendo pose e apresentando.

As fêmeas usavam vestidos curtos, bustiês, blusas e protetores de tumescência em uma perturbadora mistura de estilos — todos absolutamente *à la mode* — e os machos estavam vestidos igualmente elegantes. Os paletós e camisas de ambos os gêneros quase sempre abertos para revelar o peito peludo e em muitos casos um *piercing* de mamilo ou mesmo dois. Havia chimps vestidos de couro, de vinil, do que parecia folha de ouro, de PVC, de *chiffon* e sarja preta, que era — a delta de Busner, Isabel, havia recentemente contado a ele — *a* sarja preta da temporada.

Ao observar essa horda superataviada, Busner foi levado a colocar o dedo no que o incomodava. "H'huuu?", vocalizou.

Simon virou para ele. "Por que eles estão *tão* enfeitados?" O ex-artista olhou para seu terapeuta. O pobre velho macaco, pensou, é realmente um peixe fora d'água neste tipo de acontecimento. Pela primeira vez desde que estava sob os cuidados de Busner, Simon sentiu que o relacionamento deles estava definitivamente virando. Estava tão acostumado a Busner ajudá-lo, catá-lo, gesticular e prover uma constante massagem, que a novidade de se ver em uma situação em que *ele* podia fornecer alguma cata exortatória e toque informativo o motivou.

"'Euch-euch', dr. Busner, o senhor tem de considerar essa cena", Simon floreou, "como uma expressão da — como posso colocar, 'huuu'? — da ordem dominante operando entre os elementos díspares do mundo da arte. Estão todos *tão* exagerados porque é um dos poucos dias em que conseguem atrair alguma atenção, algum elogio de seus 'euch-euch' superiores hierárquicos — ou subordinados, ou pares..."

"Foi o que pensei", Busner cortou o ar e os dois chimps se acocoraram, um aninhando o saco escrotal do outro, enquanto o serralho de símios girava em torno.

"Afinal", Simon continuou, colocando os sinais cuidadosamente no pelame da virilha de Busner, "eles não têm como levar a própria fama nas costas por aí 'h'hii-hii' — não é mesmo, meu caro Busner, 'huu'?"

"Por favor", Busner gesticulou com delicadeza, "já que nossa catação ficou tão recíproca, pode me chamar de Zack, 'huu'?"

"Claro, caro Zack 'chup-chupp', fico honrado de você reconhecer minha ascensão na hierarquia. Ora, como eu estava sinalizando, a fama desses artistas — se é isso que são — também é muito discutível, eles precisam de contínua interpretação e 'gru-nnn' adaptação por um grande grupo de críticos 'grnn'. Os críticos têm sua própria hierarquia, e a hierarquia que existe entre eles e o grupo dos artistas também é altamente fluida — sujeita à contínua mudança. Por isso 'chup-chupp' é que estão todos arrumados e exibindo e apresentando e se catando e acasalando, por tudo o que valem os fodidos, 'h'hii-hii-hii'!"

Busner riu também quando Simon sinalizou esse último chiste. Depois, estando os dois junto à mesa de bebidas, ambos os chimps pegaram um copo alugado de champanhe e continuaram andando apoiados nos nós dos dedos pelos cantos da sala exagerada. Essa parte principal da galeria tinha uma série de grandes telas espalhafatosas. Mostravam cenas da vida comum na América Média — lavar o carro, fazer churrasco, jogar *frisbee* e outras coisas —, mas tudo distorcido para um lado, como se o espectador — ou o pintor — fosse astigmata. Havia essa distorção, que produzia uma sensação de inquietação lynchiana, e havia também as cores hiper-reais e as pinceladas ásperas, endurecendo o efeito.

"Nada mau", Simon gesticulou, "nada mau mesmo, quem você gesticulou que pintou isso aqui, 'huu'?"

"É uma exposição de jovens artistas americanos, Simon", Busner respondeu.

Tinham circunavegado e pegaram mais um copo de champanhe quando Simon, que estava liderando a patrulha, se detêve, o rabo tremendo, o pelame do cangote eriçado. Busner correu para colocar dedos tranqüilizadores no pelame do protegido. "'Huuu', Simon, o que foi?"

"'HuuuGrnnn'", Simon chamou apreensivo, depois sinalizou, "posso estar errado, Zack, mas acho que *reconheço* aqueles dois chimps no alto da escada."

Busner acompanhou o olhar de Simon e viu dois gêmeos bonobos não idênticos. "Os dois bonobos ali, 'huu', é deles que está falando?"

"É, isso mesmo, *aqueles* são bonobos, não são, 'huu'? Vi sinais deles, mas ninguém nunca me mostrou exatamente como eram."

"Quem você acha que são aqueles bonobos, Simon, 'huu'?" Os sinais de Busner eram a mais leve carícia.

"Acho 'h'huuu' que são dois amigos de Sarah, chamados os Braithwaite. Ken e Steve. Uma daquelas notícias sobre a minha exposição, que você me levou no hospital, insinuava que Ken andava acasalando com Sarah. É estranho..." Simon se imobilizou. Busner o cutucou: "O que, 'huu'?"

"Acho que eu *devia* sentir ciúmes ao ver Ken — se é que é Ken —, mas por alguma razão não sinto, eu só gostaria era de encarar Ken e ver quem apresenta para quem, 'huu'?"

Busner olhou para Simon ceticamente. Ele entendeu, claro, o que Simon estava pensando. Dada a perversa prática humana da monogamia, seria de se supor que o acasalamento de uma alfa, beta, gama de longa data, ou mesmo uma consorte, ou mesmo — e Busner ria por dentro diante desse absurdo — uma parceira de ninho temporária seria causa de aflição emocional. Mas, embora isso interessasse ao antipsiquiatra — como ele gostava de se autoqualificar —, o mais interessante era Simon ter reconhecido os bonobos.

Os dois chimps continuaram a observar os Braithwaite. Os bonobos estavam bipedais no alto da escada e uma procissão de chimps apresentava a eles de um jeito nada costumeiro e bem à vontade, mal baixando os rabos, mal recebendo um toque, certamente sem se dar o trabalho de catar. "O que são bonobos, 'huu'?", Simon perguntou depois de um tempo.

"São simplesmente uma raça de chimpanzés que vive na África, Simon", Busner sinalizou.

"Quer indicar que são *negros,* 'huu'?"

O conhecimento que Busner agora tinha das subespécies humanas era o suficiente para ele não se perturbar. "Isso mesmo, Simon", respondeu. "São análogos 'grnn' à subespécie negra humana."

"Então é de se supor que exista uma coisa como bonobismo, 'h'hii-h'huu'?"

"Existe, sim."

"Bom, 'h'hii-hii'", o ex-artista expôs os dentes inferiores com alegria, "então isso explica muita coisa."

"Como o que, 'huu'?", Busner estava perplexo.

"Como por que não há muitos deles nesta abertura. Algumas coisas — como já tive ocasião de sinalizar antes — simplesmente não mudam."

Com esse floreio de dedo, Simon se pôs bipedal e subiu a escada até onde estavam os Braithwaite. Busner correu atrás do rabo dele. Porém, nos poucos segundos que se passaram ao subirem a escada, os Braithwaite haviam desaparecido na multidão de festeiros. Simon deu um pulo no ar, mas tudo que conseguiu ver foi um eriçado mar de cabeças de chimpanzés, subindo e descendo na direção do ponto de fuga do artifício. "Eles se abrigaram na segurança da multidão", Simon sinalizou para Busner — depois congelou. "'Huuu', isto é curioso..."

Essa parte da galeria era tão nula e vazia como a outra — embora não tão vasta. Espalhados por sua descolorida inexistência havia vários chimpequins. Não eram exatamente estátuas — sendo construídos, pelo que Simon podia ver, de plástico ou látex —, mas também não eram chimpequins convencionais. A figura em tamanho natural mais próxima deles estava imobilizada no meio do passo, tentando escapar de sua base. De jaleco branco e brandindo um tubo de ensaio, do cangote saía não uma cabeça símia, mas uma enorme cabeça mutante. "É assim", Simon gesticulou brincando para Busner, "que eu sempre 'h'hii-hii' imagino você!"

Os outros chimpequins eram igualmente aberrantes — uma figura com cabeça de batata, um mutante Pernalonga e um dodô. Mas o mais estranho de todos era uma tristonha figurinha de uma criança humana. Essa criatura também havia sido transmutada por seu criador. Estava coberta com a mais inumana camada de retalhos de pelame, e tinha as patas traseiras com dedos preênsis, uma das quais estava usando para aplicar em si mesma uma interminável dose de heroína com uma seringa de insulina de dois mililitros descartável.

Simon e Busner caminharam apoiados nos nós dos dedos em torno de todas elas, huuzando baixinho enquanto andavam, e chegaram ao extremo da galeria, onde fizeram uma pausa ao lado do *junkie* júnior mestiço para realizar uma exegese. "'H'huu', material muito bom, Simon, não acha, não, 'h'huuu'?"

"'Grru-nnn', acho que tem razão, Zack. São todas observações óbvias sobre a estranheza — por assim dizer — do tom natural; a distorção de nossa sensação corporal como reação à maneira antinatural como nós, enquanto chimpanzés, estamos vivendo." Embora surpreso pela admissão de semelhança de seu protegido, Busner conteve as mãos, floreando apenas: "Não muito diferente de seu trabalho recente, 'h'huuu'?"

"É verdade", Simon respondeu, "como minhas pinturas apocalípticas esses chimpequins aludem a alguma perda crucial de perspectiva, ocasionada pelo reforço de uma dura linha divisória entre chimp e fera."

Enquanto essa gesticulação se desenrolava, sem que nem Simon nem Busner notassem, um pequeno chimp sardento e curvado, usando uma óbvia peruca e um paletó de linho branco cuidadosamente puxado para expor seu traseiro, chegara perto deles. Vendo Simon ficar em sinalêncio, esse chimp apresentou a bunda aos dois, sinalizando: "'HuuuH'Graa', dr. Busner, é uma honra me humilhar diante do senhor, Simon, que bom ver que você está circulando de novo, por favor me permita o prazer de aninhar seu escroto pendular." Isso o chimp cumpriu devidamente.

Diante da sensação palmar estranhamente conhecida, Simon olhou diretamente no focinho desse alegre subordinado, um focinho em que se abriam duas bocas, uma com dentes, a outra selada numa cicatriz. Simon reconheceu Tony Figes. "'HuuuH'Graa', Tony! O dr. Busner sinalizou que você poderia estar aqui, o que achou disto tudo, 'huu'?"

Ao olhar o focinho sem malícia de Simon, Tony Figes resolveu jogar do jeito que ele visivelmente queria no momento, e não gesticular sobre o fato de que a última vez que estiveram em contato havia sido no boteco de Cambridge Circus, poucas horas antes do colapso de Simon. Ele calmamente sinalizou em resposta: "Não deixam de ser interessantes. Vi o que estava mostrando para o dr. Busner aqui e concordo com você. Estes chimpequins — é especialmente notável que o artista tenha escolhido o humano neste contexto — são, por assim dizer 'grnnn', modernos homens-animais, quimeras construídas com chimpanzés, animais e alienígenas — a fauna do futuro. Como os homens-animais das culturas chimpanzés tradicionais, não é tão ridículo imaginar essas figuras cumprindo uma função sacerdotal, 'huu'?"

Simon, Busner observou, estava longe de se sentir incomodado com a manipulação de Figes. Ao contrário, de supercílio levantado, pelame prazerosamente eriçado, o homem-macaco deixou escapar um ululo espontâneo, "H'huuu", depois pressionou. "Que tipo de papel sacerdotal, Tony, 'huu'?"

"Bom, nossas atividades de caça podem estar circunscritas pelo modo como nós, enquanto chimps, vivemos agora; mas acho que as observações de Lévi-Strauss sobre o assunto 'grunnn' continuam hoje tão verdadeiras quanto na época em que os artistas neolíticos aplicaram ocre nas paredes de Lascaux pela primeira vez. Você deve 'chup-chupp' lembrar que ele apontou que o começo de toda arte chimpanzé está na caracterização — e representação — de animais, 'huuu'?"

Simon havia se distraído. Com a referência a Lévi-Strauss fechou-se um circuito na cabeça do ex-artista, seu delírio atravessara a alça da memória dos três minutos; o que estava em torno nunca fora embora. E, embora não aceitando de forma alguma, seus membros peludos, o pau fino e rosado, o rosto enegrecido e o supercílio ossudo, os olhos verdes protuberantes e o pelame da cabeça bufante, Simon Dykes se viu capaz de enfrentar um salão pela primeira vez em meses.

Ali, oscilando, sacudindo no ar um maço de catálogos e gesticulando com sua inimitável arrogância, estava um macho grande, de barba branca, com os pêlos da cabeça rareando e um pronunciado papo no pescoço. Era — Simon sabia com certeza — Gareth "Grunt" Feltham, o opiniático crítico de arte do *Times*. E com ele estava seu ocasional submisso amigo — uma verdade que Feltham frisou, enquanto Simon olhava, dando-lhe um chute — Pelham, o escritor de ficção. Pelham era tão magro em sua encarnação símia quanto havia sido na humana. Tão magro — e tão dotado agora de sarna física, mais que psíquica.

E ali, aquele imenso chimp — que estava começando a se movimentar em cima de uma fêmea acocorada, afastando de lado seu protetor de tumescência preto, liso, Bella Freud, para efetuar uma ofegante inserção — era Flixou, o escultor, rival profissional de Simon há algum tempo.

Reconhecer Flixou lançou Simon em outra plataforma desse jogo absurdo. A chegada de diversas fêmeas nos arredores, diversas fêmeas no cio, estava provocando atividades de acasalamento. Duas delas eram resplandecentes, sem protetores e exibindo intumescidas áreas perineais do tamanho e brilho de tigelas plásticas de limpeza. Duas outras mal haviam chegado, a carne lisa começando a se avolumar debaixo do pelame da virilha. E havia mais uma fêmea, uma fêmea com o pelame da cabeça tingido de loiro; uma jovem fêmea delicada usando um protetor de tumescência Selena Blow sobre sua murcha flor rosada. Simon dilatou as narinas — mesmo a vinte passos era capaz de dizer que aquela ali, embora quase no fim do cio, ainda estava receptiva.

Olhando diretamente no focinho dela, o focinho em forma de coração, e vendo os lábios finos, perfeitos, mas frouxos, se curvarem para revelar dentes caninos estranhamente pontiagudos — mesmo para uma chimpanzé —, Simon soube que era Sarah. Soltou um grande e rugido ululo: "HuuuuRaaargh!" Busner e Figes deram um pulo, atentos. Simon estava a ponto de pular em cima de Sarah para fazer não sabia o que, quando viu que outros já estavam lá.

Os Braithwaite para ser preciso. Tanto Ken como Steve estavam agora se exibindo para Sarah de um jeito definitivamente não ortodoxo. Deslizando bipedais entre os chimpequins de arte, girando, dançando, dando cambalhotas, os bonobos eram fascinantes de se olhar. Outros machos, sentindo que uma fêmea popular ainda no cio — embora no final — havia chegado à abertura da exposição, estavam interessados em encontrar a abertura *dela*. Havia machos com paletós de seda *shandong*; machos com paletós Paul Smith; machos com paletós de jeans Levi's; e todos eles tinham paus eretos, vibrantes; e todos eles tinham dobras isquiais eretas e vibrantes. E todos circulavam em volta dela, a importunavam, desesperados para cobri-la; gritando, latindo em waa e tamborilando no chão.

Enquanto Simon olhava, formou-se uma frouxa dominância hierárquica, com Ken Braithwaite à frente da fila. Sarah, olhando para Simon por cima do ombro, acocorou-se. Ken Braithwaite afastou para o lado seu protetor de tumescência e começou a acasalar com ela com a característica displicência chimpanzé. Sem se dar o trabalho nem de largar seu copo de champanhe alugado, o macaco se movimentava, ofegava e acabou batendo os dentes. Atingiu o clímax em questão de segundos, retirou-se, floreou: "Obrigado pela, 'huh-huh', transa, Sarah", e afastou-se, oscilante. Steve Braithwaite o sucedeu, bufando em cima da porra fresca em seu pelame.

Sem esperar que o macho seguinte da fila cobrisse sua ex-consorte, sua adorável parceira de ninho, Simon soltou um segundo ululo rugido: "HuuuuRaaargh!", e saltou para a fila copulatória. Tony Figes acenou para Busner: "Acha que ele, 'huuu', vai ficar bem, 'huu'?", e a ex-personalidade televisiva se deu o trabalho de fazer uma de suas pouco freqüentes tiradas de humor quando sinalizou em resposta: "Não creio que ele mate, mas talvez seja um cheque-mate, 'h'hii-hii'!"

Ficaram olhando Simon estacar na cobertura do piso rústico. Flixou, o escultor, havia conseguido furar a fila dos pretensos copuladores e estava se preparando para montar em Sarah. Simon dominou a situação e foi direto para cima dele. "Aaaaieee!", gritou e desferiu um forte golpe na nuca de Flixou. O escultor — cuja obra mais celebrada até então havia sido um enorme bloco de gelo, colocado na South Bank e denominado simplesmente *Um Desperdício de Gelo* — caiu para trás. Antes que pudesse se recuperar, Simon havia desferido um caprichado tabefe em seu focinho. Ele começou a sangrar e, para não manchar seu paletó Jasper Conran, aceitou a derrota. Apresentou para o homem-macaco, que deu um tapinha tranqüilizador em seu traseiro, enquanto, simultaneamente, penetrava macio em Sarah.

"IiiiWraa!", ela guinchou quando o pau conhecido deslizou para dentro dela.

"'Huh-huh-huh'", Simon ofegou enquanto se movimentava, ao mesmo tempo gesticulando no pelame das costas dela,

"'Huu', Sarah, Sarah, isto é tão 'chup-chupp' estranho!" Alisou as madeixas de pelame loiro no alto da cabeça redonda dela até os músculos contraídos de suas costas. Estendeu uma mão por baixo do quadril dela em movimento e agarrou a parte da frente de sua tumescência, sentiu a carne intumescida ranger em seus dedos com o coquetel de lubrificantes. "'Huh-huh-huh!'" Mais três penetrações e ambos começaram a bater os dentes chegando ao clímax. "Huh-huh-clak-huh-clak-huh-clak." Depois, como uma única alma, torturada de prazer, os dois atingiram o orgasmo de um jeito que não se ouvia na Saatchi Gallery há muito tempo. "'IiiiiiiWraaaa!'", guincharam. Chimps que estavam até na outra sala fizeram sinalêncio e viraram para ver o que era aquilo.

Zack Busner ficou deliciado com esse rumo dos acontecimentos e, pensando que Simon, depois de ter coberto Sarah *tão* bem, certamente levaria algum tempo em uma sessão de catação pós-coito adequada, foi andando sobre três patas, o copo alugado no alto, para ver se ainda havia algum champanhe.

Junto à mesa de bebidas, havia um ruidoso bando de chimps que não estava prestando atenção às filas de acasalamento que rolavam na galeria superior. Busner reconheceu um deles, um indivíduo alto de pelame castanho-claro na cabeça e quadris bastante femininos. Ajustando os bifocais na ponte nasal, Busner identificou o chimp por seus óculos ovais Oliver Peeples ridiculamente modernos e ainda mais absurdo falso protetor de tumescência. Era George Levinson, claro.

George dominava o grupo, as mãos grandes cortando o ar. Ao se aproximar, Busner captou os sinais: "Claro que os judeus são iguais aos outros chimps — só que mais iguais..." Levinson então o viu e apresentou, bem baixo. "'H'huuu', dr. Busner, que prazer encontrar sua reverenda dobra isquial neste acontecimento. Tony Figes me mostrou que Simon talvez esteja com o senhor, 'h'huu'?"

Busner depositou um tapinha no grande traseiro de Levinson. "'H'huuu', Mr. Levinson, o senhor devia estar concentrado em sua demonstração — não ouviu aquele maravilhoso guincho de copulação, 'huu'? Era Simon acasalando com sua antiga consorte..."

"Sarah, 'huu'? Que notícia excelente, que notícia excelente. Acredito que isso queira dizer que ele está se recuperando, 'huu'? Que os seus métodos nada ortodoxos, dr. Busner, deram frutos."

Outro da multidão reunida em torno de Levinson estava olhando atentamente e então apresentou para Busner também. "'H'huuu', dr. Busner, não é, 'huu'?"

"Isso mesmo."

"Admiro sua bela e brilhante dobra isquial, seu traseiro é como a estrela da manhã e sua filosofia independente é um farol instigante em um mundo sem graça. Sou, meu senhor, seu mais obediente subordinado."

Busner, deliciado com esse rastejamento abjeto, deu vários tapinhas no traseiro oferecido e também o beijou. "Obrigado por beijar minha bunda", o chimp gesticulou, pondo-se bipedal, "o senhor talvez não se lembre de mim, mas nós nos catamos brevemente na Cassell Clinic no ano passado."

Busner olhou melhor o chimp, que era jovem — nos seus vinte e poucos anos —, com pelame muito preto, focinho muito branco e um pelame de cabeça ondulado a permanente que não lhe caía bem. "'H'huuu?' Não, não posso sinalizar que sim", ele respondeu. "Como é seu nome, 'huu'?"

"Alex Knight", o chimp marcou. "Sou produtor de televisão. Eu estava fazendo um documentário sobre curas de gesticulação — daí minha presença na Cassell..."

"'Gru-nnn', agora me lembro, sim, Bernard Paulson falou muito de você, falou, sim. Em que posso servi-lo, 'huuu'?"

O produtor de televisão humilhou-se um pouco mais, consciente de que aquilo que ia sinalizar podia ir além dos limites. "'HuuGrnn', eu soube, dr. Busner, que o senhor está tratando do artista Simon Dykes, 'huu'?"

"É verdade."

"E que desde o colapso ele está sofrendo do delírio perturbador de que, 'huuu', é humano?"

"É, é verdade também, só que esta noite ele está apresentando notáveis sinais de recuperação, furou uma fila de acasalamento, está voltando bem ao movimento..."

"Mas ele ainda se vê como humano, 'huuu'?"

"Sim, temo que o cerne do delírio dele continue 'eucheuch' intacto. Mas me aponte, Knight, por que isso é de seu interesse, 'huu'?"

"Mera especulação, dr. Busner, *mera* especulação, imaginei se o senhor e Mr. Dykes, naturalmente, estariam interessados em gesticular a possibilidade de fazer um documentário para a televisão, 'huu'?"

"Um documentário, 'huu'?"

"Isso mesmo. Evidentemente a respeito do relacionamento terapêutico que o senhor desenvolveu com ele — e, por extensão, de toda a sua filosofia existencial-fenomenológica de perturbação mental, 'gru-nnn'."

Busner olhou intensamente o focinho do chimp. O produtor de televisão parecia sincero e havia sido recomendado por Paulson, em quem Busner confiava. Mas o fator que realmente o pegava era o conhecimento de sua filosofia que Knight exibia com casualidade. Talvez esse fosse um chimp com quem Busner podia fazer negócio. "'H'huuu', Mr. Knight, de modo geral não sou muito chegado a televisão. Na minha experiência, ela muitas vezes censura tanto quanto populariza. Porém, 'huuu', estou diante de certas circunstâncias que fazem com que eu talvez me interesse por essas delineações. Tem um cartão, 'huuu'?"

Knight não tinha um cartão e teve de consultar outros do grupo em busca de caneta e papel para rabiscar seus números. Busner pegou o papel com o pé, sinalizando: "Creio que pode esperar com confiança um telefonema meu no futuro próximo, Mr. Knight..." Ia continuar acenando, com medo de deixar a chance escorrer de suas mãos, quando ouviu uma série de altos ululos gritados na galeria superior: "'HuuuWraaa! HuuuWraaa! HuuuWraaa!'", gritos que inconfundivelmente pertenciam a Simon.

Haviam se separado fazia apenas alguns minutos, mas foi tempo suficiente para Simon se meter em confusão. Depois de cobrir Sarah, os dois se agacharam e Simon recebeu a mais gratificante, mais tranquilizante catação desde seu colapso. Os dedinhos de sua ex-consorte apalpavam, beliscavam e separavam o pelame de sua virilha, removendo o sêmen e a secreção vaginal que estavam secando, tocando seu pau que ainda balançava. "'Gru-unnn', Simon, é tão bom estar em contato com você, meu amor", ela fez, "e você parece tão melhor 'chup-chupp'. Fiquei tão preocupada com você..."

"'Grnnn', estou melhor, Sarah, 'chup-chupp', é verdade. Não sei mostrar como ou por que, mas o mundo não parece mais tão estranho. Ora, até ver Ken Braithwaite cobrindo você agora há pouco pareceu não me perturbar..."

"Mas, mas, por que perturbaria, Simon, 'huu'? Sua posição na hierarquia continua garantida."

Simon olhou os olhos verdes, de íris verticais, eram bem animais — é verdade —, mas completamente despidos de malícia ou fraqueza. Penteou o cangote louro e repartiu. "Seria difícil manipular isso tudo para você — mas de qualquer forma, não me incomodou, 'grnnn'."

O bonobo em questão veio andando apoiado nos nós dos dedos nesse momento, e com ele estava o resto da tropa, os chimps do brilho e alegria Steve, Tony Figes e Julius, o barchimp do Sealink Club. Uma fêmea esguia — mas maior que Sarah, com tufos mais compridos de pelame loiro na cabeça — aproximou-se junto, guinchando por cima do ombro para dois machos que se exibiam para o rabo dela. "'H'huuu'", Simon vocalizou, depois gesticulou: "Olá, Tabitha, ainda perseguida pelos machos, 'huuu'?!"

"'H'huuu', Simon!" Ela plantou um beijo molhado no focinho dele. "Que bom tocar você!" Julius também lhe deu um beijo e segurou o saco escrotal de Simon por um momento.

"'H'huuu', meu chimp", Simon sinalizou.

"'H'huuu', meu chimp", Julius retribuiu, "quer que pegue uma bebida para você, 'huu'?" Os dois velhos aliados se sacudiram num riso sinalencioso.

Simon notou que Julius havia raspado no rosto um cavanhaque invertido, maior e em ângulo mais agudo do que aquele que usava antes. "'H'huu', cavanhaque novo, Julius?"

"É 'hii-hii'", o barchimp riu, "cortesia da Gillette — o melhor para o chimp! 'H'hii-hii-hii!'"

Com essa animação toda e uma catação tão fervorosa ao celebrar o reencontro dos chimps do brilho e alegria enquanto grupo, não era de admirar que Simon não tivesse recusado quando Steve Braithwaite gesticulou: "Que tal uma carreira, Simon, 'huu'?" Foram todos para os toaletes.

A cabine era alta o bastante para sete deles se apertarem lá dentro. Steve baixou o assento e agachou-se em cima dele para esticar as carreiras na tampa da cisterna. Simon agachou-se embaixo com Tony e Sarah, enquanto Braithwaite e Tabitha ficavam alegremente pendurados do teto, tocando de vez em quando com os pés a cabeça dos que estavam embaixo e provocando muito estalar de lábios. Simon pegou a nota de dinheiro enrolada que lhe ofereceram e imediatamente sentiu o amargor químico no fundo da garganta; virou para Steve e sinalizou: "De onde veio essa farinha, Steve, 'huu'?"

"Comprei daquele chimp Tarquin que fica lá no clube", o bonobo sinalizou de volta. "Basicamente é vagabunda — mas dá um bom dum chute na bunda."

Simon cheirou copiosamente e sentiu a corrente de cocaína e muco escorrer pela laringe. "Você tem razão aí, Steve", sinalizou. "Esta merda é mesmo uma merda. Graças a Deus as coisas *realmente* não mudam, 'h'huuu'!"

Mas o calor alegre fornecido pela cocaína vagabunda não durava muito — e assim como nas lembranças de seu delírio, a cocaína sempre deixava Simon à beira de uma aguda ansiedade, como deixou dessa vez. De volta à galeria, acendeu seu enésimo Bactrian do dia. Julius, caminhando apoiado nos nós dos dedos a seu lado, acenou: "'Huuu', eu não fumaria se fosse você, Simon — não depois de uma carreira."

"O que você está gesticulando, Julius..." Simon respondeu, mas quando tentou vocalizar a interrogativa começou a engasgar: "'Huuuurh'...", depois tossiu: "'Eurgh-euch-euch!'", porque, claro, o delírio somático do pobre chimp maluco estava atacando, e ele não sabia mais que chimpanzés não conseguem respirar e vocalizar ao mesmo tempo. A cocaína vagabunda anestesiara Simon em mais de um sentido.

Agora, bipedal contra a parede da galeria, o coração de Simon Dykes acelerou e seus olhos verdes protuberantes olhavam em torno, assimilando a visão de pesadelo de um mundo que se animalizara. Em toda a sua volta, os chimpanzés pulavam e corriam, se arrepiavam, eriçavam, horripilavam. E, quando olhava suas íris verticais, Simon não via nada além de inteligência alienígena. Até os chimps do brilho e alegria estavam começando a lhe ser estranhos à medida que a cocaína vagabunda se espalhava em sua mente desordenada. O cenário da Saatchi Gallery com seu elenco de chimps semivestidos apoiados em três patas lembrava a Simon um grande espetáculo circense, encenado para crianças humanas.

Simon riu e chorou à medida que lembranças e impressões eram cortadas, depois embaralhadas diante de seus olhos. Os chimps do brilho e alegria fizeram o melhor possível para aplicar nele uma catação de emergência, mas o riso e a tosse de Simon logo ficaram histéricos e ele começou a gritar.

Busner apareceu nesse momento. A turma se afastou de Simon e Busner administrou alguns golpes calmantes no focinho do ex-artista. Então, sem se dar o trabalho de captar em detalhe o que tinha havido, deu um ululo de despedida aos chimps reunidos: "'HuuuGraaa!'", tamborilou na base de uma estátua — muito convenientemente a do menino muçulmano humano — e levou Simon embora.

Ao virar, a última coisa que Simon viu entre lágrimas foi o focinho querido de Sarah. Havia nele uma expressão de quase louca perplexidade, mas apesar disso ela estava sendo consolada — como acontece com os macacos — por mais um acasalamento com Ken Braithwaite.

Busner conseguiu ulular para um táxi na rua e estavam de volta à Redington Road em minutos. Levou Simon direto para seu quarto e administrou a dose usual de Valium intravenoso. Simon observava Busner de olhos arregalados enquanto o antipsiquiatra procurava uma veia debaixo do pelame do cotovelo. "'Huu', o que foi, Simon?", o velho macaco perguntou.

"'Huuu', não sei, Zack, não sei..." Busner tinha encontrado a veia, soltou o torniquete e estava pressionando o êmbolo. Jane Bowen insistia em que a medicação de Simon fosse administrada assim por causa da extrema exaltação dele, e Busner considerara inteligente continuar assim. O método intravenoso permitia que a dosagem fosse assimilada com eficácia.

Os olhos de Simon rolaram para trás nas órbitas; Busner sentiu relaxarem os músculos do braço que estava segurando. Os dedos da mão de Simon desenharam no ar: "Quando você me dá essas injeções... quando olho meu braço enquanto você está me dando essas injeções... quase vejo como um braço de chimpanzé — verdade mesmo. Vejo com pelame, vejo mesmo...", e com mais essa revelação de sua florescente chimpunidade, Simon Dykes caiu para trás no ninho, enrolou-se em posição fetal e adormeceu. Busner levantou-se com dificuldade — a noite estava úmida, o que é sempre ruim para a artrite — e olhou seu paciente.

Frieza profissional nunca fora o cerne da filosofia terapêutica de Busner. Agora, olhando para o focinho de Simon, drogado em repouso provisório, e para o pelame do pobre peito do chimp, todo furado de queimaduras de Bactrians, Busner permitiu-se admitir que a relação deles tinha ido além dos limites do tratamento. Que, em certo sentido, eram agora aliados, unidos contra um mundo hostil, fosse de macacos ou de homens. Busner estremeceu no abafado quarto de hóspedes, depois conferiu sua dobra isquial em busca de merda seca, antes de ir atrás do terceiro jantar.

Ao dormir, Simon sonhou. No sonho, era humano de novo. Estava andando ereto, com facilidade, sentindo ao longo de todo o seu suporte das costas um cone apontado para a frente da quintessência da extracepção humana. Entrando e saindo desse cone, saltitavam seus filhos, os três pequenos machos. Estavam rindo, todos tinham cabelos loiros e pele rosada, boa de acariciar. Mas o mais adorável de todos, a menina dos olhos do pai, era Simon Júnior. Simon correu para ele, levantou-se, sentiu o toque dos joelhos do pequeno Simon no tronco. Afundou o focinho na pele macia do pescoço do menino e choramingou, aspirando o aroma humano deles, a bela sensualidade deles.

Mais tarde na noite, Simon passou dessa Erewhon[1] para outro sonho, mais próximo de um pesadelo, no qual ele e Sarah estavam acasalando como humanos acasalam. Ele em cima dela, sentindo seu corpo glabro girar debaixo dele. A ausência de pêlos dela era nauseabunda, esfregando-se contra a dele. Eram como dois focinhos barbeados, escorregadios de suor, grudentos e pegajosos. Os olhos de Sarah também eram perturbadores, ferozes, perfuravam Simon; e sua horrível boquinha com dentes em miniatura se abria para emitir grunhidos graves e tortuosas vocalizações: "'Gru-nnnmecome! Gru-nnnmecome!'" Simon se movia dentro dela o melhor possível, mas não conseguia sentir nada na região da virilha, nada da maciez úmida de tumescência

---

[1] *Erewhon* é um romance de Samuel Butler, publicado em 1872. É uma sátira da sociedade vitoriana britânica, que se passa em um país fictício (*Erewhon* é anagrama de *Nowhere* = "nenhum lugar"). (N. do T.)

sexual, apenas uma ausência, um vazio local. "'Gru-nnnmecome! Gru-nnnmecome!'" Ela ainda vocalizava e ele ainda batalhava, mas nenhum dos dois gozava, estava levando *séculos* esse acasalamento — *minutos*. Era — Simon se deu conta em um acesso de lógica de sonho — algum horrível presságio de impotência, de velhice, de morte.

No sono, o focinho do artista de outros tempos enrugou-se de ansiedade. A boca se abriu e de trás dos dentes grandes saíram regougos e lamentos.

Busner levantou cedo na manhã seguinte, bem a tempo do primeiro desjejum com os filhos que estavam indo para a escola e os subadultos que estavam saindo em patrulha. Brincou com uns e fingiu lutar com os outros. Acariciou os pôneis de colo dos Busner que havia por toda parte e cobriu duas filhas mais novas que estavam a semanas do primeiro cio. No geral, era uma manhã feliz, muito grupal. Nessa arcádia de inocência, chegou uma carta explosiva; uma bomba em envelope pardo.

Mary, a fêmea iota dos Busner, entrou do hall em três patas, trazendo levantado o envelope até o lugar onde Zack estava acocorado à mesa da cozinha, lendo o *Guardian*, enquanto o dr. Kenzaburo Yamuta, o macho zeta-distal, catava o pelame de suas costas. Bastou olhar para o envelope que, pondo-se bipedal, o velho alfa dirigiu-se a seu grupo. "'HuuuGraa!' Tenho de gesticular sobre uma coisa importante. Quero os adultos do grupo — machos e fêmeas — de beta a ípsilon, em meu escritório dentro de três minutos. Os outros não devem fazer barulho. Colin" — acenou para o macho teta —, "daqui a pouco vá ver se Simon está bem. Tivemos uma noite e tanto e ele pode precisar de alguma coisa para a ressaca, 'h'huuu'."

Quando os chimps que havia convocado estavam todos no escritório, Busner já havia lido a carta e absorvido o conteúdo. "'HuuuH'Graa'", deu-lhes as boas-vindas e apontando a carta sobre a mesa sinalizou: "Gesticulei com Charlotte sobre este assunto quando estávamos no ninho há algumas semanas, pouco antes do pobre Simon vir ficar conosco..." Fez uma pausa e olhou os nove pares de intensos olhos verdes. "Naquela época, eu desconfiava que nosso antigo macho gama — e ex-assistente de pesquisa, Gambol — estava fomentando uma aliança contra mim..."

Essa revelação provocou um rebuliço de sinalizações de descontentamento e uma erupção de aflito choramingar entre os chimps Busner reunidos. "'Gru-nnn', agora calma, todos vocês! Como eu sinalizei, isso não era inesperado. Vocês todos sabem que fiz mais que a minha dose de inimigos nas hierarquias médica e psiquiátrica 'chup-chupp'. Além disso, vocês sabem também que nunca saí de meu caminho para apresentar a esses indivíduos ou demonstrar a deferência exigida, fiz simplesmente o que achei necessário para prestar assistência àqueles que a chimpunidade escolhe chamar de 'euch-euch' doentes mentais.

"'Huuu', agora tudo isso está se voltando contra mim. Gambol — não sei como — obteve informações que me comprometem muito seriamente. Informações referentes a um experimento muito pouco aconselhável de uma nova droga ansiolítica em que eu burramente me envolvi. Não vou, 'euch-euch', sobrecarregar vocês com detalhes, mas basta assinalar que minha putativa conduta errônea neste caso envolve Simon Dykes. Gambol houve por bem mostrar isso tudo ao comitê de ética do Conselho Geral de Medicina. Haverá uma investigação 'euch-euch' e esta carta", ele sacudiu a coisa detestável no alto, "me informa que minha licença para praticar medicina está temporariamente suspensa dependendo dessa investigação, 'waaaa'!"

Por alguns segundos, houve um pandemônio no escritório. Os chimps Busner todos pulavam e batiam pelas paredes, eriçados e latindo furiosamente em waa. Busner entrincheirou-se atrás da escrivaninha — se ia haver um golpe contra o seu reino como alfa, o momento era esse. Mas não estava emergindo nenhuma separação, tampouco o torvelinho de pelame se resolvia em alianças espontâneas, de forma que um ou dois minutos depois ele bateu na mesa e vocalizou para retomar a atenção. "'HuuuuGraaa!'" Caiu o sinalêncio e o não vocal encheu o estúdio.

"Ora, eu não estou disposto a me curvar a esses chimps, na verdade estou decidido a não desafiar a investigação de forma alguma..." Mais um coral de ululos aflitos dos chimps reunidos. "'Euch-euch', sinto que eu comprometeria minha carreira inteira se fizesse isso. Não, eu vou descer da árvore profissional. Vou continuar a cuidar de Simon Dykes, que vim a respeitar como chimp e como aliado. Já tenho uma visão de como devo continuar seu tratamento.

"Gostaria de permanecer aqui na morada comunal, mas 'huuu' entendo que meu reino como alfa do grupo pode bem terminar quando nós..."

Pandemônio de novo. Todos pularam, todos se queixaram, todos tamborilaram nas superfícies disponíveis, horizontais e verticais. Houve um certo desentendimento entre Henry, o apático macho beta dos Busner, e David, o macho delta bem mais excitável, mas não chegou a virar uma briga e a separação logo emergiu, os chimps gesticulando para o dr. Kenzaburo Yamuta que ele devia sinalizar em favor deles.

O chimp zeta-distal se pôs bipedal. "'HuuuGraa!'", vocalizou, depois sinalizou: "Zack, retorço as mãos por todos nós para sinalizar que o quadro de nós não nos curvarmos mais diante de seu radiante e resplandecente cu é um quadro efetivamente muito triste. Zack, eu adoro sua dobra isquial, queremos apenas reverentemente acariciar seu traseiro, sua posição independente sobre questões de saúde mental é um fundamento de grande orgulho para todos nós, 'h'huuu'. Queremos que continue nosso alfa e tenha a certeza de que, em quaisquer manipulações que escolher levar avante, continuaremos com as mãos estendidas para você."

Durante essa manifestação, Busner, mesmo não querendo, sentiu os olhos transbordantes de lágrimas. Sabia que aquele grupo doméstico o respeitava, mas nunca tivera certeza absoluta do quanto isso dependia do medo e o quanto do amor. Chorando abertamente, ele saltou para a frente da mesa e acocorado junto aos pezinhos de Kenzaburo começou a catar o pelame de sua virilha, soltando delicados grunhidos e estalos de lábio. Os outros Busner o acompanharam e ocorreu uma catação grupal espontânea e profundamente satisfatória.

Depois de um intervalo decente, Zack pôs-se bipedal, administrou um beliscão final de encorajamento em Kenzaburo e um beijo em seu focinho chato. "'HuuuGraa!'", Busner clamou, depois sinalizou para o grupo: "Bom, então está acertado. Kenzaburo, desça esses inúteis pedaços de papel" — e apontou para seus diplomas médicos, seu certificado de membro do Colégio Real de Psiquiatras, seu certificado de membro do Instituto de Psicanálise, seu prêmio BAFTA[2] e seu título do Variety Club da Grã-Bretanha — "enquanto eu vou ver como está Simon. O ex-grupo e os filhos dele vão estar aqui em casa para o primeiro almoço. Tenho grandes esperanças em sua sessão de cata."

Simon estava de ressaca e, pior, assombrado pelo comércio de visões clandestinas da noite. Mas, apesar disso, ficou satisfeito dos membros de seu ex-grupo estarem vindo à casa. Busner acocorou-se junto ao ninho e delicadamente gesticulou a notícia. "Liguei para sua ex ontem e ela concordou em trazer seus filhos hoje, 'gru-nnn'. Evidentemente, vai trazer outros membros do grupo com ela. Acha que é capaz de 'chup-chupp' dar conta disso, 'huu'?"

"Não vejo por que não", Simon respondeu. "Afinal 'grnn' dei conta daquela abertura de exposição, até a hora em que fiz a bobagem de fumar."

"E a bobagem de 'euch-euch' cheirar aquela cocaína..."

"A cocaína era vagabunda, 'huuu'!", Simon cortou no ar. "Totalmente vagabunda!"

"Pode ser que sim, Simon — e longe de mim censurar o uso de drogas...", os dedos de Busner, geralmente tão firmes, tremeram e ele se deu conta de que ia ter de sinalizar para Simon sobre suas próprias dificuldades. Fez isso, embora tenha resolvido por uma significativa omissão — nada gesticulou sobre os problemas em torno do experimento do Inclusion. Busner preferiu se concentrar nos trechos da carta do CGM que criticavam seus métodos terapêuticos incomuns.

"Está me indicando", Simon gesticulou quando absorveu a notícia, "que você poderá ser *riscado da lista* por causa da maneira como tentou me ajudar, 'huuu'?"

"É por aí", Busner respondeu com franqueza.

"Mas isso 'euch-euch' é ridículo! Você salvou minha sanidade — talvez até minha vida!"

Busner compôs a expressão de humildade adequada no focinho, mas estava pensando consigo mesmo: E coloquei sua sanidade em perigo, talvez tenha até causado danos em seu cérebro.

---

[2] BAFTA é a sigla da British Academy of Film and Television Arts, "Academia Britânica das Artes do Filme e da Televisão". (N. do T.)

"Olhe, Simon", Busner retomou a gesticulação, "o fato real é que não terminamos ainda. Essa questão do seu filho que está faltando tem de ser resolvida. Ainda está convencido de que existe outro filho, 'huu'?" Simon fez que sim, mudo. "E junto com esse filho que falta vem todo o resto das fantasias humanas, estou certo, 'huu'?"

"'Huuu', está." O focinho de Simon ficou pálido quando lembrou a noite anterior, os sonhos de acasalamento bestial, a copulação humana. Porque, na perspectiva do mundo desperto, com seus pôneis de colo, Bactrians e caixas de vídeo do *Planeta dos Humanos*, os sonhos não eram mais como pesadelos, mas possuíam uma carga erótica.

"'Gru-nn', Simon, enquanto não entendermos essa catexia negativa em torno dos humanos, não vai ser possível para você retomar a vida normal. Portanto é preciso que nós dois consigamos alguma espécie de fundo para continuar nosso trabalho..."

"Eu pago para você, Zack", Simon floreou, "se é disso que precisa — ou se é o que quer, 'huu'?"

"Não, Simon, 'grnn'." Busner foi delicado, mas firme. "Não acho que seja esse o jeito correto de proceder. O que eu gostaria de delinear é mais uma aliança melhor adequada..." E continuou gesticulando, contou a Simon sobre o encontro com Knight, o produtor de televisão.

"'Gru-nnn'", Simon vocalizou depois de um tempo — ele não estava manifestamente incomodado. "Está propondo que a gente coopere com a realização do documentário desse chimp, 'huu'?"

"Isso mesmo. Pelas referências que tenho, ele merece confiança e já vi o trabalho dele antes — era bom. Só posso prever que a traição de Gambol e a investigação do CGM vão acrescentar mais tempero ao bolo no que diz respeito aos chimps da televisão 'chup-chupp'. Simon, sei que parece estranho, mas pense um pouco, esses chimps têm tanto dinheiro, se precisarmos ir muito mais longe para continuar nosso trabalho — eles pagam por isso."

Depois de uma hora e tanto de cuidadosa, considerada catação mútua e gesticulação acompanhante, Busner deixou Simon para se preparar para o encontro com seu ex-grupo. Separaram-se com um claro entendimento entre eles. Busner ia telefonar para Knight e mostrar a ele que estava disposto a fazer o documentário. Knight poderia ter liberdade absoluta para filmar como quisesse e arcaria com todas as despesas necessárias, mas a aliança Busner-Dykes manteria poder absoluto de veto sobre o material.

Busner fez a devida ligação. Knight estava mais que disposto a atender suas exigências. Era um jovem macho ambicioso, subindo rapidamente na hierarquia, e, como trabalhava com uma equipe reduzida — um assistente e um operador de som, ele próprio operando a câmera —, estava disposto a assumir o risco. "Se concordar com o que estou sugesticulando", Busner sinalizou, "talvez seja boa idéia você vir à minha morada coletiva em Hampstead por volta da hora do segundo almoço — tenho a impressão de que ocorrerá uma importante transformação no estado de Mr. Dykes. Traga os documentos necessários também — se conseguir redigir em tempo tão breve, 'huu'?"

Knight gesticulou que isso era fácil de fazer e, depois de anotar o endereço, terminaram o telefonema com alguma satisfação de ambos os lados.

O rabo de Busner estava bem redondo.

Capítulo vinte

O grupo Dykes — eles ainda mantinham o antigo nome — chegou à Redington Road na hora certa. Isso apesar do fato de Jean Dykes, mesmo beirando os trinta, ainda exibir os cios prolongados que haviam atraído Simon de início. Os cios duravam semanas e Jean gostava de aproveitar ao máximo — sendo uma devota católica —, acasalando sempre que possível. Ela permitira ser coberta diversas vezes no trem em que veio de Thame, duas vezes na corrida de metrô de Marylebone a Hampstead, e ocorreram mais quatro acasalamentos enquanto a patrulha caminhava apoiada nos nós dos dedos até Redington Road, sendo só um deles endógamo.

Junto com Jean estavam os três novos membros machos da hierarquia Dykes. O alfa, Derek, era o chimp da oficina mecânica de Tiddington. Olhando por trás da cortina do quarto dos machos subadultos, Simon reconheceu seu focinho fortemente sardento, as coxas grossas e as ancas fortes. Os outros dois eram-lhe desconhecidos e não gostou muito da cara deles, principalmente o indivíduo de focinho redondo com um grande chumaço de cabelo branco debaixo do queixo. Enquanto Simon estava olhando, esse macho cobriu sua ex, bem no portão de entrada, pegando Jean com tamanha rapidez e despreocupação que, se Simon não soubesse do que se tratava, poderia até imaginar que os dois chimpanzés haviam apenas colidido.

Mas não era com os adultos que ele estava preocupado, acasalando ou não, era com seus amados filhos. Onde estavam? Primeiro uma cabecinha, depois outra, apareceram de trás da cerca. Simon estava desesperado de preocupação de não ser capaz de identificá-los — mas não precisava. Teria sido capaz de apontar Magnus no meio de um grupo pululando, tão característica era a mecha de pelame loiro que oscilava sobre a testa. E quanto a Henry, o mais novo, era tão fofinho e gracioso em sua encarnação simiesca quanto havia sido na humana.

Simon viu os dois filhotes machos passarem correndo pelos adultos que acasalavam, irromperem pelo portão e rolarem pelo caminho de entrada até a porta, onde encontraram um bando de filhotes Busner. Os dois grupos se misturaram numa balbúrdia tipicamente chimpanzé, todos pulando, guinchando, se perseguindo e fazendo cócegas. Que diferença da reserva das crianças humanas, Simon pensou consigo ao descer a escada apoiado nas mãos e escorregar até parar junto ao cabide de casacos do hall.

Busner apareceu e veio vindo pesadamente da direção de seu escritório, com um chimp que Simon reconheceu como Colin Weeks, o macho gama-distal Busner bastante ineficiente. "'Huuu-Graa'", Busner vocalizou. "Está preparado, Simon, 'huu'?"

"O quanto dá, 'huu', para estar, Zack." A campainha da porta soou com seu timbre dissonante de sempre e Colin Weeks foi abrir. Os filhos Dykes rolaram para dentro; uma bola de pelame corporal castanho-claro, exatamente do mesmo tom do de Simon, parou no meio da sala. Os dois pequenos machos se soltaram um do outro e vieram correndo na direção de seu alfa, gritando: "'HuuuH'Graaa! HuuuH'Graa! HuuuH'Graaa!'"

Saltaram para os braços abertos de Simon, Magnus agarrou seu pescoço, Henry o seu braço, ambos se comunicando de imediato de forma que os sinais se misturavam, sobrepostos: "Alfinho! Alfinho! 'Gru-nnn' onde você andou, 'huuu'? Tem presente para nós, 'huu'? O que você trouxe para a gente, 'huu'? Alfinho! Alfinho!"

"'Huh-huh-huh-gru-nn', agora calma, os dois, calma..." Simon deu beijos e mais beijos nos focinhos deles. Correu os dedos pelo pelame da cabecinha deles, beijou as orelhas enormes e sentiu o cheirinho deles, o cheiro misturado dos três — o cheiro mesmo da consangüinidade.

Nos poucos momentos em que os filhotes ficaram pendurados nele, os dedos e artelhos presos fortemente em seu pelame, Simon Dykes, que um dia tivera pretensões, ousara macaquear seu próprio ideal, sentiu nada mais que amor por sua cria, apesar da espécie deles. "'Gru-nnn', é tão bom pegar vocês, meus queridos", gesticulou, "vocês estão ótimos. Têm sido bonzinhos com a mamãe, 'huuu'? Estão cuidando dela, 'h'huu', obedecendo direitinho?"

"'Grnn', estamos, sim, Alfa", Magnus gesticulou no focinho dele, os sinais marcando a testa de Simon como um suor cheio de sentido. "Nós dois tivemos nota boa no boletim deste semestre e Mrs. Greely me deu duas estrelas de ouro..."

"Muito bem, Magnus, 'h'huuuu'. Que machinho mais inteligente você está se tornando."

Eles nem notavam o resto dos chimps que se acotovelavam no hall, mas Simon interrompeu-se ao ouvir um ululular conhecido. "'HuuuGraa!'", Jean Dykes vocalizou, e, quando obteve a atenção dele, sinalizou para Simon: "Bom, velho alfa, aqui estamos!" Simon estava muito preocupado com o encontro com a ex. Tinha havido tanta coisa, tantos desentendimentos, brigas e conseqüências. Tinha havido desentendimentos em questões de princípios, precedentes, hierarquia e fatos. Tinha havido fusões, dissoluções, alianças e golpes dentro do grupo deles — em demasia para que se pudesse lembrar.

Simon temia que só olhar para o focinho de Jean já o jogasse de volta à sua psicose. E, mesmo que isso não acontecesse, ele não fazia idéia de como se comportaria com ela, de quem devia apresentar a quem. "Não se preocupe, 'grnn'", Zack Busner o tranqüilizara, "quando chegar o momento você vai saber o que fazer."

Simon soube — instintivamente. Foi andando apoiado nos nós dos dedos até onde Jean estava acocorada, observou que ela não havia mudado nada, a mesma franja exata de pelame escuro em torno da testa baixa, o mesmo fervor religioso faiscando nos olhos velados. "'HuuuH'Graa'", Simon vocalizou; então, apresentando muito baixo, girou e empurrou o traseiro trêmulo na direção do focinho dela. Jean pousou um beijo molhado na dobra isquial de Simon, depois eles trocaram de posição e Simon se viu beijando a bunda dela. Por um momento depois disso, ignorando os outros chimps que estavam estabelecendo uma hierarquia provisória entre eles, os dois antigos parceiros de ninho delicadamente, ternamente, cataram um ao outro — em honra dos velhos tempos.

Zack Busner viu essa retomada emocional de velhos membros grupais com sentimentos conflitantes. Queria que Simon ficasse bem, naturalmente, e essa cena não podia senão produzir maior alívio ao estado mórbido de seu aliado. Porém

Busner sentiu também uma certa tristeza. Simon era seu último paciente, seu caso final; com sua plena recuperação viria o fim da carreira terapêutica de Busner. O velho macaco podia também — metaforicamente — engatinhar para o mato e construir seu abrigo final.

Deixando de lado essas imagens perturbadoras, Busner pôs-se bipedal, tamborilou na parede e vocalizou, alto: "'H'huuuu!'" Quando a agitação amainou um pouco, ele floreou: "Eu gostaria de dar as boas-vindas aos membros adultos e infantis do ex-grupo de Simon à nossa casa e assinalar o prazer que sentimos ao ver seus magníficos e brilhantes cus. Ora, 'gru-nn', este encontro tem um propósito — Simon, Jean e eu precisamos ter uma importante gesticulação. Acho que seria muito bom se vocês, filhotes, saíssem e fossem brincar juntos na ala infantil — não sei se vocês, Magnus e seu irmão, já têm as novas árvores de brinquedo, imagino que vão achar muito gostoso trepar nelas — enquanto as visitas adultas fazem o primeiro almoço, 'h'huu'?"

O grande macho que cobrira Jean Dykes no portão de entrada se atrasara, mas agora entrava pela porta com toda a pompa pedestre de um chimp professor provinciano. Ao ver esse passo conhecido, Simon de repente se lembrou de quem se tratava. Era Anthony Bohm, seu médico e antigo aliado. Então era ele que Jean havia levado para bordo, ao lado de Derek, o chimp mecânico e o macho magro sem barba com as costeletas marrom-escuras. "'HuuH'Graa'", Bohm vocalizou, indo até Simon depressa, apoiado nos nós dos dedos, para apresentar, muito baixo: "Simon, que bom ver sua dobra, por favor, beije minha bunda, 'huu'?", coisa a que Simon devidamente obedeceu.

Busner aproximou-se e delicadamente separou os dois chimps, sinalizando: "Dr. Bohm, por favor, tenha a bondade de vir fazer seu primeiro almoço, temos durião fresco, 'chup-chupp'. Depois de minha gesticulação com esses antigos parceiros de ninho, quero dedilhar com o senhor em particular um pouquinho — se o senhor concordar, 'huu'?"

Bohm apresentou, abaixando muito para Busner, e sinalizou: "Claro, dr. Busner, quando quiser, sempre às ordens de sua bela dobra isquial, um criado de sua divina dominância. Vou ficar esperando que 'gru-nn' me chame." Colin Weeks veio para o lado de Busner e enfiou os dedos no pelame do clínico geral ao lado dos dedos de Busner. Os dois chimps Busner ficaram atendendo aos caprichos do médico e, por fim, todos os chimps se espalharam pelas outras salas.

Depois de se acomodarem em torno da grande mesa de carvalho do escritório de Busner — Jean e Simon enrolados na cadeira, Zack acocorado em cima do mata-borrão —, os três chimps abordaram o assunto em questão. "'H'huu', Mrs. Dykes..."

"Por favor", Jean acenou para ele. "Me chame de Jean, dr. Busner. Reconheço sua suserania temporal e temporária, e, embora inicialmente eu não achasse que o seu 'euch-euch' tratamento de alma fosse fazer nenhum bem para meu pobre e incivilizado ex-alfa, vejo agora pela expressão de humildade no focinho dele que o senhor conseguiu arrastar Simon para muito mais perto do bom caminho, 'h'huuu'."

Busner ficou um pouco passado por essa demonstração de confiança, mas havia sido alertado tanto por Jane Bowen como pelo próprio Simon a respeito da ardente religiosidade de Jean Dykes, de forma que deixou os sinais sem resposta e acenou apenas: "A senhora é muito subserviente, Mrs. Dykes, muito subserviente."

Simon, que ficara em sinalêncio desde que se afastara da agitação das crianças, estava catando o pelame da virilha de Jean com grande delicadeza e grande humildade — o que explicava a expressão em seu focinho. De todos os chimps que havia encontrado, a não ser por seus próprios filhotes, o corpo de Jean era o mais familiar para ele. O pelame dela, sua figura, a saliência superciliar, até mesmo as manchas peculiares de suas tetas alongadas — tudo o lembrava do passado, da vida grupal deles juntos quando ele vivia na Brown House.

Agora, removendo um pouco do sêmen do dr. Anthony Bohm que coagulava rapidamente no pelame da virilha dela, Simon comunicou — com absoluta deferência: "Me mostre 'chup-chupp', Jean, nós sempre tínhamos outros machos adultos residindo conosco quando eu vivia com você, 'huu'?"

Jean arregalou os olhos para Simon — uma pergunta tão sem sentido era perturbadora. "'Huuu', meu querido, do que está gesticulando, 'huu'? Derek era seu beta e Anthony um macho bem distal. Claro que Christobel costumava morar conosco também, mas você nunca cobriu a moça tanto quanto ela gostaria. Ela se separou do grupo muito antes de nós, 'gru-nn'."

Esse toque no passado provocou em Simon a mais urgente preocupação. O reencontro com seus filhotes ia indo bem, por enquanto — tinha havido mútuo reconhecimento e uma catação satisfatória —, mas mesmo assim isso custara alguma coisa ao ex-artista. Por mais que a reintegração o levasse ainda mais longe no peludo abraço da chimpunidade, ela também apresentava insistentemente a seu olhar mental aquelas visões de humanidade perdida que ele cada vez mais considerava psicótica, louca, merda humana.

À sombra de seus dois filhotes machos, Simon ainda via um terceiro, humano. Conseguia lembrar do rosto nu de Simon Júnior, o queixo saliente e os dentes ligeiramente tortos, tão bem — se não melhor — quanto lembrava dos focinhos desses filhotes sem barba. Com essa lembrança vieram imagens crepusculares de um passado humano. De fazer batatas ao forno e deditos de peixe; de estalar o elástico da *cueca* no lugar; de mijar cruzado, os jorros verdes respingando e salpicando o chão do banheiro. Tudo isso envolvia *três* filhotes machos. Onde estava aquele terceiro?

Simon retirou os dedos da tumescência de Jean e pôs-se de cócoras. Gesticulou, estendendo sua digitação a Busner: "Sei que pode ser, 'huuu', perturbador para você, Jean, minha adorada ex-alfa. Deus sabe o quanto é perturbador para mim, mas parte desta, 'huuu', doença minha, deste colapso, veio da absoluta convicção de que temos três filhotes — não dois. Jean, você consegue, 'h'huuu', pensar em alguma razão para eu pensar assim?"

De início, Jean Dykes pareceu ignorar essa estranha pergunta, o único sinal ao qual reagiu foi a blasfêmia de Simon. Ela retaliou cutucando com força os olhos do ex-alfa. "'Iiiik!'", Simon guinchou.

"'Wraaa!'", Jean vocalizou e gesticulou. "Você devia saber que não se pode tomar o signo do Senhor em vão, Simon. Lembra do evangelho? No começo era o signo e o signo se fez carne, 'h'huu'?"

Simon não era tão imprudente a ponto de enfrentar esse ataque: ele apresentou para Jean e flauteou: "Desculpe, 'huuu', não tinha a intenção de desrespeitar, mas Jean, e esse filhote que falta, 'huu'? Por que eu tenho essa lembrança tão estranha, 'huu'?"

Jean Dykes estava aturdida. "'Huuu', eu realmente não tenho essa imagem, Simon. Claro, *eu* sempre quis um terceiro filho depois que Henry desmamou, mas você 'euch-euch' insistiu que *tinha* de se concentrar em sua 'euch-euch' arte..."

"Jean, 'gru-nn', desculpe interromper, mas o filhote que tenho em mente ficaria entre Magnus e Henry na idade, talvez por volta dos sete anos agora. E Jean, o que eu penso também é num, 'huuu', filhote humano."

Busner estava fazendo um sutil jogo de tatibitate com Jean Dykes, sinalizando com os dedos do pé na sola do pé dela: "Por favor, Mrs. Dykes, sei que o que ele está gesticulando deve parecer absurdo, mas tente não irritar Simon — ele está fazendo tantos progressos ultimamente..."

Jean arqueou o supercílio. "Um filhote humano, 'huu'? De uns sete anos de idade..." Os dedos dela hesitaram, um lampejo de repente brilhou por trás de seus olhos verdes. "Um filhote humano, 'h'hii-hii'. Simon, você me desculpe, 'h'hii-hii', havia mesmo — *havia* um filhote humano..."

"O quê! 'H'huuuu!' O que, Jean, 'huuu'?" O ex-artista saltou para a posição bipedal, estava todo arrepiado, tudo nele assinalava um intento feral.

"Simon, por favor 'huugrnn', acalme-se. É, sim, havia um filhote humano que nós adotamos..."

"Adotamos, 'huuu'?"

"É 'hii-hii' isso mesmo, no zoológico, no Zoológico de Londres. Você arranjou uma adoção para nossos filhos. Era parte daquele programa conservacionista, *Lifewatch*, acho que era assim que chamava. Você sabe como os filhotes gostam de animais e achou que seria bom para eles ter um animal 'gru-nnn' com que pudessem se relacionar. Foi uma de suas atitudes mais paternais. Você arranjou para patrocinar esse animal e era um filhote macho de uns sete anos..."

"E eu, 'huuu'", Simon cortou o ar de novo, "dei um nome para esse humano, Jean? Chamei de alguma coisa, 'huu'?"

"Bom, você deixou isso a cargo de Magnus, Simon, isso, afinal, era para ser o projeto *dele*. Pelo que me lembro ele realmente deu um nome ao bicho — fico surpresa de você não..."

"Por que, 'huu'?"

"Porque era uma piada do grupo, você e os filhotes costumavam morrer de rir disso o tempo todo. Sabe, quando vocês foram ao zoológico para ver o filhote humano, o pelame da cabeça dele era bem parecido com o seu, meu ex-alfa, e os olhos também, então Magnus colocou nele o nome de... Simon."

Quando Alex Knight, o documentarista, chegou a Redington Road, umas duas horas depois, o ex-grupo de Simon estava saindo. Ao subir a entrada andando apoiado nos nós dos dedos, viu-se confrontado com o espetáculo de cerca de vinte adultos e filhotes ocupados em uma vasta sessão de cata de despedida. Sem nem perder tempo em apresentar a qualquer um deles — estavam tão ocupados uns com os outros que não iam notar mesmo —, ligou a câmera de vídeo e começou a gravar. Não ia mais parar durante vários dias, tão interessante era o espetáculo do dr. Busner e seu paciente fora do comum.

"'HuuGraaa'", Simon vocalizou pela última vez quando os dois rabinhos desapareceram na direção de Frognal. Magnus e Henry pararam de andar apoiados nos nós dos dedos, viraram para trás e deram ululos de despedida: "'HuuuGraa.'" Os gritos em falsete ressoaram estridentes na penumbra da tarde de um dia inglês do fim do outono.

Simon virou-se para Busner, que estava de cócoras ao lado dele na porta. "Vou ver meus filhos de novo logo, 'huu', não vou, Zack?"

"Claro que vai, Simon, esse 'chup-chupp' reencontro foi excepcionalmente bem. Veja como sua ex foi cooperativa e como seus filhos ficaram contentes com uma catação do alfa deles. Anthony Bohm, Derek e aquele gama — como era o nome dele, 'huu'?"

"Não sei."

"Bom, enfim, aquele outro macho também. Todos sinalizaram para mim que não se importariam de você ir ficar com o grupo sempre que quiser ver seus filhotes. Ora, não foi nada mal, não é, 'huuu'?"

"Não, acho que 'gru-nnn' não."

Busner viu Alex Knight e chamou-o. "'Huuu-H'Graa', Mr. Knight, por favor, tenha a bondade de apresentar." O jovem chimp veio correndo, bunda primeiro, câmera levantada. "Chegou bem a tempo", Busner sinalizou, depois que Knight se humilhou devidamente, "de uma viagem até o zoológico."

"Ao zoológico, 'huu'?"

"Você viu, ao zoológico. Meu amigo Mr. Dykes tem um filhote humano adotivo no Zoológico de Londres, um filhote humano que pode representar a chave desse infeliz delírio. Achamos que, se ele se vir focinho a focinho com esse animal, a catexia negativa que construiu em torno da idéia de humanidade pode muito bem se dissipar." Naturalmente, o chimp da televisão não entendeu de fato esses sinais, mas sacudiu a cabeça sabiamente e manteve a câmera rodando.

Simon era o mais agitado com essa informação. "O que quer dizer, 'huuu'? Vamos ao zoológico agora, 'huu'?"

"Não há momento melhor que o presente", o antipsiquiatra independente — como ele gostava de se qualificar — contra-sinalizou. "Enquanto você estava na 'gru-nn' catação de despedida com seu ex-grupo, telefonei para Hamble em Eynsham. Conforme eu suspeitava, ele conhece o encarregado-chefe dos primatas do Zoológico de Londres, um chimp chamado Mick Carchimp. Hamble telefonou a Carchimp por sua vez, e ele concordou em nos mostrar tudo, ver se pode nos ajudar. 'H'huu', imagino se ele faz parte do mesmo grupo."

"Quem, 'huu'?"

"Carchimp — se ele faz parte do mesmo grupo daquele advogado de difamação."

Foram na van da televisão. Simon se ofereceu para dirigir o Volvo, gesticulando para Zack: "Ah, deixe, vá, eu gostava muito de dirigir." Mas quando viu quantas marchas tinha o carro — vinte para a frente e 15 de ré, todas exigindo dupla desembreagem — ele recuou.

Junto com Alex Knight estava a técnica de som, Janet Higson, e um assistente de pesquisa-pau-para-toda-obra chamado Bob. Bob dirigia a van, Alex Knight acocorado no banco da frente, com a câmera de vídeo voltada para os dois chimps que iam atrás. A pobre Higson batalhava para captar as vocalizações deles com um microfone *boom* que empunhava de sua posição acocorada no compartimento de trás da van.

Mick Carchimp os encontrou no portão principal junto com o diretor do zoológico, um sujeito alegre que insistiu para ser chamado de Jo apenas. Ele apresentou para Zack e Simon, muito abaixado, flauteando: "Estamos honrados de uma patrulha tão especial vir nos visitar, e vocês dois, com tão esplêndidas dobras isquiais, por favor tenham a bondade de 'gru-nn' beijar minha bunda." Eles beijaram, depois o grupo todo de chimpanzés foi andando apoiado nos nós dos dedos pelo recinto dos humanos no zoológico, Alex Knight gravando o tempo todo.

O zoológico estava bem vazio nessa tarde do meio da semana. Uns poucos turistas se acocoravam aqui e ali, comendo amendoim e se catando desanimados. Os animais também estavam moles. Na gaiola das garças, os pássaros encontravam-se imóveis numa perna só, como ornamentos de jardim. No recinto dos gorilas, o único sinal de vida era um monte de palha respirante que escondia dos olhos a pelagem prateada das costas de um macho gigante.

Quanto aos humanos, estavam tão zumbis e tão pouco inspiradores quanto Simon os tinha visto da primeira vez. "'H'huuu', já viu nosso grupo humano antes, acredito, Mr. Dykes?", Mick Carchimp acenou quando chegaram ao vidro que fechava a frente do recinto.

"Já, já, sim", Simon respondeu. "Me lembro daquele ali em particular 'euch-euch'." Era o humano que Simon havia batizado de Punheteiro que chamara sua atenção. O punheteiro estava fazendo jus ao apelido, parado num transe, a mão mole sacudindo a grande salsicha de seu membro; o olhar vazio, pigmentado de branco, virado para trás. De sua boca descia um fio prateado de baba até o peito, que balançava ao ritmo de seu onanismo sem prazer.

"É o nosso macho alfa", Carchimp sinalizou. "Está conosco há mais tempo que qualquer dos nossos humanos."

"Ele nasceu aqui, 'huuu'?", Busner perguntou.

"Não, nasceu em Twycross — lá mantêm um grupo humano muito grande. Mas alguns dos nossos outros humanos foram capturados em liberdade — aquele ali, por exemplo." Carchimp estava apontando para o outro triste espécime que Simon havia chamado de Passageiro. O Passageiro também fazia jus ao título, parado imóvel, um braço truncado enganchado soltamente num apoio de mão à altura do ombro, o outro pendurado de lado, uma fatia de pão branco apertada nos dedos cinzentos.

"Aquele humano veio da Tanzânia, mas foi mandado para nós pelo laboratório de uma companhia farmacêutica, depois que acabaram com ele..."

"O que eles fazem com humanos, 'huuu'?", Simon perguntou a Carchimp.

"Todo tipo de coisa, Mr. Dykes — nada, sinto dizer, especialmente agradável. Acho que esse espécime era mantido em um grande complexo — vocês sabem como os humanos *detestam* ficar não-confinados — e junto com outros machos adultos recebia dardos hipodérmicos cheios de cocaína."

"Cocaína, 'huuu'? E para que isso?"

"Boa pergunta, algo a ver com o estudo de dependência de drogas, acho. O grande azar da espécie humana é ser o nosso parente vivo mais próximo, de forma que todo tipo de pesquisa acaba sendo feito com esses animais. Até aqui no zoológico fazemos alguns experimentos — embora tão chimpanamente quanto possível."

"Que tipo de experimentos, 'huuu'?"

O focinho de Simon era a imagem da ansiedade. Ele não esperava exatamente ver Simon Júnior no recinto dos humanos, mas mesmo assim uma imagem insistente de seu filhote ausente continuava lhe vindo à mente. Olhou pelo vidro grosso os cantos escuros da sala dos humanos. Seria demoníaco, terrivelmente mau ver o focinho conhecido, o queixo para a frente e os dentes ligeiramente tortos, entre os brutos nus. Todas as imagens de Simon eram de um filhote vestido, um filhote de uniforme escolar. Se esses humanos fossem usar roupas, pareceriam absolutamente subversivos, como humanos saídos de uma imitação de chá da tarde ou de um comercial de P. G. Tips.

Ainda mais inquietante era a imagem de Simon Júnior nu, amarrado, com eletrodos presos à cabeça raspada, ou com seringas hipodérmicas enfiadas em sua carne sem pêlos. Simon Júnior infectado com CIV, ou envenenado com antraz, ou com as pálpebras presas para trás para que sprays de pelame fossem testados nas órbitas expostas.

"'Huuu', bom, nós não fazemos nada que envolva danos aos nossos humanos. Estamos mais interessados em tentar obter o perfil genético de subespécies humanas. Um de nossos maiores problemas com humanos cativos é que todas as subespécies cruzaram em cativeiro, de forma que a maioria desses humanos é híbrida. Sabe, só recentemente se descobriu que existiam subespécies humanas..."

"'H'huuu', o que distingue uma da outra, se posso perguntar?", Busner acenou.

"Para chimps leigos, sem treinamento, é difícil identificar as diferenças. Talvez porque a simples visão de humanos seja tão perturbadora para começar — mas em termos mais simples, as subespécies têm cor de pele 'euch-euch' diferente e também diferentes ângulos de focinho. Uma vez treinado na identificação deles, fica bem fácil distingui-los. Não que isso fosse ajudar muito com o nosso grupo — a não ser aquele ali", ele apontou o Viajante, "os outros são todos híbridos."

Os chimps ficaram acocorados em silêncio uns minutos, observando a ausência de atividade no recinto humano. A maioria dos animais estava reunida na plataforma de dormir, mas ao contrário dos chimpanzés não tinham nenhum interesse em se tocar uns nos outros. Em vez disso, ficavam sentados lado a lado em uma longa fileira, os pés bobos e rígidos virados para cima como suportes de livros ossudos, os focinhos carecas despidos de expressão ou de inteligência. O único movimento vinha de um grupo de filhotes que estava brincando em uma área debaixo da plataforma. Esses pequeninos eram muito mais parecidos com chimps. Eles rolavam na palha, se penduravam dos suportes, brincavam e jogavam uns com os outros.

Naturalmente, eram os filhotes que chamavam mais atenção dos poucos visitantes que havia no zoológico. Os chimps estavam, como sempre, encantados com os filhotes humanos e sinalizavam com os dedos como eram parecidos com filhotes de chimpanzés. Simon agarrou a coxa grossa de Busner e sinalizou: "Se fizerem mais um sinal chimp dizendo que são bonitinhos, acho que vou gritar."

"Calma, 'gru-unn'", Busner sinalizou em troca. "É ao menos civilizado permitir que Carchimp domine um pouquinho antes de atacarmos os negócios."

Havia dois adultos humanos que estavam atraindo a atenção dos chimps. Uma dupla no fundo do recinto, quase inteiramente escondida por trás de um monte de palha. Tudo o que se via deles eram as nádegas de um indivíduo subindo e descendo, subindo e descendo, e agarrados em torno dos volumes obscenamente lisos os pés de outro. Os chimps estavam apontando isso e gesticulando a respeito, mas nenhum deles parecia fazer idéia do que estava ocorrendo. "Muito estranho", Mick Carchimp gesticulou, vendo que Simon estava fascinado, "ver um par deles acasalando durante o dia."

"'H'huuu', acasalando?"

"Isso mesmo, você sabe, claro, que humanos normalmente procuram privacidade para acasalar. Acho que deve ter sido por isso que esse casal resolveu se esconder atrás da palha. O macho é o que está por cima e aqueles são os pés da fêmea presos em torno do traseiro dele. Não é exatamente bonito de se ver..."

"Estão nisso há séculos!", Busner cortou o ar.

"Isso mesmo. Como você deve saber, humanos chegam a levar meia hora para chegar ao acasalamento pleno — existem relatos até de levarem mais tempo do que isso em liberdade, embora ninguém tenha certeza do porquê."

Simon achou que tinha certeza do porquê. Observou as nádegas subindo e descendo, subindo e descendo, e os animais em movimento evocaram uma visão de Sarah do mais profundo de sua lembrança. Uma visão de Sarah como uma bela humana gemendo debaixo dele, os pés *dela* enrolados em torno de suas nádegas em movimento. "Por favor, 'huu', detesto me precipitar, Mr. Carchimp..."

"Por favor, me chame de Mick", o encarregado dos primatas contra-sinalizou.

"Mick, não sei se o dr. Hamble sinalizou alguma coisa a respeito da razão de nossa visita, 'huu'?"

"Ele delineou que era algo a respeito de um indivíduo humano em quem vocês tinham interesse."

Simon acendeu um Bactrian e tragou fundo, antes de continuar. "'Huuu', isso. Sabe, acredito que vocês têm um programa onde chimps podem 'euch-euch' adotar um animal, de certa forma patrocinar sua manutenção, 'huu'?"

"Isso mesmo. É parte do esquema 2000 da Lifewatch. O humano em que estão interessados é uma das adoções, 'huu'?"

"Acreditamos que sim", Busner sinalizou. "Meu aliado, Mr. Dykes, patrocinava o animal por causa de seus filhotes. Um filhote macho de uns sete anos — pode ser um daquele grupo ali." Apontou uns filhotes humanos que brincavam.

"Não temos nenhum filhote dessa idade exatamente neste momento, mas por que não vamos ao meu escritório, 'huuu'? Tenho lá o livro de controle e o registro da Lifewatch; em um dos dois devemos descobrir o que aconteceu com seu humano adotivo."

O escritório de Carchimp ficava nos fundos do edifício principal da administração, mas, mesmo afastado da proximidade imediata dos recintos, ainda se sentiam fortes odores animais circulando. O escritório tinha pouca mobília, apenas dois armários de arquivos bem estragados e uma pequena escrivaninha convencional. Havia pôsteres de árvores filogenéticas presos com percevejos nas paredes, ao lado de cartazes anunciando drogas veterinárias.

A equipe de Knight se acotovelou na sala pequena, junto com Carchimp, Busner e Simon. O diretor havia escapado para algum outro lugar, depois de sinalizar sobre outra equipe de televisão que vinha filmar uma entrevista com ele.

Todos se entregaram a uma sessão de catação durante cinco minutos, solidificando, como convém a chimps, uma hierarquia provisória. Depois Carchimp afastou-se da peluda aglomeração e foi até uma estante. Da prateleira de baixo tirou com o pé um grande fichário de anel e puxou um arquivo muito mais fino e mais brilhante da prateleira de cima. Levou os dois para o grupo no chão. "Este", sinalizou, "é o registro da Lifewatch. O senhor se lembra, Mr. Dykes, do número de série de seu humano adotado, 'huu'?"

Simon pareceu perdido. "Número de série, 'huu'? Não, sabe, adotei um humano para meu filhote mais velho, Magnus, e ele lhe deu o nome de... o nome de Simon."

"Simon, 'huu'? Na realidade, não damos nomes aos nossos humanos com finalidade de registro, seria pender um tanto demais na direção do primatomorfismo, embora, naturalmente, os tratadores dêem nomes a eles por questões de conveniência do dia-a-dia. E uma parte da nossa literatura da Lifewatch realmente 'euch-euch' primatomorfiza." Mostrou um panfleto que convidava os leitores a pensar em "Catar um humano".

"Porém podemos procurar seu nome no registro e pegar o número de série do animal. Vamos ver..." Começou a folhear o fichário da Lifewatch, "Dykes, Dykes, é... aqui está. Simon Dykes. O senhor patrocinou este indivíduo, número de série 9.234, com o montante de quinhentas libras — uma doação muito generosa.

"Agora, vamos olhar no outro livro e descobrir o que aconteceu com o 9.234. Ele pode ter sido transferido para outro zoológico ou mesmo para algum outro lugar..."

"Ele não teria, 'huuu'" — Simon cortou o ar — "sido entregue para algum horrendo programa de pesquisa, não é, 'huu'?"

"Isso eu posso garantir que não, Mr. Dykes", assinalou Carchimp, foi até Simon e pousou nele dedos tranqüilizadores, sinalizando: "Não gostamos de fazer isso com nenhum dos nossos humanos e este aqui, sendo patrocinado, não ficaria nada bem que 'euch-euch' terminasse em um laboratório. Imagine o que os ativistas de direitos dos animais fariam se essa informação chegasse até eles."

Carchimp terminou essa massagem de significado com um puxão interativo e voltou para o livro de controle. "Ora, aqui estamos, 9.234. É simples quando se sabe como, é, não está mais conosco, sinto muito, foi transferido..."

"Para onde, 'huuu', para onde, 'huu'?" Os dedos de Simon arranharam, sua ansiedade visível e palpável.

"De certa maneira, Mr. Dykes, o 9.234 parece ter voltado para casa."

"Casa, 'huu'?"

"Isso mesmo, ele foi um dos poucos humanos a voltar do mundo desenvolvido para a África. O 9.234 fez parte de um programa bastante controvertido de reintroduzir humanos em seu ambiente natural. Se quiser ver seu adotado de novo, vamos ter de localizar onde está."

Simon acocorou-se, tonto com essa informação. Sobrou para Busner continuar. "Me indique uma coisa, Mr. Carchimp", sinalizou, "quando o senhor sinaliza que o 9.234 voltou para casa, quer dizer que ele efetivamente nasceu na África, 'huu'? Que era um humano selvagem?"

"Seria muito pouco provável, dr. Busner. Existem hoje tantos humanos em cativeiro no Ocidente que raramente se necessita de novos espécimes. Ora, temos mais que o suficiente de humanos aqui e, assim como muitos outros zoológicos agora, é preciso castrar os machos quando atingem a puberdade."

Simon, que estava observando essa troca de sinais, estremeceu ao ouvir isso. Seu focinho pálido ficou mais pálido ainda e ele agarrou os próprios genitais com uma mão angustiada e sem sinais.

Busner insistiu. "E por que, se posso perguntar, Mr. Carchimp..."

"Por favor, sua resplandecência isquial, eu consideraria uma honra se o senhor também me chamasse de Mick."

"'Gru-nnn', Mick, então — por que sinaliza que esse programa é controvertido, 'huu'?"

"Bom, como o senhor deve saber..." Carchimp adotou uma postura relaxada — claramente ele é que ia liderar durante algum tempo — "o programa original de observação de humanos em liberdade foi estabelecido pelo dr. Louis Leakey. Ele enviou 'gru-nn' Jane Goodall para a Reserva Gombe Stream na Tanzânia, para estudar humanos; Dian Fossey a Ruanda para estudar o gorila da montanha; e Birute Galdikas a Sumatra para estudar o orangotango. Embora tenha havido controvérsias em torno do trabalho dessas três fêmeas, elas fizeram indiscutíveis e duradouras contribuições à antropologia.

"A própria Goodall esteve envolvida em programas de reintrodução, mas esse programa em particular é bem, 'huuu', diferente. Um dos pesquisadores de campo que ela empregou era uma fêmea alemã, Ludmilla Rauhschutz. Rauhschutz é extremamente rica e tem posições claramente excêntricas sobre o relacionamento entre humanos e chimpanzés. Depois que se separou de Goodall, conseguiu subornar o governo da Tanzânia para que lhe permitisse ter sua própria estação de pesquisa na região de Gombe. Ali ela apresenta turistas chimpanzés a humanos selvagens e tenta reintroduzir humanos cativos à vida selvagem..."

"Mick", Simon se levantou e interrogou o encarregado chefe. "H'huuu', pode me indicar por que Leakey escolheu apenas fêmeas para estudar os humanos, 'huu'?"

"Boa pergunta, Simon. Leakey achou que os machos humanos em particular achariam chimpanzés fêmeas menos perturbadoras. As humanas, você sabe, não têm tumescências sexuais apreciáveis, de forma que um chimpanzé macho poderia atrair muito interesse sexual desnecessário."

"Entendo."

"Normalmente não enviamos humanos para Rauhschutz, mas de vez em quando, como no caso desse macho pubescente, parece valer a pena tentar. Afinal de contas — é isso ou a castração." E com essa observação final, Carchimp manteve sinalêncio.

Mais tarde, nessa noite, Simon estava enrolado em seu ninho, no quarto de hóspedes dos Busner, assistindo a um episódio de *Sub-Adult Dominant Chef*. Um macho que Simon reconheceu como o apresentador de televisão Lloyd Grosschimp estava gesticulando com seu convidado, o *chef* igualmente chegado à mídia Anton Mosichimp. Os focinhos dos subadultos aspirantes a *chefs* estavam enrugados de ansiedade enquanto observavam os dois grandes machos começando a se desentender. "'Euch-euch', Anton", Grosschimp sinalizou em seu afetado ritmo bostoniano, "não me surpreende que você não tenha se apaixonado pelo suflê dessa fêmea, acredito que você, 'huuu', não é nem um pouco chegado a jovens fêmeas — nem a seus suflês."

"Que diabo você 'euch-euch' está insinuando, 'huu'?" contra-sinalizou o chimp francês.

"Nada, 'h'huu', nada mesmo — você tem três filhotes fêmeas, se não me engano, 'huu'...?"

Mas Simon não conseguiu ver a resposta de Mosichimp porque a porta do quarto de ninho se abriu e o ex-psiquiatra entrou andando apoiado nos nós dos dedos. Ao ver os chimps na tela, ele gesticulou: "Mosichimp, 'h'huuu'. Conheço alguém que é conhecido dele. Fala-se que ele abusa das filhas — que acasala pouco com elas — ou nada mesmo!"

"É?" A gesticulação de Simon era tão inexpressiva como a rainha acenando de sua carruagem em festividades oficiais.

"Qual é o problema, Simon, 'huuu'? Ficou incomodado com a excursão ao zoológico, 'huu'?"

"Claro que sim."

"Ainda acha que esse filhote humano, o 9.234..."

"Nada de 9.234, droga, 'wraaa'! Ele se chama Simon, 'wraaa'!"

Busner retaliou instantaneamente essa insubordinação. Saltou para o ninho e desferiu uma série de golpes duros no focinho de Simon, os braços longos girando como moinho. Levou alguns segundos para dominar o ex-artista, que uivava por clemência, batalhando em cima do ninho para apresentar para seu alfa. Busner alisou o pelame arrepiado de Simon e gesticulou: "Tudo bem, 'gru-nnn', sei que você está perturbado, Simonzinho, mas mesmo assim não posso admitir essa insolência, tenho certeza de que entende isso..."

"Entendo, entendo, desculpe 'chup-chupp', sua dobra isquial é para mim mais importante do que posso sinalizar."

"Eu sei, mas a questão é a seguinte: você ainda acredita que esse humano é o *seu* filho desaparecido, o seu Simon, 'huuu'?"

"Não sei por quê — mas, sim."

"Bom." O eminente filósofo natural — como ele ainda se nomeava — acomodou-se nos quadris. "Nesse caso tenho uma notícia que talvez 'grnn' seja do seu agrado."

"O que é, 'huuu'?"

"Gesticulei com Alex Knight a respeito, e ele me sinalizou que a empresa dele está fascinada com seu caso e disposta a fornecer o dinheiro."

"Dinheiro para que, 'huu'?"

"Para nós rastrearmos esse humano, para irmos à África."

"À África, 'huu'? Mas quando?"

"Assim que puder ser chimpanamente arranjado."

Capítulo vinte e um

O velho Toyota Landcruiser foi sacudindo pela superfície irregular, esburacada da trilha, lançando jatos e glóbulos de lama liquidificada alto no ar. Essa lama chovia em cima dos corpos dos seis chimps que estavam apertados no veículo, precisando de avançadas e exaustivas atividades de cata. Simon Dykes, ex-artista, depois paciente mental e agora um chimp com uma missão muito rara, estava enfiado entre dois técnicos de som, Janet Higson e Bob, o pau-para-toda-obra.

Desde aquela noite em que Busner entrara apoiado nos nós dos dedos, quando Simon assistia ao *Sub-Adult Dominant Chef*, seus dias haviam se transformado em um redemoinho de preparação para a viagem à África. Foram arranjados vistos, tomadas vacinas, roupas e outros equipamentos comprados. E por toda parte aonde Busner e Simon iam — a câmera de vídeo de Alex Knight os seguia.

"É uma questão de pano de fundo", sinalizou o documentarista. "Tenho de ter muito material que leve o espectador até o primeiro encontro de Simon com humanos em liberdade e, com sorte, ao seu encontro com 9.234, o filhote macho que ele acredita ser seu filho desaparecido."

De início, a constante presença da equipe de televisão deixava Simon agitado e irritado. Houve quatro ou cinco confrontos bem sérios entre ele e Knight, três deles terminando em violentos incidentes, incidentes de que Simon saiu-se melhor que antes. Melhor em sua relação com Knight e melhor e mais confiante em si mesmo. Busner imaginava particularmente que era mesmo de se prever que o que traria o ex-artista mais fortemente de volta ao seu ser físico seriam aquelas atividades mais chimpanzés, sexo e violência.

Então, Simon amansou a equipe e chegou até a ficar tão *blasé* a ponto de não notar a presença deles, de aceitar o fogo de

Bob para um de seus intermináveis Bactrians, sem nem um olhar ou sinal.

Para Busner, a viagem à África era o divisor de águas final, o escoadouro nos fundos de sua carreira. Na volta, ele não fazia a menor idéia do que ia fazer — se é que ia fazer alguma coisa. No dia em que o ex-grupo de Simon foi visitar Redington Road, Busner tivera uma breve gesticulação privada com Anthony Bohm e confirmara todas as suas suspeitas. Bohm também havia, claro, sido visado pelo CGM, agora que Phillips havia dado o alerta sobre as atividades da Cryborg Pharmaceuticals. "Eu não imaginava", a gesticulação dele era trêmula, ansiosa, "qual seria a reação de Jean a isso, e posso ser só um membro distal do grupo dela, mas mesmo essa, 'huuu', posição será sem dúvida afetada — você sabe como ela tem a mente elevada."

Busner acalmou Bohm, tranqüilizou, elogiou e mimou o velho médico. "Dr. Bohm, não deve se preocupar nem se envolver tanto nisto aqui. Eu resolvi assumir inteiramente a culpa por aquele infeliz experimento. Se o senhor mantiver a postura de que não estava informado de que receitava secretamente o Inclusion, a meu pedido — então eu, 'chup-chupp', manterei essa postura. É o mínimo que posso fazer — o mínimo de compensação que posso oferecer a todos os envolvidos. Espero que o senhor se livre disso com uma advertência."

"E, 'huuu', o caso de Simon?"

"De fato. Ele tem muitas imagens diversas do que pode ser a causa de seu colapso. Às vezes, atribui o colapso ao fato de ter sido atropelado por um ônibus em criança, às vezes às drogas que costumava tomar. Como está se recuperando agora, não sinto nenhuma necessidade de revelar a ele algo que, afinal de contas, pode não ser verdade."

Foi assim que deixaram as coisas — fora das mãos que as detinham. Busner informou ao Conselho que iria prestar depoimento ao voltar da África e que até esse momento comprometia-se a não gesticular em público sobre o assunto.

Quanto a Gambol, Phillips e Whatley, os três chimps cuja aliança derrubara Busner da árvore e minara irremediavelmente sua posição de grande macaco, a deles foi uma vitória de Pirro, absolutamente. Phillips sucumbiu a uma infecção pulmonar oportunista semanas depois da sessão de cata no Zoológico

Humano. Foi a sua sorte porque, se tivesse vivido mais, teria visto a Cryborg Pharmaceuticals jogar todo o seu peso empresarial na balança da justiça, com resultados previsíveis — absolvição absoluta.

Whatley, ao saber da carta do Conselho de Medicina a Busner, foi diretamente para o Trust e candidatou-se à vaga de consultor-chefe do Hospital Heath. A qual ele conquistou, uma vez que Archer — o administrador-chefe — havia confirmado que Busner estava se aposentando antes da hora. Mas o reinado de Whatley como alfa do departamento psiquiátrico foi perturbado. A equipe estava acostumada a uma hierarquia ao mesmo tempo elástica e rigorosa, enquanto Whatley era militar e ineficiente ao mesmo tempo. Os pacientes sabiam disso tanto quanto a equipe médica e auxiliar, de forma que não foi surpresa para ninguém quando Whatley foi selvagemente atacado por um chimp maníaco que ele estava tentando castigar fisicamente. Os ferimentos de mordidas levaram seis meses para curar e ele nunca mais foi o mesmo chimp. Na última vez que foi visto, o dr. Kevin Whatley, MD, membro do Royal College de Psiquiatras, estava orientando seminários para parar de fumar com Allen Carr.

Sua sucessora na chefia do Hospital Heath foi a dra. Jane Bowen, cuja observação comiserada do estado de delírio de Simon Dykes resultou em um artigo escrito com elegância.[1] Seu cuidadoso traçado da sintomatologia, patologia e etiologia do estado dele levou — conforme Busner havia profetizado — ao diagnóstico de muitos outros casos. Adequadamente, o delírio humano passou a ser identificado e conhecido como "doença de Bowen".

Gambol, huuu, Gambol! O ípsilon magro, de focinho pálido, que conseguira derrubar Zack Busner do ramo da celebridade e jogá-lo no chão da floresta. Gambol, antes um fervoroso admirador, depois um covarde Iago, naturalmente, como era de esperar, resolveu abandonar a psicologia e fazer outra bobagem — escrever um romance a respeito dela. *O Lado Escuro da Mente*, um *roman-à-clef* baseado de perto em suas experiências com Busner e tendo como protagonista alguém chamado "Jack Sumner", foi um sucesso inesperado e a estrela das listas de ou-

---

[1] "Sonhos de Humanidade" (*British Journal of Ephemera*, março de 1995). (N. do A.)

tono do ano seguinte. Gambol se viu envolvido pelo mundo literário, rodando de festa para leitura, para quarto jantar, em uma louca dança de celebridade. Começou a ser o primeiro e não o qüinquagésimo nas filas por uma tumescência recente e filiou-se ao Sealink Club.

Nem é preciso assinalar, essa fase não durou muito. O material de que dispunha logo se esgotou — Busner era a única coisa interessante que lhe acontecera —, e Gambol não foi capaz de terminar seu segundo livro, contratado pela editora. Gastou o adiantamento na boa vida e não conseguia mais encontrar nenhum tipo de trabalho em seu velho campo, tão longa era a sombra lançada pelo caso Cryborg.

Meses depois, Gambol era um macho esgotado, patético. Os tipos literários o abandonaram tão depressa quanto o haviam adotado. Eles podiam todos fingir que não viam nada mais romântico ou honroso do que a idéia do escritor como um artista despojado trabalhando numa casa de árvore sem aquecimento, sem esperança de leitores ou remuneração, mas a verdade é que tinham tão pouco tempo para o fracasso quanto o resto da chimpunidade.

O único chimpanzé, além de Jane Bowen, a sair da triste história do colapso de Simon Dykes com alguma aparência de melhoria na vida foi Sarah Peasenhulme. O último acasalamento, alegre, com seu ex-parceiro de ninho na Saatchi Gallery libertou Sarah inteiramente do opressivo vício de seu consórcio. Ela se viu curiosamente aliviada por livrar-se da responsabilidade de cuidar de um macho hipersensível. Quando, ao final do cio mais prolongado de sua vida, descobriu que estava grávida apesar de um diafragma anticoncepcional do tamanho de uma tampa de pia, ela resolveu perguntar aos Braithwaite se formariam um grupo natal com ela.

Steve e Ken ficaram deliciados. Trouxeram para bordo Earl — um aliado muito, muito antigo — como gama, o tio deles, Marcus, como delta-distal, um amigo chamado Cuthbert como ípsilon e dois outros irmãos, Paul e Delroy, como, respectivamente, zeta e teta.

Sarah obteve todo o acasalamento de que precisava — toda a penetração firme e rápida de que tanto sentira falta quando subadulta. E, anos depois, quando suas filhas estavam começando a ter suas pequenas tumescências, Sarah se alegrou com a imagem delas recebendo uma boa e sólida foda de todos os parentes machos amorosos. Se ela alguma vez visualizava o artista, era com uma expressão distante brincando no focinho, mas não se lembrava de sua velocidade e atletismo como macho, apenas dos desenhos que Tony Figes havia levado do apartamento de Simon. Eles garantiram uma bela soma de cinco dígitos quando vendidos para um colecionador particular.

Isso foi especialmente útil para Sarah, porque, evidentemente, dada a natureza de seu novo grupo — jamais poderia voltar para Surrey.

"'H'huu', acha que a gente devia fazer uma cata no motorista?", Bob, o exibido, gesticulou no ombro de Simon enquanto sacudiam e pulavam.

"Não sei", respondeu ele. "Pode ser um erro — sabe que toda esta região está infestada de aids, 'huuu'."

"'Euch-euch'", Busner tossiu no banco da frente, depois gesticulou, "acho que é difícil pegar CIV numa catação — deixe eu ver se 'chup-chupp' posso ajudar esse sujeito aqui." O eminente filósofo natural — como ele ainda se intitulava — pôs os dedos no pelame enlameado do peito do bonobo e foi instantaneamente recompensado com um grande bater de dentes e um beijo molhado no focinho. Coisa que Busner recebeu apenas sem se abalar.

O vôo de Londres havia sido longo e instável. Busner não fazia idéia de por que a Air Lanka era a única companhia a manter vôos para Dar es Salaam, a menos que fosse pelo estranho motivo de chimps de uma parte do mundo dilacerada por crises querer conferir como era em outra.

O grupo Busner-Dykes se viu então retido na cidade durante três dias enquanto era expedida a permissão para viagem interna, e também providenciado um guia-motorista que pudesse conduzi-los pelos quase 1.300 quilômetros que iam da costa até o lago Tanganika, em cujas margens estava instalado o campo Rauhschutz. Levaram três dias para se adaptar a um país mais desarranjado do que o usual. Os horrendos massacres de Ruanda ainda prosseguiam e mesmo tão longe como em Dar es Salaam havia refugiados por toda parte. Se tinham dinheiro, ocupavam toda e qualquer acomodação disponível, se não tinham, qualquer árvore que ainda estivesse de pé. O grupo Busner-Dykes teve de se acomodar em um bordel, onde era exigido que pagassem por meias horas.

Isso deu a Busner a oportunidade de fazer a todos um sermão para que reprimissem suas atividades de acasalamento enquanto se encontrassem na África. "Pode não ser o caso de o acasalamento heterossexual ser o meio mais eficaz de transmitir o vírus, mas as fêmeas aqui foram muitas vezes submetidas à infibulação — e mesmo a intumesenciotomias. Não só isso, 'huuu', como também, até onde sabemos, o vírus em si ainda está em mutação. Estamos nos trópicos — onde se encontra a maior 'chup-chupp' biodiversidade do planeta; existem mais espécies aqui do que em qualquer outro lugar, espécies de vírus assim como de qualquer outro organismo. E com essa, 'huuu', história horrível de Ruanda e Burundi, podem ter certeza de que todo tipo de 'euch-euch' infecção está se deslocando.

"Mesmo assim", continuou, agitando os longos braços, "não estou muito preocupado com vocês, porque, a não ser por essas 'euch-euch' fêmeas profissionais, não acho que vão encontrar muita coisa na linha de oportunidade de acasalamento. As bonobos, como vocês devem saber — talvez com exceção de Simon —, são bem perversamente 'euch-euch' não penetrativas, preferindo uma esfregada a uma boa e sólida inserção. Fato que ajuda a explicar a sua deplorável fecundidade — sem nenhum esperma estranho guardado dentro de seus úteros, as fêmeas concebem com ridículo entusiasmo."

Simon achou a realidade dominada por chimpanzés na África sufocante demais para sequer considerar o acasalamento. Não podia nem pensar em escolher uma fêmea individual em meio às agitadas multidões negras que enxameavam em torno dos edifícios de concreto em ruínas de Dar es Salaam, muito menos ver se a fêmea tinha uma tumescência ou não. Mantinha a cabeça baixa e seguia o rabo de seu alfa.

O guia-motorista recomendado a Busner era suficientemente digno de confiança, mas não sinalizava nada além de truncados sinais em inglês, o que tornava a gesticulação difícil. À medida que o grupo avançava para o norte, as chuvas começaram a piorar e o campo a ficar mais selvagem. A estrada primeiro minguou para uma rodovia de muitas pistas cheia de curvas e buracos para um asfalto cheio de curvas e buracos e por fim para uma trilha cheia de curvas e buracos que ia de Kigoma, ao norte de Nyarabanda, a menos de oito quilômetros da fronteira com Burundi.

Os refugiados eram numerosos naquela área e nas palmeiras também. Balançavam-se à beira da estrada, oscilando molengas de fronde para tronco, ou andavam apoiados nos nós dos dedos pelo brejo que constituía a margem da estrada, correndo o risco de levar um banho de lama cada vez que um veículo passava. Simon imaginou como os humanos podiam estar sobrevivendo nesse mundo virado de cabeça para baixo — com a vida chimpanzé tão sem valor, quem haveria de se importar com uns poucos animais miseráveis?

A ansiedade de Simon pelo destino da humanidade era apenas entendida pelo gentil bonobo com quem teve uma breve sessão de cata em Kigoma. Um bonobo que, a julgar pela túnica alinhada e pelos óculos de sol de grife, devia ser um delegado de partido. Ele mostrou a Simon que a carne humana estava mais em demanda que nunca. "Aqui, não interessa o que sinalizam sobre espécies protegidas, chimp", ele gesticulou, "aqueles humanos ainda pegam nossos filhotes — então nós vamos lá e 'grrn'yum' pegamos os deles. E com essa história" — ele apontou o norte — "tem até um mercado para carne da mata."

Mas Busner, que assistira a isso, tranquilizou Simon. "Não dê atenção 'chup-chupp'. A verdade é que a reserva humana é mais bem protegida que qualquer outra parte deste pobre país — se bem que temo que não se possa sinalizar a mesma coisa das reservas nas montanhas Virunga, na fronteira Ruanda-Uganda, onde Dian Fossey fundou o Centro de Pesquisa Karisoke para estudar gorilas. Mas aqui é uma 'h'-h' ironia que, tenho certeza, não passou despercebida aos habitantes locais, enquanto chimp mata chimp com tamanha facilidade, os humanos continuem sua vida sem serem perturbados."

Busner havia mandado avisar Ludmilla Rauhschutz de que eles estavam chegando. Como com quase todo chimp de quem precisava de ajuda, Busner havia descoberto uma ligação útil. Veio à tona que o alfa de Rauhschutz era o empresário de ópera Hans Rauhschutz, para quem Peter Wiltshire havia dirigido diversas produções no passado. Wiltshire telefonou para Rauhschutz e ele forneceu uma carta de apresentação para sua filha, que foi devidamente enviada por fax.

Ludmilla Rauhschutz era, mesmo para os padrões da antropologia — um ramo da zoologia que sempre atraíra fanatismo —, radical na sua convicção de que humanos selvagens eram tanto perceptivos como inteligentes. Em seu livro *Entre os Humanos*, escrevera que seu trabalho de campo com humanos em liberdade a havia levado "... tão perto quanto jamais será possível para um chimpanzé de entender a mente de Deus".

O trabalho dela com os humanos de Gombe fora reconhecido inicialmente como de profunda importância, tanto para a própria antropologia como para o entendimento das origens chimpanzés, porém, como ela continuou insistindo em suas habilidades e em seu direito a alguma forma de chimpunidade, foi posta de lado pela hierarquia acadêmica.

Correram rumores de que a reintrodução de humanos cativos que ela estava levando a cabo era pouco mais que um pretexto para atrair mais turistas a visitar o campo Rauhschutz. Turistas queriam ver humanos, e os humanos antes cativos, incapazes de se defenderem sozinhos em liberdade, muitas vezes enfrentando considerável nível de agressão de seus semelhantes selvagens, tendiam a ficar perto do campo para serem alimentados e fotografados. Um antropólogo, que visitara o campo, gesticulara com Busner antes de ele partir para a África, sinalizando: "Parece mais um centro de animais de estimação do que um lugar onde animais são reabilitados."

Busner havia visto também coisas piores sobre a própria fêmea. Sinalizava-se que era "uma horrível fêmea gorda que trata seus animais humanos como se fossem chimpanzés". Outros rumores confirmavam a mesma censura que se gesticulava sobre Fossey e muitas outras antropólogas. Especificamente, que Rauhschutz, cujas tumescências eram tão pequenas a ponto de serem insignificantes, buscava parceiros de ninho humanos devido à sua incapacidade de obter pretendentes chimpanzés. Outra fofoca — evidentemente — era que Rauhschutz só havia obtido uma posição na hierarquia, ainda mais de pesquisadora alfa, pela única razão de ser estéril. Mas isso era uma coisa que machos sempre sinalizavam sobre fêmeas de carreira bem-sucedidas.

Busner registrou tudo isso, mas resolveu manter a cabeça aberta. Afinal de contas, ponderou, não fica bem um chimp tão vilipendiado pela hierarquia acadêmica como eu acreditar em boatos contra alguém igualmente vilipendiado.

Enfim, a horas de atingir seu destino, Busner relembrou todas essas digitações e imaginou o que estava à espera deles. Em sua própria cabeça, continuava absolutamente indeciso quanto ao fato de a convicção de Simon — de que o humano de número 9.234 seria seu filhote desaparecido — ser apenas um apêndice à psicose do ex-artista ou a sua peça-chave. Se encontrar humanos em liberdade o libertaria — ou condenaria. Busner estava, concluiu, operando sobre o mesmo princípio de Alex Knight e sua equipe: apontar o gravador para o que estava acontecendo e esperar para ver no que ia dar.

O país em torno deles era muito fotogênico. Ao chegarem à fronteira da reserva de animais e seus papéis serem conferidos pelo bonobo que portava uma metralhadora Kalashnikov no posto de vigia, uma paisagem de verdes encostas se desenrolava à frente deles na direção da imensidão azul do grande lago ao longe. Como se a própria Mãe Natureza estivesse anunciando sua chegada, uma pesada chuva despencou e parou de imediato. O Landcruiser pulou e deslizou pelo meio do mato de trinta palmos de altura, engalanado de vaporosas emanações. Havia coqueiros em profusão e cactos candelabro acesos com brilhantes flores vermelhas.

Alex Knight mantinha a câmera passeando sobre o lugar, fazendo giros de 360 graus em seu assento a cada minuto. "'Aaaa', vai escurecer logo", delineou para Simon, "e quero ter certeza absoluta de que tenho tomadas suficientes para localizar o lugar."

Chegaram à cadeia final de morros e abaixo deles estava o lago. Os barcos dos pescadores de *dagaa* estavam voltando para terra, as pranchas recortando sulcos branco-acinzentados no azul enrugado. E lá estava o campo Rauhschutz, um grupinho minúsculo de cabanas de tetos de metal corrugado, brilhando alaranjadas aos raios do sol que se punha, que igual a uma tumescência estelar inchava ao ser penetrada pelo horizonte.

Simon olhou aquilo tudo e registrou bem, mas seus pensamentos e imagens estavam inteiramente tomados pela questão humana que tinha em mãos. Dentro de quanto tempo conseguiria encontrar Simon Júnior? Não ousara formar completamente a imagem que pairava nos recessos de sua mente, uma imagem tão adaptada aos outros móveis de seu delírio humano que podia ter sido construída pelo mesmo carpinteiro psíquico que transformara seus lobos frontais, instalando as hiperintensidades focais e manipulando a imagem. Era uma imagem do rostinho nu de Simon Júnior, o queixo para a frente e os dentes ligeiramente tortos. Era uma imagem que, como um tranco forte, trazia atrás de si toda uma carga de mudança. Porque, quando Simon encontrasse Simon, todo o horripilante planeta dos macacos iria — ou, pelo menos, ele quase chegava a desejar isso — oscilar e se dissolver. Busner vestiria calça e faria a barba. Tomariam o avião de volta à Inglaterra, onde os políticos mostravam os dentes metaforicamente — não literalmente.

"'HuuuH'Graa!'" Os seis chimps no Landcruiser emitiram um grande ululo de chegada quando o veículo deslizou e parou no complexo enlameado. Ludmilla Rauhschutz lá estava para encontrá-los, ao lado de seus assistentes bonobos. Rauhschutz era uma figura marcante, tão obesa a ponto de ser quase uma bola de pelame marrom-escuro. O focinho dela era perturbadoramente chato e animal para uma chimp alemã e o pelame da cabeça, cortado curto, não melhorava as coisas. Nem a horrenda blusa de padronagem malhada que se abria nos ombros como um perverso acompanhamento de tecido para um prato nada atraente. A padronagem malhada não escondia o não-objeto de desejo que havia entre suas pernas peludas. Era fácil ver por que Rauhschutz dispensava um protetor de tumescência — ela não precisava disso. Quando em pleno cio sua tumescência devia ser uma coisa insignificante, mas agora, no período intermediário, sua região perínea mal se notava.

Até Simon achou isso tão pouco atraente a ponto de ser desanimador, e sinalizou no ombro de Bob: "'Euch-euch' — é nojento, ela praticamente não tem dobra nenhuma!" Busner o silenciou com um latido baixo, porque Rauhschutz estava vindo na direção do Landcruiser andando apoiada nos nós dos dedos, enquanto bonobos de aspecto útil batucavam nas laterais metálicas da cabana mais próxima com ruidoso efeito.

"'HuuuGraa!'", ela gritou, depois fez um gesto grandioso, "bem-vindo ao meu humilde campo, dr. Busner. Fiquei o dia inteiro esperando a explosão de luz que anunciaria que sua radiante, refulgente dobra estava chegando. Há muitos anos que desejo 'gru-nn' colocar meus dedos em seu eminente pelame e discutir com o senhor o triste estado da chimpunidade." Como era de seu costume, Busner não ficou nada abalado por essa nauseabunda demonstração de bajulação. Saltou do Landcruiser, tão ágil quanto um subadulto na caça, e apresentou, muito abaixado para a gorda fêmea, sinalizando ao fazê-lo: "'H'huuu', é uma honra, madame, conhecer a senhora. Toda a comunidade científica está assombrada com sua dobra isquial — a comunidade científica que interessa, quero dizer —, e eu também reverencio suas saliências balouçantes. Consideraria uma honra se beijasse minha bunda."

Ao ver essa conversa, Simon pensou se Rauhschutz suspeitava de alguma ironia em Busner quando ele lançou essas honrarias costumeiras, mas o focinho chato dela não revelou nenhuma suspeita de raiva quando ela depositou o beijo solicitado, depois pediu a Busner uma lambida na bunda por sua vez.

O restante dos chimps ingleses saltou do Landcruiser e caminhou apoiado nos nós dos dedos, ululando. A eles juntaram-se os bonobos e durante alguns minutos houve uma ronda de apresentações, contra-apresentações e catação grupal. Quando o hirsuto amontoado começou a se separar ligeiramente, Busner pôs o dedo em Simon e puxou-o na direção de Rauhschutz. "'H'huu', madame Rauhschutz, permita que lhe apresente a razão principal de nossa visita, este é 'chup-chupp' Simon Dykes, o pintor."

Simon apresentou, abaixando muito, apertou o focinho na lama e seu rabo estremeceu com o afago exortatório da antropóloga. Ele levantou o olhar para olhos de incomum profundidade e íris de inflexível verticalidade. Se esperava ver algum traço de humanidade naqueles olhos, produzida pelo credo lunático da fêmea, foi cruelmente desapontado. Pois a expressão de Rauhschutz era absolutamente chimpanzé, inquisitiva, curiosa, cruamente intensa.

"'Huuu', Mr. Dykes," acenou a fêmea alfa, os dedos tortos, o estilo com sotaque pesado, "o dr. Busner me escreveu a respeito de seu, 'huuu', estado de perturbação. Desculpe", ela abaixou muito outra vez, para passar os dedos pela dobra isquial de Simon, e beliscou seu escroto para garantir, "mas, a não ser por certa rigidez em sua postura, não vejo nada não-chimp no senhor — muito menos humano 'grnnn'."

"Madame Rauhschutz, sua tumescência é o verdor tropical que nos rodeia, sua dobra isquial é o próprio vale do Rift — uma fonte de evolução. É verdade que não 'gru-nn' pareço humano e é também verdade que desde o meu 'euch-euch' devastador colapso, com a ajuda do dr. Busner aqui, consegui 'huuu' aceitar certos aspectos de minha chimpunidade, mas ainda existe uma coisa que me incomoda. E que foi o que nos trouxe..."

"Eu sei." A antropóloga alemã independente acenou para ele, os dedos roliços coçaram sua nuca quando comunicou: "O dr. Busner me falou de seu interesse em Biggles..."

"Biggles, 'huuu'?!" Era a vez de Simon cortar o ar.

"'Huuu', acho que você usa outro nome para ele, mas eu chamei esse filhote humano de Biggles — o senhor vai ver por que quando encontrar com ele. Mas, agora, estou negligenciando meus deveres de anfitriã, o Joshua aqui vai levar vocês às suas acomodações." Ela se virou para conduzir todo o grupo. "Nossa primeira — e última — refeição conjunta será dentro de uma hora, ao entardecer. Vão ver que nós aqui nos adaptamos bastante ao padrão diurno humano, minha senhora e meus senhores. Levantamos ao alvorecer e vamos para o ninho uma hora depois do escurecer. Se não for conveniente para vocês, posso cordialmente sinalizar que — vão se foder!"

Com esse gesto desafiador, embora não abusivo, Rauhschutz soltou um espontâneo ululo de proporções estentóreas, tamborilou num barril de água que estava perto e marchou para longe apoiada nos nós dos dedos. Todos os bonobos, menos um — claramente Joshua —, foram atrás dela. Simon ficou nervoso de ver que dois deles levavam metralhadoras Kalashnikov.

As acomodações destinadas aos chimps ingleses eram, claro, uma das cabanas. O piso era de concreto e as paredes de metal corrugado acabavam uns 30 centímetros antes de chegar ao chão. Quando Simon apontou isso, Joshua simplesmente sinalizou: "'Wa', entra dentro, sabe — tem de sai 'huuu' de novo." Simon pensou sinalizar para ele que se as paredes fossem mais bem construídas nada *entraria*, mas, diante dos caninos nus e dos lábios afunilados do bonobo, achou melhor ficar quieto.

Tinham pelo menos seus próprios mosquiteiros e colchões infláveis. Os ninhos fornecidos pelo campo eram do tamanho de banheiras de filhotes. Já havia abundante vida invertebrada dentro da cabana — mosquitos zuniam nas sombras, imensas mariposas se debatiam contra a lamparina de gás chiante que Joshua acendeu antes de deixá-los. Havia também ruídos mais sinistros, mais vertebrados, chiados e estalos de origem inconfundivelmente roedora. Janet Higson e Bob, o exibido, ficaram tão agitados com a atmosfera da cabana que começaram a fingir um acasalamento, embora ela estivesse a semanas do cio.

Zack Busner foi o único que não ficou incomodado com a recepção que tiveram. Tinha viajado muito pelos trópicos quando jovem, fazendo pesquisas sobre o estado malaio perverso, histórico, conhecido como *latah*, e a descida para o lago, o acampamento improvisado e a beleza da floresta em torno o haviam lançado numa nostálgica divagação. Vendo a aflição de seu grupo, Busner engatinhou até onde os dois chimps da televisão estavam gemendo e ofegando e pegou os dois pela mão, gesticulando: "'Chup-chupp' agora vamos! Madame Rauhschutz pode ser meio esquisita, mas tenho certeza de que vamos nos dar muito bem. Quanto a estas acomodações, posso dar umas dicas que aprendi quando era jovem que podem tornar as coisas um pouco 'gru-nnn' mais salubres."

Ele mostrou a todos como montar as redes de mosquitos e como guardar seus pertences para que os ratos não pegassem. Tirou também uma porção de pratos de papel, que encheu com a parafina de um frasco e colocou dentro deles os pés dos ninhos de campanha. "Para impedir que nossos amigos de seis pernas queiram muitas intimidades 'hii-hii'." Simon ficou muito grato de ver isso, porque nos poucos dias em que estava na África, apesar das rigorosas aplicações de uma pletora de repelentes e ungüentos que haviam trazido, estava achando difícil se ver livre de todos os carrapatos, piolhos e coisas piores que tentavam infestar seu pelame e ali tomar residência.

Era isso, mais que qualquer outra coisa, que estava aproximando Simon de uma relação mais estreita com aquele conceito ridículo de chimpunidade. Afinal de contas, era difícil negar que tinha pelame quando as picadas de mosquito ficavam invisíveis debaixo de camadas de pêlos, a não ser pela danada coceira que produziam.

O grupo Busner-Dykes se catou o melhor possível, depois, em passo oscilante, saiu de sua cabana. Oscilante porque a noite havia caído como sempre cai nos trópicos, tão súbita e absoluta que parecia a inconsciência da própria Terra. A floresta antiga suspirava e gemia com o vento vindo da costa. O chiar de morcegos e o zunir de insetos se infiltravam no ar fresco. A meia distância, havia o ruído de animais maiores se deslocando e se acomodando no mato, mas, embora forçasse as grandes orelhas, Simon não conseguiu registrar os característicos chamados guturais dos humanos selvagens.

Uma longa mesa de cavaletes havia sido montada para seu repasto na varanda aberta da cabana maior. Ficava de frente para o azul meia-noite do lago e enquanto mastigavam a refeição — que consistia sobretudo em sardinhas *dagaa* que tinham visto quando chegaram e numa copiosa quantidade de figos frescos — dava para ver, se assim quisessem, as luzes dos pescadores noturnos piscando sobre a água.

Se assim quisessem, ou se fossem capazes, porque a primeira e última refeição no campo Rauhschutz revelou-se uma ocasião interessante. Para começar, descobriram que não eram os únicos visitantes. Enquanto saltavam pelas balaustradas para aterrissar no deque da varanda, estava à espera deles outro grupo de chimpanzés. Eram três machos e cinco ou talvez seis fêmeas. Eram todos caucasianos — os focinhos claros brilhando à luz dos lampiões — e usavam todos os mais absurdos trajes tropicais, novos, feitos de Gore-Tex e outros tecidos sintéticos, em brilhantes tons pastéis, e dotados de mais bolsos, correias e abas de velcro do que seria de longe necessário.

Como era dolorosamente de se prever, eram holandeses. "'H'huuu'", Rauhschutz vocalizou, chiando, levantando-se para saudá-los, e sinalizando depois: "Vejo que já encontraram meus atuais convidados, o grupo Van Grijn, dos Países Baixos..."

"Ainda não fomos apresentados", Busner sinalizou em nome de todos, "mas será um prazer, com seus rabos tão maravilhosamente revelados por esses costumes novinhos, tão *high-tech*." Todos apresentaram uns para os outros. Se Rauhschutz percebeu ou não a ironia dos gestos de Busner, não fez nenhuma observação a respeito.

Os chimps holandeses apresentaram em inglês. O alfa deles, um macho de focinho duro chamado Oskar, indicou que estavam ali na posição de membros de um ramo de um grupo de ativistas holandês chamado Projeto Humano, cujo objetivo era garantir determinados direitos chimpanzés aos humanos selvagens e cativos. "Estamos vindo ver madame Rauhschutz", sinalizou ele com irritantes giros de dedos, "porque ela é, 'huu', como sinaliza? Ela é, 'huuu', a mais importante fêmea viva hoje..."

"Por causa do trabalho dela na reabilitação de humanos cativos, 'huu'?", Busner cortou o ar.

"Claro, 'gru-nn', mais que isso, nós achamos que ela é, sabe, talvez um pouco melhor espiritualmente que outros antropólogos. Ela é tipo uma espécie de chimp muito santa, mas não religiosa."

Busner lembrou o que Rauhschutz havia escrito em *Entre os Humanos* e resolveu calar suas mãos. Porém a própria antropóloga não foi tão contida. De sua posição na cabeceira da mesa, que ela ocupara com grande pompa e alarde, dirigiu-se ao grupo enquanto as tigelas de figos iam de mão em mão. "Agradeço 'chup-chupp' ao Oskar aqui por levantar essa questão da espiritualidade. Porque o humano não é um mero animal, bruto, longe disso. Ao contrário, quando eu me comunico com humanos em liberdade, sinto que, com sua serenidade, com sua intocabilidade, com seu aparente isolamento, eles me ensinam mais a respeito do que significa ser chimp do que qualquer chimpanzé poderia."

Enquanto regia, Rauhschutz fumava um pequeno charuto preto, preso entre os caninos amarelos. De vez em quando, também tomava golinhos de uma caneca de metal que estava sobre a mesa, uma caneca cheia de *schnapps* de pêssego. Simon descobriu isso porque, independentemente de quaisquer outros defeitos e limitações do campo Rauhschutz, ficar a seco — em qualquer sentido do termo — não era um deles. As garrafas de *schnapps* haviam aparecido logo depois que eles se acocoraram e durante toda a refeição circularam pela mesa.

Simon, pela primeira vez desde seu colapso, sentiu-se relaxado o suficiente para beber bebida forte. Havia na antropóloga independente alguma coisa que ele considerava peculiarmente tranqüilizante. Era como se, confrontado por uma fêmea chimpanzé que *realmente* acreditava na sensibilidade dos humanos, Simon fosse capaz de apreender claramente o que significaria para ele abandonar essa convicção.

Havia isso e havia o ambiente anacrônico de campo Rauhschutz também. Apesar de sua propalada espiritualidade, Rauhschutz comandava o local no estilo de um velho comissário de distrito colonial. Os bonobos que serviam à mesa não sinalizavam para os chimps brancos a não ser para perguntar se já haviam terminado ou se gostariam de comer mais. Fora isso, desapareciam nas sombras. Quando se dirigiam a Rauhschutz, chamavam-na de "Baas". Quando se dirigia a eles, ela usava ou seus primeiros nomes — como se fossem subadultos — ou simplesmente os convocava com um breve e imperioso ululo.

"Estamos no ápice de uma catástrofe de imensas proporções", ela continuou regendo enquanto eles atacavam os peixes, "uma catástrofe que, no futuro, nós, enquanto chimpanzés, lamentaremos ardorosamente..."

"E de que se trata, 'h'huuu'?", Simon não conseguiu evitar a pergunta.

"Trata-se, meu 'grnn' amigo humano, da extinção de nossos semelhantes psíquicos em liberdade. Sim, 'HuuuGraa' dentro de cinquenta anos é quase certo que não haverá mais humanos em liberdade e junto com eles terão desaparecido nossas chances de nos redimir espiritualmente. Seria muito bom lembrarmos o que Schumacher gesticulou: se a chimpunidade vencer a batalha contra a natureza — nós nos encontraremos do lado perdedor!"

Enquanto Rauhschutz sinalizava, ficou claro para todos os chimps ingleses que ela absolutamente não se *importava* com a perspectiva de que a chimpunidade fosse perdedora, que ela chegara a tal ponto em seu impulso de se identificar com a mente do humano que perdera de vista algumas das mais básicas virtudes chimpanzés. A não ser pela indispensável sessão de catação na chegada deles, Simon notou que Rauhschutz raramente tocava outros. A sinalização dela era toda aérea, nada realmente imposto. Mais que isso, apesar das metralhadoras que os bonobos do campo carregavam e dos refugiados de Nyarabanda que tinham de manter a distância, os horrendos massacres que estavam ocorrendo no norte não a preocupavam em nada.

Se chegava a tocar nisso era apenas para observar algumas irritantes conseqüências do apocalipse, na forma de falta de suprimentos ou inconveniências de viagem, ou — e isso *realmente* a incomodava — em algum perigo para seus grupos humanos reabilitados e selvagens. Mesmo Simon achou difícil de engolir esse grosseiro desprezo pela vida de milhões de seus semelhantes chimpanzés, mas a coisa ainda ia piorar; porque estava em curso um conflito de castas que *realmente* perturbava Rauhschutz, um conflito que ela achava mais importante e vital que qualquer outro, e que era o seu conflito com a hierarquia antropológica internacional.

"Eles me chamam, 'huuu', de sapatona feia", cutucou ela. "Insinuam que tenho relações sexuais com meus humanos 'euch-euch'. Não é bem característico isso? Não é assim que eles ignoram e humilham as fêmeas em nossa sociedade, 'h'huuu'? Eu gosto demais dos animais — portanto devo estar acasalando com eles, porque, sendo fêmea, meu desejo por sexo é tudo 'wraaa'! Assim, com uma única pincelada, eles me desacreditam — e condenam meus humanos, meus belos humanos, a uma selvageria definitiva — à selvageria da extinção 'wraaf'!"

Como em resposta a esse grito apaixonado, veio agora uma forma de vocalização muito mais profunda na escuridão da selva em torno. Um grito que, para Simon, era ao mesmo tempo remoto a ponto de parecer alienígena e assombrosamente familiar. Todos os chimps ficaram em sinalêncio e não vocálicos, viraram em seus lugares para olhar na direção aproximada de onde a criatura havia se manifestado. Busner sinalizou por todos: "Me mostre, madame Rauhschutz, esse é um dos seus humanos, 'huu'? Ainda não vimos nenhum desde que chegamos."

Ela deu uma longa tragada no charuto antes de responder, e quando sinalizou as vocalizações que acompanhavam suas mãos eram na forma de jatos e glóbulos de fumaça cinzenta, que ficavam pendurados no pelame áspero de seu queixo forte como uma barba temporária. "'Gru-nnn', isso mesmo, devem ser meus humanos, dr. Busner, meus pobres humanos. Os selvagens aqui de Gombe circulam numa área grande, mas os que eu 'chup-chupp' reabilitei pessoalmente tendem a ficar próximos do campo. No fim da tarde, eles se retiram alguns quilômetros, até uma baía isolada, para atividades de banho. Estão voltando agora para seus abrigos noturnos. Se prestar atenção, 'aaaa', vai ouvir os outros membros do grupo respondendo."

Os chimps ficaram acocorados ainda não vocálicos e em sinalêncio, ouvindo como havia sido sugerido. Simon sentiu os pêlos da nuca arrepiarem e apertou o copo de *schnapps*, concentrou-se no murmúrio de sons noturnos, a pulsação e o chiado das cigarras, o sopro das mariposas, e então ouviu de novo:

— Váááááasefodeeeeer-Vááááásefodeeeer.

Era tão estranho — Simon olhou os outros chimps em torno da mesa. Estavam todos atentos aos gritos humanos, mas será que — como ele — discerniam no interior daqueles gritos ásperos, profundos, a raiva e o desespero que ele ouvia? Não davam sinal disso.

— Váááááááásefodeeeeeeeer-Vááááááásefodeeeeeeer — outro humano respondeu. Depois, outro respondeu ao segundo, depois um terceiro, depois um quarto, até que as graves bolhas de som chegavam explodindo como ondas aglutinativas.

Isso continuou durante alguns minutos, então aos poucos silenciou. Houve um último: "Váááásefodeeeerrr", ligeiramente mais agudo, depois silêncio. Rauhschutz, com um grande sorriso pregado na cara, regeu a mesa: "'Gru-nnn', o coro humano noturno, talvez um dos sons mais profundos e assombrosos da natureza. Uma vez ouvido, jamais esquecido. Somos privilegiados 'chup-chupp', meus aliados, de poder presenciar isso. Esses humanos estiveram um dia confinados em zoológicos ou em unidades de experimentação. Foram infectados com doenças de chimpanzés e abusados por seus tratadores chimpanzés — agora um chimpanzé lhes deu sua liberdade 'HuuuGraaa'!"

"'H'huuu', por favor, madame Rauhschutz", Busner gesticulou respeitosamente, "esse conjunto de chamadas em especial tinha algum significado?"

Rauhschutz sorriu com essa pergunta e contra-sinalizou: "Tinha, sim, dr. Busner. Era a vocalização humana de aninhamento. É uma exortação carinhosa do macho humano para a fêmea humana dizendo que os abrigos noturnos estão preparados e que é hora de começar a atividade de acasalamento. É hora, senhoras e senhores, 'h'huuuu', de irmos para o ninho nós também. Mais uma vez, bem-vindos ao campo Rauhschutz. Dr. Busner, espero que o senhor e seus 'grnn' aliados estejam de pé ao amanhecer. Biggles está a alguns quilômetros daqui e temos de sair cedo. Quanto a seu contingente, Mr. Van Grijn, preparei um programa bem completo para vocês também 'HuuuGraaa'!"

Com esse ululo final, a antropóloga independente batucou na mesa, equilibrou-se na guarda da varanda e desapareceu na noite escura, ladeada por dois de seus fortes bonobos. Ouviu-se seu rumor no mato e ela desapareceu.

Na mesa ainda não vocálica, os membros do grupo Busner-Dykes trocaram olhares significativos entre si. A mesma idéia pairava na testa de todos eles, pendurada nos ramos celulares de seu tecido cerebral. Será que Ludmilla Rauhschutz realmente colocava em prática o que pregava? Será que os gritos dos machos humanos eram chamados para ela — tanto quanto chamados para suas próprias fêmeas? Que Rauhschutz nesse mesmo instante estava entregue a um ato perverso de acasalamento entre espécies?

Busner, Dykes, Knight, Higson e Bob, o exibido, puseram-se bipedais, apresentaram, abaixando-se muito, para os chimps holandeses e para os bonobos que ainda pairavam nas sombras, e no espaço ainda quente do enlameado complexo encaminharam-se para suas acomodações.

Uma vez seguros lá dentro, Busner acendeu o lampião de gás e, sem nenhum preâmbulo, entregaram-se a uma rápida sessão de acasalamento. Talvez devido à tensa atmosfera da refeição, ou da atmosfera ainda mais tensa que predominava em geral no campo Rauhschutz, fosse qual fosse a causa, Janet começara a mostrar nas últimas horas — mesmo que ligeiramente — que estava mais que disposta a ser coberta pelos machos. Simon introduziu, bateu os dentes e gozou em questão de segundos, acalmou-se tão depressa quanto entrou em ação. Depois das loucas brincadeiras da antropóloga e da calma aquiescência dos holandeses fanáticos pelos direitos dos animais, era lindamente tranqüilizante e soporífico se ver no desordenado abraço de uma sessão de cata pós-coito. Foi tudo o que conseguiram fazer para encontrar os próprios ninhos, engatinhar por baixo dos mosquiteiros antes de se verem envoltos pelo sono.

Capítulo vinte e dois

Conforme a ordem da comandante do campo, Simon despertou ao alvorecer. Antes de perceber se estava claro ou não, ouviu os sons da floresta, o latir dos babuínos, o tagarelar dos periquitos, íbis e outros pássaros, os gritos guturais de humanos — próximos, e misturados a eles a excitada vocalização de chimpanzés.

Simon empurrou o mosquiteiro, saltou para fora do ninho e enfiou a camisa safári. Com os pés córneos batendo no concreto, oscilou pela cabana e, vendo que seu aliados já estavam de pé, abriu a porta e saiu para o áspero dia cinzento.

A cena que seus olhos, ainda remelosos, encontraram foi de início difícil de assimilar. O complexo estava cheio de vultos, os corpos setiformes agitados de chimpanzés e as formas mais exíguas, mais altas de seus parentes vivos mais próximos.

Era hora de alimentação dos humanos reabilitados do campo Rauhschutz. Na varanda da cabana principal, havia sido colocado um comedouro. Dois bonobos de Rauhschutz estavam controlando esse recurso. Os humanos, se deslocando com seu característico passo de zumbi bipedal, saíam lentamente do meio das árvores em torno. Caminhavam para o complexo e para o comedouro em pequenos grupos de dois ou três adultos e outros tantos subadultos ou filhotes.

Os bonobos, usando longos paus, os orientavam para o comedouro. Se algum dos humanos mostrava qualquer intenção de tentar obter mais que a sua quota justa de bananas, pão e figos, os bonobos o isolavam do resto do grupo e o espetavam para longe do comedouro, usando golpes bem duros dos paus, pelo menos foi o que Simon achou.

Os humanos que haviam se apossado de sua porção de comida estavam espalhados em grupos desordenados pelos limites do complexo. Devia haver pelo menos cinqüenta ou sessenta animais, embora Simon não pudesse ter certeza, porque sua pele acinzentada tornava difícil de enxergá-los individualmente à luz do amanhecer. Havia isso e havia também a visão de seus corpos murchos e o langor de seus movimentos. Para um chimpanzé acostumado a observar dedos que se mexem depressa e membros ágeis, os humanos exigiam uma espécie de constante olhar duplo, para verificar que ainda estavam ali, ainda parados, ainda eretos, de joelhos retos, queixos caídos, braços pendurados, olhos parados.

No meio desse bando de fantasmas, moviam-se alguns dos chimps holandeses. Roçavam com os humanos e tentavam catá-los. Emitiam vocalizações que deviam achar que os humanos iriam entender de alguma forma; gritos guturais baixos que chegavam perto dos gritos dos animais. Aos olhos de Simon, parecia que os humanos ficavam totalmente indiferentes a seus esforços. Ao se aproximar da cena, andando apoiado nos nós dos dedos, espetou as orelhas para separar as vocalizações de uma espécie das vocalizações de outra. Os chimpanzés holandeses estavam grunhindo e ululando, estalando os lábios e ofegando, tentando o mais que podiam comunicar aos humanos a alegria que estavam experimentando por estar em contato com eles. Enquanto os humanos, por outro lado, estavam meramente murmurando incoerentemente à sua maneira suína: — Vásefoder-vásefoder-vásefoder-vásefoder-vásefoder —, sem parar, sem parar.

Simon não ficou muito tempo absorvendo esse espetáculo, pois uma mão conhecida agarrou sua nuca e gesticulou: "'HuuGraa', bom-dia, Simon, levantou cedo como madame mandou!" Simon virou para olhar para seu alfa.

Busner parecia positivamente animado com o ambiente do campo Rauhschutz, o focinho marcado por linhas de curiosidade e especulação. "Venha", ele prosseguiu, "'grnnn', madame está à nossa espera na varanda, junto com alguns de seus, 'huh-huh', aliados mais próximos!"

Voltaram andando apoiados nos nós dos dedos pelo complexo e entraram na varanda principal. Rauhschutz estava lá, com outra vil camisa malhada, ao lado de um pequeno grupo de humanos. Simon ficou bem inquieto com a proximidade dos animais pelados. Esquivou-se na beira da varanda, mantendo o focinho para fora. Rauhschutz estava entregue a uma espécie de cerimônia do chá, servindo espumantes tigelas com uma grande jarra de alumínio e entregando-as para as mãos estendidas dos humanos.

Os humanos pareciam ao menos gostar do chá. Entornavam o líquido fumegante, os focinhos rústicos apontando para os tetos corrugados, indiferentes aos respingos que caíam em suas tetas expostas. "Chá", Busner sinalizou delicadamente no pulso de Simon. "Melhor bebida do dia!"

Embora os humanos da varanda fossem tão acanhados quanto seus companheiros espalhados pelo complexo, havia um que tinha certo fogo. Um macho baixo, com um chumaço de pêlos vermelhos entre os peitos e um chumaço igualmente repulsivo no meio das pernas cilíndricas, aproveitou a breve apresentação matutina que estava ocorrendo entre Busner e Rauhschutz para agarrar a amassada tigela de açúcar da mesa e esvaziar seu conteúdo na boca fina de lábios rosados. Esse macho então executou o que constituía um movimento de velocidade para humanos, correndo pela varanda. "'Huuu', ele pegou o açúcar!", Rauhschutz sinalizou, e todos os chimps correram atrás do macho malandro.

O ladrão de açúcar teve um instantâneo aumento de energia com o produto do roubo. Simon era capaz de perceber isso pela maneira como corria em pequenos círculos, miando e mugindo: — Vásefoder-vásefoder-vásefoder. — Busner, ainda ao lado de Simon, comunicou: "Acho que o nível de açúcar no sangue dele vai chegar ao pico logo — essas criaturas têm metabolismo surpreendentemente rápido. Não estão acostumados a nenhum tipo de estímulo. 'Grnnn', café e açúcar têm efeito bem dramático neles."

Simon não sabia de nada dramático — mas aquilo era bem claro de se ver. O ladrão de açúcar agora parara diante da parede da cabana principal, que ele passou a golpear ritmadamente com sua testa hidrocefálica, dando cabeçadas no metal ressoante "bash-bash-bash", como algum gigante quadrúpede — um boi ou um javali — daria cabeçadas numa árvore. A antropóloga independente parou ao lado deles, olhou o humano pretensamente reabilitado com uma expressão que revelava nada menos que franca admiração e observou: "'Huuu', vejam, a força e a precisão com que ele dá cabeçadas na parede. Acho que se pode sinalizar que parece ter uma profunda compreensão das leis da física."

Junto com Rauhschutz estava Joshua, o bonobo que era seu assistente principal. O resto do grupo Busner-Dykes aproximou-se também andando apoiado nos nós dos dedos. Tinham estado no lago num agito matinal. Vendo que estavam todos reunidos, Rauhschutz regeu: "'HuuuGrann', vocês foram bem-vindos aqui e tenho certeza que vocês", ela apontou Alex Knight, cuja câmera evidentemente já estava rodando, "vão fazer um retrato generoso do trabalho que fazemos aqui 'euch-euch'. Mas agora é melhor irem embora. O filhote humano em que estão interessados tende a ficar algumas horas ao sul daqui. Se quiserem fazer contato com ele e voltar antes do anoitecer, é melhor, 'huuu', irem agora. Joshua vai ser seu guia."

Andaram apoiados nos nós dos dedos e se penduraram em árvores a manhã toda. Por volta do meio-dia, desceram a última encosta íngreme e verdejante, debaixo de um sol causticante, e chegaram a uma pequena baía. Encolhido ali, estava um grupo de uns seis ou sete humanos adultos e dois filhotes. Joshua, que avançava à frente da patrulha, revelou-se com uma série de altos latidos em waa e, saltando para cá e para lá, como um cabrito símio, conseguiu separar um dos filhotes humanos do resto e conduzi-lo na direção de onde estava a patrulha chimpanzé, bipedal, observando.

O pobre filhote hesitou para cá e para lá. Realmente era um triste espécime, Simon pensou, assim como a maior parte dos humanos reabilitados que tinha visto nas proximidades do campo Rauhschutz. Sua pobre pele nua estava arranhada e raspada pelas plantas serrilhadas, o focinho marcado de picadas de insetos, o pelame da cabeça emaranhado e sujo. Quando Joshua impeliu o filhote humano a cinco metros dos chimpanzés, gesticulou: "Mr. Dykes, este é o humano que o senhor queria ver. Que veio de Londres para nós. Que a chefe chama de Biggles."

Simon apertou os olhos no brilho do meio-dia equatorial, olhou um longo tempo para o bruto focinho do filhote humano, que olhou de volta para ele, os olhos baços pigmentados de branco e voltados para si mesmos. Simon examinou o rostinho nu, o queixo para a frente e os dentes ligeiramente tortos, então pôs-se de quatro, vocalizou: "'H'huuu'", e gesticulou para o resto da patrulha: "Bom, então é isso", e voltaram para o campo.

Mais tarde, nessa noite, Simon Dykes e Zack Busner estavam na pequena varanda de sua cabana, entregues a uma catação antes de ir para o ninho. O resto do grupo já estava dormindo e dava para ouvi-los roncando e ressonando dentro da cabana. Os dois machos estavam acocorados ao lado de uma mesa onde havia um lampião a gás e o chiado dessa luz ampliava os sons da noite em torno deles.

Passavam preguiçosamente uma garrafa de uísque de um para o outro, comentando os acontecimentos do dia. "Este é do bom", Simon suspirou. "'Grnnn' Laphroaig, não é, 'huuu'?"

"Isso mesmo", seu alfa contra-sinalizou. "Consegui comprar na *duty free* de Dar es Salaam — tome outro gole."

Depois de beberem mais um pouco, Busner se endireitou, estendeu o braço para Simon e gesticulou em seu queixo: "Bom, meu velho aliado, então não houve nenhum reconhecimento quanto a Biggles, 'huuu'?"

"Não, absolutamente nada, ele me pareceu igual a qualquer outro humano, desagradável, bruto e de pernas compridas, 'huh-huh'."

"Mostre para mim", Busner inclinou-se para a frente. "Você sente que com essa 'grnnn' revelação o seu delírio se dissipou, 'huuu'?"

"Claro, isso e tem também este campo — isto provocou uma mudança em mim também, ver até que ponto essa fêmea pode chegar para negar sua chimpunidade."

"Sabe de uma coisa, Simon", a sinalização de Busner era sutil, apenas uma ligeira perturbação no ar. "Já faz algum tempo que me ocorre que seu delírio humano não tinha nada de uma psicose comum 'chup-chupp'."

"É mesmo, 'huu'?"

"É, o que eu quero sinalizar é que o seu teste de realidade — como nós, psiquiatras, gostamos de chamar — foi, ao longo disso tudo, 'huuu', diferente, não diretamente errado. Dada a sua preocupação, antes do colapso, com a própria essência da corporalidade e sua relação com nossa sensação básica de chimpunidade, me ocorreu — e espero que você 'gru-nnn' me perdoe de antemão essa hipótese, se você não concordar — que sua convicção de que era humano e de que o primata evolutivamente bem-sucedido era o humano tinha mais o aspecto de um tropo satírico, 'huu'?"

Simon pensou um pouco antes de responder, depois simplesmente gesticulou: "É uma imagem."

Durante um longo tempo, os dois aliados se tocaram ternamente e passaram a garrafa de *scotch* para cá e para lá, enquanto em todo o redor, na noite equatorial, os humanos uivavam e gemiam suas vocalizações quase sem sentido:

— Váááásefodeeeerrr-Váááásefodeeeerrr-Váááásefodeeeerrr.

Impressão e Acabamento: